HEYNE <

Das Buch

Europa, Anfang des 19. Jahrhunderts: Als der junge Adlige Niccolo Viviani in die Schweiz fährt, ahnt er nicht, dass diese Reise sein Leben für immer verändern wird. Am Genfer See lernt er den berühmten Dichter Lord Byron kennen, der ein uraltes Geheimnis hütet: das Erbe der Werwölfe. Doch als er Niccolo ebenfalls zu einem Werwolf machen will, werden sie von der Inquisition überrascht. Eine wilde Hetzjagd beginnt, und Niccolo muss nicht nur aus Genf fliehen, sondern auch Valentine, die Frau, die er liebt, zurücklassen. Fortan versucht er verzweifelt, auf seiner Flucht durch ganz Europa mehr über das Rätsel der Wolfsmenschen und deren Widersacher zu erfahren, einem mysteriösen Orden von Werwolfjägern unter dem Befehl eines gewissen Kardinal della Genga. Schließlich gerät Niccolo in die Hände seiner Feinde und wird vor eine folgenschwere Entscheidung gestellt: Um sich selbst und seine geliebte Valentine zu retten, muss er sich mit einer noch älteren, noch dunkleren Macht verbünden …

Das einzigartige Epos über einen der finstersten Mythen unserer Zeit – in »Die Werwölfe« nimmt Christoph Hardebusch die Leser mit auf eine atemberaubende Reise durch die Nacht.

Der Autor

Christoph Hardebusch, geboren 1974 in Lüdenscheid, studierte Anglistik und Medienwissenschaft in Marburg und arbeitete anschließend als Texter in einer Werbeagentur. Sein großes Interesse an Fantasy und Geschichte führte ihn schließlich zum Schreiben. Mit »Die Trolle« stand er monatelang auf allen Bestsellerlisten. Christoph Hardebusch lebt als freischaffender Autor in Heidelberg.

Mehr über Autor und Werk unter:
www.hardebusch.net

CHRISTOPH HARDEBUSCH

DIE WERWÖLFE

ROMAN

Originalausgabe

WILHELM HEYNE VERLAG
MÜNCHEN

FSC
Mix
Produktgruppe aus vorbildlich
bewirtschafteten Wäldern und
anderen kontrollierten Herkünften

Zert.-Nr. SGS-COC-1940
www.fsc.org
© 1996 Forest Stewardship Council

Verlagsgruppe Random House FSC-DEU-0100
Das für dieses Buch verwendete
FSC-zertifizierte Papier *Super Snowbright*
liefert Hellefoss AS, Hokksund, Norwegen.

Originalausgabe 10/2009
Redaktion: Uta Dahnke

Printed in Germany 2009
Umschlagillustration: Arndt Drechsler
Umschlaggestaltung: Nele Schütz Design, München
Karte: Andreas Hancock
Satz: Buch-Werkstatt GmbH, Bad Aibling
Druck und Bindung: GGP Media GmbH, Pößneck

ISBN: 978-3-453-53316-5

www.heyne-magische-bestseller.de
www.heyne.de

Für meine Liebe
»Sie schreitet in Schönheit, wie die Nacht …«

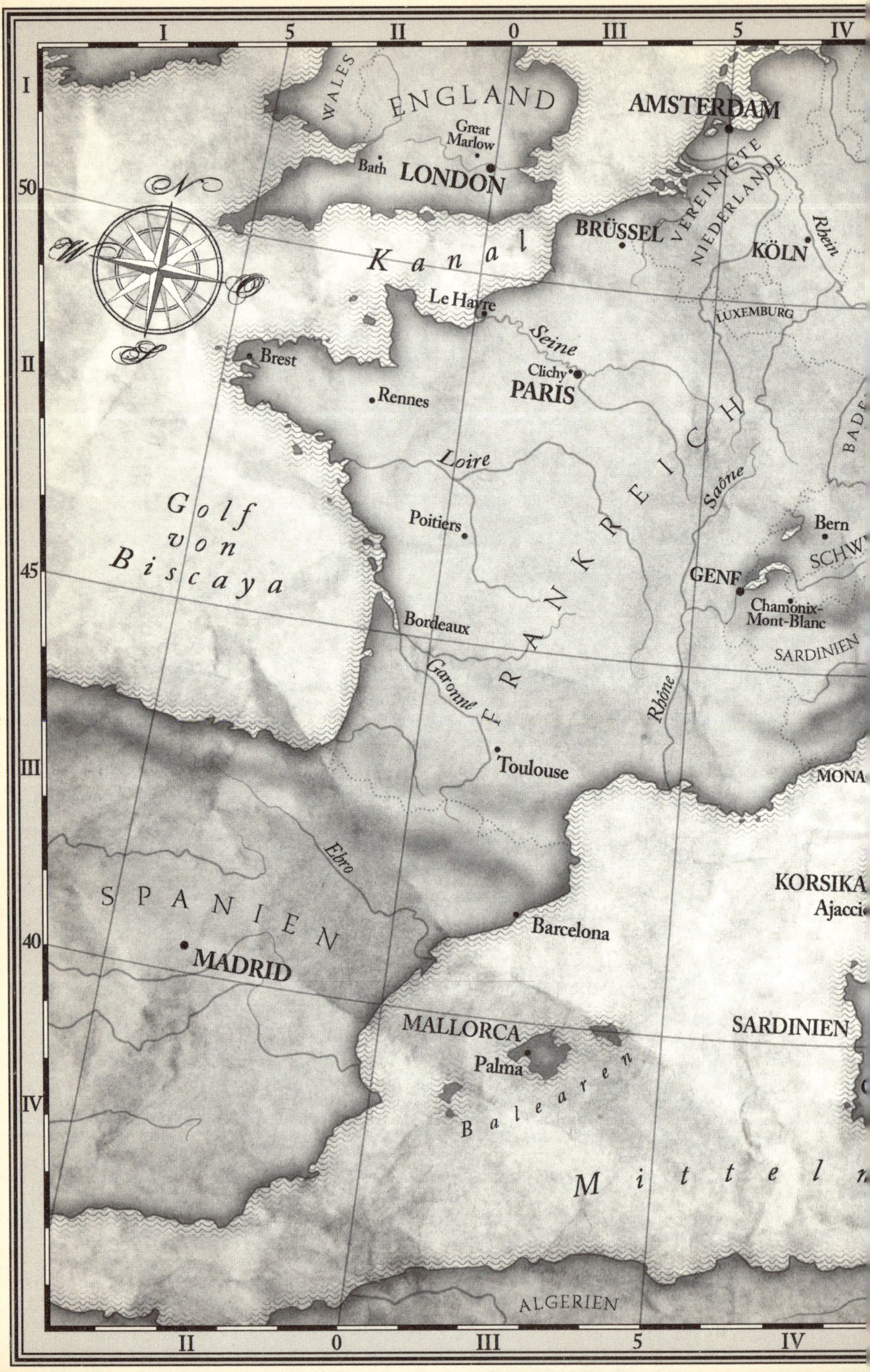

I
5
II
0
III
5
IV
50
45
40
WALES
ENGLAND
Great Marlow
Bath
LONDON
AMSTERDAM
VEREINIGTE NIEDERLANDE
BRÜSSEL
KÖLN
Rhein
Kanal
Le Havre
LUXEMBURG
Seine
Brest
Clichy
PARIS
Rennes
FRANKREICH
Loire
Saône
Golf von Biscaya
Poitiers
Bern
GENF
Chamonix-Mont-Blanc
SARDINIEN
Bordeaux
Garonne
Rhône
Toulouse
MONA
Ebro
SPANIEN
MADRID
Barcelona
KORSIKA
Ajacci
MALLORCA
Palma
Balearen
SARDINIEN
Mittel
ALGERIEN

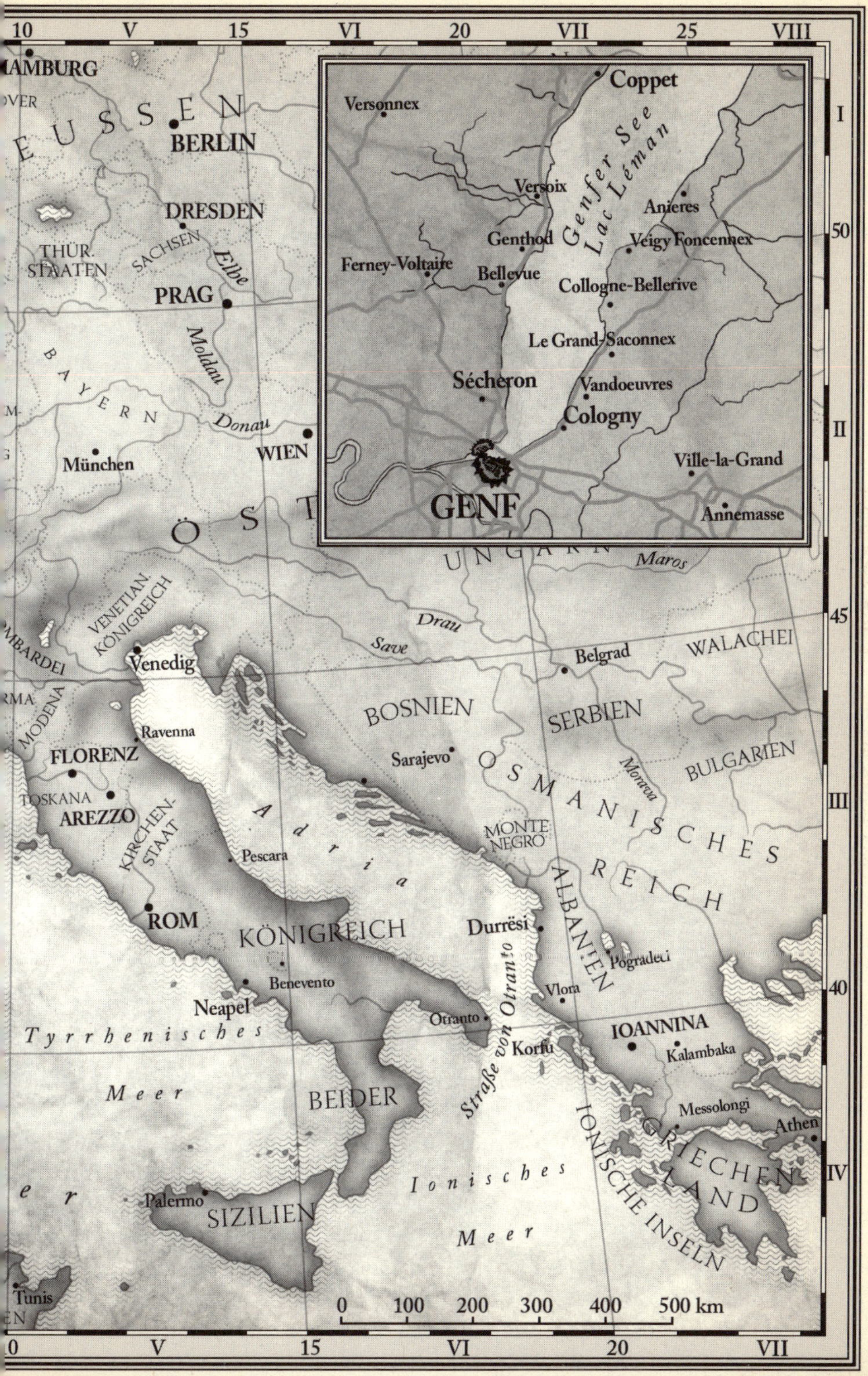

HAMBURG
BERLIN
DRESDEN
SACHSEN
THÜR. STAATEN
Elbe
PRAG
Moldau
BAYERN
Donau
München
WIEN
Coppet
Versonnex
Genfer See
Lac Léman
Versoix
Anieres
Genthod
Veigy Foncennex
Ferney-Voltaire
Bellevue
Collogne-Bellerive
Le Grand-Saconnex
Sécheron
Vandoeuvres
Cologny
Ville-la-Grand
GENF
Annemasse
UNGARN
Maros
VENETIAN. KÖNIGREICH
Drau
Save
Venedig
Belgrad
WALACHEI
MODENA
BOSNIEN
SERBIEN
Ravenna
Sarajevo
FLORENZ
OSMANISCHES REICH
BULGARIEN
Morava
TOSKANA
AREZZO
KIRCHEN-STAAT
Adria
MONTE NEGRO
Pescara
ALBANIEN
ROM
KÖNIGREICH
Durrësi
Pogradeci
Benevento
Neapel
Vlora
Tyrrhenisches Meer
Otranto
Straße von Otranto
IOANNINA
Korfu
Kalambaka
BEIDER
Messolongi
Athen
GRIECHENLAND
IONISCHE INSELN
Ionisches Meer
Palermo
SIZILIEN
Tunis
0 100 200 300 400 500 km

DRAMATIS PERSONAE

Familie Viviani und Bedienstete

Conte Ercole Viviani	Italienischer Landadliger
Contessa Viviani	Seine Frau
Niccolo Viviani	Sohn und Erbe der Vivianis
Marcella Viviani	Jüngere Tochter der Vivianis
Carlo	Kutscher in Diensten der Familie

Familie Liotard und Bedienstete

Auguste Liotard	Schweizer Kaufmann
Madame Liotard	Seine Frau
Valentine Liotard	Tochter der Liotards
Emily	Valentines Zofe

Adlige

Ludovico, Conte von Karnstein, auch Graf Ludwig von Karnstein	Mysteriöser Graf und Lebemann
François, Marquis de Puységur	Französischer Adliger

Englische Dichter, Freunde und Bedienstete

George Gordon, Lord Byron	Berühmter und berüchtigter Dichter
Mary Shelley, geborene Godwin	Schriftstellerin
Percy Bysshe Shelley	Ihr Mann, ebenfalls Dichter
John Keats	Poet
John William Polidori	Leibarzt Lord Byrons

Joseph Severn	Freund von John Keats
Clara Clairmont, genannt Claire	Stiefschwester Mary Shelleys und Byrons Geliebte
Fletcher	Byrons Leibdiener
Berger	Byrons Diener

Männer und Frauen der Kirche

Gioana	Vertraute von Kardinal della Genga, später Oberhaupt einer geheimen Kirchenorganisation
Kardinal della Genga	Später Papst Leo XII.
Bruder Fernando	Mitglied einer geheimen Kirchenorganisation
Bruder Iordanus	Mitglied einer geheimen Kirchenorganisation
Bruder Joseph	Mitglied einer geheimen Kirchenorganisation
Bruder Bernhardin	Mitglied einer geheimen Kirchenorganisation
Bruder Salvatore	Mitglied einer geheimen Kirchenorganisation

Die Bewohner von Genf und umliegender Ortschaften

Jean Baptiste Raoul de Bazerat	Lebemann und Weltenbummler
Madame Bossenie	Genfer Patrizierin
Marc-Auguste Pictet	Gelehrter
Anne Louise Germaine de Staël	Schriftstellerin und Kosmopolitin
Julie Récamier	Freundin von Valentine Liotard und Madame de Staël
Jean Bonnet	Toter Hühnerbauer

London und Paris

Lady Caroline Lamb	Ex-Geliebte Byrons
Wilhelm von Humboldt	Preußischer Gesandter in London
Alexander von Humboldt	Sein Bruder, berühmter Naturforscher
Jeanne Aubry	Französische Naturforscherin
Esmeralda	Französische Wahrsagerin und Magierin
François-René, Vicomte de Chateaubriand	Literat und französischer Außenminister

Das Osmanische Reich

Ali Pascha	Orientalischer Potentat
Uthman Bey	Seine rechte Hand
Omar	Schmuggler
Hristo	Gefangener des Ali Pascha
Katya	Seine Gefährtin

Sonstige

Madame Azéma	Bordellbesitzerin in Mulhouse
Elise und Emily	Prostituierte in Mulhouse
Giacomo	Diener der Dunkelheit

Diverse Beamte, Adlige, Räuber, Fischer, Bankiers, Soldaten, Knechte und viele mehr

PROLOG

Der Schuss hallte durch die frostige Luft. Erdreich und Schnee wirbelten auf, als sich die Kugel gut fünf Meter neben ihrem Ziel in den Boden bohrte. Fluchend griff der Schütze nach dem Pulverhorn.

Das Tier hatte sich nicht bewegt. Nicht einmal, als kleine Steine und Erdbröckchen um es herum herabfielen. Unverwandt starrte es den Mann aus seinen hellen Augen an. Es hätte zusammenzucken sollen oder weglaufen, doch nichts dergleichen geschah. Ein Rabe krächzte missbilligend in den Wipfeln der Bäume, als empfände auch er das Verhalten des Wolfs als unnatürlich.

Die Kälte hatte die Finger des Schützen steif und unbeweglich werden lassen. Die Handschuhe waren fingerlos, um das Nachladen und Bedienen der Flinte zu erleichtern. Jetzt, am frühen Morgen, da der kühle Nebel wie ein zerschlissenes Leinentuch zwischen den Bäumen hing und die Sonne kaum mehr als ein schwaches Blinzeln über dem Horizont war, erwiesen sich die Handschuhe als wenig nützlich.

Dennoch ließ der Mann sich nicht beirren. Seine Hände führten die bekannten Bewegungen aus, wie sie es schon Hunderte von Malen getan hatten.

Der Wolf setzte sich in Bewegung. Langsam, fast gemächlich trottete er auf den Schützen zu. Als der Mann dies bemerkte, fluchte er leise. Sein Atem bildete kleine Wolken in der Luft, die sich mit dem Pulverdampf vermischten, als wollten sie den Nebel verstärken und das weiße Gewebe vor dem anbrechenden Tag retten.

Sorgfältig verschloss er das Pulverhorn, nahm eine Kugel aus dem ledernen Beutel an seinem Gurt, ließ sie in die Mündung fallen und zog den Ladestock aus seiner Halterung unter dem Lauf. Sein Blick wanderte zu seinem Ziel, das nun schneller auf ihn zulief.

Hastig rammte der Mann die Kugel in den Lauf. Aus dem Augenwinkel sah er, dass der Wolf nun rannte. Ohne ein Schusspflaster einzusetzen, ging der Schütze in die Knie.

Er streute das Zündkraut in die Pfanne, den Blick fest auf das Tier gerichtet.

Es kam näher, die Lefzen zurückgezogen, die Zähne gebleckt, den Blick aus seltsam klugen Augen immer noch unablässig auf den Schützen gerichtet. Ein großer Wolf mit dichtem, fast schwarzem Pelz und nur wenigen weißen Haaren um die Schnauze herum. Bei der Breite seiner Schultern und der Größe gewiss der Leitwolf eines Rudels; einer, den kein anderer Wolf so leicht herauszufordern wagte.

Ihm würde nur Zeit für einen Schuss bleiben, und der Mann zwang sich, durchzuatmen, als er die Flinte an die Schulter legte. Alles in ihm schrie danach, zu feuern, den Wolf zu töten, zu erlegen, doch er hielt inne, beruhigte seine Gedanken, zielte sorgfältig – und schoss erst dann.

Der Einschlag warf das Tier herum, brachte es aus dem Tritt, und es geriet ins Straucheln. Ein sauberer Treffer, mitten in die Brust, ein glanzvoller Schuss, ein Blattschuss. Der Schütze lächelte nicht ohne Stolz.

Doch der Wolf rappelte sich schnell wieder auf. Mit mächtigen Sätzen legte er die letzten Meter zurück. Die rechte Hand des Mannes fuhr zu dem Jagdmesser an seinem Gürtel, die andere hob er schützend vor sein Gesicht. Der Aufprall schwerer schwarzer Pfoten schleuderte ihn zu Boden, die Flinte flog in hohem Bogen davon. Die gefrorene Erde trieb ihm die Luft aus den Lungen, Wurzeln und Steine bohrten sich schmerzhaft in seinen Rücken. Doch nichts war so fürchterlich wie die Fänge des Wolfs, die sich mit einem gierigen Knurren um seine Kehle schlossen.

Die Schreie des Mannes erklangen noch lange im Wald.

Erst als sich wieder Stille über das Land legte, krächzte der Rabe noch einmal.

Erstes Buch

PROMETHEUS

1

AREZZO, 1816

»Es war eine dunkle und stürmische Nacht.« Nervös strich sich der junge Mann eine dunkle Locke aus der Stirn. »Die mächtigen Gipfel der Alpen waren in Wolken gehüllt und wirkten so düster und beklemmend, als trügen sie Leichengewänder.«

Mit jedem Wort, das er kraftvoll deklamierte, ließ seine Aufregung nach. Nicht einmal die Blicke seines Publikums, das sich in dem kühlen Saal zusammengefunden hatte, störten ihn mehr. Vor wenigen Augenblicken noch hatte er geglaubt, nicht eine Silbe herausbringen zu können, doch nun flossen sie geradezu über seine Lippen. Die Geschichte folgte ihrem Lauf, erzählte von den Jugendtagen des wahnsinnigen Mönches, der in nicht allzu ferner Zukunft das Dorf mit den grauenhaftesten Taten überziehen würde.

Die Umgebung war für den jungen Mann unwichtig geworden. Das Feuer im Kamin vermochte die Märzkälte nicht wirklich zu vertreiben. Vor den hohen, schmalen Fenstern versank die Sonne, doch der regnerische Tag war ohnehin nur in trübes Licht gehüllt gewesen. Die hohen, bis zur Decke reichenden Bücherregale waren bereits in tiefe Schatten getaucht, und die einstigen Herren des Stadtpalastes warfen kritische oder nachsichtige Blicke auf den jungen Dichter, je nachdem, aus welchem Blickwinkel man ihre Porträts betrachtete. Hin und wieder knarrte einer der alten Stühle, wenn einer der Zuhörer sich bewegte, doch ansonsten füllte nur seine Stimme den Raum.

Und seine Worte, denn die Geschichte stammte aus seiner Feder. Er hatte sie in jeder freien Minute geschrieben, hatte unzählige Seiten Papier verbraucht, wenn er, unzufrieden mit den Ergebnissen, den Boden ein weiteres Mal mit zerknüllten Seiten bedeckt hatte. Die Geschichte war gruselig, ein Schauermärchen, aber selbstverständlich verbarg sich hinter dem Schrecken auch eine Moral.

Mit jedem weiteren Satz gewann seine Stimme an Überzeugung. Er drückte das Rückgrat durch und marschierte vor dem Publikum auf und ab, wie er es vor dem Spiegel in seinen Räumen einstudiert hatte. Seine Linke fuhr durch die Luft, die Finger zu jener Geste geformt, die ihm sein Rhetoriklehrer in mühevollen Stunden beigebracht hatte und die angeblich schon Cicero und dessen Vorgänger genutzt hatten. Er schlüpfte in die Rollen der Figuren, sprach lispelnd als verschlagener Gastwirt, laut und herrisch als machtbesessener Signore.

Fast wähnte er sich selbst in den grandiosen Alpen, die seine Worte so treffend beschrieben. In jedem Schatten des Saales mochte der Mönch lauern, mit seinen vor Irrsinn funkelnden Augen.

Die Geschichte endete mit einem Crescendo, einem triumphalen Finale, in dem der Schurke seiner gerechten Strafe zugeführt wurde, während die Helden siegreich blieben.

Erschöpft und außer Atem blickte der junge Mann hoch.

»Bravo, Niccolo«, rief die neunjährige Marcella, deren dunkle Locken wippten, als sie vom Stuhl sprang und aufgeregt Beifall klatschte. Für ihr Alter war ihr literarischer Geschmack erstaunlich gut, wie Niccolo wieder einmal erfreut feststellte.

»Mima mag die Geschichte auch«, stellte seine Schwester fest und hob die schwere Porzellanpuppe vom Stuhl neben sich hoch, doch der junge Mann blickte zu der anderen Zuhörerin, die bislang noch kein Wort gesagt hatte.

Sie war nicht nur ein erfreuliches Stückchen älter, sondern auch noch weitaus belesener als seine Schwester, klassisch gebildet und in allen Künsten bewandert. Sie musizierte, sang und malte, so ihr die Zeit blieb, voller Hingabe und schrieb, wenn man Marcella glauben durfte, im Privatesten wohl mit gar beachtlichem Talent – und all das, ohne die weiblichen Tugenden der Zurückhaltung und der Bescheidenheit vermissen zu lassen.

Er spürte einen Schweißtropfen an der Schläfe, der langsam über seine Haut glitt, doch er wagte es nicht, ihn fortzuwischen, um nicht die Aufmerksamkeit darauf zu lenken.

»Eine gute Geschichte.«

»Gut?«, hakte Niccolo mit angehaltenem Atem nach.

»Unterhaltend und spannend«, erwiderte Valentine. Für einen Moment befürchtete der junge Mann, Spott in den dunkelblauen Augen der von ihm hoch geachteten und insgeheim leidenschaftlich begehrten jungen Frau zu sehen, doch ihr Lächeln schien ihm aufrichtig und, wichtiger noch, wohlwollend. Nachdenklich legte sie den Kopf zur Seite, dann nickte sie, so dass ihre blonden Haare im Licht der Kerzen verheißungsvoll schimmerten. »Ich denke, sie ist besser durchdacht als die Geschichte des kopflosen Reiters im *New Monthlys,* die du so mochtest. Und ich finde deinen Mönch auf jeden Fall unheimlicher.«

Erleichtert atmete der junge Mann aus, und die geballte Anspannung wich von ihm. Der Saal, bis zu diesem Moment nur die Bühne für seinen Vortrag, kehrte in seine Wahrnehmung zurück, das Knistern des Feuers im Kamin, der leichte Hauch, der von den Fenstern zu ihnen herüberwehte, das Zwielicht außerhalb des Kerzenscheins. Er hätte sich keine bessere Atmosphäre für die erste Darbietung seines Werkes erhoffen können. Flackerndes Kerzenlicht, ein sturmumwölkter Himmel und ein Lufthauch, der wie die eisige Hand des Todes über die Haut strich.

Schwungvoll wurde die hintere Tür aufgestoßen. Niccolo,

der den alten Lazaro erwartete, wandte sich um, doch als er seinen Vater erblickte, erstarb sein Lächeln noch im Ansatz.

»Hier steckst du, Niccolo. Ich habe dich gesucht.«

»Ich habe die Damen unterhalten, Vater«, erwiderte der junge Mann und hob abwehrend die Hände.

Sein Vater nickte knapp und richtete sein Wort an seine Tochter: »Marcella, sei so gut und lass uns allein. Vielleicht kannst du mit Valentine in deine Gemächer gehen. Ich bin mir sicher, ihr habt noch angefangene Handarbeiten oder dergleichen, um euch weiter zu unterhalten.«

»Sehr gern, Vater.« Mit einem artigen Knicks verabschiedete sich Niccolos Schwester und ergriff Valentines Hand. Dass sein Vater wirklich glaubte, Marcella würde zum Spaß sticken, amüsierte Niccolo. Doch als er den ernsten Ausdruck auf dem Antlitz des Conte sah, riss er sich schleunigst zusammen. Valentine warf Niccolo im Hinausgehen einen fragenden Blick zu, den er jedoch nur mit einem Schulterzucken erwidern konnte. Er wusste nicht, was sein Vater von ihm wollte oder ob er in Schwierigkeiten steckte.

Der ältere Mann baute sich vor ihm auf und musterte ihn endlose Augenblicke lang. Graf Ercole war ein hochgewachsener Mann, und seine stets eisern zur Schau getragene aufrechte Haltung ließ ihn noch größer wirken. Wie stets fühlte sich Niccolo in Gegenwart seines Vaters klein, auch wenn dieser ihn in Wahrheit nicht einmal um eine halbe Handspanne überragte. Er versuchte, den Blicken standzuhalten, doch schon bald senkte er die Augen.

Angeblich gab es zwischen ihm und seinem Vater eine geradezu frappierende Ähnlichkeit, zumindest, wenn man seinen geschwätzigen Tanten glauben wollte. Doch in den strengen Linien und harten Kanten des Gesichts konnte Niccolo sich selbst nicht wiederfinden. Allein die ausgeprägten Wangenknochen mochte er von seinem Vater geerbt haben; ansonsten wünschte er sich ohnehin mehr von der Grazie seiner Mutter, deren hellgraue Augen er besaß.

»Niccolo, du hast deine Schwester wieder mit deinen Geschichten geängstigt, nicht wahr? Leugne es nicht. Ich sehe doch die Seiten dort auf dem Tisch liegen.«

»Ja, Vater«, log der junge Mann um des lieben Friedens willen und gab sich zerknirscht. Es war viele Jahre her, dass er seiner Schwester hatte Angst einjagen können. Inzwischen waren es eher sie und ihre überbordende Fantasie, vor allem in Bezug auf Streiche, vor der man sich in Acht nehmen musste.

»Nun gut.«

Überrascht blickte Niccolo auf. Keine Tirade? Kein Seufzen? Keine langatmigen Ermahnungen und moralischen Belehrungen?

»Ich habe in letzter Zeit sehr viel nachgedacht, mein Junge.«

Dies ließ Niccolo aufhorchen. Schon lange hatte sein Vater ihn nicht mehr *mein Junge* genannt, und er wusste nicht zu sagen, ob er sich über die vertrauliche Anrede freute oder ob er sich wegen des mangelnden Respekts ärgern sollte. Die düstere Stimmung des Abends, die ihn gerade noch ob ihrer Wirkung beim Vortrag seiner Geschichte entzückt hatte, erhielt nun einen anderen, prophetischeren Ton. Etwas lag in der Luft, und der junge Mann konnte sich nicht vorstellen, dass es etwas Gutes sein mochte.

»Wie du weißt, werde ich nicht jünger«, begann der Conte, und Niccolo öffnete den Mund, um ihm zu widersprechen. Bevor er jedoch sagen konnte, dass sein Vater noch jung sei und in voller Kraft stehe, hob der Graf mahnend den Zeigefinger: »Lass mich ausreden.«

Verunsichert nickte Niccolo. Zwar stimmte es, dass sich mehr und mehr Grau in die Schläfen und, zugegebenermaßen, inzwischen auch in das Haupthaar seines Vaters geschlichen hatte, aber noch wirkte der Conte wie das Ebenbild eines entschlossenen Mannes, dessen Lebensherbst noch fern war.

»Ich werde nicht jünger, und es ist an der Zeit, sich über die Zukunft Gedanken zu machen.«

Ein entsetzlicher Gedanke keimte in Niccolos Geist auf. Sein Vater war krank. Hastig blickte er in das Gesicht und entdeckte unvermittelt überall Anzeichen dafür. Dunkle Ringe unter den Augen, eine blässliche Hautfarbe …

»Du musst darauf vorbereitet sein, eines Tages die Geschäfte der Familie Viviani zu übernehmen.«

»Vater, ich … Ihr seid …?«

Er wagte nicht, es auszusprechen.

Doch sein Vater beachtete den Einwurf gar nicht. »Ich bin zu der Entscheidung gelangt, dass du zu viel Zeit in deinem Studierzimmer und der Bibliothek vertrödelst, anstatt dir praktischere Kenntnisse anzueignen. Sicherlich kann das Studium antiker Schriften einen Mann einiges lehren.«

Niccolo wollte nicht erwähnen, dass er in letzter Zeit eher äußerst moderne Schriften studiert hatte. Sein Vater stand Romanen nicht sehr offen gegenüber.

»Aber nun musst du ein tauglicheres Wissen erwerben und dich um unsere Angelegenheiten kümmern. Wir mögen wohlhabend sein, doch ich bin nicht Karl IV., Gott beschütze ihn, der es seinen Kindern gestatten kann, nichts als Müßiggang zu betreiben – wohin das führt, sieht man ja! Es mangelt dir an Disziplin, und wir müssen Schritte unternehmen, um diesen Umstand zu ändern.«

»Schritte?«

Niccolo fiel es schwer, den Gedankengängen des Conte zu folgen.

»Ich habe schon mit dem Freund unserer Familie, dem

Granduca unseres schönen Landes höchstpersönlich, konferiert. Der Großherzog hat einen Platz in seinen Regimentern für dich, als Adjutant. Das Militär ist genau das Richtige für einen Burschen in deinem Alter. Dort werden nicht nur nützliche Bündnisse unter Männern geschmiedet, die ein Leben lang halten, nein, auch alle echten italienischen Tugenden kannst du dort erwerben.«

Der Conte redete noch weiter, schwärmte von der Kameraderie und dem Korpsgeist, von Abenteuern und Heldentaten und schlussendlich von seiner eigenen Zeit als Soldat, aber Niccolo begriff kein Wort mehr. Es war, als spräche sein Vater eine andere Sprache, die der junge Mann nicht verstehen konnte.

»Regiment? Vater, ich bin kein Soldat!«

»Noch nicht. Aber bald wirst du einer sein. Du wirst Disziplin lernen, und die Flausen, die in deinem Kopf umherspuken, wird man dir austreiben. Das Militär ist für die geistige Erziehung eines jungen Menschen ebenso wichtig wie für seine körperliche Ertüchtigung; und ich möchte, dass du von beidem profitierst.«

»Vater!«

»Nein, es ist entschieden. Keine Widerrede. Ich will nichts hören. Verstanden?«

»Ja, Vater«, entgegnete Niccolo resigniert. Er wusste, dass Widerspruch seinen Vater nur weiter gegen ihn aufbringen würde. Die Vorstellung allerdings, beim Militär mit seinen rauen Sitten, dem schlechten Essen und dem unerträglichen Drill sein Leben fristen zu müssen, legte sich wie ein Stein auf seine Seele. Sein Vater war nicht krank, sondern ein Tyrann sondergleichen, in seinem Despotismus scheinbar direkt den alten Theaterstücken entstiegen und im Geiste einem Napoléon Bonaparte gleich, den er eigentlich so sehr verachtete.

»Aber vorher erachte ich es für notwendig, dass du, deinem Stand gemäß, etwas von Europa siehst und dich bei einigen Familien vorstellst, die die Zukunft dieses Kontinents mitbestimmen werden.«

Ein schmaler Lichtstreifen am Horizont, kaum mehr als eine Ahnung von Hoffnung.

»Unterwegs wird deine Ausbildung den letzten Schliff erhalten. Ich trage mich mit dem Gedanken, dich auf eine Bildungsreise zu schicken, mein Sohn. Bevor du zum Regiment fährst, sollst du ein Mann sein, kein dummer Junge mehr. Sieh dir die Welt an, stoß dir die Hörner ab.«

»Du meinst, so etwas wie die Grand Tour?«

Der Conte strich sich nachdenklich über das Kinn und musterte seinen Sohn prüfend.

»So könnte man es wohl nennen«, stimmte er schließlich zu, auch wenn ihm der Begriff selbst eher zu missfallen schien.

Die kryptische Aussage seines Vaters interessierte Niccolo nicht weiter. In Gedanken sah er bereits all die Orte, die er besuchen würde, all die Menschen, die er treffen würde. Es galt, Abenteuer zu erleben, auf den Spuren großer Helden zu wandeln, Stätten von historischer Bedeutung zu entdecken – und all dies in Worte zu gießen, die jenen Dingen erst die wahre Schönheit und Unvergänglichkeit schenkten.

»Ich muss Euch danken, Vater«, stimmte er begeistert zu. »Die Idee ist famos, und Eure Großmut wird gewiss … einen Mann aus mir machen«, fügte Niccolo hinzu und hoffte inständig, es mit dieser letzten Bemerkung nicht übertrieben zu haben.

Misstrauisch musterte der Conte seinen Sohn, doch der achtete darauf, dass seine Miene nichts außer Pflichtbewusstsein und Gehorsam ausdrückte.

»Es freut mich zu sehen, dass wir uns doch einmal in einem Punkt einig sind«, erwiderte der Vater langsam. »Und nun geh und sprich mit deiner Mutter darüber, der es gewiss lieber wäre, wenn du ihr für immer an den Rockschößen hingest.«

Es war nicht leicht, die Neuigkeiten für sich zu behalten. Doch es wäre kaum schicklich gewesen, noch nach deren Zubettgehzeit die Gemächer seiner Schwester zu betreten, um sie von der Entscheidung ihres Vaters in Kenntnis zu setzen, und so musste sich Niccolo zwangsläufig bis zum Frühstück gedulden. In der Nacht hatte ihn der aufregende Gedanke kaum Schlaf finden lassen und ihn zu den schönsten Wunschträumen veranlasst. Nur ein Wermutstropfen hatte schon bald, nachdem er die Bibliothek verlassen hatte, seine gute Laune beeinträchtigt, und das war die Vorstellung, Valentine unweigerlich in Arezzo zurücklassen zu müssen, wenn er aufbrach. Da er plante, seine Reise so ausgedehnt wie möglich zu gestalten, um dem dräuenden Militärdienst zu entgehen, war es ungewiss, ob er sie bei seiner Rückkehr überhaupt noch im Haus seines Vaters vorfinden würde. Derzeit brauchte Marcella natürlich eine Gesellschafterin, aber der Tag mochte in nicht allzu ferner Zukunft liegen, an dem ihr Vater seine Schwester selbst in einen anderen Haushalt schicken würde, damit sie dort ihre Erziehung vervollkommnen konnte, bevor man einen passenden Gatten für sie fand.

Was bedeutete, dass Valentine für ihn verloren wäre. Und dass er sich ihr also noch vor seiner Abreise offenbaren musste. In dem Jahr, das die junge Schweizerin nun im Haus seines Vaters verbracht hatte, war sie ihm immer wichtiger geworden. Nicht nur ihre Schönheit, nein, ihr ganzes Wesen hatte ihn in vielen gemeinsam verbrachten Stunden in seinen Bann geschlagen, und am innigsten verband ihn mit ihr die Liebe zur Literatur. Valentine kannte die Klassiker ebenso wie die modernen Dichter, und – was noch wichtiger war – sie teilte seine

Vorliebe für die unheimlichen Geschichten, die sie gemeinsam in den schwer zu beschaffenden englischen Magazinen lasen, über die sie diskutierten und die sie zu übertreffen suchten. Niccolo machte sich allerdings keine Vorstellung davon, was geschehen könnte, wenn er ihr gestand, dass seine Gefühle für sie seit geraumer Zeit über reine Freundschaft weit hinausgingen. Natürlich könnte sie seine Liebe zurückweisen oder sich gar damit herausreden, dass eine Verbindung zwischen ihnen ihren Eltern Unrecht sei, doch über diese Möglichkeiten wollte er lieber nicht allzu lange nachdenken. Sicher war er sich einzig und allein darüber, dass er ihr ein Geständnis zu machen hatte; alles Weitere würde sich danach finden.

Nach all diesen ruhelosen Gedanken saß er nun seit Tagesbeginn im geräumigen Esszimmer und ließ sich großzügig Kaffee einschenken, um die Müdigkeit aus seinem Geist zu vertreiben, während er auf seine Schwester wartete. Der dunkle Tisch war für drei Personen gedeckt, die alle problemlos am hintersten Ende der langen Tafel Platz fanden. Auf silbernen Vorlegetellern lagen verführerisch frisches Brot und Kuchen, aber Niccolo mangelte es an Appetit, um bei den Köstlichkeiten zuzugreifen.

Marcella erschien, wie so oft, zu spät und erst lange nach dem Conte zum gemeinsamen Frühstück, so dass Niccolo ihr nicht mehr als einen intensiven Blick zuwerfen konnte, den sie jedoch ignorierte. Ihre Augen waren verquollen und rot umrandet, als habe auch sie kaum geschlafen, aber das wunderte den jungen Mann nicht, da sie die Angewohnheit entwickelt hatte, heimlich des nächtens Bücher zu lesen – zumeist Bücher, die sie ihm unter Androhung des Verrats an ihren Vater abgepresst hatte.

»Diese neuartigen Druckverfahren sind außergewöhnlich«, murmelte der Conte, dessen Gesicht hinter einer Ausgabe der *Times* verborgen war, die sein persönlicher Diener wie jeden

Morgen aufgeschlagen vor sein Gedeck gelegt hatte. »Als sie es in ihrem Leitartikel geschrieben haben, wollte ich es kaum glauben.«

»Ja, Vater?«

Die Zeitung raschelte, als der Conte sie senkte und seinen Sohn ansah, als bemerke er ihn zum ersten Mal.

»Verzeihung, ich wollte dich keinesfalls beim Mahl stören. Mich packte nur Verwunderung beim Gedanken daran, wie viele Menschen wohl genau diese Ausgabe der Zeitung in der Hand halten. Wir leben wahrlich in einem Zeitalter, in dem das Leben rasend schnell vonstattengeht.«

Nach diesen Worten nahm sein Vater einen Schluck Tee aus einer zierlichen Porzellantasse und hob die Zeitung wieder vor das Gesicht.

Lächelnd nickte Niccolo, auch wenn er die Gefühle seines Vaters nicht verstand und sie ihn im Augenblick auch herzlich wenig interessierten. Zeitungen waren vergänglich, nur für den Moment bestimmt, während das gedruckte Wort zu so viel mehr fähig war. Deshalb las Niccolo von den regelmäßig erscheinenden Druckwerken nur Magazine, und diese leider nur, wenn er sie überhaupt bekommen konnte. In diesen gab es neben Neuigkeiten und Artikeln auch Geschichten, die ihm oft das Blut in den Adern gefrieren ließen. Die Magazine waren fast so gut wie Bücher. Aber der Conte war in diesen Angelegenheiten sehr prosaisch; Bücher interessierten ihn nur, wenn in ihnen in langen Zahlenkolonnen die Geschicke seiner Unternehmungen aufgelistet waren.

Zufrieden nahm Niccolo das kurze Gespräch zum Anlass, das während der Mahlzeit herrschende Schweigen nun endgültig zu brechen. »Ich muss mich sputen. Es gilt noch so viel vorzubereiten.«

Er genoss den verwunderten Blick seiner Schwester.

»Was willst du vorbereiten?«

»Oh, hast du es noch nicht gehört? Ich gehe auf die Grand Tour.«

Ihre Antwort war nicht ganz das, was er erwartet hatte. Marcella prustete los und hätte beinahe ihren Kakao über den Tisch gespuckt, wenn sie nicht schnell ihre Serviette an die Lippen gehoben hätte. Hinter ihrer Deckung kicherte seine Schwester weiter, während ihr Vater, ohne von seiner Lektüre abzulassen, ein Schnalzen vernehmen ließ, das seinen Unmut unmissverständlich ausdrückte.

Marcella murmelte eine Entschuldigung, aber das freche Grinsen verschwand nicht aus ihrem Gesicht. Sie lehnte sich vor.

»Wer bist du? Der englische Lord Niccolo der Mutige?«

»Ich mache eine Bildungsreise«, erwiderte Niccolo indigniert und tupfte sich die Mundwinkel mit seinem eigenen Mundtuch ab. »Nach England. Und Frankreich. Vielleicht bereise ich auch den Orient.«

Jetzt schwieg Marcella und kniff die Augen zusammen.

»Du willst mich zum Besten haben, oder? Stimmt das, Papa?«

Der Conte ließ die Zeitung wieder sinken und sah seine Tochter an.

»Stimmt was, mein Kind?«

»Dass Niccolo auf eine große Reise geht? Eine Grand Tour?«

Missbilligend ließ der Conte seinen Blick von Marcella zu seinem Sohn schweifen. »In der Tat, er wird eine Bildungsreise antreten. Für einen jungen Mann seines Standes ist das mehr als angebracht.«

Triumphierend hob Niccolo das Kinn und ließ den erzürnten Blick seiner Schwester an sich abgleiten wie Wasser, das über eine Glasscheibe rann. Er konnte ihren Neid spüren. Sie war nur ein Kind, ein kleines Mädchen, das daheim bleiben würde, während er nun sein eigenes Schicksal in die Hände nahm. *Aber zumindest bleibt sie in Valentines Gesellschaft.* Der Gedanke hatte sich ungebeten in seinen Kopf geschlichen. Marcella kniff die Lippen zusammen und schwieg.

»Obwohl du immer sagst, dass der Krieg gegen Napoléon die schmutzigsten Elemente der Gesellschaft nach oben gespült hat und man sich dieser Tage seines Lebens nicht einmal in seinem eigenen Haus sicher sein kann?«, mischte sich nun eine neue Stimme von der Tür her ein. Niccolos Mutter, schmal und blass in ihrer Morgengarderobe, betrat das Esszimmer. Ihr straff zurückgebundenes Haar verlieh ihrem Gesicht eine kühle Strenge. Wie stets hatte sie sich das Frühstück in ihrem Schlafzimmer servieren lassen und kam nun lediglich zu ihnen, um ihrer Familie einen guten Morgen zu wünschen.

»Die Zeiten sind wieder ruhiger, meine Liebe. Und ein junger Mann kann nun einmal nicht die Welt vom Fenster seines Hauses aus kennenlernen. Und nun seid so gut, und lasst mich meine Zeitung lesen«, bemerkte ihr Gemahl mit einem abschließenden Blick auf seine Familie.

»Es gibt Banditen und wahnsinnige Mönche im Schwarzwald«, zischte Marcella leise.

»Und Bonapartisten, die nur darauf warten, den Sprössling einer angesehenen toskanischen Familie zu fangen und Lösegeld zu erpressen«, pflichtete ihre Mutter ihr bei.

»Gütiger Himmel!« Der Conte ließ die Zeitung sinken und hob die Stimme, die nun deutlich mehr als nur ein wenig verstimmt klang. »Niccolo wird diese Reise antreten, das ist beschlossene Sache. Und danach wird er zum Regiment gehen. Ich wünsche keine weitere Einmischung mehr, denn ich gedenke nicht, über diese Sache zu diskutieren.«

»Das ist gemein.«

Mit diesen Worten warf Marcella ihre Serviette auf den Tisch, sprang auf und lief mit wehendem Haar an ihrer Mutter vorbei aus dem Esszimmer. Verärgert blickte der Conte ihr nach, aber Niccolo versuchte ihn zu beruhigen: »Sie ist satt.«

»Und das bin ich wohl auch«, steuerte seine Mutter in sarkastischem Ton bei und drehte sich auf dem Absatz um.

Als beide Frauen den Raum verlassen hatten, schaute der Conte seinen Sohn Verständnis heischend an: »Frauen, Niccolo. So zarte Geschöpfe. Ihr Leben wird nur von ihren Gefühlen bestimmt. Ich rate dir, wenn du den Militärdienst abgeschlossen und ein Offizierspatent erworben hast, such dir eine Frau, die fromm, bescheiden und vor allem schweigsam ist. Damit handelst du dir den wenigsten Ärger ein.«

Damit nahm er seine Lektüre wieder auf, mit einem Gesichtsausdruck, der mehr als deutlich machte, dass er keine weitere Störung dulden würde.

»Danke, Vater«, murmelte Niccolo, mehr weil es ihm angemessen schien, als weil er dem Rat seines Vaters wirklich etwas abgewinnen konnte. Wer würde schon eine stumme Betschwester heiraten wollen? Der Conte sicherlich nicht, dafür war seine Mutter der lebende Beweis.

Während er sich erhob und auf die morgendlich kühle Terrasse hinaustrat, dachte er über die Worte seiner Schwester und seiner Mutter nach.

Natürlich wollte die Contessa ihn lieber in ihrer Nähe behalten, und Marcella hatte ihn nur erschrecken wollen und dabei lediglich einige der Gruselgeschichten wiedergegeben, aus denen Niccolo ihr selbst vorgelesen hatte. Aber dennoch zeigten ihre Worte Wirkung.

Die lichten Landstriche, die er bislang auf seiner geistigen Reiseroute befahren hatte, Länder mit großartiger Vergangenheit und ebensolcher Zukunft, wurden nun in seiner Vorstellung zu einem dunklen Ort, an dem sich die Ausgestoßenen versammelten, um sich an jenen zu rächen, die anders waren als sie selbst. Aus den an Heroen der Antike gemahnenden Gestalten wurden bucklige, missratene Wesen, deren verkommener Geist nur Tücke und Hass kannte. Er musste an die Geschichten von den lebendig Begrabenen denken und an die ausführlichen Berichte von Amputationen, die er in seinen Magazinen gelesen hatte. Niccolo schluckte und schalt sich selbst einen Narren, aber die Bilder wollten nicht weichen.

2

BENEVENTO, 1816

Es drohte, eine von diesen sehr speziellen Nächten zu werden. Diese Nacht würde ein Nachspiel haben, denn das Getöse konnte unmöglich unbemerkt geblieben sein, auch wenn sie in diesem abgelegenen Olivenhain nicht mit vielen Zuschauern rechnen mussten. Doch es würde Geld kosten und vieler Worte bedürfen, sowohl drohender als auch beschwichtigender, um zu verhindern, dass aus den Geschichten, die man sicherlich über diese kühle Nacht erzählen würde, mehr als nur Legenden wurden.

Gioana schob den Gedanken beiseite; sollten die Bauern in diesem gottverlassenen Landstrich doch von der Macht des Heiligen Stuhles hören und sie fürchten, wie es sich für gute Christenmenschen gehörte. Seine Eminenz, Kardinal della Genga, hatte ihr mehr als deutlich gemacht, wie wichtig ihre Mission war. Die Ängste der Landbevölkerung waren ein sehr kleiner Preis für den Erfolg.

Ein Heulen riss sie zurück in das Hier und Jetzt. Die Zukunft musste warten. Erst einmal galt es sicherzustellen, dass es überhaupt eine Zukunft für sie und ihre Untergebenen geben würde.

Das Leder ihrer Handschuhe knirschte, als sie ihre Finger kurz spreizte, bevor sie die Pistole aus der Schlaufe an ihrem Gürtel zog und sorgfältig lud. Ihre Lippen formten beinahe unbewusst einige Worte des Rosenkranzes. *Qui pro nobis spinis coronatus est.* Um sich herum hörte sie andere, die mit ihrem Schöpfer sprachen, ihn um Kraft und Beistand baten oder seine Gnade für sich und ihre Mitbrüder erflehten. Sie konnte sehen, wie Bruder Fernando ihr immer wieder verstohlene Blicke zuwarf. Offenbar bat er die Heilige Jungfrau nicht nur um Beistand gegen ihren Feind, sondern auch darum, der Versuchung durch Gioana zu entgehen. Beinahe hätte sie gelächelt. Der junge Bruder war zum ersten Mal mit ihr auf der Jagd, und seine Reaktion auf sie war ihr keinesfalls unvertraut. Nun, er würde sich daran gewöhnen. Zumindest, wenn er lange genug in Diensten des Kardinals überlebte.

Das, was sie jagten, kam durch den Olivenhain auf sie zu. Eine unnatürliche, gottlose Kreatur, eine Verhöhnung und Bedrohung der erhabenen Schöpfung gleichermaßen. Die anderen trieben das Wesen vor sich her. Immer wieder knallten Schüsse, doch im fahlen Mondlicht war zwischen den dunklen Bäumen noch nichts zu erkennen. Ihre Augen suchten den Feind, während sie weiterbetete. *Qui pro nobis crucem baiulavit.* Schon glaubte sie, dass sie entdeckt worden waren, trotz ihres Standortes, der ihnen Deckung hinter der niedrigen Natursteinmauer bot. Ihr Jagdobjekt war nicht nur gefährlich, sondern auch gerissen, und es wäre nicht das erste Mal, dass eine der Bestien durch die engen Maschen eines derart sorgfältig gespannten Netzes schlüpfte.

Aber das galt es zu verhindern. Im Schatten zweier weit auseinanderstehender Olivenbäume zeigte sich eine Gestalt, die geduckt rannte. Fast hätte man sie für einen Menschen halten können, doch sie war groß, viel zu groß für einen Nachfahren Adams, selbst mit weit nach vorn geneigtem Haupt. Sie lief mehr auf vier als auf zwei Beinen, und ihr dunkles Fell verschmolz geradezu mit den Schatten. Einzig das helle Glühen ihrer Augen hob sich davon ab.

Gioana lächelte.

Neben ihr sprang Bruder Fernando auf, die Muskete an die Schulter gelegt.

»Nein«, brüllte sie und griff nach ihm, doch es war zu spät; der Schuss löste sich. Sie verschwendete keinen Gedanken an die Dummheit des Bruders, sondern schob sich an der Mauer hoch und legte an.

»Jetzt! Feuer!«

In der Dunkelheit war nicht zu erkennen, ob Fernandos Schuss ein Treffer gewesen war, aber die Bestie war gewarnt worden und die Distanz zu ihr noch zu groß. Zwar war Gioana sicher, dass ihr Schuss das Monstrum getroffen hatte, und sie hörte es schmerzerfüllt jaulen, als die anderen Brüder schossen, doch es war zu wenig. Die Bestie stand noch, nein, sie lief sogar auf sie zu.

»Nachladen!«

Nicht alle waren so fest im Glauben wie sie selbst. Zwei ließen gar ihre Waffen fallen, der eine floh, der andere sank auf die Knie und betete inbrünstig mit geschlossenen Augen. So sah er zumindest nicht, wie das Monster neben ihm mit einem leichten Satz über die Mauer sprang.

Jetzt, direkt neben den Menschen, zeigte es seine wahre Größe, war es doch beinahe doppelt so groß wie Gioana selbst. Sein dichtes, zotteliges Fell roch nach Blut, und seine weißen, tödlichen Fänge glänzten im Mondlicht. Eine gewaltige Pranke riss Bruder Joseph von den Beinen. Der gestandene Bruder aus Bayern schrie nicht, als er zu Boden stürzte, während seine Innereien durch die Luft flogen. Die Bestie brüllte spöttisch, ein Laut, der Gioanas Zorn anfachte. Die Feinde der heiligen Kirche sollten nicht über sie triumphieren dürfen. Unablässig betete sie, während sie die silbrige Kugel in den Lauf stieß. *Qui pro nobis crucifixus est.* Dann riss sie die Waffe herum, zielte das Fragment eines Herzschlags lang und drückte erneut ab.

Das Siegesgeheul wurde zu einem Schmerzenslaut, aber noch immer stand das Monstrum aufrecht. Es fixierte Gioana mit seinen höllischen Augen, und sie sah darin ein Erkennen. Allzu viele Frauen gab es nicht in ihren Reihen. Mit einem verächtlichen Schlag riss die Kreatur Bruder Bernhardin die Kehle auf, so dass sein Kopf auf den Rücken klappte und sein nun führungsloser Körper zurücktaumelte. Das Monstrum stieß ihn weg und kam auf Gioana zu, die wieder begonnen hatte, ihre Pistole zu laden. Ein anderer Bruder schoss, aber die Kreatur beachtete ihn nicht; ihre Aufmerksamkeit galt allein ihr. Gioana erkannte, dass sie nicht fertig laden konnte, bis die Kreatur bei ihr war. Also griff sie unter ihre lederne Jacke und zog einen kleinen Beutel hervor. Sie hatte gehofft, niemals nah genug an eines der Wesen heranzukommen, um zu dieser Maßnahme greifen zu müssen, und sie konnte nur beten, dass ihre Vermutungen über die Art der Monster die Wahrheit trafen.

»Ehre sei dem Vater. Amen«, flüsterte sie, als das Wesen sich duckte und zum Sprung ansetzte. Sie riss die Leine des Beutels auf, verteilte seinen Inhalt in der Luft und warf sich zur Seite. Etwas traf sie an der Schulter, beschleunigte ihren Sturz und schleuderte sie schmerzhaft gegen die Mauer. Ihr Hinterkopf schlug gegen einen Stein, und die Welt um sie herum drohte, in Finsternis zu versinken.

Doch das schmerzerfüllte Jaulen ihres Feindes holte sie zurück, gab ihr etwas, worauf sie sich konzentrieren konnte, um die Benommenheit abzuschütteln. Hände packten sie an den Schultern, zogen sie empor, und als sie erst wieder auf eigenen Füßen stand, klärte sich ihre Sicht. Aus dem Jaulen wurde ein Stöhnen.

Dort, wo eben noch ein riesiges pelzbedecktes Monstrum gestanden hatte, lag nun ein zuckender nackter Mann auf dem Boden, über dessen gebräunte Haut Blut lief. Er wirkte nicht alt, kaum älter als sie selbst, vielleicht war er in den Dreißigern. Doch wer konnte bei solch einem widernatürlichen Wesen schon sagen, wie alt es in Wahrheit war? Der Verführer, so hieß es, vermochte den Seinen ein unnatürlich langes Leben zu verleihen.

Die Silberkugeln, die sie zusätzlich noch in geweihtes Wasser getaucht und die Seine Eminenz gesegnet hatte, verhinderten, dass sich die Wunden der Kreatur wieder schlossen, wie es bei gewöhnlichen Verletzungen der Fall gewesen wäre.

Sie griff sich an die Stirn und besah sich dann ihre Finger; auf ihren Handschuhen waren dunkle Tropfen. Er war nicht der Einzige, der blutete.

»Fesselt ihn«, befahl sie knapp. Sie blickte zu den gefallenen Brüdern hinüber, doch jede Hilfe kam zu spät für sie. Diese Kreaturen töteten, wenn sie konnten, und Gioana war gewillt, Gleiches mit Gleichem zu vergelten.

Die Brüder warfen Stränge, die wie helle Seile wirkten, über den nackten Mann, aber Gioana wusste, dass es Kabel waren, die mit Silber beschichtet worden waren. Im niedrigen Unkraut neben der Mauer fand sie ihre Pistole, und sie kniete sich neben den Gefangenen, aus dessen Mund und Nase Blut lief. Er grinste sie an, mit roten, ebenmäßigen Zähnen. Keine Spur war mehr von den Fängen geblieben, die über seine Lippen geragt hatten, aber die Mordlust funkelte noch in seinen Augen.

»Ich habe vier von euch erwischt«, brachte er mühsam hervor. Interessiert betrachtete Gioana, welche Auswirkungen der Silberstaub auf ihn hatte. Das Ergebnis übertraf jedenfalls ihre Erwartungen.

»Ein Pyrrhussieg, passend für diese Gegend«, erwiderte sie gleichgültig. »Ihre Seelen sind bei Gott dem Herrn, in Ewigkeit. Die du in den Feuern der Hölle verbringen wirst.«

»Ihr seid … uns auf den Leim gegangen. Ich war nur die Ablenkung. Die anderen sind sicher.«

»Oh, du meinst, die Frau und die beiden Welpen?«

Ihre Worte ließen das blutige Grinsen auf seinem Gesicht ersterben.

»Wir haben ihre Leiber gestern bei Ascoli Satriano den Flammen übergeben. Du warst der Letzte. Das Benevento ist endlich von dir und deiner Art befreit.«

Seine Züge erstarrten zu einer Maske des Leids, und Tränen mischten sich mit dem Blut. Eigentlich hätte es Gioana erfreuen soll, doch innerlich hätte sie beinahe geflucht. Die letzten Jahre waren nicht gut gewesen für die heilige Mutter Kirche. Sie erinnerte sich an die gottlosen Zeiten, als die französischen Hunde alles mit den Füßen traten, wofür sie einstand, und die Arbeit der heiligen Kirche um Jahre, wenn nicht Jahrzehnte, zurückwarfen. Aber Napoléon hatte auch sein Gutes gehabt: Manches, was sich sonst verborgen hatte, war aus seinen Löchern gekrochen, als es glaubte, dem Strom der Gottlosigkeit folgen zu können. Mancher hatte geglaubt, die Kirche sei endgültig gedemütigt worden. Die Feinde des Stuhls Petri hatten sich zu früh gefreut, und nun zahlten sie die Zeche für ihren Hochmut. Sie lud ihre Pistole.

»Anáthema estô.«

»Du bist kein Werkzeug Gottes«, zischte der Mann und starrte sie hasserfüllt an.

»Die Wege des Herrn sind unergründlich«, erwiderte sie ungerührt und schoss ihm ins Gesicht. Sein Leib bäumte sich auf, warf sich gegen die Kabel, doch jetzt war es genug Silber, dem er ausgesetzt war. Er erschlaffte und starb. Sie warf ihre Pistole auf seine Brust und befahl: »Verbrennt das.«

Die Brüder begannen mit den Vorbereitungen. Sie indes hatte andere Angelegenheiten, um die sie sich kümmern musste.

»Bruder Fernando?«

»Sí?«

»Dein Verhalten ist leider nicht tragbar für uns. Es hat zweien unserer Brüder den Tod gebracht und uns alle gefährdet. Ich will, dass du dich in Rom meldest. Bitte den Herrn um Vergebung. Meine kann ich dir nicht gewähren. In unseren Reihen ist kein Platz für dich.«

»Ja, Schwester.«

Es musste den Spanier schmerzen, von einer Frau derart gemaßregelt zu werden, doch das Ergebnis seiner Inkompetenz lag blutig vor ihrer aller Augen. Nach Gioanas Erfahrung waren die Spanier oft zu eifrig. Natürlich mussten sie alle einen gewissen Eifer mitbringen, um die Aufgaben des Herrn zu erfüllen, doch Fehler waren tödlich, und wieder einmal hatten sie einen hohen Preis für die Vollstreckung des Urteils gezahlt, das der Kardinal ausgesprochen hatte.

Inzwischen waren die anderen Gruppen zu ihnen gestoßen, die das Biest aus seinem Versteck und in die Falle getrieben hatten.

»Sendet dem Erzbischof in Benevento die Nachricht, dass Gottes Werk vollbracht ist. Und zehn Brüder sollen ausschwärmen und herausfinden, ob wir ungebetene Zuschauer hatten.«

Noch war sie unschlüssig, wie sie im Zweifelsfall vorgehen würde. Versprechungen von ewigem Seelenheil gepaart mit materiellem Lohn in dieser Welt brachten oft genug die besten Ergebnisse. Diese Gegend war wahrhaft von Gott gestraft worden. Hier hatte die Kirche jahrhundertelang einen düsteren Krieg gegen jene Ketzer geführt, welche in die Haut von Tieren zu schlüpfen vermochten. Einst sollten hier sogar Mauren und Sarazenen Königreiche errichtet haben. Noch immer war das Volk abergläubisch und leicht vom rechten Pfad abzubringen. Keine hundertfünfzig Meilen von Rom entfernt, gedieh hier die Saat der Dunkelheit, und es waren die gottlosen Krieger dieser neuen Zeit gewesen, die mit ihren Lügen und Häresien den Boden wieder einmal dafür vorbereitet hatten.

»Schwester! Schwester!«

Überrascht blickte sie sich um. Bruder Iordanus, der mit einigen Laienbrüdern abseits des Hügels am Wegesrand auf die Kutschen und Pferde aufgepasst hatte, kam mit wehenden Rockschößen zu ihnen gerannt. Seine Aufgelöstheit passte nur schlecht zu seiner üblichen besonnenen, ruhigen Art. Schon befürchtete Gioana, dass sie etwas übersehen hatten, dass es mehr der verfluchten Kreaturen gab, aber der Bruder schien nicht ängstlich, sondern nur aufgeregt zu sein.

»Ich habe Nachricht aus Rom, Schwester. Unsere Brüder jenseits der Alpen haben die Spur des Unholdes aufgenommen, den Seine Eminenz so dringlich sucht.«

Seine Erregung sprang auf Gioana über. Sie spürte, wie die beinahe obszöne Lust der Jagd in ihr aufwallte.

»Haben sie sein Versteck entdeckt? Sind sie sicher?«

»Ja, Schwester.«

»Beeilt euch. Wir brechen bald auf«, rief sie laut und packte Iordanus am Arm. Leise flüsterte sie ihm zu: »Endlich!«

3

AREZZO, 1816

Niccolo hatte all seinen Mut zusammengenommen. Er hatte lange überlegt, ob es der Situation angemessen wäre, Valentine Blumen zu kaufen oder ihr ein Gedicht zu schreiben, aber dann hatte er sich dagegen entschieden. Sollte sie seine Liebe nicht erwidern, würde er mit den Blumen in der Hand wie ein Idiot dastehen. Und seine Gefühle in Gedichtform auszudrücken, dazu fühlte er sich nicht in der Lage. Gern hätte er Valentine mit einem Epos bedacht, das an Schönheit und Empfindsamkeit dem *Werther* gleichkam, aber er zweifelte hinreichend an seinem Talent, um nicht mit einigen ungelenken Versen die einzige Gelegenheit zu ruinieren, die sich ihm vielleicht bot, ihr zu gestehen, was er für sie empfand.

Jetzt also war es so weit. In wenigen Tagen würde seine Reise beginnen, und er würde sich Valentine heute wie ein Mann offenbaren. Und wenn es wirklich eines Liebesunterpfandes bedurfte, dann hoffte er darauf, vielleicht eine Haarlocke von ihr erhalten zu können, natürlich im Austausch gegen eine der seinen. Ja, eine Locke: Das war viel besser als eine Blume oder ein Vers.

Noch einmal räusperte er sich, dann hob er die Hand, um an der Zimmertür seiner Schwester zu klopfen, bei der Valentine zu dieser Zeit des Tages sicher anzutreffen war. Aus dem Inneren des Raumes hörte er ein aufgeregtes Kichern und das Rascheln von Röcken. Er hatte noch nicht gegen das Holz geschlagen, als die Tür bereits aufgerissen wurde und Valentine vor ihm stand. Mit ihren sechzehn Jahren war sie nur wenig jünger als er, und sie reichte ihm bis knapp unter das Kinn. *Schön im klassischen Sinn,* hatte ihre Mutter das Mädchen nach ihrer Ankunft genannt und dabei besonders ihr Profil gelobt. Heute trug Valentine ein dunkelblaues Kleid, das ihre schlanke Taille besonders hervorhob. Ihre blonden Locken hatte sie mit einem gleichfarbigen Band am Hinterkopf gebändigt, und ihre Augen blitzten.

»Niccolo!«, rief sie erfreut, als sie seiner ansichtig wurde. »Ich wollte mich gerade auf die Suche nach dir machen.«

»Das trifft sich gut«, erwiderte der junge Mann lahm. »Denn ich wollte auch gerade zu dir.«

Nicht zum ersten Mal fühlte er sich in ihrer Gegenwart wie ein kompletter Narr.

»Ach ja?« Valentine ergriff seinen Arm, winkte Marcella zu und schloss die Tür hinter sich. »Ich bin so aufgeregt, ich kann es noch gar nicht glauben.«

Diese oder ähnliche Sätze hatte Niccolo eigentlich erst nach seinem Geständnis erwartet, deshalb brachten sie ihn nun umso mehr aus dem Konzept. Statt also, wie er es fest vorgehabt hatte, vor ihr auf die Knie zu sinken, führte er sie die Treppe in die Halle hinunter und fragte dabei im Plauderton: »Was ist denn vorgefallen, dass du so aufgeregt bist?«

»Marcella hat es mir eben erzählt. Dein Vater denkt, ich sollte die gute Gelegenheit nutzen und nach Hause zu meinen Eltern fahren.«

Die Bedeutung der Worte sickerte nur langsam in Niccolos Verstand ein. »Du wirst nach Hause fahren?«

»Ja, denk doch nur, und schon in wenigen Tagen! Ich werde dich auf dem ersten Teil deiner Grand Tour begleiten. Stell dir vor – wir können zusammen reisen. Ist das nicht wunderbar?«

Der junge Adlige fühlte sich wie betäubt. *Wunderbar, oh ja.* Er würde sich vor der Reise nicht von der Geliebten verabschieden müssen. Nein, sie würde in seiner unmittelbaren Nähe sein, zumindest, bis sie die Schweiz erreichten. Im Stillen sandte er ein Dankgebet zum Himmel, der ihm nicht nur Valentine als Reisebegleitung mit auf den Weg gab, sondern es ihm auch ersparte, ihr sein Geständnis zu machen, wenigstens für den Moment.

Niccolo hatte mit Tränen gerechnet, doch seine Mutter zeigte jene vornehme Zurückhaltung, die einer römischen Patrizierfamilie, deren Wurzeln gern bis in die Zeiten der Caesaren zurückverfolgt wurden, angemessen war. Sie hätte eine Statue aus dem antiken Rom sein können, mit der schmalen, geraden Nase und den ausdrucksstarken Augen. Sie wirkte beinahe ebenso kalt wie der Marmor einer Büste.

Stattdessen war es sein Vater, der, entgegen aller Voraussicht, sichtbar mit seinen Gefühlen kämpfte.

»Mach mich stolz, mein Sohn«, sagte der Conte nicht zum ersten Mal an diesem kühlen Frühjahrsmorgen, dessen grauer Himmel und beharrlicher Nebel der Schönheit der Toskana so wenig gerecht wurde. Die vertrauliche Anrede schmeichelte Niccolo, auch wenn sie wohl nur dem Augenblick geschuldet war.

»Denk an alles, was du gelernt hast«, warf seine Mutter ein und beugte sich zu ihm vor. Ihre ohnehin blasse Haut wirkte im Zwielicht noch heller. »Und schreib uns oft.«

Nun bekam ihre Fassade doch einen Riss, und ihre Unterlippe bebte. Bislang hatte Niccolo das traurige Gefühl des Abschiedes unterdrücken können, aber als er seine Mutter ansah, spürte er einen Druck in der Kehle, der es ihm unmöglich machte zu sprechen. Also nickte er lediglich, als sie ihm einen Kuss auf die Wange hauchte.

Marcella stand in der Tür des Palazzos, unter dem verzierten steinernen Türsturz, der sie noch kleiner wirken ließ, als sie war. Sie hatte ihr Lieblingskleid angezogen, sattes Gelb mit hellen Blüten bestickt, und hielt die Puppe Mima fest an sich gedrückt. Noch hatte sie ihm nicht verziehen, dass er Arezzo verließ, ohne sie mitzunehmen, aber trotzdem trat er den Gang zu ihr an, die drei Stufen bis zur Tür empor, und sah sie einige Momente lang an.

»Wir brechen auf«, erklärte er. »Ich möchte mich von dir verabschieden.«

Er zuckte selbst ob der Förmlichkeit seiner Worte zusammen, aber bessere wollten ihm nicht in den Sinn kommen. Am liebsten hätte er sie umarmt, aber ihr kleiner Körper war so steif und abweisend, dass er es nicht wagte.

»Du und Valentine, ihr seid gemein, mich einfach allein zu lassen«, presste sie hervor.

»Wirst du an mich denken?«, fragte sie schließlich leise, ohne ihm in die Augen zu blicken.

»Natürlich, du Dummerchen. Ich werde dir ganz viele Briefe schreiben. Und ich bin mir sicher, Valentine wird dir auch schreiben. Wer weiß, vielleicht fahrt ihr sogar einmal zu einem Besuch in die Schweiz?«

Als sie ihm in die Arme sprang, lief ihm doch noch eine Träne über die Wange. Er kniete sich neben sie und drückte sie fest an sich.

»Vergiss mich nicht.«

Er war von der Wucht ihrer Worte geradezu betäubt. Lange hielten sie sich in den Armen, bis Niccolo sich unwillig von ihr löste. Auch ihr liefen Tränen über die Pausbacken, die sie ärgerlich mit dem Ärmel ihres Kleids abwischte, was ihr sicherlich die Schelte ihrer Mutter einbringen würde.

Bevor Niccolo sich wieder umwandte, tupfte auch er sich die Feuchtigkeit mit einem Taschentuch aus dem Gesicht, atmete einige Male tief durch und erlangte zumindest äußerlich wieder Ruhe.

Die vier Pferde vor der Kutsche scharrten bereits ungeduldig mit den Hufen. Das Gefährt war den deutschen Berlinen ähnlich und schon lange Jahre im Besitz der Familie, und dabei erst vor wenigen Jahren komplett überholt worden. Die Räder waren fast so groß wie Niccolo selbst, und die Kutsche bot mehr als genug Platz für ihn und Valentine. Sein Diener würde auf dem Dach mitfahren, ebenso wie die beiden Dienstmädchen Valentines. Ansonsten war auch das umfangreiche Gepäck auf dem Dach verstaut worden. Obwohl er ursprünglich geglaubt hatte, nur wenig zu benötigen, war Niccolo rasch eines Besseren belehrt worden und hatte nun neben einer Truhe auch noch einen großen Koffer und zwei Taschen voller Kleidung und Ausstattung bei sich, die seine Eltern auf der anstehenden Reise für unabdingbar hielten.

Noch einmal nickte er seiner Familie zu, dann stieg er die kleine Ausklapptreppe empor und nahm im düsteren Inneren der Kutsche Platz. Valentine saß ihm bereits gegenüber und lächelte ihn an. Sie konnte es offenkundig kaum erwarten, Arezzo zu verlassen und die Reise anzutreten, und ihre Begeisterung wirkte ansteckend auf Niccolo. Noch einmal holte er tief Luft, dann lächelte er zurück und klopfte mit der Hand gegen das Kutschdach.

»Aufbruch.«

Gemächlich setzte das schwere Gefährt sich in Bewegung und rumpelte über das Kopfsteinpflaster, fort vom Palazzo seiner Familie.

4

GENF, 1816

Sein Traum war die Erinnerung an eine Hatz. Weiße, endlose Felder und kalter Schnee im Mondlicht. Laufen, bis die Lungen brannten und nur noch der Leib existierte. Die pure Freude der ungezügelten Bewegung. Die eigenen, schier endlosen Kräfte, die ihn weiter und immer weiter trieben, ohne auch nur im Geringsten nachzulassen oder zu ermüden, bevor die Beute gepackt und gerissen war. Ein angenehmer Traum von ungezügelter Wildheit und einer reinen, düsteren Lust an der Jagd.

Die Wirklichkeit war weniger erquicklich. Der Boden unter seinem Körper fühlte sich an wie eine Melange aus hart und weich. Er fröstelte in der kühlen Luft, die ihn umgab, und seine Gliedmaßen zitterten vor Erschöpfung. Die Welt bestand nur aus Licht und Schatten, die sich zu keinem Bild formen wollten. Rasende Schmerzen brandeten durch seinen Geist, erstickten jeden Gedanken. Sein Kopf fühlte sich an, als wolle er von innen heraus bersten. Übelkeit ergriff ihn, so heftig, dass er sich nicht zurückhalten konnte, und er erbrach sich. Warmes Blut sprudelte über seine Lippen, lief über sein Kinn und auf seine nackte Brust.

»Sir?«

Verständnislos wandte er den Kopf in die Richtung der Stimme. Ein Teil von ihm wollte davonlaufen, fliehen, sich verstecken – aber er konnte sich nicht einmal aufrichten.

»Grundgütiger … hier!«, erklang die Stimme erneut, laut und aufgebracht. »Hier!«

Etwas legte sich auf ihn. Stoff, kratzig auf seiner Haut, aber doch warm. Langsam kehrte seine Sicht zurück, und die gestaltlosen Formen fügten sich zusammen. Ein helles Rechteck erschien vor ihm, das ein Gesicht einrahmte.

»Berger?«

Seine Stimme war wenig mehr als ein Krächzen, und als er sprach, spürte er den Geschmack des Blutes auf seiner Zunge, was ihn erneut würgen ließ.

Jemand brüllte im Hintergrund, ein lautes, aber dennoch gedämpftes Geräusch. Mehr Stimmen erklangen, aufgeregt durcheinanderredend. Er konnte sich nicht darum kümmern; sein Geist war bereits genug damit beschäftigt, seine Umgebung wahrzunehmen. Ein dunkler Ort, muffig und übelriechend. Weiße Flecken überall, Staub in der Luft. Er konnte sich keinen Reim darauf machen. Ein dunkler Mantel lag auf seiner Haut, doch an Beinen und Armen spürte er einen kühlen Lufthauch.

»Wo bin ich, Berger?«

Die Stimme des Bediensteten klang furchtsam und ratlos. »In einem Hühnerstall, Sir.«

Gegen seinen Willen musste er lachen. Peinvoll schüttelte es seinen Körper. Jeder Atemzug schmerzte, doch er konnte nicht aufhören.

»Und ich musste schon an Platon und seine Höhle denken«, presste er zwischen zwei Lachern hervor, aber sein Gegenüber sah ihn nur verständnislos an.

Eine tiefe Sorgenfalte bildete sich auf der Stirn seines Gegenübers, die ohnehin von Falten zerfurcht war. Der Schweizer wirkte beinahe durchgängig konsterniert, als würde ihm das Leben ohne Unterlass Scherereien bereiten. Zumindest in diesem Augenblick hatte er damit wohl nicht ganz Unrecht.

»Seid Ihr verletzt? Könnt Ihr aufstehen, Sir? Ihr solltet diesen Ort schnellstens verlassen. Ihr könntet … erkranken.«

Bergers kräftige Hände packten ihn und zogen ihn empor, bis

er zunächst einmal aufrecht vor ihm saß. Die Lichter tanzten wieder vor seinen Augen, und in seinen Ohren rauschte es, als stünde er am Ufer des Flusses Styx. Erst einige vorsichtige Atemzüge später verlangsamte sich sein Herzschlag, und er verlor das Gefühl einer drohenden Ohnmacht.

»Schwach wie ein Welpe«, murmelte er, als Berger ihn an den Schultern packte und auf die Füße hob. Er wäre sofort wieder zu Boden gestürzt, wenn sein Diener ihn nicht festgehalten hätte. Fürsorglich schlang der Mann sich seinen Arm um die Schultern und gab ihm so Halt.

Als erwache er gerade aus seinem Traum, blickte er sich um. Sie befanden sich tatsächlich in einem Hühnerstall, durch dessen niedrige Tür Tageslicht fiel. Der Boden war mit Exkrementen bedeckt, und die ehemaligen Bewohner des Stalls, eine nicht unbedeutende Anzahl Federvieh, lagen tot auf dem Boden verteilt. Blut bedeckte ihr Gefieder, und noch immer schwebten kleine Federn in der Luft umher, aufgewirbelt durch Bergers Eintreten. Die Tiere waren alle tot, mit verdrehten Hälsen und blutigen Wunden. Von einigen Hühnern waren nicht mehr als achtlos fortgeworfene Köpfe übrig. Erneut regte sich Übelkeit in ihm, doch er kämpfte sie mit eisernem Willen nieder.

Er hob die Hände und betrachtete sie; getrocknetes Blut ließ die Finger steif werden, und dunkelrote Spuren zogen sich über seine Unterarme bis zu seinen Ellbogen. Überall klebten Federn. Als er die Finger spreizte, öffneten sich Risse im Blut.

Achtlos strich er sich mit den Kuppen über das Kinn und sah verständnislos auf die geronnenen Tropfen, die im schwachen Licht verführerisch glänzten. Beinahe hätte er dem Verlangen nachgegeben, sie abzulecken, doch der metallisch-saure Geschmack in seinem Mund hielt ihn davon ab.

»Sir? Sir?«

Berger redete eindringlich auf ihn ein.

»Ja, gehen wir«, erklärte er unsicher und wollte einen Schritt tun, doch sein Bein gab einfach unter ihm nach. Ohne Bergers Griff hätte er nicht einmal stehen können. Sein Diener führte ihn zu der Stalltür, hinter der ein grau-nebliger Tag wartete.

Er blinzelte in das trübe Licht, das trotz der dicken Wolken zu hell für seine empfindlichen Augen war.

»George! Um Himmels willen, Mann! Geht es dir … will sagen … meine Güte!«

Der Sprecher war ein junger, schlanker Mann, dessen dichtes schwarzes Haar in Locken in seine Stirn hing. Die buschigen Augenbrauen betonten seine dunklen Augen und gaben dem Gesicht etwas Geheimnisvolles, auch wenn das Kinn schwach war.

»Keine Sorge, Polly, es geht mir gut.«

»Du redest wirr«, entgegnete der Angesprochene, schon viel reservierter, und wies auf eine riesige, dunkelgrüne Kutsche, die vor dem schmutzigen Hof stand, zu dem der formidable Hühnerstall zweifelsohne gehörte. »Wir müssen dich rasch in die Unterkunft schaffen. Dort werde ich dich untersuchen. Wie du aussiehst!«

Ein anderer Mann wollte gestikulierend auf sie zukommen, doch er wurde von zwei kräftigen Gestalten aufgehalten, die ihm den Weg versperrten und ihn sanft, aber bestimmt daran hinderten, seiner Wut noch mehr Ausdruck zu verleihen.

»Bezahl dem Mann den ihm entstandenen Schaden, Berger. Großzügig. Er soll uns in bester Erinnerung behalten.«

Der Gedanke daran, in welcher Erinnerung der Bauer sie wohl tatsächlich behalten würde, ließ ein Kichern in seiner Kehle aufsteigen. Ein nackter Mann, eingehüllt in einen zu kleinen Mantel, das Gesicht besudelt mit Blut und Federn, dessen Hände wie die eines wahnsinnigen Schlachters wirken mussten und der von zwei besorgten Begleitern in ein wahres Ungetüm von einer Kutsche eskortiert wurde – von denen einer ihn so besorgt musterte, dass er der weinenden Muttergottes hätte Konkurrenz machen können. Doch, das Komische der Situation überwog bei weitem.

»Selbstverständlich, Sir«, erwiderte der Bedienstete, ohne ihn jedoch loszulassen. Sie schritten über den matschigen Hof, und jeder Schritt kostete ihn so viel Kraft, als wäre er ein alter Mann. Er konnte nicht einmal sagen, wie lange sie für die knapp dreißig Fuß benötigten, aber schließlich saß er im Zwielicht der Kutsche, eingehüllt in den Mantel seines Dieners, bedeckt mit einer groben Pferdedecke, während sein Leibarzt und seine Diener versuchten, den wütenden Bauern mit Geld zu beschwichtigen und – wichtiger noch – sein Schweigen zu erkaufen.

Beinahe wäre er eingeschlafen, doch das Rumpeln, als die Kutsche sich in Bewegung setzte, weckte ihn aus seinem Dämmerzustand. Zu erschöpft, um die Augen zu öffnen, lauschte er dem Flüstern.

»Schlimmer als in Karlsruhe oder Brügge. Ich werde ihn zur Ader lassen müssen.«

Die Stimmen redeten weiter, aber er konnte ihnen nicht mehr folgen. Die Träume kehrten zurück. Auch wenn jede Faser seines Leibes schmerzte, hätte er sie niemals aufgegeben. Er würde Tage brauchen, um sich zu erholen, aber die Träume wogen dies auf, waren es mehr als nur wert.

Die Kutsche donnerte über unwegsame Landstraßen, und ihr beständiges Schaukeln sandte ihn wieder zurück zu den verschneiten Feldern, über die er endlos laufen konnte.

5

NAHE CHAMONIX-MONT-BLANC, 1816

Obwohl der Wind kalt pfiff, rührte sich Niccolo nicht. Er verschwendete im Augenblick keinen Gedanken an den Weg, die Kutsche oder seine Reisebegleiter. Allein der Berg war wichtig. Sein majestätisches weißes Haupt, das sie schon bei der Anfahrt gesehen hatten, wurde nun in ein leuchtendes Rot getaucht. Die letzten Sonnenstrahlen des Abends fielen durch eine schmale Lücke in der Wolkendecke, und aus einer farblosen Welt erhob sich der Mont Blanc wie ein strahlender Herrscher über seine Untertanen. Das Naturschauspiel war ergreifend, und der junge Italiener wagte angesichts der Schönheit kaum zu atmen. Er wünschte sich, ein großer Maler zu sein, um diesen seltenen Augenblick in seiner ganzen Erhabenheit auf Leinwand bannen zu können.

Es war nicht das erste Mal, dass Niccolo die Alpen sah, aber noch niemals hatte ihn der Anblick so berührt.

»Wundervoll«, hauchte Valentine neben ihm. Vorsichtig ergriff er ihre Hand, deren Finger ganz kalt waren. Sie erwiderte den Druck leicht, und die Berührung riss ihn aus seiner Andacht.

»Ja. Die ganze Fahrt über sieht man ihn nur als grauen, von Wolken umhüllten Schemen, und dann plötzlich zeigt er sich in seiner ganzen Pracht. Wir können uns glücklich schätzen, gerade heute an diesem Ort zu sein.«

Gemeinsam schwiegen sie noch einige Minuten, aber Niccolos Geist war nun abgelenkt von den schlanken Fingern in seiner Hand, und er konnte sich nicht mehr auf den Anblick des Berges, der immer weiter in Dunkelheit versank, konzentrieren. Was diesen Aspekt der Reise betraf, konnte er mehr als zufrieden sein, denn die gemeinsame Fahrt hatte ihn und Valentine einander noch näher gebracht, und mittlerweile machte sich der junge Italiener mehr als nur ein wenig Hoffnung, dass Valentine seine Gefühle erwiderte.

Dann traf ihn ein Tropfen, perlte von einer Haarlocke an seiner Schläfe ab und lief kühl über seine Haut. Das Loch in den Wolken schloss sich, und der Mont Blanc verschwand, wurde eins mit Himmel und Erde.

»Wir sollten weiter, wenn es Euch beliebt«, rief Carlo, um Höflichkeit bemüht, doch mit einem Anflug von Ärger in der Stimme. Der Kutscher, dessen Familie aus Apulien stammte, war von Niccolos Vater weniger wegen seiner Umgangsformen als vielmehr wegen seiner zahlreichen Jahre im Dienste der Familie und seiner Kenntnis der Straßen ausgewählt worden. Angeblich war er einst Soldat gewesen, und angesichts der Narben an seinen Händen und des rauen Tones, den er gegenüber anderen seines Standes anschlagen konnte, war Niccolo geneigt, den Gerüchten Glauben zu schenken.

»Schon gut«, erwiderte der junge Mann und wies galant auf ihr Gefährt. »Wollen wir?«

Valentine nickte lächelnd, und Niccolo führte sie an der Hand zur Kutsche, darauf bedacht, den großen Pfützen auszuweichen, die als Erinnerung an den Regen der letzten Tage geblieben waren. Auch heute waren sie dank des beständig schlechten Wetters langsamer vorangekommen als erhofft, und noch trennten sie einige Meilen von Chamonix-Mont-Blanc, aber Niccolo war zuversichtlich, die Stadt bald nach Einbruch der Nacht zu erreichen.

Doch als er in die Kutsche stieg, nachdem er Valentine emporgeholfen hatte, stellte er zu seiner Unzufriedenheit fest, dass es bereits dunkel geworden war. Zu lange hatten sie den Berg bewundert. Carlo hatte schon die Lampen der Kutsche entzündet, und die restliche Reisegesellschaft saß auf dem Dach. Als Niccolo das Zeichen gab, schnalzte Carlo mit der Zunge, und ihr Gefährt setzte sich in Bewegung.

»Wir werden spät ankommen«, sagte Valentine, während sie ihren Rock glatt strich. Der Stoff knisterte unter ihren Fingern, die gerade noch Niccolos Hand berührt hatten. Sie legte vorsichtig ein in Leder gebundenes Buch zur Seite, eine Ausgabe der *Ilias,* in der sie unterwegs immer wieder gelesen hatte.

»Solange Carlo die Straße findet, ist das kein Problem. Mein Bote ist vorgeritten, und uns wird ein warmes Gasthaus mit sauberen Zimmern erwarten, wenn wir Chamonix erreichen.«

Draußen ertönte ein Geräusch, ein langes Heulen, das beinahe wie Wolfsgeheul klang, aber Niccolo war sich fast sicher, dass es nur der Wind war.

»Hier gibt es bestimmt Wölfe«, stellte Valentine fest und nahm ihrem Gegenüber damit seine Gelassenheit. Für einen Moment musste er wieder an die Schauergeschichten denken, mit denen er Marcella zu ihrer beider Vergnügen so gern unterhalten hatte, Erzählungen von Bestien mit leuchtenden Augen, die nachts über einsame Wanderer herfielen und sie gnadenlos zu Tode hetzten. *Einsame Wanderer, nicht eine ganze Reisegesellschaft mit Kutsche und einem halben Dutzend Menschen.*

»Die Hirten der Umgebung werden sie schon jagen.« Nonchalant wedelte Niccolo mit der Hand, um die Besorgnis seiner Begleiterin zu vertreiben. »Und nicht vergessen: meine Mutter ist Römerin. Das Blut von *Mamma Lupa* fließt praktisch in meinen Adern. Deshalb würden sie uns bestimmt nichts tun, selbst wenn sie in diese Kutsche hineingelangen könnten.«

»Willst du damit sagen, dass du wölfische Züge hast?«, fragte ihn Valentine mit einem Lächeln. Dann streckte sie die Hand aus und berührte für einen Moment seine Lippen mit dem ausgestreckten Zeigefinger. »Oh, ich könnte mir schon denken, dass deine Zähne unschuldige Opfer in Angst und Schrecken versetzen können«, meinte sie kokett.

»Keineswegs.« Ihre Berührung jagte ihm gleichzeitig kalte und heiße Wogen durch den Leib. »Ich wollte nur zum Ausdruck bringen, dass ich mich etwaiger Wölfe schon zu erwehren wüsste«, erwiderte Niccolo und fuhr mit der Hand über den Lederbezug der Bank.

»Homo homini lupus est«, zitierte Valentine, und Niccolo konnte den Blick, den sie ihm zuwarf, nicht deuten.

Die Straße war überraschend gut, auch wenn die Kutschräder immer wieder durch Löcher rumpelten oder ein Stein dem Gefährt einen Schlag versetzte. Rechts und links konnte man den Wald noch als dunkle Wand erkennen, hier und da unterbrochen von Feldern und Wiesen. Ansonsten war es nur der Schein ihrer Laternen, der die Nacht erhellte. Mit dem Sonnenuntergang hatte die Wolkendecke sich wieder geschlossen, und schon bald setzte ein leichter Nieselregen ein.

Die kleine Laterne in ihrer Halterung in der Kutsche flackerte bereits, und Niccolo hoffte, dass das Lampenöl nicht oben auf dem Dach verstaut war. Das letzte Wegstück in Dunkelheit zurücklegen zu müssen war keine angenehme Aussicht.

Als Carlo unvermittelt die Kutsche anhalten ließ, den Pferden fluchend befahl, stehen zu bleiben und mit aller Macht auf die Bremse trat, rutschte Valentine von ihrem Sitz und fiel Niccolo in die Arme. Seine Finger gruben sich in den warmen Stoff ihres Mantels, und als sie sich an ihm festhielt und aufrichtete, spürte er ihren Atem an seinem Hals, und die bloße Berührung richtete die Härchen in seinem Nacken auf und sandte einen Schauer über seinen Rücken.

»Verzeihung«, brachte er über die Lippen, als er widerstrebend seinen Griff löste, aber sie winkte ab.

»Verzeih mir. Wie ungeschickt. Was ist überhaupt passiert?«

»Ich werde nachsehen«, erklärte er, wobei er sich wünschte, es wäre kein großes Problem. Eine gebrochene Achse oder ein loses Rad würde sie für die Nacht in den Bergen festsetzen; eine ziemlich ungemütliche Vorstellung. Ungebeten kehrte die Erinnerung an den heulenden Wind wieder zurück. *Oder waren es doch Wölfe?*

»Carlo? Carlo, was im Namen aller Heiligen geht hier vor?«

Er schob den Vorhang zur Seite, öffnete das Fenster und lehnte sich hinaus. Regen fiel auf seine Haut, und er konnte in der Dunkelheit kaum etwas erkennen.

»Da liegt jemand auf der Straße«, entgegnete der Kutscher. »Vielleicht ist es besser, wenn Ihr und die Dame drinnen bleibt, während ich nachschaue?«

»Was meinst du damit: Da liegt jemand auf der Straße? Eine Person? Ist sie verletzt?«

Niccolo spähte nach vorn, konnte jedoch außer den Pferden und einem kleinen Stück der Straße nichts erkennen. Die Pferde stampften unruhig mit den Hufen, und der junge Italiener sah ihre kreisenden Ohren. Schon bald hing sein Haar ihm feucht in die Stirn, und er wischte sich mit einer ärgerlichen Geste eine Locke aus den Augen.

»Geht bitte wieder hinein, junger Herr.«

Zunächst kam Niccolo der Bitte seines Kutschers nach und zog sich zurück, dann jedoch besann er sich und öffnete die Tür. Er warf Valentine einen aufmunternden Blick zu und wies nach draußen. »Vielleicht eine arme Seele, der wir helfen können«, erklärte er, als er ausstieg. »Ich kümmere mich darum.«

Ihr Gesicht war blass und ihre Augen wie dunkle Seen, in denen Niccolo ertrinken wollte.

»Sei vorsichtig.«

Er nickte und lächelte noch einmal beruhigend. Als er auf

der Straße stand, warf er sich den Mantel um die Schultern und lief zu den vorderen Rädern.

»Carlo, ich sehe mir das mal an.«

»Das ist keine gute Idee«, erwiderte der Kutscher. »Soll ich nicht lieber …«

»Nein, schon gut«, unterbrach ihn Niccolo, nicht gewillt, vor Valentine das Gesicht zu verlieren. Er schritt weiter, tätschelte einem Pferd die Flanke und versuchte, im schwachen Licht der Laterne Einzelheiten zu erkennen. Tatsächlich lag dort in den langen, monströsen Schatten, welche die Pferde warfen, ein dunkles Bündel, unzweifelhaft eine menschliche Gestalt. Niccolo sah keine Bewegung. Vorsichtig ging er weiter. *Vielleicht ein Bauer, der bei dem schlechten Wetter gestürzt ist,* redete er sich selbst gut zu.

»Hallo?«

Auf seinen Ruf erfolgte keine Antwort. Hinter sich hörte er eine Bewegung, doch als er sich umwandte, war es nur Carlo, der sich bereitmachte, vom Kutschbock herabzusteigen, und gerade im Gepäck hinter sich wühlte. Als Niccolo sich wieder umdrehte, mussten seine Augen sich neuerlich an die Dunkelheit gewöhnen, und er konnte einige Momente nichts mehr im Schatten erkennen.

Dann verdeckte die massige Gestalt des Kutschers nicht länger die Laterne, und Niccolo sah die gestürzte Person. Entschlossen löste er sich von dem Pferd, neben dem er stehen geblieben war, und lief die letzten fünf Schritte zu dem auf der Straße liegenden Menschen.

Gerade wollte er sich niederknien, da sprang die Gestalt auf. Ein Schlag traf den jungen Adligen am Kinn, und er taumelte zurück, aber dann fühlte er sich gepackt. Benommen hob er die Hände, wollte sich wehren, doch schon presste sich die kalte Mündung einer Pistole schmerzhaft an seine Kehle.

»Ruhig, sonst schieß' ich dir in den Kopp«, brummte der Mann neben ihm und drehte Niccolo in Richtung Kutsche. Sein Italienisch war rau und ungehobelt, aber Niccolo verstand ihn dennoch nur zu gut.

»Alle bleiben schön ruhig«, rief der Mann nun lauter. »Keiner bewegt sich.«

»Wir haben Geld«, sagte Niccolo so ruhig er konnte. »Tun Sie nichts Unüberlegtes.«

»Klar habt ihr Zaster, Junge. Deshalb sind wa ja hier.«

Er drängte Niccolo vorwärts, auf die Kutsche zu. Der junge Italiener hielt die Hände hoch und bemühte sich, seinem Angreifer keinen Grund für einen Gewaltausbruch zu liefern.

»Sag ihnen, dasse sich setzen solln.«

Sofort kam Niccolo der Aufforderung nach. Es fühlte sich an, als ob seine Zunge ganz von allein sprach, ohne sein Zutun. Seine Stimme war ruhig, als parliere er bei einem Kaffee über Sinn und Unsinn von Tischsitten, dabei pumpte sein Herz wie wild in seiner Brust, und sein ganzer Leib fühlte sich an, als stünde er in Flammen.

»Was ist denn los?«, ließ sich Valentine unerwartet vernehmen. Das plötzliche Auftauchen ihres Kopfes am Fenster erschreckte alle. Die Pistole zuckte von Niccolos Hals weg, und er wusste, was geschehen würde. Er konnte spüren, wie der Finger des Straßenräubers sich krümmte, wie der Hammer sich in Bewegung setzte. Es war, als geschehe alles unendlich langsam und auch er selbst könne sich nur quälend zögerlich bewegen. Er warf sich mit Schwung zur Seite, gegen den Arm des Mannes.

Dann, von einem Herzschlag zum anderen, passierte alles sehr schnell. Ein Schuss krachte, Niccolo spürte einen heißen Windhauch, glitt zur Seite weg und stürzte auf die nasse Straße.

Sofort warf er sich herum, sah nach Valentine, befürchtete,

sie tot zu sehen, doch sie starrte nur mit aufgerissenem Mund auf die Szene. Niccolo blickte empor zu dem Räuber, der ebenfalls mit offenem Mund dastand, dabei allerdings weniger entsetzt denn wütend wirkte. Seine Hand glitt zu einem Dolch an seinem Gürtel.

Noch ein Schuss fiel. Der Mann wurde nach hinten geschleudert und stürzte zu Boden. Carlo stand mit rauchendem Gewehr auf dem Kutschbock und winkte.

»In die Kutsche! In die Kutsche!«, schrie der Bedienstete durch Regen und Dunkelheit.

Immer noch benommen, rappelte sich Niccolo auf. Die Furcht um Valentine trieb ihn an, ließ ihn zur Kutsche springen und mit einem einzigen Satz hineingelangen. Sie saß auf der Bank, ihre Miene zeigte deutlich, dass sie sich noch immer fragte, was um sie herum eigentlich vorging.

Sofort setzte sich das Gefährt in Bewegung, und Niccolo hörte Carlo, der wie wild auf die Pferde einschrie. Auf allen vieren kroch er zur Tür und hielt inne. Aus dem Wald kamen Gestalten gelaufen, mit wehenden Mänteln und breitkrempigen Hüten. Mehr Räuber.

»Carlo!«, rief er laut. Noch war die Kutsche zu langsam, um diesen Verfolgern zu entgehen.

Niccolo sah eine Mündung auf sich gerichtet, die dunkle Öffnung folgte ihm unerbittlich. Doch der Hammer schlug nur mit einem metallischen Klacken auf die Zündpfanne. *Zu nass!*

Ein Mann sprang heran, packte den Türrahmen und zog sich in das Innere der Kutsche. Seine Faust traf Niccolo schmerzhaft am Schienbein. Er wich dem Räuber aus, trat nach seinem Gesicht und stieß ihn ein Stück zurück. Das Nasenbein gab mit einem deutlichen Knirschen nach. Doch der Angreifer richtete sich rasch wieder auf. Blut lief aus seiner Nase über die Lippen, verlieh ihm etwas Dämonisches. Verzweifelt griff Niccolo nach der Kiste unter seiner Sitzbank, wollte die beiden Pistolen herausholen, doch Valentine hieb bereits mit der *Ilias* auf das malträtierte Gesicht des Räubers ein, der vor Schmerz aufheulte und dann das Buch packte. Niccolo trat ihm ohne zu zögern zwischen die Beine. Als der Mann mit schmerzerfülltem Gesicht losließ, stieß ihm Valentine das Buch vor die Brust, und er fiel rücklings aus der Kutsche hinaus.

Jetzt fuhren sie schneller und schneller. Schüsse donnerten durch die Nacht, etwas schlug dumpf in das Heck der Kutsche ein, und Niccolo beeilte sich, die Tür endlich zuzuziehen.

Atemlos und nass saß er auf dem Boden, während sie viel zu schnell für die schlechte Sicht und die nasse Straße durch die Dunkelheit rasten. Erst einige Meilen später begriff Niccolo, dass sie ihre Verfolger abgehängt haben mussten.

Schwer atmend suchte er Valentines Blick. Sie wurde leichenblass, als sie das Blut des Räubers auf ihrer Kleidung entdeckte, aber dennoch lächelte sie ihn tapfer an.

»Du kannst dich tatsächlich deiner Haut wehren«, stellte sie fest, und die Bewunderung in ihrer Stimme war belebend wie Branntwein für den jungen Adligen.

»Ich?«, entgegnete er mit gespielter Überraschung. »Aber du hast den Schurken mit deinem Homer vertrieben. Ich hätte nie gedacht, dass uns deine klassische Bildung noch einmal so nützlich sein könnte. *Mamma Lupa* wäre stolz auf dich.«

Er sah sie einige Momente lang an, dann fügte er hinzu: »Und ich bin es auch.«

6

MULHOUSE, 1816

Habe ich dir zu viel versprochen, Louis? Das Etablissement ist das beste in der ganzen Stadt. Madame Azéma ist ebenso diskret wie verschwiegen, und die Mädchen sind nicht nur hübsch, sondern auch sauber.«

Der schon mehr als nur ein wenig angetrunkene François, Marquis de Puységur, wies begeistert auf eine Reihe leicht bekleideter junger Frauen, die sich auf einem kleinen Podest für ihre potenziellen Kunden in aufreizenden Posen präsentierten, und verkündete mit lauter, nicht mehr ganz sicherer Stimme: »Das is' was anderes als die ganzen verlausten Soldatenhuren, was?«

Bei diesen Worten verzog Louis, wie er sich derzeit nannte, angewidert das Gesicht. Zwar war ihm mehr als bewusst, dass hier eine Ware zum Kauf feilgeboten wurde, dennoch widerstrebte es ihm, in Gegenwart der Mädchen so über sie zu sprechen, als handele es sich bei ihnen um eine Auswahl appetitlicher Pasteten. Andererseits hatte er von seinem Begleiter kaum etwas anderes erwartet. Im Marquis de Puységur trafen sich, zumindest Louis' Meinung nach, die schlimmsten Eigenschaften des Adels in vereinter Form. *Verschlagenheit, Gier und Dummheit, gepaart mit Arroganz.*

Er trat einen Schritt zurück und ergriff den blonden Mann am Arm.

»Schon recht, François, aber wir wollen doch unsere gute Kinderstube nicht vergessen, nicht wahr?«

Der Angesprochene nickte, obwohl er offenkundig den fleischlichen Reizen vor ihm mehr Aufmerksamkeit schenkte als den Worten seines Begleiters.

»Wenn wir uns darüber einig sind, dann machen wir den Damen doch erst einmal unsere Aufwartung.«

Mit diesen Worten zog Louis galant den Hut vom Kopf und verneigte sich grüßend in die Richtung der Mädchen. Dabei zwinkerte er verschwörerisch einer hübschen Rothaarigen zu, die seine Aufmerksamkeit schon erregt hatte, als sie das Bordell betreten hatten.

Die Mädchen in ihren Leibchen und kniekurzen Hosen kicherten. Louis, der sein angenehmes Äußeres gern ausgiebig pflegte, da er es für einen Teil seines Kapitals hielt, lächelte zuvorkommend. François machte einen torkelnden Schritt nach vorn und griff der vordersten der jungen Frauen nicht eben sacht an die Brust. Sie verzog das Gesicht nur kurz, dann kehrte das maskenhafte Lächeln auf ihre Lippen zurück, das Louis von den Damen ihres Berufsstandes nur zu gut kannte.

»Beherrsch dich, Mann«, zischte er den Marquis an, der sich verdutzt zu ihm umdrehte. »Lass uns zunächst den Preis festlegen und den Akt an sich ein wenig privater genießen«, fügte er dann in ruhigerem Tonfall hinzu. *Zumindest muss ich mir dann nicht mehr ansehen, wie du dich tölpelhaft an diesem Mädchen zu schaffen machst.* Durst begann Louis die Kehle zuzuschnüren, und das kratzte gewaltig an seiner Selbstbeherrschung. Die Kehle der schönen Rothaarigen indes glänzte verführerisch im schummrigen Licht der Kerzen, und trotz des Dämmerlichtes vermochte er genau zu sagen, wo die bläuliche Ader unter der zarten Haut ihres Halses entlanglief.

Er winkte die Madame des Hauses zu sich, die die beiden Männer bislang von einem Sessel in der entgegengesetzten Ecke aus ruhig gemustert hatte. Sie war eine würdige Vertreterin ihres Standes, eine korpulente Person in fortgeschrittenem Alter, die ohne Zweifel in jüngeren Jahren der gleichen Profession nachgegangen war wie die Mädchen, die sie nun beaufsichtigte.

Louis beugte sich zu ihr und sagte mit leiser Stimme: »Die Rothaarige, Madame, für mich.« Er hob den Blick und stellte fest, dass François sich noch immer mit der gleichen jungen Frau beschäftigte. »Und die Blonde für meinen Freund.«

Er zog sein Portemonnaie aus der Westentasche und öffnete es mit zwei perfekt manikürten Fingern.

Die Augen der Madame bekamen einen gierigen Glanz. Sicher hatte sie bereits erkannt, dass ihr heute zahlungskräftige Kundschaft ins Haus geraten war.

»Natürlich, Monsieur«, erwiderte sie mit gespielter Unterwürfigkeit. »Elise. Und Emily. Eine exzellente Wahl. Und für wie lange wünschen die Herren die Aufmerksamkeit der Mädchen?«

»Bis wir ihrer überdrüssig werden, Madame«, gab Louis zurück und drückte der Frau einige Geldscheine in die Hand. »Das sollte reichen, um zumindest die Unkosten bis zum Morgen zu decken, nicht wahr?«

Die Madame leckte sich über die Lippen, während sie rasch mit kundiger Hand das Geld zählte.

»Gewiss, Monsieur, gewiss. Ihr sollt unsere besten Zimmer haben, und wenn Monsieur es wünscht, dann lasse ich Champagner hinaufschicken.«

Louis lächelte höflich, auch wenn ihm der Sinn wahrlich nicht nach Champagner stand, selbst wenn es echter war und nicht das, was sie in diesem Etablissement dafür halten mochten. Anderes würde seinen Durst besser stillen.

Dann aber sandte er einen weiteren prüfenden Blick zu François, der mittlerweile beide Hände unter das Hemd der Blonden geschoben hatte. Noch mehr Alkohol würde dem Marquis zweifellos nicht guttun und ihn möglicherweise nachhaltig daran hindern, das eben begonnene Geschäft zum Abschluss zu führen.

»Oh ja, lasst jedem von uns eine Flasche bringen«, bestimmte er. Falls Emily ihr Geld leichter mit einem schlafenden François verdiente, kümmerte es ihn nicht.

Damit ließ Louis die Madame stehen und trat auf die Rothaarige zu, die ihm gekonnt ein scheinbar schüchternes Lächeln schenkte. Er streckte die Hand aus und ließ sich von ihr die Treppen hinaufführen.

Seine Hand wanderte über ihre Hüfte und dann ihren Rippenbogen entlang. Die langen roten Haare, die nun gelöst über ihren Körper hingen, bildeten einen reizvollen Gegensatz zu ihrer milchweißen Haut. Das Mädchen, Elise, hatte sich bislang in jeder Beziehung als Gewinn erwiesen, so dass er nun befriedigt und nackt neben ihr lag. Allmählich kehrte sein Durst zurück, den er in der Hitze der Leidenschaft für einige Zeit vergessen hatte.

»Möchtest du noch von diesem … Champagner?«, fragte er, und Elise nickte. Er griff nach der Flasche, die neben dem Bett mit den fadenscheinigen Vorhängen in einem Kleiderhaufen stand. Prüfend ließ Louis den Blick über Hemd, Weste, Hosen und Unterhosen wandern, die er achtlos im Zimmer verteilt hatte. Die Sachen würden dringend eine Reinigung benötigen, aber das sollte im Moment seine Sorge nicht sein. Während er dem Mädchen das perlende Getränk in ein Glas einschenkte und sie sich vorbeugte, um es entgegenzunehmen, sah er wieder die pochende Ader an ihrem zarten Hals. Unwillkürlich überkam ihn das Verlangen, an ihr zu kosten.

Später, ermahnte er sich. *Kurz bevor du aufbrichst.*

»Ich bin froh, dass Ihr mich ausgewählt habt, Monsieur Louis – und nicht Euer Freund«, sagte Elise zaghaft. Louis lächelte in der Dunkelheit. Er tastete nach dem lederüberzogenen Etui, nahm einen Zigarillo heraus und entzündete den bräunlichen Tabak an der Spitze.

»Mein Freund kann ein sehr großzügiger Mann sein, weißt du?«, sagte er träge, während er dem Rauch nachblickte, der zur Decke stieg. »Er ist ein echter Marquis. Ältester französischer Adel. Bloß schade, dass sein Familienbesitz mit dem unglückseligen letzten Louis passé gegangen ist. Jetzt muss die Sippe schon in zweiter Generation ohne die ihr zustehenden Annehmlichkeiten leben und der arme François den letzten Rest des Geldes seiner Familie am Spieltisch und in Hurenhäusern durchbringen.«

Nachdenklich betrachtete Louis die Decke.

»Was ich natürlich völlig wertneutral meine«, fügte er nach einigen Sekunden mit einem Seitenblick auf Elise hinzu. Er erkannte selbst, dass er wohl zu weit gegangen war. Doch glücklicherweise lachte das Mädchen bloß.

»Dann hoffe ich für Emily, dass er einen schönen Batzen davon in ihrem Zimmer lässt.«

Louis gefiel ihr Lachen, und noch viel mehr gefiel es ihm, dass sie nun begonnen hatte, ihre Hände über seinen Bauch und dann tiefer über sein Geschlecht wandern zu lassen. Als sie seine Erregung bemerkte, richtete sie sich auf und ließ ihre Lippen ihren Händen folgen. Ihr dichtes Haar fiel über seine Brust, und er stöhnte.

Noch konnte er den Durst zügeln, sich zurückhalten und zunächst erneut eine andere Begierde stillen.

Ein leises Klopfen ertönte an der Tür, gefolgt von einem Schluchzen. Elise schreckte hoch und blickte Louis ins Gesicht. Er zuckte die Achseln.

»Was ist denn?«, rief das Mädchen in Richtung Tür.

»Ich bin's, Emily. Darf ich hereinkommen?«

Louis nickte, in sein Schicksal ergeben, noch bevor Elise ihn diesmal fragend ansehen konnte. Die Tür öffnete sich, und die blonde Frau, die François mit auf das Zimmer genommen hatte, schob sich in den Raum. Louis verzog das Gesicht. *Gott, dieser Kretin.*

Elise stieß zischend die Luft aus. »Was ist denn passiert?«, fragte sie mit einem zornigen Unterton in der Stimme.

Emily sah furchtbar aus; ihre Oberlippe war gespalten und blutete, und ein Auge war bereits so zugeschwollen, dass sie damit unmöglich etwas sehen konnte. Ihr ganzes Gesicht wirkte verschwollen und würde vermutlich im Lauf des nächsten Tages beginnen, in allen Regenbogenfarben zu leuchten.

»Dieser Monsieur«, begann Emily mit vom Weinen belegter Stimme. »Ich weiß nicht, was ihn so wütend gemacht hat. Er hat furchtbar viel getrunken. Dann hat er mich furchtbar angeschrien. *Bonapartistenhure,* hat er mich genannt und noch viele Dinge mehr. Ich konnte ihn nicht beruhigen. Und dann hat er begonnen, auf mich einzuschlagen.«

Elise wickelte sich in die Decke und stand auf. Sie ging zu dem weinenden Mädchen hinüber und umarmte sie.

»Ist ja gut. Was für ein Schwein! Pardon, Monsieur«, sagte sie mit einem schnellen Blick zu Louis, dem diese Bezeichnung für François jedoch herzlich egal war. *Nur mit den Vergnügungen dieser Nacht ist es jetzt wohl vorbei,* stellte er für sich sachlich fest.

»Und was ist jetzt mit ihm?«, erkundigte sich Elise.

»Er ist noch in meinem Zimmer. Irgendwann ist er einfach umgefallen. Und ich hab Angst, dass er wieder wach wird und dann weitermacht.«

»Das wird er nicht«, versicherte Louis, der bereits aufgestanden war und damit begonnen hatte, seine verstreute Kleidung vom Boden aufzusammeln.

»Mach dir keine Umstände, Elise«, bat er, als sie Anstalten machte, das andere Mädchen loszulassen. »Ich lasse euch noch etwas Geld da, und dann hole ich François ab, und wir verschwinden von hier. Man wird euch keine Scherereien machen, dass verspreche ich dir.«

Beide Mädchen sahen ihn erstaunt an. Verständnis war vermutlich etwas, worauf sie in ihrem Gewerbe selten trafen.

Er legte einige Scheine auf Elises Frisiertisch, dann gab er der Rothaarigen einen raschen Kuss auf die Wange.

»Der Champagner, meine Liebe, wird hoffentlich zumindest gegen die Schmerzen helfen«, empfahl er noch und schlüpfte durch die Tür.

Keuchend schob er eine halbe Stunde später den völlig betrunkenen Marquis de Puységur in eine Seitenstraße, die ein Stück weit entfernt vom Bordell lag. Es war ein hartes Stück Arbeit gewesen, François erst in seine Hosen und dann aus dem Freudenhaus hinauszubugsieren, ohne dass dieser durch lautes Schreien und Randalieren alle Mädchen und Gäste weckte.

Zu dieser Stunde, kurz bevor die Sonne aufging, war selbst dieses übel beleumdete Viertel menschenleer. François klammerte sich wie ein Ertrinkender an den Arm seines Begleiters.

»Diese Hure war ein richtiges Biest, musst du wissen«, jammerte er. »Ein Miststück, so wie sie alle.«

Louis nickte.

»Wie sie alle«, wiederholte François mit einem trunkenen Lallen. »Sie hat's nich anders verdient, weissu?«

Er brachte seine Lippen unangenehm nah an Louis heran, dem der Geruch des anderen unweigerlich in die Nase stieg. Auch an seinem Hals konnte Louis die ewig pochende Ader erkennen, so wie zuvor bei dem Mädchen. Sein Durst kehrte zurück, mit Macht jetzt, und forderte sein Recht.

»François«, flüsterte er ihm ins Ohr. »Das war nicht die Tat eines Gentlemans, mein Lieber. Du bist einfach zu weit gegangen.«

François schaute ihn aus glasigen Augen an, ohne zu verstehen. Ludovico lächelte ihn liebenswürdig an, bevor er die Lippen öffnete und seine Zähne in den Hals des Marquis schlug.

Elise hätte ich vielleicht verschont, dachte er gleichmütig, *und nur so viel von ihr genommen, wie ich brauchte.* Aber der Marquis hatte ihn verärgert, indem er ihm sein Vergnügen gestohlen hatte. Also drückte er den zappelnden Mann an sich, um jeden Widerstand zu ersticken, und trank, bis François' Bewegungen schwächer und schwächer wurden und schließlich ganz aufhörten.

Zufrieden wischte sich Louis über die Lippen, als er den Körper in die Gosse gleiten ließ. Manchmal war die Boshaftigkeit der Menschen einfach kaum zu ertragen, aber ein gutes Mahl half ihm, über ihre schlimmsten Schwächen hinwegzusehen.

7

COLOGNY, 1816

Die reine, ungezügelte Freude an der Bewegung trieb ihn an. Keine Grenzen, kein Halten, keine Restriktionen. Die Nacht hatte keine Geheimnisse vor ihm. Das Land erstreckte sich entlang des Sees, wurde zu kühlen Hügeln und Bergen, die er mühelos emporlaufen würde.

Zunächst führte ihn sein Weg über die Felder, an langen Hecken entlang, vorbei an einem kleinen Teich. Dann lief er durch ein Wäldchen. Zwischen den Bäumen waren die Schatten tief. Der Mond verbarg sich hinter Wolken, doch selbst das kaum vorhandene Licht genügte ihm, um alles zu sehen, was es zu sehen gab, und seinen Weg zwischen den Bäumen zu finden.

Er lief jetzt langsamer, trottete weiter, den Hügel empor.

Überall um ihn herum war Leben. Die Blätter raschelten im leichten Wind, Insekten krochen über Äste, eine Maus huschte vor ihm davon, ihre Schritte laut in seinen Ohren. Seine Sinne unterteilten die Kreaturen ohne sein Zutun in Beute und Jäger. Doch kein Tier hier konnte ihm gefährlich werden. Er überragte sie alle, war ihr ungekrönter König.

Er sog die Eindrücke begierig auf, erfreute sich an ihnen, am Leben im Wald, vom größten Baum bis hin zum kleinsten Käfer. Er konnte alles riechen, das nasse Laub am Boden, den Hauch des Regens, der in der Luft hing, auch wenn die letzten Tropfen noch bei Tageslicht gefallen waren. Erdreich mit seinen vielen Noten, süßes Harz. Und Tiere. Ihre Wege zogen sich wie Flammenspuren durch den Wald, für ihn so sichtbar, als liefen sie noch dort entlang. Er hätte jeder dieser Spuren mühelos folgen können, und ein Teil von ihm wollte dies auch, wollte die Aufregung der Jagd, die Hatz, das Reißen der Beute. Doch er hatte seinen Hunger bereits gestillt, konnte noch das warme Blut auf seinen Lefzen schmecken, und es war keine Gier nach frischem Fleisch, die ihn trieb, sondern nur die Lust.

Der Wald endete abrupt, machte Platz für weite Wiesen, auf denen noch vor kurzer Zeit Vieh gestanden hatte. Warme Gerüche, stark und anregend, doch er ignorierte auch sie und lief weiter, immer höher, dem Himmel entgegen.

Kein Mensch war zu dieser Stunde unterwegs. Unten im Tal leuchteten hier und da noch Lichter, kleine Punkte in der Dunkelheit. Der Geruch von Rauch, Metall und Stein lag in der Luft und wie eine Decke über allem. Doch er lief von dem Duft fort, weg von den Menschen, und der Geruch wurde schwächer und die Luft klarer. Entlang der Kuppe des Hügels ging es, über einen Grat weiter zum nächsten, höher hinauf und immer höher.

Oben auf einem der Berge hielt er inne. Der Wind trug ihm

Gerüche von weither entgegen, Verheißungen von Entdeckung, Freiheit und Jagd. Neuer Regen kündigte sich an, aber noch war er ein entferntes Versprechen.

Die Zunge hing ihm aus dem Maul, er genoss die kühle Liebkosung des Windes, der sein dunkles Fell sanft durchwehte.

Aus purer Freude an der Nacht legte er den Kopf in den Nacken und heulte. Es war ein langer Laut, fordernd, verlangend, jubelnd. Sein Heulen schwoll an und ab, erfüllte das ganze Tal, von Bergkamm zu Bergkamm, wies der Welt seinen Platz, sein Leben.

Von der anderen Seite des Sees kam eine Antwort. Hoch und durchdringend, ein Willkommensgruß, eine Einladung.

Sein Herz, das schnell und stark schlug, machte einen Satz.

Er war nicht mehr allein.

8

CHAMONIX-MONT-BLANC, 1816

Sie werden erwischt werden, Monsieur, und dann vor ein ordentliches Gericht gestellt und gehängt! Das verspreche ich Ihnen!«

Niccolo nickte freundlich. Die Aufdringlichkeit des Amtmannes störte ihn; nach ihrem Gespräch mitten in der Nacht war der eifrige Mensch nun auch zur Frühstückszeit im Saal des Hôtel Ville de Londres erschienen, um just jene Bekräftigungen zu wiederholen, die er gestern bereits gemacht hatte. Für gewöhnlich wäre Niccolo vielleicht milder gestimmt gewesen, doch die Nacht war nicht nur kurz gewesen, sondern auch noch erfüllt von unruhigem Schlaf und schlechten Träumen, so dass er derzeit das deutliche Gefühl hatte, nicht über seine vollen Kräfte gebieten zu können. Anstatt also am Tisch zu sitzen und seinen Hunger zu stillen, stand er mit knurrendem Magen verloren zwischen den speisenden Gästen und lauschte mit halbem Ohr den Worten des Mannes, während um sie herum Kellner Kaffee nachschenkten und duftendes, frisches Brot servierten. Der Saal war nicht sehr groß, aber die hohe Decke mit den floralen Verzierungen ließ ihn geräumiger wirken.

»Das waren sicher Voralpine«, erklärte der Amtmann zum wiederholten Mal. »Vielleicht gar Deserteure. Das Gesindel treibt sich hier immer noch herum. Glauben noch, sie wären die Herren von ganz Europa!«

»Es ist eine Schande«, bestätigte Niccolo und sah sich nach einem Ausweg um. Zu seinem Glück betrat Valentine gerade den Saal, wurde sofort von einem Livrierten in Empfang genommen und zu ihrem Platz geleitet. Während Niccolo in seinem Handspiegel die dunklen Ränder unter seinen Augen gesehen hatte, wirkte sie frisch und ausgeruht, als sei der gestrige Überfall nichts als eine kleine Verzögerung gewesen. *Sie hat sich auf der ganzen, wilden Fahrt gut gehalten,* dachte Niccolo, *selbst als ich meine Pistolen geladen und sie bis Chamonix-Mont-Blanc nicht mehr aus den Händen gelegt habe.*

Allerdings hatte sie sich dann bald zurückgezogen, während er noch stundenlang mit den Offiziellen des Ortes reden und die Erlebnisse sicherlich ein Dutzend Mal schildern musste – und dabei Gebrannten aus verschiedenen Obstsorten aufgedrängt bekam, dessen Nachwirkungen am heutigen Morgen seine Laune nicht gerade verbesserten. Aber alle diese Gedanken verflogen, als Valentine ihm zulächelte.

»Verzeihen Sie«, murmelte er und ließ den Amtmann stehen, ohne auf dessen Antwort zu warten.

Mit schnellen Schritten war er an ihrem Tisch. »Einen wunderschönen guten Morgen.« Niccolo setzte sich ihr gegenüber und sah sie ernst an. »Wie geht es dir? Ich hoffe, die Ereignisse haben dich nicht allzu sehr beschäftigt?«

»Nein, ich habe tief und fest geschlafen. Auch wenn das Bett eine Zumutung war. Wer war das?«

Jetzt erinnerte sich Niccolo, dass Valentine den Mann nicht mehr kennengelernt hatte, da er erst später zu der stetig wachsenden Versammlung in der Schänke hinzugestoßen war.

»Er ist ein Amtmann. Jedenfalls wurde er mir als Amtmann vorgestellt. Hans oder Hannes oder so … vielleicht auch Jean. Ich muss gestehen, dass ich gestern etwas den Überblick über die Namen und Positionen verloren habe.«

»Und?«

Niccolo erwiderte ihren fragenden Blick, bis sie weitersprach: »Was ist mit den Räubern?«

»Er hat mir versprochen, dass sie gefasst werden und man ihnen den Prozess macht. Er scheint zu glauben, dass es keine örtlichen Banditen waren, sondern Fremde. Ehemalige Soldaten.«

Die Wirtin trat an ihren Tisch und begann, für Valentine das Frühstück zu servieren. Es war ein recht einfaches Mahl, mit hellem Brot, viel Käse und einem mächtigen Omelette, das heiß dampfte. Bei dem Anblick verging Niccolo augenblicklich jeder Anflug von Appetit, den er noch Sekunden zuvor verspurt hatte, und er begnügte sich mit einem Schluck kühlem Wasser.

Erst, als die Wirtin gegangen war, fuhr er fort: »Wir sollten einige Tage Rast einlegen. Die Aufregung …«

»Auf keinen Fall«, widersprach Valentine. »Wir sind nicht mehr weit von Coppet entfernt. Wir sollten vielmehr möglichst bald aufbrechen und diesen schmutzigen Ort hinter uns lassen. Bei meiner Familie wird man uns herzlich empfangen, und wir können diese grauenhafte Reise als überstanden ansehen.«

Auch wenn der Gedanke, dass die Reise in seiner Begleitung für sie grauenhaft gewesen war, ihm einen Stich versetzte, stimmte der junge Italiener doch zu. Ihm war nicht daran gelegen, in der Stadt zu bleiben und die Neugier der örtlichen Bevölkerung mit immer mehr Wiederholungen seiner Geschichte zu stillen, auch wenn er das fürstliche Hotel kaum schmutzig genannt hätte. So malerisch Chamonix-Mont-Blanc auch lag, es zog ihn an andere Orte, in die großen Städte und kulturellen Zentren, in die Salons, in denen sich die größten Köpfe der Zeit trafen und über die wichtigen Angelegenheiten des Lebens und der Welt diskutierten.

Auch wenn das bedeutet, dass nun doch ein Abschied von Valentine bevorsteht. Mit einem Anflug von Wehmut dachte er an den Moment zurück, als er ihr in Arezzo seine Liebe hatte gestehen wollen. Es schien ihm bereits Monate her zu sein.

Dann werde ich es eben tun, wenn ich mich aus Coppet verabschiede, beschloss er.

»Verzeih mir, ich wollte unsere Reise nicht grauenhaft nennen«, erklärte die junge Frau. »Ich habe deine ritterliche Begleitung sehr genossen und bin dir sehr dankbar, dass du mich nach Hause bringst.«

Ihre Worte trafen ihn so unvorbereitet wie ein Lichtstrahl mitten in der Nacht, und so blieb ihm nichts anderes übrig, als verlegen zu lächeln.

»Mir war es eine Freude«, sagte er schließlich. »Ich werde Carlo anweisen, alles für unseren Aufbruch vorzubereiten«, erklärte er dann, um Fassung bemüht, und erhob sich. Der Amtmann sprach gerade mit der Wirtin, so dass Niccolo die Gelegenheit beim Schopfe ergriff und aus der Tür schlüpfte.

Obwohl Niccolo sich auf Coppet freute, sah er ihrer Ankunft auch mit Sorge entgegen. Seine Wege würden ihn rasch wieder von dem kleinen Städtchen fortführen, hin zu großen Aufgaben und Abenteuern, während Valentine im Schoß ihrer Familie bleiben musste. In seinen kühnsten Träumen stellte Niccolo sich vor, wie er ihr seine Liebe gestand, sie von dort entführte und mit ihr durchbrannte. Der Gedanke an den Skandal, den ein solches Vorgehen sicher verursachen musste, beängstigte und erheiterte ihn gleichermaßen. *Aber das sind nur Träumereien,* schalt er sich selbst. *Wer würde so etwas schon tun?*

So verdunkelte sich die Stimmung des jungen Italieners immer mehr, je näher sie ihrem Ziel kamen. Umgekehrt entwickelten sich Valentines Gefühle, die ihre Aufregung kaum verhehlen konnte, obwohl sie sich sichtlich bemühte.

»Du musst den Garten meiner Mutter ansehen, wenn wir erst zu Hause sind«, sagte sie, einen Hauch zu atemlos. »Sie hat Pflanzen aus der ganzen Welt dort!«

»Es wird mir ein Vergnügen sein«, entgegnete er freudlos.

»Oh, und sie werden sicherlich einen Empfang für uns geben. Und dann kann ich dir die Notabeln der Stadt vorstellen und ebenso jene aus Genf.«

Und deine Mutter wird dich allen infrage kommenden Heiratskandidaten vorführen, ergänzte Niccolo düster im Geiste. Er stützte den Arm auf die schmale Lehne und legte sein Kinn in die Hand. Er würde einige Zeit in Coppet verbringen müssen, um sich Valentines Familie zu präsentieren, und er war sich nicht sicher, ob er das eher als Fluch oder als Segen betrachten sollte.

»Und wir müssen Marcella und deinen Eltern schreiben, dass wir heil und sicher in der Schweiz angelangt sind«, erklärte Valentine.

Der Italiener nickte bestätigend. »Sicher warten sie schon sehnsüchtig auf Nachrichten von uns. Zumindest Marcella, möchte ich wetten.«

Der Regen trommelte noch immer auf das Dach der Kutsche. Seit sie Chamonix-Mont-Blanc verlassen hatten, war das Geräusch ihr unablässiger Begleiter geblieben. Das Wetter in diesem Jahr war bislang auffallend schlecht, und Niccolo konnte nur hoffen, dass es sich bald wandeln möge. Ein derartiger Dauerregen vermochte einem die Reiselust durchaus zu verderben, selbst wenn man eine trockene Kutsche besaß. Ganz zu schweigen von den Bediensteten, die auf dem Dach unter ihren gewachsten Tüchern versuchten, der Nässe zu trotzen, und schnell unleidlich wurden.

»Alles grau in grau«, murmelte er nach einem Blick aus dem Fenster, der tief hängende Wolken zeigte, die beinahe den Boden berührten.

»Es ist ein Jammer. Bei Sonnenschein ist der See so wunderschön, dass man gleich von einer erhabenen Ruhe erfasst wird.«

»Ich bin sicher, wir können diesen Anblick noch gemeinsam genießen. Ich werde nicht weiterreisen, bevor ich nicht den See in seiner vollen Pracht bewundern durfte«, versicherte Niccolo ihr ernsthaft, was ihm ein Lächeln einbrachte.

»Du bist so galant«, erklärte sie und legte kokett den Kopf zur Seite. Dann vertiefte sie sich wieder in ihre Lektüre, ein Buch namens *Delphine* von einer französischen Literatin, die Niccolo nicht kannte. Er selbst konnte während der Fahrt nicht lesen, da sein Magen die ständige Schaukelei nicht ertrug und ihm regelmäßig übel zu werden drohte, wenn er nicht aus der Kutsche sah. *Seekrank an Land,* dachte er schwermütig, versuchte aber, es vor Valentine zu verbergen, da er vor ihr keine Schwäche zeigen wollte.

Schon bald erreichten sie die Vororte von Genf, fuhren durch bevölkerte Straßen, vorbei an pittoresken Häusern und Gärten durch kleine Dörfer. Im Regen vor ihnen erhoben sich schließlich die Stadtmauern, beeindruckend trotz der schlechten Sicht. Sie hielten auf ein Stadttor zu, wo Carlo sich kurz mit zwei Soldaten stritt, bevor sie weiterfahren konnten. Die Stimme des Kutschers drang laut und roh zu ihnen herein, und man konnte den Ärger über den verregneten und nassen Tag in jedem Wort hören.

Dann waren sie auch schon durch das Tor hindurch und sahen noch die Befestigungsanlagen an sich vorbeiziehen, bevor sie in die Stadt selbst kamen. Inzwischen hatte Valentine ihr Buch zur Seite gelegt und starrte wie gebannt aus dem Fenster der Kutsche.

Die Häuser waren hier größer als in den Dörfchen und Städtchen, manche hatten sechs oder sieben Stockwerke, und die meisten Gebäude waren um den großen See herum gruppiert.

Sie fuhren über eine große Straße, die an einem Flüsschen entlangführte und passenderweise Grand Rue de Rive hieß, vorbei an einer streng wirkenden Kirche, bei der Valentine Niccolo am Arm zupfte und rief: »Schau, der Place de la Fusterie!«

An vielen Häusern waren hölzerne Lauben angebracht, die bis zum Dach an den Fassaden emporragten – *Dômes* genannt, wie Valentine dem staunenden Niccolo erklärte.

Bald bogen sie nach rechts ab und hielten auf zwei flache Brücken zu, die über die Rhône fuhrten. Valentine redete nun unentwegt, wies Niccolo auf markante Gebäude hin, gab Anekdoten über ihre Aufenthalte in Genf zum Besten, erzählte, wie sie just hier auf der Ile Rousseau direkt unterhalb der Kornspeicher heimlich mit ihren Freundinnen im Fluss gebadet hatte. Niccolo lauschte ihren Worten verzückt, erfreut darüber, an ihrem Leben teilhaben zu können.

Sie überquerten den Fluss, fuhren noch ein kurzes Stück durch die Stadt, die hier stiller und würdevoller wirkte, und waren dann bereits wieder aus Genf heraus. Niccolo konnte nicht sagen, ob sie Minuten oder Stunden für die Durchfahrt gebraucht hatten – auf jeden Fall war das Erlebnis zu flüchtig gewesen.

Die weitere Fahrt nach Coppet führte sie direkt an den Ufern des Sees entlang, über breite Straßen, die von Pappeln gesäumt waren. Ohne den Regen wäre der Blick über den See mit den Bergen im Hintergrund sicherlich beeindruckend gewesen. So litt das Panorama unter dem nassen Wetter ebenso wie die Menschen, die es bewunderten.

»Du wirst Coppet mögen«, beteuerte ihm Valentine indes wieder einmal unverdrossen. »Schon wegen deiner Vorliebe für die Literatur. In Madame de Staëls Salon treffen seit Jahren vorzügliche Köpfe und Autoren aufeinander, das hat mir Maman immer wieder geschrieben. Unter ihnen so bedeutende Männer wie Chateaubriand! Und die Madame selbst ist wirklich eine bezaubernde Person. Meine Familie ist mit ihr befreundet, und ich bin sicher, wir können dich ihr vorstellen.«

Der Gedanke an kulturelle Ablenkung war zwar angenehm, doch in diesem Augenblick bereiteten Niccolo andere Vorstellungen mehr Sorgen. Schon bald würde er Valentines Eltern begegnen. Die letzte Begegnung lag so lange zurück, dass es praktisch ein neues Kennenlernen sein würde; damals war er noch ein Kind gewesen, jetzt war er erwachsen. Und er musste einen guten Eindruck hinterlassen.

Schließlich folgten sie einer Abzweigung, und das Anwesen von Valentines Familie kam in Sicht, ein helles, dreigeschossiges Gebäude mit grünen Fensterläden und zwei breiten Balkonen an der Vorderfront. Als die Kutsche in den schmalen Hof fuhr, war Niccolo entsprechend nervös. Sein Diener war bereits vorausgeritten, um ihre Ankunft anzukündigen, und es eilten ihnen sofort Dienstboten entgegen, um ihnen beim Aussteigen und mit dem Gepäck zu helfen. Vor der Pforte des Hauses stand ein Paar, das der junge Italiener nur mit Mühe mit seinen Erinnerungen an den Besuch der Familie Liotard in Arezzo während seiner Kindheit vereinbaren konnte. Auch Valentines Erzählungen wurden der Realität nicht gerecht. Der Vater war noch so klein gewachsen wie eh und je, doch was ihm an Größe mangelte, machte er inzwischen durch Leibesumfang wett. Sein Haar war von Grau durchsetzt – so viel war selbst unter der Perücke zu erkennen. Lediglich sein breites, herzliches Lächeln erinnerte Niccolo an den drahtigen, quirligen Mann, der mit ihm als Sechsjährigem wilde Duelle mit einem hölzernen Degen ausgefochten hatte.

Die Frau an seiner Seite lächelte nicht. Obwohl Valentine ihre Mutter oft als lebhaft geschildert hatte, wirkte sie wie vor ihrer Zeit gealtert. Noch dünner als einst, mit hohlen Wangen und blasser, beinahe gräulicher Haut, beschwor sie das Bild schwerer Krankheit herauf.

Valentine schien der Eindruck jedoch nicht zu stören. Sie rannte so schnell los, dass der Diener kaum mit dem Schirm nachkam, und flog ihrem Vater in die Arme.

»Maman! Papa!«

Während der herzlichen Begrüßung hielt Niccolo diskret Abstand. Zwar sehnte er sich danach, ins Trockene zu gelangen, aber er wollte auf keinen Fall unhöflich erscheinen.

»Und Sie müssen Niccolo sein«, wandte Valentines Vater sich endlich an ihn. »Es ist uns eine Freude und Ehre, Ercoles Sohn in unserem bescheidenen Heim begrüßen zu dürfen. Kommen Sie doch herein! Ihrem Vater geht es gut, nehme ich an?«

»Er erfreut sich bester Gesundheit«, erwiderte Niccolo in fließendem Französisch.

»Reizend! Auguste, sieh nur, was für ein hübscher Junge Niccolo geworden ist«, erwiderte Madame Liotard. Obwohl es ihm lieber gewesen wäre, sie hätte ihn nicht *Junge* genannt, küsste der junge Italiener ihr die Hand.

»... und ein höflicher noch dazu«, schloss Valentines Mutter zufrieden. Trotz ihrer Blässe wirkte sie aus der Nähe betrachtet weniger angeschlagen als auf den ersten Blick. Sie hakte Niccolo unter. »Ihr beiden müsst uns alles erzählen – über eure Reise, das wundervolle Italien und vor allem, wie es Ihrer Familie geht, Niccolo!«

Er schloss sich der kleinen Gruppe an, die sich anschickte, den Regen hinter sich zu lassen. Sofort wurde er in die Mitte genommen und fühlte sich willkommen – ein gutes Omen für seine Hoffnungen.

GENF, 1816

»Dies sind alles Bekannte unserer Familie«, erklärte Valentine und lächelte Niccolo an. Die Berührung ihrer Hand an seinem Arm umnebelte seinen Geist, war stärker als Trunkenheit und ließ ihn geradezu über das Parkett schweben.

Der Empfang, den die Familie Liotard zu Ehren seiner Ankunft gab, war tatsächlich ein glanzvolles Ereignis. In ihrem Stadtpalais in Genf hatten sich vielleicht einhundert Honoratioren aus der Stadt eingefunden; reiche Kaufleute, hohe Militärs, Angehörige des Adels aus aller Herren Länder. Mächtige Männer, die Geschäfte machen wollten, waren ebenso hier versammelt wie Künstler auf der Suche nach einem Mäzen und adlige Matronen auf der Pirsch nach einem passenden Gatten für ihre Töchter.

»Und das ist ein besonderer Freund meines Vaters. Graf Ludwig von Karnstein.«

Sie wies auf einen Mann inmitten einer Traube von Menschen, die sich um ihn sammelten wie Messgänger in der Kirche. Er war groß und schlank, ein Umstand, der durch die schwarze Kleidung noch betont wurde. Sein markantes Gesicht war von vornehmer Blässe; Niccolo erkannte es sofort.

»Conte Ludovico«, murmelte er, aber offenkundig zu leise, als dass Valentine es zur Kenntnis nahm.

Obwohl sie noch einige Meter entfernt standen, wandte der Graf sich ihnen zu. Mit höflichen Entschuldigungen löste er sich aus dem Kreis um ihn herum und trat zu ihnen herüber. Ein feines Lächeln umspielte seine vollen Lippen, als er einen Kratzfuß machte.

»Valentine! Ich bin entzückt, Euch wiederzusehen. Unsere letzte Begegnung scheint mir eine Ewigkeit zurückzuliegen.« Mit leicht zusammengekniffenen Augen musterte er sie prüfend von allen Seiten. »Italien ist Euch gut bekommen, wie man sieht.«

Verärgert nahm Niccolo zur Kenntnis, dass sie ihre Hand von seinem Arm nahm, als sie einen artigen Knicks machte. Die Magie des Momentes mit ihr verflog, und nun war er wieder nur ihr Freund und Begleiter, der sich inmitten all der Fremden unangenehm allein fühlte.

»Werter Graf, wenn Ihr erlaubt, würde ich Euch gern Niccolo Viviani, Cavaliere von Otranto vorstellen, den Sohn des Conte von Arezzo. Er hat mich von der Toskana bis hierher begleitet und war ein charmanter und tapferer Reisegefährte. Sogar einige Räuber hat er vertrieben, die uns auf der Straße nach Chamonix zugesetzt haben!«

Der Blick des Grafen verharrte einen Moment zu lang auf Valentine, bevor er zu Niccolo wanderte, der sich steif verneigte.

»Conte«, begrüßte er den Mann knapp. »Ihr habt Euch nicht verändert.«

»Was man von dir nicht behaupten kann, Niccolo. Du bist zu einem Mann geworden, wie ich höre und auch sehen kann. Räuber, hm?«

»Oh, ihr kennt euch?«, warf Valentine ein und ergriff zu Niccolos Freude wieder seinen Arm. Doch ihr Blick war auf den Grafen gerichtet, der sich mit der Hand geziert über den wohlgestutzten Kinnbart strich und leicht nickte.

»In der Tat, meine Liebe. In der Vergangenheit hatte ich einige Geschäfte mit der Familie Viviani, und ich war das eine oder andere Mal zu Gast im famosen Haus von Niccolos Vater.«

»Leider seid Ihr seinerzeit sehr hastig aufgebrochen«, ergänzte der junge Italiener die Geschichte. Er war damals noch recht jung gewesen und hatte sich noch weniger für die Familiengeschäfte interessiert, als es heutzutage der Fall war, doch er konnte sich noch lebhaft an die Sorgen erinnern, die sich sein Vater nach dem unvermittelten Verschwinden seines Geschäftspartners um dessen Wohlergehen gemacht hatte.

»Das Klima kongruierte nicht mit meinem Temperament und meiner Gesundheit«, entgegnete der Graf glatt. Bevor Niccolo darauf antworten konnte, näherte sich eine ältere Dame in einem gewaltigen, dunkelgrünen Kleid, das ihr sicher besser zu Gesicht gestanden hätte, wenn es weniger freizügig gewesen wäre.

»Werter Graf«, rief sie schon aus einiger Entfernung, ihr Gang so unaufhaltsam wie der Lauf der Gestirne selbst. »Ich *muss* Euch jemanden vorstellen!«

»Wenn ihr mich entschuldigen würdet?«, bat der Graf und verneigte sich erneut, was Niccolo und Valentine erwiderten. Die Dame in Grün hakte sich ohne Umstände bei ihm unter und führte ihn fort, ohne seine beiden Gesprächspartner auch nur mit einem Blick zu bedenken.

»Wie unhöflich«, bemerkte Niccolo, aber Valentine kicherte und winkte ab.

»Das war Madame Bossenie; sie ist immer noch auf der Suche nach einem passenden Ehemann für ihre Tochter.«

»Sie wirkte eher wie eine ehrwürdige Großmama denn wie eine Mutter mit Töchtern im heiratsfähigen Alter.«

»Eben.«

»Oh«, entgegnete Niccolo wenig geistreich.

»Aber erzähl mir lieber von dem Grafen. Was war da zwischen euch? Und versuch nicht, mich glauben zu machen, dass ich es mir nur eingebildet habe.«

Langsam schritten sie weiter durch den Salon, nickten anderen Gästen zu, hielten sich jedoch von Gesprächen fern. Niccolo genoss wieder einmal nur ihre Berührung, federleicht und doch so bedeutungsschwer.

»Wie gesagt, er war ein Geschäftsfreund meines Vaters und verkehrte in den höchsten Kreisen der Gesellschaft.«

»Aber?«, bohrte sie nach.

»Wie du weißt, waren die Zeiten Napoléons nicht sehr leicht für uns alle. Die Truppen überall, die Kriege, die Schlachten, in denen wir alle so viel verloren haben. Aber Conte Ludovico, Verzeihung, Graf Karnstein schien von alldem nicht weiter betroffen zu sein – bis er eines Tages verschwand. Mein Vater befürchtete damals, die Geheimpolizei habe ihn abgeholt oder, schlimmer noch, gleich ermordet. Er war nirgends aufzutreiben. In diesen Monaten sind noch andere Personen von Rang und Namen spurlos verschwunden – es war eine wirklich üble Zeit.«

»Die Franzosen haben ihn gefangen genommen?«

»Ich weiß es nicht sicher. Vielleicht hat er sich auch vor seinen Häschern versteckt. Meine Mutter hatte damals große Angst. Ich habe sie oft den Tränen nahe gesehen. Ich glaube, sie fürchtete, uns alle könnte ein ähnliches Schicksal ereilen.«

Mit einem Glanz in den Augen, der Niccolo ganz und gar nicht gefiel, hielt Valentine nach dem Grafen Ausschau, der bereits wieder zum Zentrum eines kleinen Kreises geworden war.

Zum stillen Auge des Orkans, denn während um ihn herum geredet und gelacht wurde, blieb er meist still und schwieg mit einem versonnenen Lächeln auf den Lippen.

»Graf Karnstein hat eine geheimnisvolle Vergangenheit«, stellte Valentine fest. »Wie aufregend.«

Niccolo spürte den Blick des Grafen auf sich ruhen. Die dunklen Augen gaben keine Gefühle preis, aber für den jungen Italiener wirkte der Graf, als amüsiere er sich über einen Scherz, den nur er verstand.

»Oder er vertrug einfach Italiens Sonne nicht«, sagte er tonlos, was Valentine endlich von dem düsteren Mann ablenkte und zu einem bezaubernden, perlenden Lachen reizte, das Niccolo sofort für jede erlittene oder eingebildete Schmach entschädigte.

»Gehört Ihr zum erlauchten Kreis?«, fragte ein junger Mann, der sich zu ihnen gesellte und Valentine ein frivoles Lächeln schenkte, bevor er Niccolo zunickte.

»Ich verstehe nicht …«, hub der junge Italiener an, doch der Fremde unterbrach ihn rüde.

»Die Gesellschaft heute Abend? Wir werden Fortuna am Faro-Tisch huldigen, wie es sich für gute Gläubige gehört.« Der Mann stürzte sein Glas Wein hinunter und taxierte Niccolo. »Oder seid Ihr kein Mann des Spiels?«

»Ihr müsst mich verwechseln, Monsieur …?«

»Jean Baptiste Raoul de Bazerat«, erwiderte der Mann mit einer angedeuteten Verbeugung. »Und mit wem habe ich die Ehre?«

»Niccolo Viviani, Cavaliere von Otranto. Und ich fürchte, ich bin tatsächlich kein Mann des Spiels, wie Ihr es nanntet.«

»Dann verzeiht meine Aufdringlichkeit. Ich sah Euch mit Ludwig reden, und ich nahm an, Ihr seiet Teil seines kleinen Arrangements, wenn dieser Empfang vorüber ist.«

»Der Graf spielt?«, meldete sich Valentine zu Wort, was ihr erneut ein Lächeln von Bazerat einbrachte, der sich über seinen Schnurrbart strich.

»In der Tat, mein Kind. Aber natürlich nur mit Freunden und Ehrenmännern – in bescheidenem Rahmen.« Dann wandte er sich wieder an Niccolo. »Würdet Ihr mich entschuldigen? Ich habe noch mein eigenes Arrangement zu treffen.«

Als Niccolo nickte, zog Bazerat sich zurück, hakte sich bei einer jungen Dame ein und führte sie quer durch den Saal.

»Was für ein ungehobelter Bursche«, murmelte Niccolo, was Valentine mit einem perlenden Lachen quittierte.

»Ich fand ihn ganz amüsant. Seine Familie ist sehr alt, weißt du? Es heißt, sie können ihren Stammbaum mühelos bis zu den Kreuzzügen und ins Heilige Land zurückverfolgen. Aber warte, ich möchte dir noch jemanden zeigen.«

Sie führte den jungen Italiener zu einem älteren Mann, dessen kahler Schädel von einem weißen Haarkranz gesäumt war. Er mochte sechzig Jahre alt sein, und in sein Antlitz hatten sich die Linien eines erfüllten Lebens gegraben.

»Niccolo, darf ich dir Marc-Auguste Pictet vorstellen? Monsieur Pictet, das hier ist Niccolo Viviani, Cavaliere von Otranto. Monsieur Pictet ist ein in den Wissenschaften äußerst bewanderter Mann, der weit über die Grenzen des Kantons Genf bekannt ist. Er hat die Bibliothèque Britannique begründet.«

»Mitbegründet, Valentine, nur mitbegründet. Meinem Bruder Charles und Frédéric Maurice gebührt ebensolche Anerkennung, wie sie mir zuteilwird.« Er lächelte milde und sah Niccolo an, der sich verneigte.

»Es ist mir eine Ehre, Monsieur. Der Ruf der wunderschönen Stadt Genf als Hort des Wissens und der Gelehrtheit ist natürlich bis in die Toskana gedrungen.«

»Ihr seid zu gütig, Cavaliere.«

Lächelnd trennten sie sich voneinander. Niccolo schwirrte schon jetzt der Kopf von all den Namen, und ihm war bislang nur ein kleiner Teil der Gäste vorgestellt worden. Aber Valentine wich den Abend über nicht von seiner Seite, übernahm die Vorstellungen, erzählte im Plauderton von allem Wissenswerten und führte höchst geschickt Konversation, so dass der Empfang für den jungen Italiener wie im Flug verging.

COPPET, 1816

Die Kühle war erfrischend, auch wenn sie durch den Nebel feucht war. Kleine Tröpfchen bildeten sich wie Tau auf Niccolos Kleidung, als er zum See hinabging. Die Welt verbarg sich hinter den grauen Schwaden, als sei sie schüchtern und wolle nicht betrachtet werden. Alle Farben schienen aus ihr gewichen zu sein; es blieb nur Grau in allen Schattierungen zurück, in dem sich seltsame und fantastische Gebilde zeigten, die bei näherem Hinsehen zu weitaus profaneren Gebäuden und Pflanzen wurden.

Niccolo schritt durch diese geheimnisvolle Welt, in der jedes Geräusch gedämpft war. Das Dorf erwachte langsam, hier und da war Arbeitslärm zu hören, aber er war so weit weg, dass er den jungen Italiener an das Knarren und Ächzen eines Geisterschiffs gemahnte, das man auf nebliger See treffen mochte.

Er war nun bereits zwei Wochen zu Gast bei der Familie Liotard, und er musste sich selbst eingestehen, dass er den Gedanken an eine baldige Weiterreise von Tag zu Tag weiter von sich schob. Natürlich hoffte er darauf, über die Kontakte von Auguste Liotard noch der berühmten Madame de Staël vorgestellt zu werden. Doch im Herzen wusste der junge Italiener, dass er auch aus weniger guten Gründen noch in Coppet geblieben wäre. Sosehr es ihn auch drängte, seine Reise fortzusetzen, fand er insbesondere die Vorstellung, sich von Valentine verabschieden zu müssen, einigermaßen erschreckend. Zwar bestand Coppet zu seiner Überraschung aus wenig mehr als zwei Straßen – nach Valentines Erzählungen hatte er einen größeren Ort, ja sogar ein kleines Städtchen erwartet –, aber es lag nahe genug an Genf, um für Amüsement und Ablenkungen aller Art zu sorgen.

Um sich über seine Absichten klarzuwerden, hatte er die morgendliche Ruhe genutzt und war zu einem einsamen Spaziergang Richtung Genf aufgebrochen. Der See selbst lag in der frühen Stunde ruhig da. Sein Wasser schwappte träge, und seine Weite verlor sich in den Nebelschwaden. Niemand sonst war an der Promenade unterwegs, zu früh war es noch und zu unangenehm das Wetter. Doch Niccolo genoss die Stille und die Einsamkeit. Es war eine Gelegenheit, seine Gedanken zu sortieren, Ordnung in das Chaos zu bringen. Ein Plan oder gar ein gangbarer Weg war, wonach er suchte. Eine Möglichkeit, Valentine den Hof zu machen und ihre Eltern von sich und seiner Familie zu überzeugen. Zumindest Letzteres sollte sich nicht als allzu schwierig erweisen, war ihr Vater dem seinen doch freundschaftlich und geschäftlich verbunden. Wie er seine Taten dann seinen Eltern erklären würde, musste sich später finden.

Ein platschendes Geräusch erregte seine Aufmerksamkeit, doch es verklang, und er konnte im Nebel nichts erkennen, also schritt er nachdenklich weiter. Eine kleine Unwahrheit mochte ihm helfen; wenn er vorgab, dass er nur zu diesem Zweck nach Coppet gekommen war, mit dem Segen des Conte, würde Valentines Vater seinem Ansinnen sicherlich mehr Akzeptanz entgegenbringen. Gerade legte er sich die passenden Worte zurecht – was war schon eine winzige Vorausnahme von beinahe sicherer Zustimmung? –, als es erneut auf dem See platschte.

Jetzt vermochte Niccolo doch etwas zu sehen: eine dunkle Gestalt, die sich mit kräftigen Zügen auf das Ufer zubewegte:

Einen Augenblick lang musste er an die Geschichten von furchteinflößenden Kreaturen aus den Tiefen denken, an Wesen, halb Fisch und halb Mensch, bejammernswerte Existenzen, die just an solch trüben Tagen arglose Wanderer in ihre finstere Heimat entführten und dort ersäuften. Dann aber entpuppte sich der Schemen als ein Schwimmer, der zielstrebig auf jenen Teil der Promenade zuhielt, wo sich Niccolo gerade befand.

Verwirrt blickte der junge Italiener sich um, doch er konnte nichts erkennen, kein sinnvolles Ziel, das der Fremde ansteuern mochte. Nirgends lag Kleidung herum, und es gab auch keine Bänke, um Handtücher zu lagern. Es warteten keine Menschen auf den Schwimmer. Fasziniert blieb Niccolo stehen und betrachtete das Schauspiel.

Der Mann schwamm mit langen, regelmäßigen Zügen. Offensichtlich war er in dieser Kunst geübt. Das Wasser des Sees musste angesichts der regnerischen Wochen kühl sein, aber das schien den Schwimmer nicht zu beeinträchtigen. Er erreichte das flache Wasser des Ufers, schwamm noch einige Züge, dann richtete er sich auf und lief die letzten Meter an Land. Wasser strömte an seinem Leib hinab, und bis auf eine weiße, lange und dünne Hose war er unbekleidet. Sein dunkles Haar hing ihm in nassen Strähnen in die hohe Stirn. Seine großen Augen blickten sich suchend um, musterten Niccolo einen Moment lang, dann schüttelte er sich das Wasser aus dem Haar und strich es zurück. Er war schlank und mittelgroß, dabei von geradem Wuchs, mit langen Gliedern und einem ebensolchen Hals.

Wieder sah er sich um, als erwarte er, dass jede Sekunde jemand aus dem Nebel träte, der sein verwirrendes Auftauchen hier erklärte. Als dies jedoch nicht geschah, wandte er sich in holprigem Französisch an Niccolo: »Verzeihung, dies ist doch Coppet?«

Immer noch verwirrt, nickte der junge Italiener und suchte kurz nach Worten, bevor er steif antwortete: »In der Tat.«

Der Mann schüttelte den Kopf. Inzwischen zeigte sich, dass sein Haar, bis auf ausgeprägte Geheimratsecken, voll war und lockig – noch lockiger als Niccolos eigenes. Der Fremde, der nur wenige Jahre älter als er zu sein schien, legte nachdenklich zwei Finger an die vollen Lippen. Inmitten des Nebels, halbnackt und wie aus einem Mythos dem See entstiegen, wirkte er kaum wie ein Mensch, sondern eher wie ein Held aus antiken Sagen.

»Wo bleibt er nur?«, sagte er auf Englisch, offensichtlich mehr zu sich selbst als an einen anderen Adressaten gerichtet.

Aus einem Impuls heraus zog sich Niccolo den Mantel von den Schultern und hielt ihn hoch.

»Kann ich Euch zu Diensten sein? Das Wetter ist rau und dazu geeignet, sich den Tod zu holen.«

Innerlich dankte er dem alten Mister Drury und seinen langweiligen, aber offensichtlich doch fruchtbaren Unterrichtsstunden in englischer Sprache. Obwohl Niccolo seit zwei Jahren kein Wort mehr in dieser Zunge gesprochen hatte, kamen ihm die Worte fließend über die Lippen.

»Vielen Dank«, erwiderte der Fremde, ebenfalls auf Englisch, und lief Niccolo entgegen. Dabei bemerkte Niccolo, dass er seinen rechten Fuß leicht nachzog, so als leide er unter einer alten Verletzung. Außerdem stellte der junge Italiener fest, dass sie ungefähr von gleicher Größe waren und auch von ähnlicher Statur.

Die Augen des Engländers wurden schmal, als er Niccolos Blick bemerkte, und Niccolo wandte ihn rasch ab, denn er wollte nicht unhöflich wirken.

Der Mann lächelte und nahm den Mantel dankbar entgegen. »Ich fürchte, es wird mir allmählich zur schlechten Gewohnheit, mir Überzieher auszuleihen«, sagte er.

Niccolo, der diese Bemerkung nicht verstand, entgegnete:

»Habt Ihr denn keine Vorkehrungen getroffen, um Eure Kleider wiederzufinden?«

»Ich habe meinen Diener von Hermance aus gesandt, um mir Kleidung hierherzubringen, aber wir scheinen uns verpasst zu haben. Nun gut, er hatte den längeren Weg, aber ich habe ihm wahrlich genug Vorsprung gelassen.«

»Seid Ihr über den See geschwommen?«, fragte Niccolo fassungslos, was den anderen schelmisch grinsen ließ, bevor er abwinkte. Aus der Nähe war zu sehen, dass ihn die Kälte doch nicht ungerührt ließ: sein ganzer Körper war mit Gänsehaut bedeckt, und seine Finger zitterten.

»Ja, aber das ist keine große Tat. Vor einigen Jahren habe ich den Hellespont durchquert, von Sestos nach Abydos. Danach habe ich mich gefühlt wie Leander selbst, der seine Hero sucht. Heute fühle ich mich eher wie ein begossener Pudel – und ein frierender noch dazu!«

Der Schalk, der in den Augen des Mannes blitzte, war so ansteckend, dass Niccolo trotz der ungewöhnlichen Situation lachen musste. Sein Gegenüber war von einer beeindruckenden Präsenz, so dass selbst der neblige Morgen und die kalte Luft, die ohne Mantel unangenehm war, in den Hintergrund traten und er sich fühlte, als würden sie sich schon immer kennen und einfach nur einen gemütlichen Plausch bei einem Spaziergang am See halten.

»Hattet Ihr denn ebenfalls eine Kerze, die Euch den Weg über die Meerenge wies?«, fragte er im Plauderton zurück.

Der Engländer neigte den Kopf. »Ah, ich sehe, mir steht ein Mann von Geist und Bildung gegenüber. Hervorragend! Nein, ich musste meinen Weg leider ohne solche Hilfsmittel finden – aber das unterscheidet uns eben von den Helden des Altertums, nicht wahr?«

Hufschläge näherten sich von der Straße, und als die beiden

sich umwandten, schälten sich die Umrisse zweier Pferde aus dem Nebel. Auf dem Rücken des ersten saß ein Reiter, der ihnen schon zuwinkte und rief: »Mylord!«

»Ah, der heldenhafte Fletcher, gekommen, um seinen Herrn aus den Klauen der Kälte zu befreien«, scherzte der Mann und zwinkerte Niccolo zu. »Man sollte seine Taten in einem Gedicht verewigen.«

Der Verspottete hatte die Worte offensichtlich nicht gehört oder nahm sie absichtlich nicht zur Kenntnis, und sprang vom Rücken des Pferdes, wobei er sich auf zahl- und wortreiche Art entschuldigte, während er seinem Herrn dessen Kleidung reichte. Dieser bedachte ihn weiterhin mit Spott, während er sich ankleidete, aber mit so mildem, dass Niccolo erneut lächeln musste. In Windeseile hatte sich der Engländer komplett angezogen, und nach wenigen Minuten saßen er und sein Diener auf den Pferden, und der Schwimmer winkte dem jungen Italiener zu: »Habt Dank für Eure Mildtätigkeit. Sie war eines Sankt Martin würdig bei diesem Hundewetter.«

Niccolo hob ebenfalls die Hand zum Abschied und wollte gerade darum bitten, seine Tat nicht überzubewerten, als er bemerkte, dass der Mann seinen Mantel wieder um die Schultern gelegt hatte. Also rief er stattdessen: »Mein Mantel!«

»Den müsst Ihr Euch wohl persönlich abholen. Ein guter Grund, in der Villa Diodati vorstellig zu werden und meine Gastfreundschaft als Dank für Eure Großmut zu genießen.«

Damit gab er seinem Pferd die Sporen und ritt in den Nebel.

»Ich weiß nicht einmal Euren Namen«, stellte Niccolo laut fest, was dem Reiter ein Lachen entlockte.

»Byron, mein junger Freund, Lord Byron. Ich stehe in Eurer Schuld!«

Dann verschlang der Nebel ihn und seinen Diener, und Niccolo blieb wie betäubt zurück.

9

COPPET, 1816

Wie interessant er auch immer gewesen sein mag – du kannst nicht wirklich darüber nachdenken, dieser Einladung Folge zu leisten.«

Diese Reaktion überraschte Niccolo. Bislang hatte er angenommen, den vielleicht berühmtesten Literaten Europas kennenzulernen sei eine wunderbare Sache, die Bewunderung und Stolz hervorrufen würde. Stattdessen sah ihn Valentine an, als habe er gerade verkündet, dass er gedenke, heute Nacht nackt den Mont Blanc emporzuklettern. Verwirrt nahm er am Tisch Platz und knöpfte seinen Frack auf.

»Warum sollte ich das nicht?«

Valentine setzte sich ihm gegenüber und zog achtlos ihre dunkelblaue Robe über dem schlichten, burgunderfarbenen Tagkleid zusammen. Der Reichtum ihrer Familie zeigte sich hier in ihrer Heimat viel deutlicher als in Arezzo. Zwar war sie auch in seinem Elternhaus niemals schlicht gekleidet gewesen, aber nun zierten beide Kleidungsstücke silbrige Stickereien, und an ihrem Hals hing eine Kette mit einem saphirblauen Stein.

»Weil man von Cologny über Genf bis hierher über diese Villa spricht, in der dein feiner Lord Byron logiert.«

»Das ist wenig verwunderlich«, entgegnete Niccolo erbost. *Mein Lord Byron? Fein?* »Immerhin handelt es sich nicht nur um einen waschechten englischen Lord, sondern auch um den Autor von *Childe Harold.* Du hast es doch gelesen?«

»Ja«, gestand Valentine. »Und es ist wundervoll.« Sie errötete leicht, was Niccolo nun versöhnlicher stimmte. Doch dieses Geständnis brachte die junge Frau nicht von ihren Aussagen ab. Hitzig fuhr sie fort: »Darum geht es aber gar nicht.«

»Sondern?«

Sie rollte mit den Augen. »Hast du auf dem Empfang denn gar nichts darüber gehört?«

»Bitte höre auf, in Rätseln zu sprechen. Nehmen wir an, dass ich gar nichts gehört habe und mit den Gerüchten der gehobenen Gesellschaft Genfs gänzlich unvertraut bin.«

Einen Moment lang befürchtete er, seine Stimme habe zu ärgerlich geklungen, denn ihre Augen wurden zu schmalen Schlitzen, dann aber grinste sie breit.

»Dann lass mich dir ein Stück Apfel vom Baum der Erkenntnis reichen und …«

»Valentine!«

Seine Entrüstung über ihren unangebrachten Scherz war nicht gespielt, wohl aber ihre Zerknirschung, die sie mit großem Geschick präsentierte.

Jetzt war es an ihm, mit den Augen zu rollen. »Fahr bitte fort.«

»Also«, begann sie in verschwörerischem Flüsterton, sah sich erst einmal um und lehnte sich dann vor, ehe sie weiterredete: »Dieser Lord Byron ist ein Exilant.«

»Er ist Engländer«, widersprach Niccolo, aber Valentine wedelte ungeduldig mit der Hand, als sei sein Einwurf gegenstandslos.

»Er musste aus England fliehen. Angeblich hatte er so viele Affären, dass ihm Dutzende von gehörnten Ehemännern nach dem Leben trachteten. Aber nicht nur das.«

Hier schwieg Valentine für einen kurzen Moment, bevor sie, nun noch leiser, fortfuhr: »Er soll die unaussprechlichsten Akte begannen haben.«

»Er ist Schriftsteller«, entgegnete der junge Italiener empört. »Und denen werden ja allenthalben Vorwürfe von ignoranten und bigotten Personen gemacht!«

»Angeblich ist er Sodomist.«

»Valentine!«, protestierte Niccolo noch einmal lautstark. »Ich bitte dich!«

»Aber wenn ich es doch gehört habe. Du musst mir ja nicht glauben. Aber er hält sich von allen Engländern fern, die dieses Jahr wie die biblischen Heuschrecken über Genf hergefallen sind. Nur ein seltsames Trio heißt es, ein junger Mann, der allein mit zwei noch jüngeren Frauen reist, geht ein und aus bei ihm.« Ihre Worte wurden immer schneller und aufgeregter. »Sie übernachten in seiner Villa. Alle miteinander! Und Madame Bossenie hat gesagt, sie hat ihn bei Madame Eynard getroffen, und er habe gehinkt, so als habe er einen Bocksfuß. Ein Pfarrer aus Montalègre, wo dieses Trio Räumlichkeiten hat, hat sie mit dem Amtmann besucht, und Madame Bossenie sagt, dass sie im Konkubinat leben!«

»Bitte was?«, fragte Niccolo einigermaßen hilflos und erschlagen von der Fülle ihrer Offenbarungen.

»Sie haben ein unkeusches Verhältnis.« Valentine legte den Kopf schief und sah ihn an. »Verstehst du? Vermutlich haben sie *alle miteinander* ein Verhältnis.«

Jetzt schlug Valentine doch die Augen nieder, als erinnere sie sich daran, dass eine junge, unverheiratete Dame nicht von solchen Angelegenheiten sprechen sollte.

»Das sind doch alles nur Gerüchte«, wiegelte Niccolo nach einer kurzen Pause ab. »Neider und dergleichen, die nicht das Genie des Dichters verstehen. Vermutlich gibt es für alles eine ganz harmlose Erklärung. Goethe soll Lord Byrons Werke schätzen. Goethe! Der Mann, der den *Werther* geschrieben hat! Gibt es eine größere Ehrung? Und würde der Dichterfürst wohl einen Mann wertschätzen, der im Konkubinat lebt?«

Nun war es Valentine, die skeptisch schaute. Sie lehnte sich wieder zurück, blickte auf ihre Finger, wollte etwas sagen, stockte, sprach dann aber schließlich doch. »Wenn du es dir nicht ausreden lässt, dann sei wenigstens vorsichtig, Niccolo. Es ist gefährlich für den Ruf, in der Nähe dieser Engländer gesehen zu werden. Denk daran, und wenn du es nicht für dich tust, dann tu es für mich – und für den Namen meiner Familie, auf den dein Handeln zurückfallen wird, solange du in unserem Haus logierst.«

Obwohl er auf die Gerüchte der Genfer Gesellschaft nicht viel gab, nickte Niccolo. Sein Vater hatte ihn vor der Abreise gewarnt, dass die Konventionen in Genf viel galten und dass er sich stets untadelig zu benehmen habe.

»Ich verspreche, dass ich vorsichtig sein werde«, schwor er feierlich. »Ich würde niemals Schande über deine Familie bringen. Ein kurzer Besuch, um meinen Mantel abzuholen, und das soll es gewesen sein.«

Sie lächelte, und der kurze Moment der düsteren Wolken, die sich zwischen ihnen gebildet hatten, verging im sonnengleichen Strahlen ihrer Anmut.

»Und wenn du zurückkehrst, musst du mir alles erzählen, ja?«

Er lachte. »Kann ich einen eurer Bediensteten damit beauftragen, meine Karte in die Villa zu bringen? Dann werde ich schauen, dass ich mich morgen Abend in diese Lasterhöhle wage.«

10

COPPET, 1816

Niccolo las gerade in einer 1814er Ausgabe des *New Monthly Magazine,* in der eine seiner Lieblingsgeschichten abgedruckt war, als Valentine atemlos in seine Gemächer gestürzt kam. Die Tatsache, dass ihr unangemeldetes Auftauchen ohne Begleitung in seinen Räumen unangemessen war, schien ihr gar nicht bewusst zu sein, so voller Hast war sie. Dass Niccolo mit halb geöffnetem Hemd auf seinem Fauteuil saß, ebenso wenig. Unglücklicherweise gab es in der Villa Liotard keine Zimmerfluchten mit richtigen Empfangsräumen, und der junge Italiener hatte sich in den kleinen Raum mit dem Sitzensemble begeben, da dort das Licht am besten zum Lesen geeignet war. Die Einrichtung der Suite und des gesamten Hauses war streng, mit klaren Linien und nur wenigen Verzierungen; Niccolo schob es auf den calvinistischen Glauben seiner Gastgeber.

Valentine deutete aufgeregt mit der Hand aus dem Fenster, das eine hübsche Aussicht über den Park und den See bot.

»Niccolo, komm mit. Wir müssen an den See.«

Zweifelnd blickte der junge Italiener hinaus in das diesige Wetter. In ihrer Aufregung sprach sie französisch, also antwortete er in dieser Sprache mit einer Gegenfrage: »Warum?«

»Sie haben eine Leiche gefunden!«

»Eine Leiche?«

»Ja, eine Wasserleiche.«

»Woher weißt du das?«

»Marie hat es mir erzählt, das Dienstmädchen. Sie hat Alfons geholfen, das Boot zu vertäuen, und dabei haben sie gesehen … aber das ist jetzt egal. Komm schnell, bevor Papa davon erfährt und mir, ich meine uns, verbietet, hinauszugehen.«

Sie war schon wieder halb zur Tür hinaus, bevor Niccolo sich auch nur erhoben hatte. Ungeduldig stand sie im dunklen Rechteck des Türrahmens. Ihr zitronengelbes Kleid stand in scharfem Kontrast zum düsteren Flur. Einen Moment lang zögerte Niccolo, ob er ihrem Wunsch nachkommen sollte, doch dann entschied er, das Vergnügen ihrer Gesellschaft auf jeden Fall genießen zu wollen. Suchend blickte er sich nach einem wärmeren Kleidungsstück um. Da Lord Byron noch immer seinen Wollmantel besaß, musste es der dünnere Überzieher tun, auch wenn das Wetter schon wieder sehr ungemütlich aussah.

»Bist du sicher, dass wir dorthin gehen sollten? Das wird sicherlich ein ganz und gar abscheulicher Anblick, Valentine.«

»Oh ja«, entgegnete sie mit leuchtenden Augen. »Marie sagt, es sähe ungemein gruselig aus. Wie in einer deiner Geschichten.«

Sie wies auf das Magazin, in dem es tatsächlich eine Geschichte über eine Obduktion gab. Schuldbewusst senkte Niccolo das Haupt und verfluchte insgeheim seine Schwester Marcella, die ohne Zweifel mit ihren ständigen Plappereien Valentine mit solchen Flausen angesteckt hatte. Von sich aus wäre ein Mädchen aus gutem Hause sicherlich nicht auf die Idee gekommen, sich eine Leiche anzuschauen.

Trotzdem lächelte er tapfer, als er sich bei ihr unterhakte.

»Gehen wir.«

»Und falls Papa uns sieht, machen wir einfach nur einen Spaziergang.«

»Genau«, erwiderte er, auch wenn er die Ausrede angesichts des Regens für recht durchschaubar hielt. Doch glücklicherweise verließen sie das Haus, ohne einem anderen Bewohner über den Weg zu laufen, und waren schon bald am Ufer des Sees angelangt, wo eine Menschenmenge ihnen den Ort des Geschehens anzeigte.

Für Niccolo wirkte es so, als seien wohl alle Bewohner des winzigen Coppet versammelt. Gut dreißig oder mehr Menschen standen in einem groben Halbkreis am Wasser, Männer und Frauen jeden Standes, und ihre Stimmen wurden vom Rauschen des Regens überlagert.

Während Niccolo sich vorsichtig näherte, drängte Valentine sich unter Entschuldigungen nach vorn. Sie zog den jungen Italiener an der Hand hinter sich her, und so fand er sich unvermittelt in der ersten Reihe der Schaulustigen wieder. Hier und da hörte er andere Sprachen, wie Englisch und Russisch, doch die meisten der Gaffer schienen Einheimische zu sein, die sich auf Französisch unterhielten.

Das Objekt des allgemeinen Interesses lag noch halb im Wasser. Als Valentine der Leiche ansichtig wurde, bekreuzigte sie sich. Irgendjemand hatte den Körper ein Stück an Land gezogen, doch die Beine befanden sich noch im See und bewegten sich mit dem Wasser, was der Leiche eine unheimliche Lebendigkeit verlieh. Es konnte allerdings kein Zweifel daran bestehen, dass hier ein Toter am Ufer lag, wie Niccolo nüchtern feststellte. Nicht nur war der gesamte Leib aufgedunsen und die Haut dunkel verfärbt, an einigen Stellen blutig rot, an anderen bis ins Lilane gehend, sondern es klafften auch tiefe Wunden im Fleisch, wie fransige Mäuler, blutlos, in einem nicht enden wollenden Schrei gefangen.

Doch es war das Gesicht, das Niccolos Blick anzog, oder vielmehr das Fehlen eines solchen. Denn wo die Gesichtszüge sein sollten, hingen nur zerfetzte Überreste von Haut und Muskeln von den Knochen, die an manchen Stellen sogar zu sehen waren. Der Anblick hatte keine Ähnlichkeit mehr mit einem menschlichen Wesen; vielmehr fühlte Niccolo sich an rohes Fleisch erinnert.

Neben ihm seufzte Valentine leise. Fast erwartete er, sie in

Ohnmacht fallen zu sehen, doch sie drückte lediglich fest seine Hand und schwieg mit bleichem Gesicht.

Die Leiche hatte nur noch eine zerfetzte weiße Hose an. Ansonsten trug sie keine Kleidung. Für einen Moment musste Niccolo an seine Begegnung mit Byron denken und fragte sich erschüttert, ob er hier wohl auf den Leichnam des ertrunkenen englischen Lords blickte. Schon räusperte er sich, um seine Vermutung zu äußern, doch dann nahm er den toten Körper genauer in Augenschein. Trotz aller Veränderungen, die das Wasser dem Toten zugefügt hatte, war doch noch zu erkennen, dass der Mann zu Lebzeiten gedrungener und vermutlich auch älter gewesen war als der Engländer, den Niccolo erst gestern hier getroffen hatte.

»Gibt es hier keinen Arzt?«, fragte der junge Italiener laut auf Französisch in die Runde.

Ein junger Mann wies nach Süden. »Wir haben einen Mann nach Genf geschickt. Der holt jemanden.«

»Was ist mit diesem Wunderdoktor aus England? Dem in Cologny? Sollen wir nicht lieber ein Boot dahin schicken?«, erkundigte sich eine ältere Frau, aber niemand antwortete ihr, und Niccolo bemerkte, wie einige der älteren Leute ein Zeichen zur Abwehr des Bösen machten.

»Weiß jemand, wer das ist?«

Wieder keine Antwort außer einem Kopfschütteln hier und da.

»Wir sollten gehen«, murmelte er Valentine zu. »Die eifrigen Amtmänner werden nicht mehr lange auf sich warten lassen.«

Doch sie starrte immer noch wie gebannt auf den Toten.

»Schau, er hat etwas in der Hand«, sagte sie schließlich und ging in die Hocke. Tatsächlich ragte ein dünner, länglicher Gegenstand von dunklem Grün aus der zusammengepressten rechten Faust. Der junge Mann kniete sich neben die Leiche, packte ihre Finger, wobei er das Gesicht verzog, und öffnete vorsichtig den Griff. Mit jedem Stück, das die Finger sich bewegten, spürte er das Unbehagen in seinem Magen deutlicher, und er sah nicht auf seine Hände, sondern blickte über den verregneten See hinaus. Dann stand er auf und hielt eine kleine Blume in die Höhe.

»Lungenkraut«, stellte Valentine enttäuscht fest. »Das gibt es hier in vielen Gärten.«

»Ich denke wirklich, dass wir nicht länger bleiben sollten, Valentine.«

»Du hast Recht. Wenn Maman erfährt, dass wir hier waren, wird sie ihr Riechsalz benötigen.«

Sie hakte sich wieder bei Niccolo unter und führte ihn aus dem Kreis heraus. Als sie fast außer Hörweite waren, drangen noch die Worte einer alten, gebückten Frau an Niccolos Ohren: »Man sollte dem armen Hund einen Pflock durchs Herz treiben und ihn verbrennen. Wär besser für uns alle.«

Schockiert ging der junge Italiener an Valentines Seite zurück zum Haus ihrer Eltern. Aberglaube aller Art musste hier noch stark verbreitet sein, wenn jemand einen solchen Vorschlag in der Öffentlichkeit machen konnte.

»Was denkst du?«, fragte sie unvermittelt. Ohne zu zögern, antwortete er: »Ich denke an meinen Onkel.«

»Deinen Onkel?« Ihre Überraschung klang in ihrer Stimme mit.

»Ja. Er war lange krank. Ich habe die letzten Stunden seines Lebens an seinem Bett gewacht. Die Ärzte sagten, er sei praktisch ertrunken, als sich seine Lungen mit Flüssigkeit aus seinem eigenen Körper füllten. Er war auch so aufgedunsen wie diese Leiche dort, mit dunklen Flecken überall.«

»Glaubst du, dass der Tote krank war?«

»Ich weiß es nicht. Die Verletzungen …«

»Ich glaube, er wurde ermordet. Ich meine, sein Gesicht war doch entstellt, nicht wahr?«

»Vielleicht war es auch ein wildes Tier«, vermutete Niccolo. »Der harte Winter könnte Wölfe in das Tal getrieben haben. Oder Bären. Ich meine, dass ich neulich nachts Wolfsgeheul gehört habe.«

»Aber wie kam sein Körper dann in den See? Die Wölfe werden ihn doch wohl kaum hineingeworfen haben.«

Darauf hatte Niccolo keine Antwort, also wechselte er das Thema. »Hat dir der Anblick nichts ausgemacht?«

Sie schüttelte energisch den Kopf, und von ihren nassen Locken flogen Tropfen in alle Richtungen. »Ich habe gemeinsam mit meiner Mutter in einem Lazarett für die Heimgekommenen ausgeholfen. Die schlimmsten Fälle waren in einem anderen Flügel untergebracht, aber ich habe auch so mehr Wunden und Invalide gesehen, als ich erinnern möchte. Der arme Kerl da«, erklärte sie und deutete in Richtung Seeufer, »schockiert mich nicht. Ich hoffe, er hat seinen Frieden mit Gott gemacht.«

Ihre Züge waren verschlossen, als sie das sagte, und ihre Stimme hart, und Niccolo spürte in ihren Worten eine Bitterkeit, die nicht zu ihrer sonstigen unbeschwerten Art passte. Er wusste, dass ihr Bruder 1813 in den Kriegen bei Dresden gefallen war und dass der Verlust sie tief getroffen hatte.

Seine eigene Familie hatte ein halbes Dutzend Söhne seit Beginn des Jahrhunderts allein durch die Kriege verloren, was ihm den Gedanken an das Militär nicht eben verlockender vorkommen ließ. Was seinem Vater noch als heilige Pflicht vor Augen stand, war ihm oft genug wie eine nicht enden wollende Grausamkeit erschienen.

11

COPPET, 1816

Als Niccolo die kurze Strecke von der Villa Liotard bis zur Anlegestelle hinunterlief, bedauerte er den Aufbruch doch ein wenig, denn zum ersten Mal seit Tagen zeigte sich zwischen Wolkenbändern die Sonne. Gern hätte er den beginnenden Abend mit Valentine am Piano verbracht, aber dann entsann er sich, dass ihm eine schicksalhafte Begegnung bevorstand. *Fürchte ich mich etwa?* Er wusste keine Antwort auf die Frage. Aufgeregt war er, nervös, wie er am Schlag seines Herzens und dem klammen Gefühl in seinen Händen merkte. Schließlich würde er bei einem Mann zu Gast sein, der ebenso berüchtigt wie berühmt war. Aber die Frage wurde ohnehin gegenstandslos, denn das flache Fischerboot, das ihn über den See bringen sollte, näherte sich bereits den Weiden, die am Ufer ihre Zweige ins Wasser hängen ließen. Der Fischer war schweigsam, aber nicht unhöflich, und er hielt das Boot fest, während Niccolo einstieg.

Der See funkelte im Sonnenlicht, und die Gipfel strahlten weiß wie Kreidefelsen, ein deutlicher Kontrast zu den begrünten Auen, die den Lac Léman umgaben. Aus einem Impuls heraus hielt Niccolo die Hand über die Seite des Boots in das Wasser und spürte die erfrischende Kühle, die seine Sorgen einfach fortzuspülen schien. Hatte der See bislang einen grauen, abweisenden Eindruck auf ihn gemacht, wirkte er nun heiter und geradezu erhebend; so wie ihn Valentine, das Herz voller Heimweh und Sehnsucht, zuweilen in ihren Aquarellen widergegeben hatte.

Dementsprechend beschwingt sprang er schließlich an Land und drückte dem Fischer ein mehr als großzügiges Entgelt für die kurze Fahrt in die Hand. Der Mann wies auf ein Gebäude, das vielleicht hundert Meter entfernt hangaufwärts am See stand, wo das Land zunächst sanft anstieg, bevor schon bald die majestätischen Berge begannen.

»Das da is' die Villa.«

Halb erwartete Niccolo nach Valentines anschaulichen Warnungen, dass der Fischer sich bekreuzigen würde, doch er wies seinem Passagier lediglich den Weg und stieß das Boot dann wieder vom Ufer ab.

»Habt Dank, guter Mann«, erwiderte Niccolo, tippte sich mit dem Zeigefinger an die Stirn und besah sich die Villa genauer. Ihr Grundriss war quadratisch, und er sah drei Stockwerke in cremefarbenem Stein und ein rotes Dach, aus dem Schornsteine und Dachgauben ragten. Das unterste Geschoss war von Säulen umrahmt, auf denen zum See hin ein Balkon ruhte, über den eine breite Markise gespannt war. Um die Villa erstreckte sich ein kleiner Park mit grünen Wiesen und hohen Bäumen, vor denen ob des regnerischen Frühjahrs das Lungenkraut die Stängel hängen ließ. Das Anwesen wirkte einladend und keinesfalls wie eine finstere Lasterhöhle.

Offensichtlich hatte man seine Ankunft bereits bemerkt, denn ein Bediensteter, den Niccolo als Byrons Diener Fletcher erkannte, öffnete ihm die Tür und verneigte sich, bevor Niccolo die letzten Meter zurückgelegt hatte. Nach einem kurzen, aber tiefen Atemzug, um seine wieder aufkeimende Nervosität in den Griff zu bekommen, nickte der junge Italiener dem Mann zu, überquerte das kleine Stück Rasen und trat in die Villa ein.

»Darf ich Euren Mantel nehmen?«, fragte Fletcher, der nun noch distinguierter wirkte als an dem Morgen, an dem er seinen Herrn am Ufer des Sees abgeholt hatte.

»Keine Sorge, mein Freund«, sagte Byron, der eben in das Empfangszimmer schritt. »Diesmal erhaltet ihr ihn zurück.«

»Beide, will ich doch hoffen?«, entgegnete Niccolo glatt, was ihn selbst überraschte, aber der Lord schmunzelte nur und nickte. Er trug einen Abendanzug, ganz so, als wolle er ausgehen.

»Selbstverständlich beide. Und Ihr müsst mir sagen, wie ich Eure Freundlichkeit erwidern kann; eine gute Tat verdient eine andere. Doch zunächst müsst Ihr mir verraten, wie man Euren Namen richtig ausspricht. In meiner der Kälte geschuldeten Hast habe ich mich unmöglich benommen und ihn nicht erfragt, und nun kann ich ihn lediglich von Eurer Karte ablesen – völlig falsch, wie ich befürchte.«

»Euch trifft keine Schuld – die Situation war für gesellschaftliche Höflichkeiten denkbar ungeeignet. Mein Name ist Niccolo Viviani, Cavaliere von Otranto.«

Der Lord wiederholte den Namen murmelnd und fügte dann hinzu: »Es ist mir eine Freude. Aber jetzt müsst Ihr mit nach oben kommen und die anderen kennenlernen.«

Verwirrt folgte Niccolo dem Lord die Treppe empor. Er hatte nicht erwartet, zu einer größeren Gesellschaft eingeladen worden zu sein, und er empfand den Gedanken daran, nicht nur in Lord Byrons Augen, sondern auch noch in denen Fremder bestehen zu müssen, als einschüchternd.

Sie betraten einen Salon von großzügigen Proportionen, dessen große Fenster das Sonnenlicht einfingen und sich zu den Seitenbalkonen öffneten. Der Raum war, wie der Rest der Villa anscheinend auch, im eleganten und doch einfachen Stil des frühen 18. Jahrhunderts eingerichtet. Die Wände waren mit dunklem Holz vertäfelt und mit Chintz bespannt.

Erwartet wurden sie von einer Gesellschaft, die sich zu Niccolos Erleichterung als recht klein erwies. Zwei Männer und zwei Frauen erhoben sich von einer mit Silber eingedeckten Tafel, als er den Raum betrat und Lord Byron ihn mit großer Geste vorstellte.

»Das hier ist der von mir viel gerühmte Cavaliere Viviani, mein Lebensretter.«

»Zu viel der Ehre«, murmelte der junge Italiener, aber Byron legte ihm die Hand auf die Schulter und führte ihn zu den bereits anwesenden Personen, deren auffälligstes Merkmal ihre Jugend war; keiner von ihnen sah älter als fünfundzwanzig aus.

»Die beiden reizenden Damen sind Mary Godwin und Clara Clairmont.«

»Hocherfreut«, sagte Niccolo und ergriff die Hand der erstgenannten, einer jungen Frau von vielleicht zwanzig Jahren, die ein dunkles Kleid mit einer floralen Borte trug, das ihre Schultern beinahe gänzlich unbedeckt ließ. Obwohl sie insgesamt schön zu nennen war, waren es hauptsächlich ihre dunklen Augen, die Niccolo in ihren Bann zogen und hinter denen er einen wachen Geist erspähte. Sie hatte eine hohe Stirn und schmale Lippen, die ihm nun ein Lächeln schenkten. Vorsichtig deutete Niccolo einen Handkuss an, ehe er sich an die zweite Dame wandte, die weitaus bunter gekleidet war und deren rundes Gesicht von dunklen Locken eingerahmt wurde.

»Georges italienischer Retter! Wie aufregend! Bitte, nennen Sie mich Claire«, sagte sie mit einem koketten Lächeln, das sie noch jünger wirken ließ, als sie es ohnehin schon war. Niccolo begrüßte auch sie, aber bevor er auch nur versuchen konnte, einen guten Eindruck zu hinterlassen, wies Byron bereits auf den nächsten Gast, einen jungen Mann mit dunklen Locken und dunklen, ausdrucksstarken Augen, die unter kräftigen Brauen ruhten und Niccolo nun prüfend musterten.

»Das hier ist mein Leibarzt, der veritable Doktor John William Polidori.«

Der Doktor lächelte kurz, höflich, aber nicht warm, und neigte grüßend den Kopf, ohne etwas zu sagen.

»Und als Letzter vorgestellt, aber ganz sicher nicht der Geringste in der Runde, ist dies Percy Bysshe Shelley, ein Poet aus England, von dem man, meiner bescheidenen Meinung nach, noch viel hören wird.«

Der Mann war so groß und schmal, dass er beinahe schon schwindsüchtig wirkte. Seine vollen Lippen verzogen sich ob des Lobs zu einem schüchternen Lächeln, und er strich sich eine Strähne seiner bis auf den Kragen reichenden wilden braunen Mähne aus dem Gesicht. Er wirkte wie ein in die Höhe geschossener Jugendlicher, sowohl vom Aussehen als auch von seinem Auftreten her. Umso erstaunlicher war seine eigene Vorstellung: »Ein Atheist, Philanthrop und Demokrat – zu Euren Diensten.«

Im Verdacht, Opfer eines Scherzes geworden zu sein, blickte Niccolo zu Byron, aber der lächelte nur, während Doktor Polidori einen leisen Seufzer ausstieß.

»Kann ich Euch etwas zu trinken anbieten, werter Cavaliere?«

SÉCHERON, 1816

Ludovico zog ein letztes Mal an seinem Zigarillo und inhalierte tief; dann ließ er das Rauchwerk achtlos in einen schweren Messingaschenbecher fallen und sah zu, wie die Glut langsam verlosch.

Er trat in seinen gemieteten Räumen an das Fenster des Salons und blickte auf die Straße, die wegen des anhaltenden Regenwetters und der einsetzenden Dämmerung beinahe menschenleer war. Sécheron hatte sich als eine exzellente Wahl für seine Unterkunft erwiesen. Nahe genug an Genf und auch Coppet, dabei zwar klein, aber durch einige Hotels und Gasthäuser an Fremde gewöhnt und selbst in diesem nassen Sommer von reichlich Reisenden besucht. Ludovico hatte bereits alle möglichen Nationalitäten bemerkt: Franzosen, Deutsche,

Russen, Engländer und noch einige mehr. Es war ein guter Ort, um nicht aufzufallen.

Seine Räume waren kostspielig, wenn auch spärlich möbliert, und da er nichts an ihnen verändert hatte, seit er den Schlüssel von ihrem Besitzer entgegengenommen hatte, verrieten sie auch nichts über die Persönlichkeit des jetzigen Gastes. Die fünf Räume umfassten den untersten Stock des Bürgerhauses; mehr war Ludovico daran nicht wichtig. Der Besitzer war erstaunt gewesen, dass sein Mieter offenbar gänzlich ohne Personal auszukommen gedachte, und hatte seiner Verwunderung darüber so lange Ausdruck verliehen, dass Ludovico schließlich behauptet hatte, auf der Suche nach einem neuen Burschen zu sein.

Eigentlich hasste er diese Art von kleinen Lügen, die seine Existenz immer wieder nötig machte, aber der Vermieter hatte eine so unangenehme Mischung aus Tratschsucht und Geldgier ausgestrahlt, dass die Alternative gewesen wäre, ihn umzubringen, und das hätte seinen Aufenthalt in Genf nur unnötig kompliziert.

Aber auch so waren seine Angelegenheiten hier nun nicht ganz einfach.

Niccolo Viviani war in Coppet, und Ludovico grübelte bereits seit dem Ball darüber nach, ob der Italiener einen Verdacht haben mochte, irgendeine Ahnung, die Ludovico gefährlich werden konnte. Nicht, dass der junge Wirrkopf, der offenbar bis über beide Ohren in die bezaubernde Valentine verliebt war, körperlich eine Bedrohung für ihn dargestellt hätte. Aber Ludovico neigte nicht dazu, die Macht der Liebe zu unterschätzen. Und da er selbst in höchstem Maße an der Tochter aus bestem Hause interessiert war, nahm er den Nebenbuhler, wie unbedarft dieser auch immer sein mochte, durchaus ernst. Insbesondere, weil er ihn bereits von früher her kannte. Er hoffte, dass sein Namenswechsel an Niccolo vorbeigegangen war, ohne dessen Neugier geweckt zu haben.

Ludovico fluchte, als er im Dämmerlicht gegen einen Beistelltisch stieß. Konnte es nicht endlich Nacht werden? Bei Tag waren seine Augen nur die eines gewöhnlichen Sterblichen; schlimmer noch, das Licht blendete ihn über die Maßen, selbst dieser schwache Schein der untergehenden Sonne. Erst die Nacht offenbarte seine Natur, gab ihm die Möglichkeit, sich ohne Schwierigkeiten auch noch in tiefster Dunkelheit zurechtzufinden.

Das Wiedersehen mit Valentine hatte ihn mehr beschäftigt, als er sich selbst zunächst hatte eingestehen wollen. Ihre Nähe hatte eine wohltuende Wirkung auf ihn, die er kaum für möglich gehalten hatte. Für gewöhnlich förderte er in anderen Menschen lediglich ihr Potenzial, zerstörerisch, gemein oder grausam zu sein, zutage, doch in der jungen Frau konnte er all das nicht entdecken. Stattdessen vermeinte er stets ein leises perlendes Lachen zu hören, wenn er ihrer ansichtig wurde, ein Lachen reinster Freude, das das Raubtier in ihm zur Ruhe brachte. Zum ersten Mal seit langen Jahrzehnten fiel der Schatten der Dunkelheit, die er in sich trug, nicht auf die Welt um ihn herum. Sie besaß die Macht, die Finsternis in seinem Inneren aufzuhalten. Diese Tatsache brachte ihn dazu, dass er sie unbedingt besitzen wollte. Er wollte sie ganz, nicht einfach als Geliebte, sondern als Frau, als Gefährtin. Was natürlich voraussetzte, dass er ihren Vater von sich überzeugen konnte, und bei diesem Plan konnte er gewiss keinen übereifrigen Italiener gebrauchen, der möglicherweise Misstrauen gegen seine Person säen würde.

Nun, er hoffte, dass Niccolo beim heutigen Abendessen mit der Familie Liotard nicht anwesend sein würde, und bei Cognac und Zigarren, die dem Mahl unvermeidlich folgen würden, konnte er vielleicht Valentines Vater bereits ein entsprechendes Angebot unterbreiten. Es war lange her, dass er den Umstand, die Dunkelheit in seinem Inneren so weit verbergen zu können, dass er auf andere fast vollständig menschlich wirkte, so hoch geschätzt hatte.

Die Standuhr im Salon schlug halb acht; Zeit, sich auf den Weg zu machen. Ein prüfender Blick in den mannshohen Spiegel verriet ihm, dass sein Äußeres wie stets makellos war. Sein schwarzes Haar und der schmale Kinnbart waren perfekt getrimmt, und kein Staubkorn war auf dem dunklen Anzug zu finden. Nur schade, dass der Regen das teure Stück verderben würde.

Er zog seinen Mantel über und trat auf die Straße hinaus. Seine bernsteinfarbene Brille nahm dem verblassenden Licht die Schärfe, und auch wenn sie die Menschen glauben machen mochte, dass er an Syphilis litt, trug er sie; der wolkenverhangene Himmel allein schützte seine Augen nicht genug. Besser, andere glaubten an Syphilis als an die wahre Krankheit des Blutes, die er in sich trug und die zwar weniger ansteckend, dafür aber umso tödlicher war.

Zwar verzichtete er stets darauf, mit Personal zu reisen, ein Gefährt war aber dennoch unverzichtbar, und er stellte zu seiner Zufriedenheit fest, dass der Kutscher samt einem Landauer bereits auf ihn wartete. Sogar das Wetter hatte ein Einsehen gehabt; der Niederschlag hatte nachgelassen, und am Horizont zeigte sich ein schmaler Streif freien Himmels. Auf der anderen Straßenseite entdeckte er seinen Vermieter, der sich mit einem schwarzberockten Herrn, den Ludovico nicht kannte, in einem angeregten Gespräch zu befinden schien. Da ihm keinesfalls daran gelegen war, die Aufmerksamkeit des Mannes auf sich zu ziehen, stieg er eilends in das wartende Gefährt, dessen Verdeck zum Glück geschlossen war.

Die Villa Liotard war hell erleuchtet, als die Kutsche auf dem Hof vor dem Eingang zum Stehen kam. Sofort näherte sich ein Bediensteter, um den Verschlag zu öffnen und Ludovico zur Tür zu geleiten. Dieser ließ seine Brille in der Tasche verschwinden, und nachdem er seinen Mantel abgegeben hatte, brachte ihn ein weiterer Dienstbote in den Salon, wo die Familie Liotard bereits auf ihn wartete.

»Graf Karnstein, welche Freude!«

Der dickliche Monsieur Liotard erhob sich und reichte Ludovico die Hand. Dieser grüßte den Mann mit allem gebührenden Respekt und wandte sich dann dessen Frau und Tochter zu. Als er die Hand von Valentines Mutter küsste, fiel ihm sofort die Blässe ihres Gesichts auf. *Vielleicht habe ich mich einmal zu oft von ihrem Blut genährt,* sinnierte er. *Ich sollte mich gänzlich von ihrem Hals fernhalten, wenn ich ihre Tochter für mich gewinnen will.*

Schließlich stand er vor Valentine, die in einem mitternachtsblauen Kleid bezaubernd aussah und ihn mit einem köstlichen Lächeln begrüßte.

»Ich freue mich, Euch so bald wiederzusehen, Graf«, begann sie. »Besonders, da Niccolo mir ein wenig von Ihrer abenteuerlichen Vergangenheit berichtet hat. Ich hoffe sehr, von Ihnen selbst bald mehr darüber zu erfahren.«

»Quäle den Grafen nicht mit deiner Neugier, Kind, ja?«, fiel ihr ihre Mutter ins Wort.

»Aber nein, Madame, Valentine quält mich in keiner Weise«, entgegnete Ludovico mit einem freundlichen Lächeln, ging allerdings nicht auf die Aufforderung des Mädchens ein, sondern sagte nonchalant: »Ach ja, der ausgezeichnete Niccolo – ist er bereits wieder nach Italien gereist, oder speist er heute Abend lediglich in der Stadt?«

»Niccolo ist …«, begann Valentine eifrig, fing dann jedoch einen warnenden Blick ihres Vaters auf, der Ludovico nicht entging. »… nicht da«, schloss sie deshalb lahm.

»Der Cavaliere Viviani hatte andere Verpflichtungen, denen er heute Abend nachgeht«, erklärte Madame Liotard mit so viel Eis in der Stimme, dass Ludovico nicht umhinkam, sich zu fragen, was für Verpflichtungen das sein mochten. *Ihrem Gesichtsausdruck nach zu schließen, speist er mit dem Leibhaftigen persönlich.*

Um das entstehende Schweigen zu brechen, erwog Ludovico bereits, das Thema zu wechseln, aber Monsieur Liotard kam ihm zuvor: »Habt Ihr schon von dem Toten im See gehört, Graf?« erkundigte er sich. »Er wurde heute früh angespült.«

»Eine Wasserleiche?« Ludovico zog eine Augenbraue in die Höhe. »Bedauere, aber bis Sécheron ist diese Nachricht noch nicht vorgedrungen. Handelt es sich bei dem armen Teufel um einen ertrunkenen Fischer?«

»Das steht noch nicht fest. Er war … entstellt«, erwiderte Liotard ausweichend.

»Ich glaube, dass er ermordet wurde. Und dann entstellt, um zu verschleiern, wer er war«, erklärte Valentine in einem so ruhigen Tonfall, als spräche sie über ihre Gesangsstunden.

»Die Vorliebe des Cavaliere für Schauergeschichten hat wohl auf dich übergegriffen, Kind«, meinte ihre Mutter ärgerlich, wurde jedoch von einem uniformierten Dienstmädchen unterbrochen, das artig knickste und verkündete: »Das Diner kann serviert werden.«

Höflich bot Liotard seiner Tochter den Arm, während Ludovico seine Gastgeberin ins Esszimmer führte. Er stellte fest, dass es ihm eine gewisse Befriedigung verschaffte, sie bei seiner Berührung zittern zu spüren.

Sie schlang den Schal enger um ihre Schultern und sah ihn

unsicher an. Ludovico schenkte ihr sein gewinnendstes Lächeln, wohl wissend, dass es ihr unmöglich sein würde, sich an die Male zu erinnern, bei denen er aus ihrer Vene getrunken hatte.

Während erst die Brühe, dann die Forelle und schließlich das Filet aufgetragen wurden, kreiste das Gespräch zumeist um Nichtigkeiten. Ludovico, der der einfallslosen Speisenfolge kaum Aufmerksamkeit schenkte, bemühte sich darum, sowohl seinen Geist als auch seinen Status ins rechte Licht zu rücken, fand aber die Gesellschaft des Ehepaars Liotard schon vor dem dritten Gang reichlich ermüdend.

»Ich fand Eure Schlussfolgerung den Toten aus dem See betreffend bemerkenswert scharfsinnig, Mademoiselle«, sagte er schließlich zu Valentine gewandt, die bislang hauptsächlich geschwiegen hatte. Ihr Lächeln brachte den Glanz in den Raum zurück. »Allerdings fürchte ich, dass den wackeren Amtspersonen Eure Klugheit fehlen wird und sie deshalb kaum die richtigen Schlüsse ziehen werden.«

»Ich denke doch, dass die zuständigen Gendarmen besser beraten sind, nicht auf die überspannten Fantasien junger Damen zu hören«, sagte Madame Liotard rasch. Valentine presste die Lippen zusammen.

»*Überspannt* würde ich Valentines Worte nun in keiner Weise nennen«, sprang Ludovico ihr bei.

»Danke«, erwiderte Valentine. »Aber tatsächlich wäre es wohl so, dass man mir kaum Gehör schenken würde. Denkt Ihr nicht auch, dass ein Mann, dessen Wort so viel Gewicht hat wie das Eure, die Gendarmen sicher eher davon überzeugen könnte, dass vielleicht ein Mord stattgefunden hat? Und es somit an Euch wäre, mehr darüber in Erfahrung zu bringen?«

Das reizte ihn nun selbstverständlich zum Lachen.

»Touché«, entgegnete er. »Wenn es Euer Wunsch ist, werde

ich mich morgen erkundigen, wie weit die Ermittlungen gediehen sind. Dürfte ich Euch danach vielleicht bei einem gemeinsamen Spaziergang davon berichten?«

Valentine senkte den Blick für einen Moment, aber als ihre Augen sich wieder begegneten, nickte sie ihm zu.

»Natürlich mit Eurem Einverständnis, Madame?«, wandte Ludovico sich seiner Gastgeberin zu.

»Selbstverständlich, Graf. Vorausgesetzt, der morgige Tag hält, was der heutige Abend verspricht.«

Trotz ihres angegriffenen Zustands entdeckte Ludovico einen harten, metallischen Glanz in ihren Augen. *Sieh an,* dachte er, teils bitter, teils amüsiert, *hier wird bereits taxiert, ob der gebotene Preis für die Hand der Tochter ausreichend wäre.*

»Eine Zigarre, mein Lieber?«, offerierte Liotard und rückte seinen Stuhl vom Tisch ab, von dem eben ein Dienstmädchen die Überreste der Pfirsichcreme abräumte.

»Gern.«

Ludovico erhob sich, ergriff Valentines Hand und hielt diese, als er sich darüber beugte, einen kleinen Moment länger fest, als es schicklich war. Sie entzog sich seinem Griff nicht, erwiderte den Druck jedoch auch nicht.

Nachdem er sich von Valentine und ihrer Mutter verabschiedet hatte, folgte er Liotard in die Bibliothek. Während er sich eine Zigarre anzündete, kehrten seine Gedanken zu dem Toten im See zuruck. *Womoglich hat Valentine tatsächlich Recht, und es hat einen Mord gegeben. Es gibt also mehrere gute Gründe, ihrem Wunsch nachzukommen, bei den Autoritäten vorzusprechen.*

Wenn hier in der Schweiz Gefahr drohte, welcher Art auch immer, bestätigte ihn das noch in seinem Wunsch, gemeinsam mit Valentine aus Genf zu verschwinden, sobald es möglich wäre.

Mit der Linken wedelte er den Rauch fort, während er den alten Liotard mit einem Lächeln bedachte. »Monsieur, ich würde nur allzu gern mit Euch über Eure Tochter sprechen.«

COLOGNY, 1816

Das Essen wurde in drei Gängen serviert, die ihrerseits wiederum aus verschiedenen Köstlichkeiten bestanden. Schon der erste Gang – Austern, eine klare Suppe, Radieschen und Oliven auf einer Fischplatte – traf genau Niccolos Geschmack. Während er seine Serviette auf den Schoß legte und das Essen betrachtete, trank Lord Byron Wasser aus einem großen Pokal.

»Wir haben leider nicht genug Personal, um wie Prinz Kurakin zu speisen, aber ich hoffe, dass unsere bescheidene Gastfreundschaft Euch dennoch nicht beleidigt.«

»Keineswegs, Mylord«, beeilte sich Niccolo ihm zu versichern. »Im Gegenteil, sie ehrt mich.«

»Für gewöhnlich ist unser Dinner frugaler«, warf Claire ein. Sie trank einen Schluck Madeira, den Niccolo bereits gekostet hatte und der ihm trotz seiner säurebetonten, trockenen Note gut gemundet hatte.

Dass eine Dame bei Tisch dem Alkohol derart ungeniert zusprach, verwunderte den jungen Italiener zunächst, aber in der Villa schien so einiges anders zu sein, als er es von den Salons und Empfängen, die er bislang in seinem Leben schon besucht hatte, gewöhnt war.

Es bedurfte keiner besonderen Vorstellungskraft, um zu erkennen, dass solches Verhalten im strengen Kanton Genf mit seinen fleißigen, gottesfürchtigen Menschen noch weniger geduldet werden mochte als in anderen Regionen. Der zweifelhafte Ruf der Bewohner und Gäste der Villa Diodati fußte sicherlich auf dem ungewöhnlichen Umgang und der Missachtung mancher Sitten und Moral; und einfache Gemüter verbrämten dies natürlich mit aus Unwissen geborenem Aberglauben.

Auch wenn das Verhalten seiner Gastgeber in Niccolos Heimat ebenfalls skandalös gewesen wäre, so war er dennoch geneigt, allein aus Respekt vor Byrons literarischem Ruhm darüber hinwegzusehen. Es waren Freigeister, die sich hier versammelt hatten, wie er erneut zu seiner Freude feststellte.

Während Niccolo selbst und auch die anderen Gäste von den Speisen kosteten und mit dem Rotwein, der zum nächsten Gang gereicht wurde, Toasts ausbrachten, hielt sich der Lord nur an das Wasser.

»Habt Ihr keinen Appetit?«, erkundigte sich Niccolo, während Kalbsbries, Rissolen und geschmortes Rindfleisch mit grünen Bohnen aufgetragen wurde und Byron keine Anstalten machte, sich den Teller zu füllen.

»Während der gute Percy allem Fleisch abhold ist, begnüge ich mich derzeit mit Wasser und einigen Früchten«, erklärte der Lord mit einem versonnenen Lächeln. »Das reinigt den Körper und auch den Geist.«

»Mens sana in corpore sano«, warf Polidori ein, was Percy Shelley ein Lachen entlockte, in dem Niccolo eine Spur Verachtung zu hören glaubte.

»Es gibt genug kranke Geister in gesunden Körpern«, erklärte der Dichter mit feurigem Blick. »Und manchmal residieren die besten Geister in gebrochenen Leibern!«

»Als Arzt kann ich versichern, dass ein gesunder Körper einem gesunden Geist förderlich ist«, erwiderte Polidori mit säuerlicher Miene, während Byron seinen Pokal hob und ihm halb spöttisch zuprostete.

»Juvenal sagte eigentlich, dass man beten solle, dass in einem gesunden Körper ein gesunder Geist sei«, mischte sich Mary Godwin ein, ohne jedoch von ihrem Essen aufzusehen. »Ich habe erst kürzlich einen Teil seiner Satiren übersetzt.«

»Lord B. hat die Wahrheit gesprochen«, wechselte Shelley das

Thema. »Aus Respekt vor dem Leid der tapferen irischen Bevölkerung entsage ich dem Genuss von Fleisch, da das Volk der Insel täglich Hunger leiden muss. Leider ist es so sehr in seinen Wegen gefangen, dass es die wahre Vision einer besseren Zukunft nicht erkennen kann.«

»Ja, die Katholiken sind dickschädelig, und Whisky macht einen Mann stur wie einen Maulesel«, warf Byron ein.

»Und das gilt wohl nicht nur für die Iren«, ergänzte Claire Clairmont mit einem feinen Lächeln.

»Sagt, Cavaliere, wie haltet Ihr es mit der Religion?«, fragte Shelley unvermittelt. Er fixierte Niccolo mit einem Blick, der den bislang so ungefährlich wirkenden Dichter in einem ganz neuen Licht erscheinen ließ. In seinen Augen funkelte eine Energie, die der junge Italiener zuvor nicht bemerkt hatte.

»Meine Familie ist katholisch, wie es in der Toskana üblich ist«, entgegnete er ausweichend, unsicher, was er von der Frage zu halten habe. »Eure eigenen Ansichten habt Ihr ja bereits kundgetan.«

»Ihr müsst Percy verzeihen«, mischte sich Byron wieder ein. »Religion ist eine seiner Herzensangelegenheiten. Stellt Euch auf lange Gespräche über die Notwendigkeit des Atheismus ein, mein Freund, wenn Ihr häufiger herkommt, was ich mir sehr wünschen würde. Aber keine Sorge: obschon ich Gott nicht abschwören mag, verbindet mich doch eine innige Freundschaft mit Percy. Und ihn mit mir, trotz meiner religiösen Gefühle.«

Niccolo lächelte unsicher und trank, um seine Emotionen zu verbergen, noch einen Schluck Wein, einen Château d'Yquem von vorzüglicher Qualität.

»Lassen wir dieses Gerede von Religion«, bestimmte Byron nun, dem Niccolos Unbehagen aufgefallen sein musste. »Es lastet mir auf der Seele und verdunkelt mein Gemüt über alle Maßen.«

Claire nickte eifrig. »Lasst uns lieber von etwas Heitererem sprechen, George«, pflichtete sie dem Lord bei.

Byron musterte sie einen Augenblick, dann sagte er: »Ausnahmsweise bin ich geneigt, unserer Claire Recht zu geben.«

Er griff nach dem Weinglas, das bislang noch unbenutzt an seinem Platz gestanden hatte, und füllte es mit Rotwein.

»Genug der Askese. Lasst uns uns lieber an Dithyramben erfreuen, gesungen zu Ehren des Dionysos, dem dieser herrliche Wein sicherlich auch munden würde.«

Der Lord hob sein Glas, und alle fielen ein in seinen Toast auf den griechischen Gott von Wein, Extase, Rausch und Verwandlung, den Patron des Theaters und der Befreiung.

»Unlängst hatten wir ein interessantes Gespräch über die Frage, ob es der Wissenschaft bald gelingen werde, das Leben sozusagen zu reproduzieren, es nachzubilden«, begann Byron schließlich. »Die Wunder der modernen Welt sind so vielgestaltig, dass dergleichen nicht mehr unmöglich scheint. Wenn ich mich recht erinnere, hatte Mary einige äußerst kluge Gedanken zu dem Thema.«

Die Angesprochene lächelte kurz und senkte dann den Blick. »Lob aus deinem Mund, George, ist kostbar, da so selten«, sagte sie leise.

Niccolo bemerkte, dass Polidori sie geradezu anstarrte, aber nicht mit dem feindseligen Blick, mit dem er immer wieder Percy Shelley bedachte, sondern mit einem fast andächtigen Gesichtsausdruck.

»Was wäre, wenn der Mensch sich zum Schöpfer aufschwingt?« Ihre Stimme war noch immer gedämpft, doch ihre Worte waren deutlich zu verstehen, voller verborgener Kraft. Unter der Aufmerksamkeit der gesamten Gesellschaft errötete sie, aber verstummte nicht. »Was würde geschehen, mit Schöpfer und mit Geschöpf?«

»Erasmus Darwin hat sehr interessante Versuche durchgeführt, um toter Materie Leben einzuhauchen.«

»Ja, aber ist es nicht auch gefährlich, nach dem Prometheus-Funken zu streben?«, wollte Polidori wissen.

»Was denkt Ihr, Cavaliere«, wandte sich Byron an Niccolo. »Lohnt es sich, nach göttlicher Macht zu streben? Oder ist es zu gefährlich?«

Der junge Italiener neigte den Kopf. »Ich denke, das ist eine Frage, die eher theoretischer Natur ist. Als Autor würde ich sagen: Wir sollten unbedingt immer danach streben, toter Materie Leben einzuhauchen. Als Philosoph hingegen wage ich es nicht, dieselbe Frage zu beantworten.«

Er atmete tief ein, besorgt, ob er nicht vielleicht etwas Naives gesagt hatte. Doch seine Sorge erwies sich als unbegründet.

»Bravo!«, konstatierte Byron, sichtlich erfreut. »Eine hervorragende Antwort. Und Ihr selbst schreibt auch? Dann müsst Ihr uns unbedingt beizeiten etwas zum Vortrag bringen.«

Niccolos Blick lotete die Tiefen seines Weinglases aus. Er konnte sich keinesfalls vorstellen, vor dieser Gesellschaft seinen wahnsinnigen Mönch vorzulesen.

»Italien hat neue Impulse in der Literatur bitter nötig«, warf Shelley ermutigend ein.

»Madame de Staël denkt, dass es eine tiefe Kluft zwischen Nord- und Südeuropa gibt, was die kulturelle Entwicklung anbelangt«, erläuterte Byron. »Weil der Süden seinen Zenith längst überschritten hat, muss nun jede geistige Erneuerung aus dem Norden kommen. Die Deutschen, zum Beispiel, nennt sie ›Volk der Dichter und Denker‹.«

»Man möchte ihr beipflichten, wenn man an *Don Carlos* oder an den *Werther* denkt«, warf Mary ein, wieder in schüchternem Tonfall.

»Goethe ist ein wahres Genie; ein Universalgelehrter, wie Italien ihn seit Dante Alighieri nicht mehr hervorgebracht hat«, bekräftigte der Lord.

Niccolo war erstaunt, wie rasch das Gespräch zwischen den Dichtern die Richtung wechseln konnte und wie die Zeit im Flug verging, während sie miteinander diskutierten. Nicht zum ersten Mal war er froh, dass seine Hauslehrer ihn nicht nur mit ihrer Strenge getriezt, sondern ihn auch mit einigem Wissen versorgt hatten. Seine Vorliebe für Literatur ermöglichte es ihm, geradezu auf Augenhöhe mit Byron und dessen Gästen zu diskutieren, was ein berauschendes Gefühl war.

»Dieser Schlegel jedenfalls verfügt über einigen Witz, den er …«, erklärte Byron gerade, als Shelley plötzlich und unvermittelt schrill und klagend aufschrie, als habe man ihn tödlich verletzt. Überrascht sah Niccolo ihn an. Das Gesicht des braunhaarigen Mannes war totenbleich, die Augen aufgerissen, eine Hand vor der Brust verkrampft, mit der anderen deutete er in die Richtung der hohen Fenster.

»Da! Dort!«

Der junge Italiener versuchte, etwas in der Dunkelheit zu erkennen, doch er bemerkte nichts Außergewöhnliches.

»Percy, was hast du denn?«, ließ sich Clara vernehmen.

»Was ist denn, um Himmels willen?«, fragte auch Polidori.

Schweiß bildete sich auf Shelleys Antlitz, seine Augen funkelten im Kerzenschein mit einem irren Licht, das Niccolo einen Schauer über den Rücken sandte. Der Dichter schnappte nach Luft wie ein Ertrinkender, als sei der Raum mit Wasser gefüllt. Immer noch blickte er nach draußen, nahm sonst nichts wahr, was um ihn herum geschah.

Als Einziger sprang Niccolo auf und stürmte zu dem Fenster, während Mary Percys Hand ergriff und beruhigend auf ihn einredete. Niccolo riss das Fenster auf und spähte in die Dunkelheit. Im Garten vermeinte er einen Schatten zu erkennen, der zwischen zwei Bäumen verschwand, doch schon einen Herzschlag später war er unsicher, ob er wirklich etwas gesehen hatte oder ob seine Augen – oder sein Verstand – ihm nur einen Streich gespielt hatten. Shelleys Schrei war ihm durch Mark und Bein gefahren, und seine Finger zitterten leicht, als er das Fenster vorsichtig schloss.

Die übrigen Gäste hatten sich alle um den kalkweißen Dichter versammelt, der schnell und hastig atmete, während Mary sein schweißfeuchtes Gesicht vorsichtig mit einer Serviette abtupfte.

»Schaffen wir ihn hoch in ein Schlafzimmer«, befand Byron schließlich, und mit vereinten Kräften trugen sie Shelley durch den Korridor, eine Treppe hinauf und in ein düsteres Zimmer, wo sie ihn auf ein großes Bett legten. Im Vergleich zur ersten Etage der Villa, die so heiter und einladend wirkte, ließ der kahle, unbeheizte Raum Niccolo frösteln. Claire entzündete eine Kerze auf dem Nachttisch, die das Gemach aber kaum anheimelnder wirken ließ.

Polidori hatte sich über den Unglückseligen gebeugt, fühlte seinen Puls und legte ein Ohr an seine Brust. Dann erhob er sich wieder und erklärte: »Ein Angstzustand, der vorübergehen wird. Er benötigt Gesellschaft; vielleicht sollten die beiden Damen auf ihn achtgeben. Und wir sollten ihm mit Wasser verdünnten Brandy zu trinken geben.«

»Danke, Doktor – John«, sagte Mary. »Ich bin froh, dass du bei uns bist.«

Der Doktor lächelte, nachgerade verzaubert, und wandte sich dann brüsk ab, als er den spöttischen Blick bemerkte, mit dem Byron ihn bedachte.

»Also, lasst uns Percy zarteren Händen überlassen«, schlug der Lord vor. Niccolo fiel auf, dass er bei diesen Worten immer noch Polidori anschaute.

Errötend wandte sich der Doktor ab und verließ den Raum. Mary und Claire ließen sich zu beiden Seiten des Bettes nieder; Claire strich Percy das wirre, schweißfeuchte Haar aus der Stirn, während Mary seine fahle Hand an ihre Lippen presste. Byron legte Niccolo den Arm um die Schulter und führte ihn zur Tür hinaus.

»Wartet doch bitte unten auf mich. Ich bleibe noch einen Augenblick bei ihm und sehe nach dem Rechten.«

Stumm nickte der junge Italiener.

Aus dem Augenwinkel sah er noch, wie Byron sich über Shelley beugte und ihm etwas ins Ohr flüsterte, woraufhin der Dichter endlich die Augen schloss.

Auf dem Weg zurück in den Salon versuchte Niccolo seine rasenden Gedanken zu sortieren. Vor seinem inneren Auge blickte er noch einmal in den Garten, sah den Schatten, der vielleicht keiner gewesen war. Doch sosehr er sich auch anstrengte, er war sich nicht sicher, was er da gesehen hatte – ja nicht einmal, ob er überhaupt etwas gesehen hatte.

Im Salon erwartete ihn nicht nur das mittlerweile kalte Essen, sondern auch Doktor Polidori, der es sich mit einem Glas Wein in einem Lehnsessel gemütlich gemacht hatte. Mit einem schiefen Grinsen prostete der Doktor ihm zu.

»Und? Wie geht es dem … Patienten?«

»Er wirkte abwesend«, erwiderte Niccolo vorsichtig.

»Keine Sorge, es wird ihm bald genug wieder gutgehen. Es ist nicht das erste Mal, dass er Gespenster sieht.«

»Ich weiß nicht, was er gesehen hat. Aber im Garten …«, hub Niccolo an, stockte dann aber. »Vielleicht war dort etwas.«

»Nein, nein, junger Freund, lassen Sie sich nicht von ihm ins Bockshorn jagen. Percy Bysshe Shelleys Nerven sind ständig überreizt, er ist, sagen wir einmal, *überempfindsam.* Ohne Mary an seiner Seite wäre er kaum fähig, morgens das Haus zu verlassen. Dort draußen war nichts, ist nie etwas gewesen. Es sei denn, Sie glauben an Geister.«

Unwillig schüttelte Niccolo den Kopf. Der Spott des Mannes über den mitgenommenen Dichter ärgerte ihn.

»Was halten Sie von ihnen? Ich meine, Lord Byron ist zweifellos ein Ausbund von schöpferischer Kraft, ein Vorbild von höchstem Rang. Ich bin sehr dankbar, mit ihm reisen zu dürfen. Aber was denken Sie von Shelley und seinen beiden Begleiterinnen?«

»Ich kenne sie ja noch kaum«, erwiderte Niccolo langsam. »Sie sind gewiss bezaubernd. Sie erscheinen mir sehr höflich und gebildet.«

»Und clever«, warf Polidori ein und trank einen tiefen Schluck Wein. »Alle sehr clever.«

»Sind die beiden Damen eigentlich miteinander verwandt?«, wollte Niccolo wissen.

»Sie sind Stiefschwestern«, antwortete der Doktor. »Und ich habe mich schon so manches Mal gefragt, welchen Einfluss der so sensible Percy auf die beiden hat. Er hat seine Frau in England einfach sitzen lassen, um mit Mary hierherzukommen, müssen Sie wissen.«

Eine düstere Stimmung umgab den Doktor wie ein dunkler, zerschlissener Mantel, eine Stimmung, die sich offenkundig noch verdüsterte, da er über Shelley und die beiden Damen sprach. Um ihn abzulenken, beschloss Niccolo, das Thema zu wechseln: »Polidori, das klingt italienisch.«

»Und das ist es auch. Mein Vater, Gaetano Polidori, stammt aus Pisa. Er war jahrelang der Sekretär des Dichters Vittorio Alfieri, musste dann jedoch wegen seiner republikanischen Ansichten das Land verlassen. Meine Mutter aber ist Engländerin.«

»Dann sind wir halbe Landsmänner«, erwiderte Niccolo mit

einem freundlichen Lächeln. Er erinnerte sich daran, dass Conte Ercole mehr als einmal über den *schändlichen Republikaner* Alfieri gewettert hatte, gedachte aber keinesfalls, das zum gegenwärtigen Zeitpunkt zu erwähnen.

»Vielleicht kennen Sie meinen Vater? Er hat einige Werke aus dem Englischen ins Italienische übersetzt, und Sie sind ja sehr belesen. Miltons *Paradise Lost* zum Beispiel, oder Walpole.«

»Ja, dann kann es gut sein, dass ich etwas gelesen habe, was er in meine Landessprache übertragen hat«, bestätigte Niccolo, ohne zu erwähnen, dass er schon früh damit begonnen hatte, die Werke im Original zu lesen.

Immer wieder während des Gesprächs wanderte sein Blick zu den Fenstern, aber abgesehen von den Silhouetten der Bäume vor dem Nachthimmel konnte er nichts erkennen. Er setzte sich dem Arzt gegenüber und nahm dankbar noch ein Glas Wein entgegen.

Er plauderte weiter mit Polidori, doch seine Gedanken waren nicht im Hier und Jetzt.

»Ah, ich sehe, John hat meine Pflichten als Gastgeber übernommen, die ich so schmählich vernachlässigen musste.«

Lord Byron kam in das Speisezimmer zurück und breitete entschuldigend die Arme aus. Niccolo stand hastig auf.

»Wie steht es denn um Mister Shelley?«, erkundigte er sich.

»Schläft wie ein Murmeltier.«

»Zweifellos«, murmelte Polidori.

»Ich bin froh, das zu hören«, versicherte Niccolo. »Und ich möchte Eure Gastfreundschaft nicht weiter strapazieren. Es ist schon spät, und die Liotards, bei denen ich logiere, machen sich womöglich schon Sorgen um mein Wohlergehen.«

»Wenn Ihr Ihnen gesagt habt, wo Ihr heute Abend zu Gast seid, haben sie das vermutlich bereits seit Eurem Aufbruch getan«, bemerkte Byron trocken, und Niccolo wurde klar, dass dem Engländer sehr wohl bewusst war, was man sich am Genfer See über ihn erzählte. Einen Augenblick lang fragte er sich, ob die Damen wohl über Nacht in der Villa bleiben würden, und der Gedanke trieb ihm die Hitze ins Gesicht.

Byron klingelte, und ein Mann, der etwas jünger als der Diener Fletcher war, erschien.

»Berger«, wies ihn der Hausherr an. »Unser Gast will aufbrechen.«

Als Berger Niccolo in seinen Mantel half, lächelte Byron. »Ich sollte einen Eurer Mäntel als Pfand behalten, damit Ihr uns bald wieder besucht.«

Niccolo erwiderte das Lächeln. Dass der Dichter ihn bat, wiederzukommen, erfüllte ihn mit Stolz.

»Das wird nicht nötig sein, Mylord. Ich leiste Eurer Einladung gern Folge.«

»Dann ist es abgemacht«, rief Byron erfreut. »Sagen wir – übermorgen? Bis dahin sollte auch Shelley wieder ganz der Alte sein.«

Vorsichtig nickte Niccolo. Er würde in die Villa Diodati zurückkehren.

12

GENF, 1816

Herr Graf ...« Der kleine Mann machte einen eifrigen Diener und wies auf einen bedenklich abgenutzt aussehenden Stuhl, der auf der anderen Seite seines Schreibtisches stand. Ludovico erwog kurz, die Sitzfläche des Möbels zunächst mit seinem Schnupftuch zu entstauben, beschloss dann aber, lieber das Risiko einzugehen und nötigenfalls die Rechnung der Wäscherei noch weiter in die Höhe zu treiben. Er setzte sich und legte den eleganten Spazierstock über seine Knie.

Die Amtstube war zwar direkt am Marktplatz untergebracht, doch im Vergleich zu den prächtigen Bürgerhäusern der Uhrmacher, Bankiers und Kaufleute, die es umgaben, wirkte das Gebäude beinahe bescheiden. Ludovico war auch überrascht, nur einen einzigen Staatsdiener hier vorzufinden. In einer Stadt von der Größe Genfs hatte er sich von der Gendarmerie mehr erwartet; aber vielleicht neigten die ehrbaren calvinistischen Bürger des Kantons im Allgemeinen nicht dazu, Gesetzesbrüche zu begehen. *Oder sie tun es sehr dezent.*

Der Gendarm, eine dürre Gestalt, die kaum größer als ein vierzehnjähriger Knabe war, wartete, bis sein hoher Besuch Platz genommen hatte, dann erst setzte er sich an den Schreibtisch, der mit ordentlich zusammengelegten Dokumentenmappen, Federmessern und Bleistiften bedeckt war.

»Was kann ich für Euch tun, Euer Hochwohlgeboren?«

»Nun, ich bin hier, um mich nach dem gestrigen Zwischenfall zu erkundigen – der Tote im See.«

Sein Gegenüber setzte eine Miene äußerster Bekümmerung auf. »Ja, eine furchtbare Geschichte. Was wünscht Ihr darüber zu wissen, Herr Graf?«

»Zuerst einmal würde mich interessieren, ob bereits bekannt ist, bei wem es sich um den Toten handelt.«

»Nun, anhand der Beinkleider, die er trug, und einiger körperlicher Merkmale konnte sein Eheweib ihren Mann identifizieren. Es handelt sich um Jean Bonnet, einen Landwirt, der einen Bauernhof nicht weit von hier besaß. Ein Geflügelzüchter, um genau zu sein. Bonnets Weib hatte ihn gestern bereits vermisst, und als sie von dem Toten hörte, kam sie in die Stadt und fand ihre Sorgen bestätigt.«

Nachdenklich rieb sich Ludovico über den Kinnbart. »So, so. Ein Hühnerbauer? Nun, habt Ihr schon herausbekommen, was diesem wackeren Landmann so ein nasses Ende bereitet hat?«

Die Miene des Gendarmen verdüsterte sich noch weiter, obwohl der Graf dies zuvor nicht für möglich gehalten hätte. »Euer Hochwohlgeboren, natürlich ehrt mich Euer Interesse an dieser Sache. Dennoch – und ich hoffe, Ihr verzeiht mir dies, Herr Graf – dürfte ich fragen, woher dieses Interesse rührt?«

Ludovico lächelte leicht. Ein pflichtbewusster Gendarm. Nun gut. Sollte er einige Geldscheine für sich sprechen lassen? Nein, denn falls das Pflichtgefühl des guten Mannes wirklich ausgeprägt war, würde er sich dadurch vielleicht beleidigt fühlen. Also beugte sich der Graf über den Schreibtisch und sagte mit verschwörerischer Stimme: »Ich handele im Sonderauftrag des Rates und hoffe auf Ihre vollständige Kooperation.«

Die Augen des Mannes weiteten sich, obwohl Ludovico weder sagte, welchen Rat, noch, welchen Auftrag er meinte – aus gutem Grund, da er beides soeben erfunden hatte. Zufrieden lehnte sich der Graf zurück, während der Gendarm eifrig nickte.

»Zunächst glaubten wir an ein Unglück. Dass der Mann unabsichtlich in den See gefallen war, vielleicht sogar betrunken, und so seinen Tod selbst verschuldet hatte. Doch Doktor Odier hat die Leiche untersucht und sagt, dass Bonnet keinesfalls eines natürlichen Todes gestorben sei. Vielmehr sei sein Ende langsam und überaus qualvoll gewesen. Ich will Euch die Einzelheiten von Odiers Bericht ersparen, Euer Hochwohlgeboren, aber der Mann wurde zuerst gefoltert und dann ersäuft.«

Ludovico presste für einen Augenblick die Lippen zusammen. Also hatte Valentine Recht gehabt, und es handelte sich tatsächlich um einen Mord. Natürlich musste dieser Vorfall nicht bedeuten, dass ihm seine Feinde auf den Fersen waren.

Aber die Methode passte durchaus zu ihnen, das war nicht von der Hand zu weisen. Doch andererseits – *ein Hühnerbauer?*

Der Gendarm nahm umständlich ein Taschentuch aus der Jacke seiner Uniform und wischte sich damit über das hagere Gesicht.

»Die ganze Geschichte ist äußerst unglücklich, Herr Graf. Die einfachen Leute reden bereits darüber, dass der Teufel dahinterstecken müsse. Einige behaupten, dass ein Wolfsrudel aus den Bergen in der Nähe der Stadt sein Unwesen treibe, riesige Viecher, die die Vorboten des Höllenfürsten seien.«

»Der Leibhaftige, ja? Nun, wird dem nicht immer zuerst die Schuld gegeben, wenn einem kein anderer einfällt?«, murmelte Ludovico. Der Aberglaube der Leute interessierte ihn nicht weiter.

Sein Gegenüber ging nicht auf die Bemerkung ein. »Jedenfalls soll einer dieser Wölfe vor wenigen Nächten auch auf Bonnets Hof gewesen sein. Und jetzt fürchten die Leute, wenn sie einen Wolf sehen, sind sie die Nächsten.«

Ein Wolf auf dem Hof. Vielleicht war das Gerede der Leute doch nicht so uninteressant? Das zumindest mochte es gewesen sein, was das Ende des armen Bonnet herbeigeführt hatte.

Ludovico erhob sich, und der Gendarm warf beinahe seinen Stuhl um, so sehr beeilte er sich, es seinem Gast gleichzutun.

»Verratet mir noch, wo dieser Bonnet seinen Hühnerhof hatte«, bat Ludovico. »Und seid gewiss, dass ich Eure Bemühungen um die Sicherheit der Stadt lobend erwähnen werde.«

Die missmutige Miene des Gendarmen hellte sich ein wenig auf. »Euer Hochwohlgeboren sind zu freundlich«, verkündete er. »Gern werde ich Eurem Kutscher den Weg zu Bonnets Hof beschreiben.«

13

NAHE COLOGNY, 1816

Der Regen hing wie ein Vorhang in der Luft. Er überdeckte die Gerüche der Nacht, spülte sie fort, gab allem seine eigene Note. Aber nicht alles verschwand unter dem strömenden Wasser. Manche Gerüche waren stärker als der Regen, würzig und aufregend, und er folgte ihnen.

Sie trafen sich auf einer Wiese, deren hohes Gras bei der Nässe traurig die Halme hängen ließ. Zwei waren noch kein Rudel, aber es war besser, als allein zu sein. Übermutig tollten sie umeinander, übereinander, schnappten nach den Beinen des anderen, knurrten spielerisch, jaulten, jagten einander in wildem Lauf durch das Gras. Dann verharrten sie wie auf ein gemeinsames Zeichen. Der andere leckte ihm über die Schnauze, und er ließ es geschehen.

Der Regen wurde zu einem leisen Tröpfeln, das schließlich auch erstarb und der Natur eine Atempause bot. Noch immer lief Wasser in dicken Rinnsalen über die getränkte Erde, und die Blätter der Pflanzen waren von Tropfen bedeckt. Aber schon schob sich der Mond zwischen zwei Wolken hindurch und tauchte die Welt in sein fahles Licht.

Sie trabten gemeinsam den Hang empor, verließen die Wiese, duckten sich durch eine Hecke und zogen Seite an Seite höher, fort von den Gerüchen und Lichtern der Menschen.

Doch sie konnten den Geruch nicht abschütteln. Der andere merkte es auch. Sie waren nicht allein.

Hinter ihnen kämpften sich Menschen den Abhang empor. Es waren zwei, und obwohl sie sich bemühten, leise zu sein, klangen ihre Schritte laut in der Nacht, und die seltsamen Laute, die aus ihren Kehlen drangen, ließen ihn die Ohren spitzen.

Sie rochen nach Leder und nach Farbe, nach Schweiß und Öl und nach dem scharfen Geruch von Pulver.

Die beiden änderten ihren Weg, liefen nun quer zum Hang, doch die Menschen folgten ihnen. Es war kein Zufall, und sie wurden nervös, als der Geruch von Metall zu ihnen herüberwehte.

Zuerst wurde der andere schneller, griff beim Laufen weiter aus. Aus dem Trab wurde ein Rennen, und er folgte ihm. Sie rasten durch die Nacht, die Leiber gestreckt, die Nasen gesenkt, die Fänge entblößt, hechelnd. Niemand konnte ihnen folgen, wenn sie so liefen, mit dem Wind um die Wette, auch in der Dunkelheit mit sicherem Tritt, zwei Schatten, die über die Welt glitten.

Schon bald hatten sie die beiden Menschen hinter sich gelassen, doch sie rannten noch weiter, allein weil sie es konnten. Als sie wieder anhielten und gierig Luft einsogen, jaulte der andere, und er rieb seinen Kopf an ihm, um ihn zu beruhigen.

Zugleich spürte er, dass dies keine einfachen Menschen gewesen waren, die in dieser nassen Nacht durch die Finsternis gelaufen waren. Und in ihm spiegelte sich das Gefühl des anderen.

Sorge.

Zwei waren kein Rudel.

14

SÉCHERON, 1816

Es gibt Komplikationen.«

Das überraschte Gioana kaum. Selten waren ihre Wege einfach und frei von Stolpersteinen. Ohne von dem Brief aufzusehen, den sie gerade schrieb, winkte sie mit der Hand und befahl Bruder Iordanus, fortzufahren.

»Wir haben den Schlupfwinkel des Ungeheuers gefunden. Bislang scheint es uns nicht bemerkt zu haben. Alle waren natürlich so vorsichtig, wie du es befohlen hast, Schwester.«

Jetzt blickte sie doch auf und ließ die Hand, die die Feder hielt, sinken.

»Und dennoch?«

»Und dennoch scheint es so, als seien wir auf mehr gestoßen, als wir ursprünglich gesucht hatten. Wir haben das Kommen und Gehen dieses Monsters überwacht und dabei festgestellt, dass es sich auf ein Haus konzentriert, eine Villa in Coppet.«

»Coppet?«

»Ein kleiner Ort, vielleicht neun Meilen nördlich, im Kanton Waadt.«

Bisher hatte Gioana sich nicht mit der Geografie der Region beschäftigt. Dieser Teil der Welt war von Abtrünnigen verseucht, von Calvinisten und Schlimmeren, und sie hatte die Hoffnung gehegt, nicht allzu lang verweilen zu müssen.

Sie war Kardinal della Genga dankbar, dass er sie und ihre Brüder in diesem ehemaligen katholischen Pfarrhaus untergebracht hatte, ein wenig abseits der Stadt Genf, wo ihre Anwesenheit nur zu unwillkommenen Fragen geführt hätte.

Bruder Iordanus' Bericht machte die Hoffnung, dass ihr Aufenthalt hier nur von kurzer Dauer sein würde, jedoch zunichte.

Er interpretierte ihren fragenden Blick richtig und fuhr fort: »Um mehr Informationen zu erlangen, haben wir die Bewohner dieses Hauses überprüft und …«

»Wie?«

»Ich habe einige Angestellte bestochen, um mehr über die Familie zu erfahren. Und zwei Brüder haben sie beobachtet und sind ihnen gefolgt.«

»Sehr umsichtig von dir«, lobte Gioana. Ein derart schwer zu fassendes Wesen durfte nicht stürmisch gejagt werden. Es war ein Meister darin, unterzutauchen, zu verschwinden und seine Spuren zu verwischen. Bevor sie zuschlugen, musste der Boden bereitet und jede Möglichkeit einer unangenehmen Überraschung ausgeschlossen sein. Doch dabei mussten sie höchst vorsichtig vorgehen, damit niemand, der ihren Plänen gefährlich werden konnte, auch nur eine Ahnung von ihrer Anwesenheit bekam.

Gioana erhob sich von ihrem Stuhl und verschloss den Sekretär. Ihr langes, einfaches Gewand behinderte ihren Gang; sie zog praktischere Kleidung vor, aber zu Zwecken der Tarnung war es notwendig gewesen, in den Habit einer Ordensschwester zu schlüpfen, um überhaupt unauffällig gemeinsam mit den Brüdern ein Haus beziehen zu können, abgelegen oder nicht.

Da sie ohnehin die Evangelischen Räte einhielt, also die Gebote der Keuschheit, der Armut und des Gehorsams befolgte, war diese Scharade nicht allzu schwer aufrechtzuerhalten. Dennoch hätte ein Beobachter es wohl einigermaßen verwunderlich gefunden, dass die Brüder ihr offensichtlich untergeben waren. Aber natürlich wussten sie zu verhindern, dass irgendein neugieriger Mensch sich so weit in ihre Nähe vorwagte.

Mit einem schnellen Griff fasste sie ihr lockiges Haar zusammen und band es zu einem einfachen Knoten, den sie mit einer Schnur fixierte. In der Öffentlichkeit trug sie einen Schleier, wie es einer Ordensschwester angemessen war, aber in der Abgeschiedenheit ihrer Räume verzichtete sie darauf.

»Diese Untersuchungen enthüllten also die Komplikationen, von denen du sprachst?«

»Ja, Schwester. Es ist nicht nur das eine Ungeheuer hier. Es gibt noch andere.«

Für einen Moment kämpfte Gioana um Selbstbeherrschung, als ein Fluch in ihrer Kehle aufstieg. Aber sie verkniff sich die Kraftausdrücke, während Iordanus weiterredete.

»Bruder Guiseppe hat Bewohner der Villa überwacht, auf der anderen Seite des Sees, in Cologny. Und er sagt, er hat dort Schemen in der Nacht gesehen und das Heulen von Wölfen gehört.«

Diesmal entfuhr ihr doch ein schnelles »Verflucht!«, doch Iordanus ignorierte es geflissentlich, während sie ein kurzes Gebet murmelte, um für ihre Verfehlung zu sühnen. *Confiteor Deo omnipotenti quia peccavi nimis cogitatione, verbo, opere et omissione.*

»Er hegt keinen Zweifel?«, fragte sie ohne große Hoffnung. Man würde ihr dies nicht berichten, wenn die Brüder sich ihrer Sache nicht völlig sicher waren.

»Er hat eine sehr genaue Befragung durchgeführt. Dabei gab es Probleme, aber er hat mir versichert, dass er den Zeugen beseitigt hat. Alles deutet darauf hin, dass diese Gegend von mehr als einer Kreatur des Widersachers verseucht wird.«

»Das verkompliziert die Angelegenheit. Gibt es eine direkte Verbindung?«

»Wir wissen noch von keiner.«

»Aber wir können das Risiko nicht eingehen, dass eine entsteht. Auch wenn nach allem, was ich weiß, keine besondere Liebe zwischen diesen dämonischen Geschöpfen herrscht, könnte schon allein die zusätzliche Anwesenheit von Werwölfen unsere Pläne durchkreuzen, von allem anderen ganz zu schweigen.«

Sie schritt in dem schmalen Raum auf und ab, ihre Gedanken jagten sich.

»Sende Nachricht nach Rom, zu Seiner Eminenz. Wir werden mehr Brüder benötigen. Gut ausgebildet und fest im Glauben, keine Frischlinge. Solange, bis diese hier eintreffen, schickst du einige von uns in dieses Colo…«

»Cologny.«

»Und sammle Informationen über diese neue Gefahr. Aber geh sachte vor, äußerst sachte, Bruder. Ein falscher Schritt, und das eigentliche Objekt unseres Interesses wird uns spüren und wieder einmal in der Dunkelheit verschwinden.«

Er nickte, und dann stahl sich doch ein Lächeln auf Gioanas Züge.

»Sehen wir es nicht als Komplikation, sondern als Fingerzeig des Herrn. Uns bietet sich die Möglichkeit, zwei dieser Schwären vom Angesicht der Welt zu tilgen. Es ist eine Prüfung unseres Glaubens und unseres Willens. Es mag eine schwere Prüfung sein, doch wir werden ihr ohne Furcht begegnen, zum größeren Ruhme des Herrn und der heiligen Mutter Kirche.«

Iordanus verließ das Zimmer, und Gioana nickte vor sich hin, während sie ihre rastlose Wanderung fortsetzte. Dass in Regionen, in denen die heilige Mutter Kirche von Abweichlern und Häretikern vertrieben worden war, dunkles Gezücht seine neue Freiheit feierte, konnte nicht überraschend sein. Sie lebten in schwierigen Zeiten, in denen die Menschen das Wort Gottes und seiner Verkünder auf Erden immer weniger achteten. Es war in der Tat eine Prüfung, und sie war gewillt, sich ihr zu stellen – und alles auszurotten, was der Glorie des Herrn in dieser Welt abträglich war. *Laudate Dominum de caelis, laudate eum in excelsis.*

15

COPPET, 1816

Die Sonne scheint, Niccolo«, begrüßte Valentine den jungen Italiener am nächsten Morgen am Frühstückstisch. Ihre Aussage stimmte nur allzu offensichtlich, fiel das Licht doch durch die hohen Fenster im Salon und malte helle Muster auf den Boden und den reichhaltig gedeckten Tisch.

Niccolo, der in der vergangenen Nacht mehr Wein getrunken hatte, als er es üblicherweise tat, kniff geblendet die Augen zusammen und setzte sich der jungen Frau gegenüber, so dass ihm die Sonne nunmehr in den Rücken schien. Musste sich ausgerechnet dieser Tag als der erste schöne, sommerliche erweisen? Dennoch lächelte er Valentine an, denn die Tatsache, dass sie auf ihn gewartet hatte, vertrieb seine Katerstimmung bereits.

Zu seiner Rechten erschien ein Hausmädchen, um die vor ihm stehende Tasse zu füllen. Sie legte ihm auch eine Zeitung bereit, die sich bei näherem Hinsehen als die erst wenige Tage alte *Zürcher Zeitung* entpuppte.

Niccolo hatte noch kaum einen Bissen von seinem Croissant gegessen, als Valentine schon ungeduldig ihren leeren Teller fortschob. »Jetzt sag doch etwas!«, bat sie. »Wie war es gestern?«

Er ließ das Hörnchen sinken und blickte sie an. In dem Licht wirkten ihre Locken golden, und als er ihr in die Augen sah, merkte er, wie sein Herz schneller schlug.

»Gut«, erwiderte er schlicht, nur um sie ein wenig zu ärgern.

»Gut? Was meinst du mit ›gut‹?«, entgegnete sie verblüfft.

»Nun, es war ein sehr unterhaltsamer Abend.«

»Unterhaltsam? Ist das alles?« Valentine hatte die Zeitung aufgehoben und drohte ihm damit. »Willst du mich auf den Arm nehmen?«

Lachend schob Niccolo seinen Stuhl zurück.

»Ja; und ich ergebe mich. Was willst du wissen?«

»Nun, alles, wie du es versprochen hast.«

»Also gut …« Niccolo schlug die Beine übereinander, schloss kurz die Augen, um sich die Bilder der vergangenen Nacht wieder ins Gedächtnis zu rufen, und begann seinen Bericht, den er immer wieder mit möglichst genauen Beschreibungen der Engländer ausschmückte.

»Insgesamt ist Lord Byron ein vollendeter Gentleman, musst du wissen«, schloss er endlich. »Sie alle sind ungemein gebildet, und man muss sehr aufpassen, dass man sich nicht dumm anstellt und zum Opfer eines ihrer Scherze wird. Ich glaube, Doktor Polidori hat unter ihnen keinen leichten Stand.«

Valentine, die den Großteil der Erzählung über geschwiegen hatte, nickte nachdenklich.

»So hatte ich sie mir gar nicht vorgestellt. So … heiter.«

»Doch, ihre Gesellschaft ist durchaus heiter. Und ich bin ein wenig stolz darauf, dass der Lord mich für den morgigen Abend erneut eingeladen hat.«

Aus einem Grund, der Niccolo nicht einfallen wollte, verzog Valentine das Gesicht.

»Graf Karnstein war gestern Abend hier«, versetzte sie dann unvermittelt. »Vater hatte ihn zum Diner eingeladen.«

»Was für Geschäfte haben die beiden eigentlich miteinander?«, fragte Niccolo, der einerseits die offenkundig verärgerte Valentine ablenken wollte und dem es andererseits missfiel, dass Conte Ludovico den Liotards einfach so Besuche abstattete.

»Das weiß ich nicht so genau. Und es ist kein Thema, das mein Vater als angemessenes Tischgespräch ansehen würde. Die eigentlichen Geschäfte werden doch immer nach dem Essen abgeschlossen, wenn die Männer sich allein zurückziehen.«

Ihre Miene drückte nun noch mehr Ärger aus. »Ist das nicht furchtbar ungerecht? Wenn man eine junge Dame ist, wird man von allem ausgeschlossen, was interessant sein könnte: Ich darf weder selbstständig denken noch Fragen stellen, noch soll ich wissen, womit meine Familie eigentlich genau ihr Geld verdient. Und dich in die Villa Diodati zu begleiten wäre natürlich völlig unmöglich.«

Als Niccolo erkannte, dass Valentine darüber aufrichtig betrübt war, bedauerte er es sofort, ihr so von den Ereignissen in Cologny vorgeschwärmt zu haben. Er erhob sich und ging zu ihr hinüber. Nach einem raschen Blick zur Tür, um sich zu vergewissern, dass sie nicht beobachtet wurden, legte er ihr eine Hand auf die Schulter. »Es tut mir leid, wenn ich dich verärgert habe«, meinte er.

»Ach, es ist schon gut«, erwiderte Valentine und legte ihre Wange an seine Hand. Ein wohliger Schauer durchströmte ihn. Einen Augenblick lang verharrten sie so, und Niccolo vergaß, was er hatte sagen wollen, vergaß die Bewohner der Villa und alles andere.

Dann stand Valentine auf und löste so den Zauber. »Aber ich bin froh, dass du zumindest heute Zeit für mich hast. Wir haben nämlich eine Einladung ins Schloss erhalten. Madame de Staël empfängt.«

COPPET, 1816

»Es ist eine besondere Ehre.«

Auch wenn Niccolo gewillt war, Valentine Recht zu geben, antwortete er ihr nicht. Zu sehr war er darauf fixiert, seinen Kragen zu richten und die Ärmel so zu drehen, dass die Manschettenknöpfe genau an der richtigen Stelle lagen. Das war selbstverständlich nicht notwendig, hatte er sich doch besondere Mühe beim Ankleiden gegeben, aber dennoch kontrollierte er den Sitz seiner Kleidung unablässig. Valentine musste seine Nervosität bemerkt haben, denn sie sagte sanft: »Du siehst aus wie ein Gentleman.«

»Das ist gut«, erwiderte der junge Italiener mit schiefem Lächeln. »Aber ich bin nur ein Cavaliere.«

Für die kaum vierzig Meter den flachen Hügel empor mussten sie keine Kutsche nehmen, auch wenn Niccolo kurz überlegt hatte, ob es nicht angemessener wäre vorzufahren. Aber dann war er sich bewusst geworden, welchen Eindruck es wohl machen musste, wenn er sich dieses kurze Stück fahren ließ.

Valentine hatte sich bei ihm untergehakt und lenkte ihn mit leichter Plauderei über die Leute des Dorfes ab. Sie schritten an einigen Häusern vorbei, dann kam das Château de Coppet bereits in Sicht. Es war ein Bauwerk, das sich gut in die Gegend einfügte; das Äußere wurde von klaren Linien bestimmt. Zwei dicke, runde Türme flankierten das Haupthaus. Zwar war der Regen noch nicht zurückgekehrt, doch der Himmel hatte sich bereits wieder zugezogen, und der Tag war doch diesig und grau geworden.

Das Wetter rückte das Schloss nicht wirklich in das beste Licht.

Valentine wies den Weg entlang: »Der Haupteingang liegt im Park. Bei den Empfängen fährt man dort vor. Aber heute ist es informeller.«

Sie führte ihn durch ein schmiedeeisernes Tor, das offen stand und hinter dem sie bereits von einem Livrierten erwartet wurden.

»Das ist Arnaud«, flüsterte Valentine. »Er stammt aus Paris, und er hasst Coppet. Die Mädchen erzählen gern, dass er dem Wein zu sehr zuspricht und dann laut fluchend durch den Park streift.«

»Willkommen im Château«, erklärte der Mann würdevoll,

während Niccolo ein Grinsen ob des gerade Gehörten unterdrückte. »Madame erwartet Euch bereits.«

Er öffnete die Tür des Hauses und bat sie herein. Im Inneren kam ihnen eine Frau, die nicht sehr groß, aber von beeindruckender Präsenz war, rasch die Treppe herab entgegen. Sie wirkte außerordentlich energisch, zumal, als sie Valentine herzlich in ihre Arme schloss. Ihr langes, ockerfarbenes Kleid verbarg ihre üppigen Rundungen, und ihr dunkles, lockiges Haar war zu einer kunstvollen Frisur aufgetürmt, die von einem ebenfalls ockerfarbenen Band zusammengehalten wurde. Niccolo hätte sie nicht schön genannt, aber dennoch hatte sie eine Ausstrahlung, die sie jung und attraktiv wirken ließ.

»Valentine, mein liebes Kind! Es ist so schön, dich wieder wohlbehalten in Coppet zu wissen.«

»Vielen Dank, Madame«, erwiderte die Angesprochene und versuchte einen Knicks, der jedoch in der Umarmung unterging. Über Madame de Staëls Schulter sah sie Niccolo mit einem überraschten Lächeln an.

»Madame? So ein Unsinn, Kind. Nenn mich Germaine.«

Während Valentine dem freudig zustimmte, entließ ihre Gastgeberin sie endlich aus der Umarmung und musterte Niccolo, der unter ihrem nicht unfreundlichen, aber prüfenden Blick unbehaglich lächelte. Doch anscheinend gefiel Madame de Staël, was sie sah, denn sie erwiderte das Lächeln und hielt ihm ihre behandschuhte Hand hin, die er ergriff und vorsichtig küsste.

»Und Ihr seid sicherlich jener junge Recke, der Valentine hier vor garstigen Räubern beschützt hat, n'est-ce pas?«

»Beschützt würde ich nicht sagen, Madame. Ich habe nichts Außergewöhnliches getan und …«

»Ansehnlich, tapfer und bescheiden«, unterbrach ihn Madame de Staël.

»Das ist Niccolo Viviani, Cavaliere von Otranto. Und er war tatsächlich mein Beschützer.«

Madame de Staël zwinkerte Valentine zu. »Hast du ein Glück.«

Niccolo errötete, aber bevor er noch etwas sagen konnte, trat die Madame zwischen ihn und Valentine und hakte sich bei beiden unter. Mit sanftem Druck führte sie sie zu der großen Freitreppe, die in die oberen Stockwerke führte.

»Gehen wir doch in den Salon, wo wir in Ruhe plaudern können. Meine Besucher haben mich heute in Richtung Genf verlassen, diese treulosen Seelen, und es mangelt mir an angenehmer Gesellschaft.«

Auf dem Weg zur Treppe fiel Niccolos Blick auf zwei dunkle Bilder, die links und rechts einer Tür hingen. Es waren Jagdszenen, dem Stil nach nicht sehr alt. Im Vorbeigehen betrachtete er sie genauer.

Rechts der Tür war eine Jagdgesellschaft zu sehen, die auf Pferden unterhalb eines Hügels ritt, während auf der Kuppe des Hügels Treiber und Hunde einen Wolf verfolgten, der ihnen zu entkommen schien.

Auf der anderen Seite hatte die Jagdgesellschaft einen Wolf vor einem Baum umkreist, und die Hundemeute fiel über das Tier her, das sich mit aufgerissenen Augen und großen Fangzähnen ihrer erwehrte.

»Das sind Wölfe«, stellte Niccolo halb fragend fest. Madame de Staël sah zu den Bildern und hielt kurz inne.

»Oh ja. Hässliche Dinger.«

»Ihr mögt keine Wölfe?«

»Ich meinte die Bilder. Sie sind so dunkel. Und als Motiv eine blutige Jagd? Nein, mir sagen heiterere Szenen mehr zu.«

Das konnte Niccolo sich lebhaft vorstellen. Das ganze Schloss war, soweit er gehört hatte, mit verspielten Möbeln eingerichtet. Hohe Fenster sorgten für Licht und Weite, und in allen Nischen und Ecken fanden sich Skulpturen, Bilder und Miniaturen aller Epochen, gewiss sorgsam ausgesucht, aber mit mehr Liebe als Ordnungssinn verteilt.

»Sie stellen die Wolfsjagd des Comte d'Haussonville dar, der Grand-Louvetier unter Louis XVI. war«, erklärte sie.

»Louvetier?«

»Verantwortlich für die Jagd auf Wölfe«, erläuterte Madame de Staël, während sie ihre Gäste weiterführte.

»Gibt es hier Wölfe?«, erkundigte sich Niccolo. »Ich meine, erst neulich des Nachts Geheul vernommen zu haben.«

»Zwar ist Coppet Provinz, aber doch nicht derartig unzivilisiert«, erwiderte Madame de Staël mit einem glockenhellen Lachen. »Wölfe gibt es hier seit Jahrzehnten nicht mehr.«

Unsicher warf Niccolo einen Blick zurück auf die beiden Bilder.

Im Spiel von Licht und Schatten schienen sie ein merkwürdiges Eigenleben zu führen. Fast meinte er zu sehen, wie der Wolf mit rotglühenden Augen nach einem der Hunde schnappte.

16

NAHE GENF, 1816

Als Ludovico an die Tür klopfte, war die Sonne bereits untergegangen, auch wenn man sie den Tag über ob der dichten Wolkendecke kaum gesehen hatte. Ein junger Mann öffnete und sah ihn misstrauisch an; kein Wunder, wenn man bedachte, auf welche Weise der Besitzer des Hofs zu Tode gekommen war.

»Guten Abend, mein Herr. Ich komme aus Genève, um noch einmal Fragen zu dem bedauerlichen Tod eines Herrn Bonnet zu stellen«, sagte der Graf in fließendem Französisch und lächelte beruhigend.

»Wer sind Sie?«, war die rüde Antwort.

»Graf Ludwig von Karnstein, Sonderberater des Geheimrats und Großermittler des Kantons«, entgegnete Ludovico glatt. Die aufgerissenen Augen des Jünglings bestätigten ihm seine Vermutung, dass auch in der freiheitsliebenden Eidgenossenschaft Ränge und Titel Respekt einforderten – selbst wenn sie, wie sich der Graf eingestehen musste, frei erfunden waren. Aber ein getürktes Amt war besser als gar keines.

»Was wollen Sie wissen?«

»Erzähl mir doch einfach alles, was du weißt«, bat Ludovico freundlich und hielt dem jungen Mann ein kleines Bündel Banknoten hin. Einige Erfindungen der neuen Zeiten hatten auch etwas für sich; wenigstens wurden die Taschen heutzutage nicht mehr so sehr vom Geld ausgebeult.

Der Jüngling redete los, berichtete von den Fragen der anderen Gendarmen, von dem furchtbaren Anblick der Leiche und endlich auch von den Ereignissen in den Tagen vor dem Mord.

»Es waren Männer auf dem Hof, und die haben Monsieur Bonnet wohl Geld gegeben, viel Geld«, erklärte der Junge und rückte näher an Ludovico heran, um dieses Geheimnis zu beichten. Der Hühnerbauer hatte seinen Knechten und seiner Frau nicht viel erzählt, aber als sie einen der Ställe ausräumen sollten, hatten sie lauter tote Hühner vorgefunden.

»Aber nich' einfach tot. Zerfetzt war'n die!«

Ludovico nickte höflich und täuschte Ekel vor. Erst als der Knecht erwähnte, wer die ungebetenen Gäste gewesen waren, wurde sein Interesse echt, denn er erinnerte sich daran, wie ihm der alte Liotard am Vorabend berichtet hatte, bei wem

Niccolo zu Besuch war. *Ob der junge Cavaliere weiß, was hier geschehen ist?*

»Und dann war da noch jemand, der hat auch nach den Hühnern gefragt«, schloss der Jüngling seinen Bericht und schniefte. »So in einer schwarzen Robe und so.«

»Robe?«, hakte der Graf nach.

»So'n Gehrock oder so. So wie der da.«

Er deutete über Ludovicos Schulter, aber als der Graf sich umdrehte, sah er nur noch eine Gestalt hinter der nächsten Häuserecke verschwinden. Stirnrunzelnd wandte er sich wieder an den Knecht: »Nach den Hühnern gefragt?«

»Der wollte auch alles wissen, aber der Monsieur Bonnet hat ihn fortgeschickt, als er kein Geld hat springen lassen.«

»Und verschwunden ist dein Herr …«

»Paar Tage später. War in der Kneipe und kam nicht zurück. Die anderen sagen, er is' wie immer gegangen.«

»Vielen Dank, guter Mann«, sagte Ludovico, ohne mit der Wimper zu zucken. Einen Moment erwog er, dem Knecht die Vorzüge von regelmäßigen Bädern zu erklären, um den Geruch nach Hühnerexkrementen von der Haut zu waschen, entschied sich dann aber dagegen.

Stattdessen tippte er mit dem Finger an seinen Zylinder und schlenderte einfach am Hof vorbei, über die Straße und in eine Gasse hinein. Der Ort war winzig, wenig mehr als eine Kreuzung mit einigen Häusern und darum einigen Höfen. Vorsichtig blickte Ludovico sich um, und als er niemanden bemerkte, sprang er. Die Schwerkraft hatte ihm nichts entgegenzusetzen. Er erreichte mühelos den Balkon eines Hauses und schwang sich über die Balustrade, wobei er die Schatten um seinen Leib zusammenzog. Er verschmolz mit der Dunkelheit, als er dort verharrte.

Tatsächlich hörte er nach wenigen Sekunden Schritte, die

ihm ein kaltes Lächeln auf die Lippen zauberten. *Zwei erfreuliche Begebenheiten an einem Abend,* dachte er bei sich. *Erst die Enthüllung über Niccolos Umgang, nun dies.* Er gestattete sich noch einen Moment der Freude, dann glitt er elegant über das Geländer und landete beinahe lautlos direkt hinter seinem Verfolger.

Nicht leise genug, denn der Mann wirbelte herum. Eine Klinge glitt durch die Dunkelheit, schnitt über Ludovicos Mantel, seine Brust, bis hoch zu seinem Hals. Er fauchte wütend und schlug zu. Der Hieb ging ins Leere, da sein Gegner sich wegduckte. Erneut stieß die Klinge zu, diesmal drang sie unter Ludovicos Rippen in seine Brust, kaltes Metall, das über seine Knochen schabte.

Die Finsternis in seinem Leib zog sich zusammen, und die Wunde brannte mehr, als sie sollte. Beinahe hätte Ludovico sich vor Schmerzen gekrümmt, aber dann riss er sich zusammen. Grimmig wich er dem nächsten Stich aus und packte die Hand seines Gegners. Seine Finger schlossen sich um das Handgelenk, und er presste sie zusammen. Seine Stärke stammte nicht von dieser Welt, und er spürte mit Befriedigung, wie Knochen unter seinem Griff brachen. Der Mann schrie auf und ließ den Dolch fallen, aber in der anderen Hand tauchte eine zweite Klinge auf, die er dem überraschten Ludovico in die Brust stieß. Der Graf löste seinen Griff und taumelte zurück. Auch diese Wunde brannte wie Feuer, das sich direkt in seinen Leib ergoss. Instinktiv warf er sich zur Seite, als die Klinge wieder nach ihm suchte. Unvermittelt wurde ihm bewusst, dass sich hier die Rollen von Jäger und Beute vertauscht hatten. Einen alten Fluch murmelnd, zog er die Dunkelheit in sich zusammen, konzentrierte sich auf ihre Macht.

Er glitt unter einem waagerechten Hieb hinweg, die Finger zu Klauen gekrümmt, und streckte beide Arme aus. Seine eine

Hand fuhr über die Kehle seines Gegners, die andere drang in den Bauch des Mannes, der seufzend zusammenbrach, während ihm das Blut nur so aus der Wunde sprudelte.

Die Schmerzen in seiner Brust ignorierend, kniete Ludovico sich neben den Sterbenden, doch es war auf einen Blick ersichtlich, dass dieser nichts mehr sagen würde. Seine Kehle war zerfetzt, und Blut lief ihm in breiten Strömen über den Hals. Ludovico wollte nach dem Dolch greifen, aber seine Hand zögerte kurz, bevor er die Klinge berührte. Das Metall glänzte silbrig, als würde es von einem Licht beleuchtet, das sonst nicht zu sehen war. Als Ludovico sich erhob, zuckte er vor Schmerzen zusammen.

Eine Stimme rief in dem Dorf. Der kleine Kampf war offenbar nicht unbemerkt geblieben. Unglücklicherweise hatte er dem Knecht seinen Namen genannt, also schulterte er den Sterbenden, dessen schwache Abwehrbewegungen ignorierend, und lief in die Nacht. Ein Leichenfund wäre unpraktisch gewesen.

»Ein Jammer«, flüsterte er, während er in Richtung See lief. »Ich hätte mich so gern mit dir unterhalten.«

Der Mann, vom Blutverlust geschwächt und sich des nahen Todes bewusst, erschlaffte.

»Ein Jammer ist auch der Zustand meiner Kleidung«, fügte Ludovico hinzu. *Sie sind mir also auf den Fersen. Ich sollte direkt verschwinden, ohne nach Sécheron zurückzukehren.* Doch Valentines Bild vor seinem inneren Auge vertrieb die Gedanken an Flucht. *Nein. Diesmal nicht. Wenn ich gehe, verliere ich sie.*

Während er nach einem günstigen Versteck für die Leiche auf seiner Schulter suchte, überlegte der Graf bereits, wie er sich in Sicherheit bringen konnte, ohne auf Valentine zu verzichten.

17

COLOGNY, 1816

Vorsichtig trank Niccolo einen Schluck des Weinbrands. Der Alkohol stieg ihm beim Trinken in die Nase und hätte ihn beinahe niesen lassen. Doch niemand bemerkte, wie er reflexartig das Gesicht verzog, da Polidori sich eben erhob und der kleinen Runde zunickte.

»Ich möchte mich gern für den weiteren Abend verabschieden«, erklärte der junge Arzt beinahe feierlich. »Man erwartet mich noch bei Doktor Odier.«

»Natürlich, mein Guter, natürlich«, erwiderte Byron aufgeräumt und prostete ihm zu. Bis Polidori den Salon verlassen hatte, starrten alle schweigend ins Kaminfeuer. Immer wieder knackte das Holz verheißungsvoll, und Funken stoben gegen die Kaminblende.

Niccolo fand es bedauerlich, dass Mary und Claire den Abend in ihrer Unterkunft verbrachten, aber Shelley hatte beiläufig erwähnt, dass Claire unpässlich sei und Mary sich um ihre Stiefschwester kümmern wollte. Als Polidori die Villa verließ, waren sie also nur noch zu dritt. Byron hob sein Glas, und ein junger Bursche eilte herbei, um es erneut mit Weinbrand zu füllen. Der treusorgende Fletcher und der schweizerische Diener hatten an diesem Abend offenbar frei, und der Gastgeber behalf sich mit einer Aushilfe aus der kleinen Ortschaft, einem ausnehmend hübschen, hellhäutigen Knaben von vielleicht sechzehn Jahren, wie Niccolo beiläufig feststellte.

Der englische Lord brachte gut gelaunt einen Trinkspruch aus: »Möge unser Doktor zur Musik anmutig tanzen, und mögen die anderen Gäste bei bester Gesundheit bleiben. Sonst wird Pollydolly sie noch zu Tode behandeln.«

Shelley kicherte und trank, bevor er sich an Niccolo wandte und erklärte: »Der Doktor hat angedeutet, dass er ein Auge auf eine der Damen in Genf geworfen hat. Er ist häufig dort, um gemeinsam mit seinen Gastgebern zu musizieren.«

Niccolo nickte unbestimmt. Seine eigene musikalische Ader war leider nur schwach ausgeprägt.

»Wir könnten ein wenig im Garten schießen«, schlug Byron vor. »Ich habe einige exzellente Pistolen, und bei dem Regen der letzten Zeit konnten wir sie kaum benutzen.«

»Ich sitze gerade so gemütlich«, entgegnete Shelley abwehrend und hob eine Flasche. »Noch etwas Brandy?«

»Perché no?«, antwortete Niccolo geistesabwesend auf Italienisch, woraufhin Shelley ihm einschenkte und Byron begann, die Geschichte eines Hofzwerges namens Perkeo zu erzählen, der genau diese Worte immer gesagt hatte, wenn man ihn fragte, ob er noch ein Glas Wein wolle, und deshalb jeden Tag literweise Wein getrunken hatte.

»Und als er schon alt war, da riet ihm sein Doktor, seinen Weingenuss zu reduzieren, und trotz aller Skepsis trank der Zwerg ein Glas Wasser – das erste seines Lebens! – und war schon am nächsten Tag tot.«

»Spricht das nun gegen Doktoren oder für Wein?«, erkundigte sich Niccolo vorsichtig, der bemerkte, wie sich ohne Polidori die Stimmung sofort aufhellte. Die Ichbezogenheit, mit der der Doktor seine eigene Person bedachte, war oft ein Hemmnis bei den Gesprächen. Und seine stets schwelende Rivalität gegenüber Shelley in allen Dingen tat das Übrige, um die Diskussionen noch anstrengender zu gestalten, als sie es in der Umgebung dieser brillanten Literaten ohnehin schon waren.

»Ich kenne sehr anständige Doktoren«, erwiderte Byron nach kurzem Nachdenken, und Shelley fügte hinzu: »Und ich sehr schlechten Wein.«

Während sie noch lachten, griff Shelley in die Tasche seines Gehrocks, den er lässig offen trug, ebenso wie die obersten Knöpfe seines weißen Hemdes, dessen breiter Kragen über den des Rocks ragte. Er verzog das Gesicht, als leide er unter Schmerzen, und rückte ein wenig im Sessel zur Seite. In seiner Hand sah Niccolo eine kleine Flasche mit einem einfachen Etikett und einem Korken, den der junge Poet soeben herauszog.

»Schmerzen?«, fragte Byron im Plauderton, was Shelley bejahte. Er trank einen Schluck aus dem Fläschchen, und Byron streckte ihm die Hand entgegen. »Die habe ich auch.«

Als Shelley ihm das Fläschchen reichte, trank auch Byron einen guten Schluck, bevor er Niccolo fragend ansah: »Auch etwas?«

»Ich habe keine Schmerzen.«

»Ein wenig Laudanum schadet selbst dann nicht, wenn man schmerzfrei existiert«, bestätigte Byron die Ahnungen des jungen Italieners.

»Aber wird man nicht müde davon? Passiv und schläfrig?«

»Keineswegs, das ist ein dummer Aberglaube. Vielmehr würde ich sagen, dass es die ohnehin schon vorherrschende Stimmung verstärkt. Manchmal spüre ich durch das Laudanum den Drang, mich zu bewegen, dann wieder wird mein Geist so wach und angeregt, dass ich stundenlang die interessantesten Diskurse zu führen vermag.«

Unsicher nahm Niccolo das Fläschchen entgegen. Ein scharfer Alkoholgeruch stieg ihm in die Nase, als er es an die Lippen hob. Bevor er jedoch trank, riet Shelley: »Nur einen kleinen Schluck.«

Niccolo folgte der Empfehlung und ließ nur wenig der Flüssigkeit über seine Lippen rinnen. Der Geschmack war unangenehm, scharf und bitter, getragen von dem starken Alkohol.

Diesmal konnte der junge Italiener nicht anders, er musste husten, als er geschluckt hatte.

»Ja, es ist bittere Medizin.« Byrons Grinsen war mitfühlend, aber nicht ohne Bosheit.

Shelley ließ das Fläschchen wieder in seinem Gehrock verschwinden, während Niccolo sich von seinem Hustenanfall erholte und seine ganze Aufmerksamkeit auf sich selbst richtete. Er versuchte zu erkennen, ob das Laudanum bereits eine Wirkung auf ihn ausübte. Er wusste nicht, was er zu erwarten hatte.

Byron und Shelley unterhielten sich über Idealismus, und der englische Lord schalt seinen Freund sanft, mit seinen Ideen jenseits der Realität zu wandeln, worauf dieser erwiderte: »Was diese Zeit braucht, ist weniger Realismus denn Idealismus. Weniger Religion und Zucht und Ordnung und mehr Freiheit. Uns mangelt es an Milton und Morus, nicht an Advokaten und Politikern. Ein Utopia gilt es zu erschaffen, den Tyrannen die Stirn zu bieten, einen Ort der Gelehrsamkeit und der Kunst. Literatur ist der Weg dorthin; das Wort vermag die Welt zu verändern!«

»Am Beginn der Revolution in Frankreich stand Idealismus«, gab Byron zu bedenken.

»Und hätte nicht alle Welt mit Angst und Hass reagiert, so wäre es vielleicht dabei geblieben. Dass man in Paris zur Gewalt fand, liegt wohl auch in den Kriegen begründet.«

»Und in dem Hass auf Tyrannen«, warf Niccolo zur Verteidigung des jungen Poeten ein, auch wenn die Franzosen in seiner Heimat seit Napoléons Herrschaftsansprüchen nicht sonderlich gut gelitten waren. »Wäre das Land aufgeklärter gewesen, so hätte sich diese Gewalt niemals aufstauen können.«

Nachdenklich blickte Byron ihn aus unergründlichen Augen an. »Tyrannei hat viele Formen. Tyrannei des Staates, Tyrannei des Wortes, Tyrannei des Geistes.«

»Das oberste Gebot ist die Freiheit«, rief Shelley sichtlich erregt. »Und die Konformität ist ihr Feind. Man muss mit dem brechen, was falsch ist, auch wenn es althergebracht sein mag. Freiheit – und Liebe, nach diesen Idealen sollte man streben.«

Aufmerksam folgte Niccolo den Worten. Das Gespräch floss zwischen ihnen dahin, und er konnte diesen Fluss silbriger Gedanken fast vor Augen sehen, der in ihren Köpfen entsprang und sich zu einem gemeinsamen, mächtigen Strom entwickelte, in dem er mitschwamm. Sein Körper war leicht, als befände er sich unter Wasser, und es war angenehm, wie ein Bad in einem von der Sommersonne erwärmten See.

»Ich würde mich freuen, wenn wir einige Förmlichkeiten beiseitelegen könnten«, bot Byron unvermittelt an. »Wenn es recht ist.«

Überrascht sah Niccolo zu ihm hinüber, dann nickte er erfreut. »Natürlich, sehr gern.«

»Nenn mich George«, bat Byron, während Shelley einwarf: »Oder nenn ihn Albé.«

»Albé?«

»Lord Byron, L. B., oder auch der halbe Albanier«, erwiderte Shelley grinsend und prostete Niccolo zu.

Der junge Italiener neigte zustimmend den Kopf. »Dein Diener, George. Nennt mich Niccolo.«

»Dann freue ich mich umso mehr, dass du zu uns gestoßen bist, Niccolo«, erklärte der englische Lord und lächelte.

Niccolo legte den Kopf schief und sah seinen Gastgeber unschlüssig an. Schon seit seinem ersten Abend in der Villa beschäftigten ihn einige Fragen, und nun, berauscht vom Weinbrand und vom Laudanum, fühlte er sich beinahe mutig genug, um sie zu stellen.

»Was brennt dir auf der Seele, junger Freund?«, ermunterte Byron ihn, und Niccolo fasste sich ein Herz und räusperte sich.

»Sag – stimmt es eigentlich, was man sich rund um den See über dich erzählt?«

Der Lord hob fragend eine Augenbraue. »Das kommt darauf an, was du meinst, Niccolo. Ich bete weder den Satan an, noch bin ich Luzifer höchstpersönlich. Das also stimmt nicht. Wenn du jedoch auf gewisse andere Gerüchte anspielst …«

Er lächelte vielsagend, und Niccolo spürte, wie ihm die Röte ins Gesicht stieg. Hätte er doch gar nicht erst mit der Fragerei begonnen!

»Nun, ich meinte tatsächlich die anderen Gerüchte«, gab er zögerlich zu. »Besonders die, die Claire, ich meine Mademoiselle Clairmont, betreffen.«

Er sah, dass Byron mit Shelley einen Blick wechselte. Dann seufzte der englische Lord übertrieben theatralisch.

»Nun, ich fürchte, *dieses* Gerücht kann ich nicht dementieren. Zwar war ich fest entschlossen, den Vorzügen unserer jungen Claire gegenüber unempfänglich zu bleiben, doch es erwies sich als ziemlich hart, den Stoiker zu geben, wenn ein Geschöpf von achtzehn Jahren tausend Meilen weit gereist ist, um mich, nun ja, zu entphilosophieren. Ich bekenne mich in diesem Punkt also schuldig. Ich bin ihren Reizen erlegen, und wir teilen manchmal das Bett, wenn auch nur die wenigsten Gedanken.«

»Und über Reize verfügt sie ja zur Genüge«, sagte Shelley leichthin und vollführte mit der Hand eine Geste, die eindeutig Claires üppige Formen beschrieb.

Der junge Italiener konnte spüren, wie die Hitze nun von seinen Wangen abstrahlte, und er hätte alles dafür gegeben, seine Verlegenheit vor den beiden anderen Männern verbergen zu können. Aber nun hatte er einmal begonnen, vom Baum der Erkenntnis zu essen, also wollte er auch alles wissen.

»Und du, Percy?«

»Der gute Percy schätzt an seinen Frauen weniger die ansprechenden Formen – obwohl Mary durchaus auch darüber verfügt –, als vielmehr einen regen Geist. Er sagt, er könne mit ihr diskutieren wie mit einem Mann, wenn sie allein sind«, erklärte Byron.

»Und das entspricht der Wahrheit«, bekräftigte der braunhaarige Poet. »Die Liebe braucht keinen Segen von irgendwelchen Pfaffen, Niccolo. Entweder sie existiert, oder sie existiert nicht. Ich sehe nicht, wie ein frommer Segensspruch etwas an meinen Gefühlen für Mary ändern könnte.«

»Ein Segensspruch vielleicht nicht, aber du solltest aufpassen, dass dich der Fluch des guten Doktors nicht trifft.« Bei dieser Bemerkung Byrons kicherten beide Männer wie Schuljungen. Ihre Heiterkeit erwies sich als ansteckend, und auch Niccolo lachte.

»Aber wie steht es um dich selbst, Niccolo?«, erkundigte sich Byron, wieder ernst werdend. »Cherchez la femme! Wer lebt auf deinem Parnass? Wer verleiht deinen Worten Flügel?«

Valentines liebliche Züge erschienen in Niccolos Geist, und er schlug versonnen die Augen nieder.

»Wer sagt dir, dass es überhaupt so jemanden gibt?«, fragte er mit einem Anflug von Trotz.

»Nur ein Narr könnte übersehen, dass du verliebt bist, mein Guter«, gab Shelley aufgeräumt zurück.

»Nun gut«, gab Niccolo nach. »Ihr Name ist Valentine, und sie ist die Tochter meiner Gastgeber.«

»Valentine, Valentine … ein reizender Name. Wie geschaffen für einen Vers«, begann Byron, wurde aber von Shelley unterbrochen: »… und wie weit hat sie dir schon ihre Gunst gewährt?«

Der junge Italiener richtet sich empört auf. »Sie … Ich … Wir haben nicht …«, stammelte er.

»Percy, lass ihn in Ruhe«, bat Byron beschwichtigend. »Ich vermute, dass unser junger Freund bislang nicht einmal den Mut aufgebracht hat, Valentine ein Geständnis zu machen.«

Niccolo nickte betrübt.

»Drei Dichter finden sich zusammen, und da soll es an den richtigen Worten mangeln, um ein Frauenherz zu gewinnen?«, fragte Byron in die Runde. »Percy, reich deine Flasche noch einmal herum – dem werden wir sogleich Abhilfe schaffen.«

Wie auf ein Zeichen hin erschien nun auch der Jüngling aus dem Dorf wieder und füllte ihre Gläser erneut. Niccolo, dessen Sicht allmählich an Klarheit verlor, glaubte zu bemerken, dass der Junge dem Lord einen langen Blick zuwarf, den dieser mit gleicher Intensität erwiderte, als seien sie Komplizen in einer komplizierten Verschwörung, aber da der junge Italiener sich keinen Reim darauf machen konnte, verschwand der Gedanke so schnell, wie er gekommen war.

»Also«, begann Byron. »Du sagst, deine Valentine sei schön, klug und tugendhaft ...«

»Nicht *zu* tugendhaft, wollen wir doch hoffen!«, warf Shelley ein, doch der Lord ignorierte ihn. Er legte den Kopf in den Nacken und bewegte einige Male die Lippen, ohne dabei einen Laut von sich zu geben. Schließlich wandte er sich seinen Gästen wieder zu. »›Sie schreitet in Schönheit, wie die Nacht ...‹«, begann er.

»Bravo«, sagte Niccolo schüchtern, dem dieser Auftakt ungemein gut gefiel.

»›... wolkenloser Sphären und sternenbehangener Himmel; Und all das Beste von Dunkelheit und Helligkeit ... trifft sich in ihrer Erscheinung und ihren Augen‹«, fuhr der englische Dichter langsam fort. Dann unterbrach er sich und lächelte Niccolo an. »Schreib es auf«, ermunterte Byron ihn. Shelley stand auf und griff nach Papier und Feder, die er Niccolo reichte.

Auch wenn er fürchtete, den Engländer zu bestehlen, war der junge Italiener von den Zeilen so mitgerissen, dass er sich nicht zweimal bitten ließ.

»›So besänftigt zu dem zarten Licht‹«, schlug Shelley vor, hielt dann aber inne.

»›Das der Himmel dem grellen Tag verweigert‹«, schloss Niccolo bedächtig, und Byron nickte beifällig.

Es dauerte eine Weile, bis sie ganze drei Strophen abgefasst hatten, mit denen alle Männer zufrieden waren, doch das Gedicht schien Niccolo am Ende nahezu perfekt.

»Ich weiß nicht, wie ich euch danken soll …«, begann er, bis er merkte, wie schwer es ihm fiel, seine Gedanken in Worte zu fassen. Vorsichtig stand er auf. »Vielleicht sollte ich besser nach Hause gehen.«

Unsicher schwankend stand er da.

»Du kannst unmöglich jetzt noch nach Coppet zurück«, stellte Byron sachlich fest. »Deine Gastgeber würden es dir nur schwerlich verzeihen, dass du erst bei Sonnenaufgang heimkommst, und außerdem wäre ich ein wahrlich schlechter Gastgeber, wenn ich dir bei diesem Wetter und in diesem Zustand erlauben würde, allein deinen Weg zur Anlegestelle zu suchen.«

Niccolo suchte in seinem Kopf nach Worten, um Byron zu widersprechen, aber es war ihm kaum möglich, auch nur einen vollständigen Satz zu formulieren. Das Gedicht schien alle Worte in seinem Geist in sich aufgesogen zu haben, und nun herrschte in seinem Kopf nichts als Leere.

»Sei heute Nacht mein Gast«, bat der Lord inständig. »Die Villa hat genug Zimmer und Betten, und ich bin mir sicher, dass Valentine im Licht des Tages deinem Gedicht weitaus aufgeschlossener gegenüberstehen wird als dem Werben eines Mannes, der volltrunken zu einer ganz und gar nicht christlichen Stunde den Frieden ihrer Nachtruhe verletzt.«

Niccolo brauchte einen Moment, um den Sinn von Byrons Worten zu erfassen, aber dann musste er ihm zustimmen.

»Du hast Recht«, sagte er mit schwerer Stimme. »Ich danke dir.«

Gemeinsam hakten die beiden englischen Poeten den jungen Italiener unter und halfen ihm die Treppenstufen hinauf. Sie führten ihn in ein kleines Schlafzimmer, dessen Wände mit Seidentapeten bespannt waren und das außer einem breiten Himmelbett, einem Nachttisch und einer Frisierkommode keine Möbel enthielt. Das Bettzeug war bezogen und zurückgeschlagen, ganz so, als habe es nur auf den Gast gewartet. Als Niccolo sich auf die Laken sinken ließ, meinte er, einen schwachen Duft von Parfüm wahrzunehmen. Ob hier bereits eine der Damen geschlafen hatte? Der Gedanke war aufregend, aber Niccolo vermochte ihn nicht festzuhalten. In seinem Kopf drehte sich alles, und das Bild von Claire Clairmont, die hier vor ihm gelegen haben mochte, vermischte sich mit dem Bild Valentines, die sicher ruhig schlafend in ihrem Bett lag.

Halb bemerkte er noch, wie ihm seine beiden Begleiter die Stiefel auszogen und fürsorglich die Decke über ihn breiteten. Als danach Dunkelheit und Stille in das Zimmer einkehrten, schloss er die Augen und fiel in einen schweren, unruhigen Schlaf.

18

NAHE POGRADECI, 1816

Sie liefen fort von der Stadt und dem Gewässer, durch den dichten Wald und hin zu den Hügeln. Schroffe Felsformationen leuchteten in der mondhellen Nacht. Tief geduckt trabten sie über den steinigen, mit Blättern und Nadeln bedeckten Boden, die Schnauzen am Boden, Wind im Fell. Die Nacht war warm und trocken.

Doch hinter sich hörten sie die Reiter mit ihren Hunden, die Rufe, das Bellen, das Klirren von Metall. Es waren viele, zu viele, und sie brachten kalten Stahl und heißes Silber mit sich.

Die beiden wussten, dass sie die Berge erreichen mussten, die zerklüfteten Täler, in deren Felsenlabyrinthen sie ihre Verfolger abschütteln konnten.

Der Rüde war schneller als sie, aber er blieb an ihrer Seite. Sie scherten sich nicht um Wege, sondern liefen querfeldein, duckten sich durch Hecken, überquerten Gräben und sprangen über die niedrigen Natursteinmauern. Instinktiv machten sie es den Reitern so schwer wie möglich.

Sie versuchte, die wachsende Furcht zu bekämpfen. Ihr Wolfsherz schlug heftig in ihrer Brust, und ihr Blut schrie nach Kampf, aber sie durfte dem Verlangen nicht nachgeben. Wenn sie sich jetzt verlor, dann wurden die Häscher sie töten, dessen war sie sich sicher.

Gerüche zogen an ihnen vorbei, so schnell wie die Schemen vor ihren Augen. Gehöfte, Rauch, ein Stall, Menschen. Der Lärm ihrer Verfolger übertönte das Rauschen des Windes, ja selbst ihr hechelndes Atmen. Es war nicht gut, Beute zu sein, es war falsch, und jede Faser ihres Daseins sträubte sich dagegen.

Einen letzten Hof ließen sie hinter sich. Vor ihnen lag ein

Stück karges Ödland, einst ein Wald, doch abgeholzt und an die Trockenheit verloren.

Sie sprangen in ein ausgetrocknetes Flussbett hinab, Seite an Seite. Seine Nähe gab ihr Kraft, und sie spürte, dass auch er von ihrer Verbindung zehrte. Schneller als der Wind flogen sie den gewundenen Pfad entlang, die Pfoten berührten kaum den sandigen Untergrund, die Zunge hing ihnen aus dem Hals. Die Laute der Menschen wurden leiser, das Bellen der Hunde wütender, als sie spürten, dass ihnen die Beute entkam. Ein Gefühl des Triumphs wagte sich in ihr Wolfsherz, vertrieb Angst und Wut – bis sich vor ihnen mehr Menschen erhoben.

Verzweifelt bremste sie ihren Lauf, warf sich herum, doch die Menschen waren überall, sprangen aus Verstecken zu beiden Seiten des Ufers. Metall glänzte im Mondlicht, Speerspitzen, Dolche.

Und Netze. Unter dem ersten kroch sie geschickt hindurch, bevor es sie fangen konnte, und auch ihr Begleiter entkam. Das zweite presste sie an den Boden, ihre Läufe verhedderten sich in den Maschen, und die aufsteigende Panik machte ihre Bewegungen wild und ungeschickt. Sie wusste, irgendwo tief in sich, dass sie sich beruhigen musste, aber ihr Wolfsherz schlug schnell und hart.

Ein Stein traf sie an der Schulter, mehr unangenehm als schmerzhaft, doch ihr Begleiter wurde an der Schnauze getroffen und jaulte leise, während das Netz sich mit jedem verzweifelten Strampeln immer enger um sie zog. Noch ein Stein, diesmal am Hinterlauf.

Und dann schwand die Panik, als sie seine Schmerzen spürte, und wurde zu Wut. Reiner, glühender, blinder Wut. Die Menschen waren vergessen, die Reiter, die sich näherten, die Speere mit ihren silbernen Spitzen.

Sie verwandelte sich. Ihr Leib wurde größer, dehnte sich aus, ihre Muskeln zerrissen das Netz, als sei es nicht mehr als Nebel. Ihr Kopf würde größer, Knochen knackten, sandten Schmerzen durch ihre Glieder, die sich streckten und Klauen ausformten.

Sie erhob sich aus den zerfetzten Resten des Netzes, die Klauen erhoben, die Fänge gebleckt. Ein Speer flog auf sie zu, langsam, schwach, und sie schlug ihn verächtlich aus der Luft. Die Jäger wichen von ihr zurück, aber nicht weit genug. Nun konnte sie ihre Angst riechen. Sie sprang, zehn Schritt, und ihre Krallen zerfetzten einen, während ein zweiter vor ihr zurücktaumelte und zu Boden fiel.

Hinter ihr heulte ihr Begleiter, glitt aus dem Netz und lief davon. Er konnte ihr nicht folgen in dem, was sie tat. Während ihre Gedanken ausgelöscht wurden, vernebelt von der Wildheit, versuchte sie sich an das eine zu erinnern, was wichtig war: Erkaufe ihm Zeit!

Sie sprang weiter, wütete unter den Jägern, duckte sich unter Speeren weg, biss einem in die Schulter und riss ihm den halben Hals ab, als sie ihre blutbefleckte Schnauze in den Himmel reckte. Irgendwo jaulten Hunde voller Angst, Menschen brüllten vor Furcht durch die Nacht. Aber es erklangen auch Befehle, und ein kleiner Teil von ihr wusste, dass es zu viele waren. Genug Jäger, um der Beute den Tod zu bringen.

Sie sprang in eine Gruppe, ein Speer bohrte sich in ihre Seite, glühend heiß. Er brach ab, als sie sich schreiend umwandte, dem Jäger mit der Klaue das Gesicht zerfetzte und sich auf die anderen warf. Mehr Wunden, mehr Blut, mehr Schmerz, mehr Tod.

Bevor sie sich darin verlieren konnte, brach sie aus dem Kampf aus. Noch im Sprung verwandelte sie sich, zog sich zusammen. Der plötzliche Schmerz durchdrang sie, ließ sie straucheln, doch ihr Angriff hatte die Jäger zurückgeworfen, und so kam sie auf die Pfoten und lief, trotz der blutenden, brennenden Wunde in ihrer Seite.

Ein Blick zurück zeigte ihr, dass sie nicht verfolgt wurde, und sie hielt auf einem Hügel an, hechelnd, bebend. Wieder erzitterten ihre Glieder, als sie sich veränderte. Fell floss über ihren Leib, der schrumpfte. Die Läufe wurden länger, Gelenke knirschten, ihre Schnauze zog sich zurück, und sie öffnete ihren Mund, als der Kiefer seinen Platz suchte und fand.

Schwer atmend stand die nackte Frau vom kargen Boden auf. Ihre Finger suchten die Speerspitze in ihrer Seite, packten das silbrige Metall. Obwohl es ihr die Haut verbrannte, zog sie es mit einem Ruck, der ihr einen Schrei entriss, aus ihrem Leib. Das Silber war dunkel von ihrem Blut, und die Wunde würde eine Narbe hinterlassen, eine Erinnerung an diese Nacht. Es war nicht die erste Narbe an ihrem schlanken Leib.

Sie hockte sich hin und sah zu den Jägern. Warum wurde sie nicht verfolgt? Als sie die Antwort erblickte, setzte ihr Herz für einen Schlag aus. In einem Netz war ihr Gefährte gefangen, umringt von Hunden und Menschen. Er warf sich gegen die Stricke, knurrte und grollte, aber er war machtlos. Er konnte sich nicht in einen Wolfsmenschen verwandeln, es war nicht in seinem Blut.

Sie zitterte, aber es war nicht der kalte Wind auf ihrer Haut, auf der nun der Schweiß ausbrach, und auch nicht der Schmerz der Wunde, aus der Blut über ihre Hüfte und ihr Bein lief, was ihr Schaudern verursachte.

Er heulte, lang, durchdringend. Sie wusste, dass er nicht um Hilfe rufen würde. Er schickte sie fort, bat sie, sich in Sicherheit zu bringen. Ihr Menschenherz wusste, dass er Recht hatte, doch ihr Wolfsherz brach.

»Hristo. Hristo«, flüsterte sie mit rauer Stimme, der Worte ungewohnt waren. Er heulte wieder, und sie schloss die Lider, als ihr ungebetene Tränen in die Augen schossen.

19

COLOGNY, 1816

Brennender Durst weckte ihn. Niccolo starrte in die vollkommene Finsternis, die ihn umgab. Wo war er? Er befand sich offenbar in einem Bett, das weder nach Arezzo noch nach Coppet gehörte, erkannte er mit Schrecken. Dann fiel ihm alles wieder ein. Der Alkohol, das Laudanum und das Gedicht. Byron und Shelley. Er befand sich noch immer in der Villa Diodati. Und er war so durstig, als ob er zu Fuß eine Wüste durchquert hätte. Mit der rechten Hand tastete er auf dem Nachttisch herum, bis er eine kleine Lampe und die Streichhölzer gefunden hatte. Als das Licht brannte, stach es ihm in die Augen, aber er stand nichtsdestotrotz auf. *Lieber Himmel, ich habe mich komplett bekleidet zu Bett gelegt! Sicher werden meine Hose und mein Hemd morgen früh entsprechend aussehen.* Doch bevor er sich diesem Problem widmen konnte, brauchte er etwas zu trinken, unbedingt. Kurz hielt er sich benommen an einem der Bettpfosten fest, dann fühlte er sich stark genug, um die Küche im Erdgeschoss aufzusuchen und dort einen Krug Wasser zu finden.

Durch seine nackten Fußsohlen spürte Niccolo die Kühle des steinernen Bodens. Jetzt verfluchte er sich selbst dafür, dass er ohne Licht aus seinem Raum gelaufen war. Was bei Tageslicht so offen und frei gewirkt hatte, war nun ein Gang voller in Schatten gehüllter Hindernisse, an die er sich nicht mehr erinnern konnte. Er rechnete jeden Augenblick damit, eine Vase oder Büste von ihrem Podest zu stoßen und das gesamte Haus durch den Lärm aufzuwecken.

Immerhin fiel dünnes Mondlicht durch eines der Fenster, doch es enthüllte den Korridor nicht, sondern schien ihn nur noch tiefer in Schatten zu tauchen. Es war nicht silbrig, wie in den Gedichten, sondern diffus und milchig. Unter einer Tür flackerte ein schmaler Lichtstreif, aber Niccolo hätte nicht sagen können, welche Gemächer sich hinter der Tür befanden, zu wenig konnte er seine Umgebung erkennen.

Ein Geräusch ließ ihn zusammenzucken. Ein kurzes, kehliges Lachen. Sein Atem stockte ohne sein Zutun, und er hielt mitten im Schritt an. Die Tür öffnete sich, und der junge Adlige duckte sich an die Wand, zwischen einer Kommode und einer Blendsäule. Im warmen Licht des Zimmers waren zwei Silhouetten zu erkennen. Eine war unverkennbar Byron, dessen lockiges Haar wirr vom Haupt abstand. Die andere war kleiner, noch schlanker als der Lord, und dieser neigte sich zu ihr hinab und küsste sie.

Niccolo wagte nicht, zu atmen. Die Angst vor Entdeckung kreiste eiskalt durch seine Adern. Doch Byron murmelte nur etwas und reichte der unbekannten Gestalt einen schmucklosen Kerzenhalter. Erst als sie sich umdrehte, erkannte Niccolo sie – es war der Junge aus dem Dorf, der am Abend in der Villa serviert hatte.

Niccolo schlug das Herz bis zum Hals, und er betete inbrünstig, dass man ihn nicht entdecken möge. Seine Lungen schrien nach Luft, aber er gab dem Drang nicht nach.

Der Junge schlich davon, der Kreis des Kerzenscheins markierte seinen Weg in der Dunkelheit. Byron blickte ihm nach, während er seinen Hausmantel richtete und sich die Haare glatt strich. Das Licht verschwand hinter der Biegung des Korridors. Schon glaubte Niccolo, dass der Lord sich wieder in seine Gemächer zurückziehen würde, als dieser ihn ansprach, auf dem Gesicht das mittlerweile schon gewohnte, lässige Lächeln.

»Schockiert?«

Anstatt zu antworten, holte der junge Italiener nur tief Luft und trat mit gesenktem Kopf aus seinem Versteck. Eine schlagfertige Erwiderung wollte ihm nicht einfallen, also schüttelte er lediglich den Kopf.

Jetzt wandte Byron sich ihm zu. Die Züge des Lords lagen im Schatten, doch Niccolo spürte seinen Blick auf sich ruhen. Ihm war, als sähe Byron durch sein Äußeres hindurch, bis in sein Herz, wo all seine Sorgen offenbar wurden. Wo die Schwäche seiner menschlichen Natur deutlich wurde.

»Ich hatte es nicht vor, um ehrlich zu sein, aber wenn so ein hübscher, siebzehnjähriger Junge einem Avancen macht – was soll man da tun?«

Die Frage bedurfte keiner Antwort, und Niccolo gab keine. Mit langsamen Schritten, die den jungen Adligen an ein Raubtier gemahnten, kam der Lord näher. Der Seidenstoff seines Hausmantels knisterte, als er die Hand ausstreckte und sanft Niccolos Kinn ergriff. Mit vorsichtigem Druck drehte er den Kopf des jungen Mannes zur Seite.

»In dir fließt das stolze Blut deiner Heimat, Niccolo. Du stammst von Aeneas selbst ab; man kann Aphrodites Schönheit noch in deinem Antlitz finden.«

»Danke, Mylord«, brachte Niccolo verwirrt hervor.

»Wer noch daran zweifelt, dass die Söhne der Römer dereinst wieder ihre Freiheit finden werden, muss lediglich in das Feuer deiner Augen sehen, wo die Heldentaten deiner Ahnen sich mit dem Versprechen einer glorreichen Zukunft verquicken.«

Überraschend ließ Byron die Hand fallen. Er stand kaum einen halben Meter von Niccolo entfernt, und der junge Italiener konnte seine Nähe spüren, eine überwältigende Präsenz. Es lag ein Geruch von Männlichkeit in der Luft, der ihn schlucken ließ.

»Ich habe eine Frage, Niccolo. Liebst du deine Valentine? Oder begehrst du sie nur, so wie ich diesen Knaben eben?«

Diesmal kam die Antwort ohne jedes weitere Nachdenken: »Ich liebe sie. Sie ist meine Héloïse.«

»Beneidenswert. Aber lass mich dir einen Rat geben: Liebe verletzt, auch wenn man dies in Momenten der Leidenschaft nicht wahrhaben will. Und die Ehe … nun, ich denke, das ist nur ein anderer Begriff für das Purgatorium auf Erden. Eine Liebe wird nicht reiner durch die Ehe, egal, was dir die Harpyien einzureden versuchen. In diesem Punkt hat unser Shelley sicher Recht.«

Einige Herzschläge lang standen sie einander schweigend gegenüber. Niccolo erschien die ganze Situation so seltsam wie ein Traum.

»Aber hast du mir vor wenigen Stunden nicht noch geholfen, ein Gedicht für Valentine zu schreiben?«, fragte er verstört. »Was sollen diese Zeilen denn anderes bewirken, als ihr Herz zu erobern?«

Als schäme er sich seines Gefühlsausbruches, lachte der Lord leise. »Vermutlich denkst du, ich rede wirr oder gar irr.«

Ohne auf eine Antwort zu warten, wandte Byron sich halb ab und wies auf seine Gemächer. Sein Profil erinnerte Niccolo an die Schattenrisse, die im Palazzo seiner Eltern an der Wand hingen.

»Ich ziehe mich nun zurück. Ich wünsche noch eine geruhsame Nacht.«

Ohne eine weitere Erklärung ging Byron und ließ Niccolo im Flur stehen.

Noch lange, nachdem die Tür sich geschlossen hatte, stand der junge Italiener im Korridor und versuchte, seiner widerstreitenden Gefühle Herr zu werden.

Ein seltsames Verlangen brandete in seiner Brust, und beinahe hätte er angeklopft und um Einlass gebeten.

20

COPPET, 1816

Unschlüssig drehte Ludovico einen Zigarillo zwischen Daumen und Zeigefinger hin und her, während er die kleine Straße entlanglief, die praktisch die winzige Ortschaft von Coppet bildete. Instinktiv hielt er sich unter den Vordächern der wenigen Geschäfte, um sich vor dem Regen zu schützen, doch seine Gedanken waren weit weg. Die Inquisition war seinetwegen in die Schweiz gekommen; daran konnte wenig Zweifel bestehen. Und seine früheren Erfahrungen lehrten ihn, die fanatischen Jäger der Kirche als Gegner durchaus ernst zu nehmen. Er hatte zu oft gesehen, wie andere, die die Entschlossenheit Roms unterschätzt hatten, bitter für diesen Fehler bezahlen mussten. Der Umstand, dass die Jäger nun offenbar – irrtümlich oder auch nicht – Byron und seiner Entourage auf den Fersen waren, stellte für Ludovico keine Beruhigung dar, denn das beschauliche Cologny lag nur allzu nah an seinem eigenen Unterschlupf.

Doch obgleich er seine wenigen Habseligkeiten bei seiner Rückkehr vom Hof des Hühnerbauern bereits gepackt hatte und sich bereithielt, Sécheron augenblicklich zu verlassen, hatte er seine Reisepläne bislang nicht in die Tat umgesetzt. Stattdessen war er ein weiteres Mal nach Coppet hinausgefahren. Er hatte den Kutscher am Eingang des Ortes anhalten lassen, um die letzten Meter bis zur Villa Liotard zu Fuß zurückzulegen.

In letzter Zeit war er zu oft bei Tageslicht unterwegs, fühlte sich verwundbar und schwach. Auf seinem Weg verfluchte er seine Gefühle dafür, dass sie ihn hierhergeführt hatten. In den Jahrhunderten, die seine Existenz nun schon währte, hatte er nie etwas Vergleichbares empfunden.

Er stieß eine leise Verwünschung aus, ließ den Zigarillo in die Tasche seines Mantels gleiten und schritt über die gepflasterte Auffahrt zur Eingangstür. Er ließ den schweren, gusseisernen Klopfer auf das Holz fallen. Ein Bediensteter öffnete ihm, doch hinter diesem konnte Ludovico bereits Valentine erkennen, und als er sie sah, vertrieb ihr Anblick für den Moment alle Sorgen bezüglich der Inquisition.

»Graf Karnstein! Ich freue mich, Euch zu sehen.«

Als sie ihm die Hand entgegenstreckte und er sie ergriff, sah er, dass dies nicht nur eine Floskel war. Ihre Augen leuchteten, und ihr Lächeln versprach mehr als aufgesetzte Höflichkeit.

Das Haus indes kam Ludovico in der beginnenden Dämmerung bedrückend vor, und der Gedanke daran, noch einen weiteren Abend mit dem belanglosen Geschwätz des alten Liotard verbringen zu müssen, schien ihn geradezu zu ersticken.

»Falls Ihr Euch nicht vor ein bisschen Regen fürchtet, würde ich Euch gern zu einem Spaziergang einladen«, schlug er deshalb vor.

»Gern. Ich habe es so satt, herumzusitzen und nichts unternehmen zu können. Dieser elende Sommer raubt mir noch den letzten Funken Freude«, gab Valentine verdrießlich zurück.

Ludovico fragte sich, was sie so verstimmt haben mochte, schwieg aber und bot ihr lediglich höflich den Arm an, als sie Hut und Mantel angezogen hatte und vorsorglich auch noch einen zierlichen, mit Ölpapier bespannten Regenschirm zur Hand nahm.

Gemeinsam gingen sie die Straße hinunter, bis sie zum See gelangten, der nun, zu Beginn des Abends, dunkelblau und still dalag. Regentropfen bildeten Ringe auf dem Wasser, und es war kaum ein Boot unterwegs. Die Stille war beinahe unnatürlich zu nennen.

»Es gibt nicht allzu viel Ablenkung hier, nicht wahr?«, nahm Ludovico den Faden ihrer Unterhaltung wieder auf.

Valentine stieß ein Schnauben aus. »›Nicht viel‹ ist eine königliche Untertreibung, Herr Graf. Ich hätte nie gedacht, dass ich die Toskana so sehr vermissen würde – dort gab es Sommerfeste, das Theater, die Oper in Florenz ...« Sie schwieg einen Augenblick, hing offenkundig ihren Erinnerungen nach.

»Hier komme ich mir wie eingesperrt vor«, fuhr sie dann fort. »Wenn Madame de Staël nicht wäre, würde ich vor Langeweile umkommen.«

Mitfühlend legte Ludovico die freie Hand auf ihren Arm. *Du solltest Bälle besuchen, Musik hören und Champagner trinken,* dachte er. *Und alles tun, wonach dir der Sinn steht.*

»Ich wünschte, ich könnte Euch die Pariser Oper zeigen, Valentine«, raunte er in ihr Ohr. »Ich bin davon überzeugt, dass Ihr den *Salle Montansier* lieben würdet. Ich habe dort die Uraufführung der *Iphigenie* gehört; es war ein ganz und gar unvergleichlicher Abend.«

Valentine runzelte die Stirn. »Seid Ihr nicht viel zu jung für so ein altes Stück?« Dann lächelte sie ihn traurig an. »Ich würde wirklich gern nach Paris reisen. Aber ich kann nun einmal nicht auf eine Grand Tour gehen, und so muss ich wohl mit Genf vorliebnehmen.«

»Ist denn unser junger Freund nicht hier, um Euch die Zeit zu vertreiben?«, fragte Ludovico vorsichtig.

»Niccolo? Ach, er speist heute schon wieder auswärts. Er ist zu Gast bei dem englischen Lord. Ihr wisst schon«, entgegnete Valentine unbestimmt.

»Lord Byron?« Ludovico konnte es sich nicht verkeifen, den gefürchteten Namen auszusprechen. »Sucht der Cavaliere denn oft die Villa Diodati auf?«

»Inzwischen ist er beinahe jeden Abend dort«, versetzte die

junge Frau, und es war unschwer zu erkennen, dass ihr dieser Umstand nicht sonderlich gut gefiel. Sie knetete den Griff des Regenschirms so fest, dass Ludovico fragen musste: »Und Ihr begleitet ihn nicht?«

»Das wäre unmöglich, wie Ihr sehr wohl wisst, Graf«, gab sie kühl zurück, und Ludovico nahm sich vor, sie künftig nicht mehr so leicht zu unterschätzen.

»Ja, das weiß ich tatsächlich. Und es tut mir leid«, gab er zu und hoffte, dass seine Zerknirschung echt wirkte. »Aber was zieht den Cavaliere Viviani denn dorthin, wenn ihm doch bekannt ist, dass die Villa gesellschaftlich zumindest über einen zweifelhaften Ruf verfügt?«

Valentine biss sich auf die Unterlippe; sie zögerte, doch dann entschied sie sich, weiterzusprechen.

»Ich hoffe, Ihr haltet mich nicht für überspannt, Graf. Aber ich kann das Gefühl nicht abschütteln, dass in der Villa etwas Seltsames mit Niccolo geschieht.«

Sie sah Ludovico direkt in die Augen, und er spürte, wie sich ein brennendes Gefühl in seiner Brust ausbreitete – Eifersucht.

»Es kommt mir vor, als würde er sich von Tag zu Tag mehr verändern«, bekannte die junge Frau zaghaft. »Bald kenne ich ihn gar nicht mehr.«

»Ich bin mir sicher, dass Niccolo nur mit den besten Absichten in der Villa verkehrt«, erklärte Ludovico mit erzwungen ruhiger Stimme. »Aber dennoch kann ich Eure Empfindungen vollends verstehen, ja, ich teile Eure Sorge sogar, denn dem englischen Lord ist nicht zu trauen. Ich habe eine interessante Entdeckung gemacht, was Byron angeht.«

Diese Ankündigung schien Valentines Lebensgeister zu wecken. »Tatsächlich? Wart Ihr in Genf? Was habt Ihr herausgefunden?«, fragte sie hastig.

Ludovico erzählte ihr, was er von dem Knecht des Hühnerbauern über Byrons Besuch auf dem Hof erfahren hatte, unterschlug aber tunlichst seine unschöne Begegnung mit dem Kirchenmann.

»Glaubt Ihr wirklich, dass der Lord etwas mit dem Mord an Monsieur Bonnet zu tun hat?«, fragte Valentine leise, als er geendet hatte. »Das wäre entsetzlich, denn dann wäre auch Niccolo in großer Gefahr.«

»Ich würde das keinesfalls ausschließen«, entgegnete Ludovico vorsichtig, obwohl er sich sicher war, dass die päpstlichen Jäger – und nicht ein verrückter englischer Poet – den Bauern getötet hatten.

»Ich muss mit ihm reden«, sagte Valentine, mehr zu sich selbst als zu ihrem Begleiter. »Ihn warnen. Vielleicht hört er ja auf mich.«

Dann blickte sie Ludovico direkt an. Ihre Augen trafen sich, und er hielt ihren Blick so lange wie möglich fest.

»Ich danke Euch, Graf«, sagte sie weich. »Ihr habt mir einen großen Gefallen erwiesen, diese Nachforschungen anzustellen und mich so ins Vertrauen zu ziehen.«

Mittlerweile war die Dunkelheit vollständig über den See hereingebrochen, und Ludovico fühlte sich endlich voll und ganz im Besitz seiner gewohnten Kraft.

»Valentine.« Er wandte sich ihr zu und küsste ihre Hand, legte nur einen Hauch seiner Macht in diesen Kuss, gerade genug, dass ihr ein leichter, wohliger Schauer über den Arm lief, als er ihre warme Haut mit den Lippen berührte. »Es gibt nichts, was ich nicht für Euch tun würde.«

Tief in seinem Inneren stellte er mit einigem Erschrecken fest, dass er die Wahrheit sagte.

21

COLOGNY, 1816

Während England zwar von Invasion bedroht war, aber niemals französische Herrschaft erdulden musste, sah es in deiner Heimat anders aus, nicht wahr?«, fragte Byron, woraufhin Niccolo nickte. Wieder war er zu Gast in der Villa Diodati, und beinahe erstaunte es ihn selbst, mit welcher Leichtigkeit er Valentines Bedenken abgetan hatte, um hierher zurückzukehren.

»Dort zu übernachten, Niccolo, war ein Affront«, hatte sie in einem fast flehentlichen Tonfall gesagt. »Meine Eltern machen sich große Sorgen. Bei ihrem letzten Kirchgang hat man Maman schon gefragt, ob es stimme, dass unsere Familie Umgang mit *ihm* pflegt.«

Ihm, damit konnte kein anderer als Byron gemeint sein. Wie sehr Niccolo die kleinliche Weltsicht dieser guten Bürger doch störte!

»Nun, dann muss ich deiner Mutter eben unmissverständlich klarmachen, dass ich nicht zu eurer Familie gehöre«, war seine Antwort gewesen.

Er hatte sie bereits bereut, als Valentine ohne ein weiteres Wort aus dem Zimmer stürzte. Aber hierhergekommen war er dennoch. Und wie schon an den vorhergehenden Abenden hatten sie gut gespeist, dem Wein reichlich zugesprochen und führten nun überaus anregende Gespräche. Alle, bis auf Claire, die zumeist schwieg oder dem Lord schmachtende Blicke zuwarf.

»Aber das war Napoléon, nicht die Revolution, nicht wahr?« Marys Stimme brachte Niccolo ins Hier und Jetzt zurück.

»Ein Tatmensch, der leider zu schrecklichen Taten fähig war.

Man kommt nicht umhin, ihn für seine Größe zu bewundern, auch wenn man ihn ebenso dafür verdammen muss, seine Taten nicht mit Geist geziert zu haben. Wie sagt La Rochefoucault? *Missbrauchtes Glück verlässt den allerhöchsten Stern*«, entgegnete Byron.

»Ich war noch ein Kind«, begann Niccolo, den der Fluss seiner Gedanken an verwirrende Gestade trug, »da kamen Soldaten zu unserem Haus. Keine Franzosen, Toskaner im Dienste des Vizekönigs. Sie verlangten Einlass, wollten uns berauben. Meine Mutter hat ihnen die Stirn geboten, sie beschimpft – und trotz ihrer hohen Geburt gibt es niemanden, der so wortgewaltig schimpfen kann wie sie. Immerhin ist sie Römerin.«

Niccolo lächelte versonnen, als er an jenen heißen Augusttag dachte, an dem er sich neben seine Mutter gestellt hatte, die Hand zwar fest an ihrem Rock, aber voller Zorn und bereit, die Soldaten in ihren zerlumpten Uniformen eigenhändig aus dem Haus zu werfen.

»Die Männer waren kaum noch der menschlichen Rasse zuzurechnen. Schmutzig und dürr glichen sie eher halbverhungerten Wölfen.«

Hier kicherte Byron, als habe Niccolo einen äußerst amüsanten Witz gemacht.

»Ich weiß nicht, was geschehen wäre, wenn Vater nicht gekommen wäre und ihnen Geld gegeben hätte.«

Mary blickte ihn voll Mitgefühl an, und eine Weile sprach keiner, während das Feuer im Kamin prasselte.

»Ich werde mich zu Bett begeben«, verkündete Claire plötzlich und stand auf. Mary schickte sich an, ihr zu folgen.

»Wollen wir Männer noch einen Gutenachttrunk nehmen?«, wollte Shelley wissen.

»Für mich nicht, danke«, erklärte Niccolo. »Ich sollte mich heute früher verabschieden.«

Mit einem Mal tat ihm das Herz bei dem Gedanken weh, dass Valentine seinetwegen mit ihren Eltern oder dem Rest der Welt Scherereien haben könnte, und er sehnte sich danach, mit ihr zu sprechen und sich für seine Worte am Nachmittag zu entschuldigen.

»Soll ich dir Fletcher mit einer Laterne zur Begleitung mitgeben?«, fragte Byron, aber der junge Italiener schüttelte den Kopf.

»Ich finde den Weg schon.«

Er nickte grüßend in Polidoris und Shelleys Richtung und küsste den Damen die Hand, bevor er sich von Byron zur Tür begleiten ließ, der ihm zum Abschied eine Hand auf die Schulter legte.

»Sei vorsichtig, mein Freund, dass du im Mondlicht nicht vom Weg abkommst«, erklärte er. Seine Augen schienen zu funkeln, und Niccolo fragte sich, was hinter ihnen vorgehen mochte. Doch er murmelte nur einen Dank und machte sich eilig auf den Weg.

Hinter der dichten Wolkendecke war der volle Mond nicht mehr als ein undeutlicher heller Fleck. Noch vor wenigen Augenblicken hatte Niccolo Byron versichert, dass er den Weg zur Anlegestelle problemlos finden würde, aber seine Schritte, durch die vom Alkohol verursachte Leichtigkeit in seinem Geist ohnehin unsicherer als sonst, glichen nun eher einem langsamen Ertasten des Untergrunds. Zum Glück war es nicht weit; dennoch reichte der Weg, um den jungen Italiener mehr als einmal straucheln zu lassen.

Als er endlich den flachen Steg erreichte, an dessen Ende das Fischerboot vertäut war, seufzte er dementsprechend erleichtert. Die folgenden Schritte ging er besonders vorsichtig. Hier drohte nicht nur ein schmachvoller Sturz auf den Boden, sondern ein unfreiwilliges Bad im Lac Léman. Die Planken waren vom Regen rutschig und knarrten unter Niccolos Füßen. Beim Boot angekommen, sah er den Fischer in eine Decke eingewickelt schlafen. Ein kurzer Anflug von schlechtem Gewissen durchzuckte Niccolo. Schon bei seinem letzten Blick auf seine Taschenuhr war es deutlich nach ein Uhr gewesen, jetzt mochte es zwischen zwei und drei Uhr nachts sein.

Gerade wollte Niccolo den Mann anstoßen und machte sich innerlich schon auf eine berechtigte Tirade gefasst, da bemerkte er aus dem Augenwinkel eine Bewegung. Ein Licht entfernte sich langsam von der Villa Diodati, gefolgt von einem zweiten. Verwirrt versuchte Niccolo zu erkennen, was dort geschah, aber mehr als den Umriss einiger Personen vermochte er nicht auszumachen.

Seine Neugier war geweckt, die Müdigkeit und Benommenheit verschwunden. Der Rückweg über den Steg gelang mit wenigen Schritten, und das letzte Stück sprang er sogar, rutschte mit dem rechten Fuß die Uferböschung hinab, fing sich jedoch und lief zurück zur Villa.

Der Gedanke, dass abergläubische Dörfler des nächtens um das Gebäude schlichen, erschreckte ihn, und für einen Moment fragte er sich, ob sich nicht vielleicht ein Mob zusammengerottet hatte, um den Bewohnern der Villa den Garaus zu machen.

Doch die Lichter bewegten sich weg von der Diodati und auch nicht in Richtung Cologny, sondern fort von den Häusern, von aller Zivilisation, in Richtung der Berge. Während seine Verwirrung wuchs, folgte Niccolo der seltsamen Prozession. Seine Gedanken rasten, suchten, fanden und verwarfen Erklärungen und Theorien im Sekundentakt.

Er holte langsam auf, und schließlich wurde ihm bewusst, dass er drei Männer verfolgte und es sich bei diesen um keine anderen als Byron, Shelley und Polidori handelte. Doch die Absicht der drei blieb im Dunkeln. Fast schon vermutete der junge Italiener, dass Polidoris hitziges Temperament und seine Eitelkeit sich derart gesteigert hatten, dass er Shelley endlich zum Duell gefordert hatte, aber dann fragte er sich, wer wohl mitten in der Nacht in tintenschwarzer Dunkelheit über die Felder lief, um ein Duell auszutragen, mit welchen Waffen auch immer.

Einige Male war er versucht, die drei anzurufen und eine Erklärung zu verlangen, doch stets besann er sich, dass er ihnen folgte, und die Angst vor berechtigten Fragen hielt ihn endlich von seinem Vorhaben ab. So lief er stumm und leise hinter ihnen her, auch noch, als sie vom Weg abbogen, über eine schlammige Wiese schritten und von dort ein kleines Wäldchen betraten. Ohne ein Licht war der Weg beschwerlich, und Niccolo fürchtete bereits, dass sein unbeholfener Gang ihn verraten würde. Äste brachen unter seinen Füßen, nasses Laub strich ihm durchs Gesicht, und einmal stolperte er über eine Wurzel und prallte schmerzhaft gegen einen Baumstamm, an dessen moosiger Rinde er sich nur gerade eben festhalten konnte. Doch niemand blieb stehen oder rief etwas zurück, also folgte er ihnen weiter, angetrieben von einer beinahe fieberhaften Neugier und Faszination.

Schließlich hielten die drei auf einer Lichtung, an deren Rand sich Niccolo hinter einige Büsche kauerte. Der Stoff seiner Hose war inzwischen klamm, und die Nässe kroch seine Beine empor, aber er achtete nicht darauf. Vor seinen Augen begann ein seltsames Schauspiel, das ihn viel zu sehr gefangen nahm, als dass er sich um den Zustand seiner Kleidung oder um seine Gesundheit hätte sorgen können.

Die drei stellen die Laternen ab, die sie getragen hatten, und das Licht beleuchtete die kümmerlichen Überreste eines Gebäudes, das hier einst gestanden haben musste. Es waren nur mehr kniehohe Mauerreste übrig, von Pflanzen überwuchert, an denen Niccolo nicht ablesen konnte, was für ein Gebäude es gewesen sein mochte.

Polidori kniete nieder, den Kopf gesenkt. Er knöpfte sein Hemd auf, öffnete es bis zur Hose, dann breitete er die Arme aus. Shelley hielt sich abseits, wirkte lauernd, ließ den Blick nicht von dem jungen Doktor, während Byron hinter diesen trat und ihm eine Hand in den Nacken legte. Das flackernde Licht der Laternen ließ die ganze Szene fremdartig und bizarr wirken, und Niccolo hielt instinktiv den Atem an, um sich nicht zu verraten. Beinahe zärtlich drückte Byron das Haupt Polidoris noch tiefer hinab.

»Du bist der Dritte im Bunde«, murmelte Byron wenig artikuliert. Auch bei ihm zeigte der Alkohol offenbar Wirkung, wobei Niccolo sich fragte, ob die drei sich nach seinem Weggang möglicherweise noch an Shelleys Laudanum gütlich getan hatten, denn bei ihrem Abschied hatte der Lord noch leidlich nüchtern gewirkt.

Unwillkürlich musste Niccolo an die Gerüchte denken, die über die Bewohner der Villa und ihre Gäste kursierten. Er hätte niemals erwartet, dass sie so sehr der Wahrheit entsprachen. Doch nun sah er mit eigenen Augen, wie etwas höchst Mystisches geschah, das wie ein Dienst an einer fremden Gottheit wirkte. Genau jene Art von Ritual, dem Byron und seine Gesellschaft angeblich allabendlich frönten.

Niccolo wusste nicht, was ihn als Nächstes erwartete, aber als Byron den langen, reich verzierten Krummdolch zückte und ihn Polidori an die Kehle legte, biss er sich vor Entsetzen auf den Zeigefinger, beide Hände zu Fäusten geballt.

Byron sank herab, kniete sich hinter Polidori und legte sein Kinn auf die entblößte Schulter des Doktors. Er schloss die Augen und begann, leise und schnell zu reden, als zitiere er etwas, doch Niccolo konnte kein Wort verstehen, ahnte nicht einmal, in welcher Sprache das Gesagte hervorgestoßen wurde. Polidori hielt das Gesicht noch immer demütig gesenkt.

»Bist du sicher?«, fragte Byron.

»Ja«, antwortete der Doktor weich.

»Bist du sicher?«

»Ja.« Nun klang die Antwort schon fester.

Als Byron die Frage noch einmal stellte, diesmal mit einem beinahe drohenden Unterton, und Polidori sie erneut bejahte, zog der englische Lord die Klinge über die Kehle des Doktors.

Polidoris Körper erzitterte, dann wurde er schlaff und fiel nach vorn.

Er hat ihn umgebracht! Niccolo sprang auf und rannte los, ohne ein Ziel. Er wollte nur fort, fort von der Lichtung, fort von dem Ritual, dessen Zeuge er geworden war, fort von den Menschen, die ihn so sehr getäuscht hatten. Fort von diesen Mördern. Er musste … Er sollte …

Er konnte keinen klaren Gedanken fassen.

Hinter sich hörte er Rufe, als er mit tränenblinden Augen durch das Unterholz brach. Blanke Panik trieb ihn voran. Keine harmlose Furcht, keine einfache Angst, sondern eine alles verzehrende, über alles herrschende Todesangst, die sein Inneres in scharfen Klauen hielt, durch sein Rückgrat wogte und jeden Gedanken aus seinem Geist vertrieb. Was würden Byron und Shelley mit ihm machen, wenn sie herausfanden, dass er Zeuge ihres feigen Mordes geworden war? Nur eines war ihm noch möglich: Flucht.

Äste schlugen ihm ins Gesicht, er stolperte immer wieder über Wurzeln, aber es gelang ihm, auf den Beinen zu bleiben. Stets meinte er, Schritte und Rufe hinter sich zu hören, die ihn nur zu noch mehr Hast antrieben. Sein Atem ging stoßweise, in seiner Seite riss jeder Atemzug gleich einem Dolch tiefe Wunden. Er glaubte, ersticken zu müssen, nicht genug Luft in seine Lungen saugen zu können, und sah sich schon mitten im Wald zusammenbrechen, der Gnade seiner Verfolger hilflos ausgeliefert. Schreckensvisionen von Krummdolchen tanzten vor seinen Augen, in jedem Schatten sah er Byron mit erhobener Waffe, darauf lauernd, sich auf ihn zu stürzen. Das Blut rauschte ihm in den Ohren, übertönte selbst das Hämmern seines Herzens und die gequälten Atemzüge.

Dann endlich war er aus dem Wald heraus und lief über eine Wiese mit hohem Gras, das nass und kühl seine Beine streifte. Tränen der Erleichterung stiegen ihm in die Augen, als er unter sich entfernte Lichtpunkte erblickte; Häuser, Dörfer, Städte. Menschen, die ihm gegen seine Verfolger beistehen würden. Sicherheit, Wärme, der Schutz der Zivilisation.

Knapp zwanzig Fuß von ihm entfernt wuchs eine Gestalt aus dem Gras empor, wie eine schreckliche Blume des Bösen, dem Mond entgegen. Ein Mann, nackt, mit nassem, wirrem Haar. Niccolo erkannte Shelley, der die Arme ausbreitete.

Obwohl der junge Italiener nicht verstand, was geschah, warf er sich herum, duckte sich unter den Armen hinweg und sprang weiter. *Wie kann das sein? Wie kann er vor mir sein?* Doch es gab keine Antworten und keine Zeit, welche zu erlangen.

Ein Schlag traf ihn in den Rücken, warf ihn nach vorn und schleuderte ihn zu Boden. Niccolo rollte sich ab, traf den harten Erdboden trotzdem schmerzhaft mit der Schulter und schnappte nach Luft. Er fühlte sich am Mantel gepackt und herumgerissen.

Über ihm kniete Byron, ebenfalls zur Gänze nackt. Niccolo wollte ihn wegstoßen, aber der Lord packte seine Handgelenke und drückte sie auf das nasse Erdreich. Verzweifelt warf Niccolo sich herum und stemmte sich gegen Byron, doch es war, als verfüge dieser über geradezu titanische Kräfte.

»Niccolo. Niccolo. Ich bin es! Ruhig, ganz ruhig. Niccolo, sieh mich an«, redete der Lord auf ihn ein, mit sanfter Stimme, so als ob er ein nervöses Pferd beruhigen wolle. Ein letztes Mal verstärkte Niccolo seine Gegenwehr noch, dann erschlaffte sein Leib, als er die Sinnlosigkeit seines Unterfangens erkannte. Sein Kopf sank auf den Boden, sein Atem wurde ruhiger, und seine Sinne fingen die ganze Ungeheuerlichkeit der Situation ein.

»Mörder«, flüsterte er mit rauer Stimme.

»Nein, nein. Niccolo, wir sind keine Mörder. Es ist nichts geschehen. Es war nur ein Spaß, eine betrunkene Geste.«

Obwohl der Lord den Unglauben in Niccolos Miene sehen musste, ließ er vorsichtig dessen Arme los und richtete sich auf. Nässe glänzte auf seiner Brust, und Niccolo konnte nicht sagen, ob es Schweiß oder Regenfeuchte war. Sein Haar hing ihm in wilden Strähnen ins Gesicht, und seine Augen leuchteten wie zwei Monde in seinem in Schatten gehüllten Gesicht.

Shelley trat neben ihn, präsentiere seinen schlanken, nackten Leib vollkommen ungeniert. Ein geheimnisvolles Lächeln umspielte die Lippen des jungen Dichters, als er neben Byron in die Knie ging.

»Du bist ein schneller Läufer.«

Die Feststellung hatte etwas so Seltsames in diesem unwirklichen Augenblick, dass Niccolo gegen seinen Willen fast gelacht hätte.

Und dann trat noch jemand in sein Blickfeld, und die Augen des jungen Italieners weiteten sich ungläubig. Polidori sah auf ihn herab, bemerkte Niccolos Gesichtsausdruck und breitete entschuldigend die Arme aus. Der Doktor trug – im Gegensatz zu seinen Begleitern – noch seine Kleidung, auch wenn sie derangiert und schmutzig war.

»Alles nur ein Spiel«, bemerkte er düster, aber Byron schüttelte den Kopf.

Langsam strich sich der Lord das nasse Haar aus dem Gesicht, wobei er Niccolo nicht aus den Augen ließ. Sein Blick enthielt eine Verheißung, die Niccolo einen Schauer über den Leib jagte. »Nein, kein Spiel. Ich denke, es ist an der Zeit, unseren jungen Freund in unsere Mysterien einzuweihen. Einer ist allein, zwei sind eine Freundschaft, drei eine Gemeinschaft, aber vier … vier, das ist ein Rudel.«

Byrons Worte hingen im Gras wie die Regentropfen. Noch immer war die Angst nicht aus Niccolos Körper gewichen, auch wenn die drei Briten ihn nicht bedrohten, keine Anstalten machten, mit Messern über ihn herzufallen oder dergleichen. Er verstand nicht, wovon der Lord sprach, und dieser bemerkte das.

Vorsichtig zog sich Byron ein Stück zurück. »Zeig es ihm, Percy. Zeig ihm die Glorie des Zeus Lykaeos und die Schönheit des Apollo Lykaeos.«

Verwirrt huschte Niccolos Blick zwischen Shelley und Byron hin und her. Der junge Dichter sah den Lord an, dann nickte er langsam und richtete sich auf, posierte, sodass Niccolo ihn gut sehen konnte. Zunächst geschah nichts, und der junge Italiener fragte sich bereits, welches Spiel sie nun wieder mit ihm trieben. Doch dann floss eine Veränderung durch Shelleys Leib, als sei seine Haut die Oberfläche eines Teiches, in den man einen Stein geworfen hat. Er legte den Kopf in den Nacken und streckte sich, und seine Knochen knackten vernehmlich. Im fahlen Mondlicht schien sein Körper zunächst zu wachsen, dann wieder zu schrumpfen. Er hob die Hände, die wie Klauen verbogen waren. Ein unmenschliches Knurren entrang sich seiner Kehle.

Vor Niccolos Augen vollzog sich die seltsamste und schrecklichste Wandlung, die alle Vernunft zu sprengen schien. Das Fleisch zog sich zusammen, die Haut veränderte sich, und Shelley fiel auf Hände und Füße. Dunkle Flecken bildeten sich auf seiner Haut, und es dauerte einige Sekunden, bis Niccolo erkannte, dass dort Fell spross. Shelleys Gesicht verlängerte sich, als er den Mund wie zu einem Gähnen öffnete. Als er ihn schloss, war er zur Schnauze geworden, aus der große Fangzähne ragten. Die Gestalt wurde kleiner, und schon bald war sie ganz mit dichtem Pelz bedeckt. Doch irgendwo in dieser tierischen Form konnte Niccolo noch Shelley erkennen, und er stöhnte entsetzt auf.

Dann war es geschehen. Wo vor wenigen Augenblicken noch Shelley gestanden hatte, erhob sich nun ein Wolf, dunkel selbst im Mondlicht, mit langen Beinen und Augen, in denen Niccolo noch immer etwas Menschliches zu erblicken glaubte.

»Teufelswerk«, keuchte er. Jeder kannte die Geschichten von Menschen, denen der Leibhaftige derartige Fähigkeiten verlieh, oder von jenen, deren Frevel gegen den Allmächtigen so groß waren, dass sie mit Tierhaftigkeit gestraft wurden.

»Keineswegs«, erwiderte Byron mit einem belustigten Unterton in der Stimme. »Auch wenn ich Shelleys Ablehnung alles Göttlichen nicht teile, so kann ich dir versichern, dass dies kein Werk des Teufels ist.«

»Was ... Wie ...«, brachte Niccolo hervor, ohne den Blick von dem Wolf zu lassen, der diesen ungerührt erwiderte. Es war zweifellos ein Tier, das dort stand, und ebenso zweifellos war dieses Tier vor wenigen Herzschlägen noch ein Mensch gewesen.

»Den Griechen war dieses Geheimnis schon in der Antike bekannt«, erklärte Byron, und seine Stimme nahm Niccolo gefangen, lenkte ihn von dem Mensch-Tier ab, das ihn unablässig betrachtete. »In den Tälern des Lykaion in Arkadien lebten Clans, die in geheimen Ritualen den wölfischen Aspekten der Götter huldigten. Das, was du hier vor dir siehst, ist nichts anderes. Es ist kein Hexenwerk. Es ist pure Natur. Die Schönheit und Kraft, die uns alle umgibt! Du solltest es spüren, wie das ist, wenn man die Welt so viel … echter wahrnimmt.«

»Du bist auch …«

Er vollendete die Frage nicht, aber als Byron stolz nickte, schluckte er.

»Ich bin der Erste. Ich habe das Mysterium auf meinen Reisen entdeckt. Ich …«

»Was man über euch sagt, ist wahr!«, sprudelte es aus Niccolo heraus. »Ihr seid Mörder! Häretiker! Verfluchte!«

Polidori, der bislang geschwiegen hatte, schüttelte den Kopf. »Ich habe dir gesagt, dass er es nicht verstehen würde. Er ist anders. Er gehört nicht zu uns.«

Byron erhob sich mit einem Seufzen.

»Ist das so, Niccolo? Bist du in all dem alten Aberglauben gefangen, während um dich herum ein neues Zeitalter anbricht?«

Der Vorwurf lastete auf dem jungen Italiener. Ohne den Mann-Wolf aus den Augen zu lassen, erhob er sich endlich. Seine Kleidung war durchnässt, und seine Hände zitterten. Aber seine Stimme war fest.

»Wie kann das natürlich sein? Menschen, die sich in Wölfe verwandeln?«

Jetzt lächelte Byron, als habe Niccolo einen Scherz gemacht, während Polidori die Lippen verzog.

»Die Welt steckt voller Wunder. Die Kraft der Natur ist stärker als alles, was wir uns auch nur vorzustellen wagen. Und sie schlummert in uns allen. Ich habe gelernt, wie ich sie wecken kann. Und ich will diese Kraft auch in dir wecken; ich kann spüren, dass du der Richtige dafür bist.« Der Lord streckte die Hand aus. »Vertrau mir.«

Seine Augen leuchteten wie die des Wolfs, aber Niccolo sah keine Falschheit in ihnen. Die Stimme war tief und hypnotisch, und ohne nachzudenken, ergriff er die Hand.

Byrons Lächeln wurde breiter, und Niccolo fühlte sich, als habe er sich an einer Kreuzung für einen Weg entschieden, auf dem es kein Zurück mehr gab.

22

COPPET, 1816

Niccolo lief in seinem Gemach auf und ab. Er war erst in die Villa Liotard zurückgekehrt, als der Morgen schon beinahe angebrochen war, und seitdem hatte er keine Ruhe gefunden. Seine Gedanken flogen nur so dahin, und sein Geist gönnte seinem Leib keine Pause. Immer wieder fuhr seine Hand zum Gesicht, rieb über seine Wange, seine Augen, und er spürte, wie seine Finger zitterten. Er wusste weder ein noch aus, doch das Schlimmste war, dass er das Gefühl hatte, die Erkenntnis läge nur einen Gedanken entfernt. Er konnte es spüren. Es war, als verhöhne ihn sein eigener Intellekt.

Byrons Worte gingen ihm immer wieder durch den Kopf, und manchmal sah er in den Schatten des Raums Shelley stehen und dann doch nicht mehr Shelley, sondern ein Tier, einen Wolf mit Shelleys Augen.

Fast schon war er geneigt, die Erlebnisse der gestrigen Nacht als Hirngespinste abzutun, schließlich konnten sie, bei Tageslicht betrachtet, nichts anderes sein. Einbildungen, Halluzinationen, hervorgerufen durch Alkohol und Laudanum.

Aber seine Erinnerung war echt, und es war unmöglich, dass er sich Byron nur eingebildet hatte, wie dieser über ihm kniete, nackt, schwitzend, mit diesem Lächeln, das Luzifer auf den Lippen gehabt haben musste, als er Gott entsagte. Das sollte die

Lösung sein: Es war unnatürlich, ein Affront gegen den Herrn, Hexenwerk und damit des Teufels. Doch es war nicht so einfach. Das Versprechen in Byrons Worten, die Faszination, die er auf Niccolo ausübte, zogen an seinem Herzen.

Was geschieht mit mir? Ich sollte davonlaufen. Stattdessen denke ich immerzu an sie. Fahrig strich er sich eine Locke aus der Stirn. Seine Hand hielt inne, als er Byrons Geste erkannte, die er unbewusst imitierte. *Er hat seine Fänge in meine Seele geschlagen.* So kehrten seine Gedanken zurück zu dem Teufelswerk, dessen Zeuge er geworden war, und er wusste, dass die Einflüsterungen des Antichrists genau so sein mussten. Wie Jesus sie in der Wüste erlebt hatte, süß und verheißungsvoll. So stand es im Evangelium des Lukas: *Alle diese Macht will ich dir geben und ihre Herrlichkeit; denn sie ist mir übergeben, und ich gebe sie, wem ich will.*

Sie hatten nicht von Macht gesprochen, doch sie hatte durch ihre Worte hindurchgeschienen. *Wie sehr sich Byron in der Pose des Verführers gefiel! Und doch …*

Weiter wagte Niccolo nicht zu denken. Durch seine Adern kreisten Feuer und Kälte zugleich. Der Raum war eng, bedrückend, wie ein Käfig.

Als die Tür aufflog, erwartete Niccolo halb, die Engländer zu sehen, die gekommen waren, um seine Entscheidung zu hören, doch es war Valentine, die wieder einmal ohne anzuklopfen in sein Zimmer gestürmt kam. Ihr langes Haar fiel ihr offen über die Schultern. Anscheinend hatte sie sich nur hastig angekleidet und war dann direkt zu ihm gekommen. Sie hub zu sprechen an, doch dann starrte sie Niccolo an und hielt inne. Bevor er etwas sagen konnte, hatte sie sich allerdings wieder gefangen. »Was ist mit dir passiert? Du sieht furchtbar aus!«

Der junge Italiener blickte an sich herab. Er hatte den Großteil der nassen Sachen ausgezogen, aber seine Kleidung war dennoch vernachlässigt und derangiert. Er konnte nur vermuten, wie sein Gesicht nach der wilden Flucht durch den Wald aussah; seine Kleider waren jedenfalls dahin, mit Rissen und Flecken. Ihr Zustand spiegelte sein Innerstes wider, das aufgewühlt war und in Auflösung begriffen.

»Ich war gestern in einem Wäldchen … und habe mich verlaufen«, erklärte er lahm.

»Du bist totenbleich. Du hast dich geschnitten, da im Gesicht.«

Hastig tastete Niccolo über sein Antlitz, aber er spürte keinen Schmerz. Valentine trat zu ihm und hob ihre schlanken Finger an seine linke Augenbraue. Die Berührung schenkte ihm Ruhe, wenn auch nur für einen Moment, denn in diesem Augenblick war sie es allein, die seine Gedanken beherrschte.

»Wir sollten den Schnitt säubern. Und du musst dich waschen und umziehen.«

»Ein Ast hat mich gestreift, denke ich«, murmelte Niccolo, und sie trat einen Schritt von ihm zurück.

»Ein Ast? Hast du dich im Spiegel angesehen, Niccolo? Du siehst völlig mitgenommen aus. Das kann unmöglich ein einzelner Ast gewesen sein!«

»Es war dunkel, und ich bin im Wald umhergeirrt, wie ich schon sagte.«

Valentine ließ ihn los und musterte ihn prüfend. »Geht es dir gut? Du bist … wie benommen.«

Das war eine akkurate Beschreibung dessen, wie er sich fühlte, doch er konnte ihr kaum den Grund für seine Verfassung nennen.

»Ich konnte keinen Schlaf finden«, gestand er, halb die Wahrheit sagend und sie halb verbergend, während sie das Zimmer verließ, nur um kurze Zeit später mit einem Lappen und einem kleinen Fläschchen medizinischen Alkohols zurückzukehren.

Während Valentine den Schnitt auswusch, sagte sie vollkommen kühl und sachlich: »Bitte zieh dich um, bevor du nach unten gehst. Du würdest meine Eltern zu Tode erschrecken, wenn sie dich so zu Gesicht bekämen.«

Plötzlich fühlte er sich unendlich müde. Valentine erschien ihm begehrenswerter als jemals zuvor, und er hatte sie verärgert, sich von ihr entfernt. Mit einer Hand tastete er nach dem zusammengefalteten Zettel, auf dem er das Gedicht notiert hatte, das er gemeinsam mit Shelley und Byron für Valentine geschrieben hatte. Es war schlicht und doch kunstvoll, daran hatte er keine Zweifel. War seit dieser Nacht wirklich erst so kurze Zeit vergangen? Was war nur los mit ihm? War Valentine nicht alles, was er wollte?

Ohne weiter darüber nachzudenken, folgte er dem übermächtigen Wunsch, sie zu berühren. Er streckte die Arme aus und zog sie an sich, legte eine Wange auf ihr weiches Haar und genoss einen Moment lang das überwältigende Gefühl, sie festzuhalten.

Zunächst blieb sie ganz steif in seiner Umarmung, doch dann erwiderte sie den Druck, schmiegte sich an ihn. Als sie den Kopf hob, um ihn anzusehen, fanden sich ihre Lippen, und sie versanken in einem Kuss, von dem Niccolo nicht hätte sagen können, ob er nur Momente dauerte oder eine Ewigkeit. Nichts anderes war mehr wichtig, als dass sie endlich, endlich in seinen Armen lag. Seine Hände strichen über den Stoff ihres Kleides, umfingen ihre schlanke Taille, und er konnte fühlen, wie die langen Strähnen ihres Haares ihn kitzelten. Ihre Finger umfassten seinen Nacken und streichelten dort sacht über die Haut.

»Valentine«, murmelte er, als sie sich schließlich vorsichtig voneinander lösten. »Mein Herz, verzeih mir, wenn ich dich enttäuscht habe.«

Ihre Hände strichen zärtlich über sein Gesicht, doch ihre Augen blickten ängstlich. »Niccolo, was geschieht in der Villa Diodati? Was machen diese Leute mit dir? Graf Karnstein hat den Verdacht …«

Weiter ließ er sie nicht kommen.

»Conte Ludovico? War er schon wieder hier? Du solltest nicht alles glauben, was er dir erzählt.«

Sie ließ die Hände sinken.

»Er macht sich Sorgen um dich, Niccolo, ebenso wie ich«, entgegnete sie kopfschüttelnd.

»Ja, gewiss«, antwortete Niccolo bitter. »Und während er sich so schrecklich um mich sorgt, scharwenzelt er um dich herum. Und du scheinst nicht das Geringste dagegen zu haben.«

Er wusste, wie ungerecht seine Worte klingen mussten, noch während er sie aussprach. Valentine trat einen Schritt von ihm zurück und musterte ihn. Der Zorn, der bei dem Kuss verflogen war, kehrte nun in ihre Augen zurück.

»Wenn du mir nicht mehr vertraust, Niccolo, wie soll ich dann dir vertrauen?«

Abrupt drehte sie sich um und verließ das Zimmer.

Niccolo ließ sich auf das Bett sinken. Nun war die Verwirrung in seinem Inneren komplett. Er hatte Valentine geküsst, aber dennoch konnte er ihr nicht die Wahrheit sagen. Was konnte er schon von seinen nächtlichen Erlebnissen berichten, ohne für verrückt erklärt zu werden? Schon jetzt hatten Byron und die Seinen ihn an sich gebunden, allein durch das Wissen, das sie ihm aufgebürdet hatten. In einem schrecklichen Moment der Klarheit wurde ihm bewusst, dass er nun nicht länger Teil der Gesellschaft war. Seine Kenntnis von den Wolfsmenschen machte ihn zu einem, der hinter die Fassade der Welt geblickt hatte, und wenig fürchteten die Menschen mehr.

Niccolos Blick fiel auf eine Bibel, die jemand aus dem Bücherregal genommen und auf den Schreibtisch gelegt hatte. Valentine? Madame Liotard? Es war eine Weile her, dass er im Buch der Bücher gelesen hatte. Vermutlich wäre dies der richtige Moment gewesen, um wieder damit anzufangen.

Er erhob sich, wechselte seine Kleidung, rasierte sich und kämmte sich die Haare. Es war an der Zeit, den Liotards gegenüberzutreten. Und danach würde er die ganze Wahrheit herausfinden.

COLOGNY, 1816

Es war, als ob nicht Niccolo den Hügel hinaufstieg, sondern ein anderer. Oder vielleicht ein Traum-Selbst des jungen Italieners, das mit der Wirklichkeit nichts zu tun hatte.

Wolken zogen wie gehetzte Tiere über den Himmel, dunkel und dräuend. Die Gipfel der Berge verschwanden in ihnen, und an den Hängen konnte man Regenschauer als dunkle Schatten erkennen. Starker Wind zog an Niccolo, wirbelte seine Rockschöße auf und zerrte die Baumwipfel in einen unwirklichen Tanz. Noch regnete es am See nicht, aber ein Gewitter lag in der Luft, und die Gegend war in jenem Augenblick gefangen, der zwischen Ruhe und Sturm liegt.

Die ewigen Alpen scherte das Wetter nicht; sie würden Stürmen trotzen, wenn längst alle Menschen von ihren Hängen gespült wären. Kurz wünschte sich Niccolo, diese Ruhe teilen zu können. Doch er war nicht Fels und Stein, sondern Fleisch und Blut, gefangen in seinem ganz eigenen Sturm.

Er hatte sich bereits vor Stunden mit einer fadenscheinigen Ausrede von den Liotards verabschiedet und wanderte seitdem ziellos am See auf und ab. Ebenso wenig wie sein Geist wollte sein Leib Ruhe finden. Vielmehr drängte es ihn nach Bewegung, als könne er alle seine Fragen beantworten, wenn er einfach nur lief und lief und lief. Doch egal, wohin er ging, wie weit er sich von Cologny entfernte, Antworten fand er keine. Irgendwo in ihm mussten sie sein, so wie sich unter der grauen Oberfläche des Lac Léman Fische und allerlei Getier und in der Tiefe auch der Grund befinden mussten. Doch Niccolo gelang es nicht, zu ihnen vorzudringen, er blieb auf den Wellen seines aufgewühlten Geistes gefangen, fern jeder Küste und jedes Lichts, an dem er sich hätte orientieren können.

Die Lektüre der Bibel, gleich nach dem Frühstück, hatte ihm keine Erleichterung verschafft. Anstatt ihm die Richtung aufzuzeigen, hatte das Buch der Bücher nur mehr Fragen aufgeworfen. Sein Blick ging zum ewigen Himmel, als sei er noch ein kleiner Junge, der jeden Moment dort oben den Gott seiner Fantasie zu sehen erwartete, mit langem Bart und zornigen Augen, die jede seiner Verfehlungen sahen. Doch natürlich waren dort nichts als Wolken und hinter ihnen die Sonne, um welche sich die Erde drehte, und jenseits davon Planeten und Monde und ein Weltall, das laut Giordano Bruno unendlich sein sollte. Und nirgends ein Gott, der Niccolo sagen konnte, was er tun solle.

Er hatte überlegt, abzureisen und einfach davonzulaufen. Er hatte überlegt, Valentine sein Wissen preiszugeben. Sogar eine Heimkehr hatte er erwogen. Doch Niccolo war sich sicher, dass er Byrons Geheimnis so nicht auf sich beruhen lassen konnte. Er musste in die Villa zurückkehren und von dem Engländer alles über das erfahren, was er gesehen hatte. Mit diesem winzigen Einblick in eine fremde, unverständliche Welt allein konnte er nicht leben.

Und so zog ihn nun die in düstere Schatten gehüllte Villa an, ragte aus seinem Gedankenmeer wie eine Felseninsel, an der sich alle seine Zweifel brachen. Wie anders wirkte das Gebäude jetzt, da er das Geheimnis seiner Bewohner kannte! Dunkel und verschlossen war es, und doch von einer zwingenden Anziehungskraft, der Niccolo nichts entgegenzusetzen hatte.

Auf den letzten Metern fühlte Niccolo sich noch wie eine Figur aus einer Geschichte, über die er nur las, die er jedoch niemals selbst sein konnte, doch als er die Hand hob, um an die Tür zu klopfen, wurde ihm bewusst, dass es nicht so war. Ein erster Regentropfen traf seinen Ärmel und stand auf dem dunklen Stoff. Einen Atemzug lang hielt Niccolo inne und betrachtete, wie das Wasser aufgesogen wurde und in seinem Ärmel aufging; dann schlug er mit der Faust gegen das kühle Holz. Sein Klopfen echote im Inneren der Villa, und einen irrationalen Moment lang glaubte der junge Italiener, dass sie verlassen sei.

Dann wurde die Tür geöffnet. Im Rahmen erschien Byrons Gestalt, halb in der Düsternis des Raums stehend, halb vom grauen Licht des Tages erhellt. Als er seinen Gast sah, lächelte er, als habe er ihn nicht erwartet, doch Niccolo wusste, dass der Lord seine Ankunft erahnt haben musste, sonst hätte er einen seiner Diener zur Tür geschickt.

»Willkommen, Niccolo. Ich hoffe, es geht dir gut? Wir haben uns bereits Sorgen gemacht.«

»Danke, ich erfreue mich bester Gesundheit.«

»Das bedeutet nicht unbedingt, dass es einem gutgeht«, erwiderte Byron und trat zur Seite. »Es wird gleich regnen. Willst du nicht hereinkommen?«

Will ich das? Noch während die Frage durch seinen Geist huschte, schritt er bereits über die Schwelle in das Zwielicht der Villa.

»Polidori ist in Genf, Besorgungen machen, und die anderen sind in ihrer eigenen Unterkunft«, erklärte Byron, während er Niccolo aus dem Mantel half und diesen achtlos über eine dunkelbraune Truhe warf.

»Ich bin nicht ihretwegen hier.«

Wieder lächelte der Lord sein feines Lächeln. »Kann ich dir etwas anbieten?«

Niccolo schüttelte den Kopf. Er sah sich unbehaglich um. Tatsächlich schien außer ihnen beiden niemand in der Villa zu sein. Nicht einmal Byrons Diener waren zu sehen.

»Lass uns nach oben gehen«, schlug der englische Lord vor und ging voraus. Niccolo folgte ihm die Treppe empor. Im ersten Stock schien das fahle Licht des Tages durch die großen Fenster, und die Villa verlor ihre mystische Aura, als sie in den Salon traten, in dessen Kamin ein Feuer prasselte. Mittlerweile erschien der Raum Niccolo vertraut und seine Einrichtung so real, dass es ihm beinahe möglich erschien, seine Ängste für den Augenblick zu vergessen.

»Ich bin wegen deines Angebotes hier«, erklärte Niccolo ohne Umstände, was Byron mit einem wissenden Nicken quittierte. Der Lord goss sich ein Glas voll Whisky ein und sah Niccolo erwartungsvoll an, während er einen Schluck nahm.

»Und?«

»Ich würde gern mehr darüber wissen … es verstehen.«

Niccolo fühlte sich wie ein Narr, dem die Worte entfleuchten, bevor er sie überdenken konnte, aber Byron schien das nicht zu stören. Er nahm in einem der Sessel Platz und wies mit der Hand auf einen anderen.

»Du willst wissen. Ein guter Anfang. Wir alle streben nach dem Wissen, das die Welt im Innersten zusammenhält. Manche glauben, es bereits zu besitzen, doch damit zeigen sie nur ihre Ignoranz.«

»Keine Rhetorik, keine Sophisterei«, bat Niccolo ernst. »Sag mir die Wahrheit.«

»Ich pflege in diesen Dingen nicht zu spaßen, und die Wahrheit des Wortes ist mir als einzige heilig. Du willst Wissen, und ich kann und werde dir dies geben. Gegen ein Versprechen.«

»Was?«

»Du musst mir versprechen, mich unvoreingenommen anzuhören. Vertreibe die Geschichten deiner Kindheit aus deinem Geist, die Einflüsterungen deiner Jugend, die Wahrheiten, die man dir als Mann einreden wollte.«

Niccolo nickte, von der Macht der Rede seines Gegenübers wie benommen.

»Meine erste Begegnung mit dem, was du *Wolf-Mann* genannt hast, fand in Albanien statt, während meiner Grand Tour. Ich war am Hof des Ali Pascha, der ein solch orientalischer Potentat ist, wie man es nur sein kann. Er hatte Gefallen an mir und meiner Gesellschaft gefunden, und so ließ er mir eines Tages etwas zeigen. Er machte ein großes Gewese darum und erklärte mir, dass ich ein Geheimnis erfahren solle, welches nur von wenigen Europäern geteilt würde, wenn überhaupt.«

Byron verstummte und schloss die Augen, als müsse er die Szene erst wieder im Geist neu vor sich sehen.

»Es war ein Gefangener. Ein alter Mann, der mit Ketten gefesselt war, im tiefsten Kellerloch des Palastes in Ioannina. Ich konnte an dem armen Wesen nichts Besonderes entdecken. Lediglich seine Fesseln stachen mir ins Auge. Warum sollte man einen alten Mann mit silbernen Kettengliedern an die Wand fesseln?«

Byron schwieg. Er hatte den Blick ins Feuer gerichtet und ließ den Whisky in seinem Glas kreisen. Die zusammengepressten Lippen verrieten Niccolo, dass die Erinnerung sein Gegenüber aufwühlte.

»Und«, brachte er heiser hervor, »hast du herausgefunden, warum der Mann so gefesselt worden war?«

»Weil er nicht nur ein Mann war. Ali Pascha erklärte mir, dass er ein *Vărkolak* sei.«

»Ein was?«

»Ein Wolfsmann. Ein Mensch, der sich in den Pelz eines Wolfes kleiden kann. Ich verstand damals genauso wenig wie du jetzt, Niccolo. Es erschien mir wie eines dieser Phänomene des Orients, halb Märchen und halb Wahrheit, die man als Europäer nicht durchschauen kann.

Aber der alte Mann faszinierte mich, und ich kehrte oft zu ihm zurück und redete mit ihm. Wir hatten allerdings gewisse Schwierigkeiten, uns zu verständigen, leider, denn meine Kenntnis des Albanischen war nicht sonderlich ausgeprägt, aber hinreichend, um allmählich seine Geschichte zu erahnen. Er fasste Vertrauen zu mir. Sein Name war Enver, und er erklärte mir, dass er tatsächlich ein Wolfsmensch sei. Und dass Ali Pascha ihn gefangen hielt, um das Geheimnis seiner Herkunft aus ihm herauszupressen. Deswegen auch die silbernen Fesseln.«

»Was hat es mit dem Silber auf sich?«

»Warte, dazu komme ich gleich. Laut Enver wollte Ali Pascha erfahren, wie er seine Soldaten zu Wolfsmännern machen konnte. Er träumte davon, unabhängig vom Osmanischen Reich zu sein oder dieses gar zu erobern und zu unterwerfen.«

»Wolfskrieger«, murmelte Niccolo, den Byrons Geschichte faszinierte. Sie schien direkt der Fantasie entsprungen zu sein, doch war sie echt, und er befand sich mitten darin.

»Wolfskrieger«, bestätigte der Lord. »Unermüdlich, mit gewöhnlichen Waffen kaum zu verletzen. Außer durch Silber.«

»Deswegen die Ketten!«

»Ja, genau. Verwirrend, nicht wahr? Ich war ebenso schockiert von der Existenz eines Wolfsmannes, wie du es warst, und dabei hatte ich nicht einmal eine Demonstration erlebt. Dennoch glaubte ich Enver. Ich spürte, dass er nicht log.«

»Und wie bist du dazu geworden, ich meine – zu einem Wolf?«

»Ich habe den Alten befreit«, erwiderte Byron lässig, lehnte sich zurück, trank einen Schluck Whisky und starrte Niccolo über den Rand des Glases an.

»Aber woher weißt du, dass diese Verwandlung kein Teufelswerk ist? Ich meine, Ali Pascha! Osmanen und Muselmanen!«

»Zum einen sind diese Menschen nicht weniger gläubig als wir Europäer, und auch wenn ihr Glaube ein anderer ist, verehren sie keineswegs den Teufel. Zum anderen weiß ich es, so wie ich wusste, dass Enver die Wahrheit sprach. Ich würde mich keiner Macht unterwerfen, keine Pakte eingehen, sei es mit dem Himmel oder der Hölle. Ich habe getan, was ich getan habe; nicht, weil es irgendeine fremde Wesenheit wollte, sondern, weil es mein Wille war. Ich traf meine Entscheidungen, und ich entschuldige mich nicht für sie. Bei niemandem, keinem Menschen und …«

Er sprach nicht weiter, aber Niccolo beendete den Satz in Gedanken: *keinem Gott.* In Byrons Augen flammte der Stolz auf, und tatsächlich glaubte ihm Niccolo. Der Lord hätte sich nicht für Macht erniedrigt. Das lag nicht in seiner Natur.

»Wie ist es geschehen?«

»Ein Ritual, in dem das Blut eine nicht unwichtige Rolle spielt. Es in Worte zu fassen wäre schwierig, doch ich kann dir sagen, dass es eine ganz und gar einzigartige Erfahrung war.«

Niccolo nickte, benommen von dem Bemühen, vollständig zu erfassen, was ihm der Lord darbot.

»Ich sehe, dass in dir der Funke des Prometheus brennt«, erklärte Byron schließlich leiser, aber umso eindringlicher. »Das ursprüngliche, kreative Feuer, von einem gegeben, der es im Angesicht von Folter und Tod errungen und der in Folter und Tod Triumph erlangt hat. Dieses Danaergeschenk, in dem so viel Freude und Leid vereint sind und das einen zu immer höheren Flügen treibt, aus denen die Stürze umso grausamer sind. Diese kreative Schöpfungsmacht ist in dir, Niccolo, ein

Funke nur, aus dem jedoch ein gewaltiges Feuer entspringen kann. Lass es mich entfachen, und spüre seine Kraft, egal, ob sie erschafft oder zerstört. Denn es ist die deine.«

»Was ist mit den anderen Menschen, George?« Niccolo musste diese Frage stellen, die ihm auf der Seele brannte. »Was ist mit Freunden – mit geliebten Menschen?«

»Was soll mit ihnen sein?« Der Lord wandte sich ihm zu und lächelte. »Weil du ein anderes Leben hinzugewinnst, verlierst du dein altes Selbst nicht. Du hast gesehen, dass Mary Percy aufrichtig zugetan ist; sie ahnt nichts von seiner zweiten Gestalt, und doch möchte ich wetten, dass sie ihm auch dann noch ergeben wäre, wenn sie es wüsste. Und ich selbst? Nun, ich habe festgestellt, dass das Wölfische in mir die Leidenschaft noch weiter anfacht, eine recht angenehme Nebenwirkung, wie ich finde. Wenn es also Valentine ist, um die du dich sorgst … das musst du nicht.«

Niccolo blickte zu Boden. Welch eine Möglichkeit wurde ihm hier geboten! Welch eine einzigartige Erfahrung! Seine Zweifel wichen vor den flammenden Worten Byrons wie Schatten vor dem strahlenden Sonnenlicht eines perfekten Tages.

23

SÉCHERON, 1816

Seit im Morgengrauen der Bote angekommen war, hatte Gioana keine ruhige Minute mehr gehabt. Nicht einmal für die Andacht und ihre Gebete blieb ihr genug Zeit, und so murmelte sie ihren Rosenkranz, während sie ihre Vorbereitungen traf. *Ave Maria, gratia plena, Dominus tecum.*

Zum einen galt es, die Unterkünfte der Brüder vorzubereiten. Zum anderen, und das war wichtiger, dachte sie die ganze Zeit darüber nach, wie rasch ihr Gesuch um Hilfe beantwortet worden war. Für gewöhnlich war die heilige Mutter Kirche weniger reaktionsschnell, und neue Situationen und Änderungen von Plänen benötigten oft genug so viel Zeit, dass es Gioanas Nerven strapazierte. Doch dieses Mal war die Herausforderung eine besondere, und sie kam schließlich zu dem Ergebnis, dass man dies in Rom erkannt haben musste und Kardinal della Genga deshalb so rasch reagiert hatte. Sie konnte nur vermuten, dass dies auch bedeutete, dass der Mann, der auf dem Stuhl Petri saß, ihrem Mentor nicht länger Steine in den Weg legte, wie immer della Genga dieses Wunder auch vollbracht haben mochte.

Benedicta tu in mulieribus, et benedictus fructus ventris tui, Iesus.

Das kleine Pfarrhaus, einst ein Ort, an dem Diener des Herrn ihrem Tagwerk nachgingen, ähnelte inzwischen einer Herberge. Ein halbes Dutzend Seelen mochte das Haus noch zusätzlich fassen können, und um ebenso viele hatte Gioana in ihrer Botschaft an den Kardinal als Unterstützung gebeten. Genug, um der Jagd ein Ende zu bereiten, aber nicht so viele, dass es auffällig werden würde.

Im Geiste teilte sie ihre Kräfte bereits ein, überlegte, welcher Bruder am besten geeignet sei, sich um welche Abscheulichkeit zu kümmern. Ein Aufruhr im Hof vor dem Haus riss sie aus diesen Gedanken. Erbost zog sie den Habit ganz an und lief zur Vordertür, wo sie ihren Schritt bremste und ihr Haupt senkte. Die Kunst der Maskerade war nicht gerade ihre vortrefflichste Tugend, aber für den zufälligen Beobachter würde es ausreichen.

Sancta Maria, Mater Dei, ora pro nobis peccatoribus.

Als sie die Tür öffnete, runzelte sie verwirrt die Stirn. Ein gewaltiger Kutschwagen war vorgefahren, begleitet von einem guten Dutzend Reiter. Hinten auf dem Wagen türmten sich Fässer und Kisten. Es dauerte einen Moment, bis Gioana erkannte, dass es sich nicht um ein fehlgeleitetes Liefergespann handelte, sondern dass diese Männer aus Rom kamen. Einer von ihnen, ein untersetzter, bulliger Kerl, der in seiner mit Schlamm bespritzten ledernen Reisekleidung wie ein Fuhrknecht wirkte, stand vor Bruder Iordanus, die Hände in die Hüften gestemmt und gab mit lauter Stimme Anweisungen auf Italienisch. Unwillkürlich blickte Gioana sich um. Zwar stand das Haus etwas abgeschieden am Ortsrand, neben dem verfallenen Stall, der einst eine Kirche gewesen war, aber dennoch kamen des Öfteren Bauern, Hirten und sonstiges Volk in der Nähe vorbei. Ein solcher Aufmarsch würde nicht unbemerkt bleiben und gefährdete ihre Tarnung und damit auch die Jagd.

»Leise«, zischte sie dementsprechend, gerade laut und autoritär genug, dass der Bullige verstummte und sich zu ihr umwandte. Er war nicht mehr jung, aber auch noch kein alter Mann. Sein von Grau durchzogenes dunkles Haar trug er dicht über der Kopfhaut rasiert, was seinen Schädel noch massiger wirken ließ. Er musterte Gioana einige Augenblicke lang aus dunklen Augen, und sie sah in seinen Augen eine Reaktion, die ihr von Männern der Kirche her nicht unbekannt war: Verachtung. Innerlich wappnete sie sich bereits für den kommenden Konflikt, denn sie würde diesem Mann – wie schon so vielen vor ihm – beweisen müssen, wer hier das Sagen hatte und warum; und dies sollte unbedingt vor seinen Untergebenen geschehen, damit im Ernstfall jeder ausnahmslos auf ihre Befehle hörte.

Der Mann kam auf sie zu. Bevor sie jedoch etwas sagen konnte, nickte er ihr mit undeutbarem Gesichtsausdruck zu.

»*Pax tecum,* Schwester.« Bei diesem Gruß reichte er ihr mit kaltem Blick einen versiegelten Brief. Sie erkannte das Siegel sofort: der Kardinal höchstpersönlich. Sie sah den Bulligen noch einmal finster an, bevor sie sich einen Schritt in das Haus zurückzog und das Siegel erbrach.

Die Nachricht war kurz und schockierend. Ungläubig blickte sie ihr Gegenüber an, dem sein Triumph anzusehen war.

»Ihr seid Bruder Salvatore?«

»Si. Und hiermit habe ich dir deine Befehle übergeben und übernehme somit das Kommando über die *päpstlichen Gesandten* in Genf und Umgebung. *Hic et nunc.*« Einige Sekunden verstrichen, bevor er hinzufügte: »Schwester.«

Er benutzte die geläufige Umschreibung für ihre Organisation, deren Existenz offiziell niemals zugegeben werden würde und könnte. Gioana ignorierte den bitteren Geschmack in ihrem Mund und schluckte sogar die beleidigend gemeinte Anrede. *Alles zur größeren Glorie des Herrn,* ermahnte sie sich selbst. Doch sie konnte den Zorn spüren, der in ihr aufwallte. Sie würde bald zur Beichte gehen müssen und von ihrem Stolz berichten, der sie diese Demütigung nur schwer ertragen ließ.

»Darf ich fragen, warum Seine Exzellenz entschieden hat, die hiesige Operation derart umzugestalten?«

Salvatore zuckte mit den Schultern. »Vermutlich traut er einer Frau eine derartig diffizile Angelegenheit nicht zu«, erwiderte Salvatore gleichmutig. »Wenn ich richtig informiert bin, ist dir diese Kreatur bereits zweimal entkommen.«

»Korrekt«, bestätigte Gioana, deren Kehle sich wie zugeschnürt anfühlte. »Doch diesmal ...«

»Diesmal übernehme ich das Kommando, und wir werden die Kreatur endgültig zur Strecke bringen. So wie alle Kreaturen, die du in dieser Gegend aufgestöbert hast.« Seine Stimme wurde jovial. »Seine Exzellenz bat mich, deine Arbeit hier ausdrücklich zu loben. Man ist sich bewusst, wie hoch das Werk einzuschätzen ist, das du vollbracht hast, und ich werde mir natürlich deine Ratschläge anhören.«

Aber nicht befolgen, vollendete Gioana seinen offensichtlichen Versuch, sie zu besänftigen. Da es ihr an Worten mangelte, nickte sie nur.

»Ich habe vierzehn Brüder mitgebracht sowie Ausrüstung und Verpflegung. Ich gehe davon aus, dass mein Bote dich erreicht hat und entsprechende Vorbereitungen getroffen wurden?«

»Natürlich. Allerdings haben wir nicht mit einer solchen Anzahl von Brüdern gerechnet und …«

»Wird das ein Problem darstellen?«

»Keineswegs, es wird nur eng werden«, fuhr Gioana kühl fort. »Ihr solltet den Hof frei machen und …«

»Sorge dafür, dass meine Männer Essen bekommen. Es war ein weiter Weg«, fiel ihr Salvatore erneut ins Wort, so dass sie in den Weiten ihrer Ärmel die Fäuste ballte. »Wir schaffen den Wagen dort in den Stall und …«

»Das war einst eine Kirche. Wir haben sie aus Respekt ungenutzt gelassen«, erwiderte Gioana die Unhöflichkeit und wurde sogleich mit einem finsteren Blick bedacht.

»Ich hege keine derartigen Sentimentalitäten. Es geht um mehr als eine alte Dorfkirche, die der verfluchte Korse hat ausräumen lassen. Sorge dafür, dass man sich um meine Leute kümmert, und ich arrangiere den Rest.«

Bevor Gioana antworten konnte, stürmte Bruder Iordanus in den Hausflur.

»Wir haben Bruder Jakobus verloren«, flüsterte er, als erlaube die Schwere der Worte keine größere Lautstärke.

»Jakobus?« Gioana strengte ihr Gedächtnis an. »Er hat das alte Übel beobachtet.«

»Ja.«

»Dann müssen wir davon ausgehen, dass unsere Anwesenheit entdeckt ist. Wir …«

»Dann schlagen wir bald zu, bevor es dir noch einmal entwischen kann«, mischte sich Salvatore ein. »Die Zeit dieser üblen Kreatur ist abgelaufen, und nun soll sie in die Hölle fahren. Sobald wir bereit sind, schlagen wir los.«

»Ich halte es für unklug, überhastet zu agieren«, warf Gioana ein. Sie sah Iordanus' verdutzten Gesichtsausdruck, als er erkannte, dass nicht mehr sie es war, die die Befehle gab.

»Und ich werde kein Risiko eingehen, dass die Ausgeburt des Satans entkommt. Du wirst dich um die andere Angelegenheit kümmern, Schwester, von der du Monsignore della Genga berichtet hast – die widerwärtigen Tiermenschen.«

»Es sind drei, vielleicht sogar vier von ihnen. Wir sollten unsere Kräfte nicht so einfach aufteilen. Wir können eins nach dem anderen …«

»Du kümmerst dich um die andere Angelegenheit«, wiederholte Salvatore. »Wir schlagen gleichzeitig zu. Bete, Schwester, dass deine bisherigen Handlungen nicht bereits dafür gesorgt haben, dass ich zu spät gekommen bin.«

Damit wandte er sich ab und ging zurück in den Hof, wo er Befehle bellte und seine Untergebenen organisierte. Zurück blieben der sprachlose Iordanus und Gioana, in deren Innerem ein Orkan wütete, für den es kein Ventil gab.

24

NAHE COLOGNY, 1816

Das Tageslicht hatte sich in graue Schleier gehüllt, wie so oft in den letzten Wochen. Der See präsentierte sich wild, denn von den Bergen fegten Winde herab, die ihn aufwühlten und Wellen gegen die Ufer trieben. Die Boote und Yachten schaukelten, und ihre Masten taumelten vor dem grauen Himmel. An den Berghängen entluden sich Gewitter, noch fern, doch immer wieder sah man Blitze zucken, und dann rollte der Donner durch das Tal. Der stürmische Wind verfing sich in Niccolos Haar und ließ es um sein Gesicht tanzen, als er an der Anlegestelle stand und auf den See hinausstarrte.

Eigentlich war seine Entscheidung längst gefallen, auch wenn er noch mit sich rang. Tief in sich wusste er es. Es waren seine Erziehung, der kindliche Glaube an Kirche, Papst und Gott, die Konventionen und der Aberglaube, die ihn noch zurückhielten. Byron hatte es erkannt, ebenso wie er den Freiheitsdrang in ihm erkannt hatte. Es war für Niccolo an der Zeit, die Fesseln der Gesellschaft abzulegen und zu fliegen.

Doch was war, wenn dies nur eine Prüfung war? Ein Test des Glaubens? Konnte er wirklich sehenden Auges aus der Gesellschaft der Menschen austreten, sie hinter sich lassen und niemals zurückkehren?

»Vor welche Wahl hast du mich gestellt?«, murmelte der junge Italiener. Wind strich ihm über die Haut, ließ den Kragen seines Hemdes flattern, aber Niccolo spürte die Kälte nicht. *Und wieso habe ich meine Entscheidung so schnell getroffen? Wenn ich jetzt bereits nicht mehr sicher bin und mein Gewissen mir keine Ruhe lässt?*

Beinahe wäre er zur Villa Liotard zurückgekehrt. Trotz der

beruhigenden Worte Byrons war der Gedanke an Valentine das Hindernis, das ihn am stärksten zögern ließ. Würde er sein Geheimnis vor ihr verbergen können? Und wenn nicht, würde sie ihn lieben können als das, was er zu werden beabsichtigte? Er dachte an den Kuss zurück, den sie einander gegeben hatten, und wünschte sich, sie könnte bei ihm sein, könnte diese neuen Erfahrungen mit ihm teilen.

Er lächelte grimmig, als ihm bewusst wurde, dass man ihm diese Möglichkeit nicht gelassen hatte. Weder Mary noch Claire noch eine andere Frau wusste von dem gewagten Experiment, auf das sich die drei Dichter eingelassen hatten. Und was Byron anging, so hatte dieser unmissverständlich klargemacht, dass er es auch so belassen wollte.

Niccolo war zu dem Zirkel in der Villa gestoßen, ohne zu ahnen, was dort vor sich ging. Er hatte keine Warnsignale wahrgenommen, bevor die ihm bekannte Welt aus den Fugen geriet. Was ihm vor Wochen noch als unmöglich erschienen wäre, war nun einfach Fakt. *Es gibt Wolfsmenschen, Gestaltwandler, Lykanthropen, Werwölfe, wie immer man sie auch nennen will. Und ich kann einer von ihnen werden.*

Eine grundlegende Frage hatte sich in seinen Geist geschlichen und dort eingenistet. *Was sonst mag noch real sein? Welche Wunder gibt es noch, verborgen hinter den Fassaden der Welt? Hexen? Feen? Die Befana auf ihrem Besen, die kleine Kinder holt? Wandelt Jupiter auf Erden? Hat er wirklich einst Stiergestalt angenommen, um Europa nach Kreta zu bringen? Was kann ich noch glauben und was nicht?*

Der Wind brachte ihm keine Antwort. Auch der See nicht, auf dessen Wellen weißer Schaum tanzte. Niccolo blickte direkt hinab in das Wasser. Ihm war, als sei er vom Steg gefallen und versinke nun in den dunklen Tiefen, hin und her geworfen vom Wellengang, ohne eigenen Antrieb und erst recht ohne Macht über sein Schicksal. Die Welt war unergründlich und finster wie der Grund des Sees und ebenso furchteinflößend.

Er ballte die Faust und traf einen Entschluss. Während er dem Fischer winkte, der am Ufer sein Boot bereitmachte, sagte er sich, dass er sein Schicksal in die Hand nehmen würde. Auch wenn er ohne eigenes Zutun in diese fremde Welt gekommen war, würde er nicht in ihr untergehen und sich ihr niemals ergeben. So wenig, wie Byron sich ergab oder Shelley, die den Konventionen trotzten und dem Leben ihren Willen aufzwangen. Niccolo würde bestimmen, wohin die Reise ging, deren ersten Schritt er heute Nacht tun würde.

25

COPPET, 1816

Valentine ließ sich auf ihr Bett sinken, starrte den hellen Stoff der Wandbespannung an, ohne sie wirklich zu sehen, und rieb sich die schmerzende Stirn. Nach der Eröffnung, die ihr Vater ihr gemacht hatte, war sie förmlich aus seinem Arbeitszimmer geflohen, und nun hatte sie das Gefühl, als würde ihr Leben auf den Kopf gestellt, ohne dass sie auch nur das Geringste dagegen unternehmen konnte.

Vor wenigen Tagen noch war ihre Welt in Ordnung gewesen. Wie sehr sie sich gefreut hatte, dass Niccolo, der süße, schüchterne Niccolo, sie auf ihrer Reise nach Hause begleitet hatte! Sie hatte von ganzem Herzen gehofft, dass er nun bald den Mut aufbringen würde, ihr endlich zu sagen, dass er ebenso für sie empfand wie sie für ihn.

Sie hatte sich nur wenig Sorgen darum gemacht, wie Niccolo von ihrer Familie aufgenommen werden würde. Er war der Sohn eines Conte, der überdies ein Freund ihres Vaters war, und auch wenn Monsieur Liotard möglicherweise andere Hoffnungen für seine Tochter gehegt hatte, so war sie doch geneigt gewesen zu glauben, dass er letztlich der Verbindung zustimmen würde, die sie sich so sehr wünschte.

In ihren Träumen hatte Valentine sich vorgestellt, dass Niccolo Coppet als ihr Verlobter verlassen würde, um nach seiner Grand Tour zu ihr zurückzukehren und sie zur Frau zu nehmen. Sie liebte ihn, und sie liebte seine Heimat, die wunderschöne Toskana, und der Gedanke, dort mit ihm ihr Leben zu verbringen, ließ sie ihre Zukunft in den schönsten Farben malen.

Doch nun war alles anders. Niccolo entfremdete sich ihr jeden Tag ein wenig mehr und hatte seit ihrer Ankunft in der Schweiz weder Anstalten gemacht, ihr ein Geständnis zu machen, noch ihren Vater um ihre Hand gebeten. Stattdessen schien der englische Dichter in Cologny das Einzige zu sein, was den jungen Italiener noch interessierte. Nächtelang war er mittlerweile fortgeblieben und einmal blass wie der Tod und mit zerrissenen Kleidern zurückgekehrt. Auch die vergangene Nacht hatte Niccolo nicht in der Villa verbracht, und heute hatte sie ihn den ganzen Tag über noch nicht gesehen.

Einen Antrag hatte nun, wie Valentine soeben von ihrem Vater erfahren hatte, stattdessen Ludwig von Karnstein an ihre Familie herangetragen.

Valentines Eltern waren dem Grafen als Schwiegersohn in keiner Weise abgeneigt, wie sie überaus deutlich gemacht hatten. Karnstein verfügte offenbar über ein beträchtliches Vermögen und hatte glänzende Verbindungen zu Politik und Wirtschaft.

Und er sieht gut aus, ist charmant und gebildet. Valentine vermochte die zahlreichen Vorzüge des Grafen deutlich zu erkennen, aber niemals hatte sie sich in seiner Gegenwart so gefühlt wie in Niccolos. In Anwesenheit des jungen Italieners war sie frei und ungezwungen. Und nie zuvor hatte sie sich so sehr gewünscht, von jemandem berührt zu werden, wie von Niccolo. Noch immer konnte sie den Kuss auf ihren Lippen spüren, den er ihr gegeben hatte. Ludwigs Gegenwart war angenehm, seine Nähe sogar verführerisch, aber er war auch … beängstigend. Sie spürte etwas in ihm, was sie nicht zu benennen vermochte und das ihre Seele berührte wie ein kalter Hauch.

Rat. Sie brauchte einen guten Rat, Hilfe, die sie gewiss nicht von ihrer Mutter bekommen würde, die ihr seit ihrer Rückkehr wie ein blasser Schatten ihres früheren Selbst erschienen war.

Hastig lief Valentine die Treppe hinunter. Draußen regnete es noch immer, aber sie hatte keinen Gedanken für Mantel oder Schirm übrig.

»Ich gehe spazieren«, rief sie unbestimmt in Richtung Obergeschoss und stürmte aus der Tür, noch bevor jemand Widerspruch einlegen konnte. Sie lief die nasse Straße hinauf, bis vor ihr das Schloss auftauchte.

»Valentine!« Madame de Staël kam ihr die Treppe herab entgegen, nachdem ein Dienstmädchen Valentine hereingelassen hatte. Die Hausherrin von Schloss Coppet trug ein leuchtend orangefarbenes Kleid und hatte ein gleichfarbiges Schultertuch umgelegt. Ihr dunkles Haar war nur nachlässig frisiert; offenbar plante Madame heute nicht auszugehen. »Was machst du denn hier, mein liebes Kind? Du bist ja klatschnass! Bist du etwa allein zu uns heraufgestiegen?«

Valentine nickte zaghaft.

»Ich brauche deinen Rat, Germaine. In einer Angelegenheit, bei der ich nicht weiß, wen ich sonst fragen könnte, außer dir.«

Germaine de Staël lächelte bei diesen Worten. »Aufgelöst

und nass wie eine Katze suchst du meinen Rat? Dann kann es wohl nur um *eine* Art von Angelegenheit gehen. Begleite mich nach oben, dort ist es wärmer als hier unten in der zugigen Halle. Zieh deine Schuhe aus, die sind ja völlig durchweicht. Ich lasse uns heiße Schokolade bringen, und dann werden wir sehen, was du mir über den hübschen jungen Cavaliere von Otranto zu berichten hast …«

Valentine fragte sich für einen Augenblick, wie die andere Frau sie so schnell hatte durchschauen können, aber dann überlegte sie, dass sie genau aus diesem Grund hergekommen war.

Das Schlafzimmer der Madame war luxuriös eingerichtet. Gerahmte Porträts ihrer Familie zierten die Wände, und Sekretär und Frisiertisch waren mit vergoldeten Utensilien ausgestattet. Das breite Bett mit den vergoldeten Pfosten war nicht gemacht, dafür war die Decke mit Büchern und Papieren bedeckt, die Germaine mit einer Hand beiseitefegte.

»Setz dich«, forderte sie Valentine auf. »Ich hatte heute noch keine rechte Lust aufzustehen.«

Valentine nahm vorsichtig am Rand der Matratze Platz, während Germaine sich der Länge nach auf das Bett legte. Es klopfte, und dasselbe Dienstmädchen, das Valentine auch ins Haus gelassen hatte, servierte heiße Schokolade auf einem Tablett.

Sobald es den Raum wieder verlassen hatte, erkundigte sich Germaine vorsichtig: »Also, was möchtest du mich fragen? Ich hoffe, dein Kavalier hat dich nicht in andere Umstände gebracht und plant nun, hastig abzureisen?«

Valentine riss ob dieser unumwundenen Frage erstaunt die Augen auf. »Nein … nein, darum geht es nicht.«

Sie kostete vorsichtig von der Schokolade, die dampfte und süß und zugleich bitter schmeckte. Dann versuchte sie, der Madame zu erklären, was geschehen war, seit Niccolo und sie die gemeinsame Reise in die Schweiz angetreten hatten. Sie erzählte ihr von Graf Karnstein, Niccolos Besuchen in der Villa Diodati und von all ihren widerstreitenden Gefühlen.

»Wenn ich dich also richtig verstanden habe, dann bist du dir sicher, Niccolo zu lieben, weißt aber nicht mehr, ob er deine Liebe erwidert?«, fragte Madame de Staël ruhig, als sie geendet hatte.

Valentine nickte.

»Nun«, Madame de Staël nippte nachdenklich an ihrer Tasse, »Byron ist sicher nicht der beste Lehrmeister in diesen Dingen. Der Mann hat etwas Wölfisches an sich, das sowohl Männer als auch Frauen für ihn einnimmt und sie gleichzeitig von ihm abstößt. Und weil er ein gebrochenes Herz hat, ist er nach Kräften bestrebt, auch allen anderen Menschen die Nichtigkeit der Liebe zu beweisen. Wen er einmal in seinen Fängen hat, den lässt er so schnell nicht wieder los. Und das sage ich, die ich George kenne und ihn hoch schätze.«

»Aber was kann ich unter diesen Umständen tun, um Niccolo zurückzugewinnen?«, fragte Valentine verzweifelt.

Madame de Staël legte den Kopf schräg und sah sie prüfend an. »Die Frage müsste doch viel eher lauten: *Willst du ihn denn unter diesen Umständen zurückgewinnen?* Bei aller Schuld, die Byron treffen mag – immerhin hat dein Niccolo sich nur allzu gern einfangen lassen, wie es scheint. Vielleicht solltest du damit beginnen, dass du dir vorstellst, was du dir für dein Leben wünschst, und dich danach fragen, wie du dieses Ziel am besten erreichen kannst. Ich kann dir nicht sagen, ob Niccolo deine Liebe verdient, aber einen Rat habe ich trotzdem für dich: Binde deine Vorstellung von Liebe nicht zu stark an die Ehe. Sieh mich an: Ich habe eine recht lange und weitgehend glücklich Ehe geführt, aber die Liebe – die Liebe habe ich an ganz anderer Stelle gefunden. Mein Mann und ich sind uns oftmals aus dem Weg gegangen, und keiner von uns beiden hat das bedauert. Wenn Graf Ludovico ein ebenso verständiger Mann ist, dann fährst du vielleicht sogar besser damit, ihn zu heiraten.«

»Warum muss ich denn überhaupt heiraten?«, fragte Valentine müde. »Warum kann ich nicht einfach tun, was ich will? Eine Grand Tour machen? Oder die Neue Welt besuchen? Einen Salon in Paris führen? Warum ist das Wichtigste in meinem Leben, wessen Ehefrau ich werde?«

»Weil die Welt, in der wir leben, uns noch immer diktiert, dass Männern in diesen Dingen beinahe alles gestattet ist, während wir Frauen deutlich diskreter vorgehen müssen«, entgegnete Germaine de Staël ruhig. »Aber vergiss nicht, dass die Ehe dir auch gewisse Vorteile bringt. Die liebe Julie zum Beispiel – sie ist mit ihrem Gatten Jacques Récamier kaum mehr als dem Namen nach verheiratet, aber er vergöttert sie und lässt sie alles tun, wonach ihr der Sinn steht. Sie ist brillant, und die klügsten Männer unserer Zeit suchen gern ihren Rat. Dennoch würde nicht einmal die verlogene Pariser Gesellschaft sie verdammen. Und warum? Weil sie eine verheiratete Frau ist. Das gibt ihr Schutz.«

»Aber du selbst hast dich von deinem Mann getrennt, oder nicht?«

»Das liegt an meinem Alter und meiner Position, Kind. Mittlerweile bin ich unabhängig genug, um so etwas zu tun, wie aus Neigung zu heiraten, oder es auch bleiben zu lassen. Und ich kann dir sagen, der Weg zu solcher Unabhängigkeit ist kein leichter. Deshalb kann ich dir nur raten, dir einen Ehemann zu suchen, ganz gleich, ob du Niccolo oder Ludwig für den besseren hältst. Heirate – und tu dann, was du willst.«

26

COLOGNY, 1816

Als Niccolo den Salon der Villa betrat, war es bereits nach Mitternacht. Die drei Engländer erwarteten ihn schon.

»Es ist Zeit«, erklärte Byron statt einer Begrüßung. In diesem Moment schwanden die Zweifel des jungen Italieners. Es war an der Zeit.

»Ja«, erwiderte er fest. Er spürte die Aufmerksamkeit der anderen auf sich ruhen, doch es war keine Last, sondern der Willkommensgruß in ihrer Gemeinschaft.

Sie gingen hinab zur Eingangstür, wo sie ihre Mäntel überstreiften. Der dicke Stoff umgab Niccolo wie ein Panzer, aber schon bald würde er ihn nicht mehr benötigen, wenn er Byrons Berichten Glauben schenken konnte. Die Natur würde ihn willkommen heißen, und er würde bei Wind und Wetter in ihr verweilen, als herrschte schönster Sonnenschein.

Es war natürlich Byron, der voranschritt, hinter ihm Niccolo, dann Shelley und Polidori, in seltener Eintracht nebeneinander. Zwei Laternen leuchteten ihnen den Weg.

Schon als sie aus der Haustür traten, traf sie ein Windstoß, riss Rockschöße und Mantelsäume mit sich. Sie kehrten dem See den Rücken und stiegen den Hügel empor, zwischen den Weinbergen hindurch, fort von Cologny. In der Ferne konnte Niccolo noch die Lichter von Genf sehen; in der Rhônestadt war es selbst um diese Uhrzeit noch nicht völlig dunkel. Aber dann überquerten sie die Kuppe des Hügels, und die Lichter verschwanden hinter ihnen in der Nacht.

Einige Male sprach Polidori, wies auf Felder und Wiesen, erklärte den Weg, doch die Bedeutung des Augenblicks ließ auch ihn bald verstummen.

Sie schritten durch den Wald, in dem Niccolo Zeuge des ersten Rituals geworden war. Im schwachen Schein der Laternen waren die Bäume kaum mehr als dunkle Schatten, verzerrte Gestalten, die mit knorrigen Fingern nach ihnen griffen und versuchten, sie aufzuhalten. Doch Byron beachtete sie nicht mehr als Nebelgespinste.

Auf der Lichtung liefen sie zwischen den Mauerresten umher, bis Byron einen geeigneten Ort fand, dann stellte der Lord die Laterne zur Seite und ließ den Mantel von seinen Schultern gleiten. Sein lockiges Haar wehte im Wind, als er den Kopf in den Nacken legte und in den düsteren Himmel sah. Er schloss die Augen.

»Ich kann den Mond spüren, hinter dem Schleier, der ihn heute verbirgt. Es ist ein guter Mond, unser Mond.«

Er bedeutete Niccolo, zu ihm zu kommen, und der junge Italiener schlüpfte aus seinem Mantel und trat an ihn heran. Byron betrachtete ihn mit einem undeutbaren Ausdruck in den Augen, dann strich er Niccolo eine Strähne aus dem Gesicht.

Hinter ihm traten Shelley und Polidori an den Rand der Lichtung. Sie waren heute Nacht nur Zuschauer, die der Zusammenkunft ihren Segen gaben.

Ohne ein weiteres Wort zog Byron seinen Rock aus und knöpfte sein Hemd auf. Niccolo tat es ihm gleich, zog aber sein eigenes Hemd gleich ganz aus. Ein Frösteln lief über seine Haut, als er der Macht der Elemente gänzlich schutzlos ausgeliefert war. Vielleicht war es jedoch auch Byrons Blick, der ihn erschaudern ließ, dieser lange Blick, in dem Verheißung und Verdammnis so nah beieinander lagen.

»Wir sind heute Nacht hier, um ein neues Mitglied in unseren Reihen zu begrüßen«, erklärte der englische Lord heiser, und Niccolo erkannte, dass auch er aufgeregt sein musste. »Hier, an den Gestaden des Lac Léman, legen wir den Grundstein für unsere Gemeinschaft. Eine neue Gesellschaft, in der Körper und Geist gleichermaßen geehrt werden, in der Meriten uns auszeichnen und Taten uns befreien.«

Shelley und Polidori murmelten zustimmende Worte, während Byron in den Kleiderhaufen zu seinen Füßen griff und eine metallene Schale hervorzog. Dazu den Dolch, den Niccolo wiedererkannte.

Byron lächelte versonnen, als er dem jungen Italiener die Schale reichte. Seine Finger glitten über Niccolos nackte Haut, fassten ihn an der Schulter und drückten ihn sanft in die Knie.

»Was muss ich tun?«, flüsterte Niccolo.

»Ich werde dich schneiden, und ich werde mich schneiden und unser Blut vermischen. Und dann werde ich dich … nun ja, ich werde dich beißen.«

Er musste Niccolos überraschten Gesichtsausdruck gesehen haben, denn er beugte sich herab und flüsterte: »Keine Sorge, ich werde zärtlich sein.«

Dann zwinkerte er dem Italiener zu, dessen Leib sich trotz des kalten Windes überhitzt anfühlte. Niccolo spürte, wie ihm der Schweiß auf der Stirn und im Nacken ausbrach.

Die Spitze des Krummdolchs wanderte über seinen Nacken, tänzelte spielerisch an seinem Hals entlang, dann grub sie sich in seine Brust. Der Schmerz war scharf und ließ Niccolo keuchen, doch gleichzeitig durchströmte ihn ein Gefühl von Macht und Stärke, das alles andere überdeckte. Sein Blut floss aus dem Schnitt, rann seine Brust hinab und über seinen Bauch. Er schloss die Augen und öffnete unwillkürlich den Mund. Heiße Tropfen fielen auf seine Schulter, warmes Blut, das sich in der Grube oberhalb seines Schlüsselbeins sammelte und dann ebenfalls über seine Brust lief. Byrons Blut, das sich mit dem seinen vermengte.

Niccolo hob die Schale, um ihrer beider Blut aufzufangen,

während sich die Härchen in seinem Nacken in Erwartung des Bisses aufstellten. Aufregung mischte sich mit Erregung, und er wollte den Biss spüren. Sein ganzes Sein war nur noch auf diesen Augenblick ausgerichtet.

Da traf ihn der Schuss, schleuderte ihm die Schale aus der Hand und warf ihn herum.

27

SÉCHERON, 1816

In den letzten zwei Tagen hatte Ludovico zweimal die Unterkunft gewechselt. Er bezahlte weiterhin alle Zimmer, damit die Vermieter glaubten, er logiere noch in ihnen. Er war sogar bei Tag unterwegs gewesen, so sehr er es auch hasste, das Sonnenlicht ertragen zu müssen.

Blut war der Grund, warum er sein neues Domizil einige Stunden nach Anbruch der Nacht verließ. Die Dunkelheit in ihm schrie nach Blut, und er hatte ihr nichts entgegenzusetzen. Die Gier nach warmem, frischem Blut setzte sich in ihm fest und ließ ihn erschauern. Immer, wenn er gesättigt war, nein, das war ein zu schwaches Wort, wenn seine Begierde für den Augenblick gestillt war, ekelte ihn der Gedanke an den metallischen Geschmack des Blutes. Doch sobald der dunkle Hunger in ihm wieder an Macht gewann, war dieser Ekel vergessen, ersetzt durch eine Vorfreude, die sein ganzes Selbst beherrschen konnte.

Die Jagd war selten schwierig. Nur wenn er lange nicht getrunken hatte, konnte die Gier ihn übermannen und ihn zu einem Tier machen, das wahllos tötete, wenn er sich nicht aufs

Äußerste kontrollierte. Solange er regelmäßig sein Verlangen stillte, behielt er automatisch die Kontrolle. Und solange er bewusst handelte, fand er immer Beute. Seine Sinne führten ihn zu seinen Opfern. Er fand jene, die selbst Dunkelheit in sich trugen, viel schwächer als die seine, aber die dennoch von ihr beherrscht wurden. Das Schlechte im Menschen zog ihn geradezu an, Hass, Gier, Neid, Hochmut, Intoleranz und all die anderen Regungen, die sonst so sorgfältig vor der Welt verborgen wurden. Nur nicht vor Ludovico, dem die Dunkelheit die Augen für all die Abgründe geöffnet hatte, die sich hinter mehr oder minder ansehnlichen Fassaden verbargen.

Manchmal wünschte er sich, sagen zu können, dass er nur das Schlechte ausmerzte, das er um sich herum fand. Aber er wusste, dass das nicht die Wahrheit war. Er hatte getötet; mehr als einmal, viele Male, so oft, dass er sich an ungezählte Gesichter nicht einmal mehr erinnern konnte. Arm und reich, jung und alt, verdorben und geläutert. Die Jahre hatten ihm Erfahrung gebracht und Zurückhaltung, wenn es sein musste, aber der Hunger war geblieben, kalt und dunkel in seinem Inneren, wie ein Fass ohne Boden, das er vergeblich zu füllen versuchte.

Lediglich in Valentines Nähe erstarb der Hunger beinahe, wurde zu einem dumpfen Sehnen im Hintergrund, vorhanden, aber unwichtig.

Doch sie war in der Villa Liotard, weit fort von ihm, während Ludovico den Rock glatt strich und die verkommenen Gassen aufsuchte, in denen die Prostituierten ihre Dienste feilboten. Seine Wahl lag nicht darin begründet, dass dort die Menschen besonders schlecht gewesen wären, sondern in einfacher Bequemlichkeit, denn die Autoritäten kümmerten sich besonders wenig um jene, deren Dienste gern in Anspruch genommen wurden, die aber keine Stimme besaßen. Ludovico lächelte düster, als er an die frommen Bürger der Stadt denken musste, die gegen Hurerei wetterten, aber den Genfer Freudenmädchen trotzdem ein gutes Geschäft bescherten.

Dann kehrten seine Gedanken zu Valentine zurück. Der Hunger in ihm wollte ihm Bilder ihres Blutes vorgaukeln, Visionen ihrer hellen Haut, unter der ihr Lebenssaft pulsierte, aber es war nur ein schwacher Versuch, der kläglich an seinen Gefühlen für sie scheiterte. Er wusste, dass er nicht von ihr trinken könnte, nicht fähig wäre, sie benommen und gefügig zu machen. Sie hatte sogar eine Regung in ihm geweckt, die er beinahe vergessen geglaubt hatte: Mitleid. So hatte er davon Abstand genommen, sich weiterhin aus der Vene ihrer Mutter zu ernähren, selbst wenn das zur Folge hatte, dass ihn nun wieder dieser animalische Durst umtrieb.

Er näherte sich den verrufenen Gassen. Die Häuser hier waren klein und geduckt, so wie die armen Menschen, die in ihnen hausten. Jenseits der schönen, gepflegten Straßen, fern von Kirchen und Salons.

Die Jagd hatte begonnen.

Vielleicht war es die Dunkelheit in ihm, die ihn warnte. Vielleicht war es seine Erfahrung, die ihn all die langen Jahre hatte überstehen lassen. Vielleicht waren es einfach seine Instinkte, geschärft durch die beständige Gefahr. Möglicherweise hatte er unbewusst etwas wahrgenommen, ein Geräusch, ein Atmen. Jedenfalls sprang er unvermittelt zur Seite.

Die Kugeln schlugen um ihn herum ein, noch bevor der Lärm der Schüsse ihn erreichte. Dunkelheit floss aus seinem Leib in seine Glieder, als er sich wegduckte. Mehr Schüsse folgten, und einer traf ihn an der Schulter und warf ihn herum. Er sprang, trotzte der Schwerkraft und landete auf einem Dach, eine Hand an der blutenden Schulter.

»Dort! Schießt, schießt!«

Die Stimmen klangen kehlig und laut zu ihm. Italienisch.

Diese Jäger hatte der Stuhl Petri geschickt. Gioana und ihre Schergen, kein Zweifel. Ludovico fluchte wegen der Jäger, doch mehr noch verfluchte er sich selbst. Er hatte gewusst, dass dies passieren würde, aber er hatte beschlossen, die Zeichen, die ihn warnten, zu ignorieren.

Die Dunkelheit brodelte in ihm, wollte seinen Geist zurückdrängen, die Kontrolle übernehmen, kämpfen und vor allem töten. Er ließ sie gewähren. Blut pochte in seinen Schläfen, und er spürte, wie seine Fänge sich verlängerten. Schmerz durchzuckte seine Schulter, dann fiel ein Geschoss mit leisem Klirren auf die Schindeln. Die Wunde pochte, doch sie schloss sich nicht. Zornig blickte Ludovico auf die blutverschmierte, deformierte Kugel, dann hastete er das Dach empor.

Wieder krachten Schüsse durch die Nacht. Er wusste, dass sie ihn nicht angreifen würden, wenn sie sich nicht sicher wären, dass sie ihn erwischen würden. Er war ihnen oft genug entwischt, hatte sie frühzeitig bemerkt und war untergetaucht. Oder er hatte diejenigen umgebracht, die ihn verfolgt hatten. Sie mussten wissen, dass er gefährlich war. Und das machte auch seine Jäger gefährlich. Das waren keine Amateure, die Fehler machten, die aufhörten zu schießen, nur weil er am Boden lag, die unachtsam waren oder ungeschickt. Das waren ebenso gute Mörder wie er selbst.

Zu seiner Überraschung spürte er eine seltsame Euphorie in sich aufsteigen, eine lange vergessen geglaubte Vorfreude auf einen tödlichen Kampf.

Der Sprung hinab in die Schatten der Gasse war die Entscheidung eines einzigen Augenblicks. Dunkelheit zog sich um ihn zusammen. Zwei Schüsse peitschten durch die Gasse, Steinsplitter flogen durch die Luft. Innerhalb eines Herzschlags legte Ludovico die zehn Meter zu seinen Feinden zurück. Ein Rückhandschlag brach dem ersten das Genick. Den zweiten sprang er an, fegte die abwehrenden Hände fort und biss ihm mit aller Macht in die Kehle, so dass ihm Blut ins Gesicht spritzte und ihm über Kinn und Hals lief. In einer pervertierten Umarmung hielt er den Wehrlosen fest, während er sich an seinem Blut labte.

Ein Schuss traf ihn in den Rücken, durchschlug seinen Leib, zerfetzte das Fleisch seines Opfers. Sie machten keine Fehler, schonten ihre eigenen Leute nicht, hatten keine Bedenken. Wer starb, den erwartete das Himmelreich.

Die Wunde brannte, als liefe flüssiges Feuer durch seinen Leib. Er wandte sich um, aber zu langsam. Die Dunkelheit zog sich um die Wunde zusammen, doch die Verletzung schloss sich nicht.

Ludovico sprang zurück in die schützenden Schatten, hüllte sich in sie. Seine Feinde wussten um seine Natur, ihre Archive waren alt, und sie hatten ihn und seinesgleichen lange studiert und dabei ihre eigenen Methoden der Jagd entwickelt.

Licht flammte am Eingang der Gasse auf, ein grelles, strahlendes Leuchten, heller, als er es jemals in der Nacht gesehen hatte. Die Schatten flohen, zogen sich in Ecken und Ritzen zurück und ließen ihn allein.

»Feuer!«

Die Schützen waren schnell, aber noch war Ludovico schneller. Er sprang, lief zwei Schritte an der Wand des gegenüberliegenden Hauses entlang und stieß sich ab, während um ihn herum Kugeln einschlugen. Er landete mühelos an der nächsten Wand, stieß sich sogleich wieder ab und erreichte das Geländer eines Balkons. Leichtfüßig rannte er daran entlang.

Die Schusswaffen verstummten für einen Moment. Sie mussten nachladen. Ludovico ergriff die Chance. Als er mit aller Kraft sprang, dröhnte noch ein Schuss durch die Gasse, aber seine Bewegung war zu schnell. Unter sich sah er fünf Männer, die hastig an ihren Waffen hantierten. Zwei blickten auf, als er auf sie herabstürzte.

Den ersten traf er mit beiden Füßen am Kopf. Knochen brachen knirschend, ein Schrei erstarb im Ansatz, als der Hals zur Seite knickte. Der zweite stürzte zu Boden, rollte sich aber geschickt ab, während sich Ludovico in der Kleidung des Toten verfing und sich erst losreißen musste. Einer der anderen hatte bereits einen Dolch gezogen, als Ludovico sich aufrappelte. Die Klinge schoss auf Ludovicos Gesicht zu, der instinktiv auswich und dann schneller, als das Auge folgen konnte, zuschlug. Der Mann taumelte zurück, tot, bevor er zu Boden fiel.

Eine zweite Klinge drang unter Ludovicos linker Achsel ein, und er fauchte schmerzerfüllt auf, drehte sich um und riss dem Angreifer den Dolch aus der Hand. Mit der Wildheit der Dunkelheit in seinem Herzen warf sich Ludovico auf ihn, zerfetzte ihm die Brust mit den zu Klauen gekrümmten Fingern, biss ihm in die Schulter, so tief, dass die Knochen brachen.

Die anderen beiden versuchten immer noch, ihre Gewehre zu laden, als Ludovico über sie herfiel und sie tötete. Seine Wunden schmerzten. Es gelang ihm, den Dolch aus seiner Seite zu ziehen und ihn fallen zu lassen. Blut lief aus seinen Verletzungen, kostbares, lebenspendendes Blut.

Es waren noch mehr Jäger da. Er konnte sie spüren, sie kreisten ihn ein, zogen das Netz um ihn enger, sammelten sich. Die Wunden nahmen ihm seine Kraft und Schnelligkeit, stahlen ihm seinen Vorteil. Er würde noch mehr bluten, bis diese Nacht vorüber war.

Der Rausch des Kampfes war verflogen. Flucht war die einzige Option. Er lief zurück in die Gasse, hangelte sich an einem Balkon hoch. Keine Sprünge mehr, keine Leichtigkeit, nur mühsame Kletterei. Dennoch erreichte er das Dach und legte sich flach auf die Schindeln.

Hier und da kam Leben in die Gassen und Straßen, Schreie und Stimmen erklangen, verängstigte Bewohner suchten Antworten, irgendwer rief fragend in die Nacht. Aber die Menschen in dieser Gegend wussten, dass man die Türen verriegelte und still blieb, wenn in der Nacht plötzlich Schüsse ertönten. Auf Hilfe konnte Ludovico nicht hoffen.

Er kroch etwas höher und lief dann geduckt den First entlang. Ein gewagter Sprung brachte ihn auf das nächste Hausdach. Schindeln rutschten unter ihm davon, fielen klappernd auf das Kopfsteinpflaster. Er lief weiter. Über den Dächern musste er den Kreis seiner Verfolger durchbrechen und in die Nacht entkommen. In die Finsternis würde ihm keiner dieser Jäger folgen können.

Der Schuss traf ihn in den Rücken, riss ihn von den Füßen. Nur mit größter Mühe klammerte er sich fest. Die Schmerzen waren unerträglich. Er wollte die Kugel aus seinem Leib schieben, zog all seine Kraft zusammen, doch das Geschoss rührte sich nicht, saß in seiner Brust fest, heiß wie eine winzige Sonne und ebenso tödlich. Solange sie in ihm steckte, lähmte ihn der Schmerz.

»Immer über die Dächer«, sagte ein untersetzter, bulliger Mann tadelnd, der langsam auf ihn zutrat. Er ließ eine Pistole fallen und zog eine neue.

Mit einem Schrei stieß sich Ludovico zwei Finger in die Brust. Der Mann riss die Waffe hoch, aber Ludovico grub sich die Kugel aus dem Leib – und versank im Schatten.

Die Dunkelheit um ihn herum war vollständig, nicht einmal seine Augen konnten sie durchdringen. Sie erstreckte sich über alle Sinne, bedeckte alles, ließ keine Ausnahmen zu. Es war kalt, so kalt, dass selbst seine Seele zitterte. Die Düsternis in Ludovico sog begierig mehr in sich hinein, labte sich an ihresgleichen. Ludovico wehrte sich dagegen, drängte fort, ohne Ziel, einfach nur fort. Die Schatten spuckten ihn wieder aus. Hinter dem Mann. Doch der hatte sich bereits umgedreht und drückte ab.

Der Schuss fuhr Ludovico durch Mark und Bein. Seine Knie gaben nach, seine Kraft verließ ihn vollständig.

»So wenig Tricks?«, fragte der Mann beinahe mitfühlend. »Keine Karten mehr im Ärmel?«

Ludovico wollte nach Luft schnappen, aber sein gepeinigter Leib konnte nicht einmal mehr das.

»Sag dem Teufel, dass Salvatore dich schickt«, zischte sein Mörder und lud die Pistole nach.

Ohne nachzudenken, legte Ludovico alles in einen letzten Sprung. Er packte den Mann und riss ihn mit sich über die Dachkante.

Gemeinsam schlugen sie auf dem Boden auf.

28

NAHE COLOGNY, 1816

Die Schmerzen pressten Niccolo die Luft aus den Lungen. Er lag auf dem Rücken im nassen Gras. Über sich sah er einen schemenhaften Umriss, und es dauerte einen Moment, bis er verstand, was er sah, und in dem Schattenriss Byron erkannte. Dann sackte der Lord in sich zusammen.

An seiner Stelle stand nun ein Wolf über dem jungen Italiener. Mehr Schüsse knallten, und der Wolf sprang davon.

Niccolos Hände fuhren über seine Haut, fanden warme, klebrige Flüssigkeit. *Blut,* dachte er benommen. *Ich blute.*

Er wälzte sich auf die Seite. Aus dieser Perspektive wirkte alles so viel größer als zuvor. Die Bäume ragten bis in den Himmel, jeder Grashalm war ein ganzes Gebüsch. Gewaltige Menschen rannten am Waldesrand entlang. Feuer blitzte auf, Rauch quoll aus Mündungen, dann rollten die Schüsse wie Donner über Niccolo hinweg. Niemand schien ihn zu beachten.

Er hörte Schreie, ein lautes Heulen. Die Menschen riefen Befehle und Anweisungen auf Italienisch und Lateinisch. Wieder ertönten Schüsse, und ein Mann stürzte zu Boden, als ein Schemen gegen ihn prallte und Knurren sich mit Schmerzenslauten mischte.

Die Welt verlor rapide an Sinn. Sein eigener Herzschlag dröhnte in Niccolos Ohren, die Schmerzen zogen durch seinen Leib und überdeckten jedes andere Gefühl. Er wusste, dass er aufstehen sollte, dass er fliehen sollte oder kämpfen, doch er konnte nicht einmal schreien.

Vor seinen Augen spielten sich grausame Szenen ab. Immer wieder schossen die Menschen in den Wald, luden nach, feuerten erneut, während Wölfe zwischen den Bäumen umherhuschten, auftauchten, einen ungeschützten Gegner ansprangen und wieder verschwanden. Mindestens einmal sah Niccolo, wie ein Wolf getroffen wurde und dennoch weiterlief.

Seine Finger suchten die Wunde in seiner Brust, wo er den Einschlag gespürt hatte, das Reißen von Haut und Fleisch, den unerträglichen Druck des Geschosses. Er erwartete, dort ein Loch zu finden, eine tödliche Wunde, aus der sein Lebenssaft in den Boden troff. Er tastete über seinen Leib und fand – nichts.

Seine Finger wischten über seine Haut, verschmierten das Blut, rieben es fort, doch darunter lag keine Verletzung, sondern glatte, weiße Haut. Wo er den Aufprall gespürt hatte, war nicht einmal ein Kratzer zu erkennen.

Auf der anderen Seite der Lichtung sprangen drei Wölfe aus dem Unterholz, warfen sich auf fünf Menschen. Deren Waffen waren zu langsam. Einer rannte davon, doch vier gingen zu Boden, in einem heillosen Durcheinander aus Fell und Stoff, Haut und Blut, Schreien und Knurren.

Niccolo robbte über die Lichtung. Seine Lebensgeister kehrten zurück, auch wenn er das Wunder nicht verstand, das ihn beschützt hatte.

Zwei der Wölfe rannten zurück in den Wald, bevor er sie erreichte, verfolgt von den Schüssen der Menschen. Der dritte lag am Boden, hechelnd. Vor Niccolos Augen verwandelte er sich, streckte Pfoten und Beine aus und wurde zu einem Menschen.

»Shelley«, flüsterte Niccolo und sah sich vorsichtig um. Er erwartete jeden Augenblick einen Schuss, sah vor seinem inneren Auge bereits das Mündungsfeuer, die heranrasende Kugel, den Einschlag. Doch die Menschen verfolgten die Wölfe.

»Das war … nicht leicht«, murmelte der Dichter, dem Blut aus vielen Wunden lief. Er grinste und musste husten. Rote Flecken erschienen auf seinen Lippen.

»Wie geht es dir?«

»Wir müssen Albé helfen. Es sind zu viele.«

»Ich hoffe, er konnte fliehen«, erwiderte Niccolo, der bereits nach einem der Gewehre griff. Die Waffe war noch warm von ihrem toten Vorbesitzer, der mit blicklosen Augen in den Himmel starrte.

»Er wird uns nicht zurücklassen. Feigheit liegt nicht in seiner Natur.« Shelley keuchte, dann rollte er sich stöhnend auf den Bauch. Seine blutverschmierte Nacktheit wirkte inmitten des Chaos und Todes seltsam passend und keineswegs obszön, wie Niccolo überrascht bemerkte. »Ich glaube, ich kann nachladen. Kannst du schießen?«

Einen Moment lang erwog Niccolo, den Dichter zu packen und in den Wald zu zerren. Vielleicht konnten sie in der Dunkelheit entkommen. Dann besann er sich. Ihre Verfolger, wer auch immer sie sein mochten, schienen zahlreich zu sein. Und sie waren bewaffnet und gewillt, sie gnadenlos zu töten.

Er nickte.

»Also haben all die dummen Schießübungen des Lords doch noch einen Nutzen«, erklärte Shelley mit einem grimmigen Lächeln und reichte Niccolo ein Gewehr. Dann kroch der Poet zu dem nächsten Toten, drehte die Leiche um, als sei der Verstorbene nur ein Sack Kartoffeln, und suchte nach Pulverhorn und Kugelbeutel.

Niccolo schluckte, als er anlegte. Er konnte schießen, war schon zur Jagd gegangen, hatte Tiere erlegt. Aber das hier draußen waren Menschen – von denen mehrere in den Wald feuerten, woraufhin ein gequältes Jaulen ertönte.

»Schieß!«, zischte Shelley.

Und Niccolo schoss. Seine Hände blieben überraschend ruhig, sein Atem verlangsamte sich, ebenso sein Herzschlag. Es war, als läge nicht er dort im feuchten Gras, hinter der zerbröckelten Mauer, die Muskete im Anschlag, sondern ein Fremder, jemand, der kaltblütig töten konnte, wenn er musste.

Ein Mann stieß einen Schrei aus, versuchte sich in den Rücken zu greifen, während er zu Boden stürzte. Die anderen begriffen erst nicht, was geschehen war.

Shelley drückte ihm eine neue Waffe in die Hand. Niccolo feuerte wieder. Diesmal ging sein Schuss fehl, aber Shelley hatte schon die nächste Muskete geladen und reichte sie dem Italiener, der sie auf einen Feind richtete und abdrückte. Als dieser fiel, drehten sich die Ersten zu ihnen um.

Waffen schwenkten herum, undeutlich zu erkennende Gestalten duckten sich im Pulverqualm. Es war eine alptraumhafte Szene der Gewalt, deren eigenartiger Faszination sich Niccolo dennoch nicht entziehen konnte.

Eine neue Waffe, ein neuer Schuss, jedoch kein Treffer. Die

Männer feuerten zurück. Direkt neben Niccolos Gesicht schlug eine Kugel in den Boden ein, spritzte ihm Erdreich ins Gesicht. Er hatte das Gefühl, er könne die Geschosse sehen, die Bahnen, die sie zogen, während sie auf ihn zuflogen.

»Schieß!«

Er gehorchte dem Ruf des Engländers erneut. Ein weiterer Mann fiel zu Boden, diesmal lautlos. Andere luden nach, zwei näherten sich ihnen stetig.

Da brachen die beiden Wölfe aus dem Wald hervor. Sie überbrückten die wenigen Meter mit langen Sprüngen und warfen sich auf die Männer.

Noch einmal feuerte Niccolo, dann sprang er auf. Bevor er jedoch loslaufen konnte, packte ihn Shelley am Bein. »Hier.« Der englische Poet reichte ihm eine Pistole, die Niccolo dankbar annahm. Dann lief er geduckt über die Lichtung.

Die Wölfe waren mitten zwischen ihre Gegner gesprungen, fielen die Männer an, rissen sie zu Boden, duckten sich unter den Läufen der Gewehre hindurch.

Niccolo rannte weiter, auf einen zu, der gerade seine Waffe hob. Niccolo schlug ihm in den Nacken. Es war kein eleganter Hieb, aber mit aller Kraft ausgeführt und effektiv. Der Mann taumelte einen Schritt vor, ein Schuss löste sich aus seiner Muskete, dann warf er sich schreiend zurück, als ein schwarzer Wolf ihm an die Kehle fuhr.

Niccolo sah sich um, suchte nach Feinden, doch er stellte fest, dass niemand mehr stand. Dort, wo noch eben der schwarze Wolf über einem Gefallenen gestanden hatte, kniete nun Byron, nackt, blutig, mit geistesabwesendem Gesichtsausdruck.

»Gott, was war das?«, stöhnte Polidori, der seine Hand auf eine Wunde an seiner Hüfte presste. Zwischen seinen Fingern quoll Blut hervor.

»Gute Christenmenschen, wie es scheint«, ließ sich Shelley

vernehmen, der auf sie zuhumpelte. »Sie haben die ganze Zeit gebetet, auf Lateinisch.«

»Warum sollte …«, begann Polidori, aber Niccolo unterbrach ihn mit einem Warnschrei. Eine Frau, gekleidet in Leder und mit einer schlimmen Verwundung am Hals, hatte sich aufgesetzt und richtete nun eine Pistole auf Byron. Niccolo schoss, ohne nachzudenken, traf sie in die Schulter. Ihre Waffe ging los, als sie auf den Boden fiel.

»Ich Narr«, erklärte Byron unvermittelt. »Ich blinder, selbstgerechter Narr!«

»Was?« Niccolo sah ihn verwirrt an.

»Ich dachte, wir könnten uns gegen alles stemmen, was uns die Welt entgegenwirft, unsere eigene Welt schaffen, unser Utopia.«

»Aber das können wir, Albé«, warf Shelley ein. »Wir haben gesiegt!«

Der englische Lord wandte sich an ihn. Er umfasste die gesamte Lichtung mit einer großen Geste, all die Toten, die Sterbenden und das vergossene Blut. »Gesiegt? Nein. Wir haben gemordet, Percy.«

Sein Blick wanderte zu Niccolo. »Wir müssen von hier verschwinden«, ordnete er erstaunlich ruhig an, während er einige Kleidungsstücke vom Boden aufhob.

Niccolo folgte dem Lord und seinen Begleitern schweigend, und auch keiner der anderen sprach, während sie mühsam vorwärtsstapften. In seinem Kopf rumorten die Gedanken und wollten einfach keinen Sinn ergeben. *Wer waren diese Leute? Woher wussten sie, was Byron und die Seinen sind und wie sie sie finden konnten?*

29

NAHE COLOGNY, 1816

Die Schmerzen waren überraschend sanft. Vorsichtig zog sie sich ein Stück den Hang hinauf und lehnte sich keuchend gegen einen Steinquader. Ihre Beine gehorchten ihr kaum noch, und jede Bewegung ihrer Arme war langsam und unkoordiniert.

Jeder Atemzug fiel ihr schwerer als der vorherige. Es war, als könne sie spüren, wie ihre Lungen sich mit Blut füllten. Ihr eigenes Blut, das ihre Kleidung bedeckte und über den Boden lief, bildete eine dunkle, feuchte Spur im Gras. Sie würde ersticken, wenn sie der Blutverlust nicht vorher tötete. Insgeheim betete sie, dass sie das Bewusstsein verlor, bevor es so weit war.

Die Bestien waren schon lange fort, hatten sie einfach zurückgelassen, wie einen Kadaver, um den man sich nicht zu kümmern brauchte. Und sie hatten Recht – Gioana starb. Für sie gab es keine Rettung, nicht einmal, wenn man sie fand. Zu tief waren ihre Wunden, als dass sie sich noch Hoffnung machte.

Sie bedauerte, dass niemand hier war, um ihr eine letzte Beichte abzunehmen und ihr die Letzte Ölung zu gewähren.

Als habe Gott ihren Wunsch erhört, trat eine dunkel gewandete Gestalt in ihr Sichtfeld, und für einen Moment glaubte Gioana, dass es ein Priester sei, den der Herr ihr geschickt hatte. Doch als der Mann sich neben sie kniete, erkannte sie ein anderes Gesicht, das ihr ein ersticktes Keuchen entlockte.

»Du!«

»Ja, ich«, erwiderte Conte Ludovico mit einem ironischen Lächeln. Sein Leib war von Dunkelheit umhüllt, als trage er Schatten als Kleidung, und seine hellen Zähne stachen aus dieser Dunkelheit weiß hervor.

»Meine Brüder …«

»Ich habe ihnen eine Beförderung zuteilwerden lassen, die in ihrem Sinn gewesen sein dürfte. Sie sitzen nun zur Rechten des Herrn. Auf ewig, wie ich annehmen möchte.«

»Du von Gott verfluchtes Monster«, zischte Gioana. »Auf dich wartet die Hölle!«

»Erst einmal wartet der Rest meines Lebens auf mich, Verehrteste. Ich plane, zu reisen und mein Dasein zu genießen. Vielleicht in den Amerikas?«

»Mein Tod … unser Tod bedeutet nichts. Andere werden kommen und dich jagen. Sie werden dich zur Strecke bringen. Du kannst davonlaufen, aber du kannst dich nicht verstecken. Gott wird dich niederstrecken.«

Der Conte zuckte mit den Achseln. »Wenn dir dieser Gedanke Trost spendet«, sagte er ungerührt. »Ich gehe eher davon aus, dass dieses Debakel eure Anstrengungen weit zurückwerfen wird. So viele von euch gibt es nun auch wieder nicht. Und nur wenige wie dich.«

Gioana wollte ob des Lobes aus diesem Mund lachen, doch es kam nur ein Husten über ihre Lippen. Sie spürte die Feuchtigkeit, die ihr aus dem Mundwinkel lief. Wenigstens würde es bald vorbei sein. Die Schmerzen kamen nun wieder, flammende Risse in ihr, deren klopfendes Brennen ihr durch Mark und Bein fuhr und ihr beinahe ein Wimmern entlockt hätte.

Der Conte schien von ihrem Ringen um Würde nichts mitzubekommen, denn er ließ seinen Blick über den Hügel wandern, wo die Leichen der Brüder noch wie weggeworfene Puppen verstreut lagen.

»Wer hätte gedacht, dass eine Handvoll wirrköpfiger Dichter dein Ende bedeuten könnten?«, fragte Ludovico leise lächelnd, als sehe er darin einen Scherz.

Dann kehrte seine Aufmerksamkeit wieder zu Gioana zurück. »Aber ich bin nicht hier, um über die Vergangenheit zu reden, meine Teure.«

»Warum dann?«

»Eigentlich wollte ich der Sache persönlich ein Ende machen. Einer deiner törichten Brüder war sehr gesprächig und hat mir von eurem kleinen Überfall hier berichtet. Nicht, dass mir diese haarigen Wüteriche etwas bedeuten, aber ich dachte mir, dass es eine gute Gelegenheit wäre, euch auszuschalten, solange ihr mit denen beschäftigt seid.«

»Komm zur Sache, Unhold!«

Jetzt lachte der Conte, und die Schatten wanderten über sein Gesicht, als amüsierten sie sich gemeinsam mit ihm.

»Dass sich die Dichter so effektiv zur Wehr setzen würden, hätte ich nicht gedacht. Und jetzt bin ich hier und in der einzigartigen und äußerst befriedigenden Lage, dir einen Pakt anzubieten.«

»Du kannst mir nichts anbieten, was ich will.«

»Hast du deinen Goethe gelesen, meine Liebe? Vermutlich nicht; ich kann mir kaum vorstellen, dass deine Superioren dir viel Zeit für Lektüre lassen, nicht wahr?«

»Lass mich einfach in Frieden sterben«, bat Gioana, plötzlich über alle Maßen erschöpft.

»Aber genau darum geht es doch. Du musst nicht sterben. Im Gegenteil, ich biete dir das ewige Leben an.«

Jetzt musste sie doch lachen. »Ich fürchte den Tod nicht.«

»Oh doch. Ich kann es sehen, Gioana, du fürchtest den Tod wie jeder andere auch. Du zweifelst bereits. Warum hat Gott zugelassen, dass die Wölfe seine Lämmer gerissen haben? Ist er nicht der gute Hirte? Warum leben die, die du gejagt hast, und du verreckst hier in deinem eigenen Blut?«

»Geh!« Seine Augen verengten sich, er erhob sich und sah fragend auf sie herab. Doch nichts geschah.

»Ich hätte gedacht, dass du das Potenzial meines Angebotes besser erkennst. Eine wahre Ewigkeit, und es steht dir frei, sie so zu verbringen, wie du dich entscheidest. Ist das nicht besser, als äonenlang auf einer Wolke die Lyra zu spielen? Ich biete dir die Macht, alles zu erreichen, was du willst.«

Ihr stockte der Atem ob der Eindringlichkeit seiner Worte. Sie stellte sich vor, welche Taten im Namen des Herrn sie mit der angebotenen Macht vollbringen könnte, welch Gutes sie wirken, wie viel Böses sie zerstören könnte. Sie könnte die unheiligen Kreaturen, die sie heute Nacht besiegt hatten, eine nach der anderen in die Hölle hinabschicken.

»Grüß deinen Gott von mir«, riss sie Conte Ludovico aus ihren immer verworrener werdenden Gedanken und wandte sich zum Gehen.

Sie sah ihm nach, während das dunkle Feuer des Todes durch ihren Leib toste.

»Warte!«

30

COLOGNY, 1816

Als die erschöpfte und mit Blut verschmierte Gruppe durch die Tür der Villa trat, eilte Fletcher die Treppe hinab und sah seinen Herrn voller Bestürzung an. »Mylord … was …«

Doch Byron winkte ab, noch bevor der alte Mann seine Frage stellen konnte. »Bring uns eine Flasche Brandy, und dann lass uns um Himmels willen allein.«

Die vier Männer ließen sich im Salon auf Sofas und Sessel fallen. In den schmutzigen Resten ihrer Kleidung, mit wildem

Haar und ohne Stiefel, erschienen sie Niccolo seltsam deplatziert in dem gediegenen Raum.

»Wer waren diese Leute?«, begehrte er zu wissen.

Byron zuckte müde mit den Schultern. »Genau weiß ich es nicht. Aber Shelley hat ihre Gebete gehört, deshalb können wir wohl davon ausgehen, dass es Kirchendiener waren. Und wer jagt im Namen des Herrn die vermeintlichen Geschöpfe des Teufels? Die Inquisition.«

Niccolo stieß den Atem aus. Die Kirche. Natürlich, so musste es sein.

»Denkt ihr, das werden die Letzten gewesen sein? Nein«, fuhr Byron nachdenklich fort. Er ließ seinen Blick über die anderen schweifen. »Das war nur der Anfang. Es werden mehr kommen, mehr und mehr, so lange, bis wir in ihrem Blut ertrinken. Wir können der Orthodoxie nicht entkommen, und wir können nicht gegen sie siegen. Es war ein vergeblicher Traum, ein Wunsch, ein Fantasiegebilde. Doch das Schlachtfeld, das wir zurückgelassen haben, das ist Wirklichkeit.«

Wie betäubt lauschte Niccolo den Worten des englischen Lords. Tränen liefen Byron nun über die Wangen, vermengten sich mit Schmutz und Blut, und auch Niccolo spürte, wie sie ihm in die Augen stiegen.

Shelley schien noch etwas sagen zu wollen, er hub zu sprechen an, besann sich dann aber und wandte sich ab. Polidori lag zusammengekrümmt auf dem Sofa, als litte er Schmerzen.

Byron stand auf und wandte sich an Niccolo, legte ihm die Hände auf die Schultern und sah ihm tief in die Augen. »Du musst uns verlassen, Niccolo. Du …«

»Was? Nein, warum?«

»Weil du noch nicht von mir gezeichnet wurdest. Du bist keiner von uns, von den Verfemten. Wir wandeln auf der dunklen

Seite des Zwielichts, und wir werden ab nun Gejagte sein. Doch du bist keiner von uns. Du musst uns verlassen!«

»Wohin soll ich denn gehen? Ich kann euch doch nicht zurücklassen. Nicht nach dem, was heute geschehen ist.«

»Du hast keine andere Wahl. Kommt alle her«, rief Byron, und die beiden anderen Engländer gehorchten ihm. Mühsam erhoben sie sich und bildeten einen Kreis.

»Schwört mit mir gemeinsam, dass wir Niccolo aus unserem Leben streichen, aus unseren Tagebüchern, aus unseren Briefen, ja, selbst aus unseren Erinnerungen. Wir können ihm seine Freiheit zurückgeben, selbst wenn wir unsere verloren haben.«

Entsetzt sah Niccolo, wie sie alle nickten. Er wollte protestieren, aber eine Stimme in seinem Inneren ermahnte ihn zu schweigen. *Vielleicht ist es besser so. Du hast das Schicksal herausgefordert, und nun kannst du sehen, was mit jenen geschieht, die das tun. Du kannst frei von all dem hier sein.* Auch wenn der junge Italiener tief in seinem Inneren ahnte, dass es nicht so leicht werden würde, schwieg er.

»Reise ab«, bat Byron eindringlich. »Wir werden bleiben und deine Spuren verwischen. Nichts wird daran erinnern, dass du mit uns im Bunde standest. Ich war ein Narr zu glauben, ich könne der neue Prometheus sein. Ich bringe nur Leid und Trauer über alle, die mit mir in Berührung kommen. Das Feuer in mir verbrennt, es entzündet nicht, und am Ende wird nur kalte Asche übrig sein.«

»Valentine«, murmelte Niccolo. »Ich muss zu ihr, ich muss …«

»Nein! Wenn sie dir trotz aller Maßnahmen folgen, bringst du sie nur in tödliche Gefahr. Sie darf nichts wissen, du musst dich von ihr fernhalten, wenn du sie sicher wissen willst.«

»Das kann ich nicht! Ich liebe sie! Sie ist mir wichtiger als mein Leben!«

»Dann darfst du sie nie wiedersehen.«

Es regnete in Strömen, als Niccolo langsam die Treppenstufen hinabstieg. Im Hof wartete die Kutsche. Carlo saß missmutig auf dem Kutschbock, einen dicken, gewachsten Mantel um sich geschlungen. In den letzten Wochen hatte Niccolo ihn kaum gesehen; umso überraschter war der Kutscher gewesen, als sein Herr ihn mitten in der Nacht aus dem Bett geworfen hatte – und auch das Dienstmädchen, das dieses geteilt hatte, war zunächst unwirsch gewesen, bis es Niccolo als den Gast ihrer Herrschaft erkannt hatte.

Während Niccolo hastig sein Gepäck zusammengesucht hatte, war Carlo leise fluchend in den Stall gegangen und hatte die Kutsche vorbereitet. Jetzt trennten den jungen Italiener nur noch wenige Schritte vom endgültigen Abschied. Es schmerzte ihn, sich wie ein Dieb in der Nacht davonzuschleichen, aber er wusste tief in seinem Herzen, dass er nicht würde gehen können, wenn er Valentine noch einmal begegnete. Sie würde seine Flucht nicht verstehen, und dieser Gedanke schmerzte ihn am meisten.

So verharrte er am Fuß der Treppe und sah zurück. Er war im Innersten zerrissen. Er glaubte Byron, dass sie alle in tödlicher Gefahr waren. Die Toten auf der Lichtung sprachen eine deutliche Sprache. Die Möglichkeit, dass sie nicht die Letzten waren, die man auf die Engländer ansetzte, und dass man die Verbindung über Niccolo zur Familie Liotard und damit zu Valentine verfolgen konnte, lastete auf seinem Gewissen. Er hatte sie in Gefahr gebracht mit seinem eigennützigen Verlangen nach Aufnahme in den Zirkel. Andererseits brach ihm allein der Gedanke, Valentine zurückzulassen, das Herz. Es war simpel. Keine Ratio, keine Erklärungen konnten das ändern.

Wenn du sie liebst, darfst du sie nie wiedersehen, hallten Byrons Worte durch seinen Geist. Die Grausamkeit dieser Wahrheit wischte alle anderen Gedanken fort. Die Schmerzen seiner Seele nahmen ihm den Atem.

Der Regen verbarg die Tränen, die ihm über die Wangen liefen, verdünnte sie, bis sie nicht mehr waren als Wasser. Schon wollte er sich abwenden, da kniete er, einem plötzlichen Impuls folgend, noch einmal nieder und presste die Lippen auf den kalten Stein der Treppenstufen. All seine Liebe legte er in den Kuss, und er betete, dass Gott Valentine beschützen möge.

Dann lief er die letzten Schritte zur Kutsche, stieg ein und gab Carlo ein Zeichen. Das Gefährt setzte sich in Bewegung und rollte vom Hof, hinunter auf die Straße am See und fort aus Coppet; fort von Valentine.

Zweites Buch

ORPHEUS

31

LONDON, 1817

Als Niccolo endlich den Saal betrat, war die Lesung bereits im Gange. Einen Augenblick lang ärgerte er sich über die überfüllten Straßen der britischen Hauptstadt, denn das dort herrschende Gedränge hatte verhindert, dass seine Kutsche ungehindert passieren konnte, doch dann schob er den Gedanken beiseite und sah sich um.

Einige Kanapees standen an den Wänden, und in der einen Hälfte des Raums waren Stühle angeordnet. Die Damen hatten zum größten Teil auf den Kanapees Platz genommen, während die Herren die gepolsterten Stühle besetzten. Der Raum war klassisch streng eingerichtet und von einer dunklen Schwere, die Niccolos Stimmung entgegenkam.

Einige Köpfe drehten sich zu ihm um. Er bemerkte die Blicke junger Damen, die länger auf ihm verweilten, als es die Schicklichkeit geboten hätte, doch er erwiderte sie nicht. Stattdessen versuchte er einen Eindruck von der gesamten Versammlung zu bekommen. Die Gesellschaft wirkte gesetzter als die in den Salons, die er in Paris und anderen Städten des Kontinents besucht hatte. Vielleicht war das aber weniger der eher unterkühlten britischen Art als vielmehr dem monotonen Vortrag des Lesenden geschuldet, dessen Stimme ohne Höhepunkte durch den Saal dröhnte und eine fast einschläfernde Wirkung hatte.

Niccolo konnte den Worten kaum folgen, so eintönig regneten sie auf ihn herab. Der Vorträger, ein wohlbeleibter Mann mit dünnem blondem Haar und einer kleinen Brille, trug ein Essay über die Notwendigkeit vor, den Status quo in Europa zu erhalten und die Bildung von Staatengemeinschaften zu unterbinden, da sonst neue Kriege drohten, schlimmer und umfassender als alles, was Napoléon hatte beginnen können. Niccolo musste kurz an die Bestrebungen einiger in seiner Heimat denken, die Toskana zu einem größeren, italienischen Staat hinzuzufügen, ein Anliegen, das sein Vater immer mit dem größten Misstrauen beobachtet hatte.

Aber langweilig oder nicht, er war eigentlich auch nicht wegen des Vortrags hergekommen. Noch einmal ließ er seinen Blick schweifen, doch seine stille Hoffnung, ein bekanntes Gesicht zu entdecken, erfüllte sich nicht. Sehr groß war sie ohnehin nicht gewesen. Byron war nicht nach England zurückgekehrt, die Shelleys – Percy und Mary hatten Ende 1816 geheiratet – lebten nicht in London, und von Doktor Polidori hatte Niccolo seit Monaten nichts mehr gehört. Die Gemeinschaft der Villa Diodati, die vor wenig mehr als einem Jahr so eng gewesen war, war zerbrochen, in alle Winde verstreut. *Aber vielleicht sind keine Nachrichten ja auch gute Nachrichten.* In den ersten Monaten nach seiner hastigen Abreise hatte Niccolo oft mit Sorge die *Times* aufgeschlagen, immer mit der Befürchtung, daraus von dem tragischen Ableben eines seiner Freunde erfahren zu müssen.

Mit einem kleinen Seufzen setzte sich Niccolo auf einen freien Mahagonistuhl. Seine Gedanken wanderten zurück zu der Villa und damit auch unweigerlich zu Valentine, die er ebenfalls nicht mehr gesehen hatte, seit er in jener Nacht aus Coppet geflohen war. Wohin er auch gereist war, vergessen konnte er sie nicht, so sehr er es auch versuchte.

Er hatte sich in Paris ins kulturelle Leben gestürzt, jede Einladung angenommen, Opern und Theaterstücke besucht und schließlich auch Cabarets und Varietés von zweifelhaftem Ruf beehrt, alles in der Hoffnung, sie zu vergessen. Doch genauso gut hätte er versuchen können, sich selbst zu vergessen.

Fast ebenso häufig wie an Valentine Liotard musste er an Byron denken. Dessen Warnungen hatten sich bislang nicht bewahrheitet, aber vielleicht wusste Niccolo auch nur nicht, welchen Kampf der englische Lord auszufechten hatte. Vielleicht waren ihm die Feinde bereits auf der Spur. Gewiss gab es einen Grund dafür, dass Albé so ruhelos umherzog. Die Ungewissheit über das Schicksal dieser Menschen, die ihm viel bedeuteten, nagte beständig an Niccolos Geist.

Der Vortrag endete, und der Vortragende erhielt höflichen Applaus. Auch Niccolo klatschte zweimal sanft in die Hände, dann erhob er sich. Schon ergriff Langeweile von ihm Besitz, und er erwog, sich zurückzuziehen, bevor er in irgendwelche langatmigen Diskussionsrunden verwickelt werden konnte.

Doch er war zu langsam in seiner Entscheidung, denn eine Frau näherte sich ihm, gespielt zögerlich, und lächelte ihm so offensichtlich gekünstelt schüchtern zu, dass er selbst lächeln musste. Sie mochte Ende zwanzig sein, und ihre Locken waren hoch auf dem Kopf aufgetürmt. Ihr Gesicht war herzförmig, mit großen, weit auseinanderstehenden Augen, die ihr ein trauriges Aussehen gaben.

»Ihr müsst der junge italienische Gentleman sein, von dem Lady Elizabeth mir so ausführlich berichtet hat.«

»Ich weiß nicht, ob ich jener Gentleman bin, Madame, aber ich stamme aus der Toskana. Niccolo Viviani, zu Euren Diensten.«

»Hervorragend!«, erklärte sie und hakte sich ungebeten bei ihm ein. »Hättet Ihr die Güte, mir ein wenig Gesellschaft zu leisten?«

»Mit dem größten Vergnügen«, log Niccolo. »Aber Ihr seid im Vorteil: Ich weiß Euren Namen noch nicht, und es erscheint mir unhöflich, eine Dame zu begleiten, deren Namen ich nicht einmal kenne.«

»Caroline Lamb. Lady Caroline Lamb, um genau zu sein. Ich wünschte, Elizabeth wäre noch hier, damit wir mit ihr plaudern könnten, aber unsere reizende Gastgeberin hat sich für den Rest des Abends zurückgezogen. Kopfweh, sagte sie.« Ihre Stimme wurde zu einem Flüstern. »Ebenso wie dieser schmucke Husar schon so früh gehen musste. Eine Schande.«

Niccolo schmunzelte, während sie auf ihn einredete, ihm Namen sagte und Anekdoten erzählte, die ihn nicht interessierten. Er war nun schon seit einigen Wochen in London, hatte soziale Kontakte geknüpft und bei den richtigen Stellen vorgesprochen, aber er hatte nicht vor, tiefer in die gesellschaftlichen Verwicklungen einzudringen als unbedingt notwendig.

Erst als sie am einen Ende des Saals angekommen waren und die Lady auf zwei Männer mittleren Alters deutete, die dort am Kamin standen und redeten, kehrte seine Aufmerksamkeit zu ihren Worten zurück.

»Das dort sind zwei Deutsche. Herr von Humboldt«, erklärte sie mit aufgesetztem deutschen Akzent, »Gesandter aus Berlin, und sein Bruder.«

»Humboldt«, murmelte Niccolo. »Meint Ihr etwa Humboldt, den Naturforscher?«

»Das ist der Bruder, Alexander. Sie nennen ihn den zweiten Kolumbus, wusstet Ihr das?«

Nachdenklich blickte Niccolo zu dem Brüderpaar, dann gab er sich einen Ruck.

»Entschuldigt Ihr mich, Mylady?«

»Ungern«, erwiderte sie, nickte aber dennoch. Er lächelte ihr noch einmal mit falscher Wärme zu und trat dann an die Deutschen heran, die so in ihre rege Diskussion verstrickt waren, dass sie ihn erst bemerkten, als er sich räusperte.

»Verzeiht, wenn ich Euch einfach so unterbreche«, begann er. »Mein Name ist Niccolo Viviani, Cavaliere von Otranto. Es wäre mir eine große Ehre, wenn Ihr mir einige Minuten Eurer sicherlich kostbaren Zeit schenken würdet.«

»Wilhelm von Humboldt«, erklärte der ältere der beiden mit einem steifen Nicken. Ihre Ähnlichkeit war unverkennbar, auch wenn Wilhelms dunkles Haar schon ein wenig mehr gelichtet und von mehr Grau durchzogen war.

»Und Alexander, ebenfalls von Humboldt«, fügte der Zweite hinzu, der Niccolo genau beäugte.

»Ihr kommt aus Otranto? Das liegt im Königreich beider Sizilien, Königreich Neapel, wenn ich mich nicht irre«, erklärte Wilhelm.

»Ihr irrt Euch nicht. Allerdings stamme ich ursprünglich aus dem Großherzogtum Toskana. Meine Familie lebt in Arezzo. Ihr kennt Italien?«

»Oh ja. Ich war einige Jahre lang Gesandter meiner Heimat Preußen am päpstlichen Stuhl. Rom ist eine herrliche Stadt, selbst heute noch. Der Ort, an dem sich das ganze Altertum zusammenzieht, mit seinen Trümmern, die das Auge in die Vergangenheit führen.«

»Mein Bruder ist im Herzen halber Italiener, müsst Ihr wissen«, mischte sich Alexander ein und grinste schelmisch. Um seine blauen Augen bildeten sich zahlreiche Lachfältchen.

Sein Bruder verzog das Gesicht. »Dafür bist du ein halber Franzose, wenn nicht gar ein ganzer Pariser. Preußische Tugenden wie Zuruckhaltung sind dir wohl inzwischen gänzlich fremd?«

Niccolo spürte eine Schärfe in den Worten, der er nicht auf den Grund gehen wollte. »Paris ist eine wundervolle Stadt, wenn auch … nun ja, nicht sonderlich sauber«, wechselte er vorsichtshalber das Thema.

»Städte haben immer Schmutz an sich«, entgegnete Alexander. »Aber Ihr sagtet, Ihr wolltet unsere kostbare Zeit stehlen.« Er neigte sich zu Niccolo und senkte verschwörerisch die Stimme.

»Wenn Ihr mich von dieser entsetzlich langweiligen Gesellschaft ablenkt, dann seid Ihr hochwillkommen.« Er richtete sich wieder auf und übersah geflissentlich Wilhelms tadelnden Blick. »Doch sicherlich ging es Euch nicht um Fragen bezüglich der Sauberkeit französischer Städte. Ich hatte die Hoffnung, dass das Thema etwas spannender sein würde.«

»In der Tat waren es nicht Städte, die mir in den Sinn kamen, sondern Fragen zu Euren Reisen, Herr von Humboldt. Ich interessiere mich sehr für einige Fragen der Zoologie.«

Bevor Alexander antworten konnte, sagte Wilhelm: »Da ich zu den abenteuerlichen Erzählungen meines Bruders über wilde Kreaturen kaum etwas beizutragen hätte, werde ich noch ein wenig mit Melbourne plaudern, wenn Ihr mich entschuldigt.« Mit einem höflichen Nicken entfernte er sich.

Alexander sah ihm nach, dann fixierte er Niccolo. »Für gewöhnlich vermeide ich allzu langwierige Erzählungen über meine Reisen, wenn ich in Gesellschaft bin. Allerdings nur, um meine Zuhörer nicht zu langweilen. Aber für Euch mache ich gern eine Ausnahme.« Seine Augen waren lebendig, offen und von einem Feuer erfüllt, das Niccolo ansteckend fand. »Worüber möchtet Ihr denn reden? Welches von Gottes Geschöpfen interessiert Euch so besonders?«

Niccolo beugte sich nach vorn.

»Wölfe«, sagte er leise.

»Das ist ein ungewöhnliches Interessengebiet«, stellte Alexander von Humboldt vergnügt fest und legte Niccolo die Hand auf die Schulter. »Wollen wir ein Stück gemeinsam gehen?«

Der junge Italiener ließ sich von dem Mann durch die Menge dirigieren, und nach kurzer Zeit standen sie im Vorraum, der deutlich leerer, leiser und kühler war.

»Man könnte sagen, der *Canis lupus* ist mein Steckenpferd«, führte Niccolo aus.

Humboldt trank einen Schluck und sah ihn lange an, bevor er antwortete: »Nun, Wölfe sind nicht gerade mein Spezialgebiet. Auch wenn man als Naturforscher gar nicht umhinkommt, sich mit der Vielfalt der Arten in all ihren Ausprägungen zu befassen. Der Wolf ist weit verbreitet, von Europa über Russland bis hin nach Asien und Afrika, und auch in Nordamerika gibt es ihn. In Süd- und Mesoamerika, wohin ich den Großteil meiner Reisen unternommen habe, gibt es ihn meines Wissens nicht. Und im Norden war ich zwar, aber nur einige Wochen als Gast in Philadelphia.«

Er blickte sich verschwörerisch um.

»Verratet es niemandem aus dem stolzen Volk der Briten, aber in der ehemaligen Hauptstadt der Vereinigten Staaten laufen keine Wölfe durch die Straßen, und auch die Menschen dort gehen aufrecht und können sich artikulieren.«

Niccolo lächelte. Der Deutsche war eloquent und zudem witzig.

»Es ist auch nicht nur das Tier, das mich interessiert«, erklärte der junge Italiener, während er versuchte, im Kopf eine Frage zu formulieren, die nicht allzu verrückt wirken sollte.

»Sondern?«

»Kennt Ihr Legenden von Wolfsmenschen?«

Humboldt zog eine Augenbraue in die Höhe. »Ihr meint Lykanthropen, Werwölfe und dergleichen?«

Fast hatte Niccolo erwartet, Spott in den Worten des anderen zu hören, doch es war nur Neugier, die er darin erkannte, also nickte er. »Ich weiß, es klingt seltsam, aber ich interessiere mich für Geschichten über Wölfe. Mythen, Aberglaube und so weiter.«

Er versuchte, möglichst unverbindlich zu klingen, um

nicht zu verraten, wie sehr er in dieser Hinsicht nach Wissen gierte.

»Ah, Völkerkunde. Damit kommt Ihr meinen Steckenpferden schon näher. Nun, Legenden und dergleichen über Gestaltwandler gibt es zuhauf, mein Freund. Die Eingeborenen glauben an die Macht der Tiere und versuchen, deren Stärke in sich aufzunehmen. Das ist geschichtlich ja auch aus meiner Heimat bekannt. Eure Vorfahren aus Rom haben sich recht despektierlich über derartige Riten der Barbaren geäußert, wenn ich mich nicht irre.«

»Aber das ist ja kein, wie soll ich sagen, mit Lykanthropie verbundener Glaube.«

»Ich denke doch. Kennt Ihr die Legenden von den Berserkern der Wikinger? Kriegern, die nur in Pelze – Wolfspelze! – gehüllt in die Schlacht zogen und deren Wunden sich unnatürlich schnell schlossen? Hier haben wir klare Anzeichen dafür, dass diese Menschen die Eigenschaften der Tiere schätzten und sich zu eigen machen wollten.«

»Ihr meint, es war mehr eine Frage des Geistes?«

»Als was sonst? Des Körpers? Ich denke nicht, dass die Berserker wirklich zu Wölfen wurden.«

Niccolos Gedanken kehrten zu der Waldlichtung am Genfer See zurück, und er roch noch einmal den Pulverdampf, das Blut, hörte das Knurren und Brüllen. Und sah Shelleys blutverschmierten Mund, als dieser ihm das Gewehr reichte. Er schüttelte den Kopf, um die Bilder zu vertreiben, sagte jedoch nichts.

»Jedenfalls gibt es diese Legenden überall«, fuhr Humboldt fort. »Menschen, die sich in Tiere verwandeln können. Dies war auch ein typischer Vorwurf zu Zeiten der Hexenjagd. Die römische Kirche schien die Wolfsmenschen immer besonders zu fürchten. An anderen Orten rief und ruft das Gerücht einer solchen Fähigkeit hingegen weniger Angst als vielmehr Bewunderung oder Achtung hervor. Dafür, dass wir Europäer uns gern als die Krone der Zivilisation sehen, sind wir oft genug ganz schön kleingeistig.«

Der Adlige hatte sich in Rage geredet. Seine Hände durchschnitten die Luft wie Klingen, und feurige Blicke begleiteten seine Ausführungen.

»Denkt Ihr, dass an diesem ... Glauben etwas Wahres sein könnte?«, fragte Niccolo so vorsichtig wie möglich.

Humboldt schüttelte den Kopf. »Ich bin Wissenschaftler, wie Ihr wisst. Mich interessiert, was Menschen dazu bringt, sich eine solche Vorstellung von der Natur zu machen. Ich glaube, dass es oftmals die Angst ist. Denkt nur an den Wolf. Ein scheues Tier, das den Kontakt zum Menschen meidet. Und was tun wir? Wir jagen es, gnadenlos. Andere Kulturen verstehen die Notwendigkeit des Zusammenlebens besser als wir. Aber das brauche ich Euch wohl nicht zu sagen.«

»Wieso?«, fragte Niccolo verwirrt.

»Weil Ihr in Eurer Heimat sicherlich Zeuge dessen wurdet, wie wir Europäer miteinander umgehen. Ich lebe und arbeite in Paris, und ich empfinde die Stadt und das Land und seine Bewohner als besonders angenehm. Nichtsdestotrotz ging von dort der schlimmste Krieg aus, den wir je gesehen haben.«

»*Homo homini lupus ...*«, murmelte der junge Italiener.

»Ihr habt Hobbes gelesen?«

Als Niccolo nickte, lachte Humboldt. »Genau mein Punkt. Hobbes sagt, dass der Mensch des Menschen Gott ist, wenn es um Bürger untereinander geht, aber dass der Mensch des Menschen Wolf ist, wenn es um Staaten untereinander geht.«

»Ich hoffe sehr, mein lieber Bruder langweilt Euch nicht mit einer ausufernden Beschreibung seiner Reisen, oder, werter Cavaliere?« Ohne dass Niccolo ihn bemerkt hätte, hatte sich Wilhelm von Humboldt wieder zu ihnen gesellt.

»Keinesfalls«, beeilte er sich zu versichern. »Euer Bruder hat mir freundlicherweise meine Fragen beantwortet, auch wenn sie ihm vielleicht einfältig erschienen.«

Alexander schüttelte den Kopf. »Ganz im Gegenteil. Ich bedauere es lediglich, Euch keine besseren Auskünfte geben zu können. Aber wenn Euch dieses Thema so sehr interessiert, dann würde ich Euch empfehlen, Kontakt mit meinem Freund Jean-Baptiste Aubry und seiner Schwester Jeanne in Paris aufzunehmen. Hervorragende Ethnologen, alle beide. Sie haben sich intensiv mit dem Volksglauben des Osmanischen Reiches beschäftigt und sind auf ihren Reisen zu den Muselmanen mit äußerst interessanten Vorstellungen in Kontakt gekommen.«

»Tatsächlich? Wenn Ihr so freundlich wäret, mir ihre Adresse zu geben – dann würde ich den beiden gern schreiben.«

»Es wird mir ein Vergnügen sein. Ich schicke Euch gleich morgen eine Nachricht.«

»Morgen sind wir bereits auf dem Weg nach Bath«, erinnerte Wilhelm seinen Bruder. »Einige Bäder in den heißen Quellen genießen, um die britische Kälte aus unseren Knochen zu treiben.«

»In der Tat, also werde ich Euch die Adresse noch heute zukommen lassen«, sagte Alexander, zu Niccolo gewandt.

»Ich hoffe, du planst nicht wieder, diesen furchtbaren Dichter zu treffen – Shelling«, erklärte Wilhelm mit düsterer Miene.

»Shelley«, korrigierte Alexander. »Und du musst dir keine Sorgen machen, er ist nicht mehr in Bath.«

»Percy Shelley war in Bath?«, erkundigte sich Niccolo, der seine Aufregung kaum verbergen konnte.

»Ja, wir haben uns dort kennengelernt. Kennt Ihr ihn?«

Der junge Italiener zögerte. »Ja, wir haben uns vor einer Weile getroffen.«

»Kein guter Umgang für einen jungen Mann von Stand«, erklärte Wilhelm streng. »Der Kerl ist ein Liberaler der übelsten Sorte, mit nichts als Flausen und Schlimmerem im Kopf. Ein Wunder, dass er noch nicht verhaftet wurde, wenn man seine Äußerungen bedenkt. Ein wahrer Taugenichts!«

»Aber auch ungemein unterhaltsam«, ergänzte Alexander. »Shelley lebt jetzt in Great Marlow, kaum eine Tagesreise von hier entfernt.«

»Tatsächlich? So nah?«

»Schließt Euch uns doch an«, forderte der jüngere Humboldt Niccolo begeistert auf. »Bei diesem furchtbaren englischen Wetter ist ein Kuraufenthalt genau richtig. Reisen bildet außerdem.«

Nachdenklich blickte Niccolo von einem zum anderen. Er wusste, dass er der Versuchung nicht würde widerstehen können.

»Meine Herren, ich nehme Ihr Angebot gern an.«

32

PINDOS-GEBIRGE, 1817

Verrücktes Biest.«

Der andere Mann murmelte eine Zustimmung, ohne sich die Mühe zu machen, sie in verständliche Worte zu kleiden. Man sah ihm an, dass er müde war. Seine Augen waren verquollen, sein Gesicht aufgedunsen. Er hatte tagsüber im Hof am Feuer gesessen und getrunken, und nun war er übellaunig, und seine Lider und Glieder waren schwer.

Von dem offensichtlichen Unwillen des anderen, sich in ein Gespräch verwickeln zu lassen, ließ der Sprecher sich jedoch nicht abschrecken. »Bestimmt hat das Mistvieh Tollwut oder so.«

»Mhm.«

Jenseits der Mauer heulte es erneut. Es war ein langer Laut, der noch in den Tälern nachhallte, wenn er schon längst hätte beendet sein sollen. Es war eine Klage, die auf eine beunruhigende Weise von Verlust kündete und die beängstigend menschlich klang, obwohl es nur eine Wölfin war, die dort den Mond anheulte.

Der Mond hing heute tief über den Bergen, an einem sternenklaren Himmel in kalter Nacht. Voll und rund war das Himmelsgestirn, von satter, gelber Farbe und so nah, als bräuchte man nur die Hand auszustrecken, um es einfach vom Himmel zu pflücken.

Die Wölfin kam näher an die Mauer heran, während die Echos ihres Heulens weiter das Tal füllten. Aus irgendeinem Grund wusste jeder in der Garnison, dass es eine Wölfin war und kein Wolf. Warum, hätte der Mann nicht zu sagen gewusst. Es war einfach so.

Vor einigen Monaten war sie im Tal aufgetaucht, allein, ohne Rudel. Sie hatte sich immer wieder der Garnison genähert. Zuerst hatten die Soldaten einen Wettstreit daraus gemacht, auf sie zu schießen. Inzwischen war der mögliche Gewinn recht hoch, denn nachdem in den ersten Nächten niemand getroffen hatte, waren mehr und mehr von ihnen eingestiegen. Doch getroffen hatte keiner.

Dann hatte der Çorbaci es verboten. Zunächst hatte sich niemand darum geschert, bis der Çorbaci einen Mann mitten in der Nacht von der Mauer holen ließ, ihm mit dem Stock ins Gesicht schlug und ihm die Rationen kürzte.

Der Soldat schürzte die Lippen, als die Wölfin noch näher kam. »Verrücktes Biest«, wiederholte er leise und begann, seine Muskete zu laden.

Das ließ seinen Wachkumpan dann doch aufschrecken. »Lass das! Willst du, dass er uns ins Loch wirft?«

»So nah«, entgegnete der Soldat. »Ich kann gar nicht danebenschießen. Ein Treffer, und all das Geld gehört mir!«

Er legte die Muskete an die Schulter und zielte sorgfältig. Ihm war, als blicke ihn die Wölfin direkt an. Er konnte ihre hellen Augen sehen, die im Mondlicht zu leuchten schienen.

Bevor er allerdings abdrücken konnte, ergriff sein Kumpan den Lauf und zog die Waffe zur Seite. »Lass das. Du kriegst das Geld, und ich wandere einfach so ins Loch. Vergiss es!«

»Ich teile«, versprach der Soldat halbherzig und riss die Waffe los. Doch als er den Lauf dorthin schwenkte, wo die Wölfin eben noch gestanden hatte, sah er nur die bergige Landschaft, einige karge Sträucher und Geröll. Aber keine Wölfin mehr. Er fluchte leise.

Sein Kumpan lehnte sich wieder auf die Brüstung. »Vermutlich hätte er dich in die Mine geworfen. Da hättest du dir als Sklave den Buckel krumm schuften können.«

»Ich bin Soldat, kein Sklave.«

Der andere blies die Backen auf und entließ die Luft langsam aus seinem Mund. Das Gespräch war beendet. Sie standen nebeneinander, trotzten dem kühlen Wind und starrten hinaus in das Tal.

»Glaubst du, es ist das Silber? Vielleicht macht es die Wölfin ja verrückt«, vermutete der Soldat, doch sein Wachkumpan war im Stehen eingeschlafen.

Als er das bemerkte, beschloss der Soldat, ihn morgen zu verpfeifen. Das war nur gerecht: Er bekam kein Geld, dafür bekam der andere ein paar Hiebe.

»Ich glaube, es ist das Silber«, redete er weiter, nun zu sich selbst.

Sie waren an diesem gottverlassenen Ort stationiert, weil es hier eine Silbermine gab, in der Sklaven das kostbare Metall für Ali Pascha aus dem Berg kratzen und dabei bewacht werden mussten. In den finsteren, engen Stollen gab es Rebellen, Griechen, Albaner, Soulioten und wie sie alle hießen.

Die Wölfin heulte erneut.

Kein Wunder, dass sie die Berge im Norden die Verwunschenen Berge nennen, dachte der Soldat bei sich, schwieg aber, obwohl der andere nun leise schnarchte. Solche Gedanken sprach man besser nicht laut aus. *Zauberwölfe und Geister und Schlimmeres.* Er zog sich den Mantel enger um die Schultern.

Die Wölfin heulte und schien nicht mehr aufhören zu wollen.

33

GREAT MARLOW, 1817

Die Kutsche glitt nahezu über die Straße. Niccolo musste zugeben, dass die Straßen in England von exzellenter Qualität waren, vor allem, wenn er sie mit jenen in seiner Heimat verglich. Zwar musste man immer wieder anhalten und Maut zahlen, aber die sogenannten Turnpike-Straßen waren jeden Shilling wert. Allein in Frankreich hatte der junge Italiener ähnlich gute Straßen erlebt.

Auch in anderer Hinsicht glichen sich die beiden Nationen trotz der vermeintlichen Unterschiede. Überall sah man schmutzige, hungrige Gesichter, Arbeitslose, Invaliden, ein veritables Heer von gottverlassenen Seelen. Die Kriege mochten fürs Erste vorbei sein, ihre Nachwirkungen indes konnte Niccolo noch in jedem Weiler erkennen.

Er hatte einige Tage mit den Humboldts in Bath verbracht, die heißen Quellen genossen und sich die Zeit vertrieben. Insbesondere Alexander war ein blendender Unterhalter, der über einen schier unerschöpflichen Erfahrungs- und Anekdotenschatz verfügte, den er auf seinen Reisen erworben hatte, und Niccolo hatte sich in seiner Gesellschaft zum ersten Mal seit langer Zeit wieder wirklich wohlgefühlt. Dies war ein Grund gewesen, warum er den Aufbruch immer wieder verschoben hatte. Der andere Grund war, um ehrlich zu sein, dass er das Wiedersehen mit Shelley beinahe fürchtete. Würde der Dichter ihn überhaupt sehen wollen?

Eigentlich hatte Niccolo gehofft, dass Alexander von Humboldt ihn begleiten würde, doch dieser hatte sich schließlich in einer dringenden Angelegenheit direkt auf den Weg nach London machen müssen. Als die Brüder aus Bath abgereist waren, hatte es auch für Niccolo keinen Grund mehr gegeben, noch länger zu bleiben, und so führte ihn sein Weg nun nach Great Marlow.

Das kleine Dörfchen an der Themse war kein hübscher Ort, sondern wirkte heruntergekommen und schmutzig. Selbst im besseren Teil des Dorfs, in den Carlo – der sich mittlerweile ein Pidgin-Englisch angeeignet hatte, mit dem er halbwegs zurechtkam, das ihm vor allem aber erlaubte, hingebungsvoll in mehr als einer Sprache zu fluchen – nach einigem Herumfragen fuhr, waren die Gebäude klein und wirkten beengt. Schließlich hielt die Kutsche vor einem zweistöckigen Reihenhaus, das hellgrau verputzt war und hohe, schmale Fenster aufwies.

»Wir sind da, Signor Viviani«, erklärte der Kutscher. »West Street. Albion House.«

Niccolo trat an die Tür und klopfte mit seiner behandschuhten Hand an. Einen unsicheren Moment lang wusste er gar nicht, was er erwartete oder erhoffte. Erst geschah nichts, und Niccolo war schon gewillt, sein Vorhaben aufzugeben, da öffnete sich die Tür langsam. Im Spalt erkannte der junge Italiener ein rundliches Gesicht, das sich bei seinem Anblick zu einem erstaunten Lachen verzog.

»Claire«, sagte er leise.

»Niccolo! Meine Güte.« Sie blickte über die Schulter. »Mary! Es ist Niccolo!«

Sie standen einander gegenüber, und keiner sprach ein Wort, bis Claire sich vom ersten Schock erholt hatte und die Tür ganz öffnete. »Komm herein. Ich Dummerchen, lasse dich hier draußen stehen wie einen Hausierer.«

»Danke.« Niccolo trat ein. Ein modriger Geruch empfing ihn, als sei das ganze Gebäude feucht, aber die Fenster ließen das Licht hinein, und die Einrichtung wirkte freundlich.

Aus einer Tür trat Mary. Sie trug ein dunkelblaues Kleid und darüber eine Schürze, an der sie gerade ihre Hände abwischte. Irgendwo im Haus greinte ein Kind, woraufhin Claire sich mit einem kurzen »Ich komme gleich wieder« abwandte.

Niccolo nickte benommen. Die beiden in dieser fremden Umgebung zu sehen, wo sie offensichtlich einem ganz gewöhnlichen Leben nachgingen, erschien ihm so eigenartig, als betrachte er ein Bild mit einer falschen Perspektive. Es rückte seine Erinnerungen an Genf in noch weitere Ferne, als ob die dortigen Geschehnisse nur mehr ein Traum gewesen wären und keine kalte, blutige Angelegenheit voller Schmerz und Leid.

»Sie kümmert sich um Alba«, erklärte Mary und lächelte leise. »Sonst weckt sie noch unsere Kleine auf.«

»Eure … Herzlichen Glückwunsch. Ich hatte gehört, dass

Percy und du geheiratet habt, aber ich wusste nicht ...« Seine Stimme verklang.

»Sie heißt Clara Everina.«

»Ein schöner Name. Und Alba?«

»Claires Tochter. George Byron ist der Vater.«

Niccolo nickte. Es wunderte ihn nicht.

»Lass uns in den Salon gehen. Percy wollte noch ein bisschen arbeiten, aber ich bin sicher, er wird sich freuen, dich zu sehen.«

Vor Niccolos Auge erschien das Bild des englischen Poeten, der nackt Gewehre nachlud. Er schluckte.

»Ich will mich nicht aufdrängen. Ich war nur gerade in London und habe gehört, dass ihr hier seid. Da dachte ich mir, ich besuche euch. Um der alten Zeiten willen.«

»Natürlich. Nachdem du so überraschend abgereist warst, hatte ich mir schon Sorgen gemacht, aber Albé sagte, es ginge dir gut.«

»So weit ja«, erwiderte Niccolo, während sie in den nächsten Raum gingen. Dieser wurde von zwei Möbeln beherrscht: einem breiten Sofa und einem ebenso großen Arbeitstisch. Auf Letzterem lagen Papiere in wilder Unordnung, auf Ersterem Shelley, der mindestens ebenso unsortiert wirkte. Mary warf Niccolo einen entschuldigenden Blick zu und ging neben ihrem Mann auf ein Knie. Sie berührte ihn sanft an der Wange und flüsterte ihm einige Worte ins Ohr, die ihn aufweckten. Er sah sich verwirrt und verschlafen um. Seine Haut war blass, noch bleicher, als Niccolo in Erinnerung hatte, und unter seinen Augen lagen dunkle Ringe. Doch in ihnen glomm jenes Feuer, das der junge Italiener bereits kennengelernt hatte.

Als Shelley ihn erkannte, breitete sich ein Lächeln auf seinen müden Zügen aus. »Der italienische Papist!«, rief er und stand auf.

»Ebenjener«, entgegnete Niccolo mit einer angedeuteten Verbeugung.

»Verzeih die Unordnung, aber du hast mich mitten in der Arbeit erwischt. Nun ja, und mitten im Mittagsschlaf.«

Shelley und Mary begannen, das Durcheinander mit hektischen Handgriffen aufzuräumen, ein heilloses Unterfangen, das Niccolo mit erhobenen Händen abwehrte: »Bitte, macht euch keine Umstände.«

»Nimm Platz, nimm Platz«, bat Shelley. »Mary, Darling, kannst du uns vielleicht Tee bringen?«

Sie nickte und entfernte sich, während sich Niccolo auf das Sofa setzte und Shelley einen klapprigen Stuhl heranzog. Sie musterten einander einige Augenblicke lang, dann lächelte Shelley erneut. »Du hast dich verändert«, stellte er fest. »Du bist … älter geworden. Mehr als das eine Jahr, das hinter uns liegt.«

»Ich bin gereist«, erwiderte Niccolo ausweichend. »Aber du hast dich kaum verändert. Mary auch nicht. Nicht einmal Claire. Ihr seid verheiratet, und es gibt zwei Mädchen im Haus?«

»Unsere Familien haben darauf bestanden, auch wenn ich immer noch nicht glaube, dass die Liebe einen Segen braucht. Vor allem der alte Godwin hat sich Sorgen um Marys und Claras Zukunft gemacht.«

»Du weißt, dass er es nur gut meinte«, sagte Mary, die gerade ein Tablett mit Tassen und Gebäck ins Zimmer brachte. »Liebe ohne Segen ist eine Sache, gesellschaftliche Ächtung eine ganz andere. Wenn du mir nicht glaubst, frag Albé. Er hasst es, dass er nirgendwo in England mehr willkommen ist.«

Sie stellte das Tablett auf einen niedrigen Beistelltisch und verließ den Raum wieder.

Shelley zuckte mit den Achseln. »Ich arbeite gerade an einem neuen Werk, *Laon und Cythna*. Darin werde ich die Bigotterie, Heuchelei und Intoleranz anklagen und zeigen, dass der Kampf gegen politische Unterdrückung auch gleichzeitig ein Kampf gegen diese ist, nein, sein muss.«

Du hast dich nicht verändert, dachte Niccolo bei sich. *Darin hat der Doktor wirklich Recht gehabt – ohne Mary würdest du die Bodenhaftung verlieren und einfach davonschweben.*

»Hast du noch Kontakt zu Lord B.?«, fragte der junge Italiener. »Und geht es euch wirklich gut? Gab es keine weiteren Angriffe?«

Der britische Poet lehnte sich vor und flüsterte verschwörerisch: »Erzähl Claire und Mary nichts von den … Geschehnissen, ja? Sie wissen es noch nicht, und sie würden sich zu Tode ängstigen, wenn sie es erführen.«

»Ihr habt ihnen nichts erzählt? Wissen sie wenigstens inzwischen, dass ihr …?«

»Nein.«

Erstaunt lehnte sich Niccolo zurück und fixierte Shelley mit einem prüfenden Blick. Doch der englische Poet schien die Wahrheit zu sagen.

»Seit jener Nacht haben wir nichts mehr von diesen Angreifern gesehen. Anfangs habe ich mich nach jedem Schatten umgedreht, den ich nachts auf den Straßen sah, aber irgendwann habe ich mich beruhigt. Ich möchte Mary nicht in Gefahr bringen, und so habe ich seit unserer Rückkehr darauf verzichtet, mich zu … verwandeln.« Shelley seufzte. »Heute kommt mir die ganze Zeit in Genf manchmal wie ein Traum vor, und ich frage mich, ob all das überhaupt wirklich passiert ist. Aber jetzt stehst du vor meiner Haustür, und das beweist wohl, dass es doch so war, oder?«

Niccolo schüttelte den Kopf. »Es war kein Traum. Diese Nächte waren Wirklichkeit. Wie geht es Byron?«

»Wir stehen in Kontakt, aber zur Sicherheit sprechen wir nie über dieses Thema. Ich schreibe ihm wegen der kleinen Alba. Er erweist sich als äußerst anstrengend, was diese Sache angeht. Er weigert sich, mit Claire zu kommunizieren, außer durch mich, und ich befürchte, er will ihr die Kleine wegnehmen.«

»Albé als Vater?«

»Ha!«, stieß Shelley aus. »Wohl kaum. Vermutlich steckt er sie in ein Kloster oder sonst etwas. Passend für Leute von Rang.«

Seine Stimme hatte einen bitteren Unterton angenommen, aber Niccolo achtete gar nicht darauf. *Kinder, Tee, Kekse … Was ist mit Genf, mit den Wölfen, mit den Toten und mit uns passiert?*

MADRID, 1817

Prüfend musterte Valentine ihr Aussehen in dem goldumrahmten Frisierspiegel. Sie drehte den Kopf hin und her, betrachtete gründlich das Bild, das sich ihr bot. Jede blonde Locke schien am richtigen Platz zu sitzen. Das hochgesteckte Haar war perfekt, und die zarten Brillanten an ihren Ohren und um ihren Hals fingen das Licht auf, und ihr Funkeln unterstrich ihren blassen, makellosen Teint. Die dunkelblaue Robe, die sie trug, war ebenfalls mit winzigen Edelsteinen bestickt und der ganze Stolz ihrer spanischen Modistin.

»Ich bin ein beneidenswerter Mann«, sagte Ludovico von der Tür ihres Ankleidezimmers her, »da ich mit einer der schönsten Frauen Europas verheiratet bin. Das hat erst gestern der britische Botschafter zu mir gesagt.«

Valentine drehte sich um und lächelte ihren Gatten gezwungen an. »Der Mann ist ein Schmeichler, Ludovico. Es ist seine Aufgabe als Diplomat, den Menschen zu sagen, was sie hören wollen.«

Ludovico trug bereits ebenfalls seine Abendgarderobe, einen hervorragend geschneiderten Anzug und einen schwarzen

Mantel. Wie stets sah er makellos gut aus. Er kam zu Valentine herüber, beugte sich zu ihr hinab und küsste ihren Hals. »Obwohl du natürlich Recht hast, sagt er dennoch die Wahrheit, Chérie.« Er nickte in Richtung Spiegel. »Schau dich an, und sag mir, dass es nicht so ist.«

Statt seiner Aufforderung zu folgen, senkte Valentine den Blick. In diesem Punkt mit Ludovico zu streiten wäre sinnlos gewesen, und warum sollte sie das auch tun? Sollte sie nicht stattdessen dankbar dafür sein, dass ihr Gatte ihr so zugetan war? Sie nach ihrem ersten Ehejahr noch immer vergötterte? Sie biss sich so fest auf die Lippen, dass es schmerzte. *Weil du das Biest in ihm zur Ruhe bringst,* sagte eine kalte Stimme in ihrem Kopf. *Und weil er kein Mörder ist, solange du ihn besänftigst.*

Ihre Bedingung, wenn er wollte, dass sie bei ihm blieb, hatte gelautet, dass er fortan diejenigen am Leben ließ, von denen er sich ernährte. Und das hatte er ihr geschworen.

Ludovico ergriff ihre Hand und küsste sie. »Wir sollten aufbrechen, meine Liebe. Die Kutsche wartet schon, und ich möchte vor dem Diner noch zu Abend speisen.«

Ein kalter Schauer überlief Valentine. Sie hasste es, wenn Ludovico so salopp von dem sprach, was er war oder was zu seiner Existenz gehörte. Er hatte ihr versprochen, ihr zuliebe nicht mehr zu morden, aber er konnte nicht ohne warmes Blut überleben, und die Vorstellung kostete sie bis zum heutigen Tag ungeheure Überwindung. Aber sie hatte gelernt zu akzeptieren, dass es in seiner Natur lag und er in dieser Angelegenheit keine Wahl hatte. Also biss sie sich noch einmal, dann lächelte sie ihn an. »Natürlich. Wir sollten uns wirklich auf den Weg machen.« Sie hoffte inständig, dass er ihr Unbehagen nicht bemerkt hatte.

Von dem geräumigen Stadthaus, das sie an der Plaza del Sol gemietet hatten, war es ein kurzer Weg mit der Kutsche zur

Plaza Mayor und von dort aus zum Palacio de Uceda, wo am heutigen Abend der Empfang König Ferdinands stattfinden sollte. Dennoch fuhren sie einen weiten Umweg, verließen die prachtvollen, breiten Straßen und bogen in die ärmeren Viertel der Stadt ab.

In einer schmalen, unbeleuchteten Seitenstraße ließ Ludovico den Kutscher schließlich anhalten.

»Sie sicher, Señor?«, fragte der Mann mit aufgerissenen Augen. »Disse … nicht gut Platz«, fügte er in gebrochenem Französisch hinzu.

Doch Ludovico lächelte nur und nickte Valentine zu. »Ich bin in fünf Minuten zurück, meine Liebe.«

Er öffnete den Verschlag und sprang aus der Kutsche. Nach nur wenigen Metern hatte ihn die Dunkelheit bereits verschluckt. Valentine lehnte sich zurück und schloss die Augen. Ludovicos wahre Natur zu erkennen war eine Prüfung gewesen, von der Valentine bis heute nicht wusste, wie sie sie gemeistert hatte. Es war ihr unendlich schwergefallen, zu begreifen, dass er ein Verdammter ohne Hoffnung auf Erlösung war. Als ihr Gatte ihr kurz nach ihrer Hochzeit offenbart hatte, wer – oder vielmehr was – er in Wirklichkeit war, hatte sie zuerst nur an eines gedacht: an Flucht. Er hatte sie belogen, und weil sie die Wahrheit nicht gekannt hatte und weil Niccolo Viviani ihr das Herz gebrochen hatte, war sie die Frau eines Monsters geworden.

»Egal, was ich bin, und egal, wer ich bin, Valentine, ich liebe dich«, hatte er gesagt, und das Flehen in seiner Stimme war echt gewesen. »Das war keine Lüge und wird es niemals sein.«

Ein Schlag erschütterte die Kutsche, und Valentine setzte sich ruckartig auf. Am Fenster tauchte ein rußverschmiertes Gesicht auf, ein Mann, kaum älter als ein Junge. Er hob eine Hand, in der er eine Pistole hielt. Er schmetterte die Waffe gegen die

Scheibe, die in tausend Scherben zerbarst. Gleichzeitig wurde der Verschlag an der anderen Seite aufgerissen, und ein zweiter Mann, mit schlohweißen Haaren und deutlich älter als der Junge am Fenster, erschien in der Öffnung.

Flucht war unmöglich. Hektisch blickte sich Valentine nach etwas um, was sie als Waffe benutzen konnte, doch bis auf ihre Tasche und eine kleine Lampe, die von der Decke hing, war das Innere der Kutsche leer. Sie streckte sich eben aus, um nach der Lampe zu greifen, als der Alte einen Satz in die Kutsche machte. Valentine schrie auf und schlug mit aller Kraft nach ihrem Angreifer, jedoch kaum fest genug, um ihn ins Wanken zu bringen.

Gleichzeitig richtete der Junge die Waffe auf sie.

»La ceca«, forderte er. Und obwohl Valentine erst begonnen hatte, Spanisch zu lernen, war seine Forderung doch deutlich zu verstehen.

Vorsichtig hob sie die Hände, und als er ungeduldig mit dem Lauf der Pistole wedelte, griff der Alte nach ihrem Hals, um an der Brillantkette zu zerren.

»Nimm die Hände von ihr«, forderte plötzlich Ludovicos Stimme in makellosem Spanisch. Er hielt keine Waffe in der Hand, stand einfach nur vor dem Einstieg in die Kutsche und wirkte so ruhig, als ob er den Mann eben nach dem Weg gefragt hätte. Und trotzdem stolperte der Alte zurück.

Ludovico trat einen Schritt nach hinten und deutete galant mit dem Arm. »Hier entlang«, forderte er, noch immer mit unnatürlich ruhiger Stimme. Valentine konnte die Macht in seinen Worten beinahe körperlich spüren, eine uralte Magie, der sich kein Mensch zu widersetzen vermochte.

Der Alte stieg schwankend aus der Kutsche, die Augen auf Ludovico geheftet. Valentine wandte ihren Blick dem Jungen zu. Die Pistole zitterte in seiner Hand, und seine Augen waren weit aufgerissen. Seine Finger öffneten sich, und die schwere Waffe fiel krachend auf die Splitter im Inneren der Kutsche. Der Junge sah aus, als habe er den Teufel gesehen. Noch einen Moment lang starrte er Ludovico an, dann drehte er sich um und rannte davon.

Ludovico und der Alte standen sich gegenüber, weniger als eine Armeslänge voneinander entfernt. Beinahe verächtlich hob Ludovico die Hand und schlug dem Banditen die Faust mit unmenschlicher Kraft gegen das Kinn. Wie eine Puppe segelte der Alte ein Stück zurück, dann kam sein Körper klatschend auf. Ein hohles Knacken, gefolgt von einem Schmerzensschrei, bewies, mit welcher Wucht der Aufprall stattgefunden haben musste.

Ludovico stieg in die Kutsche. Der vorangegangene Kampf war ihm nicht anzumerken. Nicht einmal seine Atmung war beschleunigt. Er zog Valentine vorsichtig an sich. »Dir ist doch nichts geschehen?«

Sie ließ sich gegen ihn sinken und schüttelte den Kopf. »Nein, mir geht es gut. Wo ist unser Kutscher?«

»Hat Fersengeld gegeben, wie es aussieht. Der Kutschbock ist zumindest leer. Nun, ich denke, ich kann das Gefährt auch selbst fahren.« Ludovico blickte sie forschend an. »Verzeih mir. Ich hätte dich hier nicht allein lassen dürfen, das war äußerst dumm von mir. Es wird nie wieder vorkommen. Möchtest du nach Hause, Liebes?«

Valentine schüttelte den Kopf. »Nein, schon gut. Lass uns aufbrechen. Schließlich ist es ein königlicher Empfang, auf dem wir erwartet werden. Und mir ist ja nichts passiert. Wahrscheinlich hatten diese abgerissenen Gestalten bloß Hunger. Der Krieg muss das Land furchtbar ausgeblutet haben.« Sie schob vorsichtig mit ihren Seidenschuhen die Fensterscherben aus der Kutsche.

»Ich könnte dafür sorgen, dass du dich nie mehr vor einem solchen Zwischenfall fürchten musst«, flüsterte Ludovico. »Und dass wir uns niemals trennen müssen.«

»Lass das«, sagte sie laut und ärgerlich und trat so weit von ihm zurück, wie es ihr im engen Inneren der Kutsche möglich war. »Du weißt, dass ich niemals so werden kann wie du. Vom Blut lebender Kreaturen zu trinken würde mich umbringen. – Willst du das etwa?«

»Nein, natürlich nicht. Aber eine Nacht wie diese facht einfach meine Sorge um dich an, Valentine. Ich habe Angst, dich zu verlieren. Das ist der Grund, warum ich mein Angebot an dich wiederhole.«

»Ich hoffe, deine Liebe sorgt dafür, dass ich es nicht mehr allzu oft ablehnen muss.«

Ludovico zog sie wieder an sich. »Versprochen. Ich werde versuchen, meine Zunge im Zaum zu halten.«

Valentine setzte sich, während Ludovico draußen auf den Kutschbock kletterte. Vorsichtig hob sie die Pistole auf, die der junge Spanier hatte fallen lassen. Während sie die Waffe betrachtete, fuhr die Kutsche mit einem Ruck wieder an.

GREAT MARLOW, 1817

Als Niccolo das Haus verließ, war sein Innerstes aufgewühlt. Verwundert schüttelte er den Kopf. Er konnte nicht einmal genau benennen, was er sich erhofft hatte, aber eingetreten war es nicht. Im Gegenteil, anstatt an die Freundschaft anzuknüpfen, die er in Genf als so eng und bindend empfunden hatte, fühlte er sich vollkommen entfremdet von Percy, Mary und Claire. Sie führten ein ruhiges Leben in der englischen Provinz. Die Szene, die er eben erlebt hatte, hätte direkt aus einem Genrebild des vergangenen Jahrhunderts stammen können.

Natürlich war Percy noch immer mit dem Schreiben beschäftigt, und auch der Versuch, die Welt zu einem besseren Ort zu machen, trieb ihn noch immer um, aber die Magie jener Nächte am Genfer See war verschwunden.

MADRID, 1817

Das Innere des Palacio de Uceda war hell erleuchtet. Der barocke Bau strahlte im Licht zahlloser Kerzen und Lüster. Exquisite Wandmalereien zierten die Räume, und die Statuen der Familie Sandoval, einst die Besitzer des Stadtpalastes, blickten milde lächelnd auf die Gästeschar.

Seit der Befreiung der Spanier von der französischen Herrschaft waren erst wenige Jahre vergangen, und Ferdinand VII. nutzte nun den Jahrestag seiner Rückkehr nach Madrid, um ein glanzvolles Fest zu geben.

»Ich denke, er will der Welt beweisen, dass Spanien wieder ganz die alte Größe besitzt«, raunte Ludovico Valentine zu, als sie schließlich die Schlange erreichten, die sich vor dem König gebildet hatte, um ihn zu begrüßen.

Der spanische Herrscher empfing die Prozession seiner Gäste in einem geschmückten Saal.

»Vielleicht sollte er dafür selbst noch etwas wachsen.«

Beinahe gegen ihren Willen musste Valentine lächeln. In der Tat war Ferdinand ein kleiner Mann, und wie viele kleine Männer versuchte er von diesem Umstand durch eine übertrieben gerade Haltung abzulenken. Er trug schwarze Kniebundhosen und ein Hemd mit goldenen Tressen, und dunkle Augen blickten finster unter einem schwarzen Haarschopf hervor.

»Dass er von den Habsburgern abstammt, ist jedenfalls nicht zu übersehen«, gab Valentine zurück. Auch ohne auf das ausladende Kinn des Königs hinzuweisen, konnte sie an Ludovicos Schmunzeln erkennen, dass er sie sehr wohl verstanden hatte.

In Momenten wie diesen vermochte Valentine beinahe zu

vergessen, was der Mann war, den sie geheiratet hatte. Sie sah Ludovico an, studierte seine schönen Züge und seine gerade Haltung. Er schien sich in nichts von den anderen Gästen im Raum zu unterscheiden, war nur ein Mann, der einen Scherz mit seiner Frau teilte. Doch dann dachte sie daran zurück, was früher am Abend geschehen war, dachte daran, wie Ludovico einzig mit der Macht seiner Stimme die beiden Angreifer in Bann geschlagen hatte.

»Bei Tag verfüge ich kaum über mehr Macht als jeder andere auch«, hatte er ihr gesagt. »In der Nacht … nun, in der Nacht sieht die Sache anders aus.«

»Valentine?«, erkundigte sich Ludovico. Besorgnis schwang in seiner Stimme mit. »Ist alles in Ordnung?«

»Ja, ich musste nur für einen Augenblick an die Kutsche und den Überfall denken.«

»Wenn du möchtest, mache ich König Ferdinand gern klar, dass es um die Sicherheit der Straßen Madrids nicht zum Besten steht«, bot Ludovico Valentine an, während sie in der wartenden Schlange einige Plätze weiter nach vorn rückten. Der Monarch wechselte mit jedem der Gäste einige höfliche Worte, bis diese schließlich weitergingen und den Platz für die nächsten frei machten.

»Um Himmels willen. Ich habe gehört, dass er unglaublich jähzornig sein soll. Besser, du verdirbst ihm die Laune nicht, sonst enden wir noch vor dem Kirchengericht.«

Es hieß, dass Ferdinand keinerlei Verständnis für die liberaleren Bestrebungen seiner Untertanen besaß und sich bereits angeschickt hatte, ein Monarch alter Schule zu werden. Politische Widersacher verschwanden einfach, Kritiker wurden rasch zum Schweigen gebracht. *Sogar die Inquisition soll zurückgekehrt sein,* dachte Valentine und konnte sich eines Schauderns nicht erwehren. Unwillkürlich blickte sie erneut zu

Ludovico und biss sich auf die wunde Stelle an der Innenseite ihrer Lippe. Er hatte angedeutet, dass die Kirche ihn und seinesgleichen mit besonderer Härte jagte, und sie machte sich Gedanken um ihn, seit sie im erzkatholischen Spanien eingetroffen waren.

»Die Etikette in Madrid ist so verstaubt wie Ferdinands Aufzug«, murmelte Ludovico, der Valentines Befürchtungen, man könnte sie hören, offenbar nicht teilte. »Die Spanier sind wirklich außerordentlich …«

»Traditionsbewusst«, fiel ihm Valentine ins Wort, bevor er etwas anderes sagen konnte. »Damit hast du gewiss Recht.«

Ludovico musterte sie. Erst schien das Lächeln auf seinen Lippen sie zu verspotten, aber dann neigte er zustimmend den Kopf. »Wir sollten bald nach Frankreich reisen, Liebes, so wie ich es dir versprochen habe. Der Süden beginnt mich zu langweilen, und in Paris fängt im nächsten Monat die Opernsaison an.«

Valentine bemühte sich, sein Lächeln zu erwidern. Sie versuchte, sich Paris vorzustellen, doch vor ihrem inneren Auge sah die französische Hauptstadt ebenso trist aus wie das nächtliche Madrid.

Schließlich rief man ihre Namen. Valentine achtete sorgfältig darauf, dass ihre Miene nichts weiter als Bewunderung für Ferdinand ausdrückte, als sie den König erreichten und sie in einem formvollendeten Knicks versank, während Ludovico dem Monarchen für die Einladung dankte. Nach zwei belanglosen Sätzen waren sie aus seiner erlauchten Gegenwart entlassen.

Der *Conde* von Karnstein war in Madrid kein Unbekannter, und Ludovico stellte Valentine zahllose Gäste aus dem In- und Ausland vor, während sie sich durch die verschiedenen Räume bewegten.

»Schau, dort vorn, das ist einer von Wellingtons Generälen«, erklärte er und: »Warte, diesen jungen Mann wirst du kennenlernen wollen – er schreibt Gedichte.«

Nach einer Weile ließen sie sich mit einigen Bekannten Ludovicos auf einer Sitzgruppe nieder, während sie darauf warteten, dass das Diner begann.

Als Valentine an ihrem Champagner nippte und den Worten des niederländischen Kulturattachés lauschte, konnte sie nicht aufhören, sich darüber zu wundern, wie sehr sich ihr Leben verändert hatte. Natürlich lächelte sie charmant und bemühte sich nach Kräften, eine geistvolle und witzige Unterhalterin zu sein. Sie wusste, wie stolz es Ludovico machte, dass seine Frau in mehreren Sprachen über Kunst und Literatur zu reden verstand. Sie war sich bewusst, dass immer wieder bewundernde Blicke auf das Grafenpaar von Karnstein gerichtet wurden. *Von all denen, die nicht mehr sehen können als das Bild, das Ludovico sie sehen lassen will.*

Und während sie sich – wie so oft – fragte, ob ihr nach Lachen oder Weinen zumute war, sehnte sie sich mit jeder Faser ihres Herzens in die Bibliothek der Villa Viviani in Arezzo zurück, wo sie Niccolos Geschichten gelauscht hatte und alle Monster und Vampire nur Kinder ihrer Einbildung gewesen waren.

34

PARIS, 1818

Fast fühlte es sich wie eine Heimkehr an, als Niccolo wieder durch die Straßen von Paris fuhr. Die Metropole war noch ebenso laut und aufgeregt wie bei seinem letzten Besuch, die von Napoléon erbauten Prachtstraßen rund um den Place de l'Étoile voller Fuhrwerke, Händler, Spaziergänger und Liebespaare.

Seine Grand Tour neigte sich in diesem Herbst dem Ende zu, aber mit Humboldts Empfehlung in der Tasche wollte er noch einige Tage in der Stadt an der Seine verbringen, getrieben von der Hoffnung, bei den Freunden des Preußen mehr über das Geheimnis der Lykanthropie zu erfahren.

Wenn er Paris verließ, was er noch vor dem Winter zu tun gedachte, würde er nach Arezzo zurückkehren. Dort wartete sein altes Leben auf ihn, das ihm nun so fern schien, dass ihm der Gedanke, es einfach wieder aufnehmen zu müssen, beinahe lächerlich vorkam. Sein Vater würde wollen, dass er sich in die Pläne der Familie einfügte, aber wenn es eines gab, worin Niccolo sich nicht verändert hatte, dann war dies seine Hoffnung, dem Militär zu entgehen.

Sein Gewissen meldete sich schmerzlich bei dem Gedanken an seine Familie. Niccolo hatte seit langer Zeit weder Marcella noch seiner Mutter geschrieben, und er ahnte, dass sie sich um ihn sorgten. Er nahm sich vor, das Versäumte so bald wie möglich nachzuholen.

Zunächst jedoch musste er sich um andere Dinge kümmern. Ein Hotel war bereits gefunden, die Zimmer gebucht, die Unterkunft der Diener arrangiert. Er würde seine Karte samt Empfehlung an die Aubrys senden und um ein Treffen bitten.

Und dann … ja, was dann?

Niccolo hoffte, von den Naturforschern einen Hinweis zu erhalten, doch was genau er eigentlich suchte, wusste er nicht. Shelley schien seine Vergangenheit hinter sich lassen zu wollen, und seinen Worten nach galt dies auch für die anderen Engländer. Warum er selbst nun also nach den Spuren eines Geheimnisses suchte, das ihn dank einer plötzlichen Wendung des Schicksals damals kaum betraf, wusste er nicht zu sagen.

Seine Erinnerungen an die Abende in der Villa Diodati waren golden eingefärbt und dabei seltsam ungetrübt durch das brutale Ende, das nicht nur die Gemeinschaft zerrissen, sondern ihm auch Valentine genommen hatte. Der Gedanke an sie durchzuckte ihn wie ein scharfer Schmerz. Er hatte ihn mit verzweifelter Anstrengung beiseitegeschoben, seit er den letzten Brief aus Arezzo erhalten hatte, doch nun konnte er sich nicht länger dagegen wehren.

Valentine hat mir geschrieben, hatte darin in der kindlichen Handschrift seiner Schwester gestanden. *Sie hat geheiratet und ist jetzt die Contessa von Karnstein. Warum hast du mir denn nichts davon erzählt? Wie war die Hochzeit?*

Wie die Hochzeit war? Niccolo wusste natürlich, dass seine Schwester diese Frage nicht gestellt hatte, um ihn zu quälen, und dennoch verursachte sie ihm Qualen. Allein Valentines Namen zu denken nahm ihm den Atem und erfüllte ihn mit einer unerträglichen Mischung aus Sehnsucht und Schuld. Shelley konnte offenkundig mit Mary zusammenleben, warum also hatte er sich ein Leben mit Valentine versagen müssen?

Immer wieder redete er sich ein, dass es an der Zeit war loszulassen, zumal er dies alles hinter sich gelassen hatte. Gewiss war Valentine ohne ihn besser dran; gewiss war Conte Ludovico ein guter Mann, trotz seiner mysteriösen Vergangenheit.

Niccolos Verstand glaubte ihm, allein sein Herz strafte ihn Lügen.

PARIS, 1818

Ludovico strich sich mit zwei Fingern über den schmalen Bart, der seinen Mund umrahmte, und betrachtete dann die Blutstropfen, die an den Kuppen hängen geblieben waren. Gedankenverloren leckte er sie ab.

Er war seinem Versprechen Valentine gegenüber treu geblieben und hatte auch diesen Mann nicht getötet, obwohl der Drecksack es gewiss verdient hätte. Zuhälter, Päderast, Halsabschneider ... die Liste seiner Sünden war lang, und Ludovico hatte sie alle in seinem Geist gespürt, als sie einander begegnet waren. Und nun würde ihm, wenn er aufwachte, nichts fehlen – abgesehen von einer leichten Benommenheit und der Schwäche, die mit dem Blutverlust einherging. Schon bald würde er sein gewohntes Tagwerk wieder aufnehmen. Angeekelt versetzte Ludovico dem schlaffen Körper, der zu seinen Füßen im Unrat lag, einen Tritt.

»Abschaum«, murmelte er vor sich hin. Dieser Menschenschlag war auf der ganzen Welt gleich.

Langsam zog er seine Taschenuhr aus der Weste und warf einen Blick darauf. Die Jagd auf diesen Kerl hatte einige Zeit in Anspruch genommen, und Ludovico musste sich beeilen, wenn er noch rechtzeitig zu Valentine zurückkehren wollte, die er an der Rue de la Loi in der Oper zurückgelassen hatte. Er selbst war nach dem zweiten Aufzug des Werkes, das *Der Barbier von Sevilla* hieß, gegangen, um seinen Appetit zu stillen. Die neumodische Komische Oper mit ihren derben Scherzen und ihren grobschlächtigen Porträts des dritten und vierten Standes traf seinen Geschmack ohnehin ganz und gar nicht, und er hielt sie für eine höchst vergängliche Mode. Er war gespannt, was Valentine über ihren Verfasser, Signor Rossini, zu sagen haben würde.

Seit dem Erlebnis in Madrid war es ihm lieber, Valentine in Sicherheit und umgeben von vielen Menschen zu wissen, wenn er jagte. Er fürchtete nicht nur, dass sie wieder von irgendwelchem Gesindel belästigt werden könnte, sondern auch, dass er der Inquisition eines Tages doch noch in die Hände fallen würde. Dann war es besser, wenn sie vor aller Welt zeigen konnte, dass sie nichts von den verbrecherischen Taten ihres Mannes gewusst hatte.

Mit einem weit ausholenden Schritt, um sich die Lederschuhe nicht zu beschmutzen, stieg er über den Zuhälter hinweg und trat in die Schatten. Er brauchte so nur einige Augenblicke für den Rückweg zum Opernhaus und schlüpfte wieder in die Loge, noch bevor Graf Almaviva seinen finalen Auftritt hatte. Valentine schaute durch ein Opernglas auf die Bühne, das sie sinken ließ, als er sich neben sie setzte. Sie blickte ihn fragend an, sagte jedoch nichts.

Er ergriff ihre Hand, wollte für den Moment in ihrer Gegenwart die Grausamkeit und den Schmutz vergessen, der sie beide umgab, nicht nur in der stinkenden Gosse, die er soeben verlassen hatte, sondern ebenso im Salle Montansier, in dem die Adligen und Pfeffersäcke den Gestank ihrer niederen Gelüste nur besser zu parfümieren verstanden. Sie erwiderte den Druck seiner Finger und hob zögerlich eine Hand, um ihm über das Gesicht zu streichen. In ihren Augen sah er Mitleid, und er wandte den Blick ab.

PARIS, 1818

Obwohl der Tag noch angenehm warm gewesen war, verschwand die Wärme mit der untergehenden Sonne. Der leichte Wind tat ein Übriges, um Niccolo auf dem breiten Balkon der Villa frösteln zu lassen. Hinter den Scheiben erstrahlte der Saal in freundlichem Licht, und zahllose Männer und Frauen flanierten an den Fenstern vorbei, ohne den jungen Italiener in der Dunkelheit zu beachten. Die Gäste amüsierten sich sichtlich, aber ihre Gespräche, das Lachen und die Musik drangen nur als ein gedämpftes Murmeln zu Niccolo durch, und so wirkte die Gesellschaft eher wie ein seltsames, unwirkliches Schattentheater als wie ein Treffen realer Menschen. Er hatte wenig Lust verspürt, der Einladung des Principe von Sulmona Folge zu leisten, der derzeit mit seiner skandalumwitterten Frau Pauline in Paris weilte. Dennoch war Niccolo hergekommen, da er noch auf Antwort von den Aubrys wartete und die Schwermut sich noch bleierner auf ihn legte, wenn er allein war.

Nachdenklich trank er noch einen Schluck Champagner, doch das Getränk schmeckte schal und fad. Niemand sonst war auf dem Balkon. Wer aus dem stickigen Saal wollte, würde auf die beleuchtete Terrasse gehen, wo livrierte Bedienstete bereitstanden und ein Koch aus geschnittenen Melonen kleine Kunstwerke errichtet hatte. Also lehnte Niccolo sich an das Geländer und schloss für einen Moment die Augen. Er konnte nicht sagen, warum, aber seit einiger Zeit bereiteten ihm größere Menschenansammlungen Probleme, und er verspürte öfter den Drang, ihnen zu entkommen.

Erst, als sich hinter ihm die Balkontür öffnete, drehte er sich wieder um, um den Neuankömmling zu betrachten. Halb vermutete er, dass es ein Paar sein würde, das den Reiz und die Gefahr eines Schäferstündchens am Rande der Öffentlichkeit auskosten wollte, doch es war nur eine einzelne Frau, deren Umriss sich gegen das leuchtende Glas abzeichnete. Noch bevor er ihr Gesicht erkennen konnte, wusste der junge Italiener, wer es war. Die Erkenntnis traf ihn wie ein Schlag. Und die Frau kam geradewegs auf ihn zu.

»Niccolo?«, fragte sie mit halblauter Stimme, die ungläubiges Erstauen ausdrückte.

Ein irrsinniger Gedanke an Flucht durchzuckte Niccolos Geist. Ein Sprung über das Geländer und ein wilder Lauf in die Dunkelheit der Parkanlage. Stattdessen stieß er sich von dem kalten Stein ab und ließ sein Glas darauf stehen.

»Valentine.«

Sie trat einen Schritt zur Seite und neigte das Haupt. Sie war wunderschön. Dunkelrote Seide umschmeichelte ihren Körper. Ihr Profil war unverkennbar, und Niccolos Herz zog sich schmerzhaft zusammen. Sogar sein Atem setzte für einen Moment aus. Er wollte die Hand ausstrecken, die hellen Locken berühren, die Haut spüren, doch er steckte seine Rechte nur in seine Hosentasche, wo seine Finger sich in unerfülltem Verlangen verkrampften.

»Niccolo, bist du es wirklich?«

Er nickte, unfähig, auch nur einen Ton herauszubringen.

»Hast du mir nichts zu sagen?«

Ihre Worte waren kaum mehr als ein Hauch, doch sie brannten ihm in der Seele und setzten sein Gewissen ebenso in Flammen wie sein Herz.

»Verzeihung«, murmelte er, bevor er sich fing und mit fester Stimme weitersprach. »Ich wollte nicht unhöflich sein, aber … ich hatte nicht damit gerechnet, dich hier zu sehen.«

Sie betrachtete ihn so, wie man einen Fremden betrachtet, mit kühler Neugier.

Fast glaubte er, dass ihre Begegnung nun enden würde, dass sie sich umdrehen und wieder hineingehen würde, aber Valentine war nicht bereit, ihn so einfach aus der Verantwortung zu entlassen.

»Warum, Niccolo? Warum hast du dich derartig fortgestohlen, wie ein Dieb in der Nacht?«

Die Antwort lag ihm auf der Zunge, und er wollte sie hinausschreien. Vor ihr auf die Knie fallen, alles erklären und sie um Vergebung bitten. Aber er konnte es nicht tun, um seinetwillen nicht und um ihretwillen nicht. Er biss sich auf die Lippe.

»Dringende Geschäfte riefen mich«, erklärte er leise. »Und dann wollte ich meine Grand Tour beginnen. Du verstehst sicher.«

Wenn er darauf gehofft hatte, dass sie dies höflich akzeptierte, so wurde er enttäuscht.

»Nein. Nein, das tue ich nicht. Niccolo, was ist bloß mit dir geschehen? Ich wollte deine Frau werden. Ich war bereit, meinen Vater auf Knien um sein Einverständnis zu bitten. Aber dann lerntest du diese … diese Engländer kennen.« Sie spuckte das Wort aus, als sei es bitter in ihrem Mund. »Und bist verschwunden. Ich war bei den Gendarmen, weil ich schon dachte, dir wäre etwas zugestoßen. Ich wusste ja nicht einmal, wohin ich dir einen Brief hätte senden können.«

Plötzlich wurde er zornig, auf sich, auf die englischen Poeten, auf sie, auf die ganze Welt.

»Du warst also bei den Gendarmen? War das bevor oder nachdem du so hastig die Contessa von Karnstein geworden bist?«, fragte er mit kühler Stimme.

»Niccolo, ich …«

»Wenn du es wissen willst, sage ich dir gern, warum ich fortgegangen bin: Ich habe dich nicht geliebt. Und um ehrlich zu sein, war ich froh zu hören, dass du es gar nicht abwarten konntest, mit dem Conte vor den Traualtar zu treten«, sprach er die Lüge aus, die ihn sicherer in die Hölle führen würde als alles, was Byron je mit ihm gemacht hatte.

»Das ist nicht wahr«, flüsterte sie. Doch als ihr die Tränen in die Augen stiegen und im Licht des Ballsaals funkelten, wusste er, dass sie ihm glaubte.

In diesem Moment wurde die Balkontür noch einmal mit einem schabenden Geräusch geöffnet, und eine junge Dame mit einem kokett schief sitzenden Hut spähte zu ihnen heraus. Musik drang zu ihnen, tanzte durch die Luft, als wolle sie die beiden verhöhnen.

»Madame?«

»Ich komme sofort, Eleonore«, antwortete Valentine, ohne sich umzudrehen oder ihren Blick auch nur einen Moment von Niccolo zu nehmen.

Als die Tür sich wieder schloss, wiederholte Valentine: »Das ist nicht wahr.«

»Du verstehst das nicht«, begann Niccolo. Angesichts ihres Schmerzes brach die Mauer um sein Herz einfach entzwei, und jeder wohlgemeinte Vorsatz verschwand. »Ich …«

Wieder öffnete sich die Tür, doch diesmal war es ein Mann, der heraustrat und sofort auf Valentine zuging.

»Liebling? Hier bist du. Eleonore hat sich bereits Sorgen gemacht«, erklärte Ludovico freundlich.

»Sie hat mich schon gefunden«, erwiderte Valentine. Das Beben in ihrer Stimme war verschwunden, ersetzt durch einen kühlen, völlig beherrschten Unterton.

»Oh, Cavaliere Viviani, was für eine Überraschung.«

»Ich grüße Euch, Conte«, entgegnete Niccolo kalt. »Darf ich Euch zu Eurer Frau beglückwünschen? Selten hat ein Mann eine bessere Wahl getroffen.«

»Danke, mein junger Freund. Tatsächlich kann ich mein Glück kaum fassen.«

Der Graf legte den Arm um Valentines Schultern, die ihn kurz anlächelte, dann jedoch wieder zu Niccolo blickte.

»Du zitterst ja«, stellte Ludovico fest.

»Der Wind«, erklärte seine Frau und zog die Stola enger um sich. »Ich sollte wieder hineingehen.«

Sie wandte sich noch einmal an Niccolo: »Es hat mich gefreut, Euch wiederzusehen, Cavaliere. Ich wünsche Euch alles Gute bei Euren Geschäften. Grüßt mir Eure Familie, wenn Ihr ihr schreibt. Besonders an Marcella denke ich oft.«

Dann drehte sie sich um und ging zur Balkontür, das Haupt hoch erhoben. Niccolo wollte sie aufhalten, aber ihm war, als sei er gelähmt. Die Situation war so unwirklich, dass er zusammenzuckte, als Ludovico die Stimme erhob.

»Ich komme gleich nach«, rief der Conte Valentine hinterher, dann drehte er sich um und lächelte Niccolo kühl an. Er musterte den jungen Italiener, der den Blick ungerührt erwiderte. »Halte dich von ihr fern, mein Junge. Du hast sie verloren, und jetzt ist sie mein.«

»Ich habe weder das Interesse noch die Absicht ...«, begann Niccolo, doch er brachte den Satz nicht zu Ende. Ludovico schüttelte den Kopf und trat an das Geländer. Er sog die Nachtluft ein und ließ seinen Blick über den weitläufigen Park schweifen. Mit der Linken holte er einen Zigarillo und Zündhölzer aus der Tasche seines eleganten Anzugs und begann, schweigend zu rauchen.

»Halte mich nicht für einen Narren, Niccolo«, sagte er nach einigen langsamen Zügen. »Ich kann sehen, was in dir vorgeht.«

Kaum wahrscheinlich, dachte Niccolo, während er verächtlich schnaubte.

»Sie ist wunderschön«, fuhr Ludovico fort. »Und du liebst sie. Aber du bist nicht gut für sie, mein Lieber.«

»Ich benötige keine Belehrungen von Euch, *Conte.* Und falls Ihr mich einschüchtern wollt, so ist Eure Mühe vergebens.«

»Du hältst dich inzwischen für einen Mann, nicht wahr, Niccolo? Dabei bist du so ahnungslos«, erklärte der Graf, »aber auch ich wünsche dir Glück. Denn ich weiß, du wirst es brauchen.«

35

PINDOS-GEBIRGE, 1818

Es war eine unangenehme Aufgabe, und das lag nicht nur an dem Dienst selbst, sondern vor allem an der Gesellschaft, in der er getan werden musste. Aber wenn der Çorbaci den Befehl gab, blieb seinen Untergebenen nichts übrig, als zu gehorchen. Der Gesandte wirkte wie ein freundlicher Mann, doch jeder in der Garnison wusste, dass dies nur eine Maske war, hinter der etwas ganz anderes lauerte. Er war nicht besonders groß, dabei nicht dick, aber auch nicht dünn. Er trug immer teure Stoffe und viel Schmuck, und sein Gesicht war breit, mit einem dichten Bart und umrahmt von langen, schwarzen Locken. Er lachte oft und zeigte dabei seine kleinen, weißen Zähne, die weit auseinanderstanden und den Soldaten immer an Mäusezähne erinnerten.

Gemeinsam gingen sie hinab in die Mine. Der größte Teil der Sklaven war in Hütten untergebracht, wo sie für die Nacht eingesperrt wurden, bewacht von Soldaten auf den Mauern. Aber einige wurden nie aus der Mine gelassen. Es gab eine Kaverne, jenseits der Kammern mit der Ausrüstung, ein dunkles, stickiges Loch mit schlechter Luft voller Staub, die im Hals kratzte. Dort hausten die Sklaven, die aufsässig waren oder die den Aufsehern sonst irgendwie aufgefallen waren. Es war ein schmutziger Ort, der nach Urin und Fäkalien stank und nach Schweiß und Tod, denn so mancher, der dort Wochen bleiben musste, verlor in der Dunkelheit die Hoffnung und starb einfach.

Und dann gab es hinter der Kaverne noch die Grube. Der Soldat hatte sie nur einmal gesehen, als er und einige andere einen Sklaven dort herausgeholt hatten. Die Grube war schlimmer als das Loch, sofern das überhaupt möglich war. Wer dort hingebracht wurde, kam niemals zurück und diente bloß noch als Exempel, um die restlichen Sklaven ruhig zu halten.

Nur auf einen traf das nicht zu. Er kniete in einer Kammer, die ursprünglich für Schaufeln und Spitzhacken gedacht gewesen, aber nun für den Gesandten frei geräumt worden war. Andere Soldaten hatten den Knienden aus der Grube geholt. Er sah noch so aus wie vor vier Monaten, als der Soldat ihn das letzte Mal gesehen hatte, was beeindruckend war, denn die meisten überlebten in der Grube keine vier Wochen. Seine Haut war so schmutzig, als habe er in Schlamm gebadet, was vermutlich nicht weit von der Wahrheit entfernt war. Sein Haar hing in verfilzten Strähnen herab, graubraun vom Staub, und sein Haupt war gesenkt. Er konnte gar nicht anders, als zu knien, denn seine Hände waren ihm auf den Rücken gefesselt, an einer langen Stange, die seine Fußgelenke mit seinem Hals verband. Das Metall glänzte im Licht der Öllampe, die der Schreiber des Gesandten an einen Haken hängte. Der Kniende versuchte aufzusehen und drehte den Kopf. Seine Augen funkelten zwischen den verfilzten Haarsträhnen hindurch, und obwohl der Großteil seines Gesichts im Schatten lag, hätte der Soldat schwören können, dass er grinste. Seine Zähne waren noch immer vollständig, und sein Gebiss sah kräftig aus, was in dieser Umgebung und bei dem Fraß, mit dem der Mann auskommen musste, an ein Wunder grenzte.

»Da bin ich wieder, Hristo«, eröffnete der Gesandte das Gespräch, während sein Diener ihm einen dreibeinigen Hocker mit einer Ledersitzfläche aufbaute und dann seine Schreibutensilien zückte.

Der Sklave schwieg. Warum die Männer aus Ioannina immer wieder kamen, um dieses Wrack zu befragen, entzog sich dem Verständnis des Soldaten. Worüber er froh war. Über zu viel Wissen zu verfügen war oft nicht klug.

»Wirst du uns heute deine Geheimnisse verraten, Vărkolak?«

Der Sklave schwieg. Er sprach nur selten und dann mit einer rauen, kratzigen Stimme und langsamen Worten, als müsse er sich mit jedem Satz neu an die Sprache gewöhnen.

»Ach, Hristo, beende es doch einfach.« Der Gesandte setzte sich auf den Hocker und blickte sich um. Dann fixierte er den Mann namens Hristo und lächelte. »Es kann alles vorbei sein. Ich weiß, dass du Schmerzen leidest. Es beißt, nicht wahr? Siehst du, und wenn du uns nur ein wenig darüber verrätst, was dich zu dem macht, was du bist, dann können die Schmerzen enden. Sofort.«

Keine Antwort, aber das Verhör hatte auch gerade erst begonnen. Manchmal blieb der Gesandte einen ganzen Tag. Nicht, dass man hier unter der Erde die Stunden zählen konnte. Oft vergingen sie zäh.

»Mein Herr lässt dir seine Bewunderung ausrichten.«

Diesmal sah der Sklave auf.

»Oh ja. Dein Widerstand ist außergewöhnlich.«

Vermutlich ging es um die Rebellen, die Ali Pascha immer wieder Probleme bereiteten. Die Christen versteckten sich in den Bergen, schlugen von dort aus zu und verschwanden wieder. Ganze Täler hatte Ali Pascha entvölkern lassen, Dutzende, Hunderte von Sympathisanten hinrichten lassen, aber noch war der Wille der Rebellen nicht gebrochen.

»Aber letzten Endes ist es doch fruchtlos, ihm widerstehen zu wollen. Früher oder später erfahren wir ohnehin von dir, was wir wissen wollen. Von dir oder von einem der anderen. Vielleicht von der Frau …« Als der Sklave zusammenzuckte, beugte sich der Gesandte vor. »Verzeihung, ich hätte es dir wohl erzählen sollen. Du bist nicht der Einzige von euch in unserer Hand. Unsere besten Männer beschäftigen sich gerade mit ihr. Sie ist wild, heißt es, sie kratzt und beißt, und sie windet sich unter ihnen wie das Tier, das sie nun einmal ist. Sie gehen sehr ... gründlich mit ihr um, habe ich gehört.«

Der Sklave starrte ihn an, dann schüttelte er den Kopf. »Du lügst«, knurrte er. »Ich kann es riechen.«

Der Gesandte seufzte und zog ein langes, silbernes Messer aus einer Scheide an seinem Gürtel.

Als er sich erhob, versuchte der Soldat wegzusehen, aber der Raum war viel zu klein. Und selbst wenn man nichts sah, hörte man die Geräusche. Die Schnitte, das Tropfen des Blutes. Der Sklave schrie nie, aber immer wieder entrang sich seiner Brust ein Stöhnen.

Und nach allem, was ihm der Gesandte antat, war der Mann immer noch hier, war noch immer nicht an den Folgen der Folter gestorben.

Es war eine unangenehme Aufgabe.

PARIS, 1818

Niccolo rieb sich über das unrasierte Kinn, als er die Stufen des Bürgerhauses emporlief, in dem die Aubrys ihre Wohnung hatten. Er hatte in der vergangenen Nacht kaum geschlafen, so wenig wie in der Nacht davor. Seit er Valentine wiedergesehen hatte, schien es ihm, als ob seine Erinnerungen ihn verfolgten wie die Erynnien und ihn nicht mehr zur Ruhe kommen ließen. Deshalb war er froh gewesen, als er endlich eine Nachricht von Jeanne Aubry bekommen hatte, die ihn einlud, sie zu besuchen. Vielleicht konnte er nun endlich der Lösung des Rätsels näherkommen, das ihn schon so viel gekostet hatte.

Mademoiselle Aubry war eine ungewöhnliche Erscheinung. Sie mochte vielleicht vierzig sein, war sehr schlank und vermutlich eine halbe Handbreit größer als Niccolo. Ihr Gesicht war gebräunt, und um die Augen zeigte sich ein Netz feiner Linien. Ihr schwarzes, glattes Haar trug sie kurz geschnitten, fast wie ein Mann. Und auch ihr Aufzug war nur wenig damenhaft. Statt eines Kleides hatte sie Hemd, Weste und eine dunkle Hose angelegt.

»Wenn Sie damit fertig sind, mich anzustarren, Monsieur, dürfen Sie mir ruhig die Hand geben«, sagte sie mit einer angenehm klingenden, dunklen Stimme und in nicht unfreundlichem Tonfall.

Niccolo, der auf der Türschwelle der Wohnung im Arrondissement de Passy stehen geblieben war und seine Gastgeberin tatsächlich angaffte, spürte, wie ihm die Röte in die Wangen stieg.

»Mademoiselle Aubry«, stammelte er überrascht. »Verzeihen Sie … ich wollte nicht …«

»Ich weiß, dass Sie nicht starren wollten. Und ich verzeihe Ihnen natürlich gern. Ich habe diese Wirkung oft auf die französischen Männer, ein Grund mehr, warum ich den Orient dem Okzident vorziehe. Das sind zwar reine Männergesellschaften, aber wenn man die Schranken des Geschlechts einmal überwunden hat, wird man von vielen Männern eher wie ein kleiner Bruder denn wie eine Frau behandelt. Und das hat meine Arbeit dort sehr erleichtert.«

Niccolo verneigte sich leicht. »Das ist faszinierend, Mademoiselle. Genau Ihre Arbeit ist es auch, die mich hergeführt hat – Cavaliere Niccolo Viviani, zu Ihren Diensten.«

»Natürlich. Alexander sprach in seinem Brief davon, dass es Ihr Anliegen sei, über Wölfe und Menschen zu sprechen. Er ist sehr von Ihnen eingenommen und hat Sie mir wärmstens ans Herz gelegt, so dass ich Ihnen Ihre Fragen gern beantworten will. Doch zunächst will ich meine Gastgeberpflichten natürlich nicht vernachlässigen. Treten Sie doch ein.« Sie trat einen Schritt von der Tür zurück und wies mit ausgestrecktem Arm auf das Innere der Wohnung, das durch zugezogene Vorhänge in einer Art Halbdämmer lag, obwohl es erst früh am Nachmittag war.

»Verzeihen Sie, Cavaliere, aber Jean-Baptiste und ich haben nur wenig Personal.«

Niccolo nickte und folgte Jeanne Aubry. Der Raum, den er betrat, war mit orientalischen Kissen ausgelegt, die sich um einen flachen Tisch gruppierten. »Kann ich Ihnen einen Tee anbieten?«, fragte seine Gastgeberin.

Als er bejahte, verschwand sie in einem der angrenzenden Räume, und Niccolo setzte sich langsam auf eines der am Boden verstreuten Kissen. In einer Ecke stand eine gläserne Wasserpfeife, deren Inhalt ein schwaches, würziges Aroma im Raum verbreitete, als ob sie erst kürzlich in Gebrauch gewesen wäre. Um das Rauchgerät herum standen und lagen zahlreiche Tontöpfe und in Wachspapier eingeschlagene Päckchen, die zumeist nur achtlos verschlossen waren.

Als seine Gastgeberin zurückkehrte, brachte sie auf einem Messingtablett eine silberne Teekanne und zwei kleine Gläser mit, die sie vor Niccolo abstellte. Aus einem Tontopf nahm sie einige Blätter frischer Minze, die sie in die Gläser legte, aus einem weiteren fügte sie groben Zucker hinzu. Dann legte sie sich bequem auf die Kissen, stützte einen Arm auf und streckte die andere Hand nach der Wasserpfeife aus. Sorgfältig schüttete sie Holzkohle aus einem der Päckchen auf, entzündete diese und befüllte den Tabakkopf mit einer bernsteinfarbenen Tabakmischung. Niccolo beobachtete ihre Vorbereitungen fasziniert.

Als sie einen tiefen Zug aus dem Mundstück genommen hatte, schloss sie die Augen und lehnte sich zurück. Mit zwei Fingern ihrer schlanken, braunen Hand bot sie ihm das Mundstück an. Niccolo nahm es vorsichtig und saugte daran, während Jeanne den Flaschenkörper festhielt. Der Rauch war kühl und schmeckte aromatisch. Niccolo behielt ihn einen Moment in den Lungen, bevor er vorsichtig, um nicht zu husten, wieder ausatmete.

»Also, Cavaliere«, begann Jeanne. »Was wollen Sie von mir wissen?«

»Von Humboldt hat mir berichtet, dass Sie und Ihr Bruder sich mit allerlei Volkssagen beschäftigt haben. So auch mit den Mythen um die Gestaltwandler. Die Wolfsmenschen.« Obwohl es ihn beinahe selbst erstaunte, kam Niccolo ohne Umschweife auf den Grund seines Besuches zu sprechen. Sein Kopf fühlte sich leicht an, und die Tatsache, dass sie beide in Dämmerlicht und Rauch gehüllt waren, machte es ihm leicht, seine Fragen zu stellen.

»Wolfsmenschen, ja?« Jeanne kicherte. »Sind Sie auf der Suche nach einer bestimmten Erzählung, oder interessiert es Sie nur allgemein, was ich darüber weiß?«

»Allgemein, Mademoiselle.«

Seine Gastgeberin setzte sich auf und füllte heißes Wasser in die Gläser. Dann goss sie das Wasser in die Kanne zurück und wiederholte den Vorgang. Schließlich war sie mit ihrem Werk zufrieden und trank einen Schluck des heißen Tees. Niccolo tat es ihr gleich. Das Gebräu schmeckte frisch und dabei süß und bitter zugleich.

»Sagen Sie Jeanne. *Mademoiselle* ist eine Anrede, die denkbar schlecht zu mir passt.« Sie schwieg einen Augenblick, dann fuhr sie fort: »Mein Bruder und ich haben weite Teile Osteuropas, des Nahen Ostens und des Orients bereist, müssen Sie wissen. Die dortigen Kulturen sind faszinierend. Vielfältig. Und uralt. Aber so unterschiedlich die einzelnen Länder auch sein mögen, in einigen Dingen ähneln sie sich doch stark. Die mythischen Erzählungen, nach denen Sie suchen, gehören zu diesen Dingen. Ich habe in jedem Land, das ich besuchte, Geschichten über Gestaltwandler gehört – *Wrukolakas, Kynokephale, Vukodlak.* Sie tragen verschiedene Namen, aber im Kern ist die Geschichte immer die Gleiche. Die Mythen erzählen von Menschen, die sich in Tiere verwandeln können, zumeist in Wölfe, obwohl es auch andere Sagen gibt, von Katzenbiestern und menschenähnlichen Schakalen. Zu einem Wolfsmenschen kann man werden, wenn man von einem solchen gebissen wird. Oder man wurde bereits mit dem Fluch geboren. Im Glauben vieler Völker gibt es sowohl Gestaltwandler, die keine Kontrolle über ihre Verwandlung haben, als auch geborene Gestaltwandler, die ihre Veränderung nach Belieben herbeiführen können.«

»Das würde einen Unterschied machen?«, fragte Niccolo. Der Rauch waberte wie ein träges Wesen mit eigenem Willen durch den Raum zwischen ihnen, und Niccolos Blicke folgten dem Dunst.

»Oh ja. Geborene Wolfsmenschen geben ihre Gabe an ihre Kinder weiter, während durch Biss geschaffene Wolfsmenschen das nicht können. Angeblich gibt es überall auf der Welt ganze Dynastien von Gestaltwandlern, die im Verborgenen leben und ihre besonderen Talente von einer Generation an die nächste weitergeben.«

»Auch in Italien? Aber würden solche … Kreaturen denn niemandem auffallen?«, erkundigte sich Niccolo verwirrt. Jeanne reichte ihm erneut die Wasserpfeife, und er inhalierte ein weiteres Mal den würzigen Rauch. »Ich meine, man müsste doch von ihrer Existenz wissen, wenn das wahr wäre, oder nicht?«

Jeanne lachte leise. »Müsste man das? Angenommen, diese Wolfsmenschen würden nicht nur über die Macht verfügen, sich in Wölfe zu verwandeln, sondern auch über eine gewisse Magie, die sie schützt? Und hätten sie nicht allen Grund, im Verborgenen zu bleiben? Denn einmal angenommen, diese Kreaturen gäbe es wirklich, dann hätten sie gewiss mächtige Feinde, die sie jagen. Sei es, um sie zu töten, sei es, um sie sich zunutze zu machen.«

Niccolo setzte sich hastig auf, was ihm ein leichtes Schwindelgefühl verursachte. Er trank einen Schluck Tee, da er plötzlich ungemein durstig war. »Und was für Feinde könnten das sein, Jeanne?«, wollte er aufgeregt wissen.

Sie beobachtete ihn unter halbgeschlossenen Lidern hervor. »Sie erinnern mich an Jean-Baptiste, wissen Sie? Er ist auch geradezu besessen von diesen Geschichten. Immer wieder hat er gesagt, dass Gerard von Zwieten Unrecht hatte mit seiner wissenschaftlichen Erklärung für all die Berichte über Vampire. Und so ist mein lieber Bruder auch jetzt wieder in den Karpaten und dreht dort auf verkommenen Friedhöfen jeden Grabstein zweimal um, immer auf der Suche nach einem Beweis für die Existenz seiner *Nosferatu.*«

»Glauben Sie denn nicht an diese Geschichten?«, fragte Niccolo leise und verfluchte sich schon in dem Moment dafür, als er die Worte aussprach.

Sie nahm noch einen tiefen Zug aus der Wasserpfeife. Die Holzkohle zischte und glühte auf. »Ich weiß selbst nicht, was ich für wahr halte. Aber ich bin mir sicher, dass es andere außer meinem Bruder gibt, die an die Existenz dieser Kreaturen glauben. Vor einigen Jahren, als Kaiser Napoléon die ewige Stadt besetzt hielt und seine Soldaten sich anschickten, aus der Engelsburg einen Pferdestall zu machen, sollte hier in Paris eine Lieferung geheimer Dokumente aus den vatikanischen Archiven eintreffen. Sie sollten in den Kellern der Sorbonne gelagert werden, um sie zu schützen. Jean-Baptiste geriet vollkommen außer sich, als er davon hörte, denn angeblich sollten diese Dokumente das Wissen des Vatikans über Vampire und Gestaltwandler beinhalten.«

»Und was ist mit den Dokumenten geschehen?«, wollte Niccolo atemlos wissen.

Nun setzte sich auch Jeanne auf. Sie öffnete die Augen und blickte ihn direkt an. »Nichts ist geschehen. Die Lieferung kam nie an. Irgendjemand hat sie abgefangen, auf Geheiß eines hohen Militärs, hieß es. Die Männer, die diese Sendung begleiteten, kamen ums Leben, alle miteinander. Und ein guter Freund hat meinem Bruder nahegelegt, sich möglichst rasch wieder auf Reisen zu begeben, da seine neugierigen Fragen ihm sonst gefährlich werden könnten. Sie sehen also, ob ich an diese Kreaturen glaube, ist zweitrangig, solange es Menschen gibt, die so fest daran glauben, dass sie aufgrund dessen nicht nur eine Menge Risiken eingehen, sondern auch vor Mord nicht zurückschrecken.«

Niccolo schluckte. »Das Militär, sagen Sie?« Er dachte einen Moment nach. »Wissen Sie vielleicht einen Namen? Einen Soldaten oder Offizier, der damit in Verbindung stand?«

Sie seufzte und ließ sich wieder auf die Kissen zurücksinken. »Sie sind genauso besessen wie mein Bruder«, murmelte sie. »Und wohl genauso wenig davon heilbar. Sprechen Sie mit Caporal Coutard, wenn Sie müssen. Aber sehen Sie sich vor. Ich weiß von keinem Mann sicher, dass ihn ein Werwolf getötet hat, aber ich kenne genug Menschen, die durch Gewehre starben.«

Niccolo stand auf und versuchte die seltsame Leichtigkeit aus seinem Kopf zu verbannen. »Danke, Jeanne«, sagte er herzlich.

Sie öffnete die Augen nicht noch einmal. »Ich denke, Sie finden selbst hinaus.«

Sie ging gebeugt, und ihr Gehstock kratzte bei jedem Schritt über den Boden, da sie ihn nicht weit genug hob. Sie beobachtete ihre Umgebung mit einem verzerrten Lächeln, wohl wissend, dass all der zur Schau getragene Reichtum nur dazu dienen sollte, die Schwachen und Beeinflussbaren zu blenden. Und dazu, die Macht des Heiligen Stuhls zu bezeugen. Die Fliesen waren aus erlesenem Marmor, die Malereien an den Wänden von den größten Künstlern vergangener Zeiten gestaltet. Vergoldete Schnitzereien überzogen Türrahmen und Leisten, und prächtige Wandteppiche hingen den hohen Fenstern gegenüber, durch die man den nächtlichen Park sehen konnte.

Doch all das konnte sie nicht mehr beeindrucken. Gedankenverloren kratzte sie sich am Hals, wo das wulstige Ende der Narbe aus dem Kragen ragte und sich bis zu ihrem Ohr hinaufzog. Die Narbe mochte unter der Kleidung für alle anderen unsichtbar sein, aber Gioana spürte sie, konnte ihren Weg fühlen, den Hals hinunter, schräg bis zum Brustbein, dann zwischen ihren Brüsten hinab und tiefer bis zum Bauch, wo sie in einer Vielzahl kleinerer Narben endete. Die Wunde war verheilt, aber sie hatte Gioana gezeichnet, ihren Leib verdreht und sie zu einem Krüppel in den Augen der Welt gemacht, wie sie an Bruder Iordanus' Miene nur allzu gut erkennen konnte, egal, wie sorgfältig er es zu verbergen suchte.

Der Bruder erwartete sie in einem Raum, dessen Wände mit farbenprächtigen Szenen bedeckt waren, die das Leben des römischen Kaisers Konstantin darstellten. Bis auf acht aus dunklem Holz geschnitzten Stühlen und einigen schmiedeeisernen Kerzenleuchtern war der Raum leer. Iordanus stand sehr aufrecht vor einem der Stühle und musterte sie von Kopf bis Fuß, als Gioana eintrat. *Also hat er es nicht gewagt, sich zu setzen,* dachte sie. *Gut.*

»*Pax vobiscum*«, grüßte sie der Bruder, als sie den Raum betrat.

Gioana entgegnete nichts.

Es gab keinen Grund, ihre Verletzung zu verstecken; vielmehr zeigte Gioana sie allen, schlurfte langsam und von Schmerzen gepeinigt, die Schultern vornübergebeugt, die Arme schlaff herabhängend. Sie hatte das Fiasko am Genfer See überlebt, und das war mehr, als man von allen ihren Begleitern behaupten konnte. Unter den Toten war auch Salvatore gewesen, und diesen einen Tod sah sie als einen glücklichen Umstand an, denn so traf die Schuld an dem verheerenden Desaster ihn und nicht sie, wie es sicherlich gewesen wäre, wenn der Bruder mit dem Leben davongekommen wäre. *Dem Herrn hat es gefallen, mir inmitten all des Leides dennoch eine Freundlichkeit zu erweisen.*

Iordanus räusperte sich, als sie weiterhin schwieg. Seine Zeit in Rom hatte ihn weich gemacht. Gioana konnte das spüren.

»Ja?«, krächzte sie. Ihr Kehlkopf war verletzt worden, und sie gab sich Mühe, jedes Wort entsprechend klingen zu lassen. Immerhin war Leid die Essenz der sterblichen Existenz auf Erden.

»Die neuen Brüder sind bereit, aber es mangelt ihnen natürlich an Erfahrung«, berichtete Iordanus gemessen, darauf bedacht, den Blick nicht von ihr abzuwenden, auch wenn er das sicherlich gern getan hätte.

Gioana schenkte ihm ein Lächeln, das ihn schlucken ließ. »Dann schick sie los, Bruder.«

»Vielleicht sollten wir ihnen mehr Zeit gewähren, Schwester. Die Ausbildung war sehr kurz, und es gab kaum eine Möglichkeit, sie praktische Erfahrungen gewinnen zu lassen. Zu ihrer Sicherheit sollten wir vielleicht …«

»Was, Bruder? Mehr Zeit verstreichen lassen? Seit zwei Jahren liegt unsere Organisation brach, niedergestreckt von unseren Feinden, nein, von Gottes Feinden.« Ihre Stimme erholte sich ein wenig. »Je mehr Zeit wir vergeuden, desto stärker werden die Kräfte der Dunkelheit. Die beste Ausbildung werden unsere Brüder dort draußen erhalten. Nur im Einsatz selbst kann man die Schläue und Verderbtheit des Widersachers erkennen und lernen, ihr zu widerstehen.«

»Aber …«

»Keine Widerrede, Bruder. Es ist beschlossen. Wir werden uns für die Toten rächen. Wir werden die Glorie des Lichts wieder in die Dunkelheit tragen. Und das tun wir nicht, indem wir hier herumsitzen, uns in Sicherheit wiegen und jenen, die uns anvertraut sind, Schaubilder und verstaubte Texte zeigen!«

Er nickte stumm, obwohl er offensichtlich etwas sagen wollte. Doch er traute sich nicht. Seit ihrer Rückkehr in die Reihen der Soldaten Christi spürte Gioana die Angst der anderen. Keiner wagte es mehr, sich ihr entgegenzustellen. Ihr Wort war Gesetz geworden, Kraft der Opfer, die sie erbracht hatte, und dank der Unterstützung des Kardinals. Der Gedanke erinnerte sie an das nächste Gespräch, das sie führen musste und das vermutlich weitaus weniger einfach für sie sein würde als dieses.

»Hast du mir noch etwas zu sagen, Bruder?«

»Nein, Schwester.«

»Wir müssen alle unsere Pflicht tun, so schmerzlich das manchmal auch sein mag«, erklärte sie versöhnlich und hoffte, dass er die Botschaft verstand.

Zumindest nickte Bruder Iordanus, bevor er sich entfernte.

36

PARIS, 1818

Den letzten Rest des Weges bis zur Kuppe ging Niccolo aus einer Laune heraus zu Fuß. Carlo würde ihn später abholen, wenn er mit seinen Geschäften fertig war. Obwohl der Herbst bereits über der Landschaft hing und Niccolos Atem kleine Wölkchen vor seinen Lippen formte, war der Himmel blau, und die Sonne schien, schwach und fern zwar, aber strahlend. Es war klar, und der Blick reichte schier endlos weit. Der Wald hatte sich in ein Farbenmeer verwandelt, und der Geruch nach Laubfeuern lag überall um ihn herum in der Luft.

Hinter dem jungen Italiener erstreckte sich Paris nach Süden. Die Stadt war, wie konnte es anders sein, geschäftig. Hingegen wirkte das Dorf auf dem Hügel vor ihm ruhig, trotz der Windmühlenflügel, die sich behäbig in der leichten Brise drehten. Die Mühlen thronten über der kleinen Ortschaft Montmartre wie Riesen, die mit ihren langen Armen Fremde verscheuchen zu wollen schienen. Die Vorstellung brachte Niccolo zum Lächeln.

Die Hauptverkehrsadern umflossen das Dorf und ließen es wie eine Insel der Ruhe inmitten des eng gesponnenen Netzes erscheinen, das das pulsierende Herz Paris mit dem Land verband.

Niccolo schritt durch schmale Straßen, durch die Wagen voller Säcke rumpelten. Heller Staub war allgegenwärtig, legte sich binnen Minuten auf die Kleidung und – wie er feststellen musste – auf die Zunge, wo der Gips ein dumpfes, trockenes Gefühl hervorrief. Bald gab Niccolo es auf, den Staub von seiner Kleidung abklopfen zu wollen.

Als er an einer der Gipsmühlen vorbeischritt, konnte er das

Knirschen hören und das leise Ächzen des Holzes, das unter dem endlosen Wind litt. Zum wiederholten Mal fragte er sich, warum er sich eigentlich weiter und weiter auf diese Narrenqueste einließ.

Caporal Coutard, der Mann, zu dem Jeanne Aubry ihn geschickt hatte, hatte sich als ein alternder Säufer entpuppt, der in einem Veteranenhospital seinem unrühmlichen Ende entgegendämmerte. Genug Münzen, um die Nacht im Absinthrausch zu verbringen, waren ausreichend gewesen, um Coutards Zunge zu lösen, doch statt konkreter Informationen über den Verbleib des römischen Geheimarchivs hatte Niccolo nur eine weitere Adresse erhalten und weitere Andeutungen. Er schien an kein Ziel zu gelangen, nirgendwo einen Menschen zu finden, der wirklich etwas wusste und bereit war, dieses Wissen mit ihm zu teilen. *Und vielleicht ist das so, weil es gar nichts zu wissen gibt,* meldete sich eine Stimme in seinem Kopf.

Dennoch kehrte er nicht um, sondern schritt durch eine Reihe von ordentlich angelegten Gärten, in denen Frauen mit dunklen Kleidern und Kopftüchern arbeiteten, bis er eine kleine Ansammlung von Häusern fand, deren natursteinerne Wände nicht verputzt waren, was ihnen den Anschein gab, als stammten sie direkt aus der Zeit Charlemagnes.

Um sicher zu sein, erkundigte sich Niccolo noch einmal bei einer alten Frau, die ihn zwar argwöhnisch anblickte, aber dennoch auf eines der Häuser wies. Freundlich bedankte er sich bei ihr und lief über ein Stück Wiese bis zur Tür. Der Boden war hartgefroren und das Gras braun und gelb wie alte Buchseiten. Von den Fensterläden blätterte die Farbe ab, und aus dem Mauerwerk wuchs Unkraut.

Als Niccolo klopfte, erwartete er alles Mögliche. Trotzdem war er überrascht, als die Tür nach einer kleinen Weile von einer hübschen jungen Frau in einem schillernd bunten Rock geöffnet wurde, die gerade ein ebenso buntes Hemd zurechtrückte und ihn freundlich anlächelte.

»Du hast Glück«, sagte sie mit rauchiger Stimme, wobei sie die Vokale lang dehnte und die Wörter zu einem Singsang verband. »Eigentlich empfange ich heute niemanden daheim, aber bei dir mache ich eine Ausnahme.«

Verdutzt ob der unerwartet familiären Anrede und der Tatsache, dass er anscheinend erwartet wurde, schwieg Niccolo.

»Komm, komm, sei nicht schüchtern.« Die Frau ergriff mit langen, schlanken Fingern seinen Arm und zog ihn über die Schwelle.

Die dunkelbraunen, offenen Locken reichten ihr fast bis zur schlanken Taille, und sie schwangen hin und her, als sie Niccolo hereinführte.

Das Innere des Hauses bestand aus nur einem Raum, in dem ein waghalsiges Sammelsurium von Möbeln und seltsamen Accessoires die Sinne mit Reizen überflutete. Es roch exotisch, bunte Tücher hingen an Schnüren und teilten den Raum, gaben ihm etwas Mysteriöses, Verworrenes, das man nicht hinter der einfachen Fassade vermutet hätte. Er fühlte sich an die Wohnung der Aubrys erinnert, und auch doch wieder nicht. Nach einem Moment des Nachgrübelns wurde ihm der Unterschied deutlich. Jeanne Aubry war derart eingerichtet, weil sie es vorzog, so zu leben, während dieses Haus dazu gedacht war, einen Betrachter zu überraschen.

Die Frau führte Niccolo zu einem schmalen, quadratischen Tisch, vor dem zwei Stühle standen, und bat ihn, Platz zu nehmen. Auf der speckigen Tischplatte lagen Spielkarten verstreut, die Niccolo als Tarot erkannte. Als er sich räusperte, um sein Anliegen vorzutragen, hob sie die Hand. Ihre Fingernägel glänzten im Licht einiger Kerzen. »Nein, sag nichts. Du bist hier, weil du Hilfe suchst«, stellte sie fest und blickte Niccolo in die Augen.

Sie war stark geschminkt, mit dunklen Rändern um die Lider und roten Lippen. Ihr Alter war schwer zu schätzen; sie mochte Anfang oder Mitte zwanzig sein. Ihre Augen waren grün und hell, ein starker Kontrast zu ihren dunklen Brauen und Haaren.

Einen Moment lang fragte sich Niccolo, ob Caporal Coutard sich einen Scherz mit ihm erlaubt und ihn zu einer Prostituierten geschickt hatte.

Schon legte er sich Worte zurecht, um das Missverständnis aufzuklären und sich zu verabschieden, als sie unvermittelt scharf die Luft einsog und zur Seite blickte.

Als sie wieder sprach, war der Akzent aus ihrer Stimme verschwunden. »Du bist nicht hier, um dir die Zukunft zeigen zu lassen. Du bist … getrieben.« Ihr Französisch klang weich und viel gebildeter, als er es vermutet hätte.

Vorsichtig nickte Niccolo, bevor er sich wieder fing. »Ihre … deine Stimme …?«

»Der Akzent ist für meine Kunden bestimmt. Die meisten schätzen es, wenn ich mich ein wenig fremdländisch anhöre, wenn man es so nennen will. Aber du bist nicht von hier. Du stammst … aus dem Süden?«

Wenn dies ein Schuss ins Blaue war, so war es ein guter. Wieder nickte Niccolo.

»Also, was willst du von mir?«

»Das ist gar nicht so leicht zu beantworten«, erwiderte Niccolo ehrlich. »Ich wurde hierhergeschickt. Ein alter Veteran sagte mir, dass die Person, die in diesem Haus lebt, mir helfen kann.«

»Helfen … wobei?«

Misstrauen funkelte in ihren Augen. Ihr Mund war eine dünne Linie, hart und abweisend.

»Ich suche etwas«, erklärte Niccolo ausweichend.

»Wir alle suchen etwas. Wenn du mir nicht sagst, was es in deinem Fall ist, werde ich dir nicht helfen können. Was nichts daran ändert, dass meine Zeit wertvoll ist und dich einiges kosten wird.«

»Ich habe Geld«, erwiderte Niccolo, obwohl er sich nicht sicher war, ob eine Investition in die Zeit der jungen Frau lohnen würde.

»Das sehe ich. Deshalb höre ich dir immer noch zu. Also?«

»Ich bin auf der Suche nach den Archiven des Vatikans. Ich …«, begann er, doch sie unterbrach ihn mit einem Lachen und feixte.

»Dann solltest du nach Rom reisen, mein Junge«, riet sie, obwohl sie kaum älter sein konnte als er. »Und um eine Audienz bei den Bischöfen bitten, die die Archive hüten.«

»Nein, dort gibt es nichts mehr. Ich weiß es. Es wurde alles fortgeschafft, als Napoléons Truppen Rom einnahmen. Zumindest der Teil, der mich interessiert.«

Ihr Lächeln verblasste, und ihre Augen wurden wieder schmal. »Was weißt du davon?«

»Man hat mir davon erzählt. Die Archive wurden nach Paris gebracht. Von der Armee, in einer Nacht-und-Nebel-Aktion. Aber hier verliert sich die Spur. Bis auf Caporal Coutard, der mir sagte, dass du mehr darüber wüsstest.«

»Ich weiß nichts«, behauptete sie leichthin, aber Niccolo bemerkte, dass ihr das Gespräch unangenehm wurde.

»Ich habe Geld«, versicherte er ihr noch einmal.

»Geld nützt uns nur etwas, solange wir noch leben«, sagte sie. Sie musterte ihn noch einmal von Kopf bis Fuß. »Aber ich schätze Mut, besonders, wenn er mit einer vollen Börse gepaart ist.«

Vorsichtig streckte Valentine die Hand aus und wartete, bis sie sie ganz ruhig hielt. Dann zog sie mit einer raschen, fließenden Bewegung einen dünnen Strich. Sie hielt den feinsten ihrer Pinsel in der Hand, der nur aus wenigen dünnen Haaren bestand. Mit ihm setzte sie die letzten weißen Lichter in die Landschaft, die sie soeben vollendet hatte; eine Arbeit, die sowohl Konzentration als auch Fingerfertigkeit verlangte. Dann ließ sie das Malgerät auf die Palette sinken, trat einen Schritt von der Staffelei zurück und betrachtete ihr Werk. Sie wusste, dass sie zufrieden sein konnte, doch sie war es nicht. Wie so oft, wenn sie dieses Motiv malte, schien es ihr, als ob die Erinnerung ihr einen Streich spielte. Technisch waren ihre Miniaturen nicht zu beanstanden, das wusste sie, denn sie achtete während des Malvorgangs stets sorgsam darauf, nicht den kleinsten Fehler zu machen.

Doch wenn sie ein Bild vollendet hatte, schien es ihr immer unvollkommen zu sein und nicht das wiederzugeben, was sie in ihrem Geist so deutlich vor sich sehen konnte. Das Licht war anders gewesen, die Farben der Erde ebenso. Sie seufzte. *Wieder ein Fehler, und wieder kann ich nicht erkennen, was ich falsch gemacht habe.*

Seit sie Niccolo Viviani auf dem Empfang des Principe getroffen hatte, war es ihr beinahe unmöglich geworden, ihre übliche Gelassenheit zur Schau zu tragen. Gefühle, die sie längst für überwunden gehalten hatte, quälten sie nun wieder, und die furchtbare Frage war zurückgekehrt, was um alles in der Welt Niccolo vor zwei Jahren dazu veranlasst hatte, Genf so fluchtartig den Rücken zu kehren und sie einfach ohne ein Wort zurückzulassen.

Offenbar hatte er sich sehr verändert. In seinen Augen hatte sie eine Dunkelheit gefunden, die sie aus früheren Tagen nicht kannte. *Aber gewiss habe ich mich ebenso verändert. Was hat er wohl in mir gesehen, als ich auf diesen verfluchten Balkon hinausgetreten bin?*

»Du arbeitest, Liebes?« Ludovico war an sie herangetreten, mit seiner Fähigkeit, sich so leise zu bewegen, dass es unmöglich war, sein Näherkommen zu bemerken. Ein kalter Schauer lief ihr den Rücken hinunter. Sie hatte ihn gebeten, das in ihrer Gegenwart nicht mehr zu tun, und üblicherweise leistete er diesem Wunsch Folge. Doch heute nicht.

Vorsichtig nahm Ludovico die Miniatur in die Hand, die sie soeben beendet hatte. Er betrachtete sie sorgfältig und verzog dann spöttisch die Mundwinkel. »Reizend, meine Teure. Eleganter Pinselstrich. Die Toskana, wenn ich nicht sehr irre? Wieder einmal?«

»Die Landschaft dort ist sehr inspirierend«, sagte sie ausweichend.

»Und natürlich ist sie die Heimat unseres verwirrten jungen Cavaliere von Otranto«, ergänzte Ludovico mit einem Lächeln, das jeder Wärme entbehrte.

»Ja, natürlich«, gab Valentine vorsichtig zurück. »Du weißt doch, dass ich ein Jahr in Italien im Haus der Vivianis verbracht habe.« Es war unschwer zu erkennen, dass es hinter Ludovicos ruhiger Fassade brodelte, und sie fragte sich, was das zu bedeuten haben mochte. Was hatten die beiden Männer auf dem Balkon besprochen, nachdem sie gegangen war?

»Ich war erstaunt, Niccolo auf dem Fest zu treffen«, versetzte Ludovico. »Wusstest du, dass der Cavaliere in Paris weilt?«

Valentine runzelte die Stirn. »Nein, natürlich nicht. Woher hätte ich davon wissen sollen?«

Ludovico zuckte die Schultern und stellte die Miniatur wieder auf die Staffelei. »Nun, vielleicht durch deine Korrespondenz? Schreibt er dir? Oder hat deine teure Madame Récamier dir mitgeteilt, dass du schnell herkommen sollst, weil Niccolo in der Stadt ist?«

Sie spürte, wie Zorn in ihr aufwallte. *Was sollen diese Verdächtigungen?*

»Lass Julie doch bitte aus deinen Verschwörungstheorien heraus, ja?«, gab sie scharf zurück. »Ich hatte keine Ahnung, dass Niccolo in Paris ist, und wie du dich vielleicht erinnerst, war nicht ich es, die hierherkommen wollte, sondern es war dein Wunsch, dem wir gefolgt sind. So wie immer«, fügte sie bitter hinzu.

»So wie immer?« Nun hob er doch die Stimme. »Willst du damit sagen, dass ich dich zwinge, mich auf meinen Reisen zu begleiten?«

Sie wollte schon auffahren, doch er fuhr fort: »Valentine, ich tue alles, was ich tue, um dich zu beschützen. Unsere Reisen, die häufigen Ortswechsel – früher einmal war es mir nahezu egal, was die Leute über mich herausfinden könnten. Ich habe es beinahe genossen, mein kleines Katz-und-Maus-Spiel mit der Inquisition zu spielen, bei dem ich immer wieder, und sei es noch so knapp, gewonnen habe. Doch heute ist das anders. Ich kann es mir nicht mehr leisten, entdeckt zu werden, denn das würde bedeuten, dass sie nicht nur mich, sondern auch dich finden. Und das will ich um jeden Preis verhindern.«

Abwehrend hob Valentine die Hände. Sie wollte davon nichts mehr hören, zumindest am heutigen Abend nicht. »Außerdem habe ich geglaubt, du würdest Paris lieben«, sagte Ludovico, nun wieder mit seiner gewohnten Stimme. Sein Zorn schien verflogen zu sein. »Die Bälle, das Theater, die Oper – ich dachte, du würdest dich nach Abwechslung sehnen.«

Traurig blickte Valentine ihren Mann an. Sie glaubte ihm. Sie wusste tief in ihrem Innersten, dass er die Wahrheit sagte. Vielleicht war es das einzige edle Gefühl, das er hegte, aber sie war davon überzeugt, dass er sie liebte. *Ebenso, wie ich davon überzeugt bin, dass ich dieses Gefühl niemals erwidern werde.*

Sie ließ sich auf den Boden sinken und schlug die Hände vor das Gesicht. »Ich habe Paris satt«, sagte sie und hasste sich dafür, wie ein müdes Kind zu klingen. »Ich habe alle die Städte über, die wir bereist haben. Können wir nicht aufs Land gehen?«

»Auf dem Land ist es für mich weitaus schwieriger zu jagen«, erwiderte Ludovico ruhig. »In den Städten gibt es viele Raubtiere, so dass eines mehr oder weniger nicht weiter auffällt. Auf dem Land ist mit jeder Beute jedoch auch eine gewisse Gefahr verbunden.« Ludovico ging neben ihr in die Knie. »Aber wenn es das ist, was du dir wünschst, dann finde ich eine Lösung. Wir können ein Haus auf dem Land kaufen, in Clichy oder einem anderen kleinen Ort nicht weit von Paris.« Er sprach nicht weiter, aber sie wusste auch so, was er sagen wollte. *So könnte er trotzdem in der Stadt jagen.*

Sie nickte zustimmend, obwohl sich ihr Geist leer anfühlte. Als sie spürte, wie ihr Tränen in die Augen stiegen, wandte sie sich ab. Sie biss sich auf die Lippe, bis sie Blut schmeckte.

»Lass mich einen Moment allein, ja?«, bat sie ihn, sobald sie sich wieder im Griff hatte.

Ludovico blickte sie fragend an, doch dann stand er auf und verließ das Zimmer.

Valentine erhob sich ebenfalls. Sie ging zu der Staffelei und schaute das Bild der falschen Toskana an. Dann nahm sie die Miniatur in die Hand, verwischte die noch feuchten Farben, bis nichts mehr zu erkennen war, und ließ sie achtlos zu Boden fallen.

»Ernsthaft: Esmeralda?«

Die junge Frau blickte ihn erbost an und strich ihr Haar zurück. »Ja? Was ist damit?«

»Nun ja«, murmelte Niccolo. »Es klingt unecht.«

Sie seufzte und blieb stehen, was er erst nach einigen Schritten bemerkte. Als er sich fragend umsah, schüttelte sie den Kopf. »Was dächtest du, wenn dir jemand sagte, dass dein Name unecht klingt?«

Darauf wusste er keine Antwort. Um das ungleiche Paar herum gingen die Pariser ihren Geschäften nach, und in dem Strom des öffentlichen Lebens bildete sich eine kleine Insel um die beiden. Die Kutsche stand einige Straßen entfernt; Esmeralda hatte darauf bestanden, den letzten Rest des Wegs zu Fuß zu gehen.

»Verzeih mir«, bat Niccolo steif. »Ich wollte keineswegs andeuten …«

»Doch, natürlich wolltest du das.« Sie trat zu ihm, näher als schicklich, stellte sich auf die Zehenspitzen und beugte sich vor, so dass ihre Lippen nur noch einen Hauch von seinem Ohr entfernt waren. Er spürte, wie ihr Atem ihn streifte, und er sah die glatte, weiche Haut ihres Halses, die in der kühlen Luft warm wirkte.

»Es ist ein Künstlername«, erklärte sie verschwörerisch. »Aber für dich wird er reichen.«

Sie trat wieder zurück, offensichtlich ohne zu bemerken, wie ihm ein Schauer über den Rücken lief, und drehte sich einmal im Kreis, dass ihr bunter Rock hochflog und ihre Ringe und Ketten klimperten.

»Es ist ein guter Name. Erst vor einigen Tagen hat so ein junger Bengel mir den Hof gemacht und gesagt, dass es ein Name wäre, wie gemacht für einen Roman. Studiert zwar Jura, aber hat schon Dichterwettbewerbe gewonnen, also muss er es wissen.«

»Vermutlich«, entgegnete Niccolo unbestimmt und wies die Straße hinab. »Können wir?«

Gemeinsam gingen sie weiter. Erst schwieg der junge Italiener, dann siegte seine Neugier aber doch.

»Wohin genau sind wir unterwegs?«

Sie schien zu überlegen. Als sie antwortete, sprach sie so bedächtig, als ob sie an jedem Wort feilen würde: »Ich kenne jemanden, der vielleicht etwas über den Verbleib dieser Archive weiß. Ich nehme an, dein Informant hat mich einmal in seiner Begleitung gesehen. Vor einiger Zeit war er mein besonderer Mäzen, doch jetzt verfügt er nicht mehr über die Mittel. Die Situation ist schwierig.«

Mehr sagte sie nicht, und obwohl Niccolo mehr Fragen stellte, wurde er nicht mit aussagekräftigeren Antworten belohnt, sondern nur verspottet, bis er das Thema fallen ließ.

Als sie schließlich vor einem massigen, breiten Haus aus dunklen Steinquadern standen, das mehr wie eine Festung denn wie ein Wohnhaus wirkte, stieg seine Anspannung noch.

Esmeralda nahm den gusseisernen Türklopfer in die Hand. Der Ring steckte im Maul eines Dämons, der freudlos grinste. Die Schläge hallten durch das mittelalterliche Gemäuer. Er fragte sich, welche Art von Bewohner es wohl beherbergen mochte, und stellte sich einen exzentrischen Adligen vor, der zurückgezogen in den klammen Räumen lebte, nur versorgt von seinem uralten, wahnsinnigen Diener.

Umso enttäuschter war er, als ein junger Mönch die Pforte öffnete. Als er Esmeralda sah, zuckte er zurück. Seinen Worten nach lag es aber weniger an der Tatsache, dass sie eine Frau war, sondern vielmehr an ihrer Person.

»Du bist hier nicht willkommen«, zischte er und wollte schon die Tür schließen, da schob sie rasch einen Fuß in den Spalt. Einen Augenblick lang schien der Mönch zu erwägen, die Pforte dennoch zuzuschlagen, doch dann blickte er sie nur finster an. Sein Gesicht war von Sommersprossen übersät, aber er hatte nichts Jungenhaftes an sich.

»Es geht nicht um mich«, erklärte Esmeralda zuckersüß und wies auf Niccolo. »Das hier ist ein junger Mann, der den Bischof sprechen möchte.«

Ein Bischof?, fragte sich Niccolo und wollte sich schon vorstellen, als Esmeralda fortfuhr: »Er kommt aus Rom.«

Sie ließ ihre Worte bedeutungsschwer in der Luft hängen. Niccolo begriff sofort und nickte dem Mönch finster zu. Er war wahrhaftig zu weit gekommen, um sich nun von einem jungen Ordensmann aufhalten zu lassen. Also würde er ihr kleines Spiel mitspielen. Er begann, schnell auf Italienisch auf die junge Frau einzureden. »Was soll dieses Gerede? Wo ist der Bischof? Ich habe keine Zeit!«

Der Mönch blickte von ihr zu ihm und wieder zurück. Noch waren weder das Misstrauen noch die Abscheu aus seiner Miene gewichen, doch Unsicherheit hatte sich zu ihnen gesellt.

»Der … Signore hat es eilig. Er ist nicht daran gewöhnt zu warten.«

»Warum kommt er in deiner Begleitung?«

Eine gute Frage. Auf die es nur eine Antwort gab.

Einen Schwall italienischer Schimpfworte ausstoßend und wild gestikulierend, trat Niccolo vor und ließ den verblüfften Mann zurückweichen. Während er ihn wütend anfunkelte, wiederholte Esmeralda: »Er wartet wirklich sehr ungern.«

Einen Atemzug lang hing alles in der Schwebe, und Niccolo sah in den Augen des Mönchs, dass die Entscheidung in jede Richtung fallen konnte. Dann trat der Mann zur Seite und verneigte sich. »Bitte kommt herein.«

Als Esmeralda an ihm vorbeischritt, warf sie Niccolo ein verschwörerisches Lächeln zu. Der Mönch führte sie in einen spartanisch eingerichteten Raum, in dem lediglich ein ovaler Tisch mit Löwentatzen als Füßen und einige Stühle standen. Die Fenster waren mit Läden verschlossen, und es drang gerade genug Licht in die muffige Atmosphäre, um den Staub zu beleuchten, der aufwirbelte, als sie eintraten.

»Bitte wartet hier. Ich werde Seine Exzellenz benachrichtigen.«

Er verließ den Raum beinahe fluchtartig und ließ die beiden unwillkommenen Gäste im Zwielicht zurück. Niccolo sah sich um und stellte fest, dass er mit seiner Vermutung, dass es innerhalb des Gemäuers klamm sein würde, nicht falsch gelegen hatte.

»Eine beeindruckende Vorstellung«, erklärte Esmeralda und applaudierte spöttisch. »Bist du sicher, dass du nicht den Ehrgeiz hast, es in meiner Profession zu versuchen?«

»Arglosen Menschen das Geld aus der Tasche zu ziehen? Nein, wirklich nicht.«

Sie schüttelte erneut den Kopf, offenbar eher amüsiert als gekränkt. »Ich gebe den Menschen etwas für ihr Geld. Etwas, was sie dringend suchen. Nicht anders als die Herren in ihren Talaren in den Kirchen, mein Lieber.«

Bevor er antworten konnte, stürmte ein alter Mann in den Raum. Einst mochte er würdevoll gewirkt haben mit seinem weißen Haarkranz, der wie ein Heiligenschein vom Haupt abstand, und seinen hageren Gesichtszügen mit der ausgeprägten Hakennase. Doch sein Haar war wirr, seine Augen trüb, und seine faltigen Hände fuhren ungezielt durch die Luft, als er versuchte, den einfachen Leinengürtel seines verknitterten Gewandes festzuziehen.

»Esmeralda, bist du es wirklich?«

Seine Worte waren undeutlich, seine Sprache so in Auflösung begriffen wie seine ganze Person.

Sie indes nahm wieder ihren Akzent an, als sie ihm antwortete: »Ja, Exzellenz.«

»Ich dachte schon, ich würde dich niemals wiedersehen.«

»Man versucht sein Bestes, uns zu trennen, Exzellenz. Ihr in dieser Festung hier, und ich …«

Er trat vor und ergriff ihre Hände. »Ich weiß, mein Kind, ich weiß.«

Einige Augenblicke schwiegen alle, dann entzog sich Esmeralda sanft seinem Griff und deutete auf den jungen Italiener: »Dies ist Niccolo Viviani, Exzellenz. Er kam zu mir, und ich spürte sofort, dass es eine Verbindung zwischen Euch und ihm gibt.«

»Eine Verbindung?«, sprach der alte Mann verwundert auch Niccolos Gedanken aus.

»Er hat eine Frage. Und ich weiß, dass Ihr die Antwort habt. Ich habe es in den Karten gesehen und in seiner Hand. Eure Schicksale sind verwoben.«

Der alte Bischof sah Niccolo erstaunt an, aber dann nickte er langsam, als könne er selbst diese mystische Verbindung spüren. Er kam zu Niccolo und legte ihm die Hände auf die Schultern. Sein Körper roch dumpf, und sein Atem war sauer. »Ja. Ja, ich verstehe. Sprich, Sohn, stell deine Frage. Esmeralda hat sich noch nie getäuscht.«

Der junge Italiener räusperte sich. Er war verwundert, dass ausgerechnet ein Mann der Kirche sich so weit von Esmeraldas Tricks täuschen ließ.

»Es geht um Dokumente. Schriften, die nach Paris kamen. Aus Archiven in Rom. Ich weiß nicht, ob Ihr davon wisst, Exzellenz. Es muss geschehen sein, nachdem Napoléon Rom unterworfen hatte. Seine Soldaten sollen diese Dokumente fortgeschafft haben.«

»Ich erinnere mich.« Die Augen des Alten blickten an Niccolo vorbei in die Ferne, in die Vergangenheit, wie der junge Italiener vermutete. »Das waren schlimme Zeiten. Gottlose Zeiten. Kirchen wurden geschändet, die Heiligkeit der Diener Gottes missachtet. Schlimme Zeiten.«

»Die Schriften, Exzellenz«, erinnerte ihn Esmeralda vorsichtig. »Die Archive?«

»Sie sollten nach Paris gebracht werden. Man hatte sie aus der heiligen Stadt selbst gestohlen, wie so vieles andere auch. Aber Napoléon war klug genug, sie nicht in den Händen des Pöbels zu lassen, sondern er ließ sie versiegeln und hierherschicken. Einige Soldaten hatten ihren wahren Glauben nicht verloren und mochten nicht an diesem Frevel teilhaben. Sie berichteten uns davon. Ich versuchte noch, die Dokumente freizukaufen, aber ich erntete nur Hohn und Spott für meine Bemühungen. Kriegsbeute nannten sie es. Kriegsbeute!«

»Also sind sie noch in Paris?«, fragte Niccolo, der nun wieder die Aufregung der Jagd in sich spürte.

»Oh, nein. Die Lieferung wurde verfolgt, von Männern aus Rom. Schweigsamen Männern. Sie hatten kein Gold bei sich, nur Blei und Stahl. Später hieß es, die Soldaten hätten untereinander Streit um ihre Beute angefangen und sich gegenseitig getötet. Zwölf Soldaten, alle tot. Dazu die guten Christenmenschen, die uns Bescheid gegeben hatten. Alle tot.«

Bei der Beschreibung musste Niccolo unwillkürlich an den Genfer See denken. *Schweigsame Männer mit Stahl und Blei.*

»Die Archivbestände, Exzellenz, was ist mit ihnen geschehen?«

»Nun, sie wurden nach Rom zurückgeschafft. Vielleicht unter die Bleikammern, vielleicht an einen anderen Ort, wer weiß das schon?«

»Wer waren diese Männer? Die Inquisition?«

»Nein, nein. Die Inquisition hat keine Zähne mehr. Diese Männer bilden einen eigenen Orden. Sie stehen unter dem Schutz der höchsten Stellen. Es heißt, dass ihre Organisation so verborgen ist, dass nur wenige Kardinäle überhaupt sicher wissen, dass sie existiert. Den Gerüchten nach hat sie nicht einmal einen Namen. Aber das ist alles nur Gerede, Legenden, die sich um sie ranken. Sie soll durch ein Motu Proprio gegründet worden sein, um das Christenvolk zu schützen.«

»Zu schützen? Wovor?«

Der alte Mann blickte Niccolo aus seinen wässrigen Augen an. »Vor der Dunkelheit natürlich, mein Sohn. Vor dem Bösen. Vor dem Teufel!«

37

ROM, 1818

Gioana betrat den nächsten Gang und lief weiter in einen Raum, dessen Wände ebenfalls mit Fresken bedeckt waren. Gioana war keine Kennerin der Malerei, doch auch sie konnte die Meisterschaft eines Gemäldes erkennen, das ein weitläufiges Gebäude zeigte, in dem große Lehrer der Antike ihre Schüler unterrichteten.

Kardinal della Genga saß auf einem thronähnlichen Sitz, der auf einem Podest unter diesem Fresko aufgebaut worden war. Obwohl sich auch zu seiner Rechten und seiner Linken kleinere Stühle befanden, setzte sich Gioana nicht. Seine Augen wirkten milde, aber Gioana wusste, dass hinter ihnen ein scharfer Verstand arbeitete, der sich bemühte, Gottes Plan zu ergründen.

Ihr Stock kratzte über den Marmor, während sie darauf wartete, dass der Kardinal die Audienz begann.

Es war nur ein kleiner Kreis Vertrauter, der sich in dem üppig ausgestatteten Raum befand, aber dennoch kochte in Gioana Misstrauen hoch. Hohe Würdenträger der Kirche waren ebenso anwesend wie kleine Beamte der Kurie. Nicht Ämter und Würden einten sie alle, sondern vielmehr der Wunsch, die Gottlosigkeit der neuen Zeiten einzudämmen und ihr das klare Bekenntnis zum Herrn entgegenzusetzen. Und natürlich einte sie die Freundschaft zu Kardinal della Genga, der sie alle protegierte und dem nicht wenige ihre Ämter und Würden verdankten. Und obwohl sich somit im Raum nur Gleichgesinnte befinden sollten, bemerkte Gioana, dass sie ihnen nicht trauen konnte. Nicht nur war die Politik des Heiligen Stuhls verworren und waren Intrigen an der Tagesordnung, sie kannte auch die Laster und geheimen Begierden einiger dieser Männer. Sie war die einzige Frau im Raum, und sie wusste, dass das Misstrauen auf Gegenseitigkeit beruhte. Vielen missfiel, dass der Kardinal sie in seinen Zirkel mit einbezog, ja, sie sogar um Rat fragte und sie mit wichtigen Aufgaben betraute. Aber keiner von ihnen ahnte, wer sie wirklich war und welchem Grauen sie schon ins Gesicht gesehen hatte.

»Es ist einfach, den Fehler bei anderen zu suchen«, erklärte der Kardinal gerade, und wie immer, wenn er sprach, lauschten alle hingebungsvoll. »Aber wir sind es auch, die wir unseren Eifer verloren haben. Ja, auch innerhalb der Kirche gibt es übertriebene Toleranz, allzu Reformwillige und Menschen, die nicht erkennen, dass die Kirche ihrem religiösen Auftrag ohne Zögern und Zurückhaltung nachkommen muss.«

Zustimmendes Gemurmel ging durch die Versammlung. Jeder von ihnen empfand die Situation ähnlich. Die Demütigungen der heiligen Mutter Kirche durch Napoléon Bonaparte, die

Einkerkerung des Papstes, die Machtlosigkeit, die dort vor den Augen der Welt zur Schau gestellt und zelebriert worden war, lastete auf ihren Gemütern.

»Pius VII. ist ein heiliger Mann, der vieles ertragen musste. Gefangenschaft, Zwang, Spott und Hohn. Er hat zu seiner Zeit bewundernswert gehandelt. Der Korse hat sich selbst die Krone auf das Haupt gesetzt, und unsere Kirche war zu machtlos, um diese Schmach zu verhindern. Ein Papst im Hungerstreik! Wer hätte das jemals gedacht?«

Der Kardinal blickte sich um, die Empörung in seiner Miene war unverhohlen.

»Aber unser Heiliger Vater hat in letzter Zeit vielleicht zu milde reagiert. Der Familie des schändlichen Napoléon Zuflucht zu gewähren ... So sehr wir guten Christenmenschen auch Vergebung üben sollten, die Kirche täte besser daran, Stärke zu zeigen, ja, sie muss hart sein!«

Einige sagten leise »ja«, andere nickten. Della Genga schwor die Gemeinschaft noch einmal auf die gemeinsamen Ziele ein, bevor sich die Versammlung langsam auflöste. Fast jeder der Anwesenden machte dem Kardinal noch seine private Aufwartung, wechselte einige Worte mit ihm, bevor sie gingen.

Schließlich blieben nur Gioana und der Kardinal zurück, der sich mit der Hand müde über das Gesicht fuhr.

»Machen deine Pläne Fortschritte, mein Kind?«

»Wir haben Verbindungen zu den Heiden geknüpft, wie es gedacht war. Es erweist sich als schwierig, aber letztendlich lassen sich alle Regungen dieser Menschen auf eine reduzieren: Gier. Wir werden zu einem zufriedenstellenden Abschluss gelangen.«

»Und die andere Sache?«

»Die neuen Rekruten sind nun im Einsatz, Euer Exzellenz. Wir müssen mit Verlusten rechnen, aber es ist der beste Weg.

Jemand – oder etwas – hat den Moment unserer Schwäche genutzt, um ein Netz zu spannen, in dem mehr und mehr Gläubige gefangen werden. Wir wissen noch nicht, wer dahintersteckt, aber wir planen, das Netz so bald wie möglich zu zerstören, um ein Zeichen zu setzen: Die Kirche schläft nie!«

»Gut, gut. Ich vertraue auf dich.«

Damit war sie entlassen. Der Kardinal hatte Recht in seinem Punkt, dass die Kirche zu milde war, zu diplomatisch, zu tolerant. Menschen wie sie mussten sich verbergen, ihre Arbeit im Verborgenen erledigen. *Sie ist unschön, aber notwendig. Wir müssen uns die Hände schmutzig machen und können es uns nicht erlauben, sie in Unschuld zu waschen. Unsere Feinde ruhen nicht, halten sich an keine Regeln, sind das Böse selbst.*

Es fehlte ihnen an Unterstützung aus den eigenen Reihen.

Als sie die Tür hinter sich schloss, warf sie noch einen Blick auf den Kardinal. Seine Sünde war der Ehrgeiz, eine ganz eigene Gier, die ihre Wurzeln in seiner Seele geschlagen hatte.

Während sie den prächtigen Gang entlanghumpelte, verstand Gioana, was sie zu tun hatte.

PARIS, 1818

Die Rückfahrt über schwiegen sie beide. Niccolo hing seinen Gedanken nach, und Esmeralda schien nicht in der Stimmung zu sein zu reden. Vielleicht erkannte sie auch einfach nur, dass Niccolo kein Interesse an Konversation hatte.

Seit sie den Monsignore verlassen hatten, war ihm immer mehr bewusst geworden, wie sinnlos seine Unternehmungen der letzten Monate gewesen waren. Er hatte sich in diese Sache hineingesteigert, sich festgebissen, als sei er tatsächlich ein Wolf, und dabei aus den Augen verloren, dass es dafür keinen Grund mehr gab. Die drei Engländer hatten sich in der Welt verstreut und dabei die Villa Diodati längst hinter sich gelassen. Nur er hing noch in jenen seltsamen Tagen und Nächten fest, in denen sein Leben sich derart verändert hatte. In denen *er* sich verändert hatte. Das große Geheimnis war keines, es gab keine Verschwörung, keine mystischen Erkenntnisse zu erlangen. Die Welt hatte sich weitergedreht. Wie ein Hund jagte er dem eigenen Schatten nach.

Auch der Kirchenmann hatte nichts von Bedeutung gewusst, war nur eine weitere Spur gewesen, die im Sand verlaufen war. Es war an der Zeit, seine Suche zu beenden und nach Hause zurückzukehren. Geschlagen und einsam. Als er an das Wiedersehen mit Valentine dachte, seufzte er unwillkürlich. Er warf einen raschen Seitenblick auf Esmeralda, die ihm ein schwer deutbares Lächeln schenkte.

»Du bist enttäuscht, nicht wahr?«, fragte sie. »Hast du dir mehr von der Begegnung mit dem alten Mann versprochen?«

»Mehr als kryptisches Gerede über den Teufel, meinst du? Ja, in der Tat, mehr als das hatte ich mir allerdings versprochen.«

»Manchmal ist es besser, Steine unumgedreht zu lassen. Nicht alles Wissen macht uns glücklicher«, sagte sie und beobachtete ihn unter halbgeschlossenen Lidern hervor.

Er schnaubte. »Sind es solche Ratschläge, die du deinen Kunden normalerweise gibst?«

Obwohl er es zornig gesagt hatte, lachte sie leise, dunkel und angenehm. »Oh ja, wenn sie gut genug dafür bezahlen. Aber du hast Glück – du hast den Rat ganz umsonst bekommen.«

Obwohl er es nicht wollte, fand er ihr Lachen ansteckend. Er fühlte sich miserabel, wie ein Dummkopf, der einen weiten Weg auf sich genommen hat, nur um am Ende festzustellen, dass er die ganze Zeit auf der Stelle getreten ist. Aber irgendetwas in ihm machte sich über sein Selbstmitleid lustig.

»Eine Frage habe ich noch«, begann er, als das Lachen verebbt war. »Als ich zu dir kam, da hast du deine Scharade fallen lassen. Wieso? Woher wusstest du, dass ich nicht wegen deiner Künste als Wahrsagerin gekommen bin?«

»Magie«, erklärte sie leichthin. »Dich umgibt ein Schemen, der leicht zu erkennen ist, wenn man die Gabe dazu besitzt, und solche Menschen kommen nicht, um sich ihre Zukunft aus der Hand oder aus den Karten lesen zu lassen.«

Niccolo blickte sie zweifelnd an, doch sie hielt seinem Blick stand.

»Du behauptest, du besitzt wirklich eine magische Gabe? Wahre Magie?«

Sie rutschte von ihrem Sitz herunter und beugte sich vor. Dabei kam sie ihm so nahe, dass ihre Gesichter sich beinahe berührten. Niccolo konnte ihr Parfum riechen, schwer und blumig. Ihre vollen Lippen teilten sich zu einem Lächeln.

»Oh ja, die habe ich«, wisperte sie. »Und weil ich tatsächlich in die Zukunft sehen kann, weiß ich genau, was als Nächstes passieren wird.« Und damit ließ sie sich noch ein Stück weiter nach vorn fallen, so dass ihre vollen Lippen die seinen berührten.

Für einen Moment war Niccolo beinahe zu überrascht, um zu reagieren. Doch dann spürte er, wie plötzlich die Begierde über ihn kam, stärker wurde als all sein Ärger, seine Frustration, sein Zorn. Er hatte einem Schatten nachgejagt, ein Spiel ohne Sinn gespielt, hatte seine Liebe und beinahe seinen Verstand verloren, aber das war im Moment egal.

Esmeralda war hier, wunderschön und verlockend, und er zog sie auf seinen Schoß und erwiderte ihren Kuss mit Leidenschaft. Sie schlang die Arme um ihn und presste ihren Körper gegen seinen. Er küsste ihre Lippen, saugte an ihrer Zunge, leckte über die weiche Haut ihres Halses, während sie ihn spielerisch in den Nacken biss, was ihm ein Stöhnen entlockte. Unter ihrer bunten Bluse konnte er ihre vollen Brüste spüren.

Ungeduldig nestelte er an den Knöpfen, und als schließlich der dünne Stoff einriss, lachte sie wieder, leise und kehlig. Hitze wallte durch seinen ganzen Körper, als stünde er in Flammen. Ihr Lachen steigerte sein Begehren noch, und während ihre Finger tastend unter sein Hemd glitten und über seine Brust strichen, schob er mit einer Hand ihren Rock hoch und öffnete mit der anderen seine Hose. Sie keuchte und ließ ihr langes Haar über sein Gesicht fallen, als er in sie eindrang.

FLORENZ, 1818

Giacomo duckte sich. Auch wenn er aufgrund seiner Natur eigentlich in der Lage hätte sein sollen, die Angst zu zügeln, machte sie ihm immer noch zu schaffen. Theoretisch war er unsterblich, mächtig, fast ein Gott unter Sterblichen. Doch in dieser Kammer war er nur ein Sklave.

Vor ihm rollte die Dunkelheit, und es war nicht nur die Absenz von Licht. Zugegeben, der Raum war komplett unbeleuchtet, doch gewöhnliche Dunkelheit durchdrangen seine neuen Sinne problemlos. Vor den Schatten aber, die sich ineinander wanden, tentakelgleich hervorschnellten und in einem ewig unruhigen Spiel gefangen waren, kapitulierten selbst seine übernatürlichen Sinne.

Dazu kam die Kälte. Kein Frost, keine Winterkälte, sondern etwas, was durch Mark und Bein drang und innerhalb von Sekunden alles betäubte. Menschen würden in dieser Kälte vermutlich einfach vergehen, weil das Blut wortwörtlich in den Adern gefror.

Giacomo wusste nicht, warum er dieser Kälte widerstehen konnte, aber er spürte, wie etwas in ihm darauf reagierte – und sich freute.

Die Stimme kam direkt aus den Schatten. Giacomo konnte sich nicht vorstellen, in die Dunkelheit zu treten, geschweige denn, darin zu verweilen, aber die Kreatur, an die er gebunden war, trat nur selten daraus hervor.

»Mein lieber Sohn«, sagte sie mit gefühlloser Kälte. »Hast du meine Aufträge ausgeführt?«

»Ja«, murmelte er leise und öffnete dabei den Mund nur so wenig wie möglich. Nicht nur, um die Kälte nicht hineinzulassen, sondern aus Furcht. Natürlich war der Gedanke irrational, aber er stellte sich immer vor, wie die Schatten nach ihm griffen und durch seinen Mund in ihn eindrangen, wenn er nicht auf der Hut war.

»Alles ist in Gang gebracht. Die Räder bewegen sich unaufhaltsam. Ich bin stolz auf dich, nein, auf euch alle. Niemand könnte sich eine treuere und fähigere Brut wünschen.«

»Danke.«

»Aber eines müsst ihr noch wissen. Die Kirche findet zu alter Stärke zurück. Ihr müsst bereit sein, wenn ihre Häscher wieder auf die Jagd gehen. Denn es liegt noch viel Arbeit vor uns, mein Sohn.«

Giacomo wartete noch einige Augenblicke, doch die Stimme schwieg, und so wandte er sich ab und verließ die Kammer. Er musste sich zusammenreißen, um nicht zu rennen. Hinter sich vermeinte er ein leises Lachen zu hören, doch er musste sich täuschen, denn in den Schatten gab es keine Gefühle, da war er sich sicher. Er würde tun, wie ihm geheißen wurde, auch wenn er nicht verstand, aus welchem Grund. Die Diebstähle, die Bestechungen, die Erpressungen und die Morde. Es schien ein Ziel dahinterzustecken, doch er konnte kein Muster erkennen. Und das war gut so, denn er glaubte nicht, dass Wissen seiner Existenz zuträglich sein würde.

Als man ihm die Unsterblichkeit und große Macht angeboten hatte, war ihm der Preis verschwiegen worden. Und blind vor Gier, wie er gewesen war, hatte er nicht danach gefragt. Der

Preis war hoch, und jede Nacht bezahlte Giacomo zudem noch mit einem Quäntchen seiner geistigen Gesundheit. Er konnte spüren, wie sie ihm entglitt. Der Schatten in ihm war begierig darauf, mehr und mehr von ihm zu verschlingen.

38

PARIS, 1818

Schwer atmend ließ Niccolo sich gegen die Rücklehne sinken. Esmeralda blieb einen Moment an ihn gelehnt sitzen. Dann warf sie sich auf die gegenüberliegende Bank und begann, ihre halbzerrissene Bluse zuzuknöpfen. Als Niccolo den Blick abwandte, lachte sie wieder ihr tiefes, dunkles Lachen.

»Jetzt wirst du schüchtern, mein Lieber? Das war gut, nicht wahr? Hat es dich die andere vergessen lassen?«

»Welche andere?«, fragte Niccolo, während er seine Beinkleider und sein Hemd richtete.

»Auch ohne einen Anflug von Magie würde jede Frau erkennen können, dass du ein unglücklich verliebter Narr bist, mein Freund«, sagte Esmeralda im Plauderton.

Plötzlich wurde ihm in der stickigen Enge der Kutsche unbehaglich zumute.

»Darüber möchte ich nun wirklich nicht sprechen«, murmelte er. Das Feuer war so plötzlich verschwunden, wie es über ihn gekommen war, und nun wusste er nicht, was er sagen oder tun sollte.

Als er die Vorhänge der Kutsche zurückzog und aus dem Fenster sah, erkannte er die Straße, in der sein Hotel lag. Er klopfte mit dem Gehstock gegen die Decke, und als Carlo durch das Schiebefenster hinabblickte, wies Niccolo ihn an, anzuhalten. Sofern der Kutscher etwas von den Vorgängen in seinem Gefährt mitbekommen hatte, ließ er es sich zumindest nicht anmerken.

»Ich lasse dich nach Hause bringen, wenn du möchtest«, sagte Niccolo zu Esmeralda.

»Danke, sehr freundlich«, erwiderte sie, und er war sich nicht sicher, ob sie ihn schon wieder verspottete, »ich hoffe, du hast unsere gemeinsamen Stunden ebenso genossen wie ich.«

»Natürlich«, murmelte Niccolo. Er griff in seinen Mantel und zog einen kleinen Geldbeutel hervor, den er ihr reichte. »Ich möchte dir das als ... Kompensation für deine Zeit geben.«

»Keine Sorge, du hast bereits bezahlt.«

Als sie ihn ansah, nickte er unbestimmt, dann erhob er sich und verließ fluchtartig die Kutsche. Sie rutschte an das Fenster und hob eine Hand zum Abschiedsgruß. Ohne den Blick abzuwenden, klopfte er an das Dach, als Signal für Carlo, und die Kutsche rumpelte los.

Aufgewühlt blickte Niccolo noch einen Moment die Straße entlang, bevor er sich aus seinen Gedanken riss und zu seinem Hotel ging.

Die Lichter in den Fenstern waren bereits entzündet, und ein großer Mond stand am Himmel, voll und rund, umgeben von Wolkenfetzen, denen sein Licht silberne Farbe schenkte.

»Monsieur?« Ein junger Mann kam auf Niccolo zu. »Sind Sie Monsieur Viviani?«

Irritiert nickte der junge Italiener. »In der Tat. Was kann ich für Sie tun?«

Der Mann war kaum älter als Niccolo, aber groß und breitschultrig. Ein dichter Schnurrbart zierte seine Oberlippe. »Ich bin ein Bote«, erklärte er und griff in seinen dunklen Mantel. »Man hat mir aufgetragen, Ihnen das hier zu geben.«

Er trat einen Schritt auf Niccolo zu. In seiner Hand erschien eine kleine, bösartige Klinge, funkelte kurz im Mondlicht, dann schoss sie vor.

Niccolo war zu überrascht, um zu reagieren. Er wollte schreien, doch der Schmerz in seinem Bauch flammte hoch bis in die Brust, lähmte Zwerchfell und Mund, und nur ein Keuchen entwich ihm. Niccolo taumelte und wäre gestürzt, wenn der Mann ihn nicht gepackt und an sich gezogen hätte. Dieser aber warf einen Arm um den jungen Italiener, wie um einen Betrunkenen zu stützen, und schleifte ihn einige Schritte mit sich.

Das Messer steckte noch immer in Niccolos Leib, direkt unterhalb der Rippen, die Klinge ein glühender Eindringling. Verwirrt blickte er sich um, versuchte zu verstehen, was geschah, aber die Welt war in kleine Teile zerfallen, Licht, Schatten, leere Fenster und dunkle Gestalten. Er konnte sich keinen Reim darauf machen, während er in eine kleine Gasse geschleift, ohne viel Federlesens losgelassen wurde und in den Schmutz sank.

Sein Körper krümmte sich, seine Finger schlossen sich um das Heft des Messers. Vor seinen Augen tanzten Lichter, alles andere war verschwommen und undeutlich. Tränen des Schmerzes rannen ihm über die Wangen.

Bevor er die Klinge herausziehen konnte, wurden seine Finger geöffnet. Er wollte sich wehren, aber er war so schwach, dass er kaum mehr tun konnte, als zu atmen. Jede Berührung des Messers jagte Schmerzwellen durch seinen ganzen Körper, bis ihm selbst das Luftholen schwerfiel. Dann gab es einen Ruck und eine grauenvolle, zerrende Leere in seinem Bauch. Er konnte spüren, wie Blut aus der Wunde schoss, sein Hemd durchnässte, an seinen Lenden hinablief.

»Tut weh, was? Mach deinen Frieden mit Gott, gleich ist es vorbei.«

Niccolos Blick fokussierte sich auf seinen Angreifer, dessen

Gesicht vor ihm schwebte. Der Mann lächelte und nickte ihm geradezu freundlich zu.

Jeden Moment würde der zweite Stich kommen. Die erste Wunde war bereits tödlich, das wusste Niccolo. Er wollte nicht sterben, nicht so, nicht in einer schmutzigen Gasse, nicht, ohne Valentine um Vergebung gebeten zu haben.

Die Klinge hatte Haut und Fleisch durchtrennt, hatte Fasern in Niccolos Leib zerschnitten.

Aber sie hatte auch etwas in seinem Geist durchschnitten; eine Fessel, die nun nicht mehr hielt. Etwas riss sich los, tief in ihm, verborgen vor der Welt, aber hungrig und voller Gier, in sie zu treten. Es riss sich los, und Niccolo wurde schwarz vor Augen.

Die Schmerzen traten in den Hintergrund. Sie waren noch da, aber sie waren nicht mehr wichtig. Auch das Blut, das aus der Wunde lief, der Schmutz in der Gasse, das Gesicht des Mannes über ihm, die gesamte Welt, alles wurde zur Nebensache.

Ein ekstatisches Zittern durchlief Niccolos Leib. Einen traumhaften Moment lang fragte er sich, ob dies der Tod sei. Keine schlimme Erfahrung, sondern ein erhebendes Gefühl. Doch er starb nicht. Vielmehr lief das Beben weiter, wurde stärker, wanderte in die Tiefe seines Körpers, bis es das Zentrum seines Seins erreichte.

Seine Gliedmaßen veränderten sich. Es war wie die Ahnung eines Gähnens, bevor sich der Mund öffnet. Ein Ziehen, halb körperlich und halb geistig, dem Niccolo sich hingeben musste.

Er spürte, wie seine Knochen schrumpften oder wuchsen, wie sich sein Fleisch um die neuen Formen schmiegte, wie die Haut den Bewegungen folgte. Jeder rationale Gedanke verschwand aus seinem Geist, als er sich vollkommen dem Moment ergab.

Sein Gesicht verlängerte sich, aus seinem Mund entwich ein

Stöhnen, als er die Kiefer öffnete und sie sich vorschoben. Die Zähne wanderten an ihnen entlang, wurden größer, kräftiger, spitzer. Seine Kleidung riss einfach; sie hatte der Gewalt seines Leibes nichts entgegenzusetzen. Fell quoll aus den Löchern hervor, und der Stoff spannte sich weiter, bis er in Fetzen herabfiel.

Etwas stach ihn, schnitt durch wanderndes Fleisch, doch die Wunde schloss sich bereits wieder, als die Klinge zurückgezogen wurde.

Niccolo schloss die Augen, genoss die Veränderungen, die rasend schnell mit seinem Körper geschahen. Eine animalische Freude ergriff von ihm Besitz, ließ ihn den Kopf in den Nacken legen und heulen.

Als er die Augen wieder öffnete, hatte die Welt sich gewandelt. Farbe war unwichtig, Licht und Schatten dominierten. Überall lagen Gerüche auf den Formen, umgaben sie wie Auren, erklärten sie, machten sie begreifbar.

»Bestie!«

Es war weniger ein Schrei als ein gepresstes, entsetztes Keuchen, und Niccolos neues, massiges Haupt fuhr zu dessen Ursprung herum. Er spürte noch das Echo der Wunde in seinem Leib, und es machte ihn wütend. Seine Klauen krümmten sich, er hob die Lefzen und knurrte.

Der Angreifer wich einige Schritte zurück. Er roch nach Angst, aber auch nach noch mehr. Es war ein alter Geruch, finster und dunkel, der den Zorn des Wolfsmenschen weiter anfachte. Ohne den Mann aus den Augen zu lassen, duckte er sich tiefer, bis seine vorderen Extremitäten den Boden berührten.

Dann sprang er, überbrückte die Strecke mühelos aus dem Stand, die Pranken erhoben, die Fänge gebleckt, bereit zu töten.

Der Mann wich aus, schneller als erwartet, schneller als ein Mensch. Er glitt zur Seite, warf sich zu Boden und schien ein Stück durch die Schatten zu gleiten. Knurrend warf der Wolf sich herum. Silbriges Metall glänzte im Mondlicht auf, doch er schlug die geworfene Klinge verächtlich aus der Luft. Er lief zu dem Mann, überragte ihn mit seinem massigen Leib.

»Helft mir!«, brüllte der Angreifer, als er erkannte, dass er nur noch Beute war. Sein Schrei erstarb in einem Gurgeln, als der Werwolf ihn packte und ihm in Schulter und Hals biss, so fest, dass die Knochen brachen und die Muskeln einfach rissen, wo sie nicht von den Fängen zerschnitten wurden.

Blut floss aus der Wunde, benetzte die Schnauze des Wolfsmannes, als er den Toten zu Boden fallen ließ und sich zu seiner ganzen Größe aufrichtete.

Er wollte heulen, seinen Triumph verkünden, doch er spürte, dass er nicht allein war. Er wirbelte herum, für ein Wesen seiner Größe von geradezu übernatürlicher Gewandtheit.

In der Gasse standen zwei, ein Mann und eine Frau, unschlüssig verharrend, als sie den Werwolf sahen. Er forderte sie heraus, präsentierte seine Klauen.

Ein Schmerz durchzuckte sein Bein, glühend heiß. Fauchend sprang er zur Seite und sah den vermeintlichen Toten, der sich mit einer Hand die Wunde am Hals zuhielt und mit der anderen eine Klinge zwischen sich und den Wolfsmenschen hielt. Der Dolch war aus Silber. Der Wolfsmann konnte es spüren. Die Wunde an seinem Bein brannte immer noch.

Ohne zu zögern, warf der Werwolf sich auf den Mann. Die Klinge zuckte, aber der Wolfsmann war diesmal schneller, wich dem Stich aus und ergriff den anderen am Arm. Seine Krallen bohrten sich in das Fleisch und rissen Fetzen heraus. Der Mann taumelte vor, unfähig, sich der Macht des Griffs zu entziehen. Der Wolfsmann packte seinen Kopf, brüllte und zog. Die Wunde am Hals des Mannes hatte sich bereits halb geschlossen, aber das gequälte Gewebe gab nach, und mit einem Ruck riss der Werwolf dem Mann den Kopf vom Rumpf.

Als der Mann diesmal zu Boden fiel, war er unzweifelhaft tot.

Instinktiv sprang der Werwolf vor, stieß sich ab und zog sich an einer Hauswand hoch. Hinter sich hörte er die Rufe der anderen beiden, die dort mit ihren Dolchen fuchtelten, wo er eine Sekunde vorher noch gewesen war. Er ließ sich fallen, drehte sich im Sturz um. Die Frau war schnell, rollte zur Seite, und ihre Klinge schrieb einen hellen Bogen in die Luft und einen feuerroten auf die Brust des Wolfsmenschen. Doch der Mann war zu langsam. Der Werwolf landete auf ihm, grub ihm seine Klauen in den Leib, biss und riss, brach ihm das Genick mit einem mächtigen Kopfschütteln und schlitzte seinen Gegner vom Hals bis zur Brust mit seinen Krallen auf.

Wieder warf er sich zur Seite, ohne seine Angreiferin zu sehen, doch seine Sinne waren scharf, seine Bewegungen schnell. Die Frau wich zurück, und sie beide wussten: Hier war der Werwolf der Jäger und alles andere nur Beute.

Mit einem leisen Knurren trat der Wolfsmensch vor. Seine Hinterpfote landete auf der Brust des Mannes, brach die letzten noch unversehrten Rippen und ließ den Leib noch einmal zucken.

Der Blick der Frau ging zu ihrem toten Gefährten, dann wandte sie sich um und lief. Sie sprang mehr, als dass sie rannte, jeder Satz meterweit.

Der Wolfsmann folgte ihr erst einige Schritte auf zwei Beinen, dann lief er auf allen vieren.

Sie stieß sich ab, flog hoch, erreichte eine Hauswand, sprang wieder, zur gegenüberliegenden Wand und von dort zum Dach.

Der Wolfsmann folgte ihr. Seine Krallen bohrten sich in Mörtel und Stein und Holz, als er die Wand erklomm.

Sie rannte über die Dächer. Sie war schnell und geschickt und gefährlich. Doch sie konnte ihm nicht entkommen.

Er war der Jäger, und sie war seine Beute.

NAHE VENEDIG, 1818

Es war gut, wieder einmal zu laufen. Ungebunden, frei, aller weltlicher Last entledigt. Abseits der Wege, fern der Dörfer, keine Menschen, nicht ihr Geruch, nicht ihr Metall und ihre Tiere, die nach Unterwerfung und Angst rochen.

Er lief über die weiten Wiesen. Der Wind unter dem sternenklaren Himmel fuhr ihm durch das schwarze Fell. Nichts hielt ihn auf, nichts behinderte ihn. Es gab hier keine Artgenossen; er war allein. Es war ein trauriges und zugleich freudiges Gefühl.

Doch plötzlich hielt er inne. Es war, als ob ein Ruf durch die Nacht hallte, doch es war nichts zu hören. Eine unbekannte Empfindung stieg in seinem Inneren auf, ein Wissen, das er nicht haben durfte. So viel wusste sogar sein Tier-Selbst.

Irgendwo hatte sich etwas befreit und rief nun seine Lust bis zum Himmel empor. Die Ohren des Wolfs zuckten, als er sich umsah, dann legte er den Kopf in den Nacken und heulte.

BEI PARIS, 1818

Niccolo erwachte und wusste sofort, dass die Welt sich verändert hatte. Nichts war mehr, wie es gestern noch gewesen war. Kühler Wind strich über seine nackte Haut, und er spürte den harten Erdboden unter sich. Im Osten kündete ein schwaches Glühen vom Beginn des Tages, aber noch war die Welt in Zwielicht gehüllt, war gefangen zwischen Tag und Nacht.

Ein Stöhnen entrang sich Niccolos Kehle, als er sich zur Seite drehte. Seine Muskeln zitterten bei der geringsten Bewegung, und in seinen Eingeweiden schien ein Kampf zu toben, den beide Seiten verloren. Ein metallischer Geschmack lag ihm auf der Zunge, und er benötigte einige Augenblicke, um ihn zu identifizieren – Blut.

Das fahle Licht zeigte ihm dunkle Flecken an seinen Händen, ein marmoriertes Muster, das bis zu seinen Ellbogen reichte. Obwohl er sich vor dem fürchtete, was er sehen würde, hob er die Hände direkt vor die Augen. Auch hier war Blut, bereits getrocknet, das durch seine Bewegungen Risse bekommen hatte.

Hastig sprang Niccolo auf – oder versuchte es zumindest, denn statt auf den Füßen zu landen, kam er nur auf die Knie, und dann führte die Welt um ihn herum einen Tanz auf, der ihn wieder zu Boden fallen ließ, auch wenn die Erde selbst scheinbar Gefallen am Schwanken und Zittern gefunden hatte und sich erst wieder beruhigte, als Niccolo sich einige Minuten lang mit ausgestreckten Armen und Beinen an sie geklammert hatte.

Sein Verstand brauchte nicht lange, um sich zusammenzureimen, warum er nackt in einem Feld vor den Toren von Paris lag. Für den Bruchteil einer Sekunde wollte er es verneinen oder wenigstens verdrängen, doch die Wahrheit war so gewaltig, dass er sich ihr ergeben musste. *Ich … ich bin ein Werwolf.*

Als er sich wieder aufrappelte, sprang die Welt gnädiger mit ihm um und rollte nur sanft unter seinem Leib. Zu der Erschöpfung seiner Gliedmaßen kam noch etwas anderes hinzu, ein scharfer, ziehender Schmerz am Bein. Dort war eine Wunde, ein klaffender Schnitt, der zwar nicht mehr blutete, aber schlimm aussah. Ansonsten schien er unverletzt zu sein.

Fassungslos strich sich Niccolo mit der Hand über die Narbe auf seiner Brust. *Es hat doch damals nicht funktioniert! Byron hat mich überhaupt nicht gebissen!* Aber sosehr er sich auch an diese Tatsachen klammerte, so wenig Schutz boten sie ihm vor dem Anblick seines blutverkrusteten, nackten Körpers. Der sich nun bemerkbar machte. Die Kälte forderte ihren Tribut. Die Zähne des jungen Italieners klapperten, und er schlang sich die Arme um den Leib, was jedoch nur wenig Linderung brachte.

Ich brauche Kleidung. Und ein Bad. Um ihn herum erstreckten sich Felder. Noch war niemand zu sehen, aber irgendwann würden die Menschen ihrem Tagwerk nachgehen. Bis dahin musste Niccolo angekleidet und halbwegs präsentabel sein. Er wusste nicht, was die Gendarmen hierzulande mit nackten, blutverschmierten Fremden taten, und er verspürte kein Bedürfnis, es herauszufinden.

Vorsichtig lief er in die Richtung eines Gehöfts, das im Osten vor dem Himmel als Schattenriss erkennbar war. Dort mochte es Wasser geben und vielleicht eine Leine mit Wäsche.

Wasser gab es bereits in einem kleinen Teich unterwegs. Es war kalt, aber klar, und Niccolo kniete sich an das Ufer und wusch sich vorsichtig das Blut von der Haut. *Könnte ich doch auch das Geschehene von mir abwaschen,* wünschte er sich vergebens. Seine Erinnerungen endeten in der Gasse in Paris, als er sicher war, sterben zu müssen. Das Blut deutete an, dass dieses Schicksal zwar nicht seins geworden war, wohl aber andere ereilt hatte.

Obwohl er sich notdürftig gesäubert besser fühlte, wurde die Kälte durch das Wasser auf seiner Haut rasch unerträglich. Mit einem Mal wurde die Angst, einfach auf dem Feld zu erfrieren, übermächtig. Zitternd erhob er sich wieder und lief weiter. Eisig strich der Wind über die Felder.

Als er in die Nähe des Hofs kam, war ihm so kalt, dass er sich kaum noch Gedanken über die Gefahren machte. Fast war es ihm egal, ob man ihn sah oder nicht, solange ihm nur wieder wärmer wurde. Zu seiner Enttäuschung gab es weder Wäscheleinen noch eine in Lumpen gehüllte Vogelscheuche. Allerdings gab es einen Hund, der anschlug.

Schnell lief Niccolo in den Schatten eines Gebäudes, das ihn, ein willkommener Nebeneffekt, auch vor dem Wind schützte.

»He! Ist da wer?«

Niccolo duckte sich noch tiefer in den Schatten und hielt den Atem an. Jetzt tauchten wieder Bilder von Männern in Uniform vor seinem geistigen Auge auf; unangenehme Bilder, die er nicht Realität werden lassen wollte.

»Komm raus, oder ich lass die Hunde raus!«

Der junge Italiener schluckte. Das Bellen der Tiere war laut, es waren sicherlich große Hunde, mit scharfen Zähnen. *Und ich bin nackt.*

Er lugte um die Ecke des Hauses und sah einen Knecht in einfacher Kleidung, der eine tückisch wirkende Sichel in der Hand hielt und misstrauisch um sich schaute – aber wenigstens in die falsche Richtung.

»Monsieur«, hob Niccolo an, und der Mann wirbelte herum.

Niccolo streckte seine Arme vor, blieb aber sonst im Schutz der Mauer. »Ich befinde mich in einer prekären Situation.«

»Komm raus, und lass deine Hände schön oben!«

»Ich würde lieber hierbleiben, Monsieur. Wenn Sie mich erklären lassen würden: Ich …«

»Madame!«, brüllte der Mann über die Schulter. »Wir haben hier wieder einen!«

Wieder einen? Einige Momente tauchten seltsame Ideen in Niccolos Kopf auf, Visionen von Höfen um Paris, auf denen oft Werwölfe nach ihren nächtlichen Ausflügen auftauchten, nackt und blutig, und dann von den Bewohnern empfangen wurden. *Und mit Kleidung ausgestattet? Oder stillschweigend umgebracht und an die Hunde verfüttert?*

»Monsieur, ich …«

»Halt dein Maul.«

Bevor Niccolo auf diese Unhöflichkeit reagieren konnte, erschien eine stämmige Frau in der Tür des Hauptgebäudes und strich sich einige Strähnen ihres Haars aus dem geröteten Gesicht. Sie wirkte angestrengt, als habe sie gerade gearbeitet, und ihre Ärmel waren hochgekrempelt.

»Wo, Luc?«

»Hinter dem Butterhäuschen, Madame. Ich habe ihn gleich entdeckt.«

Unschlüssig betrachtete Niccolo die Szene, die ihm so irreal vorkam, dass er nicht weiterwusste.

Die Frau kam einige Schritte auf den Hof, blieb jedoch hinter Luc stehen. »Kommen Sie raus, Monsieur!«, forderte sie. »Sie sind nicht der Erste, dem das passiert.«

»Das bezweifle ich«, rutschte es Niccolo heraus.

Überraschenderweise lachte die Frau. »Das sagen sie alle. Ich kenne die Geschichte: Sie waren letzte Nacht bei einer jungen Dame, sehr schön und charmant, Sie haben mit ihr Wein getrunken und sind mit ihr gegangen. Und dann sind Sie heute Morgen hier aufgewacht, halbnackt und ohne Ihr Portemonnaie.«

Es war keine sonderlich würdevolle Erklärung, aber sie war besser als alles, was Niccolo bislang zu bieten gehabt hatte, also bejahte er es vorsichtig.

»Und natürlich war die Dame keine Hure«, fuhr Madame fort, immer noch Amüsement in der Stimme. »Ehrbare Männer gehen nicht zu Huren, nicht wahr? Kommen Sie raus, Monsieur, dann können wir Ihnen etwas Warmes zu essen geben und Sie einkleiden.«

»Die Geschichte stimmt nicht ganz«, erklärte Niccolo zurückhaltend. »Ich fand mich heute Morgen nicht *halb*nackt vor.«

»Dann sollte es doch erst recht kein Problem sein, sich zu zeigen … oh.«

»In der Tat: Oh.«

Sie drehte sich langsam um, und auch wenn Luc weiter starrte, schritt Niccolo aus seinem Versteck. Er nickte unsicher und deutete ein Winken an, ließ die Hand dann aber sinken. Seine Erziehung hatte ihn nicht auf einen Moment wie diesen vorbereitet.

Und auch nicht darauf, dass Madame sich einfach wieder umwandte und ihn unverhohlen anstarrte. Niccolo versuchte zu bedecken, was es zu bedecken gab, aber an seiner grundsätzlichen Nacktheit konnte er nichts ändern. Die Herrin des Hofes ließ ihren Blick über ihn wandern und lächelte. Anzüglich, wie Niccolo meinte, was ihn nicht überraschte, aber auch erfreut, wie ihm schien. Er nickte noch einmal und scharrte mit dem Fuß.

»Gehen wir rein«, erklärte sie. »Wär' doch schade, wenn so ein schmucker Kerl sich hier draußen den Tod holen würde.«

39

AREZZO, 1820

Papier bedeckte jede Fläche des Raumes. Auf dem Bett stapelten sich Notizbücher, Pergamente, Zeitungsseiten und zerknüllte Bögen. Der Boden war mit Büchern übersät, teilweise in Stapeln, manche jedoch auch kreuz und quer verstreut, aufgeschlagen, mit Lesezeichen versehen oder achtlos umgedreht. Überall standen ausgetrocknete Tintenfässchen, waren Notizen und Diagramme auf unordentlichen Zetteln zu sehen, und dort, wo der Tisch durch das Chaos lugte, sah man selbst auf dem dunklen Holz Zeichnungen und Schriftzeichen. Die hohen, schmalen Fenster ließen nur wenig Licht in den Raum, denn die Läden waren geschlossen, und in den zwei, drei Strahlen tanzte der Staub mit jeder Bewegung des Bewohners. Das warme Licht kam von zwei Öllampen und einigen Kerzen, deren Wachs zu ihren Füßen zu seltsamen Skulpturen geronnen war, auf die wieder Kerzen gesteckt worden waren, bis die Kerzenständer selbst unter den für immer erstarrten Tropfen verschwanden.

Der Zeigefinger des Bewohners fuhr über die Seite eines Buches. Immer wieder hörte man ihn leise murmeln, und dann hielt er inne, um sich Notizen zu machen. Vor ihm lag ein alter, italienischer Druck über die griechische Sagen- und Mythenwelt, der jahrzehntelang friedlich in einer Bibliothek geschlummert hatte. Jetzt waren an die Ränder Ausrufezeichen gekritzelt, kurze Worte und ganze Passagen waren mit langen, zittrigen Strichen markiert worden.

Direkt daneben lag die handschriftliche Kopie einer Gerichtsakte aus Estland, die aus dem vorvergangenen Jahrhundert stammte. Ein Kupferstich eines aufrecht gehenden Wolfs zierte die Seite, und daran war eine krude Übersetzung angehängt worden.

Halb unter der Akte verborgen lag ein schmales Bändchen aus der Feder eines Mannes, der dem Grand Louvetier vor über fünfzig Jahren gedient hatte und an seinem Lebensabend eine Sammlung von Anekdoten, Berichten und Legenden über französische Wölfe verfasst hatte. Es war an einer Stelle aufgeschlagen, die mit »*Le loup de Soissons*« betitelt war, wo von einem Wolf berichtete wurde, der 1765 an nur zwei Tagen achtzehn Menschen in der Nähe von Soissons angefallen hatte, nur um dann von einem Veteranen der Miliz mit einer Mistgabel gestellt und schließlich getötet zu werden. An den Rand war ein knappes »Tollwut« geschrieben, dessen Buchstaben allein schon Enttäuschung ausdrückten.

»Niccolo?«

Die Stimme ertönte durch die Tür, begleitet von einem Klopfen, das den Angesprochenen jedoch nicht einmal von seiner Lektüre aufblicken ließ. Seine Schreibfeder kratzte über das Papier und hinterließ dicke Tropfen Tinte, denn er schrieb ohne Sorgfalt, ja, sogar ohne hinzusehen.

»Niccolo?«

Jetzt brummte er ein unwirsches »Was gibt es?«, während er nach einem Buch über nordische Sagen griff und es an einer markierten Stelle aufschlug.

»›Es brüllten die Berserker, der Kampf kam in Gang. Es heulten die Wolfspelze und schüttelten die Eisen‹«, las Niccolo leise vor, während seine Feder unablässig über das Blatt fuhr.

»Kann ich hereinkommen?«

Die Feder erzitterte kurz, als sei sie unsicher, ob sie fortfahren oder innehalten solle. Als erwache er aus einem Traum, blickte Niccolo sich um, dann richtete er sich auf und zuckte unwillkürlich zusammen, als eines seiner Gelenke wie zum Protest lautstark knackte.

»Sicher. Gib mir einen Augenblick«, bat er, wobei er schon die ersten Bücher zusammenschob. Bei seinem Versuch, die größte Unordnung zu beseitigen, stieß er beinahe ein halbvolles Weinglas um, bevor er zumindest eine Gasse auf dem Fußboden freigelegt hatte. Seufzend erkannte er, dass mehr kaum zu schaffen wäre, bevor sein Besuch sich Einlass verschaffte.

»Bitte.«

Seine Schwester betrat den Raum. Wieder einmal bemerkte Niccolo erstaunt, wie sehr sich Marcella verändert hatte. Obwohl sie erst vor kurzem vierzehn geworden war, hielt sie sich bereits wie eine Dame, und ihre Miene war von ernster Sorge erfüllt. Ihr Kleid war gewiss *à la mode*, und ihre dunklen Locken, früher so unbändig, waren nun kunstvoll frisiert. Sie ließ ihren Blick über das Chaos schweifen und gab sich keine Mühe, ihren Unmut zu verbergen. Seine kleine Schwester wiederzutreffen war bei Niccolos Heimkehr seine größte Freude gewesen; sich ihr nun entfremdet zu fühlen, schmerzte ihn zutiefst.

»Du liest schon wieder?«

»Ich arbeite«, erklärte Niccolo seltsam defensiv, so als sei sie die Ältere. Vielleicht lag es daran, dass er genau wusste, dass sie ihren Eltern eine gute Tochter war, die tat, was man von ihr erwartete, und die den Conte und seine Frau stolz machte, während ihm nichts dergleichen gelang. *Im Gegenteil,* dachte er bei sich, doch der Anflug von Schuldgefühl verschwand sogleich wieder. *Immerhin mache ich ihnen auch keine Schwierigkeiten.*

»Ich mache mir Sorgen, Niccolo«, begann Marcella ohne Umschweife, als habe er seine Gedanken laut ausgesprochen. »Und Mama und Papa sind außer sich.«

Erneut seufzend, stapelte Niccolo einige Schriften von einem Stuhl auf den Boden und deutete auf das Möbelstück. Marcella nahm geziert Platz, während Niccolo mehr schlecht als recht ein Stück Bett frei räumte und sich ebenfalls niederließ.

»Ich weiß«, erklärte er in der Hoffnung, ihr gleich zu Beginn den Wind aus den Segeln zu nehmen.

»Du verkriechst dich«, fuhr sie unbeirrt fort. »Du hast Kontakte zu mysteriösen und, offen gestanden, völlig unpassenden Personen …«

»Das sind Geschäftskontakte«, wandte Niccolo ein und umfasste mit einer Geste den kompletten Raum, »die mir Bücher besorgen.«

»Schräges Volk, im besten Fall. Und sie sind immerhin dein

einziger Umgang. Du gehst nicht aus, du besuchst niemanden, du speist allein, du bist häufig krank.«

Hier verspürte Niccolo wieder einen Anflug von schlechtem Gewissen. Kurz nach seiner Rückkehr hatte er lediglich eine Erkrankung vorgetäuscht, um seinen Vater nach einigen lauten Wortwechseln auf diese Art daran zu hindern, ihn zum Militär zu schicken. Doch inzwischen war es ihm zu einer Art Gewohnheit geworden, die verschiedensten Gebrechen zu spielen, um sich Ruhe zu verschaffen. Tatsächlich fühlte er sich gesund und stark, bereit, Bäume auszureißen, wenn es sein musste. Er führte diesen Umstand auf seine *Conditio* zurück, wie er seinen Zustand nun seit einigen Monaten nannte. Eine hübsche Umschreibung für ein düsteres Geheimnis.

»Du vergräbst dich in deinen Studien.«

Diesen Vorwurf konnte Niccolo schlecht leugnen.

»Und du schreibst nicht mehr! Du hast mir seit deiner Rückkehr nicht eine Zeile vorgelesen. Es war dir so wichtig, und jetzt …« Ihre Stimme erstarb.

Niccolo wollte seine Schwester in den Arm nehmen, so wie früher, und sie trösten, doch er wagte es nicht. Seine *Conditio* hatte sich nicht wieder gezeigt, aber er traute sich selbst nicht mehr. Nachts lag er wach, wälzte sich im Bett hin und her und fragte sich, welche seiner Gedanken, seiner Gefühle und, vor allem, welche seiner Instinkte noch ihm selbst gehörten. Und welche von dem stammten, was in ihm verborgen war.

»Ich war jung, damals«, sagte er hilflos, als würde das irgendetwas erklären. Aber Marcella sah durch seine Maske hindurch. Sie kannte ihn zu gut, selbst jetzt noch, und sie war erstaunlich erwachsen geworden in den letzten Jahren.

»Du bist immer noch jung. Aber du bist nicht mehr der Niccolo, den ich kannte. Du bist anders. Du bist … wie besessen.«

»Besessen« ist nicht schlecht, aber »gejagt« würde es noch besser

treffen, schoss es Niccolo durch den Kopf, und er sah wieder die düsteren Bilder im Château de Coppet vor sich, dunkelbraune Wölfe, die von Hunden die Klippen hinabgehetzt wurden. Er wünschte sich, er könnte seiner kleinen Schwester alles erklären, wünschte sich sehnlichst, seine Bürde mit jemandem teilen zu können, aber er fürchtete die Konsequenzen. *Ich kann niemandem sagen, was ich bin. Wie sollten sie es verstehen? Vielleicht ist es schon falsch, dass ich bei ihnen lebe. Was, wenn ich mich verwandle und einen von ihnen angreife? Was ist, wenn die Jagd auf mich wieder beginnt? Nein, ich muss meine Familie da heraushalten, muss sie schützen.*

»Ich habe mich verändert«, erwiderte er kalt, kälter, als er wollte, kälter, als er für möglich gehalten hätte. »Ich bin erwachsen geworden. Als Mann habe ich keinen Bedarf mehr an den Flausen, die mich einst umgetrieben haben.«

»Flausen«, wiederholte sie, und ihre Miene wurde hart. Die Marcella, die Niccolo vor seiner Grand Tour gekannt hatte, hätte ihrem Zorn freien Lauf gelassen und ihm vermutlich eines seiner Bücher an den Kopf geworfen, doch jetzt verbarg sie ihren Ärger in sich, auch wenn er in ihren Augen funkelte.

Ihre Verabschiedung entbehrte jeder Herzlichkeit, und als sie aus dem Zimmer gegangen war, saß Niccolo noch lange auf seinem Bett, und seine Gedanken wanderten in Bahnen, die sie schon tausendmal bereist hatten. Und wie immer fand er keinen Ausweg aus seinem Dilemma.

Er sah sich in seinem Schlafzimmer um, das mehr und mehr der Bibliothek eines wahnsinnigen Forschers glich, und auch im Labyrinth der Schriften fand er keinen Ausweg. Er hatte jedes Wort über Wölfe und Werwölfe gesammelt, dessen er habhaft werden konnte, hatte mit Naturforschern korrespondiert, sich einen veritablen Wissensschatz angeeignet, aber er war nicht auf den Grund des Mysteriums vorgestoßen. Er wusste, dass dieser sich irgendwo verbarg, er konnte seinen Schatten ahnen, seine Konturen spüren, doch immer, wenn er glaubte, einen handfesten Hinweis zu haben, verflüchtigte sich dieser, wurde zu Rauch, der das eigentliche Bild nur noch mehr verhüllte.

Mit einem dritten Seufzer setzte Niccolo sich wieder hin und nahm seine unterbrochene Lektüre wieder auf. Vielleicht stand er ja ganz kurz vor der entscheidenden Entdeckung.

Er kniete auf dem weichen Erdboden, seine nackten Knie bohrten sich in die Piniennadeln. Den Oberkörper hielt er aufrecht, die Arme vor der Brust verschränkt, und er schwankte leicht vor und zurück, während er wieder und wieder dieselben Worte vor sich hinmurmelte, so lange, bis sie jeden Sinn für ihn verloren hatten. Der volle Mond stand am Himmel und tauchte die Pinien und die hügelige Landschaft in ein sanftes, unwirkliches Licht.

Obwohl die Nachtluft kühl war und schon die Vorahnung des Winters in sich trug, schwitzte er. Um sich herum hatte er mit weißem Kalk einen Kreis gezogen; die vier Himmelsrichtungen waren mit Schriftzeichen markiert, die er in einer alten Schrift aus dem Heiligen Land gefunden hatte, und das Rund war von vielen weiteren seltsamen Zeichen umgeben. Aus einer Schale, die vor dem Kreis stand, stieg würziger Rauch von einigen Holzkohlestücken auf, eine Mischung aus Sandelholz, Zeder und Weihrauch.

Der Rauch verstärkte seine Entrückung, ließ ihn zusammen mit der Rezitation glauben, sich jenseits von Zeit und Raum zu befinden.

Als er endlich meinte, dass ihn sein eigenes Murmeln in den Wahnsinn treiben würde, griff er mit einer einzigen, raschen Bewegung zu dem Dolch, der neben der Schale vor ihm auf dem Erdboden lag. Er hob die Klinge, setzte sie in die Vertiefung zwischen den Schlüsselbeinen und drückte zu, bis sie die Haut durchstieß. Dann zog er sie über sein Brustbein, langsam und stetig, bis er den Dolch schließlich aus zitternden Händen fallen ließ. Eine dünne, rote Linie öffnete sich dort, wo eben noch die Klinge gewesen war, und einige Blutstropfen perlten über seinen Bauch und sein Geschlecht.

Gierig sog er den Atem ein, senkte den Kopf und wartete.

Nichts geschah.

Als er den Kopf wieder hob, sah er, dass es keine Veränderung gab. Sein Körper hatte sich so wenig verwandelt wie die Landschaft um ihn herum. Er war nur ein nackter Mann, der an einem klaren Novembertag in einem Pinienwäldchen inmitten von übelriechendem Rauch saß und verrückte Rituale ausprobierte.

Er konnte seine Verwandlung nicht willentlich herbeiführen, nicht kraft seiner Gedanken und auch nicht mithilfe von Ritualen und Zaubersprüchen.

Ihm blieb nichts anderes übrig, als darauf zu warten, dass die Bestie in ihm von allein wieder erwachte und die Kontrolle über ihn beanspruchte.

»Zum letzten Mal: Ich komme nicht mit! Ich habe keine Zeit, und außerdem fühle ich mich nicht gut.«

Der Conte starrte ihn mit kaum verhohlenem Zorn an. Niccolo konnte es seinem Vater nicht verübeln, hatten sie doch die Fahrt nach Florenz von langer Hand geplant und Marcella bereits für einige Tage bei einer Tante untergebracht, wo sie gut aufgehoben war und im kleinen Kreis musizieren konnte. Doch in der Früh, noch bevor die Kutsche bereitgemacht worden war, hatten Boten eine lang erwartete Lieferung für Niccolo gebracht. Die Bücher lagen nun in seinem Zimmer, schon den gewachsten Ledermappen entnommen, mit denen sie auf der langen Reise geschützt worden waren, aber noch ungelesen. Niccolo konnte ihren Ruf hören, durch alle Wände hindurch, verführerisch wie der einer Sirene. Es waren handschriftliche Kopien einiger äußerst seltener Werke, die direkt aus Kostantiniyye, dem ehemaligen Konstantinopel, stammten. Es hatte ein kleines Vermögen gekostet, die Bücher zu erwerben.

Dankbar dachte Niccolo an Esmeralda, die ihm seine ersten Kontakte zu jenen Kreisen verschafft hatte, in denen er nun gezwungenermaßen agieren musste, wollte er seine Studien erfolgreich fortsetzen.

Noch in Paris, war Niccolo zunächst überrascht gewesen, von der jungen Frau ein Billett zu bekommen, das ihn zu einem Abschiedsbesuch bat, bevor er Frankreich verließ. Erst hatte er die Nachricht zerreißen und einfach nur fliehen wollen, doch dann war er doch nach Montmartre gefahren. Die in Aussicht gestellten Informationen waren einfach zu kostbar, um sie sich entgehen zu lassen. Das hatte er sich zumindest eingeredet. Er würde Esmeralda besuchen, ihr Lebewohl sagen und sich verabschieden. Ganz gewiss würde sich nicht wiederholen, was sich in der Kutsche abgespielt hatte.

Doch schließlich hatte es sich wiederholt, und Niccolo war statt zu einem kurzen Besuch die ganze Nacht über im Haus der Zigeunerin geblieben, die ihn mit ihrem dunklen Lachen und ihrer irritierenden Art in einen seltsamen Bann geschlagen hatte.

Seit seiner Abreise aus Paris standen sie nun in unregelmäßiger Korrespondenz miteinander, und in dunklen, schlaflosen Nächten merkte er manchmal, wie er von ihrem schlanken, biegsamen Körper träumte.

Wie sie es versprochen hatte, hatte sie ihm auch Informationen gegeben und ihm Kontakte verschafft, über die er seltene oder verbotene Schriften beziehen konnte. Derartige Bücher, wie er sie nun hauptsächlich las, gab es nicht einfach zu kaufen. Man musste Leute kennen, die wiederum Leute kannten, die Beziehungen hatten, über die man langsam und vorsichtig, unter Einhaltung aller notwendigen Regeln der Etikette in diesen Kreisen, weiterkam.

Lange hatte Niccolo auf das Ergebnis von Dutzenden von Briefen gewartet, und jetzt konnte er es keinen Augenblick mehr länger aushalten.

»Welche Malaise plagt dich denn?«

»Mein Hals …«, begann Niccolo, aber der Conte winkte voller Verachtung ab.

»Mein anfälliger Sohn, man könnte fast denken, er habe die Schwindsucht!«

Niccolos Antwort war ruhig, aber vorwurfsvoll, und sie stritten noch eine ganze Weile, doch es stand bereits von Beginn an fest, dass Niccolo sich durchsetzen würde. Wie er es in den letzten Monaten stets getan hatte. Er wünschte insgeheim, er könnte seinem Vater die Wahrheit sagen, aber das war so unmöglich, dass schon der bloße Gedanke daran ihm den Angstschweiß auf die Stirn trieb. Er konnte nicht erklären, dass es zum Besten seiner Familie wäre, wenn er daheimblieb. Dass er sich versteckte, so weit es ihm möglich war, gesellschaftlich unauffällig blieb, wenn nicht sogar ganz verborgen.

Nur wenige Menschen außerhalb des Ortes wussten, dass er in Arezzo war, und Niccolo hoffte, dass dies ein ausreichender Schutz war. Der Angriff in Paris war kein Zufall gewesen, und auch wenn seitdem nichts geschehen war, wollte er die Aufmerksamkeit seiner Feinde nicht auf sich lenken.

Schließlich verabschiedeten sich seine Eltern. Niccolo senkte den Kopf, um nicht den enttäuschten Blick seiner Mutter ertragen zu müssen, doch das Wissen um ihre Sorge allein reichte, um seinem Herzen einen Stich zu versetzen.

Jeden Tag, wenn die Post kam, befürchtete er schlechte Neuigkeiten, insbesondere von Byron, Shelley oder Polidori. Er hatte mit ihnen korrespondiert, hatte sie gewarnt. Doch nur der Doktor hatte sich zurückgezogen. Byron benötigte zu sehr die Aufmerksamkeit anderer, um ein Eremitendasein zu führen, während Shelley unermüdlich in seinen Versuchen war, die Welt zu verbessern. So blieb dem jungen Italiener nichts anderes übrig, als zu hoffen.

Endlich konnte Niccolo in seine Gemächer zurückkehren, wo die neuen Texte auf ihn warteten. Er versank in der Flut von Worten, versuchte, die wichtigen Neuigkeiten aufzuschreiben, während er sich fieberhaft durch die Seiten arbeitete.

Es war der Bericht eines orthodoxen Mönchs, der von der Warägergarde berichtete, in der es laut seinen Beschreibungen Krieger gegeben hatte, die sich im Kampf schauderlich verwandelten und ihre Feinde tierhaft mit bloßen Händen töteten. Der Mönch namens Manuel war bis nach Kiew gereist, zu den Rus, wo er weitere dieser Kämpfer traf, die keine Kleidung außer Pelzen trugen. Die Beschreibungen waren ausführlich, und in ihnen wurden die Krieger als Wolfsmenschen bezeichnet. Die Fürsten im Kiewer Rus hatten Schwurgemeinschaften von Kriegern als Leibgarden, die Manuel als Drużyna bezeichnete, unter denen sich ebenfalls derartige Berserker befunden haben sollten. Obwohl die beschriebenen Ereignisse viele hundert Jahre zurücklagen und Niccolo immer wieder Schwierigkeiten hatte, das alte Griechisch zu verstehen, ergriff Aufregung von ihm Besitz. Die Ausführungen des Mönchs waren so klar wie wenige Texte sonst, und es waren immer wieder Zitate, die angeblich von diesen Kriegern selbst stammten, in den Text eingestreut, als habe Manuel mit ihnen gesprochen und sich besonders nach ihren Fähigkeiten erkundigt.

Dem Bericht nach wurden die Fähigkeiten der Berserker

von Generation zu Generation weitergegeben, und die Familien genossen unter den anderen Nordmännern hohes Ansehen. Sie beschworen die Macht der Wölfe, von denen sie behaupteten, dass sie einen Platz in ihrer Ahnenlinie besaßen. Im Kampf wuchsen sie zu riesenhafter Gestalt, während die Pelze, die sie immer trugen, ihren ganzen Körper bedeckten und sie sich wild und ohne Angst auf ihre Feinde stürzten. Manuel berichtete von Kriegern, die den Berserkern ihre Kraft neideten und die sie nachzuahmen versuchten, indem sie sich in urtümliche Wut versetzten oder Kräuter und Beeren mit einem gewissen Giftgehalt einnahmen, um einen ähnlichen Zustand zu erreichen.

Niccolo lag zwischen den Büchern, gefangen in der von den Worten heraufbeschworenen Welt. Er sah die wahren Berserker vor seinem inneren Auge, und er wusste, wie sie sich im Kampf gefühlt hatten. *Wie ich in Paris.*

Der Reisebericht endete abrupt. Einer zweifelhaften Quelle nach war Manuel nie nach Konstantinopel zurückgekehrt. Auf welchen verschlungenen Pfaden seine Aufzeichnungen wieder dorthin gelangt waren, und wann sie in das private Archiv einer mächtigen Familie des Osmanischen Reichs gekommen waren, hatte Niccolo nicht herausfinden können. Es hatte ihn genug Geld gekostet, sie überhaupt kopieren zu lassen.

Er begann noch einmal von vorn zu lesen, diesmal langsamer und aufmerksamer, doch schon nach wenigen Seiten fielen ihm die Augen zu, und er schlief am Boden seines Zimmers ein, gebettet auf Papier, von Wölfen und Menschen träumend.

Ein lautes Pochen weckte ihn. Einige Momente der Stille folgten, in denen er sich benommen umsah, dann wiederholte sich das Pochen. Es dauerte mehrere Augenblicke, bis Niccolo erkannte, dass jemand an seine Tür klopfte. Er erhob sich unsicher und hielt sich am Bettpfosten fest, bis er seine Balance wiedergefunden hatte.

»Ja?«

Seine Stimme war rau, und seine Zunge fühlte sich belegt an.

»Draußen ist ein Beamter, der Ihnen etwas mitzuteilen hat«, ertönte Carlos brummige Stimme. Niccolo hatte mit seinem Diener eine für beide Seiten angenehme Übereinkunft getroffen; er verlangte nur selten dessen Dienste als Kutscher oder seine Aufwartung, dafür war Carlo besonders schweigsam. Bislang funktionierte das Arrangement zur beiderseitigen Zufriedenheit.

»Sag ihm, ich komme.«

Mit fahrigen Bewegungen erfrischte sich Niccolo, kämmte sich das Haar, das inzwischen ungebührlich lang gewachsen war, und strich sich die Kleidung glatt, so gut er es vermochte. Dann lief er aus seinen Räumen, die Treppe hinab und in den Empfangsraum, wo ein großer, aber dürrer Mann mit dichtem Schnauzbart auf ihn wartete.

»Cavaliere Viviani?«, erkundigte sich der uniformierte Beamte mit einem misstrauischen Blick, den Niccolo ihm angesichts seines wenig würdevollen Auftretens nicht verübeln konnte.

»Ja?«

»Ich … Es ist mir eine traurige Pflicht, Euch über den Tod des Conte und der Contessa Viviani zu informieren«, sagte der schnauzbärtige Mann mit bemühter Höflichkeit.

»Wie bitte?«

Die Antwort kam ungebeten, während die Worte noch in Niccolos Kopf umherflogen, so wenig greifbar wie Nebelschwaden.

Der Beamte räusperte sich und drehte seine Amtsmütze verlegen in den Händen. »Die gräfliche Kutsche, Herr … Es gab einen Unfall. Sie ist in die Schlucht gestürzt.«

Verwirrt sah Niccolo aus dem Fenster und stellte fest, dass

es schon wieder heller Tag war. Er konnte weder sagen, wann er eingeschlafen war, noch, wie lange er geschlafen hatte. Die Worte des Beamten schienen keinen Sinn zu ergeben, so sehr er diesen auch zu erfassen versuchte.

»Die Kutsche?«, fragte er schließlich, weil ihm partout keine andere Frage einfallen wollte.

»Wir wissen nicht, wie der Unfall passiert sein kann, Herr, denn er geschah an einer Stelle, die eigentlich leicht passierbar ist. Wir vermuten, ein Pferd ist durchgegangen, nur haben wir keine Ahnung, aus welchem Grund. Überlebende konnten leider nicht geborgen werden.«

Hoffnung blitzte in Niccolos Geist auf. »Wie … Wieso … Woher weiß man denn dann, um wen es sich überhaupt handelt?«

»Wir haben die Kutsche anhand des Wappens identifiziert.«

Natürlich, das Familienwappen an der Tür. Ganz einfach. Niccolo hatte das Gefühl, dass er etwas tun sollte, etwas sagen. Er sollte etwas fühlen, doch er verspürte nur eine große Leere in sich. Ihm war, als sei nicht er es, der dort im Raum stand mit der zerknitterten Kleidung und der fahlen Haut, sondern ein anderer Mann, dessen Eltern gerade gestorben waren. Er wollte diesen Mann anschreien, dass er seine Trauer zeigen solle, dass er sie wenigstens empfinden solle, aber er konnte keinen Gedanken lange genug festhalten, um ihn auszusprechen. Stattdessen redete sein Mund von ganz allein.

»Vielen Dank für die Nachricht. Was ist mit …« Hier stockte seine Stimme einen Moment, weil er keine Worte fand, die nicht pietätlos klangen. »… mit den sterblichen Überresten?«

»Wir bringen sie nach Arezzo. Dafür mussten wir allerdings erst ein passendes Gefährt von einem Bauern besorgen. Sie sollten später am Tag hier ankommen.« Der Mann hielt inne und strich sich nervös über seinen Bart. »Es tut mir leid.«

Niccolo nickte nur benommen.

»Die Tiere«, sagte er. »Sind sie tot? Mein Vater hat es verabscheut, wenn Pferde leiden mussten. Kümmern Sie sich darum?«

»Die Pferde waren bereits tot, als man sie fand, was erstaunlich war. Sie müssen durchgegangen sein. Anders ist es nicht zu erklären. Soll ich … Kann ich noch etwas tun?«

»Wie?« Niccolo starrte den Mann an, als bemerke er ihn zum ersten Mal. »Ach so, nein danke. Ich werde alles Nötige in die Wege leiten.«

Der Beamte deutete eine Verbeugung an, setzte seine Mütze auf und verabschiedete sich. Er verließ ein Haus, das Niccolo unvermittelt viel größer als noch vor einigen Augenblicken erschien. Er selbst ging hinauf in seine Gemächer, räumte die Bücher beiseite, wusch sich und zog frische Kleider an. Die ganze Zeit schrie eine Stimme in seinem Inneren, doch sie war so leise, als sei sie weit von ihm entfernt.

AREZZO, 1820

Die Trauerfeier mit der anschließenden Prozession und der eigentlichen Bestattung war ein riesiges Ereignis für Arezzo und die umliegenden Ortschaften, auch wenn Niccolo eine stillere Gedenkfeier lieber gewesen wäre. Aber das war natürlich bei der Bedeutung seiner Familie nicht möglich, und so war nun nicht nur die weitläufige Verwandtschaft erschienen, sondern auch die Honoratioren der Stadt, Freunde, Bekannte, Geschäftspartner, Bedienstete und dazu jede Menge Gesichter, die Niccolo nicht kannte und nicht zuordnen konnte. Die Mienen drückten stets die gleiche traurige Anteilnahme aus, die Worte waren tröstend gemeint, aber sinnlos. Wie ein Automat schüttelte er Hände, lächelte tapfer, ohne sich tapfer zu fühlen, und beantwortete jede Kondolenz freundlich. Er bemerkte die bewundernden Blicke, die ihm für sein besonnenes Verhalten zugeworfen wurden, und er wollte schreien.

Jedes Mal, wenn man ihn nun mit *Conte* ansprach, zuckte er innerlich zusammen, als sei er nur ein Hochstapler, der sich mit dem Titel schmückte, ohne ihn zu verdienen. Immer wieder verspürte er den Drang, sich umzudrehen, denn die Menschen meinten sicherlich nicht ihn, sondern seinen Vater, der hinter ihm stehen musste.

Marcella hielt sich gut, obwohl ihr immer wieder die Tränen über die Wangen liefen. Trotzdem gelang es ihr, jedem die Hand zu reichen, sich zu bedanken und gegenüber den richtigen Personen einen Knicks anzudeuten.

Den ersten Tag nach der Nachricht hatten sie getrennt voneinander verbracht. Ihre Tante hatte darauf bestanden, Marcella nach den schlimmen Neuigkeiten zunächst bei sich zu behalten, während Niccolo sich fast sofort damit beschäftigen musste, die Beisetzung und die Trauerfeier zu planen. Er hatte noch kaum zwei Stunden von dem Ende seiner Eltern gewusst, als bereits die ersten Besucher vorfuhren, die ihm ihr Mitgefühl aussprechen und natürlich alles über den Unfall erfahren wollten.

Erst am Abend war Marcella in den Palazzo gekommen, und sie hatte die ganze Nacht in seinen Armen gelegen und geweint, ohne Unterlass, während er sie festhielt und selbst nicht weinen konnte. Es war, als sei sein Herz gefroren und jedes Gefühl darin längst abgestorben.

Die eigentliche Beisetzung verging quälend langsam.

»Conte Ercole Viviani war ein Edelmann im besten Sinne, ein Patriot und den Seinen ein guter Patron und Vater«, begann der Geistliche, als sich die Trauergemeinde an der Familiengruft versammelt hatte. Der kalte Wintertag bot für den Trauerzug genau den richtigen Rahmen. Schwarze, verdorrte

Äste lagen auf dem gefrorenen Boden, und alle Anwesenden froren schon nach wenigen Augenblicken erbärmlich. Doch als ob er dies nicht zur Kenntnis nahm, schien sich die Andacht des Priesters in Niccolos Ohren schier endlos hinzuziehen.

Niccolo fühlte sich mehr und mehr wie ein Automat. *Der Begräbnisautomat. Der künstliche Trauernde.* Seine Gedanken waren zu diesem Zeitpunkt überall, nur nicht bei den Toten. Er dachte an seine Bücher, an seine Nachforschungen; er dachte an die Engländer, an die Kirche, an Paris. Er spürte unwillkommene Regungen in sich, als drohe etwas aus ihm hervorzubrechen, und vor seinem inneren Auge sah er bereits, wie ein heulender Wolf die Trauergäste vertrieb.

»*Requiescat in pace*«, sagte der Priester schließlich mit erhobener Stimme, und dann war es unvermittelt vorbei. Schweigend beobachteten die Gäste, wie die Gruft verschlossen wurde, und Carlo brachte Niccolo und Marcella in der Kutsche zum Palazzo zurück, der riesig war und ebenso düster wie leer wirkte.

»Was sollen wir jetzt nur machen?«, wollte Marcella wissen, doch Niccolo hatte keine Antwort auf diese Frage.

»Das werden wir schon herausfinden«, entgegnete er sanft und mit einem Optimismus, den er nicht empfand.

Die Dienerschaft versammelte sich, damit Niccolo als der neue Hausherr mit allen reden konnte, doch ihm fiel nichts ein als schale Worthulsen, ohne Inhalt, aber geeignet, die Stille zu füllen, die zwischen den Wänden emporkroch und ihn zu verschlingen drohte. Er sagte ihnen, dass er sich sicher sei, dass man ihm und Marcella ebenso gut dienen werde wie seinen Eltern, obwohl ihm erst jetzt auffiel, dass er überhaupt nicht wusste, wie das Verhältnis der Bediensteten zum Conte und seiner Frau gewesen war. *Haben sie sie geliebt? Gehasst? Gefürchtet?*

Schließlich war er allein. Marcella hatte sich in ihre Gemächer zurückgezogen, um sich der unbequemen Trauerkleidung zu entledigen, und die Diener mieden seine Nähe, als sei der Tod der Eltern etwas Ansteckendes, das sie sich von ihm zuziehen könnten.

Niccolo stand im Empfangsraum des Palazzos. Er schaffte es bis in den Flur vor seinen Gemächern, bevor der erste Schluchzer sich seiner Kehle entrang. Die Tür verschwamm vor seinen Augen, als ihm die Tränen ungehindert über die Wangen liefen. Seine Finger zitterten, sein ganzer Leib bebte.

Auf seinem Bett rollte er sich zusammen, umschlang seinen Leib mit beiden Armen und weinte, bis er so erschöpft war, dass der Schmerz ihn verließ und er einschlief.

40

AREZZO, 1821

Der Himmel begann sich langsam zu verfärben. Als Niccolo von seinen Studien aufsah, entdeckte er zu seiner Überraschung, dass es kurz vor Sonnenaufgang sein musste. Die ersten Vögel zwitscherten bereits, und eine vage Andeutung des kommenden Tages zeigte sich am Horizont.

Er wusste nicht, wo all die Nachtstunden geblieben waren. Wieder einmal hatte er einsam in der Bibliothek gesessen, in der er nun die meiste Zeit verbrachte, eine Flasche aus dem Keller seines Vaters geleert und in seinen Büchern nach Antworten gesucht, ohne welche zu finden.

Er stand auf, streckte sich und trat ans Fenster. *Ich sollte ins Bett gehen. Sonst wird Marcella noch wach und hält mir eine Strafpredigt.* Seit dem Tod ihrer Eltern hatte Marcella damit begonnen, sich an ihrer statt um Niccolo zu sorgen, und auch wenn er ihre Bemühungen, ihn von seinen Büchern und Schriften abzulenken, rührend fand, so war er doch auch leicht dadurch in Rage zu bringen. *Also, auf in Morpheus' Arme!*, ermahnte er sich selbst.

Gerade wollte er sich vom Fenster abwenden, als er plötzlich in der Ferne eine Bewegung wahrnahm. Als er sich darauf konzentrierte, etwas zu erkennen, sah er vor dem heller werdenden Himmel den Umriss einer Kutsche, die sich in gemächlichem Tempo dem Haus näherte.

Schließlich war das schwarze Gefährt deutlich zu erkennen, und dann fuhr es die Auffahrt hinauf und kam vor der Treppe des Palazzos zum Stehen. *Ich hätte einen der Diener wecken sollen,* fiel es Niccolo in diesem Moment ein, doch nun war es zu spät, und er musste den Gästen wohl selbst die Tür öffnen.

Die Kutsche trug kein Wappen, und der junge Mann, der auf dem Kutschbock saß, war Niccolo unbekannt. Der Kutscher sprang von seinem Sitz herunter und öffnete den Schlag.

»Salut, Niccolo«, sagte eine dunkle Stimme aus dem Inneren, die Niccolo nur allzu vertraut war.

»Esmeralda! Was tust du hier?«

»Möchtest du darauf eine höfliche oder eine ehrliche Antwort?«

Er musste grinsen. Auch wenn er sich nicht erklären konnte, was sie hier machte, war er froh, sie zu sehen. Ihre Ankunft erschien ihm wie der erste heitere Moment seit Wochen.

»Beides«, entgegnete Niccolo. »Aber verzeih meine Unhöflichkeit. Darf ich dich hereinbitten?«

Er streckte ihr die Hand entgegen, und sie nahm sie und stieg aus. Nach Art der Franzosen küsste sie ihn auf beide Wangen. Sie war unauffälliger gekleidet als in Paris, was vermutlich den Erfordernissen der Reise geschuldet war, trug einen langen schwarzen Rock und eine ebensolche Bluse.

»Ich komme mehr als gern herein«, sagte sie. »Die Straßen in der Toskana sind eine Zumutung, und mir tut der Hintern weh.« Mit gespielt schmerzlichem Gesichtsausdruck rieb sie sich den betroffenen Körperteil.

Niccolo gab dem Kutscher ein Zeichen, Esmeraldas Gepäck hereinzubringen, und ging voraus in die Bibliothek.

»Die Dienstboten schlafen alle«, sagte er entschuldigend. »Es wird wohl noch ein bisschen dauern, bis sie für dich ein Zimmer hergerichtet haben und dir etwas zu essen bringen können. Aber hier in der Bibliothek ist es wenigstens warm, und ich kann dir etwas zu trinken anbieten.«

Mit Schwung ließ sie sich auf ein Sofa fallen. »Das wäre wunderbar, Niccolo, mein Lieber. Wenn du etwas hast, was mich aufwärmt, kann das Zimmer gern warten.« Sie lächelte, süß und undeutbar, wie sie es in seinen Träumen zu tun pflegte, während er ihnen beiden einen Cognac einschenkte.

»Und nun – verrätst du mir, was dich nach Arezzo getrieben hat?«, fragte der junge Italiener, als er ihr gegenüber Platz nahm.

Sie zuckte mit den Schultern. »In Paris ist mir der Boden zu heiß geworden. Ich habe weiter nach den Archiven geforscht, musst du wissen, obwohl der alte Mann nun fast vollständig den Verstand verloren hat, und dabei habe ich herausgefunden, dass die Dokumente, die die geheimen Entdeckungen des Vatikans enthielten, tatsächlich wieder nach Rom gebracht wurden, nachdem der Korse endgültig auf St. Helena gelandet war. Und ich weiß auch, wen wir in Rom treffen müssen, um endlich einen Blick darauf werfen zu können.«

»Ach ja?«

Niccolo konnte sehen, dass auch Esmeralda vom Jagdfieber

erfasst worden war. Ihre Augen glitzerten, als sie von den geheimen Schriften sprach, die sie beide so sehr interessierten.

Dennoch konnte er nicht umhin zu fragen: »Und? Ich nehme an, das war die höfliche Antwort. Was ist also die ehrliche?«

Esmeraldas Grinsen wurde breiter, und sie glitt vom Sofa und kam auf ihn zu.

»Es gab ein paar Dinge, die ich vermisst habe«, flüsterte sie.

Sofort merkte er, wie sie das Feuer in ihm entfachte. Er stellte sein Glas ab und stand ebenfalls auf. Als sie den Kopf hob und ihn ansah, küsste er sie.

»Das kannst du mir nicht antun!« Marcella hatte die Hände in die Hüften gestemmt und schrie ihn an. Alle damenhafte Zurückhaltung war von ihr abgefallen, und sie war wieder so laut und aufgebracht, als sei sie noch immer neun Jahre alt und wütend auf ihren großen Bruder.

»Entweder Tante Francesca oder der Konvent«, sagte Niccolo bestimmt. »Du kannst nicht allein hierbleiben, das ist unmöglich.«

»Dann bleib du doch mit mir hier!«, forderte Marcella zornig. »Oder besser noch, nimm mich mit nach Rom! Ich bin noch nie dort gewesen. Und ich würde dich bestimmt nicht stören, das verspreche ich dir.«

In ihrer Stimme lag jetzt ein so flehentlicher Ton, dass er beinahe eingewilligt hätte. *Warum sollte ich sie nicht mitnehmen? Vielleicht würde es ihr guttun, aus dem gespenstischen alten Palazzo für ein paar Tage herauszukommen?*

Doch dann wurde ihm wieder bewusst, warum er diese Reise antrat und in wessen Gesellschaft. Er konnte Marcella und Esmeralda nicht zusammen reisen lassen. Sein Ruf war ihm zwar herzlich egal, aber die Französin war gewiss keine passende Gouvernante für ein Mädchen aus gutem Hause. Also entgegnete er mit Überzeugung: »Bis ich zurückkehre, bleibst du bei Francesca, Marcella, so leid es mir tut.«

Als er sah, wie sie frustriert die Arme senkte und ihn plötzlich mit tränengefüllten Augen ansah, wurde seine Stimme weicher. »Aber ich verspreche dir, dass es nicht lange dauern wird. Wir fahren nach Rom und sind wieder hier, noch bevor es Frühling wird.«

Niccolo wusste nicht, ob er selbst seinen Worten Glauben schenkte. Einerseits gab es außer den Archiven nichts, was ihn in die Ewige Stadt zog. Andererseits hielt ihn auch wenig in Arezzo.

»Du gehst nicht mit ihr nach Frankreich zurück, oder? Mit deiner Mätresse?«

»Marcella!«, fuhr er auf, aber dann hob er beschwichtigend die Hände. Sie hatte ja Recht. Er hatte nur nicht geglaubt, dass sie von seinem Verhältnis zu Esmeralda etwas mitbekommen hatte. *Sie ist einfach kein Kind mehr,* ermahnte er sich selbst.

»Nein, ich gehe nicht nach Paris zurück«, versicherte er seiner Schwester. »Ich kehre bald hierher zurück, wie ich es gesagt habe. Und wer weiß? Wenn du noch ein bisschen älter bist, machst du vielleicht deine eigene Grand Tour. Würde dir das gefallen?«

Marcella hatte ihre Tränen tapfer heruntergeschluckt und schenkte ihrem Bruder nun ein gefasstes Lächeln, das sie wieder fast erwachsen wirken ließ. »Das habe ich fest vor. Ich will Frankreich sehen und Griechenland und Ägypten.«

»Ägypten auch?«, fragte er verblüfft.

»Ja, das Land der Pharaonen. Und weißt du was? Du brauchst gar nicht zu fragen, denn dich nehme ich dann bestimmt nicht mit.«

Niccolo musste lächeln. »Ich denke, das wäre nur fair.«

Die Idee kam Niccolo ganz zufällig, als er die benötigten Dokumente für den Aufenthalt in Rom ausfüllte. Er hatte sich vor dem Aufbruch aus Arezzo allerlei Unterlagen besorgt, um ihre Reise so angenehm wie möglich zu machen, von einem Ausweis bis hin zu Empfehlungsschreiben, die ihnen ungehinderte Grenzüberquerungen und wenig Ärger mit der Bürokratie verschaffen sollten. Immerhin lag nur eine Grenze zwischen der Toskana und dem Kirchenstaat, aber seit in Spanien eine Revolution gewütet hatte, deren Feuer – geschürt durch die Carbonari, die Köhler, angeblich ein veritabler Geheimbund – bis nach Neapel gedrungen war, hatte sich die Situation verschärft. Alles redete von einem militärischen Eingreifen der Österreicher, denen die neue, liberalere Verfassung und die Gefahr eines erneuten Aufkommens republikanischen Gedankenguts sehr unwillkommen waren.

»Wissen Sie etwas über irgendwelche Engländer in der Stadt?«, fragte er und hoffte, dass die Frage nicht zu allgemein ausfiel.

»Engländer, Signore?«, erkundigte sich der Beamte, der gerade noch durch ein Monokel Niccolos Ausweispapiere überprüfte, diese aber nun senkte und den jungen Italiener fragend anblickte.

»Genauer gesagt ein Dichter oder auch mehrere, recht bekannt«, führte Niccolo aus. Gerüchteweise sollte Shelley samt Anhang in Rom weilen, und Byron war für seine Reiselust bekannt.

Der Beamte verzog das Gesicht, und Niccolos Herz tat einen Sprung. Eine solche Reaktion deutete darauf hin, dass der Mann entweder von Byrons unkonventionellem Lebensstil gehört hatte oder von Shelleys politischen Ansichten. Beides wäre dem braven Beamten sicherlich ein Dorn im Auge.

Den Gerüchten nach pflegte Byron sogar mehr oder weniger offen Kontakte zu Revolutionären und unterstützte sie finanziell. Vermutlich war dies in den Augen des Beamten verdammungswürdiger, als offen mit der Frau eines anderen zusammenzuleben, wie der englische Lord es ebenfalls tat.

»Es waren mehrere sogenannte Dichter bei mir, zwecks Einreise«, erklärte er schließlich mit einem Gesichtsausdruck, als habe man ihn gezwungen, frische Zitronen zu essen. »Möglicherweise war ein Signor Shelley darunter. Ich glaube, sie sind dort untergekommen, wo die Engländer sich zu versammeln pflegen. Ich würde es an Ihrer Stelle an der Piazza di Spagna versuchen.«

Obwohl er Niccolo damit einen echten Dienst erwies, kostete ihn diese Tat sichtlich Mühe, und seine ganze Haltung sagte aus, dass er es für keine gute Idee hielt.

Obgleich die Dokumente tadellos schienen, dauerte die Überprüfung noch lange. Niccolo konnte nur vermuten, dass sein Interesse ihm das Misstrauen des Mannes eingebracht hatte, und dieser schien regelrecht enttäuscht zu sein, nichts Anstößiges zu finden. Dabei hatte Niccolo mehr als nur den leisen Verdacht, dass es sich zumindest bei Esmeraldas Papieren, die auf den Namen Isabella Grapelli ausgestellt waren, um Fälschungen handelte.

Den Prozess mit Geld zu beschleunigen hielt Niccolo dennoch für keine gute Idee; der Beamte hätte versuchen können, ihm daraus einen Strick zu drehen, auch wenn er sonst ganz sicher die Hand aufhielt. Und auf seinen Status als Conte zu pochen vermied er ebenfalls. Bürokraten konnten einem das Leben zur Hölle machen, selbst wenn man sie im offenen Duell bezwang.

Schließlich musste der Beamte ihn ziehen lassen, jedoch nicht ohne einen letzten missbilligenden Blick durch sein Monokel. Einerseits störte Niccolo das Verhalten des Mannes, andererseits konnte er verstehen, dass dieser keine Republikaner und Liberalen in die Stadt lassen wollte zu einer Zeit, da überall das Gespenst der Revolten und Revolutionen umging.

Nach kurzem Nachdenken entschied sich Niccolo, erst die Piazza aufzusuchen und dann ihre Unterkunft. Esmeralda, die bereits in das von ihm gemietete Haus vorgefahren war, während er sich um die Formalien kümmerte, konnte sich sicherlich selbst beschäftigen, und noch war es früh am Abend, so dass ein Höflichkeitsbesuch angemessen war.

Seit er das letzte Mal in der Stadt gewesen war, hatte sich kaum etwas verändert. Er fand den Weg zur Piazza di Spagna ohne weiteres. Sie lag malerisch unterhalb der Spanischen Treppe, die ehrfurchtsgebietend bis zur Kirche Trinità dei Monti führte. Auf dem Platz sprudelte das Wasser der berühmten Fontana della Barcaccia in die Höhe.

Der Brunnen in Form eines Kahns war von einer Traube von Frauen umgeben, die dort standen und sich lauthals unterhielten. Niccolo ignorierte das Geschrei und fragte sich bei einigen Passanten durch. Es dauerte eine Weile, bis man ihm ein Haus zeigte, das direkt rechts von der Spanischen Treppe stand. Man versicherte ihm, dass er dort einen englischen Dichter finden würde.

Als Niccolo anklopfte, erfüllte Vorfreude sein Herz. Er hatte seine Freunde zu lange nicht mehr gesehen, und er hoffte inständig, dass es wirklich Shelley und Byron sein würden, die hier lebten.

Doch es war ein unbekannter Mann, der nach einiger Zeit die Tür öffnete. Niccolo nahm seinen Hut ab und stellte sich auf Englisch vor.

»Sehr erfreut«, erwiderte der Mann, der nur wenige Jahre älter als Niccolo sein mochte. Sein lockiges Haar war nur notdürftig frisiert, und seine Lippen waren sehr dunkel, wie

Niccolo auffiel. »Ich bin Joseph Severn, zu Ihren Diensten.« Er blickte den Besucher fragend an.

»Ich bin auf der Suche nach Percy Bysshe Shelley.«

»Oh, da muss ich Sie leider enttäuschen. Er lebt nicht hier, sondern hat mit seiner Familie ein anderes Haus bezogen, im Norden an der Küste. Vielleicht sind die Shelleys derzeit auch in Pisa; ich habe etwas Derartiges gehört.«

»Wie bedauerlich«, erklärte Niccolo, dem es kaum gelang, seine Enttäuschung zu verbergen. »Dann entschuldigen Sie die Störung, Mr. Severn. Ich empfehle mich.«

»Wer ist es denn?«, erklang von oben eine unsichere Stimme.

»Schon gut, John«, rief Severn über die Schulter. »Es ist nur jemand, der nach Percy Shelley sucht.«

»Shelley? Lass ihn herauf. Bitte.«

Severn blickte Niccolo skeptisch an, nickte dann aber und trat einen Schritt zur Seite, wodurch ein enges Treppenhaus sichtbar wurde.

Als Niccolo an ihm vorbeiging, ergriff der Engländer seinen Arm. »John ist sehr krank«, erklärte er leise. »Er soll sich nicht aufregen.«

Sein Ton war ernst, fast flehentlich, und Niccolo hielt kurz inne, um ihn seiner besten Absichten zu versichern. Dann erklomm er die Treppe und betrat einen kleinen Raum, dessen Wände mit dunklem Holz vertäfelt und mit Bücherregalen vollgestellt waren. Der Boden war in passenden Farben gefliest, und ein dichter Vorhang aus rotem Samt trennte einen Teil des Zimmers ab.

Unter einem Fenster befand sich ein Klavier mit offenem Deckel, und an ein Regal gelehnt stand ein junger Mann, dem das schweißfeuchte Haar wirr ins Gesicht hing. Seine Wangen waren unrasiert, und in seinen Augen lag ein fiebriger Glanz. Dennoch konnte Niccolo erkennen, dass er von sehr anziehendem Äußeren war, mit schmalen, hübschen Gesichtszügen und dunklen Augen. Er trug einen Hausmantel, der für seine überschlanke Gestalt viel zu weit war, doch seine Unterschenkel und die Füße waren nackt.

Als Severn in den Raum trat, hastete er an Niccolo vorbei zu dem Mann und stützte ihn. »John! Du sollst doch nicht allein aufstehen!«

»Immer nur in diesem Bett zu liegen, rafft mich schneller hinweg als jede Krankheit«, erwiderte der junge Mann düster, nahm aber dennoch dankbar die Hilfe an. Offenbar war er kaum in der Lage, sich selbst auf den Beinen zu halten. Dann blickte er Niccolo an.

»Mein Name ist John Keats«, sagte er, als erkläre das alles. »Sie suchen nach Mr. Shelley?«

»Ja.« Der junge Italiener räusperte sich. »Ich bin Niccolo Viviani.« Aus irgendeinem Grund war es ihm unangenehm, auf seinen Titel zu verweisen. »Man sagte mir, ein englischer Dichter wohne hier. Da hatte ich gehofft ...«

Der Satz blieb unvollendet. Mithilfe von Severn setzte Keats sich langsam auf einen Stuhl und wischte sich erschöpft mit der Hand über das Gesicht. Severn wirkte immer noch hochgradig besorgt, schwieg aber.

»Ich habe Shelley schon einige Zeit nicht mehr gesehen, obwohl es ursprünglich seine Idee war, dass ich Italien besuche. Die Luft, wissen Sie? Sie soll hier besser für mich sein.«

Niccolo betrachtete die blasse, wächsern glänzende Haut, die dünne Schweißschicht auf der Stirn, den gequälten Gesichtausdruck des jungen Mannes. Er konnte hören, wie schwer ihm jeder Atemzug fiel.

»Schwindsucht, fürchte ich«, beantwortete Keats die unausgesprochene Frage.

»Es tut mir leid«, erklärte Niccolo ehrlich. Bei dieser Diagnose würde es vermutlich nicht mehr allzu lange dauern, bis Keats vor seinen Schöpfer treten musste.

»Aber zumindest ist die frühe Januarluft hier in Rom tatsächlich um einiges angenehmer als in Britannien. Warum suchen Sie Percy denn?«

»Shelley und ich sind … alte Freunde, könnte man sagen.«

»Seltsam, dass er Sie nie erwähnt hat«, murmelte Keats. Er blickte zu Niccolo auf, und seine dunklen Augen schienen ihn genau zu taxieren, jede Einzelheit aufzunehmen.

»Joseph«, wandte er sich dann an Severn. »Wärst du so gut, zum Markt zu gehen? Ich kann meine Medizin nicht nehmen, ohne etwas gegessen zu haben, und ich glaube, ich habe schrecklichen Appetit auf frische Tomaten.«

»Natürlich, John.« Severn lächelte. »Ich besorge uns auch gleich noch Brot und Schinken. Appetit ist gut, sehr gut sogar«, meinte er aufgeräumt und lief die Treppe hinunter. Keats schaute wieder Niccolo an.

»Joseph weiß von nichts«, erklärte er sachlich. »Aber wenn ich nicht sehr irre, dann wissen Sie sehr wohl Bescheid, Mr. Viviani.« Er hielt inne, als suche er nach Worten. »Man könnte sagen, dass wir beide … vom gleichen Schlag sind?«, fragte er zögernd.

In Niccolos Kopf rasten die Gedanken. Erkannte er richtig, worauf Keats anspielte? Litt der todkranke Mann unter derselben *Conditio* wie er selbst?

»Das könnte sein«, stimmte er schließlich vorsichtig zu.

Keats lächelte, schloss für einen Moment die Lider, und vor Niccolos Augen geschah das Wunder. Der Körper des jungen Engländers schien zu schrumpfen, der Schädel hingegen streckte sich. Keats' Körper fiel vornüber aus dem Stuhl und auf alle viere. Dichtes Haar begann den Rücken und die Extremitäten zu bedecken. Als er den nun massigen Kopf hob, ragten scharfe Zähne aus einem starken Kiefer, und pelzige Ohren zuckten. Dort, wo eben noch John Keats gesessen hatte, stand nun ein Wolf mit prächtigem, weißem Fell. Er legte den Kopf schief und sah Niccolo aus dunklen Augen an.

Der junge Italiener hätte beinahe vergessen zu atmen. Er machte einen Schritt auf den Wolf zu.

»Tatsächlich«, stieß er hervor. »Es ist wahr. Sie sind tatsächlich von derselben Art wie Byron und Shelley.«

Der Wolf wedelte bekräftigend mit dem Schwanz; und dann jaulte er kurz.

Die Rückverwandlung dauerte nur wenige Augenblicke, dann hüllte sich die nackte, menschliche Gestalt des Engländers wieder in den zu Boden gefallenen Morgenmantel.

Kraftlos fiel Keats auf den Stuhl zurück.

»Ja, es ist wahr. Auch ich kann zum Wolf werden, doch es kostet mich mittlerweile so viel Kraft, dass ich es kaum mehr wage.«

»Ich habe so viele Fragen«, stammelte Niccolo. »Ich weiß nicht, wo ich anfangen soll.«

»Wir haben leider nicht viel Zeit, bevor Joseph zurückkehrt. Also fragen Sie besser rasch.«

»War es Shelley, der Sie zum Wolf machte?«

»Ja, Percy Shelley hat mir die Gabe geschenkt, weil er hoffte, mich dadurch heilen zu können. Tatsächlich ging es mir nach seinem Biss besser; viel besser. Aber seit einiger Zeit habe ich neue Krankheitssymptome, viel schlimmer als die alten.«

Bestürzt blickte Niccolo den Dichter an.

»Also können wir wie normale Menschen erkranken?«

»Das weiß ich nicht; vielleicht lag es in meinem Fall auch daran, dass ich bereits krank war, als ich den Biss empfing.«

Jetzt stellte Niccolo die Frage, die ihn vielleicht am meisten quälte. »Ihre Verwandlung sah so einfach aus, als würde sie ohne Mühe vollzogen. Wie bewerkstelligen Sie das? Und können Sie verhindern, dass Ihr Körper sich unfreiwillig in den eines Wolfs verwandelt?«

Der junge Engländer blickte ihn erstaunt an: »Jeder von uns kann die Verwandlung herbeiführen, indem er sich darauf konzentriert; zumindest dachte ich das. Ist es in Ihrem Fall nicht so?«

»Nein. Trotz all meiner Bemühungen ist es mir bislang nicht gelungen, meine *Conditio* zu kontrollieren. Dafür habe ich mich einmal verwandelt, ohne es zu wollen.«

Mitfühlend blickte Keats ihn an.

»Das muss sehr hart für Sie sein.«

Die letzten Worte waren kaum noch zu verstehen, da sie in Husten übergingen.

»Was ist mit Ihnen?«

Keats lächelte traurig.

»Jeden Tag rafft mich meine Krankheit weiter dahin. Ich werde diese Stadt nie wieder verlassen.«

Betroffen blinzelte der junge Italiener.

»Shelley ist auch in Italien, wie Sie vermutlich wissen. Ich will ihm bald schreiben«, wechselte Keats unvermittelt das Thema, und Niccolo sah, dass Severn zurückkam. Er trug ein Päckchen unter dem Arm, aus dem ein Weißbrot und Tomaten hervorlugten.

»Ich richte uns gleich etwas zu essen«, verkündete er. »Und dann wird es Zeit für dein Pulver.«

»Es würde mich freuen, wenn Sie Shelley einen Gruß von mir ausrichten könnten«, erklärte Niccolo, an Keats gewandt.

»Sehr gern. Ich …«, begann Keats, wurde jedoch von einem neuerlichen Hustenanfall erfasst, der seinen schmalen Körper erbeben ließ, als sei er eine Marionette, deren Spieler wild an den Fäden zog.

Beim Anblick des schmerzhaften Hustens verkrampfte sich Niccolos Brust. Der Anfall schien eine Ewigkeit zu dauern, dann verebbte er endlich. Doch als Keats sich mit einem Taschentuch aus seinem Ärmel über die Lippen wischte, sah Niccolo die roten Flecken auf dem weißen Stoff. Niedergeschlagen senkte er den Blick.

»Du musst ins Bett«, bat Severn inständig, und Keats war zu geschwächt, um zu widersprechen. Er wollte aufstehen, aber seine Beine gaben unter ihm nach, und er wäre gestürzt, wäre Niccolo nicht an seine Seite gesprungen und hätte ihn gestützt.

Gemeinsam mit Severn führte er den Kranken durch einen weiteren Raum, bis sie ein schmales Zimmer erreichten, in dem ein Bett mit hohem Kopf- und Fußende stand, in das sie Keats legten. Die Decke des Raums war bemalt, und in einem Kamin brannte ein kleines Feuer. Durch die hohen Fenster klang der Lärm von der Piazza di Spagna herein, und helles Sonnenlicht fiel auf den Boden. Der Kontrast zu dem Anblick, den der todkranke Mann bot, hätte nicht härter sein können.

»Schlaf«, murmelte Severn, während er Keats eine Locke aus der Stirn strich, und der Angesprochene schloss müde die Augen, als sei es zu anstrengend, sie offen zu halten.

Niccolo nahm die Hand des jungen Mannes in seine und murmelte: »Ich verabschiede mich. Alles Gute.«

Keats schlug noch einmal die Augen auf.

»Gott schütze dich, Niccolo Viviani«, murmelte er.

Der junge Italiener verließ das Krankenzimmer.

Einen Moment lang hielt er inne, unschlüssig, ob er warten oder gehen sollte, da kam Severn zu ihm. In seinen Augen lag eine tiefe Trauer, als er Niccolos Hand ergriff.

»Vielen Dank für Ihre Hilfe. Es geht ihm seit Jahresanfang wieder sehr schlecht. Ich mache mir die größten Sorgen.«

»Ich hoffe, er wird wieder gesund.«

»Wir verlören sonst einen unserer besten Dichter. Und einen wunderbaren Menschen«, erklärte Severn tieftraurig.

»Joseph«, erklang Keats' Stimme aus dem Nebenraum, leise und brüchig. »Spiel etwas, bitte. Haydn?«

»Ja, John. Sofort.« Er wandte sich an Niccolo, der verständnisvoll nickte.

»Ich finde allein hinaus. Alles Gute auch Ihnen, Mr. Severn. Jeder sollte einen Freund wie Sie haben, wenn ...«

Er musste es nicht aussprechen.

Als er das Haus verließ, erklang hinter ihm das Allegro aus Haydns erster Englischer Sonate.

41

ROM, 1821

Durch das geöffnete Fenster drang kühle Luft in den Raum und vertrieb die stickige, rauchige Wärme des offenen Kamins. Der Lufthauch war angenehm, strich sanft über Gioanas Haut und schien von den Ereignissen dort draußen zu künden.

Fast tat es ihr leid, dass sie nicht dort sein konnte. Obwohl sie wusste, dass es sinnlos war, spitzte sie die Ohren, als könne der Wind ihr zumindest die Geräusche zutragen.

Im nächtlichen Rom würde sich heute noch eine der Säulen ihrer Rache majestätisch erheben. Zwar konnte sie nicht körperlich dabei sein, aber die altvertraute Aufregung der Jagd konnte sie dennoch spüren. Nach den bisherigen Fehlschlägen war sie sich diesmal ihrer Sache sehr sicher.

Irgendwo dort draußen lauerten ihre Männer auf diese Kreatur. Sie folgten dem Köder, um die Falle zuschnappen zu lassen. Gioanas behandschuhte Hand schloss sich, und das Leder knirschte leise. Eine Pistole in ihr zu halten, anzulegen, abzudrücken, das wäre ihr die größte Freude gewesen. Doch nun musste sie durch andere leben und sie dazu bringen, ihre Taten zu vollbringen.

Noch etwas, was mir genommen wurde, erkannte sie finster und dachte wehmütig an die heiligen Messen. Ihre Hand öffnete und schloss sich, während sie darauf hoffte, dass der Wind ihr Nachrichten von den Geschehnissen zutrug.

42

ROM, 1821

Irgendetwas ist passiert«, stellte Esmeralda fest, während sie im nächtlichen Park der Villa Borghese warteten.

Niccolo sah sich unruhig um und benötigte einige Momente, um auf ihre Worte zu reagieren.

»Wieso?«

»Ich weiß nicht genau. Aber du bist so vorsichtig. Als lägest du auf der Lauer.«

Sie sah Niccolo durchdringend an, und ihm lief ein Schauer über den Rücken, denn es war ihm, als sehe sie in seine Seele. Aber er hatte keine Lust, ihr von seinem Zusammentreffen mit dem todkranken John Keats zu berichten, denn obgleich er sich Esmeralda gelegentlich näher fühlte als allen anderen Menschen in seiner Umgebung, hatte er es noch nicht über sich gebracht, ihr von seinem Zustand zu erzählen.

Als er nichts entgegnete, blickte sie schließlich zur Seite, und sie warteten schweigend weiter.

Niccolo fühlte sich an diesem Ort, den Esmeraldas Kontakt für ihr Treffen gewählt hatte, nicht wohl. Er war zu einsam und abgeschieden; die nächste Straße war mehrere Minuten zu Fuß entfernt, und Kutschen konnten auf den schmalen Wegen nicht fahren. Zudem gab es keinerlei Beleuchtung, so dass zwischen den Bäumen tiefe Schatten lagen, die mühelos jemanden verbergen konnten. *Oder etwas.* Das Licht der Öllaterne reichte kaum, um auch nur Esmeralda zu erhellen, wie sie da auf dem ungepflasterten Weg stand.

Immer wieder vermeinte Niccolo in der Dunkelheit Gestalten zu entdecken. Doch stets entpuppten sich die Bewegungen der Schemen als Ausgeburten seines überreizten Geistes.

»Bist du sicher, dass er kommen wird?«

»Natürlich bin ich sicher. Ich hätte wohl kaum mit dir nach Rom reisen wollen, wenn es anders wäre, oder?«

Sie klang verärgert, als ob seine bloße Erkundigung ihr Wort infrage gestellt hätte. *Was sie wohl auch getan hat,* erkannte Niccolo.

»Es war nicht leicht, ihn zu finden«, fuhr sie leise fort. »Aber auch unter den ach so heiligen Männern der Kirche findet sich immer mal wieder einer, der die Gewissheit des schnöden Mammons irgendwelchen Heilsversprechen vorzieht. Und die goldenen Kälber sterben nicht aus, nicht einmal in der Ewigen Stadt.«

Er mochte es nicht, wenn sie so despektierlich über die Kirche sprach, aber das wusste sie bereits, und er vermutete, dass sie es genau deshalb tat. Sein Ärger war unlogisch, das gab er gern zu, denn um seinen Glauben war es seit den Ereignissen am Genfer See nicht gut bestellt, da er sicher war, dass der nächtliche Angriff damals ebenjener Kirche zu verdanken war, die er nun nicht geschmäht hören wollte, aber er konnte seine Erziehung nicht gänzlich vergessen. Ein Teil von ihm war noch immer der kleine Junge, der sich Gott im Blau zwischen den Wolken vorgestellt hatte und der wusste, dass Sündhaftigkeit in die Hölle führte. In diesen Gedanken fühlte Niccolo sich Byron nah, der trotz seiner liberalen und aufgeklärten Art doch niemals wirklich dem Glauben abgeschworen hatte – anders als Shelley natürlich, dessen aggressiv vorgetragener Atheismus Niccolo unangenehm gewesen war.

Esmeralda lächelte, als ahne sie Niccolos Gedanken.

»Du bist zu vorsichtig«, erklärte sie. »Das ist ein ganz gewöhnlicher Handel, ein simples Geschäft: Geld wechselt den Besitzer, eine Ware wird erworben, und am Ende sind alle Beteiligten zufrieden.«

»Wenn es nur immer so einfach wäre«, murmelte Niccolo. Seit fast fünf Jahren mied er jeden Kontakt zur katholischen Kirche, hatte sich von Priestern und Messen ferngehalten, so gut es eben ging, ohne gesellschaftlich allzu sehr aufzufallen.

Doch es war nicht nur die Aussicht auf den Kontakt, sondern auch Esmeraldas Nähe, die Niccolo angespannt und nervös machte.

Er räusperte sich, doch bevor er etwas sagen konnte, legte sie ihm eine Hand auf den Arm. Ihre Fingerkuppen strichen über die Haut seiner Hände; sie waren überraschend kühl, und ihre Berührung sandte ein Kribbeln über Niccolos ganzen Arm.

»Da kommt jemand«, hauchte sie. Er folgte ihrem Blick, und tatsächlich war die Bewegung diesmal real. Ein kleiner Lichtpunkt, der sich näherte und dabei mehr und mehr an Konturen gewann, bis die Gestalt eines Mannes im Schein einer kleinen Laterne sichtbar wurde.

Der Mann zögerte, als er sie beide erblickte, kam dann aber näher. Er war klein, noch kleiner als Esmeralda, und er trug einen nichtssagenden, dunklen Anzug. Sein Haar war schütter, und er hatte lange Strähnen quer über seinen kahl werdenden Schädel gekämmt.

»Eine schöne Nacht«, sagte er mit erstaunlich tiefer Stimme, die rau vor Aufregung war. Obwohl er den Ort gewählt hatte, schien er nun mit seiner eigenen Entscheidung zu hadern, wie seine unruhigen Blicke belegten. *Bei Tageslicht erscheint einem so manches weniger bedrohlich als in der Nacht,* überlegte Niccolo. Das Spiel mit den Erkennungsworten kam dem jungen Italiener nun selbst lächerlich vor, wie aus einer schlechten Geschichte im *New Monthly Magazine.*

»Lau für den Januar«, sagte er dennoch und gab sich und Esmeralda somit als die Personen zu erkennen, mit denen der Mann Geschäfte machen wollte.

»Gott sei Dank«, entfuhr es diesem. Er sah sich um. »Ich dachte schon, ich hätte den falschen Weg gewählt. Und ich meinte die ganze Zeit, Schritte hinter mir zu hören.«

Zu dritt starrten sie in die Dunkelheit, aus der er gekommen war, doch der Park lag ruhig und still da.

»Sie haben es nicht dabei?«, erkundigte sich Niccolo. Er hatte gehofft, dass sie ihren Handel schnell abwickeln könnten, doch außer seiner Laterne trug der Mann nichts bei sich.

»Nein, meine Güte, natürlich nicht. Wissen Sie, wie schwierig es ist, daran zu kommen?«

»Wir haben so eine Ahnung«, mischte sich Esmeralda ein, was ihr einen düsteren Blick einbrachte. Einer Frau gegenüber fühlte sich der kleine Mann offenbar zu keiner weiteren Erläuterung bemüßigt, weshalb Niccolo wieder das Wort ergriff: »Nein, wir wissen nichts über diese Schwierigkeiten.«

Er warf seiner Begleiterin einen flehenden Blick zu, und sie verschränkte die Arme vor der Brust und schaute demonstrativ zur Seite.

»Die Archive sind geheim. Was in diesem speziellen Fall bedeutet, geheimer als geheim. Abseits gelagert, vor den meisten Augen verborgen. Nur wenige haben überhaupt Zugang zu diesen Räumlichkeiten.«

»Sie werden doch einen Plan gehabt haben, als Sie uns eine Abschrift der Dokumente versprochen haben? Immerhin geht es um eine beträchtliche Summe …«

»Die Dokumente sind jeden Scudo wert«, versicherte der Mann hastig.

Niccolo war zwar gewillt, ihm zu glauben, aber jetzt verstand er Esmeraldas abwertende Schilderung seines Charakters besser. *Ein vatikanischer Archivar. Was für eine Schande!*

»Aber?«

»Aber es dauert eine Weile, sie zu beschaffen. Ich muss die Themen, die Sie mir genannt haben, überschauen und die passenden Texte auswählen. Das dauert, vor allem, wenn ich nur selten in das Archiv gelange, weil ich es mir nicht leisten kann, öfter die richtigen Hände zu schmieren.«

Er sah Niccolo mit einem berechnenden Lächeln an. Noch mehr als zuvor war dem jungen Italiener jetzt alles an dem Archivar zuwider.

»Sie wollen mehr Geld?«

»Es würde die Angelegenheit gewiss beschleunigen.«

Neben sich hörte Niccolo, wie Esmeralda Luft holte, um etwas zu sagen, aber er war schneller.

»Gut«, erklärte er, als sei dieser billige Versuch, mehr Geld von ihnen zu erpressen, nicht dazu geeignet, seinen Zorn zu erregen. Aber er hatte zu lange gewartet, zu viel auf sich genommen, um jetzt, so kurz vor dem Ziel, an der Habgier eines einzelnen Mannes zu scheitern. »Im Gegenzug allerdings will ich die Lieferung schnell. Und umfassend.«

Der Archivar nickte.

Niccolo beugte sich vor und schenkte ihm ein kaltes Lächeln. »Keine Spielchen, bitte. Ich bezahle Sie gut, aber dafür verlange ich gute Arbeit. Keine plötzlich noch auftauchenden Schwierigkeiten, keine unvorhergesehenen Komplikationen.«

Als der Mann schluckte, war Niccolo überzeugt, dass er ihn verstanden hatte.

»Ja, natürlich, Sie können sich auf mich verlassen. Die Archive sind hervorragend sortiert und werden bestens unterhalten. Es wird keine Schwierigkeiten geben.«

»Gut.«

»Wenn Sie mir jetzt …« Der Archivar streckte Niccolo eine Hand entgegen.

Der junge Italiener griff in seinen Mantel und zog eine lederne Mappe hervor, in der sich ein Bündel Schuldverschreibungen diverser Banken befand, die ohne viel Aufsehen gegen Geld eingelöst werden konnten. Er hielt sie dem Mann hin, zog sie aber zurück, als dieser gierig danach griff.

»Der Rest kommt dann später, wenn Sie mir die Dokumente übergeben. Verstanden?«

Erst, als der Archivar nickte, gab ihm Niccolo das Geforderte.

»Verräter!«, ertönte plötzlich eine Stimme aus der Dunkelheit.

Der Schuss fiel nahezu im gleichen Augenblick, ein donnernder Lichtblitz im Dunkel, der für den Bruchteil einer Sekunde den Schützen erhellte. Geblendet wandte Niccolo sich ab, blinzelte. Er hörte Esmeralda fluchen, dann stürzte etwas Schweres zu Boden, kratzte über das kalte Erdreich.

Als sich seine Sicht klärte, sah Niccolo den Archivar zu seinen Füßen liegen, in der verkrampften Hand immer noch die Mappe. Seine Gliedmaßen zuckten, und dunkles Blut strömte ihm über die Lippen, während das Leben aus seinen Augen wich.

Auch Esmeralda starrte auf den Sterbenden hinab.

Niccolo fing sich schneller als sie. »Komm!« Er ergriff ihren Arm und riss sie fort von dem grausamen Anblick.

Sie rannten in die Dunkelheit. Obwohl die Bäume im Park weit auseinanderstanden und es nur wenige Sträucher gab, stolperten sie mehrmals über Wurzeln und stießen gegen Äste.

»Vielleicht ist es nur einer«, keuchte Esmeralda.

Aber dann hörten sie die Rufe von verschiedenen Seiten kommen.

Wie bei einer Hetzjagd, dachte Niccolo, dessen Herz hämmerte, während sie sich einen Weg durch die Finsternis bahnten.

Noch schoss niemand, aber Niccolo erwartete, jeden Moment einen lauten Knall zu hören. Sein ganzer Rücken kribbelte, als bereite er sich bereits auf den Einschlag vor. Von links ertönten zwei kurze Rufe, die von rechts beantwortet wurden. *Sie treiben uns tiefer in den Park,* erkannte der junge Italiener.

Neben ihm fluchte Esmeralda mit jedem Ausatmen, und da ihm selbst kaum Zeit zum Atmen blieb, staunte Niccolo über die Anzahl und Lebhaftigkeit der ihr bekannten Schimpfwörter.

»Wir müssen die Richtung ändern«, unterbrach er ihre Tirade.

Sie nickte stumm, aber dies war einfacher gesagt als getan. Zwischen den Bäumen sahen sie Lichter, die ihnen folgten. Laternen ließen lange Schatten auf den Boden fallen, und der Wald wirkte wie ein Gefängnis, mit düsteren Stämmen als Gitterstaben. *Warum patrouillieren hier nicht wenigstens einige Carabinieri?,* schoss es Niccolo durch den Kopf, und er verwünschte im Stillen die italienische Polizei, die nie dort war, wo man sie brauchte.

»Warum schießen sie nicht?«, fragte Esmeralda.

»Sie sparen Munition für den Moment, in dem wir in der Falle sitzen.«

»Aber das taten wir bereits!«

Niccolo erklärte ihr nicht, dass die Auftraggeber dieser Männer einmal etwas Ähnliches gedacht hatten, nur um ihre Leute in einem blutigen Gemetzel zu verlieren. Anscheinend wollten sie diesmal auf Nummer sicher gehen. *Wissen sie von mir … von meinem Fluch? Das kann nicht sein. In Paris waren es sicher keine Männer der Kirche, die mich überfallen haben. Was geht hier vor?*

Immer wieder stolperte einer der beiden, und einmal stürzte Niccolo auf die Knie, als sein Fuß in einem Kaninchenbau hängen blieb. Doch er rappelte sich wieder auf und ignorierte den dumpfen Schmerz in seinem Knöchel. Es war eine seltsame Hatz durch den Park, der im Wechsel von Licht und Schatten eine unwirkliche Szenerie bot.

In Gedanken suchte Niccolo nach Auswegen, aber in jeder Richtung außer einer waren die Jäger zu sehen und zu hören.

»Wir müssen irgendwo durchbrechen«, erklärte er und schlug einen Haken. Esmeralda folgte ihm. *Jetzt wäre es gut, wenn ich mich verwandeln könnte. Jetzt … verwandeln.* Er versuchte das Tier in sich zu finden, so wie Keats es ihm beschrieben hatte. Die elementare Wildheit, die Niccolo in Paris gespürt hatte, tief in sich, verborgen unter seinen Gedanken. Doch er fand nur Angst und Aufregung, Erinnerungen an den Lac Léman und an Blut. Sosehr er auch in sich horchte, es kam keine Antwort.

Sie näherten sich zwei Laternen, in deren Lichtschein sie die Umrisse zweier Männer erkennen konnten. Einer hob eine Waffe, eine Pistole mit langem Lauf, und Niccolo duckte sich hinter einen Baum. Der Schuss dröhnte durch den Park, und Holzsplitter flogen an Niccolo vorbei.

Esmeralda lief weiter. Sie hielt ihren Rock mit den Händen hoch, und er wehte um ihre Hüften, als würde sie einen besonders wilden Tanz tanzen.

Der andere Mann hatte ebenfalls auf Niccolo gezielt, und er riss seine Waffe erst herum, als Esmeralda heran war.

Ihr Bein flog überraschend hoch, ihr Fuß traf ihren Gegner am Kinn und ließ ihn zurücktaumeln, doch bevor er auch nur zwei Schritte getan hatte, setzte sie ihm nach und trat ihm mit aller Kraft zwischen die Beine. Er stürzte ohne einen Laut zu Boden, und fast hätte Niccolo Mitleid mit ihm gehabt.

Der junge Italiener sprang aus seiner Deckung hervor, rannte auf den ersten Schützen zu und sprang ihn an. Seine Schulter traf den Mann an der Brust, seine Arme schlangen sich um den Leib seines Gegners, und er riss ihn von den Füßen. Während sie sich überschlugen, griff Niccolo blind um sich, bekam etwas zu fassen, einen Arm vielleicht oder ein Bein, und warf sich herum. Es gab ein hässliches Knacken und einen Schmerzensschrei. Niccolo rappelte sich auf Hände und Knie hoch, sah das Gesicht des Mannes und schlug ohne nachzudenken auf ihn ein. Seine Faust traf das Kinn, dann die Schläfe. Sein Gegner hob die Arme, um seinen Kopf zu schützen, aber Niccolo sprang auf und trat ihm in die Rippen. Der Schütze krümmte sich vor Schmerz, und Niccolo hastete weiter.

In diesem Teil des Parks war es gänzlich dunkel, und sie mussten ihre Schritte verlangsamen, um sich nicht zu verlieren oder zu stürzen. Geduckt schlichen sie nebeneinander durch die Bäume, immer wieder über die Schulter blickend, ob ihre Verfolger sie nicht einholten.

»Gekämpft wie eine Pariser Straßenratte«, lobte ihn Esmeralda, und er konnte ihr Lachen spüren.

Die Lichter blieben zwar in Sicht, aber sie kamen nicht näher, wie Niccolo zufrieden feststellte.

»Und du? Was war das?«

»Noch nie von Chausson gehört? Oder Savate?«

»Was, diese Tricks der Straßenschläger?«

»Ich stamme aus Marseille, da sind wir stolz darauf, uns auf der Straße zu prügeln. Mein Vater hat es mir beigebracht, er war Seemann.«

Wieder einmal fiel Niccolo auf, dass er über die wahre Esmeralda beinahe nichts wusste, aber ihm war klar, dass dies kaum der richtige Moment war, um daran etwas zu ändern.

Schweigend liefen sie weiter.

Endlich sahen sie vor sich ein Licht, und es war keine Laterne ihrer Verfolger, sondern ein helles Viereck, das Fenster eines Gebäudes, der Schimmer der Zivilisation.

»Gleich sind wir hier raus«, stellte Niccolo erleichtert fest. »Vielleicht verfolgen sie uns nicht in die Stadt.«

Esmeralda brummte nur ungläubig, und auch Niccolo bezweifelte, dass ihre Verfolger sich so einfach von ihrer Spur abbringen ließen. Dennoch glomm Hoffnung in ihm auf. Sie hatten sich aus der Falle befreit und die Pläne ihrer Feinde durchkreuzt. Wenn es ihnen gelang, sie in dem belebten römischen Straßengewirr abzuhängen, wären sie fürs Erste in Sicherheit.

Hinter den Bäumen war eine Straße zu erkennen, nur durch einen mannshohen eisernen Zaun vom Park getrennt. Sie beschleunigten ihre Schritte wieder, und Niccolo erkletterte als Erster das Hindernis und streckte Esmeralda eine Hand hin. Sie ergriff sie, und beide schwangen sich über den Zaun. Schon wollte Niccolo frohlocken, da lösten sich weitere Gestalten aus den Schatten, in denen sie vorher so gut verborgen gewesen waren, dass es ihm erschien, als träten sie erst durch die Schatten in die Welt.

»Willkommen in Rom, Conte«, erklärte ein kleiner Mann mit rotem Haar, der sich spöttisch verneigte. »Sie hatte Recht: Man unterschätzt Euch leicht.«

»Was? Wovon sprechen Sie? Und was wollen Sie von mir?«

Die Männer stellten sich in einem Halbkreis um Niccolo und Esmeralda auf. Sie blockierten jede Fluchtmöglichkeit; allein der Weg in den Park war noch frei. Der junge Italiener wollte sich schützend vor Esmeralda stellen, doch sie trat zur Seite, so dass sie Schulter an Schulter standen.

»Mal sehen, ob Ihr wieder so viel Glück wie in Paris habt, Conte«, sagte der Mann im Plauderton. Unvermittelt erschien eine Klinge in seiner Rechten, und seine Begleiter zogen ebenfalls lange, gekrümmte Dolche, die im schwachen Lichtschein tückisch glänzten.

Niccolo kämpfte die Verwirrung nieder, die von ihm Besitz ergreifen wollte. Hinter ihm krachte ein Schuss.

ROM, 1821

Giacomo focht wie ein Teufel. Was nicht verwunderlich war, denn er war einer. Er verfluchte sich selbst dafür, seiner Beute zu viel Zeit gelassen zu haben, aber er konnte es nicht ungeschehen machen.

Der Conte aus der Toskana und die Hure, die ihn begleitete, hatten sich als findiger erwiesen, als er vermutet hatte. Er war geschickt worden, um die beiden zu beseitigen, falls die Inquisition daran scheitern würde. Und nun sah es so aus, als müsste er sowohl mit dem Wolfsdämon und seiner Metze als auch mit den Inquisitoren kämpfen.

Die Männer der Kirche waren am Zaun angelangt, einige sprangen hinüber, andere legten ihre Waffen an und schossen. Eine Kugel bohrte sich in Giacomos Schulter, riss ihn herum, sandte Schmerzwellen durch seinen Leib, aber er fing sich rasch wieder. Normalerweise machten ihm solche Verletzungen kaum etwas aus, denn sie schlossen sich wieder, als wäre nichts geschehen, wenn die Dunkelheit in seinem Inneren sich um sie legte, doch diese Wunde brannte wie dunkles Feuer.

»Verfluchte!«

Der Ruf der Kirchenmänner entlockte Giacomo ein düsteres Grinsen. Neben ihm wurde eine Frau ins Gesicht getroffen. Sie war eine Römerin, die er kaum kannte, ein junges Ding, erst vor wenigen Wochen in die Gemeinschaft eingetreten. Sie stürzte zu Boden und verging unter spitzen Schreien, während sie versuchte, mit klauenartigen Händen das Geschoss aus ihrem Kopf zu graben. Dann lag sie still, und Giacomo meinte zu sehen, wie die Schatten sie verließen, aus Mund und Nase und Augen und Ohren quollen und sich mit der Dunkelheit um sie herum vereinten.

»Drauf!«, brüllte er.

Ein Gegner legte seine Pistole an, und Giacomo trat zur Seite, in den Schatten, und verschwand in ihm. Die Welt wurde einen Moment dunkler, unwirklicher, entfernte sich. Der Schuss knallte, aber das Geräusch war wie durch viele Lagen Stoff gedämpft und das Mündungsfeuer nur ein schwaches Funkeln.

Dann war er aus dem Schatten heraus, fünf Meter neben der Stelle, an der er noch beim letzten Herzschlag gestanden hatte. Seine Hand zuckte vor, und sein Dolch grub sich in die Brust des Mannes. Metall kratzte über Knochen und zerschnitt Fleisch. Sein Feind klappte zuckend zusammen, die Arme vor die Brust gepresst.

Schnell ließ Giacomo seinen Blick über das Getümmel gleiten. Er suchte sein Ziel. Da erkannte er, dass es längst nicht mehr nur um einen gezielten Mord ging.

Es ging um das bloße Überleben.

ROM, 1821

Für den Moment schien Niccolo vergessen, als die beiden Gruppen übereinander herfielen. Er duckte sich weg, trat einem Angreifer vor das Knie und sprang zur Seite, als um ihn herum die

Hölle ausbrach. Schüsse krachten, Menschen schrien, und bereits nach wenigen Sekunden lagen Körper am Boden.

Drei Meter entfernt kämpfte Esmeralda mit einem Messerstecher. Ihre Hände und Füße wirbelten durch die Luft, ihre weite Kleidung folgte ihren Bewegungen wie ein Kometenschweif. Sie wich einem Hieb aus, fing einen Stich zwischen Arm und Leib ab, dann riss sie den Körper herum und trieb ihrem Gegner den Ellbogen in die Kehle. Der Dolch fiel klirrend zu Boden, als sie seinen Arm kraftvoll gegen ihr erhobenes Knie hieb.

Niccolo warf sich in ihre Richtung, packte die Waffe und sah sich um. Obwohl Esmeraldas Gegner sich mit einer Hand die Kehle hielt, griff er weiter an. Hass glomm in seinen dunklen Augen, und er bewegte sich schneller, als ein Mensch es können sollte. *Paris,* dachte Niccolo unvermittelt, aber es blieb ihm keine Zeit, sich zu konzentrieren und wieder einmal verzweifelt zu versuchen, sich zu verwandeln. Esmeralda wurde durch einen Schlag am Kopf getroffen und taumelte zurück. So sehr war ihr Angreifer auf sie fixiert, dass er Niccolo nicht bemerkte, als dieser von der Seite kam. Sein Stich war ungelenk, aber mit aller Kraft geführt. Der Gegner heulte auf, als sich Kleidung und Haut unter der Berührung des Metalls öffneten. Er wirbelte herum, aber Niccolo stach schon wieder zu.

Es war ein ekelhaftes Gefühl, als der Widerstand des Körpers brach und die Klinge in den fremden Leib fuhr. Klauenartige Finger griffen nach Niccolo, aber dann war Esmeralda wieder heran, packte den Kopf des Mannes von hinten und riss ihn ruckartig zurück. Er fiel mit einem dumpfen Schlag auf den Rücken, und Esmeralda beugte sich über ihn. Sie murmelte etwas, zu leise, als dass Niccolo es hätte verstehen können, und sah wieder auf.

Zu ihren Füßen begann der Mann zu brüllen, als hätte man

ihn in einen Topf voll siedenden Wassers geworfen. Er zuckte unkontrolliert, fuhr mit den Händen über sein Gesicht, kratzte sich tiefe Striemen in die Haut. Niccolo starrte ihn ungläubig an. Die Finger fanden die Augen.

»Komm«, befahl Esmeralda und riss ihn mit sich. Sie liefen, so schnell sie konnten. Hinter ihnen erstarben die Schreie in einem Gurgeln. Niccolo wagte es nicht, sich umzusehen, während er an Esmeraldas Seite tiefer in die Gasse lief.

»Danke«, stieß Esmeralda zwischen zwei Atemzügen hervor.

Sie hasteten weiter. Zwischen den Häusern war es dunkel.

In Niccolos Faust wog der Dolch schwer, ein Fremdkörper, den er trotzdem nicht loslassen wollte.

Schließlich bogen sie um eine Ecke, und Esmeralda hielt an. Sie stand vornübergebeugt, heftig atmend, und ihr Haar fiel ihr ins Gesicht.

»Eine Pause«, keuchte sie, und obwohl Niccolos Instinkte ihn immer noch zur Flucht drängten und er weiterhasten wollte, blieb er stehen. Er spähte in die Dunkelheit, doch er konnte keine Verfolger erkennen.

»Ich glaube, wir haben sie abgehängt.«

»Wovon hat er geredet?«, fragte Esmeralda, als sich ihre Atmung etwas beruhigt hatte. »Paris?«

»Ich … Es gab einen Überfall auf mich. Kurz, bevor ich abgereist bin. Ich habe mir nichts weiter dabei gedacht«, log Niccolo. In der Dunkelheit spürte er ihren Unglauben mehr, als dass er ihn sah.

»Das waren keine Räuber, Niccolo, und du weißt das. Das waren … andere Wesen.«

Er zögerte, unsicher, wie er am besten reagieren sollte.

»Was für andere Wesen waren es denn?«, verlangte er zu wissen.

»Wesen, mit denen man sich nicht einlassen sollte. Aber ich

vermute, dazu ist es zu spät, nicht wahr? Du hast dich bereits so weit mit ihnen eingelassen, dass es kein Zurück mehr gibt. Und dann dieser Überfall durch diese Fanatiker mit den Pistolen! Verflucht!« Sie schlug mit der Faust gegen eine Wand. »Schlimm genug, dass sie die ganze Zeit in den Kirchen ihre Lügen erzählen, aber jetzt schießen sie auch noch auf mich!«

Wieder sah sich Niccolo um. Er konnte sich kaum noch an die Geschehnisse in Paris erinnern, nachdem er sich verwandelt hatte. Alles war undeutlich und verschwommen, als habe nicht er die nächtliche Jagd erlebt, sondern als habe man ihm nur davon berichtet. Bilder durchzuckten seinen Geist, vermischt mit Geräuschen und Gerüchen, die völlig anders waren als alles, was er kannte. Er konnte kaum einen Sinn in diesen Erinnerungen erkennen.

»Was weißt du darüber, Esmeralda?«, beschwor er sie. »Was sind sie?«

»Sie sind Gefangene in sich selbst«, erklärte Esmeralda und deutete die Straße hinab, um ihm zu zeigen, dass sie weitergehen konnten.

In Niccolos Kopf überschlugen sich die Gedanken. Wusste Esmeralda, was er war? War sie der Schlüssel zu dem Geheimnis, den er so lange vergeblich gesucht hatte?

»Ich weiß«, fuhr Esmeralda fort, »dass es solche Wesen gibt. Wesen, die aus Dunkelheit bestehen. Nicht aus Schatten oder der Abwesenheit von Licht. Wahre Dunkelheit, nicht das, was wir dafür halten. So finster und kalt, dass es sie nach dem Blut der Lebenden giert. Sie haben viele Namen, in vielen Sprachen. Der Bekannteste ist wohl *Vampir.*«

Für einen Augenblick fühlte er sich an Jeanne Aubry erinnert und an die Geschichte von ihrem Bruder, der in Transsylvanien Gräber aushob, um lebende Tote zu finden. *Was für eine Ironie.*

Während Jean-Baptiste Aubry überall auf der Welt nach ihnen sucht, kann ich mich kaum vor ihnen retten!

»Du hast sie schon einmal getroffen, nicht wahr, Niccolo?«

»In Paris, ja.«

»Mehrere?«

Er hielt inne. Zu sehr gemahnte ihn das Gespräch an ein Verhör. Ihre Stimme war kalt, und zwischen ihnen lag eine bislang ungekannte Distanz. Man hatte auf sie geschossen, auf sie eingestochen und jagte sie nun durch Rom; alles seinetwegen. Und Esmeralda wusste offenkundig viel mehr über die verborgenen Seiten der Welt, als er bislang geahnt hatte.

»Ich weiß nicht mehr genau. Drei oder vier, denke ich. Es war schon dunkel.«

»Drei oder vier. In der Dunkelheit«, wiederholte sie langsam. Dann blieb sie vor ihm stehen. Ihr Blick wanderte über sein Gesicht, als erwarte sie, in seinen Zügen eine neue Wahrheit zu finden.

»Einer von ihnen wäre gefährlich für jeden Menschen«, erklärte sie ernst. »Sie sind stärker und schneller als wir. Ihre Wunden schließen sich meist einfach wieder. Manche können Menschen ihren Willen aufzwingen oder deinen Willen erahnen, bevor du ihn selbst kennst. Die Schatten sind ihre Freunde, sie gewähren ihnen Durchgang durch ihr Reich. Von einem von ihnen angefallen zu werden bedeutet üblicherweise ein Todesurteil, aber drei? Oder vier?«

Immer noch sah sie ihn forschend an. Worte formten sich in seinen Gedanken, Erklärungen, Beschwichtigungen, Lügen, Wahrheit. Doch er konnte nichts sagen, obwohl er es wollte. Es war, als habe er die Fähigkeit zu sprechen einfach verloren.

Und dann erkannte er es. *Wenn es jemanden gibt, der mir glauben wird, dann sie. Sie kennt diese Dinge. Sie kennt diese Schattengestalten, verdammt.*

Und noch ein Gedanke kam ihm. »Was hast du mit ihm gemacht? Dem Vampir, der am Boden lag?«

Sie schwieg kurz, bevor sie antwortete.

»Das war meine Magie«, erklärte sie dann gepresst. »Ich habe der Dunkelheit die Fesseln genommen. Ein kleiner Trick, den Lord Barmstroke mir gezeigt hat.«

»Barmstroke?«

»Ein alter Freund. Das ist nicht wichtig. Willst du mir etwas sagen?«

Die Entscheidung fiel im Bruchteil einer Sekunde.

»Ich bin ein Werwolf.«

Als sie nicht reagierte, sprudelte es nur so aus ihm heraus. »Ich sollte keiner sein. Das Ritual wurde unterbrochen, bevor es vollendet werden konnte. Es ist nichts geschehen. Ich wurde nicht gebissen oder etwas in der Art. Oder zumindest dachte ich das. Bis ich mich zum ersten Mal verwandelt habe. Ich kann es nicht beeinflussen, obwohl ich das doch können sollte. Es ist nur einmal geschehen, in Paris. Ich dachte, ich müsse sterben. Der Mann, der mich damals angegriffen hat, hat mir einen Dolch … in den Leib gerammt. Doch statt mich umzubringen, hat er den Wolf in mir befreit.«

Diese Erinnerung war noch da. Zwar war die Intensität der Schmerzen verblasst, aber Niccolo konnte noch immer den metallischen Geschmack in seinem Mund spüren, die Unfähigkeit, sich zu bewegen, während sein Körper mit der Ungeheuerlichkeit der Verwundung kämpfte. Er schluckte.

»Und dann?« Esmeralda beugte sich vor, nahm sein Gesicht in beide Hände, zwang ihn beinahe dazu, ihn anzusehen.

»Ich habe mich verwandelt. Ich wollte es nicht, es ist einfach passiert. Ich habe es danach wieder versucht, auf jede nur denkbare Weise, aber es ist nie etwas passiert. Ich weiß auch nicht …« Seine Stimme verlor sich.

Sie schwieg und blickte ihn einfach weiter an. Aber es war keine Frage, dass sie ihm glaubte, und immerhin verdammte sie ihn nicht.

»Lass uns gehen, *Nicolas le loup-garou*«, befand sie schließlich. »Wir packen unsere Sachen und verschwinden von hier, solange die sich da hinten noch untereinander schlagen. Wir können alles Weitere in Ruhe besprechen, wenn wir diese Stadt, die uns so feindlich gesonnen ist, hinter uns gelassen haben.«

Sie versuchten festzustellen, wo sie waren, und Niccolo erkannte schließlich, dass die Gasse in die Via Omero abbog.

Durch Roms dunkle Straßen liefen sie zurück zu dem Haus, das Niccolo gemietet hatte. Der Weg war nicht weit, und der junge Italiener erinnerte sich daran, wie grandios ihm Rom bei früheren Besuchen erschienen war, ein Denkmal kirchlicher Macht und Würde, eingefasst in die Relikte der Antike, die von der Größe seiner Vorfahren kündeten. Jetzt erschien ihm die Stadt wie eine einzige Falle. *Rom ist gefährlich. Für mich, für meine Art. Was immer auch meine Art ist.*

Ihr Quartier war ein altes Patrizierhaus in der Via Arno, kleiner als ein Palazzo, aber dennoch geräumig, mit zwei Geschossen, in denen die meisten Zimmer leer standen, da sie keine Möbel und auch nur wenig Gepäck mitgebracht hatten. Während Esmeralda bereits in den ersten Stock lief, wo sie jeweils ihre Gemächer hatten, verbarg Niccolo den Dolch unter seinem Mantel. Er weckte Carlo und wies ihn an, alles für eine sofortige Abreise vorzubereiten. Der Kutscher, der mehr und mehr zu einem Leibdiener geworden war, grummelte zwar, begann aber sofort mit den Vorbereitungen.

Niccolo folgte Esmeralda nach oben. In vielen Räumen waren die Stofftapeten bereits vergilbt, und bei Tageslicht konnte man sehen, wie die Farbe von Türrahmen und Fenstern abblätterte, aber im Zwielicht dieser Nacht wirkte das Haus edler, als es tatsächlich war.

Hastig packte Niccolo seine Koffer, warf Kleidung und Lektüre wild durcheinander. Der Dolch lag auf seinem Bett, glitzerte hell auf dem dunklen Bettzeug, und seine Klinge spiegelte das Licht der Kerzen, die der junge Italiener entzündet hatte. Obwohl er nur ein Ding war, wirkte er böse, und immer wieder blickte Niccolo ihn an.

Esmeralda betrat das Zimmer. Obschon man ihr die Strapazen der Nacht ansah, spielte ein ironisches Lächeln um ihre Lippen. Niccolo war froh, sie lächeln zu sehen, doch bevor sie auch nur ein Wort sagte, zersprang das Fenster in tausend Scherben.

Instinktiv riss der junge Italiener die Arme vor sein Gesicht. Schmerzhafte Schnitte zogen sich über seine Finger, und er hörte, wie um ihn herum Glassscherben zu Boden fielen.

Als er sich zum Fenster wandte, stand dort der Mann, der sie nach ihrer Flucht aus dem Park erwartet hatte. Sein Gesicht war zu einer wütenden Fratze verzogen, und er hielt in jeder Hand einen der gekrümmten Dolche. Seine Kleidung war zerfetzt, und vier lange Striemen zogen sich quer über sein Gesicht.

Esmeralda reagierte zuerst. Sie sprang vor, hob die Hand – und wurde von einem Schlag beiseitegefegt, den Niccolo nicht einmal gesehen hatte. Sie fiel auf das Bett, überschlug sich, riss den kleinen Koffer mit sich und ging zu Boden.

»Deine Tricks funktionieren bei mir nicht, verfluchte Hexe!«

»Du bist meinetwegen hier«, sagte Niccolo, der langsam zur Seite trat und versuchte, das Bett zwischen sich und den Eindringling zu bringen.

»Ich bringe euch beide um. Aber bei dir wird es mir mehr Spaß machen.«

Der Mann folgte Niccolos Bewegungen, ließ ihn nicht aus

den Augen. Niccolo indes versuchte rückwärts in die Lücke zwischen Bett und Wand zu gelangen, in der Esmeralda regungslos mit dem Gesicht zum Boden lag, umgeben von Kleidungsstücken und Dokumenten. Er nahm all seinen Mut zusammen, dann kniete er nieder und drehte sie zu sich um, wobei er sie mit seinem Leib gegen ihren Feind abschirmte.

Ihre Augen waren geöffnet, ihre Miene angespannt. Sie hielt den Dolch in der Hand vor ihrer Brust, der eben noch auf dem Bett gelegen hatte.

Hinter sich hörte Niccolo die Schritte des Mannes näher kommen.

Ihr Mund formte die Worte, so leise, dass Niccolo sie nur gerade so verstehen konnte. »Vertraust du mir?«

Er nickte kaum merklich.

Sie stieß ihm den Dolch mit voller Wucht von unten in die Brust.

43

NAHE ROM, 1821

Es war ein unangenehmes Erwachen. Niccolos Schädel schmerzte, und als er sich stöhnend bewegte, zog der Schmerz sich durch seinen ganzen Leib, von den Füßen bis in die Hände. Seine Muskeln zitterten, als sei die kleinste Anstrengung bereits zu viel, und er fühlte sich matt und erschöpft. Ein übler Geschmack in seinem Mund ließ ihn das Gesicht verziehen. Als Niccolo die Augen öffnete, bereitete ihm das grelle Sonnenlicht nur weitere Qual.

»Wo bin ich?«, murmelte er, nur um das anhand des Rumpelns und des Schüttelns selbst zu beantworten: »In einer Kutsche?«

»Ja, auf der Straße nach Norden«, antwortete ihm Esmeralda. Vorsichtig öffnete er die Augen einen Spaltbreit und sah ihr Gesicht über sich, eingerahmt von ihren dunklen Locken. Ihre rechte Wange war geschwollen, die Haut blau verfärbt, und sie presste sich ein feuchtes Tuch gegen die Schläfe. Dennoch lächelte sie ihn an.

Sein Kopf hatte auf ihrem Schoß gelegen, und jetzt richtete er sich langsam auf. Die Bewegung sandte Wellen von Schwäche durch seinen Leib, aber endlich gelang es ihm, sich an die Rückwand zu lehnen. Einige Momente lang schloss er die Augen und kämpfte die Dunkelheit nieder, die ihn wieder einfangen wollte.

»Was ist geschehen? Wir waren in Rom und wurden angegriffen … und du hast mich niedergestochen!«

Die Erinnerung kam so scharf wie die Klinge, deren Echos er noch in seiner Brust spüren konnte. Seine Finger glitten über den Stoff seines Hemds, doch er fand keine Wunde, keinen Verband, keinen Hinweis auf die Verletzung, an die er sich doch so genau erinnerte.

»Und das hat uns gerettet«, erklärte Esmeralda. »Es war ein verzweifelter Plan, aber ich war mir nahezu sicher, dass es funktionieren würde.«

»Nahezu sicher?« Niccolo dachte an den Schmerz zurück und daran, wie sich das Tier in ihm von seinen Fesseln gelöst hatte.

»Ja, fast gewiss«, murmelte sie, nur um defensiv fortzufahren: »Was hätte ich denn tun sollen?«

»Mich nicht mit einem Dolch beinahe umbringen?«

Sie gab keine Antwort, aber er hatte auch keine erwartet.

Nach einem Moment des Schweigens sagte er: »Ich habe Durst.«

Sie fischte eine tönerne Flasche mit Wasser aus einem Korb und reichte sie ihm.

»Erzähl mir, was danach passiert ist«, bat er sie, bevor er die Flasche ansetzte.

»Du hast dich verwandelt, aber nicht in einen Wolf, sondern in einen Wolfsmenschen. Du warst riesig, konntest in dem Zimmer kaum aufrecht stehen, ohne dass deine Schultern an die Decke reichten. Dieser Vampir hat dich angegriffen, aber du hast ihn einfach gepackt und ihn von Kopf bis Fuß mit deinen Klauen aufgeschlitzt!«

Das kühle Nass rann durch seine Kehle und belebte seine Lebensgeister etwas. Er setzte die Flasche ab.

»Und dann?«

»Er ist geflohen. Trotz der furchtbaren Wunde. Sie sind keine Menschen, das wusste ich, aber das …« Ihre Stimme stockte. »Immerhin bist du ihm gefolgt. Ich muss gestehen, ich war froh, dass du ihm nachgelaufen bist und dich gar nicht um mich gekümmert hast. Ich bin, so gut es eben ging, hinter euch her. Carlo schrie wild herum, aber ich habe ihm zugerufen, er soll nur die Kutsche fertig machen. Ich glaube, falls du noch mal nach Rom kommst, solltest du dir besser eine andere Nachbarschaft aussuchen.«

»Was? Habe ich … Bin ich … Sind sie …«

Schreckliche Szenarien tanzten vor Niccolos Augen. Mord und Blut, Klauen und Reißzähne, Menschen, die angsterfüllt schrien.

»Wer dich gesehen hat, ist davongelaufen.«

Erleichterung ließ ihn seufzen.

»Du hast ihn bis vor die Tore der Stadt verfolgt. Ich bin sicher, der eine oder andere Römer glaubt jetzt fester an Dämonen als je zuvor. Er lief wie ein Hase und du wie … nun, wie ein Wolf eben.«

»Habe ich ihn erwischt?«

»Oh ja. Er stellte sich zum Kampf, als er erkannte, dass eine weitere Flucht sinnlos war. Du ranntest auf ihn zu, etwa so.«

Sie hob die Arme und fletschte die Zähne, was so grotesk aussah, dass Niccolo beinahe lauthals gelacht hätte. Ihre gekrümmten Finger schnitten durch die Luft, und sie knurrte vernehmlich.

»Es war verrückt. Er schlug nach dir, du hast ihn gepackt. Und ihn in zwei Stücke gerissen. Einfach so.« Sie schnippte mit den Fingern. »Und ihm dann in den Hals gebissen, bis du ihm den Kopf von den Schultern gerissen hast. Da war er wohl wirklich tot.«

Ungläubig starrte Niccolo Esmeralda an, denn er konnte eine gewisse Begeisterung in ihrer Stimme hören, während ihm selbst von der Beschreibung unsagbar schlecht wurde. Er schloss erneut die Augen.

»Was ist mit den Kirchenleuten? Ist noch etwas passiert?«

»Ich weiß nicht. Du bist noch ein wenig weitergelaufen, aber dann, mitten in einem Weinberg, hast du dich hingesetzt, gegähnt, das glaube ich zumindest, und bist umgefallen. Und dann lag da ein nackter, schlafender Mensch.«

Schlafen, dachte Niccolo langsam. *Das wäre gut.*

»Ich habe Carlo und die Kutsche geholt, und wir haben dich eingesammelt und sind eilig losgefahren.«

Aber Niccolo konnte nicht schlafen, durfte es sich nicht erlauben, egal, wie müde er war. Er riss die Augen auf und massierte sich den Nasenrücken mit der Linken.

»Ich wünschte, ich könnte kontrollieren, was mit mir geschieht«, murmelte er. »Was ist mit mir los?«

»Du hast den Wolf in dir, aber er ist – weit weg. Tief in dir, verborgen unter allem, was du bist. Nach deiner Erzählung über Paris habe ich gleich vermutet, dass nur ganz besondere

Umstände dazu führen, dass du dich verwandeln kannst. Eine Wunde, die dich an den Rand des Todes bringt, das befreit den Wolf.«

»Aber das alles ist falsch. Ich bin kein Wolf.« Er bemerkte ihren Blick und korrigierte sich. »Ich sollte keiner sein. Das Ritual endete, bevor es überhaupt richtig begann.«

Er schob den Vorhang vor dem Fenster zur Seite. Was ihm beim ersten Augenaufschlagen zu grell erschienen war, war nur ein schmaler Streifen Licht gewesen. Jetzt blickte er in einen kühlen, klaren Januarmorgen hinaus. Der blaue Himmel strahlte regelrecht, und die wenigen, weißen Wolkenbänder zierten ihn. Sie fuhren an Feldern vorbei, an niedrigen Natursteinmauern, überholten Bauern mit Weidenkörben auf dem Rücken, Fußgänger mit Stöcken und langsame Ochsenkarren. Alles wirkte friedlich, normal, und bei dem Anblick hätte Niccolo fast vergessen können, was in der Nacht vor diesem Morgen geschehen war. Aber nur fast.

Er lehnte sich vor, öffnete das kleine Fenster zum Kutschbock und rief Carlo zu: »Bieg so bald als möglich ab. Richtung Osten. Pescara.«

Der Kutscher brummelte, was der junge Italiener als Bestätigung des Befehls annahm, woraufhin er die Scheibe wieder schloss und sich auf die Bank fallen ließ.

»Zur Küste?«, fragte Esmeralda erstaunt. »Willst du mit dem Schiff …«

»Übersetzen, über die Straße von Otranto«, beendete Niccolo ihren Satz. »Nach Vlora vielleicht.«

Sie sah ihn verständnislos an.

»Ins Osmanische Reich. Dorthin, wo Byron war, als er zum Werwolf wurde. Es ist an der Zeit, dort die Antworten zu suchen, wo die Fragen herkommen. Und ohnehin sollte ich Italien wohl fürs Erste verlassen.«

»Das Osmanische Reich zu besuchen wird sicher auch nicht ungefährlich.«

»Ich weiß.«

Einen Moment lang sahen sich die beiden schweigend an.

»Kannst du mir einen Gefallen tun, Esmeralda?«, fragte Niccolo dann. »Ich kann nicht erwarten, dass du mich begleitest. Aber ich wäre dir dankbar, wenn du nach Arezzo führest und eine Weile auf meine Schwester achtgäbest. Ich mache mir Sorgen um sie, und überdies glaubt sie, ich käme bald zurück.«

»Ich tauge nicht als Kindermädchen«, erklärte Esmeralda mit gerunzelten Brauen.

»Das weiß ich. Aber du kannst dich als Verwalterin meiner Ländereien in der Toskana betrachten, wenn du willst. Bitte – ich wüsste nicht, wem ich Marcella sonst anvertrauen könnte.«

Esmeralda dachte einen Moment lang nach.

»Nun, vielleicht kann ich von dort aus genauer herausfinden, wer hinter dir her ist und warum. Ich kann mich nach weiteren Quellen umhören. Dafür brauche ich allerdings Geld.«

Es war ihr offensichtlich nicht unangenehm, danach zu fragen, und Niccolo nickte.

»Geld soll das kleinste Problem sein. Ich danke dir.«

Er schloss die Augen, und das Schaukeln der Kutsche wiegte ihn innerhalb weniger Sekunden in einen tiefen, traumlosen Schlaf.

ROM, 1821

Erst einmal war sie an diesem Ort gewesen. Giacomo hatte sie mitgenommen, in ihrer ersten Nacht. Sie hatte sich geschworen, niemals zurückzukehren, aber inzwischen wusste sie, dass derlei Entscheidungen nicht mehr in ihrer Hand lagen.

»Und?«

Die Stimme war kälter als die dunkelste Januarnacht. Es haftete nichts Menschliches mehr an ihr, falls diese Kreatur in den Schatten überhaupt jemals menschlich gewesen sein sollte.

»Die Inquisition war dort«, erklärte sie zitternd. Sie hatte guten Grund, sich zu fürchten. Den Überbringern schlechter Nachrichten erging es nur selten gut.

Doch zu ihrer Überraschung ertönte aus der Dunkelheit ein Laut, der ein Lachen hätte sein können, wenn nicht allein der Gedanke, dass die Kreatur dort Humor haben könnte, so seltsam gewesen wäre.

»Weiter.«

»Sie haben uns erkannt. Giacomo ließ uns kämpfen, denn unsere Beute befand sich auf der Flucht vor ihnen. Es waren viele, und sie waren gut vorbereitet.«

»Es gibt keine Inquisition, die diesen Namen verdient. Und diese Jäger, von denen du sprichst, sind nicht mehr als jaulende Welpen. Sicherlich habt ihr sie vernichtet?«

»Ja. Aber wir haben auch einige der Unseren verloren.«

Keine Reaktion.

»Und der Conte und seine Hure sind entkommen.«

Sie schwieg, wartete auf Verwünschungen, Bestrafung, auf irgendeine Reaktion, doch nichts geschah.

Nach einiger Zeit sprach sie weiter: »Giacomo ist ihm gefolgt, soweit wir es gesehen haben. Doch er … kam nicht zurück.«

Wieder wartete sie auf eine Antwort, die nicht kam. Schließlich fand sie sich damit ab und wollte sich entfernen, doch bevor sie die Tür erreichte, erhob die schattenhafte Kreatur noch einmal ihre Stimme: »Ihr habt euch tapfer geschlagen. Richte meinen Kindern meinen Dank aus. Was Giacomo angeht, tut es mir … leid. Heute Nacht ist unser Ziel vielleicht nicht erreicht worden, aber wir haben keine Eile. Ich werde andere Mittel und Wege finden.«

Sie nickte und verschwand aus dem Raum, so schnell sie konnte, ohne es wie eine Flucht wirken zu lassen. Sie hasste sich für diese Schwäche, doch die Nähe der Kreatur allein war genug, um jeden Gedanken in ihr zu lähmen, als fröre die Kälte selbst ihren Geist ein.

Die Dunkelheit in ihr regte sich, forderte nach den Anstrengungen der Nacht frisches Blut, warmes Leben, um sich daran zu laben.

Sie ergab sich dem Bedürfnis, wohl wissend, dass die Jagd noch lange nicht vorüber war.

44

NAHE IOANNINA, 1821

Hast du das Geld?«

Niccolo nickte und überreichte dem vermummten Mann eine Börse, welche die geforderte Summe enthielt. Kurz befürchtete er, Omar würde ihn jetzt, da er das Geld hatte, zurücklassen, aber er öffnete den Geldbeutel nur, lugte hinein und ließ ihn dann in seinen weiten Gewändern verschwinden.

Niccolo trug ähnliche Kleidung wie sein Gegenüber, die sich auf seiner Haut noch immer ungewohnt anfühlte. Der Stoff war großzügig geschnitten, eine weite Hose, die in flachen Schuhen steckte, darüber ein bis auf die Oberschenkel reichendes Hemd mit weitem Kragen, das genug Platz für zwei Männer seiner Statur geboten hätte. Ein langes Tuch war um seinen Kopf geschlungen, kunstvoll von seinem Führer drapiert, und ein Ende hatte der Mann Niccolo so um das Kinn gewickelt, dass nur ein schmaler Streifen Gesicht unbedeckt blieb. Niccolo fühlte sich damit, als trage er einen altertümlichen Helm mit Visier.

»Komm, komm«, befahl Omar und eilte voran. »Die Wachen schauen nicht lange weg.«

Nachts durch die Linien einer Belagerung zu schleichen schien Niccolo auf einmal keine besonders kluge Idee mehr zu sein, aber dennoch folgte er seinem Führer in die Dunkelheit.

»Ali Pascha hat einen Durchbruch versucht, letzten Mond. Jetzt sind alle vorsichtig.«

Niccolo brummte nur. Seit seiner Ankunft hatte er jeden Tag Berichte über Ali Pascha gehört, wahlweise über dessen Heldenmut oder seine unglaublichen Schurkentaten, je nachdem, wer die Geschichte erzählte. Und über den Ausbruchsversuch der Eingeschlossenen wurde ebenfalls überall gesprochen. *Genau mein Glück, dass ausgerechnet jetzt das Osmanische Reich beschließt, sich seines abtrünnigen Provinzverwalters zu entledigen.* Im Herbst des vergangenen Jahres waren die Truppen des Sultans einmarschiert und hatten Ali Pascha, der dem mächtigen Mann zu unabhängig geworden war, in Ioannina eingeschlossen. Seitdem wurde der Abtrünnige dort belagert. Erst vor wenigen Tagen hatte Ali Pascha erneut versucht, aus dieser Falle zu entkommen, war jedoch an den osmanischen Truppen gescheitert.

Es hatte Niccolo eine ansehnliche Summe gekostet, die richtigen Leute zu finden, die trotz allem bereit waren, ihn nach Ioannina hineinzubringen, und schließlich hatte er seinen ganzen Mut benötigt, um sich in dieser frischen Februarnacht mit Omar zu treffen, der, wie man Niccolo mehrfach versichert hatte, äußerst zuverlässig und vertrauenswürdig war. Allein schon die Anzahl der Versicherungen hatte den jungen Italiener skeptisch werden lassen, aber bislang hatten sich seine düsteren Ahnungen nicht bestätigt.

»Was genau hoffst du bei den Türken zu finden, Niccolo?«, hatte Esmeralda ihn in ihrer letzten gemeinsamen Nacht in Pescara gefragt, als sie nackt in der Dunkelheit eines schäbigen Zimmers nebeneinanderlagen. »Selbst wenn Byron dir die Wahrheit gesagt hat, wirst du es vermutlich schwer haben, den Mann zu finden, von dem er sprach.«

»Aber vielleicht gibt es dort noch andere wie ihn«, hatte Niccolo erwidert. »Jeanne Aubry hat mir erzählt, dass es ganze Sippen von Wolfsmenschen geben soll, Familien und Stämme, die die Fähigkeit, sich zu verwandeln, von einer Generation an die nächste weitergeben.«

»Und du glaubst, wenn du diese Sippen findest, können sie dir helfen?«

»Das weiß ich nicht. Aber vielleicht kann ich von ihnen lernen, besser zu verstehen, was wir eigentlich sind. Ich fürchte, dass ich ebenso verdammt bin wie diese Kreatur der Schatten, die uns in Rom angegriffen hat.«

Esmeralda hatte sich auf die Seite gelegt und den Kopf auf einen Arm gestützt. Mit einem Finger hatte sie federleicht Linien über seinen Oberkörper gezogen, auf dem keine Spur ihres Dolchangriffs mehr zu sehen war.

»Du bist keine Kreatur der Schatten«, hatte sie geflüstert.

»Woher willst du das wissen?«

»Du weißt doch, ich verfüge über Magie.« Und dann hatte sie die Diskussion mit einem Kuss beendet.

Obwohl er sich auch gefragt hatte, ob seine Suche jemals zu einem Ende kommen würde, war in seinem Herzen in den letzten Wochen seit seinem Aufbruch aus Italien das Gefühl immer stärker geworden, dass er sich auf dem richtigen Pfad befand. Diese Ahnung hatte ihn angetrieben, über die Meerenge von Otranto und vom Hafen von Vlora bis zum Pindos-Gebirge. Die Probleme, die sich ihm dabei in den Weg gestellt hatten, hatte er eines nach dem anderen beseitigt, getrieben von der Vorstellung, dass die Lösung nur noch eine Haaresbreite von ihm entfernt in Ioannina lag.

Als Niccolo und Omar schließlich den Pamvotida-See erreichten, wartete bereits ein weiterer Mann mit einem Turban, der es schwierig machte, ihn zu erkennen, mit einem flachen Fischerboot auf sie. Die beiden Albaner unterhielten sich leise, aber wild gestikulierend, dann wies der Führer auf den Mann im Boot.

»Er will auch Geld.«

Damit hatte Niccolo schon gerechnet, und so zog er eine der eigens vorbereiteten Börsen aus dem Ärmel seines Hemdes. Er trug einen Gürtel um den Bauch, an dem ein halbes Dutzend dieser einfachen Ledersäckchen hingen, jedes gefüllt mit einer angemessenen, aber nicht zu hohen Summe. Er reichte sie dem Fischer, der sie misstrauisch musterte und befühlte und dann Platz im Boot machte.

Omar stieg zuerst ein, dann folgte Niccolo, und noch bevor er saß, stieß der Fischer sie mit einem langen Ruder vom Ufer ab und begann sie hinauszurudern. Das letzte Mal, dass Niccolo in einem ähnlichen Boot gesessen hatte, war in der Schweiz gewesen, wie er mit leiser Wehmut feststellte. Damals war die Fahrt aufregend gewesen, aber heute war sie lebensgefährlich.

In der Stadt selbst leuchteten nur wenige Lichter, in der Ebene um sie herum indes schienen die Lagerfeuer und Laternen des osmanischen Heeres so zahlreich zu sein wie die Sterne am Himmel. Die Festung lag auf einem Hügel direkt am See, und die Belagerer bewachten natürlich auch das Gewässer.

Es war still auf dem dunklen See. Zwar ging ein leichter Wind, aber das Wasser lag dennoch ruhig da, als berühre es der Lufthauch gar nicht. Niccolo hielt immer wieder den Atem an, wenn es irgendwo in der Dunkelheit platschte, und sog dann prüfend die nächtliche Luft ein. Er konnte den Rauch riechen, die nassen Kleider des Fischers, den Geruch des Teers, mit dem das Boot abgedichtet worden war. Schon seit er Rom verlassen hatte, war ihm mehr und mehr aufgefallen, dass einige seiner Sinne an Schärfe gewonnen hatten und er nun Dinge, vor allem Gerüche, wahrnehmen konnte, die ihm früher verborgen geblieben waren.

»Du musst sehr vorsichtig sein, dass dich die Männer des Sultans nicht fangen, Fremder«, sagte Omar mit leiser Stimme. »Und wenn du in der Festung bist, musst du sogar noch mehr achtgeben. Ali Pascha ist ein Mann, der kein Erbarmen kennt.«

»Wie meinst du das?«, erkundigte sich Niccolo vorsichtig und mit ebenso leiser Stimme wie sein Führer.

»Ali Paschas Sohn hatte einst eine Geliebte, die auch der Vater begehrte«, wisperte Omar. »Eines Nachts wollte er ihr Gewalt antun, doch sie setzte sich zur Wehr, trat und schlug ihn. Daraufhin ließ Ali Pascha sie und siebzehn ihrer Gefährtinnen fesseln, knebeln und in diesen See werfen, auf dem wir gerade fahren. Und es heißt, dass er besonders gnädig war und ihnen einen schnellen Tod gönnte, weil sie Frauen waren. Männer hätten gewiss Schlimmeres erdulden müssen.«

Niccolo konnte nicht verhindern, dass ihm bei diesen Worten ein Schauder über den Rücken lief. Er konnte Omars Gesichtsausdruck unter dem Turban nicht deuten, aber die Stimme seines Führers klang belegt.

»Angeblich ist seine eigene Tochter ihm daraufhin davongelaufen, aber offiziell heißt es, dass es niemals eine Haydee gegeben hat.«

Niccolo dachte an das Schicksal der Frauen, bis ein Ruf über das Wasser hallte. Seine Finger verkrampften sich um die Bordwand, und sein Herzschlag beschleunigte sich. Ein Licht tauchte unvermittelt auf, blendete ihn, so dass er die Hand vor die Augen hob. Rechts von ihnen erhob sich ein großes Boot, an dessen Bug ein Mann eine Laterne an einem langen Stab in ihre Richtung hielt.

Wieder wurde gerufen, diesmal fordernder. Als Omar mit fester Stimme antwortete, befürchtete Niccolo bereits, dass er gerade an die Osmanen verraten und verkauft wurde. Das große Boot glitt näher, ging längsseits, und im Widerschein der Laterne konnte Niccolo vielleicht ein Dutzend Gesichter sehen, die unfreundlich zu ihnen herabstarrten. Er sah Dolche und Schwerter und mindestens zwei Musketen. *Was ist wohl die Strafe für Spione im Osmanischen Reich?*, fragte er sich, denn es erschien ihm wahrscheinlich, dass man ihn für einen solchen halten würde.

Bange Sekunden verstrichen. Omar redete weiter, erhob sich, wies auf sich, auf das Boot, auf Niccolo und den Fischer, auf die Küste und immer wieder auf den großen Mann am Heck des Patrouillenbootes, dessen Schnauzbart von beeindruckender Größe war. Schließlich knurrte dieser und bellte einen Befehl, woraufhin Omar ihm einen Beutel zuwarf und der Fischer wieder sein Ruder ergriff und sie von dem Boot abstieß. So schnell, wie es aus der Nacht gekommen war, verschwand es auch wieder.

Als sie einige Minuten gerudert waren, lachte der Führer und wies über den See. »Er war nicht froh. Jetzt muss er mit allen im Schiff teilen.«

»Der Kapitän? Der mit dem Bart?«, fragte Niccolo und deutete mit seinen Fingern einen mächtigen Bart auf der Oberlippe an.

»Ja. Er wollte alles für sich allein.«

Sie schwiegen, bis das Boot unterhalb der Festung ans Ufer glitt. Der Hügel überragte sie und verdeckte einen Teil des Himmels. Omar sprang geschickt aus dem Boot und hielt es fest, wobei er bis zur Hüfte im Wasser stand. Niccolo wollte es ihm gleichtun, aber der Mann hob die Hand und wies auf das Ufer, zu dem er das Boot zog. Erst, als der Rumpf gegen Stein kratzte, winkte er Niccolo heraus.

Der Fischer stieß ohne ein weiteres Wort ab. Bevor Niccolo zweimal geblinzelt hatte, war das Boot schon nur mehr ein Schemen und bald darauf ganz verschwunden.

»Komm, komm.«

Der Aufforderung folgend, fand der junge Italiener sich auf einem schmalen Pfad wieder, der sich den Hügel emporwand. Der Weg war gefährlich; immer wieder rutschten Steine unter seinen Sohlen weg und ließen ihn beinahe stolpern.

»Wo sind die Soldaten?«

»Unten. Komm, komm.«

Im Augenblick konnte er nicht mehr tun, als Omar zu vertrauen und ihm weiter zu folgen. Für eine Umkehr war es längst zu spät, und Niccolo hätte allein niemals den Weg zurück gefunden, ohne den osmanischen Truppen in die Arme zu laufen. So ging er vorsichtig hinter seinem Führer her, der selbst geschickt wie eine Bergziege von Stein zu Stein sprang, immer wieder innehielt und Niccolo flüsternd zu mehr Eile antrieb. Zu seiner Linken ging es steil hinab bis zum See, zur Rechten hoch bis zur Festung, von der leise Stimmen zu ihnen drangen. Ali Paschas Sitz war eine Wehranlage, die ebenso düster wie einschüchternd wirkte.

Als sie endlich ein Stück Mauer erreichten, das direkt aus dem Stein zu wachsen schien, atmete Niccolo erleichtert auf. Seine Finger fuhren über den rauen Fels der Steinquader, als er sich mit klopfendem Herzen dagegenlehnte.

»Komm, komm.«

Sein Führer ließ ihm keine Atempause, sondern drängte weiter. Sie liefen noch ein Stück entlang der Mauer, dann blieb

Omar stehen, horchte kurz, nickte zufrieden und trat in eine kleine Nische. Er klopfte an eine niedrige Tür, die kaum höher als einen Meter sein konnte. Nichts geschah, bis er nach einigen Momenten wieder klopfte. Hinter der Mauer konnte Niccolo den Geruch vieler Menschen ausmachen.

Die Tür öffnete sich, und ein Lichtschein fiel Niccolo ins Gesicht. Er konnte undeutlich Gestalten erkennen, Bewaffnete, die einen kurzen Wortwechsel mit seinem Führer führten. Dann schob ihn der Mann in die Tür, und Niccolo wurde von rauen Händen gepackt und ins Licht gezerrt. Hinter ihm schloss sich die Pforte mit einem lauten Knall.

Niccolo sah in die bärtigen Gesichter der Männer und lächelte freundlich. Er bereitete sich darauf vor, ihnen Geld geben zu müssen, aber ein großer, vierschrötiger Mann trat vor und musterte ihn einen Augenblick, bevor er in gebrochenem Italienisch sagte: »Du verstehen?«

Niccolo nickte.

»Ich danke Euch«, erklärte er. »Ich habe Geld …«

Weiter kam er nicht, denn der Mann legte ihm eine Pranke auf die Schulter. »Ali Pascha dich sehen will. Komm.«

Verblüfft fragte Niccolo: »Ali Pascha?«

»Ja. Komm!«

Diesmal war es keine Aufforderung, sondern ein Befehl, dem durch schiebende und ziehende Hände Nachdruck verliehen wurde. Wie ein Stück Vieh wurde der junge Italiener von den Männern weitergereicht, die zu beiden Seiten des Tunnels standen, der tiefer in die Festung hineinführte. Er wollte sich umdrehen, aber sie ließen ihm keine Zeit, sondern führten ihn weiter und weiter.

Niccolo musste an die Geschichten denken, die Byron von Ali Pascha erzählt hatte und die er auf seiner Reise immer wieder gehört hatte. Von den Feinden, die er bei lebendigem Leibe rösten ließ oder denen mit gewaltigen Hämmern jeder Knochen im Leib gebrochen wurde. Byron hatte ihn einen skrupellosen Tyrannen genannt, der sich der abscheulichsten Grausamkeiten schuldig gemacht hatte.

Und zu einer Audienz bei diesem Mann brachte man Niccolo nun. Zu einem Mann, der von seinen ehemaligen Verbündeten in seiner eigenen Festung eingeschlossen worden war.

Niccolo wusste nicht, was er erwartet hatte, da er sich nicht sicher war, ob er Gast oder Gefangener war. Doch man brachte ihn ohne Umschweife in einen großen Saal, in dem Dutzende von Öllampen und Feuerschalen brannten und der fast zu klein für die vielen Menschen wirkte, die sich in ihm versammelt hatten.

Die Eindrücke überwältigten Niccolo beinahe. Der Hof Ali Paschas war anders als jeder Salon und jeder Empfang, die er auf seinen bisherigen Reisen besucht hatte. Alles war von orientalischem Prunk geprägt. Die Männer waren in prachtvolle, bunte Gewänder gekleidet, manche trugen Säbel an der Seite, einige hatten sogar Pistolen in breiten Stoffgürteln stecken. Die Frauen, teils verschleiert, trugen Seide und funkelndes Geschmeide so achtlos, als sei es nichts weiter als Talmi. Prunkvoll war auch die Ausstattung mit Diwanen, schweren Stoffen, niedrigen Tischen und bestickten Kissen. Aus Räucherfässchen stiegen aromatische Düfte auf, die allerdings die Ausdünstungen der Menge nicht zu überdecken vermochten.

Die ganze Szenerie wirkte in Niccolos Augen exotisch. Der Saal musste tief in der Festung liegen, denn die Wände, die von vergoldeten Bögen geziert wurden, bestanden aus bearbeitetem Gestein, und die Decke wurde von gut einem Dutzend mächtiger Säulen gestützt.

Im Zentrum des Raums befand sich eine offene Fläche, und

dorthin führten ihn seine Begleiter. An den Wänden standen Soldaten, die mit ihren wachsamen Blicken und den Gewehren eindrucksvoll und bedrohlich wirkten.

Dann sah Niccolo den Herrn dieser Halle, und der Rest des Saals trat in den Hintergrund. Er lag mehr auf einem Diwan, als dass er thronte, aber dennoch war er ehrfurchtgebietend. Sein gepflegter Bart war weiß und hing ihm bis auf die Brust. Ein prächtiger Pelzkragen bedeckte seine Schultern, und Niccolo konnte nur vermuten, dass es die Mähne eines Löwen war, die er sich um den Hals gelegt hatte. Auf seinem Kopf trug er eine einfache, gestreifte Kappe.

Der Mann war massig und in mehrere Lagen Stoff gehüllt, die kunstvoll arrangiert waren. Seine Lider waren halb gesenkt, aber selbst so konnte Niccolo die Intelligenz in den Augen erkennen – und die Grausamkeit.

Ali Pascha nahm einen Zug aus einer Wasserpfeife, reichte das Mundstück einem Diener, stieß den Rauch langsam und genüsslich aus und fixierte dann Niccolo mit einem Blick, der diesem einen Schauer über den Rücken jagte.

In seinem geliehenen Gewand und mit dem schief sitzenden Turban auf dem Kopf kam Niccolo sich mit einem Mal lächerlich vor. Er zog den Turban vom Haupt und hielt ihn in der Rechten, während er eine, wie er hoffte, formvollendete Verbeugung machte.

»Du bist der Italiener«, erklärte Ali Pascha auf Griechisch, was Niccolo leidlich sprach.

»Niccolo Viviani, zu Euren Diensten.«

Ali Pascha lachte, und die Männer um ihn herum stimmten ein. Auch Niccolo lächelte. Es erschien ihm nicht geraten, den Humor seines Gastgebers nicht zu teilen, auch wenn er an der Situation wenig Erheiterndes finden konnte.

»Du hast kleine Ohren«, stellte Ali Pascha fest, was Niccolo zu der Frage brachte, ob der Mann seine Sprache wirklich verstand. *Falls ja – handelte es sich dann um ein Kompliment oder um eine Beleidigung?*

»Komm näher. Lass mich deine Hände sehen.«

Widerwillig folgte Niccolo der Aufforderung und trat bis auf wenige Schritte an den Diwan heran. Ali Pascha blickte wohlwollend auf die Hände des jungen Italieners, dann nickte er zufrieden, als habe er in einer Angelegenheit Recht behalten, die nur ihm bekannt war.

»Und kleine Hände. Weich. Du bist ein Gentleman.«

Das englische Wort überraschte Niccolo, aber er neigte das Haupt und erklärte: »In meiner Heimat nennt man mich so, ja. Hier bin ich nur ein Gast am Hofe des großen Ali Pascha.«

»Du hast einen weiten Weg auf dich genommen und viele Gefahren, um hier zu sein.«

»Es war jede Mühsal wert«, befand Niccolo in dem Versuch, höflich zu sein, was Ali Pascha wieder zu einem Lachen reizte.

»Du hast eine silberne Zunge«, erklärte der Herrscher schließlich. »Wie so viele von euch.«

Seine Stimme war nun weniger freundlich, und jedes Amüsement war aus ihr gewichen. Niccolo wusste nicht, was er darauf antworten sollte, also schwieg er.

»Männer wie du kommen und versprechen uns Geld und Waffen und Hilfe. Sie loben uns und tauchen ihre Worte in Honig und parfümieren sie, bis man das Gift darin nicht mehr schmeckt. Engländer und Franzosen und Russen, mit langen Namen und kurzen Bärten.«

»Ich weiß nichts von solchen …«, hub Niccolo an, aber Ali Pascha unterbrach ihn.

»Und was willst du hier, Niccolo Viviani?«

»Ich wollte lediglich den Hof Ali Paschas in seiner ganzen Größe erleben. Man hat mir davon berichtet, vor vielen Jahren schon, und mir gesagt, dass dieser Anblick einzigartig sei. Ich habe mit den Kriegen der Europäer nichts zu schaffen.«

Ali Pascha streckte die Hand aus, woraufhin sein Diener ihm wieder das Mundstück der Wasserpfeife reichte. Er sog ein, zwei Mal daran, wobei er Niccolo nicht aus den Augen ließ. Jetzt wirkte sein Blick eher wie der eines Schakals, der ein sterbendes Tier beobachtete.

»Ich denke, du bist hier, weil du mir meine tiefsten Geheimnisse stehlen willst, Niccolo Viviani.«

»Nein, nein, ich …«

»Aber man hat mich vor dir gewarnt und mir gesagt, wer du bist. Und was du bist.«

»Ich bin nur ein Reisender, mehr nicht.«

»Du verhöhnst den Löwen in seiner Höhle?« Ali Pascha erhob sich und breitete die Arme aus. »Draußen mögen die Hunde bellen, aber der Löwe achtet sie nicht. Er ist der Herr über seine Höhle, sein Land. Die Hunde bellen, aber der Löwe ist noch immer stark genug, um einen Wolf zu reißen!«

Er weiß es, durchzuckte es Niccolo, während Soldaten auf ihn zustürzten und ihn zu Boden warfen. Ein Sack wurde ihm über den Kopf gezogen, seine Arme und Beine mit kaltem Seil gefesselt. Er fühlte sich emporgehoben und davongetragen, und das Letzte, was er hörte, war Ali Paschas Lachen.

45

PINDOS-GEBIRGE, 1821

Die Reise war wie die Fahrt in die Hölle. Obwohl er sich nach Kräften wehrte, steckte man den gefesselten Niccolo in eine Kiste, in der er sich kaum bewegen konnte. Schon vorher war durch den Sack um seinen Kopf kaum Licht gefallen, doch jetzt war es absolut dunkel.

Vor seinem geistigen Auge sah er sich in einem Sarg liegen, und er wurde bei lebendigem Leib begraben. Doch das geschah nicht. Stattdessen wurde er umhergetragen, abgelegt, die Kiste wurde durchgeschüttelt, und einmal fiel sie sogar zu Boden, wobei er sich die Schulter prellte. Schon nach kurzer Zeit verkrampften sich die Muskeln in seinem Körper. Er drückte gegen die Fesseln, doch er erreichte nur, dass sie noch tiefer in seine Hand- und Fußgelenke schnitten.

Niccolo musste an Omar und seine Geschichte über Ali Pascha denken. Der Tyrann hatte Menschen gefesselt in den See werfen lassen, und Niccolo war beinahe sicher, dass er dieses Schicksal nun teilen würde.

Er schrie, bis ihm die Lungen brannten, bis seine Stimme rau und heiser wurde und er kaum einen Laut mehr herausbrachte. Immer wieder wurde die Kiste gestoßen, hörte er Lachen. Er ahnte, dass ihn seine Peiniger ärgern wollten, dass sie ihn reizten, und so verstummte er irgendwann. Zeit hatte ohnehin keine Bedeutung mehr, und er driftete in einen unruhigen Schlaf, aus dem er mehrfach erwachte, ohne zu wissen, ob er noch schlief oder nicht. Wachen und Schlafen verschmolzen, seine Träume drehten sich um dunkle, enge Räume, in denen er gefangen war.

Schließlich wurde die Kiste geöffnet, und man hob ihn heraus. Sie zogen ihm den Sack vom Kopf, und helles Sonnenlicht blendete ihn. Über ihm erstreckte sich blauer Himmel und um ihn herum eine karge Landschaft, Berge, an deren Flanken sich einige Wolken auftürmten. Sie waren weit von jeder Ansiedlung entfernt. Zwei Ochsenkarren standen abseits einer Straße, die aus kaum mehr als zwei von Rädern in den Boden gegrabenen Rinnen bestand.

Ein Mann mit einem langen Bart hielt Niccolo einen irdenen Becher hin, in dem Wasser schwappte. Dankbar trank er. »Gut Essen«, erklärte der Mann, dann fütterte er ihn mit einem weichen, geschmacklosen Brot, das er mit den Fingern zerrupfte und zu einer Kugel drehte, die er Niccolo in den Mund schob. Sogar ein kleines Stück Käse gab es zwischendurch, würzigen Ziegenkäse, zu dem er wieder Wasser bekam.

Anschließend deutete der Mann neben die Straße. »Mach.«

Verwirrt blickte Niccolo den Mann an, bis dieser sich in den Schritt griff und Geräusche von sich gab, die entfernt an fließendes Wasser erinnerten.

»Ich kann nicht …«, wollte der junge Italiener protestieren, doch er wurde ohne Umstände neben die Straße geschoben, dann drückte man ihn in die Hocke nieder und zog ihm die weite Hose herunter. Um ihn herum standen Soldaten, die neugierig zu ihm herüberspähten. Beschämt erleichterte sich Niccolo.

Dann packten sie ihn wieder und zogen ihn zurück zu dem Karren, in dem tatsächlich eine Art einfacher Sarg lag. Als er ihn sah, wehrte sich Niccolo, warf sich gegen die Hände, die ihn hielten, brüllte die Soldaten an, doch es war vergebens. Ein halbes Dutzend Männer zwangen ihn in den Sarg und hielten in darin fest, während sie den Deckel über ihn schoben. Niccolo bäumte sich mit aller Macht auf, trat den Deckel ein Stück nach oben, aber dann legte sich ein Soldat einfach darauf.

Als sich die Dunkelheit über ihn senkte, stellte der junge Italiener jede Gegenwehr ein. Er versuchte ruhig zu atmen und nicht die Beherrschung zu verlieren, doch die Dunkelheit und die Angst überwältigten ihn, und er konnte kaum klar denken.

Der Wagen setzte sich rumpelnd in Bewegung, während Niccolo merkte, wie ihm die Tränen in die Augen stiegen.

So ging es weiter. Manchmal wurde Niccolo aus der Dunkelheit des Sarges geholt, wurde gefüttert und erhielt Wasser. Zweimal nahmen sie ihm seine Fesseln ab, aber dann standen Soldaten bereit, mit geladenen Musketen, die auf ihn gerichtet waren, als sei er ein Dämon, dessen Freiheit sie fürchten mussten. Dennoch war Niccolo froh, als er die schmerzenden Arme und Beine bewegen konnte. Rote, blutige Stellen zogen sich über seine Haut, wo er sie an den Fesseln wundgerieben hatte, und seine Schulter verfärbte sich allmählich gelblich blau.

Aber so regelmäßig, wie sie ihn aus dem Sarg ließen, zwangen sie ihn auch wieder zurück in die Dunkelheit und Enge, fesselten ihn, und einige Male wurde ihm auch der Sack wieder über den Kopf gestülpt, egal, wie sehr er sich dagegen sträubte.

Niccolo konnte nicht sagen, wohin sie fuhren. Lediglich, dass es tiefer in die Berge ging, schien ihm sicher zu sein. Alle Versuche, seinen Peinigern ihr Ziel zu entlocken, schlugen fehl. Tatsächlich beschränkte sich die gesamte Unterhaltung auf wenige Worte auf Griechisch, das nur der bärtige Mann, der der Anführer der Soldaten zu sein schien, verstand.

Nicht einmal die Zeit konnte Niccolo sicher festhalten, denn er konnte nicht sagen, ob sie ihn jeden Tag herausließen. Manchmal war es auch nachts, aber ob spät oder früh, konnte er nicht erkennen. Sein ganzes Leben reduzierte sich auf die wenigen Momente, in denen sein nagender Hunger und der schreckliche Durst für den Moment gestillt wurden. Alles andere versank in Dunkelheit und Einsamkeit, bis er sich sogar darüber freute, die rauen, unfreundlichen Gesichter der Soldaten zu sehen, waren sie doch, trotz allem, Menschen.

Als um ihn herum viele Stimmen ertönten und neue Gerüche auf ihn eindrangen, spitzte er die Ohren. Es waren mehr Leute als die Handvoll Soldaten, die ihn begleitet hatten. *Vielleicht bin ich in einer Stadt?,* schoss es ihm durch den Kopf. Er holte tief Luft und rief, so laut er konnte, in allen Sprachen, die ihm in den Sinn kamen, um Hilfe, immer wieder. Schließlich schlug jemand mit der flachen Hand auf den Sarg, aber er hörte nicht auf zu schreien, bis er unsanft hin und her geworfen wurde. Draußen erklang raues Gelächter, als er verstummte.

Der Sarg wurde hochgehoben und landete mit einem Schlag auf dem Boden. Der Aufprall war so hart, dass Niccolo für einen Moment der Atem stockte. Wieder wurde die Holzkiste geschüttelt, er wurde getragen. Dann endlich setzte man ihn ab, doch es geschah nichts weiter. Hallende Schritte entfernten sich.

Ihm blieb nichts übrig, als zu warten, während er sich Horrorszenarien ausmalte, wie man ihn einfach irgendwo zum Verdursten zurückließ. Vielleicht in einer gigantischen Halle, in der Reihe um Reihe Särge mit den Feinden des Ali Pascha standen.

Warum sollten sie mich so weit wegbringen, nur um mich dann hier so zu ermorden?, fragte eine Stimme in seinem Kopf. Doch alle Logik half nichts gegen die urtümliche Angst, die seinen Magen verkrampfte.

Als die Verschlüsse des Sargs klackten und der Deckel abgehoben wurde, atmete Niccolo erleichtert auf. Es roch wieder nach Menschen. Es war düster um ihn herum; nur ein flackerndes kleines Talglicht auf einer Kiste war zu sehen. Soldaten standen um ihn herum, begafften ihn, als sei er ein Ausstellungsstück in einem Kuriositätenkabinett. Er kannte keines der Gesichter. Nicht einmal der bärtige Anführer war zu sehen.

Einer der Soldaten hob seine Muskete und stupste Niccolo so vorsichtig mit dem Kolben an, als erwarte er, dass der junge Italiener bei der kleinsten Berührung explodieren könne. Als nichts geschah, fassten einige Mut, berührten ihn mit bloßen Händen, griffen in sein Haar, fummelten an seiner schmutzigen, stinkenden Kleidung herum. Schließlich wurde ein Befehl gebellt, und sie packten ihn, hoben ihn aus dem Sarg und stellten ihn auf die Füße. Jemand kniete hinter ihm nieder und schnitt die Fußfesseln durch. Blut strömte durch das geschundene Fleisch, kribbelnd, schmerzhaft und doch so süß, weil es ihm zeigte, dass er noch immer am Leben war.

Sie stießen ihn vor sich her, einen steinernen Gang entlang. Zunächst glaubte er sich in einem Gebäude, aber dann sah er, dass die Wände aus Fels bestanden, der grob ausgehöhlt worden war. *Das ist eine Höhle. Oder eine Mine.* Doch er konnte sich kaum umsehen, denn nach einem kurzen Stück Weg erreichten sie bereits eine große Kaverne. Niccolos Schritte waren unsicher, seine Füße fast gefühllos, und seine Beine zitterten nach den Tagen ohne Bewegung. Vor ihm tat sich eine Grube auf, die sicherlich drei oder vier Meter tief sein musste. Er blieb stehen, und ein Soldat packte ihn an der Schulter und drehte ihn um. Er hob ein langes, gekrümmtes Messer und schob es zwischen Niccolos Handgelenke. Mit einem Schnitt fiel seine letzte Fessel zu Boden. Bevor der junge Italiener etwas tun konnte, stieß ihm der Soldat vor die Brust. Niccolo tat einen Schritt nach hinten. Sein Fuß suchte den Boden – und fand nur Leere.

Das Letzte, was er sah, als er in die Grube stürzte, waren die feixenden Gesichter der Soldaten über ihm.

PINDOS-GEBIRGE, 1821

Die Zeit verging schleichend. Zuerst versuchte Niccolo noch, ihr Verstreichen festzuhalten, indem er immer mit einem Stein eine Markierung in die Wand schlug, wenn man ihm Essen brachte. Aber schon bald war er sicher, dass dies unregelmäßig geschah, und er konnte sich nicht einmal mehr dazu aufraffen, auch nur einen Strich an der Wand zu ziehen.

Das Wasser, das man ihm brachte, war stets schal und abgestanden; manchmal schmeckte es sogar faulig. Seine Rationen bestanden aus Reis oder Weizengrütze, die mit verschiedenem weich gekochtem Gemüse zu einem Brei vermischt waren. Manchmal gab es auch eine Suppe in einem hohen Krug, und das waren gute Tage, denn in der Suppe schwamm oft Fleisch, und nicht selten lag ein Stück Brot dabei, wenn die Soldaten den Korb mit dem Essen an Seilen in die Grube ließen.

Niccolo weigerte sich, seinen Bewachern ihre schmutzige Arbeit zu erleichtern, doch seine kleinen Rebellionen wurden stets geahndet. Wenn er den Korb nicht wieder in die Schlaufe legte oder den Krug zerbrach, stiegen Soldaten zu ihm herab, oft mehr als ein Dutzend, und schlugen mit langen Stöcken auf ihn ein, bis er nur noch zusammengerollt dalag und versuchte, mit den Armen seinen Kopf zu schützen. Sie traten ihn und schrien ihn an, in einer Sprache, die er nicht verstand.

Warum?, fragte er sich selbst, wenn er nachts wach lag.

»Warum?«, brüllte er, sobald ein Gesicht am Rande der Grube erschien.

Doch er erhielt nie eine Antwort.

Trotzdem versuchte er es immer wieder. Denn ansonsten ließen sie ihn einfach in der Dunkelheit zurück. Solange er aß und die Soldaten ihn beobachteten, gab es Licht. Solange er ihre Aufmerksamkeit hatte, gab es Licht. Niccolo hätte vorher nie gedacht, dass ihm das schwache Glimmen einer einzigen, kleinen Lampe so viel bedeuten könnte, dass er bereit war, sich dafür schlagen zu lassen.

Eine Ecke der Grube hatte er für seine Notdurft reserviert, eine kleine Nische in der Wand, und er kroch nur dorthin, wenn er sich erleichtern musste.

Er lief in der Grube im Kreis, sprang und hüpfte, bewegte sich wild, um sich gegen die Einsamkeit zu wehren. Dann wieder gab es Phasen, in denen er nur liegen, sich nicht einmal aufraffen konnte, einige Schritte zu gehen. Dann fantasierte er, dass dies die ewige Verdammnis sei, sein eigener, ganz besonderer Höllenkreis, geschaffen für Sünder wie ihn, die Gott herausforderten und sich freiwillig aus seiner schützenden Hand begaben. *Es gibt keinen Gott,* hallte Shelleys Stimme durch seinen Geist, und Niccolo war sicher, dass allein sein fehlender Widerspruch ihn zu diesem Schicksal verdammt hatte.

Eines Tages kamen viele Soldaten, ließen eine Leiter zu ihm herab und bedeuteten ihm, sich daran festzuhalten. Sie zogen ihn empor, führten ihn durch die Gänge. Überrascht stellte Niccolo fest, dass sein Schritt fest war und er das Haupt hoch erhoben hielt. Sie zwangen ihn in eine kleine Kaverne, wo sie ihm seine Kleidung auszogen. Eimer mit Wasser waren dort bereitgestellt, und Niccolo ließ die Soldaten gewähren, denn er ahnte, was kommen würde.

Zwei Soldaten hoben die Eimer hoch und gossen ihm das kühle Nass über das Haupt. Obwohl Niccolo fröstelte, war das Gefühl unbeschreiblich. Es war eine einfache, krude Wäsche, doch sie spülte die Wochen des Schmutzes und der Angst von seiner Haut und, auf eine Weise, die er nur schwer bestimmen konnte, von seiner Seele. Als er sich mit einem Tuch abtrocknete und in eine einfache, aber frische Hose und ein ebensolches Hemd schlüpfte, fühlte er sich nicht länger wie eine verdammte

Seele, sondern wieder mehr wie Niccolo Viviani. All seine Sinne schienen geschärft zu sein, und er sah mit neuer Klarheit, hörte noch die entferntesten Schritte und witterte die Angst seiner Bewacher.

Er strich sein inzwischen bis auf die Schultern hängendes Haar zurück und befühlte mit den Fingern sein Gesicht. Auf seinen Wangen und seinem Kinn spross inzwischen ein beachtlicher Bart; beinahe hätte er so als Einheimischer durchgehen können.

Dann brachten ihn die Soldaten fort aus dem Waschraum, durch kaum beleuchtete Gänge. Es war gespenstisch, denn keiner sprach, und ihre Mienen deuteten eine Angespanntheit an, die Niccolo nicht einordnen konnte.

PINDOS-GEBIRGE, 1821

Sie kauerte auf der Hügelkuppe. Es war kalt, und ihre Kleidung bestand nur aus einigen gefundenen und gestohlenen Lumpen, aber es scherte sie nicht. Wenn die Nacht kam, würde es noch deutlich kälter werden, und dann würde sie die losen Kleider abstreifen und sich in eine Form begeben, in der sie die Kühle der frühen Jahreszeit nicht fürchten musste.

Jetzt aber blieb sie, wie sie war. Es war so einfacher, auf diese Entfernung das Lager zu beobachten. Die Anlage schmiegte sich an die Flanke des Berges. Der Eingang in die Minen lag im Inneren des Forts, dessen drei Wände direkt in den Fels übergingen. Die Gebäude waren klein und geduckt, und im Hof sah sie große Haufen Erdreich und Schlacke. Manchmal öffneten sich die Tore, und die Sklaven schafften den Abfall heraus und kippten ihn achtlos in das Tal. Sie hatte versucht, sich an solchen Tagen ins Innere der Festung zu schleichen, aber die Wachen waren zu aufmerksam, und die Minenanlage selbst bewirkte, dass sie sich elend fühlte.

Aus den Schornsteinen eines Gebäudes stieg Rauch auf, unentwegt, jeden Tag, jede Nacht. In ihm arbeiteten die Sklaven ohne Unterlass, und es gab einige freie Arbeiter, die über die Sklaven wachten. Sie wusste nicht viel darüber, wie man Metall aus dem Stein holte, aber sie wusste, dass es dort geschmolzen und getrennt wurde. Direkt daneben lag ein kleines Haus mit dicken Wänden und ohne Fenster, vor dem immer ein Soldat Wache stand. Dorthin wurden die Barren gebracht. *Silber.* Sie spuckte aus. *Es sieht den Bastarden ähnlich, Hristo in einer Silbermine gefangen zu halten.* Sie hatten offenbar gemerkt, wie schwierig es war, jemanden von ihnen anders gefangen zu halten. Sie waren schlau.

Eine Bewegung auf dem Weg im Tal zog ihre Aufmerksamkeit auf sich. Einige Wagen näherten sich, flache Lastkarren, aber auch zwei hohe, geschlossene Ochsenkarren, neben denen Soldaten mit müdem Schritt marschierten. Es geschah nur selten, dass mehr als die flachen Karren für den Abtransport des Metalls hierherkamen, und sie sah genau hin und versuchte zu erkennen, wer oder was sich dort der Mine näherte. An dem ersten Karren hingen zwei Wimpel, die im Gebirgswind flatterten. Sie kannte diesen Wagen. Immer, wenn er kam, hörte sie bald darauf Hristo schreien. Sie knirschte mit den Zähnen und ballte die Fäuste. Für einen Moment überlegte sie, ob sie hinabrennen sollte, zu den gewaltigen Felsblöcken, zwischen denen sich der Weg immer höher hinaufwand, bis er sein Ende in der Minenanlage fand. Sie könnte sich auf die Lauer legen, warten und dann über die Menschen herfallen.

Doch sie blieb, wo sie war. Es waren zu viele Soldaten, und wenn sie mit ihr rechneten, wenn sie Silber benutzten, dann würde sie verletzt werden oder gar getötet. Und dann wäre Hristo allein. Vielleicht noch viele Jahre lang.

Ohnmächtig musste sie zusehen, wie die kleine Karawane ihr

Ziel erreichte. Eines Tages würden sie einen Fehler machen, eines Tages, und dann würde sie da sein, um Hristo zu befreien und sich an seinen Foltermeistern zu rächen.

Bei dem Gedanken daran, was heute Nacht geschehen würde, verschwand die Wut aus ihrem Geist, wurde von einer dunklen Hoffnungslosigkeit ersetzt. *Wie lange warte ich nun schon? Vier Jahre? Fünf?* Doch es gab keine andere Möglichkeit. Sie konnte nicht gehen, konnte ihn nicht zurücklassen. Sie musste warten.

PINDOS-GEBIRGE, 1821

Als sie ihr Ziel erreichten, blieben eine Handvoll der Männer vor dem Raum stehen, während die anderen Niccolo hineinführten. Die künstliche Höhle war klein, vom Schnitt her war sie quadratisch. Ein eiserner Ständer hielt zwei Feuerschalen, und es gab einen einfachen Tisch samt Stuhl, auf dem ein prächtig gekleideter Mann saß, der von einigen Dokumenten aufblickte, als Niccolo hereingeführt wurde. Außer dem Mann waren noch zwei Soldaten in dem Raum, die rechts und links hinter einem knienden, halbnackten Mann standen, dem sein langes, verfilztes Haar ins Gesicht hing. Seine Haut war schmutzig, und Niccolo registrierte mit Entsetzen die zahlreichen, wulstigen Narben, die ihm von den Schultern über Brust und Rücken liefen und bis zum Bund seiner Hose und hinein reichten. Er zeigte keine Regung, auch nicht, als der Sitzende zu sprechen begann.

»Sie haben die letzten Wochen gut überstanden, Signore Viviani«, erklärte er in einem Italienisch, in das sich nur der Hauch eines Akzentes mischte. Er trug einen sorgfältig gestutzten und geölten Bart, und seine manikürten Finger zierten zahlreiche Ringe. Seine Kleidung wirkte wie eine Uniform, war jedoch besonders aufwendig, und er trug eine Kappe auf dem

Kopf, die Niccolo an Ali Paschas Kopfbedeckung erinnerte. *Wie lange mag das her sein?*

Als Niccolo nicht antwortete, fuhr der Man fort: »Ich bin Uthman Bey. Ich bin hier, um mich über Ihr Wesen zu informieren.«

Niccolo lachte bitter auf.

»Das ist nicht lustig«, erklärte der Bey und winkte mit der Hand, woraufhin ein Soldat Niccolo mit einem flexiblen Stock in die Kniekehlen schlug. Obwohl der Stoff der Hose den Schlag etwas dämpfte, war er schmerzhaft wie ein Peitschenhieb, und der junge Italiener knickte ein. Ein weiterer Schlag brachte ihn auf die Knie.

»So ist es besser. Lassen Sie mich sehen. Man teilte uns mit, dass Sie kein gewöhnlicher Mann sind. Stimmt das?«

»Ich bin Bürger des Großherzogtums Toskana. Ich werde hier gegen meinen Willen festgehalten!«

Jetzt blickte der Kniende doch zu Niccolo herüber, glühende Augen hinter filzigen Haarsträhnen. Fast hätte man denken können, ein Lächeln spiele um seine Lippen.

»Hier sind Sie leider nur ein Gefangener. Ein Sklave, um genau zu sein. Für die Welt gelten Sie als im Zuge der Belagerung von Ioannina vermisst. Man wird vermuten, die türkischen Heere hätten Sie aufgegriffen und als Spion hingerichtet, auch wenn diese das natürlich bestreiten werden. Ich nehme an, dass Ihre Familie bereits um Sie trauert.«

»Wie habt ihr mich aus der Festung geschafft?«

»Signore Viviani, hier stelle ich die Fragen. Also, noch einmal: Sind Sie ein gewöhnlicher Mensch?«

»Darauf habe ich bereits geantwortet.«

Der Bey schüttelte enttäuscht den Kopf.

Diesmal traf der Schlag den Nacken, hinterließ einen glühenden Striemen auf der Haut. Niccolo sog scharf die Luft ein, unterdrückte den Schrei, der in seiner Kehle aufstieg.

»Antworten Sie, und alles Folgende wird weitaus weniger schmerzhaft sein.«

Sie wissen, was ich bin. Sie haben mich hierhergebracht, weil sie wissen, was ich bin!

»Ich weiß nicht einmal, wovon Sie reden«, brachte Niccolo hervor. Seine wahre Natur zu enthüllen würde ihm sicherlich noch mehr schaden, als zu lügen.

»Sind Sie ein, wie sagt man in Ihrer Sprache? Uomo-lupo? Ein Werwolf? Ein Lykanthrop?«

Niccolo zwang sich zu einem Lachen, das – wie er hoffte – verwirrt klang. »Bitte, was?«

»Sie haben mich schon verstanden.«

»Nein, ich bin kein Werwolf«, erklärte Niccolo mit so viel unterdrücktem Spott in der Stimme, wie er trotz seines brennenden Nackens aufbrachte.

Der Bey runzelte die Brauen. Er schien schon die Hand heben zu wollen, da sprach der kniende Mann unvermittelt in einer Sprache, die Niccolo nicht verstand. Es war nur ein kurzer Satz, dann fiel er wieder in sein Schweigen zurück.

»Hristo hier sagt, dass Sie keiner sind. Er könnte es sonst riechen. Er behauptet, ihr Italiener hättet nicht das Zeug dazu. Leider ist Hristo nicht unbedingt der glaubwürdigste Zeuge. Und ich kann Ihnen versichern, dass ich aus persönlicher Erfahrung weiß, dass Italiener mehr sein können, als man denkt.«

Niccolo versuchte vergeblich, den tieferen Sinn dieser Worte zu erkennen. *Was hat dieser Bastard mit Italienern zu tun?*

»Machen wir also weiter.«

Dann prasselten plötzlich Schläge auf Niccolo ein, fielen dicht und schnell, und ein jeder ließ eine glühend rote Linie der Pein zurück. Fragen wurden gestellt, Befehle gebellt. Er wurde getreten, sein Kopf am Haar zurückgezogen, man setzte ihm silberne Dolche an die Kehle – *Stich zu! Na los!* –, aber er verschwieg die Wahrheit beharrlich.

Die Tortur war endlos, ein weiter Ozean der Schmerzen, auf dessen Wellen Niccolo schwamm. Mehrfach drohte er das Bewusstsein zu verlieren, doch immer wieder holten sie ihn zurück, schütteten ihm Wasser ins Gesicht, verpassten ihm Ohrfeigen. Schließlich lag er auf dem Boden, alle viere von sich gestreckt, sein Körper eine einzige Wunde.

PINDOS-GEBIRGE, 1821

Die Nacht kam schnell, und sie schlüpfte aus den Kleidern und nahm Wolfsgestalt an. Langsam trottete sie den Hang hinab in das Tal. Nachts schlich sie oft bis fast an die Mauer heran. Dort fühlte sie sich ihm näher.

Als die Schreie ertönten, spitzte sie die Ohren. Es war nicht Hristo, sondern ein anderer. Menschliche Schreie, aber in ihnen klang eine vertraute Note mit. Er war einer von ihnen.

Sie legte den Kopf in den Nacken und heulte. Er war nicht allein, und sie heulte es ihm zu.

PINDOS-GEBIRGE, 1821

»Ich bin geneigt, dir nun Glauben zu schenken«, erklärte der Bey. »Du bist kein Werwolf. Wir haben dich die ganze Zeit beobachtet, und du hast keinerlei Anzeichen gezeigt, dich zu verwandeln, dich zu wehren, unserem Herrn endlich das zu geben, wonach es ihn so sehnlich verlangt. Du bist nichts als ein schwacher Mensch.«

Er hielt einen Moment inne, bevor er fortfuhr: »Und jetzt bist du nur noch Sklave.«

Dann befahl er den Soldaten etwas in einer Zunge, die Niccolo nicht verstand. Die Soldaten schafften ihn fort, und endlich glitt er in die gnadenvolle Bewusstlosigkeit.

46

CLICHY, 1823

Schwungvoll schrieb Valentine ihren Namen unter den Brief, dann faltete sie das Papier, steckte es in ein Kuvert und legte dieses zu den anderen, die sich bereits auf ihrem Sekretär befanden. Seit Ludovico und sie in das abgeschiedene Clichy gezogen waren, war ihre Korrespondenz noch weitaus umfänglicher geworden. Abgesehen von ihren unregelmäßig stattfindenden Salons, die sich stets großer Beliebtheit erfreuten, hatten sie nur wenig Besucher in ihrem Landhaus, und sie beide waren mit dieser Regelung durchaus zufrieden.

Ein Klopfen am Türrahmen ließ sie aufblicken. Ludovico stand dort, eine einzelne weiße Rose in der Hand. Er lächelte.

»Wie schön du bist.«

Valentine stand rasch auf. »Ludovico! Du bist zurück.«

Ihr Mann betrat das lichtdurchflutete Zimmer und schloss seine Frau in die Arme. »Ja, ich bin zurück. Und ich habe dich vermisst.«

»Wie waren deine – Geschäfte in Paris?«, erkundigte sie sich, wohl wissend, dass sie keine genaue Antwort bekommen würde.

Erwartungsgemäß winkte Ludovico ab. »Nicht der Rede wert. Aber ich habe die Erkundigungen eingezogen, um die du mich gebeten hattest.«

»Ach, ja? Bitte setz dich, und erzähl mir, was du herausgefunden hast. Soll ich dir etwas bringen lassen?«

Ludovico schüttelte den Kopf und ließ sich auf ein Sofa fallen.

Seit Valentine einen Brief von Marcella Viviani erhalten hatte, in der die junge Toskanerin sich äußerst besorgt über das Verschwinden ihres Bruders gezeigt hatte, trieb auch Valentine die Sorge um Niccolo um. Es hatte lange gedauert, bis sie sich Ludovico anvertraut hatte, aber am Ende schien es ihr die einzig mögliche Lösung. Schließlich verfügte ihr Ehemann über ein ausgedehntes Netz von sozialen Kontakten, das sich über ganz Europa erstreckte. Und Ludovico hatte ihr tatsächlich versprochen, Erkundigungen über Niccolos Verbleib einzuziehen, was er nun wohl auch getan hatte.

»Ich habe meine Verbindungen spielen lassen«, berichtete er, nachdem auch Valentine sich gesetzt hatte. »Ein paar Gefallen eingefordert, ein wenig Bakschisch hier und dort gezahlt. Zunächst sah es wirklich so aus, als sei Viviani wie vom Erdboden verschwunden, aber langsam setzte sich doch ein anderes Bild zusammen.

Es heißt, dass ein junger italienischer Adliger vor zwei Jahren in Albanien gesehen wurde, während er versuchte, Ioannina zu erreichen. Danach verlor sich zunächst jede Spur, so dass ich schon befürchtet hatte, die Türken hätten Niccolo tatsächlich getötet. Doch dann habe ich herausgefunden, dass er es bis in die Festung geschafft hat. Und dass Ali Pascha eine Vorliebe dafür hatte, politische Gegner und andere, besonders missliebige Gefangene in eine Silbermine im Pindos-Gebirge zu schicken, deren genaue Lage jedoch geheim gehalten wird.«

»Politische Gefangene? In einer Silbermine?«, unterbrach ihn Valentine verwirrt. »Aber was sollte Niccolo plötzlich mit der Politik des Osmanenreichs zu schaffen haben?«

»Ich kann mir zwar ebenfalls nur schwer vorstellen, wie unser junger Freund es geschafft haben soll, den hinterlistigen Türkenherrscher so schnell so nachhaltig zu verärgern, aber ich habe auch erfahren, dass in der Nacht, in der Niccolo auf dem Weg nach Ioannina verschwunden sein soll, ein geheimer Gefangenentransport unter schwerer Bewachung in die Berge aufgebrochen ist.

Ich bin davon überzeugt, dass es sich bei dem Gefangenen kaum um einen anderen handeln kann. Bedenke die Heimlichkeit, von der mir berichtet wurde, und die Sicherheitsmaßnahmen. Sogar der Despot Ali Pascha dürfte gewusst haben, was für einen Frevel es darstellt, einen europäischen Adligen zu entführen und einzukerkern.«

Valentine lehnte sich zurück und ließ die grausamen Neuigkeiten einen Moment lang auf sich einwirken. Niccolo war möglicherweise ein Gefangener eines brutalen orientalischen Despoten? Der ihn in eine Silbermine hatte schaffen lassen? Sie rieb sich die Schläfen, da sie sich keinen Reim auf das Gehörte machen konnte.

»Hast du eine Ahnung, was das bedeutet?«, erkundigte sie sich schließlich bei Ludovico.

Ihr Mann zuckte mit den Schultern. »Ich habe keine genaue Vorstellung davon, was das bedeutet, aber ich kann sicher sagen, dass der Conte Viviani in großen Schwierigkeiten steckt. Die Türken sind allgemein dafür bekannt, gute Gastgeber zu sein, aber auch furchtbare Gegner. Und Ali Pascha genoss einen besonders zweifelhaften Ruf. Es heißt, er habe seine Feinde gelegentlich auch vierteilen oder ersäufen lassen. Die Arbeit in einer Silbermine klingt nach einer harten Strafe und nicht danach, als ob es einfach wäre, begnadigt oder entlassen zu werden.«

»Du meinst, er ist noch dort?«

»Ali Pascha wurde letztes Jahr vom Sultan gestürzt, aber Niccolo ist nicht wieder aufgetaucht. Entweder er ist noch dort, oder …«

Tief in ihrem Inneren hatte Valentine es gewusst, das merkte sie, als Ludovico das Fürchterliche nicht aussprach.

Der Gedanke versetzte ihr einen scharfen Stich. Sie hatte ein ruhiges, komfortables Leben in Clichy gewählt, mit ihrem Garten, ihren Briefen und ihrem Salon. Sie hatte sich dafür entschieden, zu vergessen, keine weiteren Fragen zu stellen. Niccolo hatte sie zurückgewiesen, aus welchen Gründen auch immer, und sie hatte die Erinnerung an ihn aus ihrem Leben verbannt. Während Niccolo vielleicht schon seit zwei Jahren der Gefangene eines barbarischen Herrschers war oder gar tot. Einen Moment lang überlegte sie, was zu tun war. Dann stand sie auf und stellte sich vor ihren Mann.

»Such ihn, Ludovico«, bat sie inständig.

»Wie bitte?«

»Such Niccolo, und rette ihn, wenn es möglich ist«, wiederholte sie.

»Du möchtest, dass ich ins Osmanische Reich reise, eine geheime Silbermine irgendwo in den Bergen dieses gottverlassenen Landes finde und dann einen jungen Narren daraus befreie, von dem wir nicht einmal sicher wissen, weswegen er dort ist oder ob er überhaupt noch lebt?«

Sie ließ sich auf die Knie nieder. Wie eine Bettlerin, die auf den Champs-Élysées um Almosen flehte, hob sie die Hände: »Ja, Ludovico, das möchte ich. Wer sonst könnte so etwas wagen und damit Erfolg haben, wenn nicht du? Wenn ich dir wirklich etwas bedeute, dann tu es für mich.«

»Womit die Frage, ob du mich ebenso sehr liebst wie ich dich, wohl ein für alle Mal geklärt wäre«, erwiderte Ludovico. Aus seinen zynischen Worten klang Bitterkeit heraus.

Valentine ließ ihren Kopf auf seine Knie sinken. »Es tut mir so leid, Ludovico. Nein, ich liebe dich nicht. Aber das weißt du doch schon lange, oder nicht? Würde ich es tun, dann hätte ich wohl nicht wieder und wieder darauf verzichtet, zu werden, was du bist.

Doch obwohl ich es anfänglich wollte, kann ich dich auch nicht hassen. Du hast meine Achtung und meinen Respekt, und ich schätze dich hoch. Ich bin deine Frau, Ludovico, egal, ob du ablehnst oder zustimmst. Ich werde dich nie verlassen, solange ich lebe nicht. Aber ich bitte dich, Niccolo zu retten.

Du hast mein Wort darauf, wenn es dir gelingt, dass ich ihn nie wiedersehen werde und auch nicht versuchen werde, mit ihm in Kontakt zu treten. Ich möchte nur die Gewissheit haben, dass er lebt und unversehrt ist.«

Ludovico hatte die Augen geschlossen. Er hob die Hände und rieb sich über das Gesicht. Valentine merkte, wie ihr die Tränen in die Augen stiegen. Mit Gewalt versuchte sie, ein Schluchzen zurückzuhalten.

Ludovico öffnete die Augen wieder.

»Sch«, sagte er sanft und zog Valentine so mühelos auf seinen Schoß, als wöge sie nicht mehr als ein Kind. Mit der Rechten umfasste er sie, mit der Linken streichelte er ihre Wange.

»Es tut mir so leid«, stammelte Valentine.

»Weine nicht, mein Herz«, murmelte Ludovico, die Lippen ganz nah an ihrem Ohr. »Weine nicht. Ich danke dir für deine Ehrlichkeit, denn was sonst könnte in einer Ehe Bestand haben? Und du musst dir nicht länger Sorgen machen. Ich werde gehen und Niccolo Viviani befreien.«

PINDOS-GEBIRGE, 1823

Die tägliche Arbeit war hart. Sie schufteten in den Minen, Seite an Seite, mit altertümlichem Werkzeug. Der Stein wurde aus der Wand gebrochen, in offene Wagen geladen, die von Sklaven durch die endlosen Stollen geschoben und gezogen wurden. Immerhin war die Versorgung mit Essen gut, auch wenn es sich zumeist um ungewürzte Breie handelte, die nach nichts schmeckten. Doch ansonsten hätte wohl keiner von ihnen die harte Arbeit länger als ein paar Wochen überlebt.

Niccolo wurde oft zum Schieben der Loren eingesetzt. Das war eine der besseren Arbeiten, denn obwohl es anstrengend war, die gefüllten Gefährte mit den kleinen Rädern über den unebenen Boden zu schieben, gab es doch oft Pausen, während sie beladen wurden oder man darauf wartete, dass das Erz in der Schmelze umgeladen wurde.

»He, Nico.« Einer der Araber nickte ihm zu, während er Brocken des mit Silber durchzogenen Erzes in die Lore warf. Die meisten Männer verkürzten seinen Namen, weil er so leichter auszusprechen war.

»Das genügt«, erwiderte der junge Italiener und vollführte dazu eine waagerechte Geste mit der Hand. Langsam lernte Niccolo es, sich mit anderen Sklaven zu verständigen. Hier eine Geste, dort ein einzelnes Wort, das er aufgeschnappt hatte. Er wusste nicht, was die anderen Männer in diese Hölle gebracht hatte, aber er konnte sehen, wie verschieden sie waren. Einige beteten nachts zu Allah, andere flehten Gott um Hilfe an, wieder andere waren längst in schweigende Verzweiflung verfallen.

Zum Essen und zum Schlafen wurden sie wie Vieh in eine der Gruben getrieben, eine Holzleiter hinunter, die dann von den Soldaten hochgezogen wurde. Zum Glück war es darin warm, denn die dünne Kleidung, die man ihnen gegeben hatte, hätte nichts gegen Kälte auszurichten vermocht.

Es geschah nur allmählich, aber Stück für Stück gewöhnte sich Niccolo an sein neues Dasein. Die Erinnerung an seine Heimat, an sein altes Leben, all das schien immer weiter in den Hintergrund zu treten. Nur das Hier und Heute zählte, das Überleben an diesem Tag, der Versuch, ein gutes Stück Brot zu erwischen, sich eine kleine Pause zu erschleichen, nicht geschlagen zu werden. Sein Leben reduzierte sich auf die notwendigsten Kleinigkeiten.

Natürlich hatte er versucht, sich zu verwandeln, hatte die vage und verzweifelte Hoffnung gehegt, wenn es ihm gelänge, könnte er entkommen. Aber der Wolf in seinem Inneren war ferner denn je. Nur sein scharfes Gehör und sein Geruchssinn waren ihm geblieben, und Letzteren verfluchte er nicht selten, denn der Gestank in der Grube war oft nur schwer zu ertragen.

Seine Gedanken an Flucht erstarben bald. Tagsüber war der Hof voller Soldaten, da ein ganzes Heer in dieser abgelegenen Mine stationiert zu sein schien. Und nachts wurden in den Stollen die dicken Holztüren verschlossen und die Leitern aus den Schlafgruben emporgezogen, so dass die Sklaven völlig eingesperrt waren.

Immer weiter trat in Niccolo der Conte von Arezzo in den Hintergrund. Dafür wurde er Nico, wie ihn die Soldaten und die anderen Sklaven nannten, da sie seinen Namen nicht aussprechen konnten.

Es schien, als würde es immer so weitergehen, bis er eines Tages in dieser Hölle sterben musste.

PINDOS-GEBIRGE, 1823

Das Licht der Fackeln reichte fast bis zum Boden der Grube. Niccolos Augen waren so sehr an das beständige Zwielicht gewöhnt, dass er sie zukneifen musste, weil ihn der plötzliche Lichtschein blendete. Gestalten hatten sich am oberen Rand versammelt, ein Dutzend oder mehr, und er konnte sie reden hören. Darunter die Stimme einer Frau, die Befehle gab, ungewöhnlich genug, dass Niccolo sein Haupt hob und emporsah.

Noch immer war seine Kenntnis des Albanischen nicht ausreichend, um mehr als einige Fetzen dessen zu verstehen, was oben besprochen wurde, vor allem, da der alte Sklave, der ihm manchmal nachts einige Brocken beibrachte, wenn sie nicht zu erschöpft waren zum Reden, einen anderen Dialekt zu sprechen schien als die Wachen. Aber zumindest konnte er inzwischen gewisse Unterschiede heraushören.

Unvermittelt wurde ein dunkler Schatten von der Kante gestoßen, und ein Leib schlug dumpf auf dem harten Boden der Grube auf. Raues Lachen ertönte, als der Gestürzte stöhnte.

»Fleisch!«, rief einer der Soldaten, den Essensruf imitierend. Dann entfernten sich die Lichter, bis nur noch der schwache Schein der einzelnen Laterne blieb, die hoch über den Köpfen der Sklaven brannte. Die meisten regten sich nicht einmal, als der Neuankömmling sich aufsetzte. Einige stierten zu ihm hinüber, nur Niccolo kroch auf allen vieren zu ihm hin.

»Brauchst du Wasser?«, fragte er, wobei er sich darüber im Klaren war, dass seine Worte rau und fremd klingen mussten. Er untermalte sie mit einer Geste, die zeigen sollte, wie er einen Becher zum Mund hob, aber dann wurde ihm bewusst, dass der Neuankömmling vermutlich in der Dunkelheit der Grube noch kaum etwas erkennen konnte.

»Es tut mir leid, aber ich verstehe dich nicht«, erwiderte der Mann auf Französisch. Doch es war nicht die Sprache, die Niccolo stocken ließ; es war die Stimme. Er zögerte, versuchte das Dunkel zu durchdringen, um den Mann besser zu sehen. *Verliere ich jetzt endgültig den Verstand?*

»Ludovico?«, fragte er schließlich.

Der Kopf des Mannes schnellte herum, und sein Blick fixierte den jungen Italiener. Jetzt sah Niccolo, dass es tatsächlich der Mann war, den er als Ludovico kennengelernt hatte. Ein schwaches Lächeln zeigte sich auf seinem Gesicht.

»Niccolo. Habe ich dich also schlussendlich doch noch gefunden. Es war ein hartes Stück Arbeit. Welch eine Freude, sie belohnt zu sehen.« Jetzt sprach er Italienisch, so, wie er es auch früher schon getan hatte.

Niccolo zog sich einen Meter zurück und musterte den Mann. Sein Gehrock war zerrissen, mehr Lumpen als Kleidung, seine Haut war schmutzig und sein Haar verfilzt, aber es war unzweifelhaft Ludovico. Nicht einmal in seinem jetzigen Zustand verlor er sein überlegenes Auftreten, als sei die Tatsache, dass er in einer Sklavenmine jenseits aller Zivilisation gefangen war, nicht mehr als ein lästiger Umstand, dem Beachtung zu schenken nicht weiter lohnenswert war. *Was im Namen aller Heiligen tut er hier? Was soll das heißen, er habe mich gesucht? Arbeitet er vielleicht für den Pascha und wurde geschickt, mir das Geheimnis doch noch zu entreißen?*

»Heißt du noch immer Ludovico?«, fragte er ihn misstrauisch.

Der scharfe Ton schien dem Mann etwas von seiner überlegenen Aura zu nehmen, doch seine Antwort war so liebenswürdig, als würden sie auf einer Soiree Konversation treiben: »Ludovico ist ein guter Name; so gut wie jeder andere mögliche. Ich trage ihn nun schon eine ganze Weile und würde es gern auch noch so belassen.«

Ein besonderer Geruch haftete dem Mann an, und Niccolo brauchte einige Sekunden, um ihn zu erkennen. Er hatte ihn schon mehr als einmal an anderen wahrgenommen, nur war er sich dessen damals nicht bewusst gewesen. In Paris, als man ihn in einer Gasse umbringen wollte. In Rom, als der Eindringling ihn und Esmeralda in dem gemieteten Haus überfallen hatte. Es war ein alter Geruch, der von Dunkelheit kündete.

»Wie ist es dir ergangen?«, erkundigte sich Ludovico ohne echtes Mitgefühl. »Du siehst ziemlich mitgenommen aus, wenn ich das so sagen darf.«

Mit einer gewissen Bitterkeit deutete Niccolo auf ihre elende Umgebung. »Ich bin ein Sklave, der tagaus, tagein in einer Silbermine schuftet. Sie haben mir alles genommen, mein Leben, meine Herkunft, selbst meinen Namen. Was denkst du, wie es mir geht?«

Ludovico musterte ihn kurz, dann beugte er sich vor, als fürchtete er, die Schatten um sie herum könnten sie belauschen. »Hier geschehen größere Dinge, als dir vielleicht bewusst ist. Ich bin nicht freiwillig hier … und ich bin nicht so einfach zu fangen. Wir sind in großer Gefahr.«

Ungläubig blickte der junge Italiener sein Gegenüber an. Er konnte sich weder die Anwesenheit noch die Worte des Grafen erklären.

»Was meinst du? Und wie, zur Hölle, bist du nach Albanien geraten?«

»Wie ich schon sagte: Ich kam hierher, um dich zu suchen und um dich aus deiner misslichen Lage zu befreien. Wenn dies nur eine gewöhnliche Mine wäre, könnte ich uns ohne größere Mühe hier herausbringen; es wäre mir sogar ein Leichtes. Aber nicht hier. Es ist anders, und ich mache mir große Sorgen.«

Niccolo musterte ihn eindringlich und sog noch einmal diesen Geruch ein. *Schatten.*

Er ahnte nun das Geheimnis, das den Conte stets umgeben hatte. Doch er wollte es aus Ludovicos eigenem Mund hören.

47

ROM, 1823

Gioana musste lächeln, als sie die Verkündigung hörte. »Annuntio vobis gaudium magnum: *Habemus Papam.* Eminentissimum ac reverendissimum Dominum, Dominum Annibale Francesco Clemente Melchiore Girolamo Nicola,

Sanctae Romanae Ecclesiae Cardinalem della Genga, qui sibi nomen imposuit Leo XII.«

Dass das Konklave schließlich Kardinal della Genga zum Papst wählen würde, hatte sie nie bezweifelt. Sie wusste, dass er genau der Richtige war, um die heilige römische Kirche wieder mit fester Hand zu führen, und dies hatten auch die übrigen Kardinäle erkennen müssen, als sie nach dem Ableben von Pius VII. fast einen ganzen Monat im Quirinalspalast getagt hatten.

Die Sünden der Zeit hatten zunächst auch unter den Kardinälen ihre Fürsprecher gefunden, und die Bitterkeit der französischen Herrschaft hatte hier und da tiefe Gräben hinterlassen, die überwunden werden mussten.

Aber diese Zeiten waren nun vorüber, nicht mehr als Rauch im Wind. Mit Leo XII. zog ein Papst in den Palast ein, dessen Eifer unverkennbar war. Gioana strich mit der Hand über die Narbe an ihrem Hals. Er würde ihr die nötige Unterstützung gewähren, um die Kreaturen der Dunkelheit zu jagen und zu vernichten, wo immer sie auch ihre hässlichen Häupter erhoben. Mit seiner Hilfe würden die Feinde der Kirche ausgerottet werden.

Und meine Feinde ebenso, dachte sie und lächelte erneut. Mit dem neuen, entschlossenen Mann auf dem Stuhl Petri war eine gute Zeit angebrochen, dessen war sie sich sicher.

PINDOS-GEBIRGE, 1823

»Was bist du?«

Die Frage hing in der Dunkelheit.

»Ich bin ein Wesen der Schatten, Niccolo. Ich trage Dunkelheit in mir, die mir bei Nacht Macht verleiht. Viel mehr weiß ich auch nicht. Und was bist du?«

Niccolo musste an die gnadenlose Jagd in Rom denken, an

das Wesen, das Esmeralda und ihn angegriffen hatte, und an Esmeraldas Worte. »Ich bin ein Mensch, du Bastard. Aber du nicht. Du bist … etwas anderes!«

Plötzlich kam ihm ein ungeheurer Gedanke: »Was hast du mit Valentine gemacht?«, brach es aus ihm heraus.

»Es geht ihr gut. Sie ist in Frankreich, Niccolo.«

Wieder schwieg Ludovico einige Momente, bevor er nun die erste Frage des jungen Italieners beantwortete: »Ich wünschte, ich wüsste, was ich bin. Ich wünschte, ich wüsste, warum ich bin, was ich bin. Aber ich weiß es nicht. Als ich noch jung war, erzählte man mir eine Geschichte.«

»Wer?«, unterbrach Niccolo ihn, aber Ludovico winkte ab.

»Ihr Name ist unwichtig. Sie ist Asche im Wind.« Er sah einen Augenblick lang an Niccolo vorbei, als würden seine Augen in die Vergangenheit blicken, dann fing er sich und fuhr fort: »Sie sagte mir, dass ich – wir! – die Dunkelheit in uns tragen, die vor der Schöpfung existierte. Jene Dunkelheit, die vergehen sollte, als Gott sprach: *Es werde Licht!* Doch sie verschwand nicht, diese urtümliche Dunkelheit, auch wenn das Licht sie verbrannte und zerstörte, wo immer es sie traf. Sie verbarg sich, tief in der Schöpfung selbst. In uns.«

»Und zu was macht das dich und die, die so sind wie du?«

»Nenn es, wie du willst. Ich habe schon viele Namen dafür gehört, aber keiner wird meiner Existenz gerecht. Ich bin mir sicher, dass dir die Bezeichnung *Vampir* geläufig ist.« Ludovico stockte. Als er weitersprach, war seine Stimme rau. »Ich sehe die ganze Welt wie durch dunkles Glas, Niccolo.«

»Wie meinst du das?«

»Ich sehe alles, was schlecht in ihr ist. Schönheit vergeht vor meinen Augen. Das Licht der Sonne schmerzt mich. Wenn ich Menschen ansehe, entdecke ich nur die Dunkelheit in ihnen. Ich sehe hinter das Bildnis, das sie der Welt präsentieren. Ich sehe durch den Glanz von Jugend und Schönheit hindurch, und was ich sehe, ist runzelig, verfallen und widerwärtig.«

»Ich verstehe nicht ganz ...«, gestand Niccolo. Die Düsterkeit in Ludovicos Stimme erschreckte ihn, als sei die Dunkelheit der Sklavenmine noch nicht finster genug.

»Wo du einen respektablen Amtmann siehst, sehe ich Raffgier und Geiz. Wo du eine keusche Schönheit siehst, sehe ich eine alternde Kokotte. Wo du einen Doktor siehst, der Menschen hilft, sehe ich Eitelkeit und die Verachtung anderer. Wo du einen jungen Edelmann siehst, sehe ich einen Spieler, der das Leben seiner Familie achtlos für den eigenen Gewinn einsetzt. Wo du einen weisen Alten siehst, sehe ich welkes Fleisch, das sich von Kindern befriedigen lässt.«

Ludovico lachte grimmig vor sich hin.

»Einige Zeit lang glaubte ich, dass dies meine Bestimmung sei: Die Bösen zu bestrafen, einen jeden nach seiner Fasson. Ich habe komplexe Netze um sie gewoben, um sie durch ihre eigenen Laster zu Fall zu bringen. Doch was zu Beginn noch Sinn in meine Nächte brachte, wurde zunehmend schal, mein junger Freund. Es bedurfte meiner Anstrengungen nicht. Wohin ich auch blickte, oft genug richteten sich die Menschen selbst. Worauf ich stolz gewesen war, war nichts als ein Prozess, der auch ohne mein Zutun abläuft. Meine Nähe allein genügt, um Menschen zu verderben. Was ich ansehe, wird verrucht; was ich berühre, vergeht vor Boshaftigkeit. Pflanzen verwelken, wenn ich mich ihnen nähere. Tugend wird zu Laster. Einige sterben einfach an Auszehrung, als sei ich ein Pestbringer. Oder wäre es auch ohne mein Auftauchen so, und ich habe es nur nie geahnt?«

Auf diese Frage wusste Niccolo keine Antwort. Er wollte verneinen, aber die Monate an diesem schrecklichen Ort lähmten seine Zunge. *Zumindest hier herrscht die Hölle auch ohne Schattenwesen.*

»Was du erzählst, kann nicht wahr sein«, entgegnete er schließlich. »Meine Familie. Du hast uns besucht, warst unser Gast, hast Geschäfte mit meinem Vater gemacht. Nichts ist verdorben, nichts gestorben. Und ich bin nur meines Vaters Sohn.«

Wieder erklang dieses düstere Lachen, das Niccolo einen Schauer über den Rücken jagte.

»Bist du so sicher, Junge? Soll ich dir Details von diesen Geschäften berichten? Dir ein paar schmutzige kleine Einzelheiten erzählen? Mit wem dein Vater Geschäftskontakte unterhielt? Und womit er das Geld verdiente, von dem ihr alle so vorzüglich gelebt habt? Wie ihr die Besatzung überstanden habt, als so viele fliehen mussten?«

Niccolo wollte aufschreien, wollte den Mann – *die Kreatur!* – der Lüge bezichtigen, wollte ihn anspringen, auf ihn einschlagen, ihn zum Schweigen bringen. Aber er tat es nicht. Und er erkannte, warum: Er hatte Angst vor dem, was Ludovico enthüllen könnte.

»Valentine allein ist anders«, fuhr sein Gegenüber unvermittelt fort. Seine Stimme war nun leise, beinahe zärtlich. »Wenn ich sie sehe, ist es, als ob ich noch einmal ohne Pein einen Sonnenaufgang betrachten würde, ohne Schwäche. Sie ist ein helles Licht in einer dunklen Welt, ein Funke in endloser Nacht. In meiner endlosen Nacht.«

»Du wirst sie nun wohl nie wiedersehen«, erwiderte Niccolo mit grimmiger Freude. Ihre Lage hatte also doch ein Gutes.

»Sie war diejenige, die mich geschickt hat, um dich zu finden. Als du verschwunden bist, gab es wohl kaum jemanden, der sich größere Sorgen um dich gemacht hat als Valentine. Eine Ironie des Schicksals, nicht wahr? Und zum Beweis meiner Liebe zu ihr habe ich mich auf den Weg gemacht, um dich zu suchen.«

»*Sie* hat dich geschickt?«

»Ja, Valentine hat mich geschickt. Glaub nicht, dass ich aus Güte hergekommen wäre ... oder einem ähnlichen Blödsinn. Ich habe vor langer Zeit erkannt, dass ich kein Werkzeug Gottes bin, denn es gibt keinen Gott«, erklärte Ludovico mit einer Bestimmtheit, die Niccolos Herz berührte und ihn an etwas erinnerte.

»Du klingst wie Shelley«, stieß er hervor.

»Dieser wirre junge Dichter? Wohl kaum, Niccolo. Wenn einer von uns beiden so ist, wie er war, dann ja wohl du.«

»Wie er war?«

»Er ist tot, ertrunken bei einem Sturm. Seine Leiche wurde erst verscharrt und dann von seinen Freunden verbrannt. Oh, verzeih, das konntest du nicht wissen. Es geschah, nachdem du verschwunden bist. Ich habe sie im Auge behalten, deine Freunde aus Genf.«

»Shelley ist tot? Weißt du, was mit John Keats ist, den er zu dem machte ...« Niccolo verstummte, und Ludovico schüttelte den Kopf.

»Und Byron?«

»Der ist vor wenigen Monaten nach Griechenland gefahren, um den Kampf der Griechen zu unterstützen. Ich habe gehört, dass man ihn wie einen Helden feiert, obwohl derzeit kaum mehr passiert, als dass alle auf einem Fleck sitzen und sich gegenseitig gratulieren.«

»Nur noch einer ...« Niccolo presste die Lippen zusammen und atmete tief durch.

Ludovico sah ihn forschend an. »Aber du bist auch kein Mensch ... mehr«, erklärte er schließlich. »Du hast dich verändert. Etwas schimmert unter der Oberfläche. Vergiss nicht, ich kann so etwas sehen.«

Vom Rand der Grube ertönten raue Stimmen, dann wurde eine Leiter hinabgelassen.

»Es wird Zeit für die Stollen«, flüsterte Niccolo Ludovico zu. »Viel Glück.«

»Als du sagtest, ich sei so wie Shelley, da wolltest du mich nicht nur beleidigen, oder? Du meintest nicht seine Ideale und Vorstellungen, sondern etwas anderes.«

Die Fackeln schufen mehr Schatten als Licht. Ihre Arbeit war fürs Erste beendet, und die Männer waren in die Grube zurückgeführt worden.

Diesmal beteiligte sich Niccolo nicht an den üblichen Streitereien um das Essen, sondern setzte sich sofort wieder neben Ludovico, der ebenfalls keinen Hunger zu haben schien. *Oder vielleicht gar kein Essen braucht.*

»Shelley stand außerhalb meiner Macht«, gestand der Vampir und fuhr sich nachdenklich über das Haar. »Was ein interessantes Phänomen war. So wie du jetzt. Ich spüre etwas in dir, Niccolo. Gefangen in dir, doch es reißt an seinen Ketten.«

»Wie bei Shelley?«

»Nein. Es ist tiefer in dir vergraben, verborgener. Gefesselter, aber doch stärker, wenn das einen Sinn ergibt. Du trägst eine Bestie in deinem Herzen, und sie reißt an den Ketten, die du um sie gelegt hast.« Ludovicos Augen lagen im Dunkeln, doch sie schienen von sich aus zu leuchten, als brenne in ihnen ein unlöschbares Feuer.

»Wie kannst du das wissen?«, hauchte Niccolo. Sein Körper fühlte sich mit einem Mal fremd an, seine Haut zog, als sei sie zu klein für ihn, und Schweiß brach ihm überall aus.

»Das war nicht immer so. Nicht in Arezzo. Und nicht in Coppet oder in Paris, als wir uns zuletzt trafen. Erst jetzt. Was ist das, Niccolo? Was hast du getan?«

Niccolo musste daran denken, wie er selbst den Glauben an Werwölfe und Dämonen schon fast wieder aufgegeben hatte.

Bis zu dem ersten nächtlichen Angriff, bei dem das Tier in ihm geweckt worden war.

»Das Ritual … war unvollständig. Es hat nicht funktioniert.« Er lachte trocken auf. »Und dennoch bin ich …«

»Was?«

»Ein Werwolf.«

Seit dem letzten Arbeitseinsatz war lange Zeit vergangen, und sie hatten zweimal Essen bekommen. Etwas brachte die üblichen Abläufe der Mine durcheinander, aber Niccolo konnte sich nicht erklären, was das war. Ludovicos Ankunft jedenfalls konnte es nicht sein, hatten sie ihn doch einfach in der Grube gelassen, während der Rest in die Stollen gesandt wurde.

»Wie konnte es überhaupt passieren, dass du gefangen genommen wurdest?«, fragte der junge Italiener. »Warum bist du auch in diesem dreckigen Loch gelandet?«

Ludovico schwieg, als wolle er nicht antworten, und strich sich über die Stirn.

»Ich hätte vorsichtiger sein sollen, aber ich war mir sicher, so sicher, dass du einfach nur durch eine Torheit in die Bredouille geraten warst. Ioannina war noch halb niedergebrannt, und die Soldaten des Sultans lagerten in der Stadt, aber es gab keine besonderen Schwierigkeiten, die ein wenig Geld hier und da in den richtigen Händen nicht hätte lösen können.«

»Die Belagerung dauert noch an?«

Ludovico schüttelte den Kopf.

»Nein, nein. Ali Pascha wurde im letzten Jahr durch eine List hinausgelockt und ermordet, seine Rebellion endete mit ihm. Doch wie auch immer. Irgendwie muss ich bei meinen zahlreichen Fragen zu viel Staub aufgewirbelt haben. Sie kamen in der Nacht. Eigentlich meine Zeit, aber in diesem Fall war es auch die ihre.«

»Wer kam?«

»Männer und Frauen meiner Art. Vielleicht ein Dutzend oder mehr. Ich bin nun wahrlich kein junger Vampir mehr, und ich habe genug Kämpfe in meinem Leben ausgetragen, aber das war … Es war, als würden sie mich genau kennen, meine Fähigkeiten, mein Können. Ihre Macht war beträchtlich. Sie wussten, wo ich mich aufhielt, was ich tun kann, um mich zu schützen, einfach alles.

Als sie mich aus der Stadt schafften und hier in die Berge, wusste ich gleich, warum. Ich erkannte, wer dahintersteckte.«

»Wer? Sag schon!«

»Oder was? Oder du wirst zum Wolf?«

»Nein.« Niccolo beruhigte sich. »Das kann ich nicht willentlich. Ich weiß nicht, warum. Esmeralda behauptet, dass nur eine schreckliche Wunde den Wolf in mir weckt. Aber ich habe hier genug Schläge einstecken müssen und auch genug Blut verloren, und es ist nie etwas geschehen.«

»Esmeralda?«

Bei dem Gedanken, dass Ludovico jemals Valentine von Esmeralda berichten könnte, war Niccolo unwohl, deshalb zuckte er mit den Achseln. »Eine Expertin. Aber darum geht es nicht, sondern um dich und deine Gefangennahme. Also?«

»Du kennst die Frau, die dafür verantwortlich ist«, fuhr Ludovico fort. »Du bist ihr schon einmal begegnet. Auf einer kleinen Lichtung unweit des malerischen Cologny.«

Verwirrt runzelte Niccolo die Stirn. Er konnte sich an keine Begegnung erinnern. *Es sei denn …*

»Ich sehe, du verstehst«, stellte Ludovico zufrieden fest. »Sie heißt Gioana und gehört zu dem törichten Pöbel, den die Kirche aussendet, um solche wie mich zu jagen. Oder natürlich auch solche wie dich.«

»Die Kirche steckt dahinter? Auch hier in Albanien? Aber

was haben Schattenwesen in den Reihen der Inquisition zu suchen?«

Die Fragen waren aus Niccolo nur so hervorgesprudelt. Es ergab keinen Sinn, egal, wie er es drehte und wendete.

»Ich fürchte, dass es nicht die Kirche war, die sich eigene Vampire erschaffen hat, sondern dass ich dafür verantwortlich bin, wenn auch nur indirekt.

Ich fand diese Inquisitorin sterbend in Cologny, so wie du und deine Freunde sie zurückgelassen hattet. Und in einem Moment der Schwäche habe ich ihr ein Angebot gemacht, das sie nicht ablehnen konnte: Ich gab ihr von der Dunkelheit.«

»Was? Bist du … Das ist Wahnsinn!«, fuhr Niccolo auf, und Ludovico nickte betrübt.

»Heute bin ich geneigt, dir in diesem Punkt Recht zu geben. Damals erschien es mir wie eine gute Idee, eine Art ausgleichende Gerechtigkeit für all die Jahre der Flucht und des Versteckens. Danach entließ ich sie in die Nacht, gebrochen, wie ich dachte.«

»Ein Moment der Schwäche, wie wahr!«

»Oh, du missverstehst mich. Ich sprach von ihrer Schwäche. Sie war stets hart wie Stahl in ihrem Glauben, doch im Moment des Todes wankte sie, nur ein wenig, doch genug, um schlussendlich Verrat an allem zu begehen, wofür sie gekämpft hatte. Es war ein wundervoller Augenblick, glaub mir.«

»Und sie steckt dahinter?«

»Ja, sie. Aber was sie mit diesem Ort zu tun hat, weiß ich nicht, was mich ehrlich gesagt ziemlich beunruhigt. Etwas Großes geht hier vor, doch ich verstehe nicht, was es ist. Ich kann die Pläne unserer Gegenspieler noch nicht durchschauen.«

Niccolo starrte in das Zwielicht. Er zweifelte nicht an Ludovicos Worten. Sie waren in der Gewalt von Mächten, die er kaum begreifen konnte. Eine Erinnerung durchzuckte ihn.

»Es gibt vielleicht noch einen Wolfsmenschen hier«, erklärte er flüsternd. »Ich habe ihn nur einmal gesehen, aber die anderen Sklaven sagen, er wird abseits gefangen gehalten. Byron behauptete, Ali Pascha wolle eine unbesiegbare Armee erschaffen.«

»Größenwahn erscheint manchem wie eine Tugend«, erwiderte Ludovico, dann verfinsterte sich seine Miene.

»So oder so – wir müssen fliehen.«

Ludovico nickte und hielt Niccolo die Hand hin. Der junge Italiener zögerte einen Augenblick, bevor er einschlug. Ihm war, als heiße er die Verdammnis erneut mit offenen Armen willkommen, doch er hatte keine andere Wahl. Das Schicksal hatte sie zusammengeführt.

48

PINDOS-GEBIRGE, 1823

Solltest du in den Schatten nicht über besondere Fähigkeiten verfügen? Kannst du uns nicht hier herausholen?«

Ludovico verzog das Gesicht, als zwänge Niccolo ihn, in eine saure Zitrone zu beißen.

»Denkst du, wir wären noch hier, wenn ich das so einfach könnte? Sie haben etwas mit mir gemacht, als ich gefangen war. Die Dunkelheit ist mir verschlossen. So fern, wie dir dein Wolf ist.«

»Ist das üblich unter euch?«

»Es gibt kein *unter uns.* Ich kenne nur wenige, die so wie ich sind. Es gibt keine Gemeinschaft, keine Häuser oder Familien, wenn du das denkst. Wir sind Einzelgänger.«

Sie saßen nebeneinander an die Wand der Grube gelehnt. Es mussten einige Tage vergangen sein, doch es war noch schwerer als sonst, das Verstreichen der Zeit festzuhalten, denn sie mussten nicht mehr arbeiten. Seit Ludovicos Ankunft hatte man die Sklaven nur noch ein einziges Mal in die Minen geschickt und brachte ihnen ansonsten schweigend ihre Rationen. Niccolo konnte nicht sagen, dass er den Umstand bedauerte.

»Musst du ... musst du Blut trinken?«

»Jetzt oder allgemein?«, war die sarkastische Gegenfrage, aber der junge Italiener ließ sich nicht beirren.

»Beides.«

»Ich habe Durst, ja. Nein, keinen Durst, es ist mehr wie Hunger. Aber ich kann mich beherrschen, danke der Nachfrage.«

Unvermittelt blickte Ludovico zum Rand der Grube, und dann bemerkte auch Niccolo, dass sich ihnen Schritte näherten. Und mit ihnen kam der Geruch, den der junge Italiener inzwischen als *Vampir* identifizierte.

»Schau, schau«, erklang eine Frauenstimme. Ludovico erhob sich, strich seinen fleckigen, halb zerfetzten Gehrock glatt und verneigte sich, während Niccolo langsam aufstand und zu den Neuankömmlingen aufsah.

Zwei Personen standen am Rand der Grube. Links eine Frau, nicht groß, deren Gesichtszüge man kaum erkennen konnte, da sie im Schatten lagen. Ihre ganze Form war dunkel, ohne Farben und konturlos.

Neben ihr stand Ali Pascha. Auch wenn Ludovico behauptet hatte, dass er ermordet worden sei, war dies zweifellos der Mann, der Niccolo in Ioannina hatte.gefangen nehmen lassen.

»Ich dachte, er wäre tot«, zischte der junge Italiener.

»Offenbar waren die Berichte von seinem Ableben stark übertrieben.«

»Ich habe dir einen großen Schatz geschenkt, mein Fürst«,

erklärte die Frau, und Ali Pascha nickte lächelnd, während er sich mit der Hand über den Bart strich.

»Lass die Spielchen, Gioana«, erklärte Ludovico.

Erschrocken sah Niccolo genauer hin, doch in der Gestalt dort oben konnte er niemanden wiedererkennen. Zu schattig war sie, zu sehr in Dunkelheit gehüllt.

»Keine Spielchen, Ludovico. Es ist einfach nur an der Zeit, dass du für deine Sünden büßt. Bald sind die Lasten der Vergangenheit beseitigt, und ich kann mich endlich zur Gänze der Zukunft widmen. Und du wirst ein Gast des großmächtigen Ali Pascha sein, der sich angemessen um dich kümmern wird.«

»Miststück«, knurrte Niccolo. Ihr Gestank war fürchterlich und reizte seine Nase. Während an Ludovico eine leichte Note der Dunkelheit haftete, die seine wahre Natur verriet, war der Geruch bei ihr ungleich stärker ausgeprägt.

Sie sah ihn an, als bemerke sie ihn zum ersten Mal. Dann zeigte sie auf ihn. »Wer ist das?«

»Ein Sklave«, erklärte Ali Pascha. »Nur ein Sklave.«

»Niccolo Viviani?«

»Woher kennst du meinen Namen?«

Doch sie antwortete nicht, sondern wandte sich an Ali Pascha. »Du solltest ihn töten, du Narr!« Ihre Form begann zu wabern, dann zu brodeln, als könne sie die Schatten, die auf ihr lagen, kaum mehr kontrollieren.

»Er ist nicht, was du sagst. Er ist kein Vărkolak, sondern nur ein dummer Junge. Ein Sklave, mehr nicht.«

Es war seltsam, den mächtigen Mann vor der unscheinbaren Frau zurückweichen zu sehen.

»Er ist das, was ich dir gesagt habe«, erklärte Gioana kalt, und ihr Leib wurde wieder still. »Töte ihn, wie du es mir versprochen hast. Jetzt!«

Mit dem letzten Wort verschwand sie. Dort, wo sie eben noch gestanden hatte, war nun niemand mehr zu sehen.

»Wie hat sie das gemacht?«, wisperte Niccolo, und Ludovico antwortete: »Es war nur ein Abbild, ein Schatten ihrer selbst.«

Bevor er mehr erklären konnte, bellte Ali Pascha einen Befehl, und Dutzende von Soldaten erschienen am Rand der Grube. Sie ließen Leitern herab, trieben die anderen Sklaven mit Stockschlägen in die Ecken, kamen mit gezogenen Säbeln und geladenen Musketen auf Niccolo und Ludovico zu.

»Dies wäre ein guter Zeitpunkt, um zum Wolf zu werden«, flüsterte Ludovico aus dem Mundwinkel.

Niccolo seufzte. »Du bist der Vampir. Töte sie, sauf ihr Blut, mach irgendetwas.«

Doch beide blieben tatenlos, als man sie packte, fesselte und zu den Leitern schleifte wie Vieh.

Während Ludovico von einem Dutzend Schwerbewaffneter in eine andere Richtung abgeführt wurde, schaffte man Niccolo tiefer in die Mine hinein. Seine Füße waren gefesselt, und er konnte kaum mehr tun, als sich halb tragen, halb schleifen zu lassen. Er erwartete, jeden Moment einen Raum mit einem Richtblock samt Henker zu sehen, doch er wurde nur durch schier endlose Stollen geführt.

Schließlich erreichten seine Bewacher eine gewaltige Höhle, die natürlichen Ursprungs zu sein schien, wie die rauen, unregelmäßigen Felswände zeigten. In den Boden waren mehrere Löcher geschlagen worden, einige kaum mehr als zwei Schritt im Durchmesser, andere ein Dutzend oder mehr Meter breit. Im Zwielicht waren keine Details zu erkennen. Abgesehen von den Fackeln der Soldaten, kam nur von einer flachen Feuerschale Licht, die einsam zwischen den Löchern stand.

Die Soldaten brachten Niccolo an den Rand eines der größeren Löcher und schnitten seine Fesseln durch. Er bereitete sich darauf vor, hinabgestoßen zu werden, doch die Soldaten machten einer Gestalt Platz, die langsam näher trat und dabei spöttisch applaudierte: »Bravo!«

»Uthman Bey«, begrüßte Niccolo den Mann, der sich seit ihrer letzten Begegnung nicht verändert hatte.

»Du hast uns alle genarrt, viele Monde lang. Bewundernswert. Sich als Dreck auszugeben, nur um zu überleben, und sich all die Zeit nichts anmerken zu lassen. Mein Herr und ich sind voll des Lobes für dein Geschick.«

»Dein Herr? Ali Pascha?«

»Ebenjener.« Uthman Bey lächelte selbstgefällig. »Sein Tod war meine Idee, musst du wissen. Es macht viele Dinge einfacher, wenn die Welt glaubt, dass man nicht mehr unter den Lebenden weilt.«

Er hob die Hand und starrte auf seine Finger. Schatten tanzten um sie herum, sprangen von Kuppe zu Kuppe, glitten seinen Arm empor. Seine Soldaten wichen von ihm zurück, als er lauthals lachte. »So viel Macht. Mein Herr ist gut zu mir.«

Niccolo antwortete nicht. Er rechnete jeden Augenblick damit, eine Silberklinge glühend heiß in seinem Leib zu spüren. Sie würden ihn hier töten und seine Leiche in einem der Löcher verrotten lassen. *Was soll's?*, dachte er verdrossen. *Das ist besser als das Leben hier.*

»Knie nieder«, befahl Uthman Bey, aber Niccolo schüttelte trotzig den Kopf.

»Ich sterbe lieber im Stehen.«

»Sterben?« Wieder lachte der Bey. »Wer redet denn vom Sterben? Nein, du sollst leben.«

Verwirrt blickte Niccolo ihn an, und die Überraschung in seiner Miene schien Uthman Bey nur weiter zu belustigen.

»Du bist wertvoll. Dein Blut ist wertvoll. Wenn du uns hilfst und uns die Geheimnisse deiner Art verrätst, wird mein Herr dich fürstlich belohnen. Du kannst diesen Ort verlassen und an seiner Seite sitzen, wenn er erst Sultan ist.«

»Sultan?« Niccolo spuckte aus. »Ihr habt euch mit dem Teufel eingelassen, und wer das tut, endet in den Höllenfeuern. Ihr könnt mir nichts bieten, was es mir wert erschiene, mit euch zusammenzuarbeiten.«

Der Widerstand focht Uthman Bey nicht an. Er nickte, als habe er nichts anderes erwartet.

»Warten wir es ab. Die Zeit ist auf unserer Seite. Wir reden später wieder.«

Ein Stockschlag traf Niccolos Wade. Er zuckte zusammen. Dann prasselten Schläge von allen Seiten auf ihn ein. Er duckte sich, fühlte sich von einer Hand gestoßen und stürzte in die Dunkelheit hinter ihm.

Als Niccolo erwachte, schmerzte sein ganzer Körper. Sein Arm lag unter seinen Rippen und war eingeschlafen, und als er ihn hervorzog, durchlief ihn ein unangenehmes Kribbeln. Er hatte seinen Sturz abfangen können, war aber beim Überschlag mit dem Kopf gegen einen Stein oder eine Wand geprallt, und danach gab es in seiner Erinnerung nur noch Schwärze. Als er sich erhob, pulsierte ein dumpfer Schmerz zwischen seinen Schläfen, und vor seinen Augen tanzten bunte Lichter, obwohl es um ihn herum absolut finster war. Er stöhnte, doch die Pein verebbte langsam, wurde zu einem konstanten Brummen, das erträglich war.

Worte klangen zu ihm herüber. Eine fremde Sprache. Eine Frage vielleicht, doch der junge Italiener war sich nicht sicher. Erneut erklang ein Satz, diesmal anders, aber es half nichts.

»Ich … ich verstehe nicht«, erklärte Niccolo auf Italienisch und kam sich hilflos vor, wie er so mit einem Phantom in der Dunkelheit sprach.

»Wer bist du?« Diesmal verstand Niccolo. *Griechisch,* frohlockte er.

»Niccolo. Und du?«

»Hristo. Der Bey weiß nicht, dass ich diese Sprache spreche. Ich sage ihnen nicht viel.« Ein unmöglicher Laut ertönte an diesem finsteren Ort: ein Kichern. Dann fuhr Hristo fort: »Der Bey hat mit dir geredet. Ich kenne dich. Wir haben uns bereits einmal gesehen.«

»Wann?«

»Es ist schon lange her. In einem kleinen Raum, in dem der Bey dir Fragen gestellt hat. Er hat von mir wissen wollen, ob du ein Wolf bist.«

»Du bist der Vernarbte!«, entfuhr es Niccolo.

Schweigen antwortete ihm. Dann hörte er ein leises Lachen. »Ich denke, so könnte man mich inzwischen nennen. Aber ich bevorzuge Hristo, weil dies noch immer mein Name ist.«

»Verzeihung, ich wollte dich nicht beleidigen. Ich trage selbst mehr Narben auf meiner Haut, als mir lieb ist.«

Niccolos Finger glitten zu seiner Brust, zu der Narbe, die er seit jener Nacht am Genfer See trug, die nun so unendlich fern schien.

»Ich habe gelogen«, erklärte Hristo, ohne auf Niccolos Entschuldigung einzugehen. »Ich habe es sofort gerochen, als du kamst. Du hast den Wolf in dir.«

»Dann bist du selbst ...«

»Ja. Aber ich bin kein Wolfsblut, nur ein Halbblut.«

Niccolo runzelte die Stirn.

»Das verstehe ich nicht.«

»Ich bin nicht so geboren worden. Meine Gefährtin hat mir den Wolf geschenkt. Sie hat ihn in ihrem Blut. Sie ist Wolfsblut.«

»Wie lange bist du schon hier?«

Wieder herrschte Schweigen.

Dann antwortete Hristo zögerlich: »Ich weiß nicht. Jahre?«

Entmutigt sank Niccolo zurück. Jahre der Gefangenschaft, der Dunkelheit, der Einsamkeit, der Folter und der Narben. Er schlang die Arme um seine Beine, doch so klein er sich auch machte, es gab keine Lücken, durch die er fliehen konnte.

»Meine Gefährtin ist noch immer dort draußen. Sie wartet auf mich. In vielen Nächten kann ich ihr Heulen hören. Sie lässt mich wissen, dass sie mich nicht verlassen hat. Sie wird uns helfen, wenn wir versuchen zu entkommen.«

»Hat sie eine Armee?«

»Nein.«

»Da draußen sind Soldaten, Dutzende von ihnen. Vampire beherrschen diesen Ort«, sagte Niccolo so laut, dass er beinahe geschrien hätte. Wut kochte in ihm hoch, vertrieb die Angst. »Und sie ist allein? Was soll eine Frau allein schon ausrichten?«

»Du kennst sie nicht«, stellte Hristo fest. »Gewehre, Säbel, Mauern, all das hält sie nicht auf, wenn ihr Wolf frei ist.«

»Was hat sie dann bislang daran gehindert, dich zu holen?«

»Das Silber, das verfluchte Silber, das sie hier aus dem Boden kratzen, das überall um uns herum ist, in der Luft, im Stein, überall. Ich kann den Wolf in mir nicht finden bei all dem Silber, und sie könnte es auch nicht. Es ist dieser Ort, Niccolo.«

»Und was sollen wir jetzt tun?«

»Wir warten. Auf eine Gelegenheit. Wir warten, und wenn die Zeit kommt, töten wir sie alle.«

Niccolo presste seinen Hinterkopf an den kalten Fels und antwortete nicht. Der Gedanke, seine Peiniger zu töten, hatte seinen Reiz. Er hatte sich seine Rache schon oft ausgemalt in den pechschwarzen Nächten. Aber mehr noch sehnte er sich nach Flucht, danach, den Himmel wieder zu sehen, frische Luft zu atmen, in Wasser zu schwimmen, zu lachen und zu reden und zu essen und zu trinken und alles zu vergessen, was die Narben auf seinem Körper und seiner Seele hinterlassen hatte.

PINDOS-GEBIRGE, 1823

Die Dunkelheit machte Ludovico nichts aus. Er genoss sie sogar, begrüßte sie als alte Freundin. Auch die Einsamkeit war erträglich. Lediglich die Schellen an seinen Händen und Füßen, mit denen er aufrecht stehend an die Wand gezwungen wurde, ließen die Gefangenschaft unerträglich werden. Probeweise zog er an den Ketten, aber sie gaben so wenig nach, wie er vermutet hatte.

Es war nicht einfach Metall, das ihn hielt. Die Ketten waren dunkel, von Schwärze durchdrungen, die sich ihm widersetzte. Er hatte versucht, sie zu vertreiben, aber er hatte keine Macht über sie.

Schritte näherten sich. Die Tür wurde geöffnet. Ali Pascha und sein Untergebener mit den zahllosen Ringen an den Fingern traten herein. Ludovico wusste, was nun kommen würde, denn es geschah beinahe regelmäßig. Sie trugen kein Licht bei sich; sie benötigten es ebenso wenig wie er.

»Hier, trink!«, befahl der Untergebene und hielt Ludovico einen Becher unter die Nase, aus dem das verführerische Aroma von Blut aufstieg. Es war noch warm, frisch aus einer Ader, und so sehr sich Ludovico auch dafür hasste, er öffnete die Lippen. Der Hunger der Dunkelheit in ihm war gewaltig, noch angestachelt durch die spärlichen Mahlzeiten, die man ihm gönnte.

Das warme Blut lief ihm über die Zunge, sein metallischer Geschmack überwältigte Ludovico, und er schloss die Augen. Zu schnell war es vorüber.

»Du speist nicht schlecht. Aber wir, wir speisen wie Könige.«

»Lass das, Uthman«, knurrte Ali Pascha. Dann beugte er sich vor und legte den Mund an Ludovicos Hals. Seine Fänge ritzten die Haut auf, und das Blut des Vampirs spritzte aus der Wunde, wurde ihm ausgesaugt. Er stöhnte, seine Muskeln verkrampften sich, die Ketten klirrten, als auch Uthman aus ihm trank. Sie labten sich an seinem Blut, ignorierten seine schwachen Versuche, sich zu wehren. Als sie von ihm abließen, sank er in seinen Ketten zusammen, in ihm eine Leere und ein Hunger, die ihm beinahe die Sinne nahmen.

Seine Peiniger verließen den Raum ohne ein weiteres Wort. Sie sprachen fast nie mit ihm, und kein anderer betrat jemals seine Zelle, die irgendwo in den Tiefen der Mine liegen musste.

In seiner Verzweiflung fragte sich Ludovico, wie es wohl Niccolo ergangen war, aber die Anweisung Gioanas war eindeutig gewesen. Vermutlich hatten sie seine sterblichen Überreste in einem Loch irgendwo in den Bergen verscharrt. *Wenn ich gewusst hätte, in was für eine katastrophale Lage er sich manövriert hat, hätte ich Valentine niemals nachgegeben.*

Ludovico lachte bitter. Es war eine Lüge; er wäre ihrer Bitte immer nachgekommen.

Aber er befand sich zweifellos in der schlimmsten Lage seiner langen Existenz, und er hatte keine Ahnung, wie er sich jemals aus ihr befreien sollte.

49

PINDOS-GEBIRGE, 1824

Immer, wenn sie allein waren, lauschte Niccolo Hristos Erzählungen. Er hörte von den nächtlichen Streifzügen der Wölfe durch die Berge, von ihren weiten Wanderungen, von der Jagd und dem Augenblick, in dem die Beute gestellt und gerissen wurde. Vor seinen Augen sah er weite Ebenen, tiefe Wälder, majestätische Gipfel. Er sah die Freiheit, und in ihm wuchs eine Sehnsucht, die über das Verlangen, nicht länger eingesperrt zu sein, weit hinausging.

Seine eigene Geschichte schien Hristo nicht weniger zu interessieren, und Niccolo berichtete ihm von seiner Familie, seinen Reisen, von seiner Bekanntschaft mit Byron und den anderen Dichtern und schließlich von der verhängnisvollen Nacht am Genfer See.

»Die Kirche«, hakte Hristo nach. »Ist sie stark bei euch?«

»An einigen Orten sehr, an anderen ist sie schwach oder gespalten. Bei euch nicht?«

»Doch, die Menschen glauben auch bei uns, dort, wo ich herkomme. Aber sie folgen dem Patriarchen von Rom nicht. Und viele haben noch altes Wissen bewahrt, und sie fürchten uns nicht. Dennoch verbergen wir uns meistens, denn es ist sicherer so.«

Wenn die Soldaten ihnen Essen brachten, waren sie stets zu zweit, und sie waren vorsichtig und näherten sich dem Rand der Löcher nur ungern. Uthman Bey kam nicht wieder. Falls er sich erhoffte, Niccolo würde einsam im eigenen Saft schmoren, würde er bei ihrem nächsten Treffen enttäuscht werden. Obwohl sie einander nicht einmal sehen konnten, war die bloße Nähe Hristos Balsam für die geschundene Seele des jungen Italieners, und die Worte, die sie wechselten, halfen ihm, in der ewigen Dunkelheit nicht zu verzweifeln. Sie sprachen über die Länder, aus denen sie kamen, lehrten einander Worte aus ihrer jeweiligen Muttersprache, tauschten Anekdoten aus, scherzten miteinander und lachten sogar, was die Finsternis für einige Augenblicke vertrieb.

In Hristo fand Niccolo auch endlich jemanden, der seine vielen Fragen verstand.

»Eines Tages wirst du es lernen«, tröstete der Bulgare ihn. »Wenn wir von hier entkommen sind, die verfluchten Silberadern hinter uns gelassen haben, nehme ich dich mit zu meinem Rudel. Wenn du mit uns lebst, wirst du lernen, den Wolf in dir immer dann zu finden, wenn du ihn suchst.«

Aus den Gesprächen mit Ludovico wusste Niccolo, dass er selbst bereits mehr als ein Jahr gefangen war, und Hristo musste noch viel länger hier sein. Der Mann hatte Unglaubliches durchlebt, aber ihm wohnte eine unerschütterliche Zuversicht inne, die ihn alles ertragen ließ. Als Niccolo danach fragte, antwortete er: »Sie wartet auf mich. Ich würde die tiefsten Meere durchschwimmen und die höchsten Berge überqueren, um bei ihr zu sein, und ich weiß, dass sie es ebenfalls tun würde. Das ist es, was uns zu denen macht, die wir sind.«

Dieses Gefühl konnte Niccolo verstehen; es war der Gedanke an Valentine, der ihn durch die schlimmsten Zeiten getragen hatte. *Wie hat Ludovico gesagt? Sie ist mein Licht in dunkelster Nacht, oder so ähnlich.* Mit dieser Erkenntnis reifte ein Entschluss in ihm. *Wenn wir einfach nur abwarten, wird sich die Gelegenheit zur Flucht vielleicht niemals ergeben.*

Die Wände seines Gefängnisses waren zu hoch, um mit einem selbst noch so beherzten Sprung die Kante zu erreichen, und er hatte keine Hilfsmittel, um sie zu erklimmen. Dennoch begann er in der Dunkelheit, langsam tastend zu klettern. Seine Finger suchten kleinste Lücken, Spalten, hier einen Riss, dort einen Vorsprung. Licht gab es nur, wenn die Soldaten kamen, und so musste er sich in totaler Finsternis vortasten. Immer wieder rutschte er ab, oder sein Weg endete in einer Sackgasse, oder er fand eine Stelle nicht mehr wieder, die ihm beim letzten Versuch vielversprechend erschienen war.

Wenn die Aufseher kamen, kauerte Niccolo sich in eine Ecke, als habe er sich in sein Schicksal ergeben. Doch sobald sie wieder verschwunden waren, machte er weiter. Stück für Stück, Zentimeter für Zentimeter erkundete er die Wand, prägte sie sich ein, lernte ihre Geheimnisse kennen. Zuerst kam er nur einen Meter hoch, dann zwei, dann stockte sein Aufstieg, und er musste die Stelle wechseln, denn er fand keinen Weg, der höher hinaufführte.

Wieder ein qualvoller erster Meter, dort eine Spalte, in die er erst seine Finger pressen konnte, dann später seine Zehen. Schweiß rann ihm über die Stirn, tropfte ihm in die Augen, brannte, doch er schloss einfach die Lider und kletterte nur seinem Tastsinn folgend. Sein Griff war fest, viel härter, als er gedacht hätte, und er kämpfte sich weiter. Die Arbeit in der Mine hatte – zu seinem Erstaunen – seine Kraft wachsen lassen.

Dann griff seine Hand ins Leere. Vor Schreck wäre er fast hintenüber hinabgestürzt, doch er fing sich, suchte die Kante, packte sie, so fest er konnte, und zog sich weiter. Einen Moment lang hing er dort, zwischen Fallen und Festhalten, dann schob er seinen Körper über die Kante und blieb liegen. Sein Atem ging stoßweise, sein ganzer Körper war in Schweiß gebadet, aber er war aus dem Loch entkommen.

»Niccolo? Niccolo, alles in Ordnung?«

Bevor er antworten konnte, sah er einen Lichtschein, schwach noch, aber sich nähernd.

»Ja. Halte dich bereit.«

Er lief geduckt zum Eingang des Stollens. Schon sah er tanzende Schatten an der Wand, befürchtete, man würde ihn sehen, dann presste er sich in die Dunkelheit neben dem Stolleneingang.

Zwei Soldaten schritten in die Höhle. Der eine hielt die Fackel, während der andere zwei kleine Essenskörbe und ein Seil trug. Sie gingen an Niccolo vorbei, ohne ihn zu bemerken. Er betete inständig, dass sie zuerst zu Hristo gehen würden; die

Reihenfolge, in der man ihnen ihr Essen zukommen ließ, war nicht festgelegt, sondern entschied sich nach Lust und Laune der Soldaten. Als hätten sie seine Gedanken gehört, wandten sich die Männer zunächst Hristos Gefängnis zu.

Mit klopfendem Herzen lief Niccolo los. Seine nackten Fußsohlen klatschten für seine Ohren unüberhörbar laut auf den kühlen Stein, aber die Männer waren gerade damit beschäftigt, den Korb an das Seil zu hängen, und schienen ihn nicht zu bemerken.

Mit einem Schrei rammte Niccolo dem Fackelträger, der aufrecht stand, die Schulter in den Rücken, als er ihn erreichte. Der Mann stolperte nach vorn, ließ die Fackel fallen und verschwand in Hristos Loch. Der andere Soldat, der über den Essenskörben kniete, fuhr herum und griff nach seinem Säbel. Niccolo trat ihm ins Gesicht, warf sich auf ihn, um ihm keine Zeit zu geben, seine Waffe zu zücken. Sie fielen zu Boden. Der Soldat stieß einen gurgelnden Laut aus, Blut spritzte aus seiner gebrochenen Nase. Ohne zu überlegen, schlug ihm Niccolo noch einmal ins Gesicht und dann wieder und wieder. Sein ganzer Zorn und all die Angst der vergangenen Monate entluden sich in den Schlägen, die auf den Soldaten niederfuhren. Erst, als sein Opfer sich nicht mehr rührte, ließ er schwer atmend von ihm ab.

»Niccolo!« Es war kein Ruf, sondern eher ein lautes Flüstern.

Vorsichtig schob er sich an den Rand der Grube und spähte hinab. Hristo kniete auf dem Rücken des gestürzten Soldaten, einen blutbefleckten Stein in der Hand, und sah zu ihm hoch.

So schnell er konnte, entrollte Niccolo das Seil und warf ein Ende in die Öffnung. Das andere hielt er fest und stemmte sich gegen den Zug, als Hristo emporkletterte.

Zum ersten Mal standen sie einander nun wirklich gegenüber. Hristo war groß, größer als Niccolo. Sein Haar war lang und wild, und er trug nur einen Lendenschurz. Sein Alter war nicht leicht zu erkennen, aber Niccolo schätzte, dass der Bulgare einige Jahre älter war als er selbst.

Hristo grinste breit, mit Zähnen, die in seinem schmutzigen Gesicht geradezu leuchteten, und seine Augen funkelten vor schierem Übermut. Mit einem Schritt war er heran und schloss Niccolo in seine Arme. Er roch streng, aber da Niccolo sich seines eigenen Gestanks bewusst war, störte ihn das nicht. Er schlang die Arme um den Mann, der eben noch kaum mehr als eine Stimme gewesen war, und genoss die Berührung des anderen Menschen.

»Wir müssen uns beeilen«, erklärte Hristo schließlich, entließ Niccolo aus seiner Umarmung und trat zurück. »Man wird ihr Fehlen bald bemerken. Wir müssen aus der Mine heraus.«

»Ich muss Ludovico finden«, entgegnete Niccolo.

»Was, den Blutsauger? Warum?«

»Weil ... ich es ihm versprochen habe. Er ist meinetwegen hier. Ich muss es tun.«

Auf Hristos Antlitz kämpfte Verständnis mit Sorge, aber schließlich nickte er.

»Gut. Suchen wir deinen seltsamen Freund.«

Er bückte sich, durchsuchte den bewusstlosen Soldaten, nahm dessen Waffen an sich und schob ihn über die Kante des Lochs. Dann griff er in den Essenskorb und zog ein Stück Brot heraus, das er in zwei Teile brach. »Kein Grund, das verkommen zu lassen.«

Er hielt Niccolo Säbel und Dolch hin. »Kannst du damit umgehen?«

Zögernd nahm Niccolo die kleinere der Klingen an sich.

Sie schlangen das trockene Brot hinab, während sie in die Stollen liefen.

Der wütende Hunger trieb Ludovico beinahe ins Delirium. Er hing kraftlos in seinen Fesseln. Ihm war, als höre er Lärm, Rufe, sogar einen Schuss. Er fühlte sich in alte Zeiten zurückversetzt, sah Bicocca vor sich, die Arkebusen der Spanier donnerten in seinem Geist.

Unvermittelt wurde die Tür aufgerissen, und die Visionen aus seiner Vergangenheit verblassten. Niccolo Viviani stürzte zu ihm herein, rief etwas, wandte sich um und zog einen Mann durch die Tür, der mit einem Soldaten rang. Zu zweit stürzten sich Niccolo und der Fremde auf den Bewaffneten, und ein Dolch fuhr durch die Luft, schlitzte dem nun Liegenden die Uniform auf, und der Geruch von Blut stieg Ludovico in die Nase, stärker als alles andere, und fachte seinen Hunger tausendfach an.

»Blut«, murmelte er, seinen Blick gierig auf die Wunde gerichtet, aus der der köstliche Lebenssaft so reichlich sprudelte.

Er ignorierte Niccolos entsetzten Blick ebenso wie die finstere Miene des verwilderten Fremden, dessen Rücken und Brust von zahlreichen Narben gezeichnet waren und der sich abwandte und aus der Tür spähte, die er bis auf einen Spalt schloss.

»Er ist ohnehin beinahe tot«, befand Hristo.

Unsicher zog Niccolo den sterbenden Soldaten zu Ludovico, sah ihn noch einmal an, dann senkte er den Blick, hob den Körper hoch und hielt Ludovico die Halswunde vor das Gesicht, der gierig seine Lippen darauf presste und trank.

Mit jedem Schluck kehrte Ludovicos Lebenskraft zurück, mit jedem Schluck nährte sich die Dunkelheit in ihm, erstarkte und verlangte nach mehr. Er trank, bis nicht ein einziger Tropfen mehr übrig war. Blut benetzte sein Kinn, seine Lippen. Er richtete sich in den Ketten auf.

»Entsetzt?«, fragte er Niccolo, der sich mit dem Handrücken über den Mund fuhr und dann trotzig den Kopf schüttelte.

»Nein.«

»Das solltest du aber sein. Ich habe dir gesagt, was ich bin. Dachtest du, das wäre ein Spaß? Ich wäre ein dunkler Held, so wie ihn dein Freund Byron so gern beschreibt, geplagt von Selbstzweifeln und an der Welt zerbrochen? Nein, mich plagt der Hunger nach Blut.«

»Sie werden gleich draußen die restlichen Soldaten rufen«, erklärte der Fremde auf Griechisch und drehte sich zu ihnen um. »Könnt ihr eure Plauderei verschieben?«

»Macht mich los«, befahl Ludovico.

Niccolo zerrte an den Fesseln, die jedoch nicht nachgaben. Er versuchte, die metallenen Stifte aus den Schellen zu ziehen, doch sie bewegten sich nicht.

»Licht. Wir brauchen Licht«, erklärte Ludovico. »Diese Fesseln sind von Schatten durchdrungen. Du kannst sie nicht zerstören. Nicht einmal ich kann das.«

Der Fremde reichte Niccolo die Fackel. Doch der junge Italiener war zu vorsichtig, hielt die Flamme weit von den Fesseln entfernt.

»Tauche das Metall in Feuer. Mach schon!«

»Aber deine Hand«, protestierte Niccolo. »Deine Haut wird verbrennen.«

»Es wird heilen. Aber nur, wenn wir hier herauskommen. Los!«

Als die Flammen um seine Handgelenke spielten, brüllte Ludovico auf. Seine Haut knisterte, und ein übler Geruch stieg ihm in die Nase, als erst die Haare verbrannten und dann sein Fleisch. Er wollte nicht mehr schreien, aber die Schmerzen waren grausam. Mit einem Ruck riss er die Hand weg – und die Handschelle zersprang. Dort, wo die Flammen sie berührt hatten, waren die Schatten gewichen, und in seiner Qual hatte er die Stärke gefunden, die man ihm zuvor genommen hatte.

Er starrte auf die schwarze, rissige Haut an seinem Handgelenk, die sich seinen Arm hochzog und seinen Handballen bedeckte. Er schluckte ein Stöhnen hinunter, biss die Zähne zusammen und sagte: »Weiter.«

Niccolo zögerte, also riss ihm Ludovico die Fackel aus der Hand und stieß sie gegen die Fessel an seinem anderen Arm. Diesmal erwartete er den Schmerz, doch das nahm diesem nicht seine Wildheit, die Ludovico den Atem raubte.

Als er es nicht mehr aushielt, zog er an der Fessel. Und auch hier gab das Metall der Handschelle nach, auch wenn der Zug an seinem Handgelenk Schmerzwellen durch seinen ganzen Körper sandte.

Er schloss die Augen, versuchte den Schmerz zurückzudrängen, bevor er von ihm übermannt wurde. Langsam wurde aus dem kreischenden Lodern ein dumpfes Pochen, und er hob die Lider. Niccolo war einige Schritt zurückgetreten und starrte ihn fassungslos an, während der Fremde das Schauspiel eher mit Neugierde betrachtete.

»Du solltest die Flamme vielleicht lieber an die Kette halten, anstatt an die Schellen, wenn du das Metall so einfach zerreißen kannst«, stellte der Mann mit einem schadenfrohen Grinsen fest.

»Ein guter Einfall«, konterte Ludovico. »Leider etwas spät. Aber du hast Recht.«

Sie taten, was der Mann vorgeschlagen hatte. Auch wenn die Flammen nahe an Ludovicos Beine kamen und seine Haare versengten, war es doch um einiges weniger schmerzhaft als die Verbrennungen an seinen Händen, die wütend hämmerten.

Er machte einen vorsichtigen Schritt. Das Stück Kette, das noch an seinem Fuß hing, klirrte über den Boden.

»Du wolltest mich befreien«, wandte er sich an Niccolo. »Danke.«

»*Quid pro quo.* Du hast versucht, mich zu retten, jetzt ist es an mir. Kein Dank nötig.«

»Wir haben keine Zeit«, bellte der Fremde. »Wir müssen hier raus!«

Ludovico nickte. »Wie heißt du?«

»Hristo.« Der Name war mehr geknurrt als gesprochen. Dann fuhr der Kopf des Mannes herum. »Sie kommen!«

Tatsächlich waren Schritte zu hören, schwere Stiefel polterten über den Felsboden. Und eine Stimme rief Befehle.

Niccolo musste die Worte nicht verstehen, um zu wissen, wer es war. »Ali Pascha.« Er wandte sich an Ludovico. »Kannst du es mit ihm aufnehmen?«

»Was, mit Ali Pascha und seinem Schoßhund von einem Bey?« Er hob die verbrannten Hände. »Zu besten Zeiten vielleicht. Jetzt und hier? Nein. Was ist mit euch? Ein wenig Pelz wachsen lassen und den Mond anheulen?«

»Es geht nicht«, zischte Hristo. »Nicht in der Mine. Das Silber.«

»Ah. Dann sitzen wir wohl schon wieder in der Falle. Wie dem auch sei, ich bewundere euren Mut und euren Einfallsreichtum. Schade, dass sie uns nicht weitergebracht haben.« Eine Idee durchzuckte seinen Geist. »Obwohl …«

Während sich Hristo gegen die Tür warf und sie schloss, testete Ludovico, inwieweit er seine Fähigkeiten zurückgewonnen hatte. Die Schatten beugten sich seinem Willen, und die Dunkelheit formte sich allein unter seinen Gedanken.

Grinsend blickte er Niccolo an.

»Das Silber hindert euch daran, euch zu verwandeln, sagt ihr?«

Der junge Italiener nickte. Ein Schlag erschütterte die Tür. Hristo stemmte sich mit aller Macht dagegen, und Niccolo sprang ihm zu Hilfe. Draußen wurde gerufen, dann erbebte die Tür erneut.

Schatten flossen aus den Ecken des Raums, mieden die Fackel, die Niccolo achtlos auf den Boden geworfen hatte, krochen über Ludovicos Beine, an seinem Leib empor, ballten sich um seine Hand und schlossen sie ganz ein, bis sie völlig in Finsternis gehüllt war.

»Sagen wir mal, da könnte ich vielleicht helfen. Wären Schatten von Nutzen?«

Hristo blickte ihn an, als habe er vorgeschlagen, Kinder zu fressen, nickte aber widerwillig.

»Aber allein kann ich es nicht. Es sind zu viele.«

Niccolo hob den Dolch auf, hielt ihn sich an die Brust und schluckte.

»Du wirst nicht allein sein.«

Der Moment, auf den sie so lange gewartet hatte, kam unverhofft. Sie saß auf dem Hügel, verborgen im Schatten zwischen zwei riesigen Felsbrocken. Die Sonne stand nur noch eine Handbreit über dem Horizont, und unten im Tal schien alles seinen gewohnten Gang zu gehen. Schon wollte sie sich abwenden, um zu jagen, da erklang der Ruf.

Es war ein Heulen, das ihr Herz schneller schlagen ließ. Kein Willkommensgruß, keine Herausforderung. Es war der Ruf zur Jagd, zum Kampf, und er hallte dumpf aus dem Eingang der Mine. Sie erkannte Hristo, aber dann mischte sich noch eine Stimme in den Ruf, laut und klar, und in diesem Ruf schwang Zorn mit, die grenzenlose Wut dessen, der seine Beute bis zur Vernichtung jagt.

Sie duckte sich und sprintete los. Wie ein heller Schatten flog sie den Hang hinab.

Der Aufruhr in der Mine beunruhigte den Soldaten, aber er hatte seinen Wachposten auf der Mauer bezogen, und die anderen würden sich darum kümmern. Vermutlich versuchten ein paar Sklaven einen Aufstand anzuzetteln, doch sie würden schon bald einsehen müssen, dass nackte Füße und leere Fäuste keine Gegner für Säbel und Musketen waren. Es würde sicherlich unangenehm werden in den engen Stollen, und der Soldat war froh, dass nicht er dort sein musste, sondern seine Kameraden.

Es waren ohnehin unangenehme Zeiten, seit der Gesandte praktisch dauernd in der Anlage war. Nachts lief er umher, kontrollierte die Wachen, und einige behaupteten, sie hätten ihm schon Sklaven bringen müssen. Das wäre nicht weiter ungewöhnlich gewesen. Selbst über die Tatsache, dass die Rede von Männern und Frauen, Jungen und Alten war, hätte man hinwegsehen können. Doch es machte das Gerücht die Runde, dass jeder der Sklaven dadurch krank geworden sei, schwach und kraftlos, und einige sollten sogar gestorben sein. Noch hatte es keinen der Soldaten erwischt, aber nicht wenige hatten begonnen, sich Talismane zu besorgen oder sich mit dem gepressten Saft von Knoblauch einzureiben.

In der Mine ertönte ein lautes Heulen, und fast gelang es dem Soldaten, sich einzureden, es seien nur die Kehlen vieler Sklaven, die diesen Laut ausstießen.

Eine Bewegung am Rande seines Gesichtsfelds beanspruchte seine Aufmerksamkeit. Ein Aufblitzen von hellem Fell im Licht der untergehenden Sonne. Dann verschwand es zwischen zwei Felsen. Und tauchte wieder auf. Der Soldat traute seinen Augen kaum.

Es war die Wölfin; daran gab es keinen Zweifel. Schon lange hatte niemand sie mehr gesehen, und einige hatten sogar erzählt, sie sei davongelaufen. Einer war so weit gegangen, zu behaupten, er habe sie getötet und ihr Leib sei in eine Schlucht gefallen, aber jeder wusste, dass er gelogen hatte, und sie hatten ihn nachts hinter die Schmelzhütte gezerrt und ihm den Balg gegerbt, bis er es zugab. Die Wette war schon lange vorbei und das ausgelobte Geld wieder aufgeteilt.

Dennoch lud der Soldat seine Muskete und legte an. Das Geld war ihm plötzlich egal. Es ging um seine Ehre. Seine Kameraden würden ihn feiern, wenn er ihnen den Pelz der Wölfin brachte. Und diesmal rannte sie nicht weg, im Gegenteil, sie hielt direkt auf die Festungsmauer zu, als wolle sie an ihr emporspringen. Er legte an und zielte. Je näher sie kam, desto einfacher würde sein Schuss werden. Hinter ihm in der Mine ertönten Schreie, aber er nahm sie nicht einmal wahr, so sehr konzentrierte er sich auf sein Ziel. Sein Finger berührte den Abzug.

Sie verwandelte sich. Mitten im Sprung wurde ihr Leib länger, größer, ihr Kopf massiger. Als sie den Boden wieder berührte, waren ihre Läufe doppelt so lang, muskulöser. Sie sah mit einem Mal nicht mehr aus wie ein Wolf. *Vărkolak*, dachte er entsetzt. *Ein Werwolf.*

Mit einem gewaltigen Satz sprang sie an der Mauer empor. Ihre Krallen gruben sich in Mörtel und Stein, und mit zwei schnellen Bewegungen erhob sie sich über ihm. Er schoss, die Kugel drang ihr in die Lende, aber es schien, als sei dies nicht mehr als ein kleines Ärgernis für sie. Ihr Haupt fuhr zu ihm herum, die Lefzen hoben sich und entblößten lange, spitze Zähne, als sie wütend knurrte.

Jetzt drangen auch die Schreie an seine Ohren, das Heulen der Wölfe, die Schüsse. Dann war sie über ihm, und er hörte nichts mehr.

Beinahe hätte Ludovico trotz der Schmerzen laut gelacht. Er hatte kein Mitleid mit den Menschen, die da vor dem Ansturm flohen.

Hristo war nun ein Wolf, mit braun-rotem, zotteligem Fell, der geduckt und schnell die Soldaten ansprang und sie zu Boden riss. Doch es war Niccolo, dessen monströse Gestalt den Stollen ausfüllte. Und dank der Schatten, die beide einhüllten und vor dem Silber in der Mine schützten, waren sie noch furchteinflößender. Man konnte ihre Leiber kaum noch erkennen, denn die Dunkelheit floss um sie herum und zog Schlieren, wenn sie sich bewegten.

Niccolo wütete unter den Soldaten. Seine Klauen konnten einen Mann in Stücke reißen, sein Biss brach Knochen und zerfetzte Leiber, und er war schnell. Selbst beim ersten Angriff, als einige Soldaten genug Geistesgegenwart besaßen, um zu schießen, war er nicht einmal zurückgezuckt, als ihn eine Handvoll Kugeln trafen.

Die beiden Werwölfe heulten, sprangen vor, kämpften Seite an Seite, und Ludovico musste kaum mehr tun, als den Sterbenden, die sie zurückließen, einen letzten Dienst zu erweisen. Er labte sich an ihrem Blut, und mit jedem Schluck, den er nahm, schlossen sich seine Wunden ein Stück mehr.

Trotzdem achtete er darauf, den beiden anderen fernzubleiben. Hristo schien noch Herr seiner Taten zu sein, aber in Niccolo loderte eine animalische Wut, und Ludovico spürte, dass es nicht der junge Italiener war, der dort Verwüstung unter seinen Feinden säte, sondern etwas anderes.

Sie trieben die Soldaten vor sich her. Wer nicht floh, starb. Einige wurden von ihren Kameraden in wilder Panik niedergestoßen und zu Boden getrampelt, und Ludovico kümmerte sich auch um diese. Sie konnten sich keine Feinde in ihrem Rücken erlauben.

In einer großen Kaverne sammelten sich die Soldaten, angetrieben von Uthman Bey, der hinter ihnen stand und Befehle brüllte, denen Menschen sich nicht widersetzen konnten. *Mein Blut,* dachte Ludovico voller Zorn und warf sich in die Schatten, während die Musketen donnerten und die Wölfe heulten.

Der Bey spürte ihn kommen. Er warf sich herum, die Hände erhoben. Ludovico griff nach ihm, doch sein Feind wich aus, schlug ihn mit einer Faust, deren Ringe Ludovico die Wange zerkratzten.

Wütend ballte Ludovico die Schatten um sich und zwang sie auf Uthman zu, der dagegenhielt. Einige Herzschläge lang hielt sich der Kampf die Waage, dann schrie Ludovico auf und legte all seine Willenskraft in einen einzelnen Angriff. Der Bey wich zurück, aber die Schatten wuschen über ihn hinweg, zwangen ihn in die Knie. Ludovico wusste, dass sie kalt waren, kälter als jedes Eis und jede Frostnacht, und sie schabten über Uthmans Haut, drangen ihm in jede Körperöffnung, nahmen ihm die Luft zum Schreien.

Lächelnd stand Ludovico über der sich windenden Gestalt, dann kniete er sich neben sie. »Ich hole mir mein Blut zurück«, erklärte er in sachlichem Tonfall. »Es war ein Fehler zu glauben, ihr wäret mir gewachsen. Oder denen da.« Er wies auf Niccolo und Hristo, die noch immer die Soldaten rissen, als seien sie nicht gefährlicher als fliehende Hasen. Es war ein Gemetzel, wie selbst Ludovico es nur selten gesehen hatte.

Natürlich blickte der Bey nicht dorthin. Er war viel zu sehr mit seinem eigenen Tod beschäftigt.

Plötzlich legte sich Dunkelheit über Ludovico. Sein Schrei erstarb ihm in der Kehle.

Die Menschen liefen davon, ihre Angst hing fast greifbar in der Luft. Die Werwölfe legten den Kopf in den Nacken und heulten ihren Sieg in die Höhle.

Um Niccolo herum war die Dunkelheit, Schatten, deren Kälte sein Fell sträubte, aber etwas in ihm hielt ihn davon ab, sich der Dunkelheit zu entledigen, es auch nur zu versuchen.

Der Wolf lief weiter, und er folgte ihm. Er vertraute ihm, auch wenn er ebenfalls in Schatten gehüllt war. Sie durchquerten die große Höhle, doch etwas trat ihnen in den Weg. Der Wolfsmann knurrte böse, als die Schatten um sie herum zu tanzen begannen. Ein alter Mann, dem der Geruch der Finsternis anhaftete, trat aus dem Stollen, der nach Freiheit roch. Er hob die Arme, und Dunkelheit sprang empor, wickelte sich um den Werwolf, zog an ihm, wollte ihn zu Boden drücken. Der Wolf neben ihm wurde von Schatten gepackt und durch die Luft geschleudert, prallte jaulend gegen die Felswand und blieb dort liegen. Die Schatten zogen sich von ihm zurück, zeigten einen Wolf mit mattem Fell und vielen Wunden, dann erzitterte der Leib, und dort lag ein nackter Mann.

Der Werwolf brüllte, stemmte sich gegen den Druck, biss und schlug nach Schatten, zerfetzte sie, nur um zu sehen, wie sie sich gleich wieder zusammenfügten. Sie waren stark, doch er war stärker. Sie konnten ihn nicht halten, gaben letztlich unter seinen Anstrengungen nach, und er machte einen Schritt auf seinen Feind zu, der durch seinen weißen Bart hindurch lächelte. Noch einen Schritt. Es war nicht mehr weit.

»Beeindruckend«, murmelte der bärtige Mann. »Aber wie sieht es ohne die Dunkelheit aus?«

Seine Finger fuhren durch die Luft, als packe er ein unsichtbares Seil und ziehe daran. Alle Schatten ließen von dem Werwolf ab, wichen vor ihm zurück, als sei er aus reinem Licht. Schmerzen wüteten durch seinen Körper. Sie kamen von überall, brannten, gruben sich in sein Fell und seine Haut. Er sank auf ein Knie, jaulte erbärmlich, umklammerte seinen Kopf mit seinen Klauen. Der Bärtige lachte.

Wütend sprang der Werwolf vor. Die Schmerzen jagten durch

seinen Leib, zwangen ihn, sich zu verwandeln. Er machte noch einen Satz, die Klauen ausgestreckt, den Kopf gesenkt. Mit voller Wucht prallte er gegen den Bärtigen. Sein ganzer Leib zitterte, als seine Muskeln sich verkürzten, seine Knochen sich knackend zusammenzogen, sein Pelz schwand. Der Schmerz ging mit, verließ ihn, bis Niccolo nur noch als nackter Mensch auf dem Boden lag.

Desorientiert sah er sich um. Etwas abseits erhob sich Ludovico, tat einen taumelnden Schritt, sank in sich zusammen, bevor er sich wieder fing und den Kopf schüttelte. Niccolo lag halb auf einer Gestalt, die sich als Ali Pascha entpuppte. Der Leib des ehemaligen Osmanenherrschers war in zwei Teile gerissen, die Brust eine einzige, blutige Wunde. Aber dennoch bewegten sich seine Augen, und seine Lippen entblößten blutig rote Zähne in einem schrecklichen Grinsen.

Ludovico stand plötzlich neben Niccolo, eine Klinge in der Hand, die er einem toten Soldaten abgenommen hatte.

»Du hättest ihn damals töten sollen«, erklärte er. »So wie sie es dir befohlen hatte. Aber im Nachhinein ist man immer schlauer.«

Der Hieb trennte den Kopf vom Körper des Mannes, ein sauberer Schnitt, und endlich erstarb Ali Paschas Grinsen.

»Lass uns gehen. Noch einmal schaffe ich so einen Trick nicht.«

Niccolo nickte, immer noch benommen von der Veränderung und der Verwüstung um ihn herum. Diesmal war jedoch mehr Erinnerung geblieben, mehr als nur eine Ahnung. Ihm war, als hätte er mehr Kontrolle über sein Tun gehabt.

Sie eilten zu Hristo, der gerade wieder zu sich kam. Das Blut lief ihm aus zahlreichen Wunden, aber der Mann erhob sich ohne Hilfe. Erneut bewunderte Niccolo ihn für seine Zähigkeit.

Eine gewaltige Explosion ertönte, der Boden bebte, und Staub rieselte von der Decke.

»Was war das?«, fragte Ludovico, nur um sich selbst zu antworten: »Das klang wie ein ganzes Pulvermagazin.«

Hristo lächelte versonnen. »Ich sagte doch, du kennst meine Gefährtin nicht. Kommt!«

Sie liefen durch die Stollen. Niccolo wies ihnen den Weg, den er oft genug im Geschirr einer Lore entlanggestapft war. Er bestand darauf, den Sklaven einige Leitern zu reichen, als sie die große Grube erreichten, bevor sie weiterliefen.

Vor ihnen tauchte ein schwacher Lichtschein auf. Niccolo roch die frische Bergluft, Rauch – und Blut. Sie sprinteten die letzten Meter. Draußen stieg eine Rauchsäule in den Himmel, der nur noch einen schmalen, hellen Streifen zeigte, wo die Sonne gerade versunken war.

Ein mächtiger Werwolf lief vor dem Mineneingang auf und ab. Zum ersten Mal sah Niccolo mit eigenen Augen, was er bislang nur aus Berichten kannte. Das Fell war hell, die Gestalt grob menschenähnlich, doch war sie viel größer als ein gewöhnlicher Mensch. Die Hinterläufe waren geknickt wie die eines Wolfs, die Schultern und der Brustkorb breit, und auf dem kurzen Hals saß ein gewaltiges Wolfshaupt mit hoch aufragenden Ohren und einer Schnauze, die zu ihnen herumfuhr.

Als das Wesen Ludovico erblickte, knurrte es, aber Hristo trat zwischen die beiden. »Er ist ein Freund. Er hat mich gerettet.«

Der Werwolf nahm die Neuigkeit hin. Es musste Hristos Gefährtin sein. Sie legte das Haupt in den Nacken und heulte, und Niccolo spürte, welche Freude in dem Ton lag, trotz der Verwüstung, die sie umgab. Im Innenhof der Festung lagen Leichen, tote, zerfetzte Soldaten. Andere flohen durch das offene Tor, und hinter ihnen hörte Niccolo die Sklaven rufen.

»Gehen wir.«

Sie verschwanden aus der Festung, ließen die Mine hinter sich, und Niccolo lief, so schnell er konnte, und das Gefühl, so frei zu sein, war unbeschreiblich.

50

PINDOS-GEBIRGE, 1824

Erst, als sie in sicherer Entfernung waren, blieben sie stehen. Niccolos Atem ging schwer, und er kniete sich auf den Boden, während langsam das Fieber der Jagd verebbte. Im Tal unter ihnen loderten die Flammen aus den Gebäuden, und dunkler Rauch stieg auf und verhüllte die Sterne. Ein ganzer Strom von Menschen ergoss sich aus der Festung. Sklaven, Soldaten, sie alle liefen Seite an Seite in Sicherheit.

Endlich konnte er sich seine Begleiter genauer ansehen, die nun alle wieder vollständig menschlich aussahen. Ludovico hielt Abstand zu Hristo und der Frau, der ihr Lauf kaum etwas ausgemacht zu haben schien. Sie war nicht groß und schien sich ihrer Nacktheit kaum bewusst zu sein. Ihr Leib war sehnig, und man konnte einzelne Stränge ihrer Muskeln sehen, wenn sie sich bewegte. Ihre Brust war flach, ebenso ihr Bauch, der sich mit jedem Atemzug hob und senkte. Ihre Haut war schmutzig, von Staub und von Blut, das auch ihre lockigen, dunklen Haare verklebte, die aussahen, als hätte man sie erst vor kurzem achtlos mit einem Messer gekürzt.

Sie stand bei Hristo, ließ den Blick nicht von ihm. Ihre Finger fuhren über seine Haut, glitten über die Narben auf seiner Brust, folgten ihren Bahnen. Er senkte den Kopf und murmelte etwas, woraufhin sie näher zu ihm trat und ihre Wange an seinem Hals rieb, die Augen geschlossen, ohne dabei die Erkundung seines Körpers mit ihren Fingern auszusetzen.

Sie standen dort auf der Hügelkuppe, schweigend in sich versunken, und Niccolo wagte es nicht, sie zu stören. Nach all der Zerstörung und dem Tod war es ein friedliches Bild, das er genoss, solange er konnte.

Schließlich trat sie wieder zurück. Sie blickte sich um und sah Niccolo an, als bemerke sie ihn zum ersten Mal. Sie sagte etwas. Hristo legte den Arm um ihre Schulter und lächelte Niccolo an. Sie deutete auf sich selbst. »Katya.«

»Niccolo«, stellte er sich vor und verneigte sich. Mit einem Mal wurde ihm bewusst, dass er gänzlich nackt war, und eine überraschende Scham überkam ihn. Er deutete auf Ludovico und sagte dessen Namen, doch sie gönnte dem anderen kaum mehr als einen finsteren Blick. Dann redete sie rasch auf Hristo ein, und ihr Gefährte übersetzte ihre Worte ins Griechische.

»Sie sagt, du bist wie sie. Du hast den Wolf im Blut.«

Niccolo schaute sie prüfend an und schüttelte bedauernd den Kopf. »Ich verstehe nicht, wie das sein kann. Es gab ein Ritual, aber es ist misslungen. Ich sollte kein Werwolf sein.«

Sie hörte Hristos Übersetzung an und schüttelte dann ihrerseits energisch das Haupt.

»Du bist wie sie, sagt sie. Kein Ritual hat dich dazu gemacht«, erklärte Hristo, während sie hastig weitersprach. »Du hast den Wolf im Blut. Schon immer, seit deiner Geburt.«

»Was soll das bedeuten, ›ich habe den Wolf im Blut‹?«

»Ich bin … zu einem Wolf gemacht worden. Sie hat mir den Wolf geschenkt, damit wir zusammen sein können. Aber sie *ist* der Wolf. Sie ist so geboren worden. Ihre Linie ist die des Wolfs.«

Verwirrt runzelte Niccolo die Stirn.

»Sag ihr, dass ich keine Werwölfe in meiner Familie habe.

Meine Eltern nicht, niemand. Nur ich. Ich komme aus Italien, verdammt, da ist das nicht gerade normal!«

Diesmal redete sie länger, und Hristo lauschte erst ihren Worten, bevor er übersetzte.

»Es gibt Wolfsblut in Italien. Die Wolfsmenschen kamen mit den Reitern aus den Steppen des Ostens, vor langer Zeit. Sie kamen auch mit Khan Asparuch, und sie kämpften mit den Menschen. Man ehrte sie, wie es sein sollte. Und als die Söhne von Khan Kubrat nach seinem Tod auseinandergingen, blieben die Wolfsmenschen bei ihnen. Einer der Söhne ging nach Italien, Alcek war sein Name, und unter seinen Kriegern gab es jene mit dem Wolf im Blut. Erst, als die Christen kamen, aus Konstantinopel und aus Rom, wichen die Reitermenschen von ihren Wegen ab und nahmen das Kreuz an. Aber die Wolfsmenschen blieben bei ihnen, manchmal noch geehrt, oft jedoch verborgen.«

»Warte, warte«, bat Niccolo, der noch versuchte, zu verstehen. »Willst du sagen, dass ich von irgendwelchen Reitervölkern abstamme? Meine Familie ist italienisch, schon immer gewesen.«

»Bulgaren«, erklärte Hristo und zuckte mit den Achseln. »Das ist lange her. Wer weiß schon, wer wirklich am Beginn der Ahnenlinie steht?«

»Aber wieso ich? Wieso nicht meine Eltern? Oder meine Schwester?«

Hristo übersetzte, und Katya redete. Ungeduldig blickte Niccolo sie an. Ihr Gesicht war spitz, und er meinte, selbst jetzt die Wölfin in ihr sehen zu können, in ihren funkelnden Augen und der Art, wie sie den Kopf zur Seite legte, wenn sie lauschte.

»Sie sagt, wenn du ein Wolf sein kannst, dann auch deine Schwester, wenn ihr dieselben Eltern habt. Das Blut schweigt manchmal, aber es verstummt niemals ganz.«

Plötzlich hatte Niccolo eine Vision vor Augen. Marcella, die einen ihrer Wutanfälle bekam und dann … Den Rest wollte er sich lieber nicht ausmalen. Es war einfach zu grauenerregend.

»Wie nett«, warf Ludovico ein. »Eine ganze Familie von kleinen Wölfen.«

Katya knurrte und bellte heiser einige Worte. Hristo packte sie am Arm und flüsterte beruhigend auf sie ein.

»Ich glaube, sie mag mich nicht«, stellte der Vampir trocken fest.

»Sie ist dir dankbar«, erläuterte Hristo. »Aber du bist nicht gut für uns Wölfe. Du musst gehen.«

»Damit habe ich kein Problem. In dieser reizenden, gastfreundlichen Gegend hält mich nichts mehr. Was ist mit dir, Niccolo?«

Hin- und hergerissen blickte Niccolo von dem Paar zu Ludovico und zurück. Er dachte an Hristos Worte, an sein Angebot an ihn, mit dem Rudel zu leben und verstehen zu lernen, wer und was er war. *Egal, was ich bin, ich habe noch Pflichten,* erkannte er.

»Ich muss mich zuerst um meine Familie kümmern«, erklärte er. »Um meine Freunde. Aber ich will auch mehr wissen und mehr lernen. Kann ich euch wiedersehen?«

»Du bist uns immer willkommen, Wolfsblut. Du gehörst zu uns. Katya kann dich lehren, deinem Erbe gerecht zu werden. Sie kann dich … ganz machen.«

Die Frau lächelte Niccolo an, und für einen winzigen Moment hatte er das Gefühl, zu Hause zu sein.

PARIS, 1824

»Teure Comtesse, es wäre doch wirklich nicht nötig gewesen, dass Sie sich persönlich herbemühen.« Der untersetzte Sekretär des Außenministers konnte kaum verbergen, dass ihn der unangekündigte Besuch in gewisse Schwierigkeiten brachte. »Ich bin mir sicher, dass ein schriftliches Ersuchen …«

»Wieder einmal kein Resultat gezeigt hätte«, unterbrach ihn Valentine knapp. Mittlerweile ging ihr die Geduld aus. Sie hatte in den vergangenen Wochen unzählige Briefe geschrieben, diverse politische Kontakte bemüht und alle Hebel in Bewegung gesetzt, die ihr zur Verfügung standen, um etwas über den Verbleib Ludovicos herauszufinden, doch es schien, als sei ihr Mann wie vom Erdboden verschluckt.

Sie hatte seit drei Monaten keine Nachricht von ihm erhalten. Er war nach Albanien übergesetzt, das wusste sie, weil sein letzter Brief auf einem Schiff aufgegeben worden war. Aber danach verlor sich seine Spur, und Valentine hatte allmählich das Gefühl, dass es in ganz Frankreich niemanden gab, der gewillt und in der Lage war, ihr zu helfen.

Außenminister Chateaubriand war nun ihre letzte Hoffnung, doch bislang musste sie sich mit diesem Beamten herumschlagen, der die Tür seines Herrn bewachte wie ein übergewichtiger Zerberus die Höllenpforte.

»Hören Sie – versuchen Sie es doch einfach.« Sie nickte in Richtung der gegenüberliegenden Tür. »Gehen Sie hinein, und fragen Sie den Minister, ob er mich zu sprechen wünscht.« Zögernd erhob sich der beleibte Sekretär und verschwand nach einem ebenso zögerlichen Klopfen im Büro Chateaubriands. Wenige Sekunden später öffnete die Tür sich wieder, und der Sekretär gewährte Valentine mit einer tiefen Verbeugung Einlass.

Der Außenminister war ein stämmiger Mann, dessen dichtes schwarzes Haar so vom Kopf abstand, als habe er es eben mit beiden Händen zerzaust. Er eilte auf Valentine zu und küsste ihr die Hand. »Meine liebe Comtesse, hätte ich gewusst, dass dieser Hohlkopf Sie in meinem Vorzimmer warten lässt, hätte ich mich natürlich nicht aufhalten lassen. Madame de Récamier spricht in den höchsten Tönen von Ihnen.«

»Vielen Dank, Monsieur. Aber das Kompliment kann ich nur erwidern. Auf Julies Empfehlung hin habe ich *Atala* gelesen; mit großem Gewinn, möchte ich hinzufügen.«

Der Außenminister setzte ein selbstzufriedenes Lächeln auf und verneigte sich leicht.

Wenn Schmeicheleien das sind, was mich hier weiterbringt, dachte Valentine, *dann lobe ich auch gern noch seine Frisur oder den Geschmack des Königs.*

»Ich bin wirklich dankbar, dass Sie mir eine Audienz gewähren, Sire.«

»Bitte, nehmen Sie doch Platz. Es geht quasi um Familienangelegenheiten, wie ich höre. Um Ihren Gatten, den Comte de Karnstein?«, erkundigte sich Chateaubriand.

»Er ist geschäftlich ins Osmanische Reich gereist. Und seit Jahresbeginn habe ich keine Post mehr von ihm erhalten, was ihm in keiner Weise ähnlich sieht. Auch sonst habe ich kein Lebenszeichen bekommen, was mich aufs Äußerste beunruhigt.« *Und mich vor Schuld nicht schlafen lässt. Immerhin habe ich ihn geschickt, um Niccolo zu suchen. Und wenn nun statt einem beide Männer verschwunden blieben, könnte ich mir das nie verzeihen.*

»Ich verstehe. Um welche Art von Geschäften hat es sich denn gehandelt?«

»Silberimport«, antwortete Valentine, ohne mit der Wimper zu zucken. »Mein Mann wollte sich mit den Gegebenheiten einer Silbermine vertraut machen, die ihn hoffentlich bald beliefern würde.«

Es war ihr nicht schwergefallen, sich diese Lüge zurechtzulegen, die nahe genug an der Wahrheit war, um hilfreich zu sein.

»Das Osmanische Reich ist ein äußerst komplexes Gebilde«, erklärte der Staatsmann, während er grübelnd auf und ab schritt. »Ein Vielvölkerstaat, in dem immer mehr Nationen nach Unabhängigkeit streben. Faktisch herrscht dort eine Art immerwährender Bürgerkrieg, und ich fürchte, der französische Einfluss auf die Machthaber ist nicht so groß, wie wir es uns wünschen würden. Der kranke Mann am Bosporus, so sagt man, glaube ich.

Wenn Ihr Gatte dort Geschäfte zu machen gedenkt, dann muss er ein gewisses Maß an Tollkühnheit mitbringen.«

»Das ist ihm von Natur her zu eigen«, erwiderte Valentine mit einem Lächeln. »Aber können Sie mir helfen, Sire?«

»Ich werde sehen, was ich in dieser Angelegenheit tun kann«, versprach Chateaubriand mit einem herzlichen Lächeln.

Valentine erhob sich. »Ich danke Ihnen. Und lassen Sie es mich bitte wissen, sobald Sie etwas in Erfahrung bringen.«

KLOSTER NAHE KALAMBAKA, 1824

Niccolo blickte in die Tiefe hinab. Das Kloster, zu dem Katya und Hristo sie geführt hatten, war auf einem hohen Felsen errichtet worden. Als sie es frühmorgens erreicht hatten, war der Felsen von Nebel eingehüllt gewesen, so dass das Kloster seinen Beinamen – das in der Luft schwebende Kloster – zu Recht zu tragen schien.

Die Mönche hatten sie in einem Netz an einer Seilwinde hochgezogen und ihnen im Sinne christlicher Nächstenliebe eine einfache Mahlzeit und vier ebenso einfache Zellen angeboten. Niccolo hatte sich überschwänglich bedankt, während ihn sein schlechtes Gewissen ermahnte, dass die Mönche wohl weniger gastfreundlich gewesen wären, wenn sie um die wahre Natur der abgerissenen Fremden gewusst hätten.

Jetzt, nachdem er sich gewaschen und rasiert hatte, fühlte der junge Italiener sich zum ersten Mal seit langer, langer Zeit wieder wie der Mensch, der er einmal gewesen war. Zwar waren seine Verletzungen längst verheilt – ein Effekt seines Erbes, wie Katya ihm mit Hristos Hilfe erklärt hatte –, aber die

Narben an seinem Körper erinnerten ihn an die Mine und den Kampf.

Er roch Ludovico, bevor er ihn hörte. Seine Sinne schienen mit jeder Verwandlung an Schärfe zu gewinnen, und er fragte sich, welche Veränderungen ihm sonst noch bevorstanden. *Werde ich irgendwann den Wolf auch in meinen menschlichen Zügen tragen, so wie Katya?*

»Die Sonne wird bald untergehen«, stellte Ludovico fest und lehnte sich neben Niccolo an die Mauer. Der Vampir spähte in das Tal hinab. »Eine erstaunliche Leistung, diese Gebäude hier oben auf dem Fels zu errichten.«

Niccolo nickte nur. Ludovicos Nähe strapazierte seine Nerven arg, seit er wusste, was dieser eigentlich war. Vielleicht war es auch der Geruch, der seine Instinkte dauernd in Alarmbereitschaft versetzte. Er versuchte, es sich nicht anmerken zu lassen, aber er ahnte, dass die feinen Sinne seines Gegenübers dieses Unterfangen unmöglich machten.

»Wir sollten baldmöglichst abreisen«, stellte Ludovico fest. »Zumindest ich sollte das. Vermutlich macht … meine Frau sich bereits Sorgen.«

Niccolo schluckte, ging jedoch nicht auf die Erwähnung Valentines ein. Es schien ihm, als sei es Ludovico unangenehm, auf sie hinzuweisen, und ihm fehlten die Worte, um etwas Passendes zu sagen.

»Ich muss ebenfalls in die Heimat und mich um meine Familie kümmern. Aber vorher muss ich Byron warnen, und das hat höchste Eile. Die Mönche haben mir gesagt, dass er noch in Messolongi sitzt, aber wenigstens haben die Türken die Belagerung aufgehoben. Danach werde ich ein Schiff nehmen und nach Arezzo zurückkehren.«

»Was ist mit unseren neuen Freunden?« Ludovico lächelte. »Nun ja, deinen neuen Freunden. Mir würde diese Wolfsfrau wohl am liebsten die Kehle herausreißen, und auch Hristo ist nicht gerade einer meiner Bewunderer, auch wenn er sich wenigstens Mühe gibt, seinen Abscheu zu verbergen.«

»Wir werden einen Treffpunkt ausmachen. Ich kehre zurück, sobald ich Marcella in Sicherheit weiß. Es gibt so viel, was ich herausfinden muss, und ich weiß endlich, wo ich das kann.«

»Die ersten Wochen sind die härtesten«, erklärte Ludovico, als könne er Niccolos Empfindungen nachvollziehen. *Und vielleicht kann er das sogar. Irgendwann war er auch einmal ein Mensch.*

»Das war es also?«, fragte er leise. »Wir verabschieden uns, wünschen uns alles Gute und gehen unserer Wege?«

Ludovico fuhr sich mit den Händen über das einfache Gewand, das ihm die Mönche gegeben hatten, dann lächelte er.

»Keine Zigarillos, wie schade. Mein Vorrat liegt wohl noch in Ioannina.« Er blickte zu den Felsen, die aus dieser Landschaft ragten wie versteinerte Riesen, zum Horizont, an dem die Sonne fast untergegangen war. »So wird es wohl sein. Wir sind verschieden, du und ich. Du wirst ein neues Leben finden, irgendwo hier oder wohin es dich auch treibt. Und ich kehre zu meinem alten zurück. Auch wenn unsere gemeinsamen Erlebnisse in Albanien sicherlich erinnernswert waren und wir sie wohl nicht allzu schnell vergessen werden.«

»Was du über meinen Vater gesagt hast ...«

»Vergiss es«, unterbrach ihn Ludovico schroff. »Ich wollte dich nur verletzen. Das ist so meine Art. Er war ein untadeliger Mann.«

Er blickte Niccolo nicht an, seine Miene war abweisend. Der junge Italiener ahnte, dass er log, doch er beschloss, keine weiteren Fragen zu stellen.

Sie standen nebeneinander an der Mauer. Das Tal unter ihnen füllte sich mit Dunkelheit, während sie noch einige Augenblicke in die letzten Strahlen der Sonne gehüllt waren. Dann sanken die Schatten auch auf das Kloster nieder.

51

CLICHY, 1824

Sie war durstig von der Fahrt, und ihrem Eindruck nach fühlte sich ihre Kehle auch von all den sinnlosen Gesprächen, die sie in Paris geführt hatte, staubtrocken an.

Als sie in Clichy aus der Kutsche stieg, ließ sich Valentine eilig Hut und Mantel abnehmen und gab Emily den Auftrag, ihr Wasser zu bringen. Im Salon setzte sie sich an den Sekretär und starrte durch die hohen Fenster in den Garten. Der Gärtner hatte zwar das Gras kurz gehalten, aber die meisten Beete waren noch leer, da sie ihm keine neuen Anweisungen gegeben hatte, was er pflanzen sollte, und so bot der kleine Park ein trauriges Bild.

Ich habe nichts erreicht, grübelte sie frustriert. *Eine halbherzige Zusage von Chateaubriand, sich nach Ludovico zu erkundigen, und einige noch weniger ernstzunehmende Hilfsangebote von einigen Karrieristen sind alles, was ich aus Paris mitgebracht habe.*

Sie wusste nicht mehr, was sie noch tun konnte. Vielleicht selbst ins Osmanische Reich reisen, um Niccolo und Ludovico zu suchen? Marcella hatte bereits etwas Derartiges vorgeschlagen, aber bislang hatte Valentine die Idee als kaum durchführbar abgetan. Sie wussten einfach zu wenig über den Verbleib oder auch nur die mögliche Reiseroute der beiden Männer.

Nachher werde ich Marcella schreiben müssen und ihr mitteilen, dass ich nichts in Erfahrung bringen konnte. Das arme Mäd-

chen. Sie wusste, dass Niccolo seine kleine Schwester in der Obhut einer Zigeunerin zurückgelassen hatte, und hatte sich schon mehrfach gefragt, wie es zu diesem seltsamen Arrangement gekommen war.

Emily betrat den Salon und stellte eine Karaffe und ein Glas auf einen Tisch. Auf dem Tablett, das sie in Händen hielt, lag auch ein Stapel Briefe.

»Die sind in Ihrer Abwesenheit gekommen, Madame«, erklärte das Mädchen mit einem linkischen Knicks.

»Danke, ich schaue sie mir gleich an.«

Valentine trank durstig das Wasser, während sie mit der Linken hastig den Briefstapel durchblätterte.

Endlich!, dachte sie, als sie plötzlich eine vertraute Handschrift entdeckte. Mit zitternden Fingern griff sie nach dem Brieföffner und schlitzte das Kuvert auf.

Die Nachricht selbst war seltsam kurz und unpersönlich gehalten, so als habe Ludovico befürchtet, man könne sie abfangen und lesen.

Ihr Mann schrieb ihr, dass er auf dem Rückweg nach Italien sei und Niccolo sich in seiner Gesellschaft befinde.

Wenn es dir irgend möglich ist, dann komm uns entgegen. Wir werden zunächst nach Arezzo zum Sitz der Vivianis fahren und dort auf dich warten. Zögere nicht! Sobald du diesen Brief erhältst, musst du dich auf den Weg machen.

Dein Ludovico

So endete der Brief. Valentine hatte plötzlich nicht mehr genug Kraft in den Fingern, um ihn festzuhalten, und das Papier segelte langsam zu Boden. *Niccolo ist noch am Leben. Ludovico lebt.*

Tausend Fragen stürmten auf sie ein. Was hatte Ludovico

so lange aufgehalten? Wo hatte er Niccolo gefunden? Warum sollte sie nach Arezzo kommen? War Niccolo krank oder verletzt?

Doch sie wusste, dass sie aus den wenigen Zeilen keine Antwort erhalten würde.

»Emily!«, rief sie mit lauter Stimme. »Emily, du brauchst meine Koffer nicht fortzupacken. Wir werden wieder verreisen, schon morgen. Sag dem Kutscher, dass wir in die Toskana fahren.«

MESSOLONGI, 1824

Ein Regenschauer ließ die Bucht grau und düster erscheinen, als der kleine Schoner in den Hafen einlief. Die Festungsmauern erhoben sich vor Niccolo, und er konnte eine große Anzahl Soldaten auf ihnen erkennen. Erst Ende letzten Jahres hatten die Osmanen die Belagerung beendet, wie er auf der Überfahrt erfahren hatte, und die Griechen und ihre Verbündeten rechneten jederzeit mit einem neuen Angriff. Trutzig ragten die Kanonen der Befestigungsanlagen in den Regen.

Die Fahrt in den Hafen war nicht einfach gewesen, da die Bucht oft versandete und es gefährliche Untiefen gab. Selbst vom Schiff aus konnte Niccolo sehen, dass um die Stadt herum ein ausgedehnter Sumpf lag.

Der Anblick der düster wirkenden Anlage inmitten der schlammigen Ebene wirkte auf Niccolo nur wenig bemerkenswert. Er hatte mehr vom Zentrum des griechischen Freiheitskampfes erwartet.

Der Hafen selbst war überfüllt mit Seeleuten, Händlern und Bürgern, und es dauerte eine Weile, bis es Niccolo gelang, sich zu orientieren. Er versuchte, seine Ankunft ordnungsgemäß zu melden, aber die Hafenbehörden versanken im Chaos, und nach einem kurzen Streitgespräch mit einem offensichtlich überforderten Beamten gab Niccolo sein Vorhaben auf. Seine Papiere waren ihm ohnehin abhandengekommen, und so schmierte er den Mann einfach mit dem Großteil des Geldes, das ihm Katya und Hristo gegeben hatten. Er machte sich keine Sorgen darum, wie er sich mit dem verbliebenen kläglichen Rest bis nach Italien durchschlagen würde. Nach den Strapazen der letzten Jahre war dies nur eine kleine Unannehmlichkeit, die er überwinden würde.

Danach begann er sich auf Griechisch zu Byrons Haus durchzufragen, was sich als recht einfach erwies. Jeder in der Stadt schien den englischen Lord zu kennen, und die Nennung seines Namens allein sorgte oft für einen schnellen Ausruf der Freude und des Lobes.

Seinen Seesack geschultert, in dem sich seine gesamte spärliche Habe befand, folgte Niccolo den Anweisungen bis zu einem großen Haus direkt am Meer, das aus mehreren Gebäudeteilen bestand, die über- und durcheinandergebaut zu sein schienen, mit schrägen Dächern mit roten Schindeln, einigen Türmchen und sogar einigen Säulen, auf denen Vordächer ruhten. Fischerbote lagen in der Lagune vor dem Haus, die Masten bar jeder Segel, und am Strand waren einige Gruppen Männer um qualmende Feuer versammelt, die nur so gerade eben dem Regen trotzten.

Das große, verwirrende Haus inmitten der regnerischen Idylle – Niccolo wusste sogleich, warum Byron es als Domizil gewählt hatte. Er ignorierte die Menschen, die um das Haus herum versammelt waren, und trat zu einer beliebigen Tür, da er keinen Haupteingang erkennen konnte.

Es dauerte einen Moment, bis jemand auf sein Klopfen reagierte. Zu seiner Freude war es Fletcher, der ihn erstaunt aus geröteten Augen ansah.

»Seid Ihr das, Master Viviani?«, brachte der verdutzte Mann

heraus, dem man die Strapazen der letzten Jahre an der Seite seines Herrn mittlerweile deutlich ansah. »Ich hätte Euch fast nicht erkannt.«

»Ebender«, erwiderte Niccolo mit einem freundlichen Nicken.

Der Diener wischte sich mit dem Handrücken über die Wangen. *Er weint,* erkannte Niccolo verwirrt.

»Willst du nicht deinem Herrn Bescheid geben, dass Besuch eingetroffen ist?«

»Ich … ja. Aber Lord Byron ist schwer erkrankt. Ich weiß nicht, ob er Euch empfangen kann.«

Eine dunkle Ahnung beschlich Niccolo.

»Erkrankt? Inwiefern?«

»Eine Krankheit der Lungen. Er ist sehr schwach. Es ist das Wetter und diese furchtbare Gegend. Hier ist es so feucht und schwül, ganz anders als in der Heimat.«

Eine Krankheit der Lungen, wie bei Keats.

»Ich muss zu ihm«, drängte Niccolo. »Es ist sehr dringend. Bitte, bring mich zu ihm.«

»Ich weiß nicht …«

»Bring mich zu ihm«, wiederholte Niccolo mit Nachdruck; seine Stimme duldete keinen Widerspruch.

Fletcher nickte, und eine Träne quoll aus seinem rechten Auge, als habe allein die Erwähnung der Krankheit seines Herrn seine Trauer wieder geschürt. Er schlurfte voran, und Niccolo folgte ihm. Mit jedem Schritt wuchs seine Sorge.

Byron lag auf einem Bett mit einem hohen Kopfende, an dem sein Haupt ruhte. Der Raum, in dem sich das Krankenbett befand, war groß, mit breiten Fenstern, die jedoch ob des Regens geschlossen und mit dunklen Tuchbahnen verhängt waren. Einige Lampen brannten in dem Zimmer, doch sie verstärkten nur den Eindruck von Düsternis.

Der englische Lord trug kein Hemd. Nur eine dünne Decke war um seinen Leib geschlungen, und seine Schultern waren unbedeckt. Sein Haar war feucht vom Schweiß, und Niccolo entdeckte einige graue Strähnen darin. Byron wirkte um viele Jahre gealtert, seit er ihn zuletzt gesehen hatte.

Als der junge Italiener eintrat, hob Byron den Kopf mit solcher Anstrengung, dass Niccolo schier das Herz stehen bleiben wollte. Einen Moment lang befürchtete er, die fiebrigen Augen würden ihn nicht erkennen, dann aber stahl sich ein Lächeln auf Byrons Lippen.

»Niccolo.«

Mit einer Handbewegung wies der Lord Fletcher an, sie allein zu lassen, dann hastete Niccolo zu dem Bett, ließ den Seesack fallen und kniete sich daneben nieder. Aus der Nähe stieg ihm ein stechender, unangenehmer Geruch in die Nase, die Ausdünstung von Krankheit und Tod. *Und noch etwas anderes, scharf und bitter.*

»Wie bist du hierhergekommen?«

Byrons Stimme war schwach, ebenso wie seine Bewegungen, aber dahinter konnte Niccolo noch den englischen Adligen erkennen, der ihn am Genfer See so sehr in seinen Bann gezogen hatte.

»Per Schiff. Ich habe nach dir gesucht.«

»Warum? Willst du auch die Griechen vom Los der Tyrannei befreien? Das ist ein ziemlich sinnloses Unterfangen; die meisten von ihnen sind nur Schafhirten, denen eine Schale Linsen wichtiger ist als ihre Freiheit.«

»Nein«, Niccolo schüttelte den Kopf. »Hör mir zu, ich muss dich warnen. Es gibt eine Verschwörung, deren Ziel es ist, uns alle zu töten. Der Angriff bei der Villa Diodati war kein Zufall – seit jener Nacht bin ich verfolgt und gejagt worden.«

»Bei mir werden sie zu spät kommen«, erklärte Byron.

»Sag so etwas nicht, Albé. Du wirst wieder gesund, und dann …«

»Nein, als ich meinen Fuß auf griechischen Boden setzte, wusste ich bereits, dass ich hier sterben würde. Ich hoffte, es würde in der Schlacht um die Freiheit geschehen, den Unterdrückern meine Verachtung entgegenbrüllend, aber das sollte wohl nicht sein.« Er lachte bitter und hustete. Als der Husten verebbte, fuhr er fort: »Stolze Griechen suchte ich, einen zerstrittenen Haufen Opportunisten fand ich. Die würden sich lieber gegenseitig die Kehlen durchschneiden als ihren Feinden.«

Der scharfe Geruch stieg Niccolo wieder in die Nase, und plötzlich wusste er einen Namen dafür. *Gift.*

»Das ist jetzt nicht wichtig. Ich befürchte, dass man dich vergiftet hat. So wie John Keats.«

»Keats? Percy hat mir geschrieben, er sei an einer schlechten Rezension seines Werkes zugrunde gegangen. Das erschien mir allerdings schon damals eher unwahrscheinlich.«

»Nein, Percy hat ihn zu einem von euch … oder vielmehr … von uns gemacht. Und das war sein Todesurteil.«

Byron richtete sich mühevoll auf und legte Niccolo eine Hand auf die Schulter. Er blickte ihn aus feurigen Augen an, in denen Fatalismus mit einer wilden Energie rang, für die Niccolo keinen Namen wusste.

»Egal, ob ich vergiftet wurde oder ob mich dieser verfluchte Sumpf umbringt, ich muss dir etwas sagen, bevor ich gehe …«

»Du wirst nicht sterben!« Es war eine Mischung aus Wunsch und Befehl, aber Byron schüttelte den Kopf.

»Hör mir zu: Ich habe dir großen Schaden zugefügt.«

Verwirrt runzelte Niccolo die Stirn.

»In Cologny«, fuhr der englische Lord fort. »Als ich dir sagte, du dürfest deine Liebste niemals wiedersehen. Es war ein falscher Rat, geboren aus meinem eigenen Schmerz über die

Trennung von der Liebe meines Lebens. Ich dachte, es gäbe keine wahren Gefühle für eine Frau; ich wollte, dass es keine gibt. Wenn ich kein Glück in der Liebe zu finden vermochte, wer sollte es dann?«

Niccolo wusste nicht, was er antworten sollte. Er war wie betäubt, als Byron ihn losließ und wieder auf sein Bett sank.

Der englische Lord atmete schwer. Dann wies er auf einen Verband an seinem Arm. »Sie schröpfen mich. Ich habe es lange genug verhindern können, aber jetzt saugen sie mir mein Blut aus.«

»Was? Wer?«

»Meine Ärzte. Die Lanzette hat mehr Menschen getötet als die Lanze, aber ich bin zu müde, um mich dagegen zu wehren. Ich sehne das Ende nun herbei. Soll ich nun den Priester zur Beichte rufen und als reuiger Sünder gehen? Nein, nein, keine Schwäche, lass mich ein Mann bis zum Ende sein.«

Er schloss die Augen. In seiner Brust rasselte der Atem, und Schweiß trat ihm auf Stirn und Wangen, als habe ihn das kurze Gespräch erschöpft.

Unfähig, etwas zu sagen, erhob sich Niccolo und wollte sich schon abwenden, doch Byron packte sein Handgelenk mit einem erstaunlich festen Griff.

»Was ich getan habe, das ist getan. Ich trage die Qual in mir. Niemand hat mehr Gewalt über mich, niemand besitzt mich. Die Hand des Todes liegt auf mir, und das macht mich, auf eine Art, frei.«

Niccolo blickte auf ihn herab. Mit einem Mal wusste er doch Worte zu sagen.

»Ich vergebe dir.«

»Darum habe ich nicht gebeten.«

»Ich tue es dennoch.« Er beugte sich hinab und küsste Byron auf die schweißfeuchte Stirn.

Der englische Lord lächelte ein letztes Mal, die Augen geschlossen, sein Atem schwer und fiebrig heiß.

Als Niccolo den Raum verlassen wollte, hörte er hinter sich gemurmelte Worte: »Es ist nicht so schwer, zu sterben.«

Blind lief Niccolo aus dem Raum und aus dem Haus. Er beachtete Fletcher nicht, der an ihm vorbei in das Zimmer seines Herrn stürzte.

Er wanderte ziellos durch die Straßen der überfüllten Stadt, bis die Nachricht vom Tode Byrons die Runde machte und wildfremde Menschen auf der Straße einander weinend in die Arme fielen. Er verstand ihre Trauer, spürte er sie doch hundertfach stärker. Mit Byrons Tod starb auch ein Teil von ihm. *Das letzte Glied, das mich mit meinem früheren Ich verbunden hat, ist nun auch zerbrochen.*

Schließlich suchte Niccolo eine kleine Kaschemme am Hafen auf und quartierte sich für die Nacht dort ein, was seinen Geldbeutel endgültig leerte. *Morgen muss ich mir eine Überfahrt nach Italien suchen, die ich mir erarbeiten kann,* überlegte er. Aber noch war der Gedanke an morgen weit weg.

Er legte seinen Seesack auf das schmale, nicht allzu sauber aussehende Bett und setzte sich daneben. Er starrte noch ins Nichts, als sich unvermittelt die Tür der winzigen Kammer öffnete.

Ludovico stand im Türrahmen, und Niccolo wusste, dass ihn der Anblick überraschen sollte, doch er hatte kein Gefühl mehr übrig.

»Byron ist tot«, erklärte er statt einer Begrüßung. »Ich bin zu spät gekommen.«

»Das tut mir leid. Ich kannte ihn nicht, aber er war offenkundig ein Mann, der andere inspirieren konnte. Darf ich?«, erkundigte sich der Vampir, und Niccolo lud ihn mit einer Geste ein hereinzukommen.

Ludovico setzte sich auf den Stuhl, der außer dem Bett das einzige Mobiliar des Zimmers bildete. Anders als Niccolo war er bereits wieder in feinste Stoffe gehüllt und wirkte auch insgesamt wie ein vermögender Mann.

»Ich bringe noch mehr schlechte Nachrichten, mein Freund. Ich habe einen Brief von Valentine erhalten.«

Niccolos Herz setzte einen Schlag aus, und er blickte auf.

»Sie hat mir einen Brief nach Ioannina geschrieben, wohin ich zunächst zurückgekehrt war, in dem sie mir mitteilt, dass sie meine Nachricht erhalten hat und sich auf unsere sichere Rückkehr freut.«

Verständnislos blickte Niccolo Ludovico an.

»Ist das nicht gut?«

»Das wäre es vielleicht, hätte ich ihr zuvor geschrieben.«

Eine kalte Hand griff nach Niccolos Brust.

»Wer dann?«

»Ist das nicht offensichtlich? Wer könnte von unserer Flucht erfahren haben?« Ludovicos Stimme war wie die eines Lehrers, der mit einem unbegabten Schüler sprach. »Warum sollte jemand Valentine nach Arezzo locken?«

»Nach Arezzo?«

»Ja, in die Toskana, in dein Elternhaus.«

Die kalte Faust raubte Niccolo den Atem. *Marcella,* dachte er. *Und Esmeralda. Und Valentine.*

»Gioana und ihre Schergen leisten gründliche Arbeit«, stieß er hervor.

»Ich wollte gleich aufbrechen, aber es schien mir geraten, dich auch zu informieren. Diese Frau wird niemals aufgeben. Sie wird uns jagen, bis entweder wir oder sie tot und vernichtet sind. Wir müssen sofort aufbrechen, Niccolo. Größte Eile ist das Gebot der Stunde.«

Niccolo blickte Ludovico an. *Warum hat er mir Bescheid ge-*

geben? Er versuchte, das Antlitz des Vampirs zu ergründen, doch er fand darin keine Arglist. *Er sorgt sich um Valentine, und er braucht meine Hilfe. Nein, sie braucht meine Hilfe. Alle, die ich liebe.* Die Erkenntnis traf Niccolo wie ein Schlag. Es war noch nicht vorbei.

52

AREZZO, 1824

Das Anwesen sah beinahe noch genauso aus, wie Valentine es in Erinnerung hatte. Zypressen und Pinien säumten den Weg, der zu dem aus Feldsteinen erbauten Haupthaus führte, und grüne Wiesen und Weiden erstreckten sich darum herum, so weit das Auge reichte. Der warme Frühling sorgte dafür, dass die prachtvolle Landschaft sich von ihrer schönsten Seite zeigte.

Erst, als ihre Kutsche schon fast den Eingang erreicht hatte, konnte sie die subtilen Veränderungen sehen, die in den vergangenen acht Jahren mit dem Haus vorgegangen waren. Der Bewuchs mit wildem Wein war dichter geworden, die früher so sorgfältig gepflegte Fassade hatte Risse bekommen, die Farbe an den dunklen Fensterläden war abgeblättert, einer hing sogar schief in seinen Angeln. Das ganze Anwesen wirkte, als sei es von seinen Bewohnern mehr und mehr vergessen worden.

Valentine versuchte, sich daran zu erinnern, wie sie von hier aus mit Niccolo Viviani aufgebrochen war, zu einer Reise, die sie in die Schweiz zurückbringen und der Auftakt zu Niccolos Grand Tour sein sollte. *Eine Reise, die uns einander erst so nahe brachte und uns dann für immer entzweite.*

Sie konnte sich an den Tag noch genau erinnern, hörte beinahe das Lachen und die Abschiedsworte, aber das Mädchen, das in der Kutsche gesessen hatte, war ihr fremd geworden. Sie konnte sich nicht mehr vorstellen, so jung, so unbeschwert oder so naiv gewesen zu sein.

Unwillkürlich biss sie sich auf die Lippe. Es war kein guter Moment für alte Erinnerungen. Sie hatte versucht, sich dafür zu wappnen, Niccolo und Ludovico in Kürze gegenüberzutreten, aber letztlich wusste sie, dass das Problem in ihr selbst lag, in ihren auf ewig widerstreitenden Gefühlen.

Sie hatte von Poppi aus einen Boten vorgeschickt, um ihre Ankunft anzukündigen und gehofft, die beiden Männer würden ihr entgegenkommen, doch nichts dergleichen war geschehen. *Kein Grund, sich Sorgen zu machen,* versuchte sie sich selbst zu beruhigen, doch sie merkte, wie sich ihre Hände im Schoß verkrampften, als die Kutsche endlich in der Auffahrt anhielt.

Während der Kutscher ihr und Emily aus dem Wagen half, traten zwei junge Frauen auf die Terrasse, zu der die Vortreppe emporführte. Beide waren dunkelhaarig, die eine knabenhaft schlank und in ein schlichtes graues Kleid gewandet, die andere fraulicher und in einen schwarzen Rock und ein buntes Hemd gekleidet. Ein ebenso buntes Tuch hielt die prächtigen dunklen Locken der größeren zurück, während das schwarze Haar der kleineren sorgfältig frisiert war. *Das muss Marcella sein,* schoss es Valentine durch den Kopf, *und das andere diese Zigeunerin.*

»Valentine«, rief Marcella und lief hastig die Stufen hinunter. »Du bist es wirklich!« Sie umarmten sich, und erst, als sich die beiden Frauen wieder voneinander lösten, konnte Valentine genau sehen, wie sehr sich ihr Gegenüber verändert hatte.

»Du bist so erwachsen geworden«, sagte sie lächelnd.

»Und du bist sogar noch hübscher geworden«, antwortete Marcella lachend, doch dann wurde ihr Gesichtsausdruck ernst. »Aber sag, was führt dich hierher? Hast du doch noch beschlossen, dass wir deinen Mann und meinen Bruder bei den Osmanen suchen sollten?«

»Bitte?« Valentine schüttelte den Kopf. »Sind sie denn nicht ... Ich meine, sind Ludovico und Niccolo denn nicht hier?«

Verwirrt sah Marcella sie an. »Nein, natürlich nicht. Wieso ...«

Weiter kam sie nicht, denn sie wurden von der dunkelhaarigen Frau unterbrochen, die zusammen mit Marcella auf die Terrasse gekommen war.

»Sie müssen die viel beschworene Valentine sein«, sagte sie kühl und streckte die Hand zur Begrüßung aus.

»Das ist Esmeralda«, erklärte Marcella mit einem Gesichtsausdruck, der unschwer eine gewisse Abneigung erkennen ließ.

»Angenehm«, erwiderte Valentine, ohne weiter auf die forsche Zigeunerin einzugehen. Irgendetwas schien hier ganz und gar nicht zu stimmen. Sie wandte sich wieder an Marcella. »Ich verstehe das nicht. Ich bin nach Arezzo gereist, weil ich von Ludovico einen Brief erhielt, in dem er mich bat, ihn hier zu treffen.«

»Das ist allerdings merkwürdig«, stimmte Esmeralda zu. »Wir haben keine Nachricht bekommen und machen uns noch immer die allergrößten Sorgen um Niccolo.«

Die vertraute Anrede versetzte Valentine einen Stich, und sie fragte sich, in welchem Verhältnis Esmeralda wohl zu Niccolo stand.

»Ludovico schrieb mir, dass sie beide in Sicherheit sind und auf dem Weg hierher.«

»Niccolo ist in Sicherheit? Das sind doch großartige Neuigkeiten!« Marcella klatschte in die Hände.

»Vielleicht wurden sie einfach nur aufgehalten und kommen bald an?«, vermutete Valentine, obwohl sie selbst ihre Worte nicht überzeugend fand.

»Hoffen wir es. Aber warum hat Niccolo uns nicht über seine Rückkehr informiert?«, wollte Esmeralda wissen.

»Hier draußen werden wir dieses Rätsel sicher nicht lösen«, meinte Marcella nachdenklich. »Lasst uns hineingehen und schauen, ob wir herausfinden, was das alles zu bedeuten hat.«

STRASSE VON OTRANTO, 1824

Mit zusammengekniffenen Augen starrte Niccolo so angestrengt zu dem Lateinersegel hinauf, als könne er es mit schierer Willenskraft dazu bringen, sich noch weiter zu blähen. Dabei konnte er sich im Grunde nicht beklagen. Das Geld, das Ludovico den griechischen Fischern gezahlt hatte, war Anreiz genug für die Männer, und sie gaben sich alle Mühe, ihre Passagiere so rasch wie möglich an ihr Ziel zu bringen.

Der Vampir hielt sich meist unter der kleinen Plane auf, die am Heck gespannt worden war und die am Tage wenigstens etwas Schatten bot. Nachts schliefen sie auch dort, gemeinsam mit den Fischern.

Jetzt sah Ludovico zu dem jungen Italiener herüber, erhob sich und trat neben ihn.

»Wir segeln bis Ravenna«, erklärte Niccolo bestimmt. »Es ist etwas weiter als geplant, aber die Straßen von dort aus nach Arezzo sind besser. Wir werden schneller ankommen, als wenn wir in Ancona oder Pesaro von Bord gehen.«

»Einverstanden. Wir halten uns gar nicht lange auf. Ich besteche die Behörden, während du uns Pferde besorgst. Keine Kutschen; das dauert zu lang.«

Es tat gut, Pläne zu machen. Obwohl das schlanke Fischerboot schnell durch die dunkelblaue See schnitt und die Winde günstig standen, fühlte Niccolo sich, als ob sie still standen. Die erzwungene Ruhe und Tatenlosigkeit, während sie auf ihre Ankunft in Italien warteten, zerrte an seinen Nerven, und er sah Ludovico an, dass es ihm ähnlich erging.

NAHE AREZZO, 1824

Die Sonne senkte sich bereits am Horizont. Niccolo trieb sein Pferd weiter an. Sie hatten die Reittiere mehrfach an Poststationen gewechselt, jedes Mal ein erschöpftes, schweißnasses Tier gegen ein frisches eingetauscht, aber das letzte Stück ritten sie durch. Sie mussten Arezzo vor ihren Feinden erreichen; alles andere war zweitrangig.

Ludovico ritt einige hundert Meter hinter ihm. Der Conte von Karnstein hatte immer wieder Probleme mit den Tieren, die vor ihm zurückscheuten, und Niccolo war zudem der bessere Reiter.

Er galoppierte die Straße entlang, die er so oft in seinem Leben geritten und gefahren war, doch niemals zuvor war er in solcher Eile gewesen. Zwischen den beiden mit Wein bepflanzten Hügeln würde gleich das Anwesen in Sicht kommen. Halb erwartete er, Rauch zu entdecken, ein Feuer, oder gar nur noch die Ruinen der Gebäude aus einem verwüsteten Park ragen zu sehen.

Stattdessen lag sein früheres Zuhause bald friedlich vor ihm. Er preschte in den Hof. Kies spritzte nach allen Seiten, als er sein Pferd hart zum Stehen brachte.

Ein Mann kann aus den Stallungen gelaufen, und es dauerte einen Augenblick, bis Niccolo Carlo erkannte, der ihm freudig zuwinkte. Er hatte seinen Diener vor Ioannina zurückgelassen und schon das Schlimmste befürchtet.

»Willkommen daheim, Herr! Es ist alles für Eure Ankunft vorbereitet.«

»Was?«, lautete Niccolos wenig eloquente Antwort. Sein Pferd schnaubte, und er selbst schnappte nach Luft.

Als Ludovico langsamer in den Hof ritt, antwortete Carlo: »Die Contessa von Karnstein hat uns berichtet, dass Ihr bald kommen würdet, Herr.«

»Valentine? Sie ist hier? Sind alle wohlauf?«

»Ja, Herr.«

Niccolos Herz machte einen Sprung. Sie waren rechtzeitig gekommen. Er glitt vom Pferd und wäre dem bärbeißigen Diener fast um den Hals gefallen.

Hinter ihnen ging die Sonne unter, und die Nacht senkte sich über das Anwesen.

Valentine blickte sich in der Bibliothek um, in der sie sich versammelt hatten. Die Uhr zeigte, dass es schon weit nach Mitternacht war, und sie hatte mit einem Mal das merkwürdige Gefühl, dass eine andere Person hier in ihrer Haut und ihren Kleidern saß, während sie die ganze Szene von außen betrachtete.

Die beiden Männer, die vor dem Kamin auf und ab gingen, während sie ihre unglaubliche Geschichte von Vampiren, Werwölfen und einer wahnsinnigen Inquisitorin erzählten, erschienen ihr plötzlich unwirklich. Einen Tag nach ihr waren sie in Arezzo angekommen, schon am Abend, abgehetzt und mit nervösen Blicken. Jetzt hatten sie sich erfrischt und berichteten von ihren Erlebnissen. Und so froh sie war, beide am Leben und wohlauf zu sehen, so bitter kam es sie doch an, niemals die ganze Wahrheit über Niccolo Viviani gewusst zu haben.

Schon einmal hatte sie in diesem Raum Niccolo eine solche Geschichte erzählen hören. Beinahe hätte sie bei dem Gedanken gelacht. Doch die Geschichte, die nun vorgetragen wurde, war nicht erfunden; ein Blick in Niccolos Gesicht genügte, um sie von der Wahrheit seiner Worte zu überzeugen.

Die Enthüllungen, die die beiden Männer ihren Zuhörerinnen in dieser Nacht zu machen hatten, waren schwer zu fassen. Niccolo hatte sich vor Jahren in der Schweiz von einem Werwolf beißen lassen, hatte wie ein Besessener versucht, etwas über den Ursprung und die Bestimmung der Werwölfe zu erfahren, und war nun selbst zu einem geworden.

Am schwersten fiel es wohl Marcella, die Neuigkeiten zu verarbeiten; die junge Frau hatte die Bibliothek erst vor wenigen Augenblicken fluchtartig verlassen.

»Ich spreche gleich noch einmal mit ihr«, bot Niccolo nun an.

»Das wird wohl das Beste sein«, stimmte ihm Esmeralda zu.

Sie hat es offenbar schon länger gewusst, dachte Valentine und merkte, wie sie die Vorstellung in Zorn versetzte.

»Ihr müsst inzwischen packen. Wir brechen morgen früh auf, sobald die Sonne aufgeht«, fuhr Niccolo fort. »Ludovico denkt, dass es am klügsten wäre, Italien ganz zu verlassen. Wir reisen nach Deutschland, nach Preußen, da Ludovico bei Berlin Besitzungen hat. Von dort aus sehen wir weiter.«

»Am liebsten wäre es mir, wir würden noch heute Nacht fahren«, warf Ludovico ein. »Aber ich fürchte, das schaffen wir nicht. Zumindest hoffe ich, dass wir in protestantischeren Gefilden zunächst vor unseren Verfolgern sicher sind.«

Sicherheit. Valentines Ärger wuchs mit jedem Augenblick. *Und uns hat natürlich niemand gefragt. Dann also Berlin, was macht das schon für einen Unterschied?*

AREZZO, 1824

Eine innere Unruhe trieb Niccolo zur Eile, und er konnte verstehen, warum Ludovico sich am liebsten noch in derselben Nacht auf den Weg gemacht hätte. Vielleicht hatte ihn seine Zeit als Sklave zu sehr geprägt; vielleicht konnte er auch einfach dem derzeitigen Frieden nicht trauen, aber der Gedanke daran, dass es Gioana gelungen war, Valentine nach Arezzo zu locken, ließ ihn keine Ruhe finden. Dabei wusste er, dass er Marcella vielleicht für immer aus ihrer gewohnten Umgebung riss. Sosehr sie sich immer danach gesehnt hatte, selbst zu reisen, die Umstände ihrer Abfahrt hatte sie sich sicher anders vorgestellt.

»Verräter«, hatte sie ihm entgegengespien, als er ihr gefolgt war. »Du hast mich allein gelassen, um diesem Irrsinn nachzujagen! Und jetzt behauptest du, wir beide – nein, unsere ganze Familie! – wären Monster?«

Er hatte ihr nicht widersprochen. Seine ganze Hoffnung ruhte darauf, dass Marcella es verstehen würde, wenn sie mehr Zeit gehabt hatte, darüber nachzudenken und sich an den Gedanken zu gewöhnen. *Besonders an den Gedanken, was auch mit ihr geschehen könnte.*

Niccolo lief in der Bibliothek auf und ab und blieb nur ab und zu stehen, um geistesabwesend an einem Glas Wein zu nippen. Pläne drifteten durch seinen Geist. Er dachte an ihre Reise nach Berlin und darüber hinaus, erwog Verstecke und verwarf sie wieder. Er hoffte auf ein Wiedersehen mit Katya und Hristo. Er überlegte, Europa hinter sich zu lassen und ganz zu verschwinden, vielleicht in die Neue Welt zu gehen oder nach Indien, Japan oder sonstwohin zu reisen, wo man sie nicht kannte und sie ein neues Leben beginnen konnten.

Ludovico war ruhiger, zumindest äußerlich. Er saß in einem alten Ohrensessel, die Beine übereinandergeschlagen und las in einem Buch, das aus Niccolos Sammlung stammte. Hin und wieder schmunzelte er, und einmal lachte er sogar laut auf.

»Das ist herrlich«, erklärte er. »Wer immer das geschrieben hat, muss über eine blühende Fantasie verfügt haben. Knoblauch und Kreuze!«

Niccolo brummte nur. Er war im Geiste schon wieder in

Albanien. Plötzlich merkte er, dass er in Gedanken schon wieder zu fliehen versuchte. Aber diesmal würde er es nicht tun.

Bevor sie aufbrachen, hatte er noch etwas zu erledigen.

Valentine stand vor der geöffneten Reisetruhe. Viel gab es nicht zu packen. Sie hatte Emily zu Bett geschickt; um ein Kleid, ein bisschen Wäsche und die paar persönlichen Dinge zu verstauen, die sie in der kurzen Zeit in Arezzo ausgeräumt hatte, brauchte sie keine Hilfe. Sie nahm ihre Haarbürste und legte sie in die Truhe. Ein silberner Handspiegel folgte. Dann nahm sie den Spiegel wieder heraus und betrachtete sich darin. Sie sah erschöpft aus. Ihre Lider waren geschwollen, und unter ihren Augen lagen dunkle Schatten. Sie war müde. Müde von der Reise, müde von dieser Nacht. Und müde von all den Lügen, die ihr Leben seit Jahren bestimmt hatten. Sie hob den Handspiegel und schleuderte ihn mit voller Wucht gegen die Wand, als es klopfte.

»Herein«, rief sie zornig. Halb erwartete sie, ihren Ehemann zu sehen oder Marcella, aber es war Niccolo, der die Tür öffnete und zögernd in das Zimmer trat.

»Ist dir der Spiegel heruntergefallen?«, fragte er, nachdem er einen Blick auf die Splitter geworfen hatte.

»Nein. Ich habe ihn eben gegen die Wand geworfen«, erklärte sie fest. »Kann ich etwas für dich tun?«

Niccolo hob die Hände in einer hilflosen Geste, als wisse er nicht, was er sagen solle. Von ihnen allen hatte er sich wohl am meisten verändert. Aus dem schlaksigen Jungen war ein Mann von beeindruckender Präsenz geworden. Er trug seinen schäbigen Anzug mit so viel Würde, als sei es die Robe eines Königs. Und der Ausdruck in seinen Augen gab ihr eine Ahnung davon, was er durchgemacht hatte.

»Nein, ich wollte nur nach dir sehen. Mich davon überzeugen, dass du lebst und dass es dir gutgeht.«

»Nun, es geht mir gut«, sagte sie und fuhr ärgerlich fort: »Wie du siehst. Du kannst jetzt also gehen und schauen, ob sich Esmeralda ebenfalls wohlfühlt.«

Er nickte betreten und schickte sich an, den Raum zu verlassen. Plötzlich tat ihr ihre Schroffheit leid.

»Und wie geht es dir?«, fragte sie mit ruhigerer Stimme. »Die letzten Jahre müssen furchtbar für dich gewesen sein.«

Er lächelte vorsichtig.

»Ich träume noch immer davon, in der Mine eingesperrt zu sein, wenn du das meinst. Es war ein grauenhafter Ort, und ich bin Ludovico sehr dankbar, dass er mich befreit hat. Auch deshalb bin ich hier heraufgekommen. Ich wollte dir danken, dass du ihn zu mir geschickt hast.«

»Du weißt davon? Ludovico hat es dir erzählt?«

»Selbst, wenn er es mir nicht erzählt hätte, so hätte ich es trotzdem vermutet. Von sich aus hatte er wohl wenig Grund, sein Leben für mich aufs Spiel zu setzen. Er ist kein Mann der noblen Gesten.«

»Er ist nach Albanien gefahren, um dich aus den Klauen Ali Paschas zu retten«, erklärte Valentine scharf. »Das hat er zwar getan, weil ich ihn darum gebeten habe, aber auch, obwohl er wusste, warum ich ihn darum bat. Und wenn ich dich richtig verstanden habe, ist er bei dem Versuch fast getötet worden. Und er war wenigstens ehrlich zu mir, was das angeht, was er nun einmal ist. Also erzähl du mir nichts von noblen Gesten.«

Erneut nickte Niccolo stumm und senkte den Blick. Für einen kurzen Moment sah er wieder aus wie der junge italienische Adlige, in den sie sich in diesem Haus verliebt hatte.

»Du hast Recht«, murmelte er. »Ich habe dir nicht die Wahrheit gesagt. Nicht in Genf und auch nicht in Paris. Ich habe geglaubt, ich könnte dich schützen, indem ich dich verlasse, aber heute weiß ich, wie falsch das war. Ludovico hat das Richtige getan, als er beschloss, dir nichts zu verschweigen.«

Er richtete sich wieder auf und sah sie an.

»Ich kann nicht noch länger lügen, Valentine, das habe ich viel zu lange Jahre getan. Und ich hatte in Ali Paschas Grube reichlich Zeit, es zu bereuen. Ich bin hergekommen, um dir zu sagen, dass ich dich liebe und dich immer geliebt habe. Ich hatte gehofft, du könntest mir verzeihen und vielleicht mit mir zusammen von hier fortgehen.«

Valentine blickte ihn an, und etwas in ihr zerbrach. Sie hatte versucht, Niccolo zu vergessen. Sie hatte versucht, zu glauben, dass er sie nie geliebt hatte. Sie hatte versucht, sich einzureden, dass sie ihn nicht liebte. Aber als er jetzt vor ihr stand, brach ihr kostbarer Selbstbetrug zusammen wie ein Kartenhaus. Sie schloss die Augen. *Hättest du das nur früher gesagt. In einem anderen Leben, als wir alle noch frei von unseren Flüchen waren.*

»Es ist zu spät, Niccolo«, sagte sie sanft. »Ich kann und werde Ludovico nicht verlassen. Ich habe ihm etwas dafür versprochen, wenn es ihm gelingt, dich lebendig zurückzubringen.«

»Was hast du ihm versprochen?«, fragte Niccolo und zog jedes Wort so in die Länge, als habe er die Sprache eben erst erlernt.

»Ich habe Ludovico versprochen, dich nie wiederzusehen und auch nicht zu versuchen, dich je wiederzutreffen. Er war so freundlich, dich mit hierherzubringen, damit du dich um deine Schwester und um Esmeralda kümmern kannst. Aber wenn wir diesen Ort verlassen, werden wir bald getrennter Wege gehen, und diesmal wird es für immer sein.«

»Das … das kannst du nicht«, stammelte Niccolo, dem alles Blut aus dem Gesicht gewichen war. »Das kann er nicht verlangen.«

Bitterkeit schnürte Valentine die Kehle zu. »Er hat es nicht verlangt. Ich habe es ihm angeboten, freiwillig. Ludovico ist ein

Mann, der sein Wort hält. Deshalb bist du noch am Leben und hier in Arezzo. Wie könnte ich nun weniger tun?«

Sie sah, wie er die Hände zu Fäusten ballte und um Fassung rang.

»Auch wenn es keine Hoffnung mehr gibt, bin ich froh, es dir gesagt zu haben«, flüsterte er. »Ich liebe dich.«

»Ich weiß«, sagte sie schlicht. »Und ich liebe dich.«

Er war mit einem schnellen Schritt bei ihr und schloss sie in die Arme. Bevor sie darüber nachdenken konnte, hatten sich ihre Lippen gefunden.

Ein neuerliches Klopfen ließ sie zurückschrecken. Ludovico betrat das Zimmer, mit einem jovialen Lächeln auf dem Gesicht. »Ich fürchte zwar, dass ich störe, aber ich vermute, du wolltest gerade sowieso gehen, oder Niccolo?«

Ohne ein weiteres Wort floh der junge Italiener aus dem Raum.

53

AREZZO, 1824

Im Eingangsbereich stapelten sich bereits die Truhen, Koffer und Vorräte, die sie auf ihrer Reise benötigen würden. Noch vor Sonnenaufgang würden die Kutsche und der Wagen beladen werden, und mit dem ersten Licht des Tages würden sie Arezzo verlassen. Niccolo wusste, dass ihn der Gedanke, seine Heimat schon wieder zu verlassen, mehr berühren sollte, doch das Gefühl wollte sich nicht einstellen. Er war zu lange fort gewesen und hatte sich zu sehr verändert, um den altehrwürdigen Palazzo noch als sein Zuhause zu betrachten.

Ein leises Klirren drang zu ihm herab.

»Hast du etwas gehört?«, fragte er Ludovico, der ihn fragend ansah und den Kopf schüttelte. »Ich dachte, da wäre …«

Ein Schrei unterbrach ihn, hoch und schrill, der abrupt endete. Ein Schauer lief Niccolo über die Haut.

»Valentine! Marcella!«

Ludovico war bereits auf den Beinen und schon halb zur Tür hinaus, bevor Niccolo auch nur reagieren konnte. Er folgte dem Vampir den kurzen Flur entlang bis zur Eingangshalle – und erstarrte mitten im Lauf.

Am oberen Ende der Treppe stand Valentine, das Gesicht schreckensbleich, in nicht mehr als ein dünnes Nachthemd gehüllt. Schräg hinter ihr stand eine Frau, um deren Form sich Schatten wanden.

Ludovico, der ebenfalls innegehalten hatte, tat einen Schritt, aber die Frau rief: »Bleibt stehen!«, hob die Hand und legte sie auf Valentines Schulter. Es war Gioana, die mit einem höhnischen Grinsen auf sie herabblickte.

Mehr Gestalten strömten aus den Zimmern im ersten Stock. Männer und Frauen, und Niccolo wusste, dass es sich um Gioanas Brut handeln musste. Ludovicos Blick hetzte von einem zum anderen, kehrte zu Valentine zurück, doch er folgte dem Befehl und stand still.

»Endlich sind wir alle versammelt«, stellte Gioana fest, und die Befriedigung in ihrer Stimme war fast greifbar. »Ich muss sagen, es ist äußerst schwer, Euch umzubringen, Conte Viviani. Eure englischen Freunde waren da weitaus kooperativer. Aber nun habe ich keinen Bedarf mehr an Giften und Pülverchen und der ganzen Heimlichkeit. Jetzt wird es auch so gehen.«

»Lass sie frei«, sagte Ludovico mit überraschendem Nachdruck. »Du willst mich. Sie ist dir doch egal.«

Gioana lachte. Es war ein perlendes, fröhliches Lachen, das hier so fehl am Platz wirkte wie auf einer Trauerfeier.

»Immer so egozentrisch, Ludovico. Immer heißt es nur ich, ich, ich. Ich muss dich enttäuschen: Dein Freund dort hat ebenso Anteil an meinem Besuch wie du. Und wie sie.«

Ihre Finger glitten über Valentines nackten Hals, und Niccolo musste sich beherrschen, um nicht zu schreien. Einige der Vampire kamen die Treppe hinab, hielten noch Abstand von ihnen, kreisten sie aber langsam ein.

»Was willst du?«, fragte Niccolo in der Hoffnung, Zeit zu gewinnen.

»Rache für das, was ihr beide mir angetan habt. Und ich möchte euch auch danken für das, was ihr mir geschenkt habt. Ihr habt mir die Augen geöffnet.«

»Ich kann es gern wieder rückgängig machen«, zischte Ludovico, aber sie lachte nur erneut.

»Nein, dafür bist du zu schwach. Du hast mir deine Dunkelheit gegeben, aber nun bin ich mehr als das. In all deinen Jahrhunderten hast du nicht gesehen, was ich gesehen habe. All dein Wissen ist winzig im Vergleich zu meinem. Jahrhunderte des Kampfes gegen Wesen wie euch, fein säuberlich dokumentiert in den Archiven. Forschung von Männern, die weit mehr Intelligenz besaßen als du, *mio padre*. Erbeutete Texte von Teufelsanbetern, Rituale, Grimoires, Tagebücher. Ein gewaltiger Wissensschatz, der mir mehr Macht gegeben hat, als du dir vorstellen kannst.«

»Du willst uns tot sehen?«, unterbrach Niccolo sie. »Gut. Töte uns. Aber lass die anderen gehen.«

»Liebe«, murmelte Gioana, »ist eine wunderbare Sache, wenn man sie zu nutzen weiß. Eure Liebe fesselt euch. Ihr werdet nichts tun, solange sie in meiner Gewalt ist. Man könnte euch beiden die Kehlen durchschneiden und euch ausbluten lassen wie Schweine, und ihr würdet euch nicht wehren – alles in der Hoffnung, sie dadurch zu schützen. Ihr seid besser gebunden als mit jedem Silberstrick, mit jedem Zauberwort.«

Niccolo konnte den Blick nicht von Valentine lösen. Er wusste, dass Gioana Recht hatte. Er ahnte, dass seine Untätigkeit sie nicht retten würde, nicht retten konnte, aber er würde niemals etwas tun, was sie in Gefahr brachte. Er war wie gelähmt. Sie erwiderte seinen Blick aus weit aufgerissenen Augen.

»Du bist vollkommen wahnsinnig«, bemerkte Ludovico.

»Bereust du, *mio padre?*«

»Ich werde meine Fehler korrigieren.«

»Nein, wirst du nicht. Du wirst an ihnen zugrunde gehen. Aber tröste dich; ihr seid nur die Ersten. Die Dunkelheit, die für so viele Äonen gefangen war, wird wiederkehren. Durch mich und meine Kinder, und wir werden ein neues Zeitalter einläuten. Auf den Ruinen der Kirche werden wir eine neue Kirche errichten, die die Schwäche der alten ausmerzt!«

Bevor der Vampir antwortete, sah Niccolo die Angst in Valentines Augen. Aber dort war noch mehr. Ein Entschluss festigte sich, er konnte es spüren, es war wie eine Blume, die sich öffnete. Er wollte schreien, aber es war schon zu spät.

Ohne einen Laut riss sich Valentine los und sprang über das Treppengeländer. Einen Moment lang schien ihr Körper in der Schwebe zu hängen. Ihr helles Haar wogte durch die Luft, und Niccolo glaubte fast, dass sie einfach herabsinken würde, getragen von unsichtbaren Flügeln. Doch dann stürzte sie und überschlug sich, immer noch gespenstisch lautlos. Nur die dumpfen Schläge waren zu hören, mit denen ihr Körper auf den harten Stein der untersten Stufe prallte. Sie rollte über die Seite und blieb am Fuß der Treppe regungslos liegen.

Ludovico brüllte wie ein verwundetes Tier und sprang den nächsten Vampir an. Seine Finger zogen Schlieren von Dunkelheit hinter sich her und zerschnitten Haut und Knochen, als seien seine Nägel aus Stahl.

Niccolo stürmte vor, nur Valentines gestürzten Leib im Blick. Er warf sich zu ihr auf die Knie, rutschte den letzten Meter über den Boden. Seine Hände fanden ihr Gesicht, strichen die Haarsträhnen zur Seite. In ihren Augen war noch Leben, doch er sah, wie das Licht langsam erstarb.

»Nein, nein, nein«, bettelte er. »Nein, nein, nein.«

Tränen stiegen ihm in die Augen. Ein dünner Faden Blut hing Valentine aus dem Mundwinkel. Vorsichtig drehte Niccolo ihren Leib, ergriff ihre Hände und legte sie ihr auf die Brust. Seine Lippen berührten ihre Stirn.

Hinter ihm erklangen Schritte, jemand rannte auf ihn zu. Er kniete über Valentine gebeugt da, wollte den Tod mit reiner Willenskraft von ihr fernhalten, ihrem sterbenden Leib seine Wärme, sein Leben geben.

Die Klinge traf ihn von oben in die Schulter, bahnte sich glühend heiß einen Weg in seine Brust. Er sackte zur Seite. Ein Lächeln umspielte seine Lippen. So oder so würde es ein Ende finden.

Gioana sah auf die Szene hinab, und ein Gefühl des Triumphs erfüllte sie. Die Frau starb dort unten, aber das war nicht weiter wichtig. Daneben lag Conte Viviani. Blut sprudelte aus einer hässlichen Wunde in seinem Rücken. Mit seinem Tod würde Gioanas Rache komplett sein. Neben ihm kämpfte Ludovico. Er hatte offenbar dazugelernt, und er focht mit dem Mut der Verzweiflung, doch es waren zu viele Gegner. Er tötete einen Mann, musste allerdings einen Schnitt am Schenkel hinnehmen. Seine Schatten wanden sich um eine Frau, pressten das Leben aus ihr, aber eine Klinge fand einen Weg in seine Seite.

Gioana würde die Sache nun beenden. Ein Teil von ihr bewunderte ihn für den Hass, der in ihm loderte und der ihn jeden Schmerz überstehen ließ. Aber er war ein Relikt vergangener Tage, ein Überbleibsel, das nun entfernt werden musste. Die Zukunft gehörte Gioana und den Ihren. Sie hatte einen Papst ermordet, um ihre Pläne zu verwirklichen. Und nun würde sie dank des Eifers und der schützenden Hand von Leo XII. alles ausrotten, was ihr noch im Weg stehen konnte. Vampire, Werwölfe, Hexen, nichts würde den Ihren gewachsen sein. Und wenn es so weit war, würde sie die Dunkelheit in die Welt entlassen und die Kirche hinwegfegen. Doch zuerst galt es, die Lasten ihrer alten Existenz endgültig zu beseitigen. Es würde ihr eine Freude sein, es selbst zu tun, mit eigenen Händen.

Sie begann, die Treppe hinabzusteigen. Oben würden sich einige ihrer Diener um die Schwester des Conte Viviani und seine Gespielin kümmern. Die Freude, Ludovico ein Ende zu bereiten, gehörte ihr ganz allein.

Er war schnell. Sein Ausfall warf einen Vampir zurück, ein zweiter wurde von ihm in Stücke gerissen. Er rannte, nein, flog ihr entgegen. Für einen Menschen wäre er schneller als das Auge gewesen, doch für sie bewegte er sich quälend langsam. Sie duckte sich unter seinem Schlag hinweg, packte seinen Arm und schleuderte ihn herum. Sein Körper prallte gegen das Treppengeländer. Bevor er sich aufrappeln konnte, setzte sie ihm den Fuß in die Seite und riss an dem Arm.

Sein Heulen war Musik in ihren Ohren. Er fiel die Stufen hinab, während sie die ausgerissene Gliedmaße verächtlich fallen ließ und ihm folgte.

»Halt still, und es wird schnell gehen.«

Ein Knurren ließ sie herumfahren. Ein monströser Werwolf erhob sich vom Boden, die Klauen ausgestreckt. Sein Kopf pendelte hin und her, nahm Witterung auf, sog gierig die Luft in die geblähten Nüstern. Ein Vampir sprang ihn an, doch er fegte den Angreifer aus der Luft, riss ihm mit seinen Klauen den Kopf vom Hals. Die leblose Hülle fiel zu Boden.

Gioana fauchte und rief die Dunkelheit in sich. Schatten umtanzten ihren Leib, hüllten sie ein, gaben ihr noch mehr Stärke, als sie die Treppe hinab in die wartenden Arme des Werwolfs sprang.

Ein Vampir sprang Ludovico an, der den Angriff nur mit Mühe abwehren konnte. Sein verbliebener Arm packte den fauchenden Mann an der Kehle und riss ihn zu sich herab. Er schlug den Kopf seines Gegners auf den Marmorboden, wälzte sich herum, auf den Rücken des Vampirs, und biss ihn in den Hals. Süßes, mächtiges Blut durchströmte ihn, dann presste er die Kiefer zusammen und zerbrach das Genick seines Feindes wie einen dürren Ast.

Ludovico robbte von der Leiche weg. Vor ihm bot sich ein erstaunliches Bild. Niccolo der Werwolf rang mit Gioana, die er um fast das Doppelte überragte, doch sie hielt ihn trotzdem in Schach. Seine Klauen fuhren durch die Luft, fanden sie aber nicht, da sie sich duckte und drehte, seinen wilden Angriffen auswich und dann seinen Arm mit beiden Händen packte. Schatten krochen über ihren Leib, als sie herumwirbelte und den gewaltigen Wolfsmann durch die Luft schleuderte. Noch im Flug brüllte er wütend auf, dann schlug er gegen das steinerne Treppengeländer. Die Säulen zerbarsten unter dem Aufprall, Staub wallte auf, und Trümmer und Steine prasselten auf den Boden. Der Werwolf rappelte sich auf, schüttelte sein massiges Haupt, dann fixierten seine Augen Gioana, die lächelte, als genieße sie den Moment. Er sprang vor.

Ludovico kam auf die Beine, rannte auf die Frau zu, die er zu dem gemacht hatte, was sie war.

Ohne Valentine erschien ihm sein Leben unerträglich, und er

war gewillt, Niccolo die Zeit zu erkaufen, die er brauchte, um diese Monstrosität, die er erschaffen hatte, aus der Welt zu tilgen. Eine winzige Ablenkung mochte genügen, und so sprang er sie an, rief die Dunkelheit in sich zu Hilfe, ballte die Schatten um seinen Körper.

Sie verschwand vor seinen Augen. Ein Schlag traf ihn in die Seite, riss ihn von den Beinen. Die Welt drehte sich um ihn herum, Decke und Boden wurden eins. Der Aufschlag brach Knochen in seinem Leib. Rippen barsten unter der Gewalt, bohrten sich schmerzhaft in seine Lungen, Muskeln wurden gequetscht und sandten Schmerzwellen durch seinen Körper. Seine Sicht verschwamm, aber er zwang die Ohnmacht zurück, die ihn befallen wollte.

Der Werwolf hieb wie von Sinnen auf Gioana ein, die seine Schläge abfing, ihnen auswich oder sie in schattige Leere laufen ließ.

Er selbst hätte keinen Kampf gegen einen Werwolf gewagt, doch Gioana war Niccolo nicht nur gewachsen, sondern sogar überlegen.

Sie spielt mit ihm!, erkannte Ludovico und rieb sich mit der Hand über den Mund, aus dem Blut lief. Das Atmen fiel ihm schwer, und als er sich aufrappeln wollte, gab sein geschundenes Bein unter ihm nach.

Eine Klaue kratzte über Gioanas Seite, zerschnitt ihren ledernen Mantel, und der Wolfsmann heulte freudig auf. Doch sie ignorierte es und trieb ihm beide Handflächen in den Bauch. Es sah aus wie ein leichter Stoß, doch Niccolo wurde davongeschleudert, klappte zusammen wie ein Taschenmesser. Er schlitterte über den glatten Boden, hieb seine Klauen in den Marmor und hinterließ lange Kratzer in dem Stein, bis er keuchend wieder auf die Pfoten kam. Er umkreiste seine Feindin langsam, ohne sie aus den Augen zu lassen. Seine Ohren zuckten, und seine Fänge waren gebleckt. Ludovico erkannte, dass der Werwolf eine Öffnung in ihrer Verteidigung suchte, eine Schwäche, die er ausnutzen konnte. Gioana stand still, beobachtete ihren Gegner und wartete auf den Angriff. Der Werwolf sprang vor. Diesmal schlug sie sofort zurück, trieb ihm eine Faust ins Gesicht, packte sein Nackenfell mit der anderen Hand und warf ihn scheinbar mühelos hinter sich.

Er landete weicher, in dem Gepäckstapel, der unter ihm zusammenfiel. Einige Koffer brachen auf, und Kleidung flog durch die Luft.

Ludovicos Blick fiel auf ein kleines Fässchen, das davonrollte. *Das Lampenöl!*

Der Wolfsmann keuchte. Jede Bewegung schmerzte, aber die Pein machte ihn nur noch wütender. Immer, wenn er sie packen wollte, war sie bereits verschwunden. Sie war zu schnell. Und stark. Blut sickerte aus seinen Wunden, lief über seine Haut, verklebte sein Fell. Einige Verletzungen schlossen sich bereits wieder. Andere waren dafür zu tief, aber er scherte sich nicht darum. Er wollte töten.

Mit einem Heulen griff er wieder an. Er schlug mit der Rechten zu, dann mit der Linken. Sie wich ihm aus, aber ein Mantelschoß streifte seine Klauen. Er packte zu, riss an dem Kleidungsstück, zog sie zu sich heran. Seine Krallen bohrten sich in ihr Fleisch, ein befriedigendes Gefühl, und sie stöhnte vor Schmerzen auf, als er sie an seine Brust presste. Seine Schnauze senkte sich herab, er wollte sie beißen, ihr den Kopf von den Schultern reißen. Doch sie zwängte einen Arm hoch und hieb ihm den Handballen gegen die Nase. Er jaulte auf, ließ jedoch nicht los, drückte fester. Wieder schlug sie zu, und er presste fester und fester, gewillt, sie zu zerquetschen, wenn es sein musste.

Etwas Kaltes kroch an seinen Beinen hoch, so kalt, dass er einknickte. Es wand sich um seinen Leib, um seine Beute, kroch höher und höher. Absolute Schwärze hüllte ihn ein, kalt wie die Leere zwischen den Sternen, allem Leben und aller Wärme abhold. Er jaulte, wehrte sich, doch die Schwärze ließ sich nicht abstreifen, wanderte höher, über seine Brust, seine Schultern, den Nacken empor. Er wollte heulen, aber sie schloss sich um seine Schnauze, und kein Ton kam mehr heraus.

Sein letzter Blick fiel auf den einarmigen Mann, der etwas auf ihn schleuderte. Dann explodierte die Welt.

Keuchend sank Ludovico auf ein Knie, dann zur Seite. Er konnte sich nicht mehr bewegen, jede Kraft war mit diesem letzten Akt aus seinem Leib gewichen.

Sein Geschoss traf die sich windende Masse aus Schatten, die den Werwolf und seine Beute beinahe zur Gänze eingehüllt hatte. Das Fässchen platzte beim Aufprall auf, ergoss seinen Inhalt über die beiden. Das ölgetränkte Hemd, das er darum gewickelt und in Brand gesteckt hatte, entzündete das Öl.

Flammen brannten sich in die Schatten, vertrieben sie, lösten sie auf wie der Morgen einen dunklen Traum. Der Werwolf heulte. Ob vor Freude über das Verschwinden der Schatten oder vor Schmerz, als sich brennende Streifen Öl in sein Fell gruben, konnte Ludovico nicht sagen.

Gioana taumelte zurück. Flammen leckten über ihre Kleidung, spielten wüst mit ihrem Haar. Sie versuchte, die Schatten um sich herum zu rufen, die Flammen zu ersticken, und schon ballte sich die erste Dunkelheit um sie.

Doch der Werwolf ignorierte die Brände, die sich durch seinen Pelz fraßen. Er sprang die brennende Frau an, grub seine Klauen in ihre Brust, biss ihr in die Schulter. Sie stürzten zu Boden, in Flammen gehüllt. Der Werwolf ließ sie nicht los, seine Hinterläufe kratzten über ihre Beine, rissen Kleidung und Fleisch auf, er verbiss sich in ihren Hals.

Obwohl sein Leib eine einzige Wunde war, lächelte Ludovico, als er ihre Schreie hörte. Der Werwolf riss den Kopf zurück, blutige Fetzen zwischen den Fängen, da erstarben die Schreie, und er heulte seinen Triumph hinaus. Aber nur kurz, denn dann wurde das Heulen zu einem Schmerzenslaut, als er sich über den Boden wälzte, weg von Gioanas immer noch brennender Leiche, und wild versuchte, die Flammen zu ersticken.

»Der Brunnen«, keuchte Ludovico, unsicher, ob das Biest ihn hören, geschweige denn verstehen konnte. »Im Hof.«

Vielleicht waren es seine Worte gewesen, vielleicht auch nur Instinkt, aber der Wolf sprang durch die Tür in den Salon, Flammen hinter sich herziehend, durchbrach eine gläserne Tür und rannte in den Hof.

Ludovico lehnte sich zurück. Er hatte das bemerkenswerte Gefühl, etwas Gutes vollbracht zu haben. Aber dann entdeckte er Valentines leblosen Körper, und die Qual kehrte augenblicklich zurück. Mit vor Schmerz verzogenem Gesicht krallte er seine Nägel in eine Fuge im Marmor und zog sich näher zu ihr.

54

AREZZO, 1824

Prustend tauchte Niccolo aus dem kühlen Wasser auf. *Wer hätte gedacht, dass ein Springbrunnen mir einmal das Leben retten würde?* Das Wasser lief über seine Haut. In der Erwartung, furchtbare Wunden zu sehen, blickte er an seinem nun wieder menschlichen Körper hinab. Doch wo er großflächige Verbrennungen erwartet hatte, sah er nur Streifen und Flächen geröteter Haut, die juckte und kribbelte. Ungläubig strich er mit der Hand darüber. Es schmerzte, aber es war wie ein Sonnenbrand und nicht, als ob er in flammendem Öl gebadet hätte.

Valentine! Der Gedanke riss ihn aus seinem Staunen. Auch seine Schwester und Esmeralda waren noch nicht in Sicherheit. Er sprang über den Rand des Brunnens und lief über den Hof. An der Tür verlangsamte er seinen Schritt und trat vorsichtig über die zersplitterten Überreste der Tür hinweg. Seine nassen Füße rutschten über das Parkett im Salon. In der verwüsteten Halle kam er schlitternd zum Stehen. Überall lagen Kleidungsstücke verstreut, Steine, Splitter und Schutt bedeckte den Boden, und mitten im Raum stieg immer noch Rauch von den schwelenden Überresten Gioanas auf. Doch sein Blick suchte Valentine. Ludovico lag neben ihr, einen Arm auf ihre Brust gelegt, und strich ihr mit den Fingern über die Schläfe. Niccolo lief zu ihm.

»Sie lebt noch«, erklärte Ludovico heiser. Sein Gesicht war blutverschmiert. Der Schmerz, der darin geschrieben stand, berührte Niccolo. »Aber sie wird sterben.«

»Wir müssen etwas tun. Wir brauchen einen Doktor, einen Chirurgen.«

»Es ist zu spät, Niccolo.«

Ludovico streichelte sie, als würde sie nur schlafen. Valentines Augen waren geschlossen, und ihre Brust hob und senkte sich kaum merklich. Das Blut, das ihr aus dem Mund kam, war zu einem steten Rinnsal geworden, das nun auch ihren Hals und ihre Brust benetzte.

Verzweiflung drohte Niccolo zu übermannen.

»Was ist mit dir?« Er packte Ludovico an der Schulter und riss ihn herum, so dass dieser ihn ansehen musste. »Kannst du nichts tun?«

Ludovico blinzelte. »Ich könnte ihr die Dunkelheit geben. Aber … das würde sie zu einem Vampir machen, so wie ich einer bin.«

»Dann tu es! Sonst verlieren wir sie!«

Zitternd erhob sich Niccolo und trat einen Schritt zurück.

Ludovico beugte sich über sie. Niccolo wollte ihn zurückreißen, wollte es plötzlich doch verhindern, aber er tat nichts.

Wie zu einem Kuss beugte sich Ludovico vor, presste seine Lippen auf die Valentines. Er schloss die Augen, und ein Beben lief durch ihren Körper.

Niccolo fischte eine Hose aus dem Haufen Kleidung, der in der Halle verstreut lag, und zog sich hastig ein Hemd an, das wohl besser zu einem Abendanzug gepasst hätte. Dann eilte er die Treppe empor, sprang drei Stufen auf einmal. Er hastete durch die Gemächer, die ganze Zeit voller Sorge, was ihn erwarten würde.

Er fand seine Schwester und Esmeralda in Marcellas Schlafzimmer. Vor der offenen Balkontür blähten sich die Vorhänge wie Segel. Am Fußende des Bettes saßen Marcella und Esmeralda, gefesselt und geknebelt, und blickten ihn aus großen Augen an. Er stürmte zu ihnen, zog ihnen die Knebel aus dem Mund, schloss beide Frauen in seine Arme. Marcella schluchzte, ob vor Angst oder Erleichterung, konnte er nicht sagen.

»Es ist gut. Es ist alles vorbei.«

Er redete weiter auf sie ein, mit beruhigenden Worten, und befreite sie dabei von den Fesseln.

»Was ist mit Valentine?«, fragte Marcella, und Niccolo log: »Es geht ihr gut.«

Er sah über die Schulter zur Tür, doch dort stand niemand. Von unten drang kein Geräusch zu ihnen hoch.

»Es wird alles gut«, log Niccolo erneut.

Esmeralda kümmerte sich um seine Schwester, als sei es ihre eigene. Niccolo war froh, dass sie ihm half, denn er fühlte sich außerstande, der Bruder zu sein, den sie nun brauchte. Seine Gedanken wanderten dauernd zu Valentine zurück, die in seinem Bett lag. Ludovico hatte ihm versichert, dass ihr Schlaf normal sei, während sie zu dem wurde, was auch er war.

Mit einem Dolch in der Hand lief Niccolo wachsam durch alle Zimmer, doch die Vampire schienen verschwunden zu sein. Vielleicht hatte Ludovico sie alle getötet, oder sie waren geflohen, als Gioana in den Flammen verging. Niccolo konnte es nicht sagen. Die ganze Nacht war ihm nur schemenhaft in Erinnerung, und er wusste, dass es immer so bleiben würde.

Schließlich kehrte er in seine Räume zurück. Ludovico saß neben dem Bett auf einem Stuhl. Er hatte sich offensichtlich gewaschen, war sonst aber wohl keinen Moment von ihrer Seite gewichen. Sein Gehrock war immer noch blutverschmiert, und dort, wo der Ärmel sitzen sollte, klaffte ein Loch.

»Was ist mit dir?«, fragte Niccolo. »Dein Arm?«

»Die Dunkelheit ist stark, und sie kann meinen Körper heilen, wenn ich es wünsche. Die Wunde hat sich bereits geschlossen.« Ludovico blickte wieder auf die schlafende Valentine. »Das ist jetzt nicht von Belang.«

Sie war blass, aber inzwischen atmete sie ruhiger. Von dem Blut, das ihr aus dem Mund geronnen war, war nichts mehr zu sehen. Sonst war keine Veränderung festzustellen, so sehr Niccolo auch danach suchte. Bis auf den Geruch. Jetzt roch sie, wie alle Vampire, nach der alten Dunkelheit, die sie in sich trug.

Er nickte und wandte sich ab. Es gab nichts, was er im Augenblick tun konnte.

In Marcellas Gemächern sah er nach seiner Schwester, die in Esmeraldas Armen eingeschlafen war. Die Französin löste sich behutsam aus der Umarmung, zog die Decke über Marcella und trat zu Niccolo.

»Und?«

»Ich weiß nicht, was wir ihr angetan haben«, gestand er. »Sie wird leben, so viel scheint sicher.«

»Ist es vorbei?«

»Ich glaube, ja. Unsere Feindin ist tot, ihre Vampire vertrieben. Was immer auch ihre Pläne waren, sie werden nun niemals Wirklichkeit werden.«

Sie nickte. Ein leichtes Lächeln zeigte sich auf ihren Lippen. »Immerhin kann man nicht behaupten, dass eine Bekanntschaft mit dir langweilig wäre.«

Trotz seiner Erschöpfung und der vielen Sorgen musste er ebenfalls lächeln.

Sie beugte sich vor und küsste ihn vorsichtig auf die Wange. Dann wandte sie sich ab, legte sich wieder neben Marcella ins Bett und schloss erschöpft die Augen.

Niccolo verließ den Raum und kehrte zu Ludovico und Valentine zurück.

Es war kurz vor Sonnenaufgang, als sie die Augen aufschlug. Sie blickte sich um, starrte verwirrt zur Zimmerdecke, dann strich sie sich mit den Händen fahrig über den Körper. Als sie Niccolo und Ludovico sah, fragte sie: »Was ist geschehen?«

»Wir wurden angegriffen, und du wärst beinahe gestorben bei dem Versuch, uns alle zu retten«, antwortete ihr Ehemann und erhob sich. Er sah furchtbar aus, verletzt und nur noch in zerfetzte Überreste von Kleidung gehüllt. Ein Arm schien ihm komplett zu fehlen.

Sie erinnerte sich an die entsetzliche Begegnung mit der Vampirin. Sie erinnerte sich an kaltes Metall, an die Drohungen, die die Frau ausgestoßen hatte. Und an ihren Sprung. An den ungeheuren Schmerz des Aufpralls. Doch jetzt fühlte sie keine Schmerzen mehr. Sie bewegte die Zehen, die Beine, die Finger. Nichts war gebrochen. Wie konnte das sein?

Etwas regte sich in ihr, und Valentine stockte der Atem. Ein urtümliches, finsteres Verlangen stieg in ihr auf – nach Blut. Es dürstete sie nach Blut.

Kälte durchdrang ihren ganzen Leib, und sie spürte eine alte Macht in sich. Entsetzt riss sie die Augen auf.

»Was habt ihr getan?«

Keiner der beiden antwortete.

Sie schrie. »Was habt ihr getan?«

STARA SAGORA, 1824

Es war warm in der Stadt. Marcella hatte sich ausgiebig über die drückende Hitze beschwert, aber Niccolo hatte ihr nur mit einem Ohr zugehört. Sie waren zwei Tage zu früh angekommen, und so hatte er ein Haus gemietet, in dem sie warten würden. Er zweifelte nicht daran, dass Katya und Hristo kommen würden, um sie abzuholen.

»Wie sind sie denn so?«

Marcellas Frage riss ihn aus seinen Gedanken.

»Wie ist wer so?«

»Deine Freunde. Die Wölfe.«

Er grübelte einen Moment über eine Antwort nach.

»Hristo wird dir gefallen«, sagte er dann. »Er kann sehr lustig sein. Und er spricht viele Sprachen und hat vieles erlebt. Seine Gefährtin, Katya, ist … anders. Aber ich denke, du wirst sie auch mögen. Sie ist ebenso stur wie du«, fügte er lächelnd hinzu.

Marcella nickte und schwieg. Noch zeigten sich bei ihr keine Anzeichen ihres Erbes, aber Niccolo glaubte zu spüren, dass sich auch in ihr der Wolf regte. Er lernte jeden Tag ein wenig mehr, solchen Instinkten zu vertrauen.

Die Stimme des Muezzins hallte zwischen den Gebäuden und rief die Gläubigen zum Gebet.

»Sie werden uns viel erklären, hoffe ich«, fuhr Niccolo fort. »Wir gehen mit ihnen mit, bleiben eine Weile mit ihnen zusammen. Das wird sicher ganz anders sein, als im Palazzo zu wohnen. Ich hoffe, das ist dir bewusst.«

»Ja, ja, großer Bruder. Ich bin kein kleines Mädchen mehr. Ich komme schon zurecht.«

Er sah sie an und lächelte. Es stimmte, und er zweifelte keinen Moment an ihren Worten.

»Niccolo?« Sie zögerte. »Werden wir Valentine jemals wiedersehen?«

Die Kehle schnürte sich ihm zu. Valentine hatte ihn verlassen, noch in Arezzo, ebenso, wie sie Ludovico verlassen hatte. Es fiel ihm immer noch schwer, diese Tatsache zu akzeptieren. Aber sie würde Zeit brauchen, um mit sich ins Reine zu kommen, um zu verstehen, was sie nun war, und es anzunehmen. Zumindest hatte Ludovico das gesagt, bevor er ebenfalls verschwand.

Niccolo hoffte inständig, dass sie einen Weg finden würde, mit dem zu leben, was sie aus ihr gemacht hatten. Und dass sie ihm vielleicht eines Tages verzeihen könnte. Dabei vermochte er nicht einmal zu sagen, ob er es selbst konnte.

»Ich weiß es nicht«, beantwortete er die Frage wahrheitsgemäß. Keine Lügen mehr. Marcella war alles, was ihm geblieben war.

Er starrte aus dem Fenster über die Dächer der Stadt, zu den Hügeln am Horizont, wo der strahlend blaue Himmel die Erde berührte. Das Licht war grell, blendete ihn, doch er blinzelte nicht. Die Hügel, die Felder und Wiesen und Wälder, die sich dahinter erstreckten, lockten ihn. Er dachte an Hristos Worte, daran, wie er davon gesprochen hatte, dass Niccolo lernen würde, seinen Wolf zu beherrschen und mit dem Rudel zu laufen. Er dachte an die Freiheit, die Wölfe besaßen, Menschen jedoch niemals.

Die Zukunft lag nun vor ihnen, und er war fest entschlossen, die Vergangenheit zurückzulassen. Und wusste zugleich, dass ihm dies niemals gelingen würde.

EPILOG

Der Schuss hallte durch die frostige Luft. Erdreich und Schnee wirbelten auf, doch der Wolf bewegte sich nicht. Um ihn herum prasselten kleine Steine und Erdbröckchen zu Boden, aber er starrte den Schützen unverwandt an.

Es war kalt. Der Atem des Wolfs wurde vor seiner Schnauze zu kleinen Wölkchen, die in der ruhigen Luft langsam davontrieben.

Ein Rabe krächzte, sein Ruf ein Warnschrei für alle, die ihn verstanden. Er hallte durch den Morgennebel und scheuchte kleines Getier auf, das die Flucht ergriff.

Die Sonne stand schon über dem Horizont, doch sie war fahl, eine Scheibe schwachen, gedämpften Lichts zwischen den Bäumen.

Der Wolf kannte den Geruch des Jägers. Er hatte ihn schon oft gerochen. An Fallen im Wald. Dort, wo Blut auf den Boden getropft war. Es war der Geruch des Todes.

Langsam lief er los. Es war kaum mehr als ein gemächliches Trotten. Der Mann lud seine Waffe nach, doch es sorgte den Wolf nicht. Er beschleunigte seinen Schritt.

Der Jäger legte an. Er hatte viele Wölfe getötet, sie erschossen, vergiftet, in Fallen mit eisernen Zähnen gefangen, in denen sie jämmerlich verendet waren. Der Wolf bleckte die Fänge.

Der Schuss traf ihn in die Brust, wirbelte ihn herum. Schmerz durchzuckte ihn. Aber er strauchelte nur kurz, fand seinen Tritt wieder. Die Wunde schloss sich bereits.

Der Jäger lud nach, hektischer nun. Der Geruch seiner Angst hing in der Luft, und der Wolf konnte sie auch sehen, in seinen Bewegungen, seinem Blick.

Der Wolf sprang, warf den Jäger um. Seine Schnauze suchte die Kehle.

Niccolo biss zu.

Dieser Mensch würde keine Wölfe mehr töten.

NACHWORT UND DANKSAGUNG

Autoren lügen. Das ist keine böse Absicht, sondern einfach nur ihr Metier. Selbst diejenigen, die glauben, sie hätten für sich die Wahrheit gepachtet, erzählen im besten Fall nur ihre eigene Version davon, und die Wahrheit des einen mag des nächsten Lüge sein.

Lord Byron, John Keats, John Polidori, Percy Bysshe Shelley, seine Frau Mary Shelley und all die anderen haben ganz sicher gelebt und mit ihrem Leben und ihren Werken großen Einfluss auf die Literatur ausgeübt, doch waren unter ihnen wohl keine Werwölfe. Ja, vermutlich gibt es diese Kreaturen nicht einmal – zumindest ist das der aktuelle Stand der Wissenschaft.

Fakt ist außerdem, dass es das Zusammentreffen im verregneten Sommer 1816 am Genfer See gab. Und in einer der vielen gemeinsam verbrachten Nächte entstanden auch die Ideen zu »Frankenstein« und »Der Vampir«. Erstere Geschichte ist weit bekannt, wenn auch meist in popularisierter Form, letztere beinhaltet wohl das erste Auftreten des modernen Vampirs.

Ich habe versucht, mich möglichst an die historischen Fakten zu halten und den auftretenden Personen gerecht zu werden. Bei einem phantastischen Roman wird das früher oder später schwierig, denn dann tritt eben jenes Phantastische in die Welt ein. Und bei Menschen, die teilweise schon zu Lebzeiten durch ihr Leben und ihre Begabungen für Aufsehen sorgten und deren Persönlichkeiten ausnehmend vielschichtig und widersprüchlich waren, ist kaum mehr als eine Annäherung möglich.

Jede/r Leser/in ist herzlich eingeladen, sich ein eigenes Bild von dieser spannenden Zeit und ihren herausragenden Persönlichkeiten zu machen. Sollte meine Geschichte die Lust auf mehr davon geweckt haben, wäre dies eine große Ehre für mich.

Bei der Arbeit an diesem Buch wurde ich von diversen Leuten auf ganz unterschiedliche Art und Weise unterstützt.

Danken möchte ich meinen beiden Agentinnen von Schmidt & Abrahams, die dieses Buch erst möglich gemacht haben. Dem Team bei Heyne, Martina Vogl, Sebastian Pirling und Sascha Mamczak sowie ihren unermüdlichen Helfern, gebührt ebenfalls mein Dank. Ebenso Uta Dahnke, die als Lektorin dem Text den letzten Schliff verpasst und einen maßgeblichen Anteil an diesem Buch hat.

Viele haben mir mit Fachwissen beigestanden. Einige mit abseitigem Wissen und eine Handvoll mit kuriosem Wissen. Auch ihnen möchte ich für ihre Zeit, Mühe und Anteilnahme danken.

Schon die Shelleys lasen ihre Texte während des Entstehens gegenseitig, und so gilt mein besonderer Dank meinen Testlesern, die sich durch hunderte Seiten Text wühlten und mir wertvolle Rückmeldungen gaben. Da wären »Terrifying« Tini, Dani »Dangerous« & »Atrocious« Andreas, Judith »the Jolly Roger« & »Insidious« Inga, »Spooky« Sebastian, Daniel »the Dear Departed«, »Jack-in-the-box« Julia, Christoph »the Creep« und »Scary« Silvana zu nennen. Danke euch allen.

LESEPROBE

Sie waren immer hier.
Unter uns.
Sie haben gewartet.
In der Dunkelheit.
Jetzt ist ihre Zeit gekommen …

GUILLERMO DEL TORO
CHUCK HOGAN

DIE SAAT

Das Ende der Welt beginnt …

Guillermo del Toro ist einer der bekanntesten Regisseure und Drehbuchautoren unserer Zeit. Zu seinen Filmen gehören *The Devil's Backbone, Cronos, Mimic, Blade II, Pans Labyrinth* sowie *Hellboy* und *Hellboy II. Pans Labyrinth* wurde mit drei Oscars ausgezeichnet. Derzeit bereitet Del Toro in Neuseeland die Verfilmung von J.R.R. Tolkiens Roman *Der kleine Hobbit* vor – nach den *Herrn der Ringe*-Filmen das kommende Kino-Großereignis. *Die Saat* ist sein erster Roman.

Chuck Hogan ist Autor internationaler Thriller-Bestseller wie *Endspiel* und *Mördermond.* Für *Endspiel* wurde er mit dem renommierten Hammett Award ausgezeichnet.

LESEPROBE AUS »DIE SAAT«

DIE LEGENDE VON JUSEF SARDU

»Es war einmal«, erzählte Abraham Setrakians Großmutter, »ein Riese«.

Die Augen des kleinen Abraham begannen zu leuchten, und der Borschtsch in der hölzernen Schale schmeckte gleich besser – oder doch zumindest weniger nach Knoblauch. Er war ein blasser Knabe, mager und kränklich. Seine Großmutter, in der festen Absicht ihn aufzupäppeln, saß ihm gegenüber, während er seine Suppe aß, und unterhielt ihn mit einer Geschichte.

Eine *bubbeh meiseh,* eine »Großmutter-Geschichte«. Ein Märchen. Eine Legende.

»Er war der Sohn eines polnischen Adeligen. Und sein Name war Jusef Sardu. Der Herr Sardu war größer als jeder andere Mann. Er überragte noch jedes Dach des Dorfes. Bei jeder Tür musste er sich tief bücken, um hindurchgehen zu können. Aber seine Größe, sie war für ihn auch eine Bürde. Ein Geburtsfehler – kein Segen. Der junge Mann litt. Seinen Muskeln fehlte die Kraft, die langen, schweren Knochen zu tragen. Es gab Tage, da war für ihn allein schon das Gehen ein Kampf. Er benutzte einen Gehstock, einen langen Stab – länger, als du groß bist – mit einem silbernen Knauf in Form eines Wolfskopfes, dem Wappentier der Familie.«

»Und dann, Bubbeh?«, fragte Abraham zwischen zwei Löffeln.

»Dies war sein Schicksal, und es lehrte ihn Demut, wahrlich eine seltene Eigenschaft bei einem Adeligen. Er hatte sehr viel

Mitgefühl für die Armen, die hart Arbeitenden, die Kranken. Ganz besonders die Kinder des Dorfes waren ihm lieb und teuer, und seine großen, tiefen Taschen – so groß wie Rübensäcke – waren prallgefüllt mit Flitterkram und Süßigkeiten. Er selbst hatte keine echte Kindheit gehabt, war er doch mit acht Jahren schon so groß wie sein Vater und mit neun bereits einen Kopf größer gewesen. Im Stillen schämte sich sein Vater für seine Zartheit und Größe. Aber der Herr Sardu war wirklich ein freundlicher Riese und wurde von seinem Volk sehr geliebt. Man sagte über ihn, der Herr Sardu schaue zwar auf jeden herunter, doch er sehe auf niemanden herab.«

Seine Großmutter nickte Abraham aufmunternd zu und erinnerte ihn daran, noch einen weiteren Löffel zu essen. Er kaute auf einer gekochten Roten Bete, wegen ihrer Farbe, Form und den kapillargleichen Fasern auch »Säuglingsherz« genannt.

»Und dann, Bubbeh?«

»Er war auch ein großer Naturfreund und hegte keinerlei Interesse für die Jagd, die ihm zu grausam erschien – doch im Alter von fünfzehn Jahren drängten sein Vater und seine Onkel ihn als Mann von Adel und Stand dazu, sie auf eine sechswöchige Expedition nach Rumänien zu begleiten.«

»Hierher, Bubbeh?«, fragte Abraham. »Der Riese – der ist zu uns hierhergekommen?«

»In den Norden des Landes, *kaddishel.* In die dunklen Wälder. Die Männer der Sardu-Familie kamen nicht, um Wildschweine, Bären oder Elche zu jagen. Sie kamen, um Jagd auf den Wolf zu machen, auf das Symbol der Familie, das Wappentier des Hauses Sardu. Sie jagten ein Raubtier. Der Überlieferung der Familie Sardu zufolge verlieh der Verzehr von Wolfsfleisch den Sardu-Männern Kraft und Mut, und der Vater des jungen Herrn glaubte, dass es auch die schwachen Muskeln seines Sohnes heilen könnte.«

»Und dann, Bubbeh?«

»Ihre Reise war lang und beschwerlich, auch schlechtes Wetter machte ihnen zu schaffen, und so hatte Jusef schwer zu kämpfen. Er hatte sein Dorf noch nie zuvor verlassen, und die Blicke, mit denen er unterwegs von Fremden bedacht wurde, beschämten ihn. Als sie den dunklen Wald erreichten, fühlte sich das Land um ihn herum lebendig an. Herden von Tieren durchstreiften den Wald bei Nacht, fast wie Flüchtlinge, vertrieben aus ihren Verstecken, Höhlen, Nestern und Schlupfwinkeln. So viele Tiere, dass die Jäger nachts in ihrem Lager nicht schlafen konnten. Manche wollten wieder heimkehren, doch die Besessenheit des ältesten Sardu war stärker als alles andere. Sie konnten die Wölfe hören, die in der Nacht heulten, und er wollte so verzweifelt einen davon für seinen Sohn, seinen einzigen Sohn, dessen Riesenhaftigkeit wie eine Syphilis auf der Geschlechterfolge der Sardu lastete. Er wollte das Haus Sardu von diesem Fluch reinigen und seinen Sohn verheiraten, damit er viele gesunde Erben zeugte.Und so kam es, dass sein Vater am zweiten Abend, kurz vor Einbruch der Dunkelheit, der Erste war, der von den anderen getrennt wurde, als er gerade einen Wolf verfolgte. Die übrigen Männer warteten die ganze Nacht auf ihn und schwärmten unmittelbar nach Sonnenaufgang aus, um ihn zu suchen. Und an diesem Abend kehrte einer von Jusefs Cousins nicht mehr zurück. Und so ging es weiter und weiter, verstehst du?«

»Und dann, Bubbeh?«

»Bis nur noch einer übrig war – Jusef, der Riesen-Junge. Am folgenden Tag machte er sich auf den Weg und fand in einer Gegend, die sie zuvor bereits abgesucht hatten, die Leichname seines Vaters und all seiner Cousins und Onkel ordentlich vor dem Eingang einer Höhle aufgereiht. Ihre Schädel waren zwar mit großer Wucht zertrümmert, die Körper jedoch nicht angefressen worden, offenbar getötet von einer Bestie mit enormen Kräften, allerdings weder aus Hunger noch in Furcht. Er hatte keinen konkreten Hinweis darauf – doch er fühlte sich beobachtet, vielleicht sogar aufmerksam studiert, von einem im Dunkeln dieser Höhle lauernden Wesen. Der Herr Sardu trug jeden einzelnen Leichnam von der Höhle fort und begrub sie alle tief. Natürlich schwächten ihn diese Anstrengungen sehr und raubten ihm fast seine ganze Kraft. Er war wie ausgebrannt, er war *farmutshet.* Doch so allein und verängstigt und erschöpft er auch sein mochte – in dieser Nacht kehrte er zu der Höhle zurück, um dem Bösen, das sich nach Einbruch der Dunkelheit zu erkennen gab, entgegenzutreten und seine Ahnen zu rächen oder bei diesem Versuch zu sterben. Dies alles weiß man aus seinem Tagebuch, das viele Jahre später in den Wäldern gefunden wurde. Es war sein letzter Eintrag.«

Abrahams Mund war leer und stand offen. »Aber was war passiert, Bubbeh?«

»Niemand weiß das wirklich. Zu Hause, als aus sechs Wochen ohne eine Nachricht acht wurden und dann zehn, befürchtete man, die ganze Jagdgesellschaft sei verschollen. Ein Suchtrupp wurde zusammengestellt, der jedoch mit leeren Händen zurückkehrte. Dann, in der elften Woche, traf eines Nachts eine Kutsche mit zugezogenen Vorhängen auf dem Anwesen der Sardu ein. Es war der junge Herr. Er zog sich in seine Burg zurück, in einen Flügel mit leerstehenden Schlafgemächern und wurde nur noch selten gesehen, wenn überhaupt. Zu jener Zeit verfolgten ihn allerlei Gerüchte über das, was in den Wäldern Rumäniens geschehen war. Die wenigen, die behaupteten, Sardu gesehen zu haben – sofern diesen Berichten überhaupt geglaubt werden kann –, bestanden darauf, dass er von seinen Gebrechen geheilt worden sei. Einige raunten gar, er sei mit enormen Kräften zurückgekehrt, passend zu seiner übermenschlichen Größe. Doch so tief war Sardus Trauer um seinen Vater, seine Onkel und Cousins, dass er tagsüber nie wieder gesehen wurde und die meisten seiner Bediensteten entließ. Nachts rührte es sich in der Burg – man sah flackerndes Kaminfeuer hinter den Fenstern –, aber im Laufe der Zeit verfiel das Anwesen der Sardu zusehends. Dann jedoch behaupteten manche, den Riesen in der Nacht durchs Dorf streifen zu hören. Besonders Kinder erzählten sich die Geschichte, das *Pick-pick-pick* seines Gehstockes gehört zu haben, auf den Sardu sich nun nicht länger stützte, sondern den er benutzte, um sie aus ihren Nachtlagern zu rufen. Und ihnen Süßigkeiten und Flitterkram zu geben. Ungläubigen wurden die Löcher im Boden gezeigt, manche unmittelbar vor den Schlafzimmerfenstern, kleine gestocherte Löcher – wie von seinem Gehstock mit dem Wolfskopf.«

Die Augen seiner *bubbeh* verdunkelten sich. Sie blickte auf seine Schale und sah, dass der Großteil der Suppe verschwunden war.

»Dann, Abraham, verschwanden die ersten Bauernkinder. Und man erzählte sich, dass auch aus umliegenden Dörfern Kinder verschwanden. Selbst aus meinem Dorf. Ja, Abraham, als kleines Mädchen wuchs deine *bubbeh* gerade mal einen halben Tagesmarsch von Sardus Burg entfernt auf. Ich erinnere mich an zwei Schwestern. Auf einer Waldlichtung fand man ihre Leichen, so weiß wie der Schnee um sie herum, die offenen Augen vor Frost glänzend. Ich selbst hörte eines Nachts, von gar nicht so weit entfernt, dieses *Pick-pick-pick* – ein durchdringendes, rhythmisches Geräusch –, und schnell zog ich mir die Decke über den Kopf, um es nicht hören zu müssen, und danach habe ich viele Nächte lang nicht mehr geschlafen.«

Abraham verschlang das Ende der Geschichte mit dem Rest der Suppe.

»Irgendwann war Sardus Dorf praktisch menschenleer und verlassen, und auf dem Ort lag ein Fluch. Die Zigeuner, die mit ihren Wagen über das Land zogen und ihre fremdartigen Waren verkauften, erzählten von sonderbaren Dingen, die sich dort zutrügen, von Geistern und Erscheinungen in der Nähe der Burg. Von einem Riesen, der im Mondschein durch die Wälder streifte, wie ein Gott der Nacht. Sie waren es, die uns warnten. ›Iss und werde stark – sonst kommt Sardu dich holen.‹ Deswegen ist es wichtig, Abraham. *Ess gezunterhait!* Iss und sei stark. Kratz jetzt die Schüssel da aus. Wenn nicht – dann kommt er.«

Seine Großmutter war zurückgekehrt aus diesen Momenten der Dunkelheit, der Erinnerung. Jetzt funkelten auch wieder ihre Augen vor Lebensfreude. »Sardu wird kommen. *Pick-pick-pick.*«

Und er aß auf, noch den kleinsten Rest der Roten Bete. Die Schale war leer, die Geschichte zu Ende, sein Bauch aber und sein Kopf waren voll. Dass er so gut aufgegessen hatte, erfreute seine *bubbeh,* auf ihrem Gesicht lag ein Ausdruck von wahrer Liebe zu ihm.

In jenen vertraulichen gemeinsamen Momenten am wackeligen Esstisch der Familie waren sie, zwei Generationen voneinander entfernt, vereint und teilten sich Nahrung für Herz und Seele.

Ein Jahrzehnt später wurde die Familie Setrakian aus ihrer Tischlerei und ihrem Dorf vertrieben. Allerdings nicht von Sardu. Sondern von den Deutschen. In ihrem Haus wurde ein Offizier einquartiert. Dieser Mann, milde gestimmt durch die vorbehaltlose Güte seiner Gastgeber, die mit ihm genau an jenem wackeligen Tisch ihr Brot teilten, warnte sie eines Abends eindringlich, am folgenden Tag keinesfalls den Anweisungen

Folge zu leisten, sich am Bahnhof einzufinden, sondern noch in dieser Nacht Haus und Dorf zu verlassen.

Was sie dann auch taten – die gesamte achtköpfige Familie floh mit allem, was sie gerade eben noch tragen konnten. *Bubbeh* jedoch verlangsamte die Flucht. Schlimmer noch – sie *wusste,* dass sie ihr Tempo drosselte, sie aufhielt, sie *wusste,* dass ihre Anwesenheit die ganze Familie in Gefahr brachte, und daher verfluchte sie sich und ihre alten, müden Beine. Die übrige Familie ging schließlich irgendwann voraus – alle bis auf Abraham.

Er war inzwischen ein kräftiger, vielversprechender junger Mann, in seinem jugendlichen Alter bereits ein meisterlicher Holzschnitzer sowie ein aufmerksamer Talmud-Schüler mit einem besonderen Interesse am Sohar, den Geheimnissen der jüdischen Mystik. Abraham wich nicht von ihrer Seite und blieb mit ihr zurück. Doch als sie erfuhren, dass die anderen in der nächsten Stadt verhaftet worden waren und einen Zug Richtung Polen hatten besteigen müssen, bestand seine von Schuldgefühlen geplagte *bubbeh* darauf, dass sie sich um seinetwillen stellte.

»Lauf, Abraham. Flieh vor den Nazis. So wie vor Sardu. *Rette dich!*«

Aber davon wollte er nichts wissen. Er wollte nicht von ihr getrennt werden.

Am nächsten Morgen fand er sie auf dem Fußboden des gemeinsamen Zimmers im Haus eines mitfühlenden Bauern. Sie war in der Nacht aus dem Bett gefallen, mit kohlrabenschwarzen, sich häutenden Lippen, die Kehle dunkel angelaufen bis zum Hals, verendet an dem Rattengift, das sie genommen hatte.

Mit der großzügigen Erlaubnis seiner Gastgeber beerdigte Abraham Setrakian sie unter einer blühenden Sandbirke. Geduldig schnitzte er ihr ein wundervolles hölzernes Denkmal voller Blumen und Vögel und all den Dingen, die sie am glücklichsten gemacht hatten. Und er weinte, weinte um sie – und dann lief er.

Er rannte um sein Leben, flüchtete vor den Nazis und hörte dabei die ganze Zeit ein *Pick-pick-pick* hinter seinem Rücken …

Das Böse war ihm dicht auf den Fersen.

Lesen Sie weiter in:

GUILLERMO DEL TORO
CHUCK HOGAN

DIE SAAT

Der neue russische
Bestseller-Autor
HEYNE <
DMITRY
GLUKHOVSKY
METRO
2033
ROMAN
Es ist das Jahr 2033.
Nach einem verheerenden Krieg liegen weite Teile der Welt in Schutt und Asche. Die letzten Menschen haben sich in die riesigen U-Bahn-Netze der Städte zurückgezogen. Doch sie sind nicht allein...
»Ein phantastisches Epos!«
Sergej Lukianenko